LE JOUR DES FOURMIS

Né en 1961 à Toulouse, B u-
velle dans un *fanzine* à l nt
dix ans journaliste scien a-
zines français, il se consa
Dès son premier livre, *Le* é
comme un maître origina e-
val entre la saga d'aventures, le roman fantastique et le conte philosophique. *Le Jour des fourmis*, publié deux ans plus tard, traduit en vingt-deux langues, a obtenu le Grand Prix des lectrices de *Elle* et le Grand Prix des lecteurs du Livre de Poche 1995. *La Révolution des fourmis* est venu clore cette trilogie. Bernard Werber a même été mis au programme de certaines classes de français, philosophie et... mathématiques.

Il a également publié : *Les Thanatonautes, L'Empire des anges* et *Le Père de nos pères.*

Du même auteur :

Aux Editions Albin Michel :

LES FOURMIS, roman, 1991
(Prix des lecteurs de *Science et Avenir*)

LE JOUR DES FOURMIS, roman, 1992
(Prix des lectrices de *Elle*)

LE LIVRE SECRET DES FOURMIS
Encyclopédie du Savoir Relatif et Absolu, 1993

LES THANATONAUTES, roman, 1994

LA RÉVOLUTION DES FOURMIS, roman, 1996

LE LIVRE DU VOYAGE, roman, 1997

LE PÈRE DE NOS PÈRES, roman, 1998

Paru dans Le Livre de Poche :

LES FOURMIS

LE JOUR DES FOURMIS

LA RÉVOLUTION DES FOURMIS

LE PÈRE DE NOS PÈRES

LES THANATONAUTES

LE LIVRE DU VOYAGE

BERNARD WERBER

Le Jour des fourmis

ROMAN

ALBIN MICHEL

© Éditions Albin Michel S.A., 1992.

À Catherine

Tout est en un (Abraham).
Tout est amour (Jésus-Christ).
Tout est économique (Karl Marx).
Tout est sexuel (Sigmund Freud).
Tout est relatif (Albert Einstein).

Et ensuite ?...

EDMOND WELLS,
Encyclopédie du savoir relatif et absolu.

Premier arcane :

LES MAÎTRES DU PETIT MATIN

1. PANORAMIQUE

Noir.

Un an a passé. Dans le ciel sans lune de la nuit d'août, des étoiles palpitent. Enfin les ténèbres s'estompent. Lueur. Des écharpes de brume s'étirent sur la forêt de Fontainebleau. Un grand soleil pourpre les dissipe bientôt. Tout étincelle maintenant de rosée. Les toiles d'araignées se transforment en barbares napperons de perles orange. Il va faire chaud.

Des petits êtres frémissent sous les ramures. Sur les herbes, parmi les fougères. Partout. Ils sont de toutes espèces et ils sont innombrables. La rosée, liqueur pure, nettoie cette terre où va se jouer la plus étrange des av...

2. TROIS ESPIONNES DANS LE CŒUR

Avançons, vite.

L'injonction parfumée est nette : pas de temps à perdre en observations oiseuses. Les trois silhouettes sombres se hâtent le long du couloir secret. Celle qui marche au plafond traîne nonchalamment ses sens à hauteur de sol. On la prie de descendre, mais elle assure être mieux comme ça : la tête en bas. Elle aime percevoir la réalité à l'envers.

Nul n'insiste. Pourquoi pas, après tout ? Le trio

bifurque pour s'engouffrer dans un boyau plus étroit. Elles en sondent le plus infime recoin avant de risquer le moindre pas. Pour l'instant, tout paraît si tranquille que c'en est inquiétant.

Les voici parvenues au cœur de la ville, dans une zone sûrement très surveillée. Leurs pas se font plus courts. Les murs de la galerie sont de plus en plus satinés. Elles dérapent sur des lambeaux de feuilles mortes. Une sourde appréhension inonde tous les vaisseaux de leurs carcasses rousses.

Les voici dans la salle.

Elles en hument les odeurs. L'endroit sent la résine, la coriandre et le charbon. Cette pièce est une invention toute récente. Dans toutes les autres cités myrmécéennes, les loges ne servent qu'à stocker la nourriture ou les couvains. Or l'an dernier, juste avant l'hibernation, quelqu'un a émis une suggestion :

Il ne faut plus perdre nos idées.

L'intelligence de la Meute se renouvelle trop vite.

Les pensées de nos anciens doivent profiter à nos enfants.

Le concept de stockage des pensées était tout à fait neuf chez les fourmis. Pourtant, il avait enthousiasmé une grande majorité de citoyennes. Chacune était venue déverser les phéromones de son savoir dans les récipients prévus à cet effet. Puis on les avait rangés par thème.

Toutes leurs connaissances étaient désormais rassemblées dans cette vaste loge : la « Bibliothèque chimique ».

Les trois visiteuses cheminent, admiratives en dépit de leur nervosité. Les spasmes de leurs antennes trahissent leur émoi.

Autour d'elles, des ovoïdes fluorescents s'alignent par rangées de six, nimbés de vapeurs ammoniaquées qui leur donnent l'allure d'œufs chauds. Mais ces coquilles transparentes ne recèlent aucune vie en gestation. Coincées dans leur gangue de sable, elles débordent de récits olfactifs sur des centaines de thèmes répertoriés : histoire des reines de la dynastie Ni, biologie courante, zoologie (beaucoup de zoologie), chimie organique, géographie terrestre, géologie des couches de sable subterrestres, stratégie des plus célèbres combats de masse, politique territoriale des dix mille dernières années. On y trouve même des recettes de cuisine ou les plans des recoins les plus mal famés de la ville.

Mouvement d'antennes.

Vite, vite, pressons-nous, sinon...

Elles nettoient rapidement leurs appendices sensoriels à l'aide de la brosse à cent poils de leur coude. Elles entreprennent d'inspecter les capsules où s'entassent des phéromones mémoires. Elles frôlent les œufs de l'extrémité sensible de leurs tiges antennaires afin de bien les identifier.

Soudain, l'une des trois fourmis s'immobilise. Il lui semble avoir perçu un bruit. Un bruit ? Chacune pense que cette fois, elles vont être démasquées.

Elles attendent, fébriles. Qui cela peut-il être ?

3. CHEZ LES SALTA

— Va ouvrir, c'est sûrement Mlle Nogard !

Sébastien Salta déplia sa longue carcasse et tourna la poignée de la porte.

— Bonjour, dit-il.

— Bonjour, c'est prêt ?

— Oui. C'est prêt.

Les trois frères Salta allèrent en chœur chercher une grande boîte de polystyrène d'où ils sortirent une sphère de verre, ouverte en sa partie supérieure et pleine de granulés bruns.

Tous se penchèrent au-dessus du récipient et Caroline Nogard ne put se retenir d'y plonger la main droite. Un peu de sable foncé coula entre ses doigts. Elle en huma les grains comme elle l'eût fait d'un café à l'arôme précieux.

— Cela vous a demandé beaucoup d'efforts ?

— Enormément, répondirent d'une même voix les trois frères Salta.

Et l'un d'ajouter :

— Mais ça en valait la peine !

Sébastien, Pierre et Antoine Salta étaient des colosses. Chacun devait mesurer dans les deux mètres. Ils s'agenouillèrent pour y plonger, eux aussi, leurs longs doigts.

Trois bougies fichées dans un haut chandelier éclairaient l'étrange scène de lueurs jaune orangé.

Caroline Nogard rangea la sphère dans une valise en l'entourant soigneusement de nombreuses épaisseurs de mousse nylon. Elle considéra les trois géants et leur sourit. Puis, silencieusement, elle prit congé.

Pierre Salta laissa échapper un soupir de soulagement :

— Cette fois, je crois que nous touchons au but !

4. COURSE-POURSUITE

Fausse alerte. Ce n'est qu'une feuille morte qui craquouille. Les trois fourmis reprennent leurs investigations.

Elles flairent un à un tous les récipients gorgés d'informations liquides.

Enfin, elles trouvent ce qu'elles cherchent.

Heureusement, il ne leur a pas été trop difficile de le découvrir. Elles saisissent le précieux objet, se le passent de pattes en pattes. C'est un œuf rempli de phéromones et hermétiquement clos d'une goutte de résine de pin. Elles le décapsulent. Une première odeur assaille leurs onze segments antennaires.

Décryptage interdit.

Parfait. Il n'est pas meilleur label de qualité. Elles reposent l'œuf et y plongent avidement l'extrémité des antennes.

Le texte odorant remonte les méandres de leurs cerveaux.

Décryptage interdit
Phéromone mémoire n° 81
Thème : Autobiographie

Mon nom est Chli-pou-ni.

Je suis la fille de Belo-kiu-kiuni.

Je suis la 333e reine de la dynastie Ni et la pondeuse unique de la ville de Bel-o-kan.

Je ne me suis pas toujours nommée ainsi. Avant d'être reine, j'étais la 56e princesse de Printemps. Car telle est ma caste et tel est mon numéro de ponte.

Quand j'étais jeune, je croyais que la cité de Bel-o-kan était la borne de l'univers. Je croyais que nous, les fourmis, étions les seuls êtres civilisés de notre planète. Je croyais que les termites, les abeilles et les guêpes étaient des peuplades sauvages qui n'acceptaient pas nos coutumes par simple obscurantisme.

Je croyais que les autres espèces de fourmis étaient dégénérées et que les fourmis naines étaient trop petites pour nous inquiéter. Je vivais alors enfermée en permanence dans le gynécée des princesses vierges, à l'intérieur de la Cité interdite. Ma seule ambition était de ressembler un jour à ma mère et, comme elle, de construire une fédération politique qui résisterait au temps dans tous les nombreux sens de ce mot.

Jusqu'au jour où un jeune prince blessé, 327e, est venu dans ma loge et m'a conté une étrange histoire. Il affirmait qu'une expédition de chasse avait été entièrement pulvérisée par une arme nouvelle aux effets ravageurs.

Nous soupçonnions alors les fourmis naines, nos rivales, et nous avons mené contre elles, l'an passé, la grande bataille des Coquelicots. Elle nous a coûté plusieurs millions de soldates mais nous l'avons remportée. Et cette victoire nous a fourni la preuve de notre erreur. Les naines ne possédaient aucune arme secrète d'envergure.

Nous avons ensuite pensé que les coupables étaient des termites, nos ennemis héréditaires. Nouvelle erreur. La grande cité termite de l'Est s'est transformée en une ville fantôme. Un mystérieux gaz chloré en a empoisonné tous les habitants.

Nous avons alors enquêté à l'intérieur de notre propre cité et nous avons dû ainsi affronter une armée clandestine qui se figurait protéger la collectivité en s'abstenant de lui révéler des informations par trop angoissantes. Ces tueuses dégageaient une certaine odeur de roche et prétendaient jouer le rôle de globules blancs. Elles constituaient l'autocensure de notre société. Nous avons pris conscience qu'il existait dans notre propre organisme-communauté des défenses immunitaires prêtes à tout pour que chacun demeure dans l'ignorance !

Mais après l'extraordinaire odyssée de la guerrière asexuée 103 683e*, nous avons fini par comprendre.*

Au bord oriental du monde existent des...

Une des trois fourmis interrompt la lecture. Il lui semble sentir une présence. Les rebelles se dissimulent, guettent. Rien ne bouge. Une antenne se dresse timidement au-dessus de leur cachette, bientôt imitée par cinq autres.

Les six appendices sensoriels se transforment en radars et vibrent à 18 000 mouvements/seconde. Tout ce qui, alentour, porte une odeur est instantanément identifié.

Encore une fausse alerte. Il n'y a personne dans les environs. Elles reprennent le décryptage de la phéromone.

Au bord oriental du monde existent des troupeaux d'animaux mille fois gigantesques.

Les mythologies myrmécéennes les évoquent en termes poétiques. Ils sont pourtant au-delà de toute poésie.

Les nourrices nous narraient leur existence pour nous faire frissonner avec des contes d'horreur. Ils sont au-delà de l'horreur.

Je n'avais jusque-là jamais accordé beaucoup de crédit à ces histoires de monstres géants, gardiens des bords de la planète et vivant en troupeaux de cinq. Je pensais qu'il ne s'agissait que de sornettes destinées à des princesses vierges et naïves.

Maintenant, je sais qu'ILS existent vraiment.

La destruction de la première expédition de chasse, c'était EUX.

Les gaz qui ont empoisonné la cité termite, c'était EUX. L'incendie qui a ravagé Bel-o-kan et tué ma mère, c'était encore EUX.

EUX : les DOIGTS.

Je voulais les ignorer. Mais désormais, je ne le peux plus.

Partout dans la forêt, on détecte leur présence.

Chaque jour, les rapports des éclaireuses confirment qu'ils s'approchent un peu plus de notre monde et qu'ils sont très dangereux.

C'est pourquoi j'ai pris aujourd'hui la décision de convaincre les miens de lancer une croisade contre les DOIGTS. Ce sera une grande expédition armée visant à éliminer tous les DOIGTS de la planète tant qu'il en est encore temps.

Le message est si déconcertant qu'il leur faut quelques secondes pour l'assimiler. Les trois fourmis espionnes voulaient savoir. Eh bien maintenant, elles savent !

Une croisade contre les Doigts !

Il faut à tout prix avertir les autres. Si seulement elles pouvaient en apprendre un peu plus encore. De concert, elles retrempent leurs antennes.

Pour venir à bout de ces monstres, je prévois que cette croisade sera menée par vingt-trois légions d'infanterie d'assaut, quatorze légions d'artillerie légère, quarante-cinq légions de combat rapproché tout-terrain, vingt-neuf légions...

Encore un bruit. Cette fois, plus de doute. De la terre sèche craque sous une griffe. Les trois intruses lèvent leurs appendices encore enduits d'informations secrètes. Tout a été trop facile. Elles sont tombées dans un piège. Elles sont convaincues qu'on ne leur a permis de pénétrer dans la Bibliothèque chimique que pour mieux les démasquer.

Leurs pattes fléchissent, prêtes à bondir. Trop tard. Les autres sont là. Les rebelles n'ont que le temps de s'emparer de la coquille contenant la précieuse phéromone mémoire et de filer par un petit couloir transversal.

L'alerte résonne dans le jargon olfactif belokanien. C'est une phéromone dont la formule chimique est « C_8–H_{18}–0 ». La réaction est immédiate. On entend déjà le frottement de centaines de pattes guerrières.

Les intruses s'enfuient, ventre à terre. Il serait trop dommage de mourir là alors qu'elles sont les seules rebelles à avoir pénétré dans la Bibliothèque chimique et réussi à déchiffrer la phéromone sans doute la plus essentielle de la reine Chli-pou-ni !

Course-poursuite à travers les couloirs de la Cité. Comme dans un rallye de bobsleigh, les fourmis vont si vite qu'elles négocient des virages perpendiculairement au sol.

Parfois, au lieu de redescendre, elles continuent en sprintant au plafond. Il est vrai que la notion de haut et de bas est toute relative dans une fourmilière. Avec des griffes, on peut marcher et même courir partout.

Les bolides à six pattes filent à une allure vertigineuse. Le décor fonce sur elles.

Ça monte, ça descend, ça tourne. Fuyardes et poursuivantes enjambent un précipice. Toutes passent de justesse, sauf une qui trébuche et tombe.

Un masque luisant surgit devant la première rebelle. Elle n'a pas le temps de se rendre compte de ce qui lui arrive. Sous le masque se dresse la pointe d'un abdomen farci d'acide formique. Le jet bouillant transforme aussitôt la fourmi en une pâte molle. La deuxième rebelle, affolée, fait demi-tour et se précipite dans un passage latéral.

Dispersons-nous ! hurle-t-elle dans son langage olfactif. Ses six pattes labourent profondément le sol. Perte d'énergie. Une soldate apparaît sur son flanc gauche. Toutes deux courent si vite que la guerrière ne peut ni pincer sa proie avec ses mandibules, ni ajuster un tir d'acide. Alors, elle la bouscule et s'efforce de la broyer contre les parois.

Les carapaces s'entrechoquent avec un bruit mat. Les deux fourmis, propulsées à plus de 0,1 km/h dans les couloirs étriqués de la fourmilière, encaissent chacune des coups de boutoir. Elles tentent de se faire des croche-pattes. Elles se piquent de la pointe de la mandibule.

Elles vont à une telle allure qu'aucune ne s'aperçoit que le couloir se rétrécit encore, si bien que fugitive et poursuivante, projetées soudain dans une galerie-entonnoir, se percutent mutuellement. Les deux bolides explosent ensemble et des morceaux de chitine brisée se dispersent au loin sur un large périmètre. La troisième rebelle se rue, pattes au plafond, tête en bas. Une artilleuse la met en joue et, d'un tir précis, pulvérise sa patte postérieure droite. Sous le choc, l'espionne lâche l'ovoïde qui contient la phéromone mémoire de la reine.

Une garde récupère l'objet inestimable.

Une autre mitraille dix gouttes d'acide et liquéfie une antenne de la survivante. Les impacts de la rafale endommagent le plafond dont les débris obstruent momentanément le passage.

La petite rebelle peut souffler un instant mais elle sait qu'elle ne pourra plus aller bien loin. Non seulement elle a une antenne et une patte en moins, mais les gardes doivent maintenant veiller sur toutes les issues.

Déjà les soldates sont derrière elle. Les tirs d'acide formique fusent. Encore une patte de tranchée, à l'avant cette fois. Pourtant elle court toujours avec les quatre qui lui restent, et parvient à se blottir dans une anfractuosité du couloir.

Une garde la met en joue mais la blessée, elle aussi, dispose encore d'acide. Elle bascule l'abdomen, se place très vite en position de tir et vise la guerrière. Dans le mille ! L'autre a été moins habile, elle n'est parvenue qu'à lui couper la patte médiane gauche. Plus que trois pattes. La dernière fourmi espionne halète en boitillant. Il faut à tout prix qu'elle se sorte de ce traquenard et avertisse le reste des rebelles de cette croisade contre les Doigts.

Elle est passée par là, par là, émet une soldate qui a découvert le cadavre grillé de la duelliste.

Comment se sortir de là ? La rescapée s'enterre de

son mieux dans le plafond. Les autres ne penseront pas à regarder en l'air.

Le plafond, c'est sûrement l'endroit idéal pour improviser une planque.

Les gardes ne la repèrent qu'à leur second passage, lorsque l'une d'elles aperçoit une goutte dégoulinant d'en haut. Le sang transparent de la rebelle.

Maudite gravité !

La troisième rebelle se laisse choir d'entre les éboulis et entreprend de gifler tout le monde avec ses dernières pattes et son unique antenne valide. Une soldate lui attrape une patte et la tord jusqu'à ce qu'elle se casse. Une autre lui transperce le thorax de la pointe de sa mandibule sabre. Elle se dégage pourtant. Il lui reste encore deux pattes pour se traîner en claudiquant. Mais il n'y aura pas d'ultime échappatoire. Une longue mandibule sort d'un mur et lui tranche la tête en pleine course. Le crâne rebondit et roule le long de la galerie en pente.

Le reste du corps réussit encore une dizaine de pas avant de ralentir, de s'arrêter, de s'effondrer enfin. Les gardes ramassent les morceaux et les jettent dans le dépotoir de la Cité, sur les dépouilles de ses deux comparses. Voilà ce qui arrive à ceux qui se montrent trop curieux !

Les trois cadavres gisent abandonnés, telles des marionnettes brisées malencontreusement avant le début d'un spectacle.

5. ÇA COMMENCE

Journal *L'Écho du dimanche :*

TRIPLE CRIME MYSTÉRIEUX RUE DE LA FAISANDERIE

« Trois cadavres ont été découverts jeudi dans un immeuble de la rue de la Faisanderie, à Fontainebleau. On ignore les raisons de la mort de Sébastien, Pierre et Antoine Salta, trois frères qui partageaient le même appartement.

« Le quartier jouit d'une bonne réputation en matière de sécurité. Il n'a pas été dérobé d'argent ou d'objets précieux. Il n'a été relevé aucune trace d'effraction. Aucune arme ayant pu servir au crime n'a non plus été retrouvée sur les lieux.

« L'enquête, qui promet d'être délicate, a été confiée au célèbre commissaire Jacques Méliès, de la Brigade criminelle de Fontainebleau. Cette étrange affaire pourrait s'avérer le thriller de l'été pour les amateurs d'énigmes policières. L'assassin n'a qu'à bien se tenir. L.W. »

6. ENCYCLOPÉDIE

Encore vous ?
Vous avez donc découvert le second volume de mon Encyclopédie du savoir relatif et absolu.
Le premier était déposé bien en évidence sur le lutrin du temple souterrain, celui-ci a été plus difficile à dénicher, n'est-ce pas ?
Bravo.
Qui êtes-vous au juste ? Mon neveu Jonathan ? Ma fille ?
Non, vous n'êtes ni l'un ni l'autre.
Bonjour, lecteur inconnu !
Je souhaiterais mieux vous connaître. Déclinez devant les pages de ce livre vos nom, âge, sexe, profession, nationalité.
Quels sont vos intérêts dans la vie ?
Quelles sont vos forces et vos faiblesses ?
Oh et puis, peu importe. Je sais qui vous êtes.
Je sens vos mains qui caressent mes pages. C'est assez plaisant, d'ailleurs. Sur le bout de vos doigts, dans les sinuosités de vos empreintes digitales, je devine vos caractéristiques les plus secrètes.
Tout est inscrit jusque dans vos moindres fragments. J'y perçois même les gènes de vos ancêtres.
Dire qu'il a fallu que ces milliers de gens ne meu-

rent pas trop jeunes. Qu'ils se séduisent, s'accouplent jusqu'à en arriver à votre naissance !
Aujourd'hui, j'ai l'impression de vous voir en face de moi. Non, ne souriez pas. Restez naturel. Laissez-moi lire plus profondément en vous. Vous êtes bien plus que vous ne l'imaginez.
Vous n'êtes pas simplement un nom et un prénom, dotés d'une histoire sociale.
Vous êtes 71 % d'eau claire, 18 % de carbone, 4 % d'azote, 2 % de calcium, 2 % de phosphore, 1 % de potassium, 0,5 % de soufre, 0,5 % de sodium, 0,4 % de chlore. Plus une bonne cuillerée à soupe d'oligo-éléments divers : magnésium, zinc, manganèse, cuivre, iode, nickel, brome, fluor, silicium. Plus encore une petite pincée de cobalt, aluminium, molybdène, vanadium, plomb, étain, titane, bore.
Voilà la recette de votre existence.
Tous ces matériaux proviennent de la combustion des étoiles et on peut les trouver ailleurs que dans votre propre corps. Votre eau est similaire à celle du plus anodin des océans. Votre phosphore vous rend solidaire des allumettes. Votre chlore est identique à celui qui sert à désinfecter les piscines. Mais vous n'êtes pas que cela.
Vous êtes une cathédrale chimique, un faramineux jeu de construction avec ses dosages, ses équilibres, ses mécanismes d'une complexité à peine concevable. Car vos molécules sont elles-mêmes constituées d'atomes, de particules, de quarks, de vide, le tout lié par des forces électromagnétiques, gravitationnelles, électroniques, d'une subtilité qui vous dépasse.
Quoique ! Si vous êtes parvenu à trouver ce deuxième volume, c'est que vous êtes malin et que vous savez déjà beaucoup de choses de mon monde. Qu'avez-vous fait des connaissances que vous a livrées le premier volume ? Une révolution ? Une évolution ? Rien, sûrement.
Alors maintenant, installez-vous confortable-

ment pour mieux lire. Tenez votre dos droit. Respirez calmement.
Décontractez votre bouche.
Ecoutez-moi !
Rien de ce qui vous entoure dans le temps et dans l'espace n'est inutile. Vous n'êtes pas inutile. Votre vie éphémère a un sens. Elle ne conduit pas à une impasse. Tout a un sens.
Moi qui vous parle, tandis que vous me lisez, des asticots me dégustent. Que dis-je ? Je sers d'engrais à de jeunes pousses de cerfeuil très prometteuses. Les gens de ma génération n'ont pas compris où je voulais en venir.
Il est trop tard pour moi. La seule chose que je peux laisser, c'est une mince trace... ce livre.
Il est trop tard pour moi, mais il n'est pas trop tard pour vous. Vous êtes bien installé ? Détendez vos muscles. Ne pensez plus à rien d'autre qu'à l'univers dans lequel vous n'êtes qu'une infime poussière.
Imaginez le temps accéléré. Pfout, vous naissez, éjecté de votre mère tel un vulgaire noyau de cerise. Tchac, tchac, vous vous empiffrez de milliers de plats multicolores, transformant du même coup quelques tonnes de végétaux et d'animaux en excréments. Paf, vous êtes mort.
Qu'avez-vous fait de votre vie ?
Pas assez, sûrement.
Agissez ! Faites quelque chose, de minuscule peut-être, mais bon sang ! Faites quelque chose de votre vie avant de mourir. Vous n'êtes pas né pour rien. Découvrez ce pour quoi vous êtes né. Quelle est votre infime mission ?
Vous n'êtes pas né par hasard.
Faites attention.

Edmond Wells,
Encyclopédie du savoir relatif et absolu, tome II.

7. MÉTAMORPHOSES

Elle n'aime pas qu'on lui dise ce qu'elle doit faire.

La grosse chenille poilue, vert, noir et blanc, s'éloigne de cette libellule qui lui conseille de prendre garde aux fourmis et se rend tout au bout de la branche du frêne.

Elle glisse par reptation et ondulation. Elle pose d'abord ses six pattes avant. Ses dix pattes arrière les rejoignent grâce aux boucles qu'elle forme avec son corps.

Arrivée à l'extrémité de son promontoire, la chenille crache un peu de salive-colle pour fixer son arrière-train et se laisse choir, pendue la tête en bas.

Elle est très lasse. Elle en a terminé avec sa vie de larve. Ses souffrances s'achèvent. Maintenant, elle mute ou elle meurt.

Chut !

Elle s'emmitoufle dans un cocon constitué d'un solide filin de cristal souple.

Son corps se transforme en chaudron magique.

Elle a attendu ce jour longtemps, longtemps. Si longtemps.

Le cocon durcit et blanchit. La brise berce cet étrange fruit clair. Quelques jours plus tard, le cocon se gonfle, comme sur le point de pousser un soupir. Sa respiration devient plus régulière. Il vibre. Toute une alchimie se produit. Là-dessous se mélangent des couleurs, des ingrédients rares, des arômes délicats, des parfums surprenants, des jus, des hormones, des laques, des graisses, des acides, des chairs et même des croûtes.

Tout s'ajuste, se dose avec une précision inégalable dans le but de fabriquer un être nouveau. Et puis, le haut de la coque se déchire. De l'enveloppe d'argent sort une antenne timide qui déroule sa spirale.

La silhouette qui se dégage de son cercueil-berceau n'a plus rien de commun avec la chenille dont elle est issue.

Une fourmi, qui traînait dans les parages, a suivi cet instant sacré. D'abord fascinée par la splendeur de la métamorphose, elle se raisonne et se souvient qu'il ne s'agit que d'un gibier. Elle galope sur la branche afin de tuer le merveilleux animal avant qu'il ne déguerpisse.

Le corps humide du papillon sphinx se dégage tout entier de l'œuf originel. Les ailes se déploient. Splendides couleurs. Chatoiement de voiles légères, fragiles et pointues. Crénelures sombres sur lesquelles ressortent des teintes inconnues : jaune fluo, noir mat, orange brillant, rouge carmin, vermillon moyen et anthracite nacré.

La fourmi chasseresse bascule son abdomen sous son thorax pour se mettre en position de tir. Dans sa mire visuelle et olfactive, elle place le papillon.

Le sphinx aperçoit la fourmi. Il est fasciné par la pointe de l'abdomen qui le vise mais il sait que, de là, peut jaillir la mort. Or il n'est nullement disposé à mourir. Pas maintenant. Ce serait vraiment dommage.

Quatre yeux sphériques se fixent.

La fourmi considère le papillon. Il est ravissant, certes, mais il faut alimenter les couvains de chair fraîche. Toutes les fourmis ne sont pas végétariennes, loin de là. Celle-ci devine que sa proie s'apprête à décoller et anticipe son mouvement en relevant son organe de tir. Le papillon profite de cet instant pour s'élancer. Le jet d'acide formique, dévié, transperce sa voilure, y formant un petit trou d'un rond parfait.

Le papillon perd un peu d'altitude, le trou dans son aile droite laisse passer un sifflement. La fourmi est une tireuse d'élite et elle est convaincue de l'avoir touché. Mais l'autre n'en continue pas moins de brasser les airs. Ses ailes encore humides sèchent un peu plus à chaque battement. Il reprend de la hauteur, distingue en bas son cocon. N'en éprouve pas la moindre nostalgie.

La fourmi chasseresse est toujours embusquée. Nouveau tir. Une feuille poussée par une brise providentielle intercepte le projectile mortel. Le papillon vire sur l'aile et s'éloigne, guilleret.

La 103 683e soldate de Bel-o-kan a raté son coup.

Sa cible est désormais hors de portée. Elle contemple rêveuse le lépidoptère qui vole et l'envie un instant. Où va-t-il donc ? Il semble se diriger en direction du bord du monde.

En effet, le sphinx disparaît vers l'est. Il y a plusieurs heures qu'il vole et comme le ciel commence à grisonner, il repère au loin une lueur et se précipite aussitôt vers elle.

Captivé, il n'a plus qu'un seul objectif : rejoindre cette fabuleuse clarté. Parvenu en toute hâte à quelques centimètres de la source lumineuse, il accélère encore pour goûter plus vite à l'extase.

Le voici tout près du feu. Le bout de ses ailes est sur le point de s'enflammer. Il s'en moque, il veut plonger là-dedans, jouir de cette force chaude. Se fondre dans ce soleil. Va-t-il s'y embraser ?

8. MÉLIÈS RÉSOUT L'ÉNIGME DE LA MORT DES SALTA

— Non ?

Il tira un chewing-gum de sa poche et le happa.

— Non, non, non. Ne laissez pas entrer les journalistes. Je vais examiner tranquillement mes macchabées et après, on verra. Et éteignez-moi les bougies de ce candélabre ! Pourquoi les a-t-on allumées, d'abord ? Ah, il y avait une panne d'électricité dans l'immeuble ? Mais maintenant, le courant est revenu, non ? Alors, s'il vous plaît, pas de risque d'incendie.

Quelqu'un souffla les bougies. Un papillon dont l'extrémité des ailes flambait déjà échappa de justesse à la crémation.

Le commissaire mastiqua bruyamment son chewing-gum tout en inspectant l'appartement de la rue de la Faisanderie.

En ce début de XXIe siècle, peu de choses avaient changé par rapport au siècle précédent. Les techniques de criminologie avaient cependant légèrement évolué. Les cadavres étaient désormais recouverts de formol et de cire vitrifiante pour qu'ils conservent l'exacte position qui était la leur au moment de leur décès. La police avait donc tout loisir d'étudier à son gré la scène du crime. La méthode était bien plus pratique que les archaïques contours à la craie.

Le procédé déroutait un peu, mais les enquêteurs avaient fini par s'habituer à ces victimes, yeux ouverts, peau et vêtements entièrement recouverts de cire transparente, figés comme à la seconde de leur mort.

— Qui est arrivé le premier ici ?

— L'inspecteur Cahuzacq.

— Emile Cahuzacq ? Où est-il ? Ah, en bas... Parfait, dites-lui de me rejoindre.

Un jeune agent hésita :

— Euh, commissaire... Il y a là une journaliste de *L'Echo du dimanche* qui prétend que...

— Qui prétend quoi ? Non ! pas de journalistes pour l'instant ! Allez me chercher Emile.

Méliès arpenta de long en large le salon avant de se pencher sur Sébastien Salta. Son visage se colla presque sur le faciès déformé, les yeux exorbités, les sourcils levés, les narines écartées, la bouche grande ouverte, la langue tendue. Il discerna même des prothèses dentaires et les reliefs d'une ultime collation. L'homme avait dû avaler des cacahuètes et des raisins secs.

Méliès se tourna ensuite vers les corps des deux autres frères. Pierre avait les yeux écarquillés, la bouche béante. La cire vitrifiante avait conservé la chair de poule qui hérissait sa peau. Quant à Antoine, son visage était défiguré par une atroce grimace de terreur.

Le commissaire tira de sa poche une loupe éclairante et scruta l'épiderme de Sébastien Salta. Les poils étaient raides comme des piquets. Lui aussi s'était figé avec la chair de poule.

Une silhouette familière se profila devant Méliès. L'inspecteur Emile Cahuzacq. Quarante ans de bons et loyaux services à la Brigade criminelle de Fontainebleau. Des tempes grisonnantes, une moustache en pointe, un ventre rassurant. Cahuzacq était un homme tranquille qui s'était taillé sa juste place dans la société. Son seul souhait était de parvenir paisiblement, sans trop de vagues, à la retraite.

— C'est donc toi, Emile, qui es arrivé ici le premier ?

— Affirmatif.

— Et tu as vu quoi ?

— Ben, la même chose que toi. J'ai aussitôt demandé qu'on vitrifie les cadavres.

— Bonne idée. Que penses-tu de tout ça ?

— Pas de blessures, pas d'empreintes, pas d'arme du crime, pas de possibilités d'entrer ou de sortir... Aucun doute, c'est une affaire tordue pour toi !

— Merci.

Le commissaire Jacques Méliès était jeune, il avait à peine trente-deux ans, mais il jouissait déjà d'une réputation de fin limier. Il faisait fi de la routine et savait trouver des solutions originales aux affaires les plus compliquées.

Après avoir mené à leur terme de solides études scientifiques, Jacques Méliès avait renoncé à une brillante carrière de chercheur pour s'orienter vers sa seule passion : le crime. Au départ, ce furent des livres qui le convièrent à ce voyage au pays des points d'interrogation. Il était gavé de polars. Du Juge Ti à Sherlock Holmes, en passant par Maigret, Hercule Poirot, Dupin ou Rick Deckard, il s'était goinfré de trois mille ans d'investigations policières.

Son Graal à lui, c'était le crime parfait, toujours frôlé, jamais réalisé. Pour mieux se perfectionner, il s'était tout naturellement inscrit à l'Institut de criminologie de Paris. Il y connut sa première autopsie sur cadavre frais (et son premier évanouissement). Il y apprit comment ouvrir une serrure avec une épingle à cheveux, fabriquer une bombe artisanale ou la désamorcer. Il explora les mille manières de mourir propres à l'être humain.

Cependant, quelque chose le décevait dans ces cours : la matière première était mauvaise. On ne connaissait que les criminels qui s'étaient fait prendre. Donc, les imbéciles. Les autres, les intelligents, on ignorait tout d'eux puisqu'on ne les avait jamais retrouvés. L'un de ces impunis aurait-il découvert comment procéder au crime parfait ?

Le seul moyen de le savoir était de s'engager dans la police et de se mettre lui-même en chasse. Ce qu'il fit. Il gravit sans mal les échelons hiérarchiques. Il réussit son premier joli coup en faisant arrêter son propre professeur de déminage d'explosifs, une bonne couverture pour le chef d'un groupe terroriste !

Le commissaire Méliès entreprit de fureter dans le salon, fouillant des yeux le moindre recoin. Son regard se fixa finalement sur le plafond.

— Dis donc, Emile, il y avait des mouches quand tu es entré ici ?

L'inspecteur répondit qu'il n'y avait pas prêté garde. Quand il était arrivé, portes et fenêtres étaient closes mais ensuite, on avait ouvert la fenêtre et si mouches il y avait, elles avaient eu tout le temps de s'envoler.

— C'est important ? s'inquiéta-t-il.

— Oui. Enfin, non. Disons que c'est dommage. Tu as un dossier sur les victimes ?

Cahuzacq sortit une chemise cartonnée de la sacoche qu'il portait en bandoulière. Le commissaire consulta les différentes fiches qu'elle contenait.

— Qu'est-ce que t'en penses ?

— Il y a là quelque chose d'intéressant... Tous les frères Salta étaient chimistes de profession mais l'un des trois, Sébastien, était un personnage moins anodin qu'il n'y paraît de prime abord. Il menait une double vie.

— Tiens, tiens...

— Ce Salta-là était possédé par le démon du jeu. Son grand truc, c'était le poker. Il était surnommé « le géant du poker ». Pas seulement à cause de sa taille, mais surtout parce qu'il misait des sommes faramineuses. Récemment, il avait beaucoup perdu. Il s'était retrouvé dans une spirale de dettes. Et pour s'en sortir, le seul moyen qu'il avait vu était de jouer de plus en plus gros encore.

— Comment tu sais tout ça ?

— J'ai eu à fouiner, il n'y a pas longtemps, dans les milieux du jeu. Il était complètement grillé. Il paraît qu'on l'avait menacé de mort s'il ne remboursait pas au plus vite.

Méliès, pensif, cessa de mastiquer son chewing-gum.

— Il existait donc un mobile en ce qui concerne ce Sébastien...

Cahuzacq hocha la tête.

— Tu crois qu'il a pris les devants et qu'il s'est suicidé ?

Le commissaire ignora la question et se tourna à nouveau vers la porte :

— Quand tu es arrivé, elle était bien verrouillée de l'intérieur, non ?

— Affirmatif.

— Et les fenêtres aussi ?

— Toutes les fenêtres, même !

Méliès recommença à mâcher son chewing-gum avec ardeur.

— A quoi tu penses ? demanda Cahuzacq.

— A un suicide. Certes, ça peut sembler simpliste mais avec l'hypothèse du suicide, tout s'explique. Il n'existe pas de traces étrangères parce qu'il n'y a pas eu d'intrusion extérieure. Tout s'est passé en vase clos. Sébastien a tué ses frères et s'est suicidé.

— Ouais, mais avec quelle arme alors ?

Méliès ferma les paupières pour mieux chercher l'inspiration. Il énonça enfin :

— Un poison. Un puissant poison à effet retard. Du genre cyanure enrobé de caramel. Quand le caramel fond dans l'estomac, il libère son contenu mortel. Comme une bombe chimique à retardement. Tu m'as bien dit qu'il était chimiste ?

— Oui, à la CCG.

— Sébastien Salta n'a donc eu aucun mal à fabriquer son arme.

Cahuzacq ne paraissait pas encore tout à fait convaincu.

— Pourquoi, alors, ont-ils tous des visages si horrifiés ?

— La douleur. Quand le cyanure transperce l'estomac, c'est douloureux. Un ulcère en mille fois pire.

— Je comprends que Sébastien Salta se soit suicidé, fit Cahuzacq encore dubitatif, mais pourquoi aurait-il tué ses deux frères qui ne risquaient rien, eux ?

— Pour leur épargner la déchéance de la banqueroute. Il y a aussi ce vieux réflexe humain qui pousse à embarquer toute sa famille dans sa mort. Dans l'Egypte ancienne, les pharaons se faisaient bien inhumer avec leurs femmes, leurs serviteurs, leurs animaux et leurs meubles ! On a peur d'y aller seul, alors on emmène ses proches...

L'inspecteur était maintenant ébranlé par les certitudes du commissaire. Cela pouvait paraître trop simple ou trop sordide. N'empêche, seule l'hypothèse du suicide pouvait justifier l'absence de toute trace étrangère.

— Donc, je résume, reprit Méliès. Pourquoi tout est fermé ? Parce que tout se passe à l'intérieur. Qui a tué ? Sébastien Salta. Avec quelle arme ? Un poison retard de sa composition ! Quel mobile ? Le désespoir, l'incapacité de faire face aux énormes dettes de jeu contractées.

Emile Cahuzacq n'en revenait pas. Elle était donc si facile à résoudre, l'énigme annoncée par les journaux comme « le thriller de l'été » ? Et sans même recourir à toutes ces vérifications, confrontations de témoins, recherches d'indices, bref, à tout le bataclan de la profession. La réputation du commissaire Méliès était telle qu'elle ne laissait guère de place au doute. Son raisonnement de toute façon était le seul logiquement possible.

Un policier en tenue s'avança :

— Il y a toujours cette journaliste de *L'Echo du dimanche* qui voudrait vous interviewer. Elle attend depuis plus d'une heure et elle insiste pour...

— Est-elle mignonne ?

Le policier hocha la tête en signe d'acquiescement.

— Elle est même « très mignonne ». C'est une Eurasienne, je pense.

— Ah ? Et elle se nomme comment ? Tchoung Li ou Mang Chi-nang ?

L'autre protesta :

— Pas du tout. Laetitia Ouelle ou quelque chose dans ce genre-là.

Jacques Méliès hésita, mais un coup d'œil sur sa montre le décida :

— Dites à cette demoiselle que je suis désolé, mais je n'ai plus le temps. C'est l'heure de mon émission télé favorite : « Piège à réflexion ». Tu la connais, Emile ?

— J'en ai entendu parler, mais je ne l'ai jamais regardée.

— Alors là, tu as tort ! Ça devrait être un jogging cérébral obligatoire pour tous les détectives.

— Oh, pour moi, tu sais, c'est trop tard.

Le policier toussota :

— Et pour la journaliste de *L'Echo du dimanche ?*

— Dites-lui que je ferai une déclaration à l'Agence centrale de presse. Elle n'aura qu'à s'en inspirer.

Le policier se permit une petite question supplémentaire :

— Et cette affaire, vous en avez déjà trouvé la solution ?

Jacques Méliès sourit en spécialiste déçu par une énigme trop facile. Il confia cependant :

— Il s'agit d'un double assassinat et d'un suicide, le tout par empoisonnement. Sébastien Salta était couvert de dettes et affolé, il a voulu en finir une fois pour toutes.

Là-dessus, le commissaire pria tout le monde de quitter les lieux. Il éteignit lui-même la lumière et referma la porte.

De nouveau, la pièce du crime était vide.

Les cadavres luisants de cire reflétaient les néons rouges et bleus clignotant dans la rue. La remarquable prestation du commissaire Méliès les avait privés de toute aura tragique. Trois morts par empoisonnement, tout simplement.

Là où Méliès passait, la magie disparaissait.

Un fait divers et rien que ça. Trois figures hyperréalistes illuminées de flashes multicolores. Trois bonshommes figés comme les victimes momifiées de Pompéi.

Il restait pourtant comme un malaise : le masque de terreur absolue qui révulsait ces visages semblait indiquer qu'ils avaient vu quelque chose de plus effroyable que le déferlement des laves du Vésuve.

9. TÊTE-À-TÊTE AVEC UN CRÂNE

103 683ᵉ se calme. Elle a poursuivi pour rien son affût. Le beau papillon neuf n'est pas revenu. Elle torche la pointe de son abdomen d'un coup de patte poilue et s'achemine vers le bout de la branche pour récupérer le cocon abandonné. C'est le genre d'objet toujours utile dans une fourmilière. Il peut servir d'amphore à miellat comme de gourde portable.

103 683ᵉ se lave les antennes et les agite à 12 000 vibrations/seconde pour déceler si rien d'autre d'intéressant ne traîne aux alentours. Pas l'ombre d'un gibier. Tant pis.

103 683ᵉ est une fourmi rousse de la cité fédérée de Bel-o-kan. Elle est âgée d'un an et demi, ce qui correspond à quarante ans chez les humains. Sa caste est celle des soldates exploratrices asexuées. Elle arbore ses antennes en panache, assez haut. Son port de cou et de thorax révèle un caractère de plus en plus affirmé. L'une de ses brosses-éperons tibiales est cassée mais l'ensemble de la machine est encore en parfait état de marche, même si la carrosserie est zébrée de rayures.

Ses petits yeux hémisphériques examinent le décor à travers le tamis des facettes oculaires. Vision grand-angle. Elle peut voir devant, derrière et dessus simultanément. Rien ne bouge aux alentours. Plus de temps à perdre par ici.

Elle descend de l'arbuste en utilisant les puvilis placés sous l'extrémité de ses pattes. Ces petites pelotes filandreuses sécrètent une substance adhésive qui lui permet de se déplacer sur des surfaces complètement lisses, même à la verticale, même à l'envers.

103 683e emprunte une piste odorante et marche dans la direction de sa cité. Autour d'elle, les herbes s'élancent en hautes futaies vertes. Elle croise de nombreuses ouvrières belokaniennes qui courent en suivant les mêmes rails olfactifs. Par endroits, des cantonnières ont creusé la piste en sous-sol pour que ses usagers ne soient pas gênés par les rayons de soleil.

Une limace traverse par inadvertance une piste fourmi. Des soldates l'en chassent aussitôt en la piquant de la pointe de leurs mandibules. On nettoie ensuite toute la bave qu'elle a laissée en travers du chemin.

103 683e croise un drôle d'insecte. Il n'a qu'une aile et rampe à même le sol. Vu de plus près, ce n'est qu'une fourmi qui transporte une aile de libellule. Salutations. Cette chasseresse a eu plus de chance qu'elle. Car rentrer bredouille ou ramener un cocon de papillon, cela ne fait pas une grosse différence.

L'ombre de la Cité commence à se profiler. Puis le ciel disparaît carrément. Il n'y a plus qu'un massif de branchettes.

C'est Bel-o-kan.

Créée par une reine fourmi égarée (Bel-o-kan signifie « Cité de la fourmi égarée »), menacée par les guerres inter-fourmis, les tornades, les termites, les guêpes, les oiseaux, la cité de Bel-o-kan survit fièrement depuis plus de cinq mille ans.

Bel-o-kan, siège central des fourmis rousses de Fontainebleau.

Bel-o-kan, plus grande force politique de la région.

Bel-o-kan, fourmilière où est né le mouvement évolutionnaire myrmécéen.

Chaque menace la consolide. Chaque guerre la rend plus combative. Chaque défaite la rend plus intelligente.

Bel-o-kan, la ville aux trente-six millions d'yeux, aux cent huit millions de pattes, aux dix-huit millions de cerveaux. Vivante et splendide.

103 683e en connaît tous les carrefours, tous les

ponts souterrains. Pendant son enfance, elle a visité les salles où l'on cultive les fongus blancs, celles où l'on trait les troupeaux de pucerons et celles où les individus citernes se tiennent immobiles, accrochés au plafond. Elle a couru dans les galeries de la Cité interdite, jadis creusées par les termites dans le bois d'une souche de pin. Elle a été témoin de toutes les améliorations apportées par la nouvelle reine Chli-pou-ni, son ancienne complice d'aventures.

C'est Chli-pou-ni qui a inventé le « mouvement évolutionnaire ». Elle a renoncé au titre de nouvelle Belo-kiu-kiuni pour créer sa propre dynastie : celle des reines Chli-pou-ni. Elle a changé l'unité de mesure de l'espace : ce n'est plus la tête (3 mm), mais le pas (1 cm). Puisque les Belokaniennes voyageaient plus loin, une unité plus large s'imposait désormais.

Dans le cadre du mouvement évolutionnaire, Chli-pou-ni a construit la Bibliothèque chimique et, surtout, elle a accueilli toutes sortes d'animaux commensaux qu'elle étudie pour ses phéromones zoologiques. Elle essaie notamment d'apprivoiser les espèces volantes et nageantes. Scarabées et dytiques...

Il y a longtemps que 103 683ᵉ et Chli-pou-ni ne se sont point revues. Il est difficile d'approcher la jeune reine, trop occupée à pondre et à réformer la ville. La soldate n'en a pas pour autant oublié leurs communes aventures dans les sous-sols de la Cité, l'enquête qu'ensemble elles ont menée pour découvrir l'arme secrète, la lochemuse pourvoyeuse de drogue qui a tenté de les empoisonner, la lutte contre les fourmis espionnes aux odeurs de roche.

103 683ᵉ se souvient aussi de son grand voyage vers l'est, de son contact avec le bord du monde, du pays des Doigts où tout ce qui vit meurt.

Plusieurs fois la soldate a demandé de monter une nouvelle expédition. On lui a répondu qu'il y avait trop à faire ici pour lancer des caravanes suicidaires aux confins de la planète.

Tout ça, c'est du passé.

D'ordinaire, la fourmi ne pense jamais au passé, ni

au futur d'ailleurs. Elle n'est généralement pas même consciente de son existence en tant qu'individu. Pas de notion de « je », de « mien » ou de « tien », elle ne se réalise qu'à travers sa communauté, pour la communauté. Comme il n'y a pas de conscience de soi, il n'y a pas de peur de sa propre mort. La fourmi ignore l'angoisse existentielle.

Mais une transformation s'était produite en 103 683e. Son voyage au bout du monde avait fait naître en elle une petite conscience du « je », certes encore rudimentaire mais déjà très pénible à assumer. Dès que l'on commence à penser à soi, surgissent les problèmes « abstraits ». Chez les fourmis, on appelle cela la « maladie des états d'âme ». Elle affecte en général les sexués. Le seul fait de se demander : « Est-ce que je suis frappé par la maladie des états d'âme ? » indique, selon la sagesse myrmécéenne, que l'on est déjà sérieusement touché.

103 683e essaie donc de ne pas se poser de questions. Mais c'est difficile...

Autour d'elle, la piste s'est maintenant élargie. Le trafic s'est considérablement densifié. Elle se frotte à la foule, s'efforce de ne se sentir qu'une infime particule dans une masse qui la dépasse. Les autres, être les autres, vivre au travers des autres, se sentir démultipliée par son entourage, qu'y a-t-il de plus réjouissant ?

Elle gambade sur la large route encombrée. La voici arrivée aux abords de la quatrième porte de la Cité. Comme d'habitude, c'est la pagaille ! Il y a tellement de monde que le passage est bouché. Il faudrait agrandir l'entrée numéro 4 et imposer un peu de discipline dans la circulation. Par exemple, que celles qui transportent les gibiers les moins volumineux fassent place aux autres. Ou bien que celles qui rentrent aient la priorité sur celles qui sortent. Au lieu de cela, c'est l'embouteillage, plaie de toutes les métropoles !

Pour sa part, 103 683e n'est pas si pressée de ramener son piètre cocon vide. En attendant que les choses se tassent, elle décide de faire un petit tour sur le dépotoir. Quand elle était jeune, elle adorait jouer dans les ordures. Avec des camarades de sa caste guerrière, elle lançait des crânes et cherchait à les atteindre d'un jet d'acide pendant qu'ils étaient en l'air. Il fallait vite presser sa glande à poison. C'est d'ailleurs ainsi que 103 683e est devenue tireuse d'élite. C'est là, dans le dépotoir, qu'elle a appris à dégainer et à viser à la vitesse d'un claquement de mandibules.

Ah, le dépotoir... Les fourmis le construisent toujours avant leur cité. Elle se souvient d'une soldate mercenaire étrangère qui, en arrivant pour la première fois à Bel-o-kan, avait émis : « Je vois le dépotoir, mais où est la Cité ? » Il faut reconnaître que ces hautes collines faites de carcasses, de cosses de céréales et de déjections diverses tendent à envahir les abords de la ville. Certaines entrées *(Au secours !)* en sont totalement obstruées et, plutôt que de déblayer, on préfère creuser ailleurs de nouveaux passages.

(Au secours !)

103 683e se retourne. Il lui a semblé que quelqu'un venait de gémir une odeur. *Au secours !* Elle en est certaine, cette fois. Une nette odeur de communication émane de ce tas d'immondices. Les ordures se mettraient-elles à parler ? Elle s'approche, fouille une pile de cadavres du bout des antennes.

Au secours !

C'est l'un de ces trois débris, là, qui a émis. Côte à côte, il y a une tête de coccinelle, une tête de sauterelle et une tête de fourmi rousse. Elle les palpe toutes et détecte une fragrance infime de vie au niveau des antennes d'un bout de fourmi rousse. La soldate saisit alors le crâne entre ses deux pattes antérieures et le maintient en face du sien.

Quelque chose doit être su, émet la bille crasseuse sur laquelle est gauchement implantée une antenne célibataire.

Quelle obscénité ! Un crâne qui veut encore s'exprimer ! Cette fourmi n'a donc pas assez de décence pour accepter le repos de la mort ! 103 683e éprouve un instant la tentation d'expédier ce crâne en l'air pour le pulvériser d'un jet d'acide précis comme elle s'amusait à le faire autrefois. Ce n'est pas seulement la curiosité qui la retient : *Il faut toujours réceptionner les messages de ceux qui veulent émettre* est un vieil adage myrmécéen.

Mouvement d'antennes. 103 683ᵉ indique que conformément au précepte, elle réceptionnera tout ce que voudra émettre cette tête inconnue.

Le crâne éprouve de plus en plus de difficultés à penser. Il sait pourtant qu'il doit se souvenir d'une information importante. Il sait qu'il doit faire remonter ses idées en haut de son antenne unique, afin que la fourmi dont il prolongeait jadis le corps n'ait pas vécu pour rien.

Mais, n'étant plus branché sur le cœur, le crâne n'est plus irrigué. Les replis de son cerveau sont même un peu secs. En revanche, l'activité électrique demeure efficace. Il reste encore une petite flaque de neuromédiateurs dans la cervelle. Profitant de cette légère humidité, des neurones se connectent, des petits courts-circuits électriques prouvent que les idées parviennent à quelques aller-retour intéressants.

Ça commence à revenir.

Elles étaient trois. Trois fourmis. Mais de quelle espèce ? Des rousses. Des rebelles rousses ! De quel nid ? De Bel-o-kan. Elles s'étaient infiltrées dans la Bibliothèque chimique pour... Pour y lire une phéromone mémoire très surprenante. Et cette phéromone parlait de quoi ? De quelque chose d'important. De si important que la garde fédérale les a prises en chasse. Ses deux amies sont mortes. Assassinées par les guerrières. Le crâne s'assèche. Trois morts pour rien, s'il oublie. Il doit faire remonter l'information. Il le doit. Il le faut.

En face des globes oculaires du crâne, il y a une fourmi qui demande pour la cinquième fois ce qu'il a à communiquer.

Une nouvelle flaque de sang est repérée dans le cerveau. On peut l'utiliser pour continuer à réfléchir un peu. La jonction électrique et chimique s'effectue entre un pan entier de mémoire et le système émetteur-récepteur. Alimenté par l'énergie de quelques protéines et de sucres qui subsistent dans le lobe frontal, le cerveau parvient à délivrer un message.

Chli-pou-ni veut lancer une croisade pour LES tuer tous. Il faut d'urgence avertir les rebelles.

103 683e ne comprend pas. Cette fourmi, ou plutôt ce débris de fourmi, parle de « croisade », de « rebelles ». Il y aurait des rebelles dans la Cité ? Voilà du nouveau ! Mais la soldate sent que ce crâne ne va pas pouvoir dialoguer longtemps. Ne pas perdre une molécule en digressions inutiles. Face à une phrase aussi déconcertante, quelle est la bonne question ? Les mots sortent d'eux-mêmes de ses antennes.

Où puis-je rejoindre ces « rebelles » pour les avertir ?

Le crâne produit encore un effort, il vibrote.

Au-dessus des nouvelles étables à scarabées rhinocéros... Un faux plafond...

103 683e joue son va-tout.

Cette croisade est dirigée contre qui ?

Le crâne frissonne. Ses antennes tremblent. Parviendra-t-il à cracher une ultime demi-phéromone ?

Un relent, à peine perceptible à l'antenne, émerge. Il ne contient qu'un unique mot parfumé. 103 683e le touche du dernier segment de son appendice sensoriel. Elle hume. Ce mot, elle le connaît. Elle le connaît même trop bien.

Doigts.

A présent, les antennes du crâne sont complètement asséchées. Elles se crispent. Il ne reste plus la moindre odeur d'information dans cette boule noire.

103 683e est ébahie.

Une croisade pour massacrer tous les Doigts...

Carrément.

10. PAPILLON DU SOIR, BONSOIR

Pourquoi la lueur s'est-elle éteinte soudain ? Le papillon avait certes senti le feu qui allait lui ronger les ailes, mais il était prêt à tout pour goûter à l'extase de la lumière... Il avait été si près de la réussir, cette osmose avec la chaleur !

Le sphinx déçu retourne dans la forêt de Fontainebleau et s'élève haut, haut dans le ciel. Il vole longtemps avant d'atteindre les lieux où il a parachevé sa métamorphose.

Grâce à ses milliers de facettes oculaires, il discerne parfaitement, du ciel, le plan de la région. Au centre, la fourmilière de Bel-o-kan. Tout autour, des petites villes et des villages aménagés par les reines rousses. Elles appellent cet ensemble la « fédération de Bel-o-kan ». En fait, celle-ci a pris une telle importance politique qu'il s'agit désormais d'un empire. Dans la forêt, plus personne n'ose remettre en question l'hégémonie des fourmis rousses.

Elles sont les plus intelligentes, les mieux organisées. Elles savent utiliser des outils, ont vaincu les termites et les fourmis naines. Elles abattent des animaux cent fois plus volumineux qu'elles. Nul ne doute dans la forêt qu'elles sont les vrais maîtres du monde, et les seuls.

A l'ouest de Bel-o-kan, s'étendent de dangereux territoires, truffés d'araignées et de mantes religieuses. (Prends garde, papillon !)

Au sud-ouest, une contrée à peine moins sauvage est envahie de guêpes tueuses, de serpents et de tortues. (Danger.)

A l'est, toutes sortes de monstres à quatre, six ou huit pattes et autant de bouches, de crochets et de dards qui empoisonnent, écrasent, broient, liquéfient.

Au nord-est, il y a la toute nouvelle cité abeille, la ruche d'Askoleïn. Y vivent des abeilles féroces qui, sous prétexte d'étendre leur zone de récolte de pollen, ont déjà détruit plusieurs nids de guêpes.

Encore plus à l'est, se trouve le fleuve nommé « Mangetout » car il engloutit instantanément tout ce qui se pose à sa surface. De quoi inciter à la prudence.

Tiens, une nouvelle cité a fait son apparition sur la

berge. Intrigué, le papillon s'en approche. Des termites ont dû la construire tout récemment. L'artillerie placée sur les donjons les plus élevés du lieu tente sur-le-champ d'abattre l'intrus. Mais ce dernier plane trop haut pour être inquiété par ces misérables.

Le sphinx vire de bord, survole les falaises du Nord, les montagnes escarpées qui encerclent le grand chêne. Puis il descend vers le sud, pays des phasmes et des champignons rouges.

Soudain, il repère une femelle papillon qui exhale jusqu'à cette altitude le fort parfum de ses hormones sexuelles. Il accourt pour la voir de plus près. Ses couleurs sont encore plus éclatantes que les siennes. Elle est si belle ! Mais elle demeure étrangement immobile. Bizarre. Elle possède bien les effluves, les formes et la consistance d'une dame papillon, mais... Infamie ! C'est une fleur qui, par mimétisme, se fait passer pour ce qu'elle n'est pas. Chez cette orchidée, tout est faux : les odeurs, les ailes, les couleurs. De la pure tricherie botanique ! Hélas ! le sphinx l'a découvert trop tard. Ses pattes sont engluées. Il ne peut plus redécoller de là.

Le sphinx bat si fort des ailes qu'il génère un courant d'air qui arrache des étoiles à une fleur de pissenlit. Il dérape doucement sur les bords de l'orchidée en forme de cuvette. En vérité, cette corolle n'est qu'un estomac béant. Au fond de la cuvette se dissimulent tous les acides digestifs qui permettent à une fleur de manger un papillon.

Est-ce la fin ? Non. La chance se présente sous la forme de deux Doigts recourbés en pince qui lui saisissent les ailes et le délivrent du péril pour le jeter dans un pot transparent.

Le pot franchit une grande distance.

Le jeune papillon est ensuite conduit dans une zone lumineuse. Les Doigts le tirent du pot, l'enduisent d'une substance jaune très odorante qui lui durcit les ailes. Plus possible de prendre son essor ! Les Doigts saisissent alors un gigantesque pieu chromé couronné d'une boule rouge et, d'un coup sec,... l'enfoncent dans son cœur. En guise d'épitaphe, ils posent une étiquette juste au-dessus de sa tête : « Papillonus vulgaris ».

11. ENCYCLOPÉDIE

CHOC ENTRE CIVILISATIONS : La rencontre entre deux civilisations constitue toujours un moment délicat. L'arrivée des premiers Occidentaux en Amérique centrale a été l'occasion d'un vaste quiproquo. La religion aztèque enseignait qu'un jour, arriveraient sur terre des messagers du dieu serpent à plumes, Quetzalcoatl. Ils auraient la peau claire, trôneraient sur de grands animaux à quatre pattes et cracheraient le tonnerre pour châtier les impies.

Si bien que lorsque, en 1519, on leur signala que des cavaliers espagnols venaient de débarquer sur la côte mexicaine, les Aztèques pensèrent qu'il s'agissait de « Teules » (divinités, en langue nahuatl).

Pourtant, en 1511, juste quelques années avant cette apparition, un homme les avait mis en garde. Guerrero était un marin espagnol qui avait fait naufrage sur les rivages du Yucatan, quand les troupes de Cortés étaient encore cantonnées sur les îles de Saint-Domingue et de Cuba.

Guerrero se fit facilement accepter par la population locale et épousa une autochtone. Il annonça que les Conquistadores débarqueraient bientôt. Il leur assura qu'ils n'étaient ni des dieux ni des envoyés des dieux. Il les avertit qu'il leur faudrait se méfier d'eux. Il leur enseigna comment fabriquer des arbalètes pour se défendre. (Jusqu'alors, les Indiens n'utilisaient que des flèches et des haches aux pointes d'obsidienne ; or l'arbalète était la seule arme capable de transpercer les armures métalliques des hommes de Cortés.) Guerrero répéta qu'il ne fallait pas craindre les chevaux et recommanda, surtout, de ne pas s'affoler face à des armes à feu. Ce n'étaient ni des armes magiques, ni des morceaux de foudre. « Comme vous, les Espagnols sont faits de chair et de sang. On peut les vaincre », disait-il sans cesse. Et pour le prouver, il se fit lui-même une entaille d'où s'écoula le sang rouge commun à tous les hommes. Guerrero se préoccupa tant et si bien d'instruire les Indiens de son village que, lorsque les Conquistadores de Cortés vinrent l'attaquer, ils eurent la surprise d'affronter pour la première fois en Amérique une véritable armée indienne qui leur résista plusieurs semaines durant.

Mais l'information n'avait pas circulé au-delà de ce village. En septembre 1519, le roi aztèque Moctezuma partit à la rencontre de l'armée espagnole avec des chars jonchés de bijoux en guise d'offrandes. Le soir même, il était assassiné. Un an plus tard, Cortés détruisait au canon Tenochtitlán, la capitale aztèque, après en avoir affamé la population en l'assiégeant pendant trois mois.

Quant à Guerrero, il périt tandis qu'il organisait l'attaque nocturne d'un fortin espagnol.

Edmond Wells,
Encyclopédie du savoir relatif et absolu, tome II.

12. LAETITIA N'APPARAÎT PAS ENCORE

Après sa rapide résolution de l'affaire Salta, le commissaire Jacques Méliès fut convoqué chez le préfet Charles Dupeyron. Le responsable de la police tenait à le féliciter personnellement. Dans un salon richement décoré, le préfet lui confia d'emblée que cette « affaire des frères Salta » avait produit forte impression « en haut lieu ». Certains, parmi les hommes politiques les plus en vue, avaient qualifié son enquête de « modèle de rapidité et d'efficacité à la française ».

Le préfet lui demanda ensuite s'il était marié.

Méliès, surpris, répondit qu'il était célibataire mais, comme l'autre insistait, il reconnut qu'il se conduisait comme tout le monde : il papillonnait de-ci, delà en essayant d'éviter d'attraper une maladie vénérienne.

Charles Dupeyron enchaîna en lui suggérant de songer à prendre épouse. Il se forgerait ainsi une image sociale qui lui permettrait d'entrer en politique. Il le verrait bien, pour commencer, en député ou en maire. Il souligna que la nation, toutes les nations avaient besoin de gens sachant résoudre des problèmes complexes. Si lui, Jacques Méliès, était capable de comprendre comment trois personnes avaient été assassinées à huis clos, il serait sans doute à même de résoudre d'autres questions délicates, telles que : comment résorber le chômage, lutter contre l'insécurité des banlieues, réduire le déficit de la Sécurité sociale, équilibrer la balance du budget. Bref, toutes ces petites énigmes auxquelles sont chaque jour confrontés les dirigeants d'un pays.

— Nous avons besoin de gens aptes à utiliser leur cervelle et, par les temps qui courent, ils se font rares, déplora le préfet. Sachez donc que si vous voulez vous lancer dans cette autre aventure qu'est la politique, je serai le premier à vous soutenir.

Jacques Méliès répondit que ce qui l'intéressait dans une énigme, c'était qu'elle soit abstraite et gratuite. Il ne s'investirait jamais dans le but d'acquérir du pouvoir. Dominer les autres était trop fatigant. Quant à sa vie sentimentale, elle ne fonctionnait pas si mal que cela et il préférait qu'elle reste de son domaine privé.

Le préfet Dupeyron rit de bon cœur, lui posa la main sur l'épaule en affirmant que lui aussi avait eu exactement les mêmes idées à son âge. Et puis, il avait changé. Ce n'était pas le besoin de dominer les autres qui l'avait poussé, mais le besoin de n'être dominé par personne.

— Il faut être riche pour mépriser l'argent, il faut avoir du pouvoir pour mépriser le pouvoir !

Le jeune Dupeyron avait donc accepté de gravir

une à une les strates de la hiérarchie humaine. Maintenant il se disait protégé de tout, il ne craignait plus les lendemains qui déchantent, il avait engendré deux héritiers qu'il avait placés dans une des écoles privées les plus chères de la ville, il possédait une voiture de luxe, du temps libre et il était entouré de centaines de courtisans. Que rêver de mieux ?

« De rester un enfant fasciné par les polars », songea Méliès qui choisit cependant de garder sa pensée pour lui.

L'entrevue terminée, le commissaire quittait la préfecture quand il remarqua près de la grille un vaste panneau recouvert d'affiches électorales aux slogans divers : « Pour une démocratie basée sur les vraies valeurs, votez social-démocrate ! », « Non à la crise ! Assez de promesses non tenues. Rejoignez le Mouvement des radicaux républicains ! », « Sauvez la planète en soutenant le Renouveau national-écologiste ! », « Révoltez-vous contre les injustices ! Adhérez au Front populaire indépendant ».

Et partout, ces mêmes faces de types bien nourris, qui ont leur secrétaire pour maîtresse et se prennent pour des caïds ! Le préfet lui proposait de devenir leur semblable. Un notable !

Pour Méliès, aucun doute. Foin des honneurs, mieux valaient sa vie dissolue, sa télé et ses enquêtes criminelles. « Si tu ne veux pas d'embêtements, n'aie pas d'ambitions », préconisait son père. Pas de désirs, pas de souffrances. Aujourd'hui, il ajouterait peut-être : « N'aie pas les mêmes ambitions que tous ces crétins, invente-toi une propre quête qui transcende la vie banale. »

Jacques Méliès s'était déjà marié deux fois et, par deux fois, il avait divorcé. Il avait résolu avec délectation une cinquantaine d'énigmes. Il possédait un appartement, une bibliothèque, un groupe d'amis. Il en était satisfait. En tout cas, il s'en contentait.

Il rentra à pied chez lui, en passant par la place du Poids-de-l'Huile, l'avenue du Maréchal-de-Lattre-de-Tassigny et la rue de la Butte-aux-Cailles.

Partout autour de lui, des gens couraient en tous

sens, des automobilistes klaxonnaient, excédés, des femmes frappaient bruyamment leurs tapis aux fenêtres. Des gamins se poursuivaient en se tirant dessus avec des pistolets à eau. « Pan, pan, pan, vous êtes morts tous les trois ! » hurla l'un d'eux. Ces gosses en train de jouer aux gendarmes et aux voleurs agacèrent profondément Jacques Méliès.

Il arriva devant son immeuble. C'était un grand ensemble formant un rectangle parfait, de cent cinquante mètres de haut et autant de large. Des corbeaux tournoyaient autour des antennes de télévision. Toujours aux aguets, la concierge passa la tête par la fenêtre de sa loge. Elle l'interpella aussitôt :

— Bonjour, monsieur Méliès ! Vous savez, j'ai vu dans le journal ce qu'ils racontent sur vous. Ce ne sont que des jaloux !

Il s'étonna :

— Pardon ?

— Moi, en tout cas, je suis sûre que c'est vous qui avez raison.

Il grimpa quatre à quatre les marches de son appartement. Chez lui, Marie-Charlotte l'attendait, comme d'habitude. Elle l'aimait d'amour-passion et, comme tous les jours, elle était allée chercher son journal. Quand il ouvrit sa porte, elle le tenait d'ailleurs encore entre ses dents. Il ordonna :

— Lâche ça, Marie-Charlotte !

Elle obéit sans rechigner et Méliès se jeta fébrilement sur *L'Echo du dimanche*. Il ne tarda pas à y découvrir sa photo et le gros titre qui le surmontait :

QUAND LA POLICE S'EMMÊLE
Un éditorial de Laetitia Wells

« La démocratie offre beaucoup de droits. Elle nous permet, entre autres, d'exiger le respect même lorsqu'on est réduit à l'état de cadavre. Voici pourtant que ce droit est dénié à la défunte famille Salta. Non seulement le mystère de ce triple meurtre n'a pas été élucidé mais pour comble, feu M. Sébastien Salta se retrouve, sans qu'il puisse désormais se défendre, accusé d'avoir assassiné ses deux frères avant de se faire lui-même justice.

« De qui se moque-t-on, et comme il est commode d'accuser des trépassés qui ne peuvent plus disposer de l'assistance d'un avocat ! Le triple crime de la rue de la Faisanderie aura du moins eu le mérite de mieux nous faire connaître la personnalité du commissaire Jacques Méliès. Voilà un homme qui, fort de sa célébrité, se permet de bâcler sans vergogne son enquête. En déclarant à l'Agence centrale de presse que les frères Salta sont tous morts empoisonnés, non seulement M. le commissaire Méliès se permet un jugement hâtif sur une affaire beaucoup plus compliquée qu'il n'y paraît de prime abord, mais de surcroît, il insulte des morts !

« Suicide ? Pour avoir entrevu la dépouille de Sébastien Salta, je peux assurer que cet homme est décédé en proie à la plus affreuse des terreurs. Son visage n'était qu'horreur !

« Il est facile de penser que l'auteur d'un double fratricide ait pu en éprouver le plus vif des remords, d'où cette expression. Mais pour quiconque possède quelques notions de psychologie humaine, et il ne semble pas que ce soit le cas de M. le commissaire Méliès, un homme capable d'introduire un poison mortel dans un plat qu'il partagera ensuite avec sa famille a dépassé le stade des états d'âme. Sa face ne devrait plus exprimer que la sérénité enfin retrouvée.

« La douleur, alors ? Celle provoquée par un poison n'est pas aussi aiguë. Et encore faudrait-il savoir de quelle nature était ce poison qui expliquerait tout. Pour ma part, je suis allée à la Morgue puisque la police ne me permettait pas d'enquêter sur les lieux du crime. J'ai interrogé le médecin légiste qui m'a révélé qu'aucune autopsie n'avait été pratiquée sur les corps des trois Salta. L'affaire a donc été close sans que l'on connaisse les causes précises de leur décès. Quel manque de sérieux de la part de M. le commissaire Méliès, criminologue si réputé !

« Ce si rapide classement de l'affaire Salta donne matière à réflexion et même à inquiétude. On peut, à bon droit, se demander si le niveau d'études des cadres de notre police nationale est assez élevé pour faire face à la subtilité de la nouvelle criminalité. L. W. »

Méliès froissa le journal en boule et proféra un juron.

13. 103 683e SE POSE DES QUESTIONS

Doigts !

Les Doigts !

Un tremblement inconnu s'empare de 103 683e.

Normalement, les fourmis ignorent la peur. Mais 103 683e est-elle encore « normale » ? En prononçant le mot odorant *Doigt*, le crâne du dépotoir a éveillé en elle une zone du cerveau endormie car inutilisée depuis mille générations. La zone de la peur.

Jusqu'ici, quand la soldate repensait au bord du monde, elle censurait ses souvenirs. Elle gommait dans son esprit sa rencontre avec les Doigts. Les Doigts et leur puissance phénoménale, leur morphologie incompréhensible, leur pulsion de mort aveugle.

Mais ce crâne, stupide lambeau d'une carcasse crevée, a suffi pour redynamiser la zone de la peur. Jadis 103 683e avait été une guerrière intrépide, toujours en première ligne des légions qui affrontaient l'armée des fourmis naines. Elle s'était spontanément proposée pour partir vers l'Orient maléfique. Elle avait lutté contre les espionnes aux odeurs de roche. Elle avait chassé des animaux dont la tête était si haute qu'on ne la voyait plus. Mais sa rencontre avec les Doigts lui avait ôté toute son impétuosité.

103 683e se souvient vaguement de ces monstres d'apocalypse. Elle revoit son amie, la vieille 4 000e, aplatie comme une feuille par un nuage noir ultrarapide.

Certains les appelaient « gardiens du bout du

monde », « animaux infinis », « ombres dures », « craque-bois », « pue-la-mort »...

Mais depuis peu, toutes les fourmilières de la région s'étaient accordées pour attribuer un même nom au déroutant phénomène :

Les Doigts !

Doigts : ces choses qui surgissent de nulle part pour semer la mort. Doigts : ces animaux qui pulvérisent tout sur leur passage. Doigts : ces masses qui enfoncent et écrasent les petites cités. Doigts : ces ombres qui polluent la forêt avec des produits empoisonnant tous ceux qui y goûtent. Rien que d'y penser, 103 683e a un sursaut de répulsion.

Elle est écartelée entre deux émotions : la peur, étrangère à son espèce, et une autre qui, en revanche, lui est bien propre — la curiosité !

Depuis cent millions d'années, les fourmis courent après un perpétuel progrès. Le mouvement évolutionnaire lancé par Chli-pou-ni n'est qu'une expression parmi d'autres de ce besoin typiquement fourmi d'aller toujours plus loin, plus haut, plus fort.

103 683e n'y échappe pas. Sa curiosité chasse sa peur. Après tout, un crâne exsangue qui parle de rebelles et de croisade contre les Doigts, ce n'est pas banal !

103 683e se nettoie les antennes, signe chez elle d'un besoin de faire le point.

Elle les dresse vers un ciel improbable.

L'air est lourd, comme si une présence prédatrice se tenait quelque part aux aguets, prête à surgir pour défier la Cité. Les rameaux alentour sont agités par une soudaine brise. Les arbres semblent lui dire de prendre garde, mais les arbres disent n'importe quoi. Ils sont si grands qu'ils n'ont cure des drames qui se jouent entre leurs racines. 103 683e n'apprécie guère la mentalité des arbres qui est de laisser faire et de ne pas bouger. Comme s'ils étaient invincibles ! Il arrive pourtant que les arbres s'écroulent, cassés par la tempête, calcinés par la foudre ou simplement minés par des termites. C'est alors au tour des fourmis de se montrer insensibles à leur déchéance.

Un proverbe fourmi naine le précise bien : *Les grands sont toujours plus fragiles que les petits*.

Les Doigts seraient-ils des arbres mobiles ?

103 683e ne perd pas de temps à réfléchir là-dessus. Elle a pris sa décision : vérifier les dires du crâne.

Elle pénètre dans sa fourmilière par un étroit passage proche du dépotoir et rejoint le boulevard périphérique. De grandes avenues en partent qui mènent à la Cité interdite. Ce n'est pas là qu'elle va. Elle emprunte des cheminées si pentues qu'il faut s'y accrocher avec ses griffes. Elle se laisse glisser dans un couloir raide, rejoint un lacis de galeries pas trop encombrées malgré le trafic habituel.

Des ouvrières affairées au transport d'aliments et de branchettes saluent 103 683e. Il n'existe pas de gloire personnelle chez les fourmis mais, pourtant, beaucoup ici savent que cette soldate est allée là-bas, au pays des Doigts. Elle a vu le bord du monde, elle s'est penchée sur l'angle borgne de la planète.

103 683e lève son antenne et s'enquiert de l'endroit où se trouvent les étables à scarabées. Une ouvrière précise qu'elles sont situées au – 20e étage, quartier sud-sud-ouest, à gauche après les jardins à champignons noirs.

Elle trotte.

Depuis l'incendie de l'an passé, beaucoup de travail a été accompli. L'ancienne cité de Bel-o-kan était construite sur cinquante étages en hauteur et cinquante autres en profondeur. Repensée par Chli-pou-ni, la nouvelle ville se glorifie de quatre-vingts étages en hauteur. La profondeur n'a pu être modifiée en raison du rocher de granite qui depuis toujours tient lieu de plancher.

Tout en cheminant, la soldate admire sa métropole sans cesse améliorée.

Etage + 75 : voici les pouponnières thermorégulées à l'humus en décomposition, la salle de séchage des nymphes avec son sable fin qui aspire l'humidité. Grâce à un système de toboggan en pente douce, on peut désormais descendre facilement les œufs jusqu'aux étages de soins intensifs. Là, des nourrices au lourd abdomen les lèchent en permanence. Elles font ainsi passer à travers l'enveloppe transparente des cocons les protéines et les antibiotiques nécessaires à leur parfaite croissance.

Etage + 20 : voici les réserves de viande sèche, les réserves de morceaux de fruits, les réserves de farine de champignon. Tout est proprement recouvert d'acide formique pour éviter le pourrissement.

Etage + 18 : des cuves de feuilles grasses renferment des acides militaires expérimentaux, fumants. Du bout de leurs longues mandibules, des chimistes testent le pouvoir dissolvant de chacun. Certains sont issus de fruits, tel l'acide malique extrait de la pomme. D'autres ont une origine moins commune : l'acide oxalique est tiré de l'oseille, l'acide sulfurique est issu de pierres jaunes. Pour la chasse, le tout nouvel acide formique concentré à 60 % est idéal. Il brûle un peu les entrailles mais suscite des dégâts incomparables. 103 683e l'a déjà essayé.

Etage + 15 : la salle des combats a été surélevée. Ici, les guerrières s'entraînent au corps à corps. Les nouvelles prises sont scrupuleusement répertoriées sur des phéromones mémoires destinées à la Bibliothèque chimique. La tendance du jour consiste à ne plus sauter à la tête de l'adversaire, mais plutôt à lui trancher les pattes une à une jusqu'à ce qu'il ne puisse plus se mouvoir. Un peu plus loin, des artilleuses s'exercent à dissoudre d'un jet précis des graines disposées à dix pas.

Etage – 9 : voici les étables à pucerons. La reine Chli-pou-ni a tenu à ce que toutes les étables soient incluses dans la Cité afin de ne plus risquer que les troupeaux soient attaqués par les féroces coccinelles. Des ouvrières s'activent à lancer aux pucerons des tranches de houx qu'ils s'empressent de vider de toute leur sève.

Le taux de reproduction des pucerons a augmenté. Il est désormais de dix bêtes à la seconde. 103 683e a la chance d'assister en passant à un phénomène rare. Un puceron accouche d'un puceronneau, lui-même prêt à mettre bas, lequel donne naissance à un puceronneau encore plus petit. Voilà comment on devient mère et grand-mère en une seconde.

Etage – 14 : les champignonnières s'étendent à perte de vue, alimentées par les bassins à compost où chacun vient déposer ses excréments. Des agricultrices coupent les rhizomes qui dépassent, d'autres déposent la myrmicacine qui les protégera des parasites.

Soudain, un animal vert bondit devant 103 683e, lui-même poursuivi par un autre animal vert. Ils paraissent se battre. Elle demande à la ronde quels sont ces curieux insectes. Des punaises cavernicoles puantes, lui précise-t-on. Celles-ci font l'amour en permanence. De toutes les manières imaginables, n'importe où et avec n'importe qui. C'est sûrement la bête dotée de la sexualité la plus insolite de la planète. Chli-pou-ni les étudie avec prédilection.

De tout temps et dans toutes les fourmilières, les commensaux ont proliféré. Plus de deux mille espèces d'insectes, de myriapodes, d'arachnides, vivant en permanence dans une fourmilière et complètement tolérées par les fourmis, ont ainsi été dénombrées. Certains en profitent pour y accomplir leur métamorphose, d'autres nettoient les salles en mangeant les débris.

Mais Bel-o-kan est la première cité à les étudier « scientifiquement ». La reine Chli-pou-ni prétend que n'importe quel insecte peut être dressé et transformé en une arme redoutable. Selon elle, chaque individu a son propre mode d'emploi, lequel apparaît dès qu'on commence à lui parler. Il suffit seulement d'être vigilant.

Pour l'instant, Chli-pou-ni a plutôt connu la réussite. Elle est parvenue à « apprivoiser » plusieurs espèces de coléoptères en les nourrissant, en leur construisant un abri, en les guérissant de leurs maladies, comme on le faisait déjà pour les pucerons. Le succès le plus impressionnant de la reine, c'est d'être arrivée à dompter des scarabées rhinocéros.

Etage – 20 : quartier sud-sud-ouest, à gauche après

les jardins à champignons noirs. Les renseignements étaient justes. Les scarabées sont au fond du couloir.

14. ENCYCLOPÉDIE

PEUR : *Pour comprendre l'absence de peur chez la fourmi, il faut garder présent à l'esprit que l'ensemble de la fourmilière vit comme un organisme unique. Chaque fourmi y joue le même rôle que la cellule d'un corps humain.*

Les extrémités de nos ongles redoutent-elles d'être coupées ? Les poils de nos mentons frémissent-ils à l'approche du rasoir ? Notre gros orteil s'effraie-t-il quand on le charge de tester la température d'un bain peut-être bouillant ?

Ils n'éprouvent pas de peur parce qu'ils n'existent pas en tant qu'entités autonomes. De même, si notre main gauche pince notre main droite, elle ne suscitera nulle rancune chez celle-ci. Si notre main droite est ornée de davantage de bagues que notre main gauche, il n'y aura pas non plus de jalousie. Finis les soucis lorsqu'on s'oublie pour ne plus penser qu'à l'ensemble de la communauté-organisme. C'est peut-être là l'un des secrets de la réussite sociale du monde des fourmis.

Edmond Wells,
Encyclopédie du savoir relatif et absolu, tome II.

15. LAETITIA N'APPARAÎT TOUJOURS PAS

Sa colère passée, Jacques Méliès ouvrit sa mallette et en tira le dossier des frères Salta. Il entreprit d'en réexaminer toutes les pièces et plus précisément les photos. Il resta un bon moment penché sur un gros plan de Sébastien Salta, bouche béante. De ses lèvres semblait sortir un cri. Un cri de terreur ? Un « non » devant une mort inéluctable ? L'identité de son assassin ? Plus il considérait la photo et plus il était atterré, écrasé de honte.

Il finit par exploser, bondir et flanquer de rage un coup de poing dans le mur.

La journaliste de *L'Echo du dimanche* avait raison. Et lui s'était planté.

Il avait sous-estimé l'affaire. Excellente leçon d'humilité. Il n'y a pas pire erreur que de sous-estimer les situations ou les gens. Merci, madame ou mademoiselle Wells !

Mais pourquoi s'était-il montré aussi mauvais sur cette affaire ? Par fainéantise. Parce qu'il avait pris l'habitude de toujours réussir. Du coup, il s'était laissé aller à ce qu'aucun policier, même le plus novice dans le métier, n'aurait fait : il avait bâclé une enquête. Et sa renommée était telle que personne, excepté cette journaliste, ne l'avait soupçonné de s'être fourvoyé.

Tout était à recommencer. Douloureuse mais nécessaire remise en question ! Pourtant, mieux valait reconnaître aujourd'hui qu'il s'était trompé plutôt que de persister dans son erreur.

Le problème, c'était que s'il ne s'agissait pas d'un suicide, il était confronté à une affaire sacrément épineuse. Comment des assassins auraient-ils pu entrer et sortir d'un lieu clos sans laisser de traces ? Comment peut-on tuer sans faire de blessures, ni utiliser d'arme du crime ? Le mystère dépassait tous les meilleurs polars qu'il avait lus jusque-là.

Une excitation toute neuve le gagna.

Et s'il était enfin, par hasard, tombé sur « le » crime parfait ?

Il songea à l'affaire du double crime de la rue Morgue, si bien racontée dans une nouvelle d'Edgar Allan Poe. Dans cette histoire, basée sur des faits véridiques, une femme et sa fille sont retrouvées mortes dans leur appartement clos. Hermétiquement clos, et de l'intérieur. La femme a reçu un coup de rasoir, la fille a été assommée. Pas de traces de vol, mais des coups mortels violemment assenés. A l'issue de l'enquête, l'assassin est découvert : un orang-outang, échappé d'un cirque, a pénétré dans l'appartement par les toits. Les victimes se sont mises à crier dès qu'il est apparu. Leurs hurlements ont rendu le singe fou. Il les a tuées pour les faire taire avant de filer par le même chemin et, en heurtant son dos contre le chambranle de la fenêtre à guillotine, il l'a fait tomber comme si elle avait toujours été fermée de l'intérieur.

Dans l'affaire des frères Salta, la situation était similaire, sauf que personne n'avait pu refermer une fenêtre en la frappant avec le dos.

Mais était-ce certain ? Méliès repartit sur-le-champ inspecter les lieux.

L'électricité avait été coupée mais il avait emporté sa loupe-lampe de poche. Il examina la pièce, illuminée par intermittence par les néons bariolés de la rue. Sébastien Salta et ses frères gisaient toujours là, vitrifiés, figés, comme en train d'affronter quelque immonde horreur jaillie de l'enfer urbain.

La porte verrouillée étant hors de cause, le commissaire vérifia la fermeture des fenêtres. Leurs espagnolettes sophistiquées ne permettaient certainement pas qu'on puisse les refermer de l'extérieur, fût-ce par accident.

Il alla tambouriner de la main sur les cloisons aux tapisseries marron en quête de quelque passage secret. Il souleva les tableaux pour voir s'ils dissimulaient un coffre-fort. La pièce contenait nombre d'objets de valeur : un candélabre en or, une statuette en argent, une chaîne compacte hi-fi... N'importe quel maraudeur s'en serait emparé.

Des vêtements étaient posés sur une chaise. Il les tripota machinalement. Au toucher, quelque chose l'intrigua. Il y avait un trou minuscule dans l'étoffe de la veste. Comme un trou de mite, mais au contour parfaitement carré. Il abandonna la veste et n'y pensa plus. Il tira un de ses éternels paquets de chewing-gums de sa poche et, du même mouvement, fit tomber l'article de *L'Echo du dimanche* qu'il avait soigneusement découpé dans le journal.

Il relut pensivement l'article de Laetitia Wells.

Elle parlait d'un masque d'épouvante. C'était vrai. Ces gens semblaient morts de peur. Mais qu'est-ce qui pouvait bien faire peur au point de tuer ?

Il plongea dans ses propres souvenirs. Une fois, enfant, il avait attrapé un hoquet tenace. Sa mère le lui avait fait passer en se déguisant avec un masque de loup et en surgissant par surprise. Il avait poussé un cri, son cœur s'était comme arrêté une seconde de battre. Aussitôt, sa mère avait enlevé le masque et l'avait couvert de baisers. Fini le hoquet !

Somme toute, Jacques Méliès avait été éduqué dans la peur permanente. Des petites peurs : peur d'être malade, peur de l'accident de voiture, peur du monsieur qui propose des bonbons et qui va vous kidnapper, peur de la police. Des peurs plus importantes : peur de redoubler sa classe, peur de se faire racketter à la sortie du lycée, peur des chiens.

Des tas d'autres souvenirs de terreurs d'enfance remontèrent à la surface.

Jacques Méliès se souvenait de la pire de toutes les peurs. Sa grande peur.

Une nuit, alors qu'il était tout petit, il avait senti quelque chose frétiller au fond de son lit. Il y avait un monstre tapi là où il se croyait le mieux protégé ! Il resta un moment sans oser enfoncer les pieds sous les draps puis, se reprenant, il s'y glissa progressivement.

Mais soudain ses orteils perçurent... une haleine tiède. Répulsion. Oui, il en était certain ! Il y avait une gueule de monstre au fond de son lit qui attendait que ses pieds approchent pour les dévorer. Par chance, ils n'arrivaient pas jusqu'au fond. Il n'était pas assez grand, mais chaque jour, il grandissait et ses pieds se rapprochaient du pli du drap où se cachait le monstre mangeur d'orteils.

Le jeune Méliès était resté plusieurs nuits à dormir par terre, ou sur les couvertures. Ça lui donnait des crampes, ce n'était pas la solution. Il s'était donc résolu à rester sous les draps, mais il demandait à tout son corps, à tous ses muscles, à tous ses os de ne pas trop grandir pour que jamais il ne touche le fond. C'est peut-être pour cela qu'il n'était pas aussi grand que ses parents.

Chaque nuit était une épreuve. Il avait cependant trouvé un truc. Il serrait fort son nounours en peluche dans ses bras. Avec lui, il se sentait prêt à affronter le monstre tapi au fond de son lit. Et puis il se cachait sous les couvertures et ne laissait rien sortir, ni un bras, ni le moindre cheveu ou la moindre oreille. Car il lui semblait évident que le monstre allait attendre la nuit pour essayer de faire le tour du meuble et lui attraper la tête en passant par l'extérieur.

Le matin, sa mère trouvait une boule de draps et de couvertures au fond de laquelle étaient terrés son fils et son nounours. Elle n'avait jamais essayé de comprendre ce comportement étrange. Et puis Jacques ne s'était pas donné la peine de raconter comment, avec son nounours, il avait résisté à un monstre toute la nuit.

Jamais il n'avait gagné, jamais le monstre n'avait gagné. Et il lui restait juste la peur. La peur de grandir et la peur de faire face à quelque chose d'épouvantable qu'il n'avait même pas identifié. Quelque chose qui avait l'œil rouge, la babine retroussée et la canine baveuse.

Le commissaire se reprit, serra sa loupe éclairante et examina plus sérieusement que la première fois la pièce du crime.

En haut, en bas, à droite, à gauche, dessus, dessous.

Pas la moindre trace de pas boueux sur la moquette, pas un poil de cheveu étranger à la famille, pas une empreinte sur les vitres. Pas d'empreintes étrangères non plus sur les verres. Il alla à la cuisine. Il l'éclaira du pinceau de sa torche.

Il renifla et goûta les plats qui traînaient. Emile avait même eu la présence d'esprit de vitrifier les aliments. Brave Emile ! Jacques Méliès renifla la carafe d'eau. Aucun relent de poison. Les jus de fruits et le soda semblaient tout aussi anodins.

Les frères Salta avaient le masque de la peur sur le visage. Sûrement une peur similaire à celle des deux femmes du double crime de la rue Morgue voyant un singe maladroit entrer par la fenêtre de leur salon. Il repensa à cette affaire. En fait, l'orang-outang avait eu lui aussi très peur, c'était pour faire cesser les hurlements des femmes qu'il les avait tuées. Il avait eu peur de leurs cris.

Encore un drame de l'incommunicabilité. On a peur de ce que l'on ne comprend pas.

Tandis qu'il se faisait cette réflexion, il perçut quelque chose qui bougeait derrière le rideau et son cœur se glaça. L'assassin était revenu ! Le commissaire lâcha sa loupe éclairante qui s'éteignit. Il n'y avait plus désormais que les lumières des néons de la rue qui s'allumaient à tour de rôle pour épeler une à une les lettres des mots « Bar à gogo ».

Jacques Méliès voulut se cacher, ne plus bouger, se terrer. Il prit son courage à deux mains, ramassa sa loupe-torche et repoussa le rideau suspect. Il n'y avait rien. Ou alors c'était l'Homme invisible.

— Il y a quelqu'un ?

Pas le moindre bruit. Sûrement un courant d'air.

Il ne pouvait plus rester ici, il décida d'aller voir chez les voisins.

— Bonjour, excusez-moi, police.

Un monsieur élégant lui ouvrit.

— Police. J'ai juste une ou deux questions à vous poser sur le seuil de la porte.

Jacques Méliès sortit un calepin.

— Etiez-vous là le soir du crime ?

— Oui.

— Vous avez entendu quelque chose ?

— Aucune détonation, mais tout d'un coup ils ont hurlé.

— Hurlé ?

— Oui, hurlé très fort. Ces cris étaient épouvantables. Cela a duré trente secondes et puis plus rien.

— Les cris sont-ils survenus de manière simultanée ou les uns après les autres ?

— Plutôt simultanée. C'étaient vraiment des beuglements inhumains. Ils ont dû souffrir. C'était comme si on les assassinait tous les trois en même temps. Quelle histoire ! Je peux vous dire que depuis que j'ai entendu ces gens hurler, j'ai du mal à dormir. Je compte d'ailleurs déménager.

— Qu'est-ce que vous pensez que cela pouvait être ?

— Vos collègues sont déjà passés. Il paraît qu'un as de la police a diagnostiqué un... suicide. Moi, je n'y crois pas trop. Ils étaient face à quelque chose, quelque chose de terrifiant, mais quoi, je l'ignore. En tout cas, ça ne faisait aucun bruit.

— Merci.

Une idée fixe s'imposait à son esprit.

(C'est un loup enragé silencieux et ne laissant pas de traces qui a commis ces meurtres.)

Mais il savait que ce n'était absolument pas ça. Et si ce n'était pas ça, qu'est-ce qui avait causé plus de dommages qu'un orang-outang armé d'un rasoir surgissant par les toits ? Un homme, un homme génial et fou qui avait découvert la recette du crime parfait.

16. ENCYCLOPÉDIE

FOLIE : Tous, nous devenons chaque jour un peu plus fous et chacun, d'une folie différente. C'est la raison pour laquelle nous nous comprenons si mal les uns les autres. Moi-même, je me sens atteint de paranoïa et de schizophrénie. En outre, je suis hypersensible, ce qui déforme ma vision de la réalité. Je le sais. Alors j'essaie, plutôt que de la subir, d'utiliser cette folie comme moteur pour tout ce que j'entreprends. Mais plus je réussis, plus je deviens fou. Et plus je deviens fou, mieux j'atteins les objectifs que je me fixe. La folie est un lion furieux terré dans chaque crâne. Il ne faut surtout pas l'abattre. Il suffit de l'identifier et de le dompter. Votre lion apprivoisé vous guidera alors beaucoup plus loin que n'importe quel maître, n'importe quelle école, drogue ou religion. Mais comme pour toute source de puissance, il y a un risque à trop jouer avec sa propre folie : parfois le lion, survolté, se retourne contre celui qui voulait le dompter.

Edmond Wells,
Encyclopédie du savoir relatif et absolu, tome II.

17. TRACES DE PAS

103 683e a trouvé les étables à scarabées. En fait, c'est une large salle où sont parqués des coléoptères rhinocéros à la stature imposante. Leur corps est constitué de plaques noires, épaisses et granuleuses qui s'emboîtent les unes dans les autres A l'arrière, des formes rondes et lisses. A l'avant, un capuchon de chitine qui se termine par une longue corne acérée, dix fois plus grosse qu'une épine de rose.

Pour ce qu'en sait 103 683e, chacun de ces animaux volants mesure six pas de long sur trois de large. Ils aiment bien vivre dans la pénombre mais, paradoxalement, ils ont pour seule faiblesse l'attirance pour la lumière. Dans le monde insecte, la brillance est une gourmandise à laquelle peu d'individus sont capables de résister.

Les grosses bêtes broutent de la sciure et des bourgeons en putréfaction. Ils libèrent leurs déjections un peu partout et ça pue, car ils disposent de peu d'espace pour se mouvoir dans ce lieu au plafond trop bas. Des ouvrières sont chargées du nettoyage mais il semble qu'elles ne soient pas passées depuis longtemps.

L'apprivoisement de pareils coléoptères n'a pas été une mince affaire. La reine Chli-pou-ni a eu l'idée de rechercher leur alliance après que l'un d'eux l'eut sauvée d'une toile d'araignée. Sitôt reine, elle les regroupa en légion volante. Mais l'occasion de les mener au combat ne s'était pas encore présentée, ils n'avaient pas encore reçu leur baptême de l'acide et nul ne savait comment ces paisibles herbivores réagiraient en situation de guerre, face à des hordes de soldates enragées.

103 683e se faufile entre les pattes de ces mastodontes ailés. Elle est très impressionnée par ce qui a été inventé pour leur servir d'abreuvoir : une feuille qui, au centre de la pièce, retient une énorme goutte d'eau dont la peau s'étire latéralement dès qu'un des bestiaux vient y étancher sa soif.

Chli-pou-ni a, paraît-il, convaincu ces scarabées de s'installer à Bel-o-kan simplement en discourant avec eux par phéromones olfactives. Elle est fière de ses talents de diplomate. *Pour allier deux systèmes de pensée différents, il suffit de trouver un mode de communication*, explique-t-elle dans le cadre de son mouvement évolutionnaire. Pour y parvenir, tout lui est bon : dons de nourriture, d'odeurs passeports, de phéromones rassurantes. Selon elle, deux animaux qui communiquent ne sont plus capables de s'entre-tuer.

Lors de la dernière réunion des reines fédérales, des participantes ont objecté que la réaction la plus répandue dans toutes les espèces est d'éliminer tout ce qui est différent : si l'un veut communiquer et l'autre tuer, le premier se fera toujours avoir. A quoi Chli-pou-ni a rétorqué avec finesse que, somme toute, tuer est déjà une forme de communication, même si c'est la plus élémentaire de toutes. Pour tuer, il faut s'avancer, regarder, étudier, prévoir les réactions de son adversaire. Donc, s'intéresser à lui.

Son mouvement évolutionnaire était riche en paradoxes !

103 683e s'arrache au spectacle des scarabées pour reprendre sa recherche du passage secret qui la conduira aux fourmis rebelles.

Elle repère des traces de pas sur le plafond. Il y en a même dans tous les sens, comme si l'on avait voulu brouiller une piste. Mais la soldate est aussi une éclaireuse hors pair et elle sait déceler les empreintes les plus fraîches et les suivre.

Celles-ci la guident jusqu'à une petite bosse, laquelle camoufle en effet une issue. Ce doit être là.

Elle enterre son cocon à papillon qui la gêne plus qu'autre chose, glisse sa tête puis tout son corps dans le couloir et s'avance avec appréhension.

Odeurs de gens.

Des rebelles... Comment peut-il y avoir des rebelles dans un organisme cité aussi homogène que Bel-o-kan ? C'est comme si quelque part, dans un recoin d'intestin, des cellules avaient décidé de ne plus jouer le jeu global du corps. On pourrait comparer cela à une appendicite. 103 683e était en train d'aller à la rencontre d'une crise d'appendicite affectant la ville vivante.

Combien sont-elles à tricher ainsi ? Quelles sont leurs motivations ? Plus elle avance, plus elle veut en avoir le cœur net. Maintenant qu'elle sait qu'il existe un mouvement rebelle, elle veut l'identifier et en comprendre la fonction et le but.

Elle progresse, il y a des odeurs fraîches. Des citoyennes sont passées il y a peu de temps dans ce tunnel étroit. Soudain deux pattes terminées par quatre griffes lui agrippent le corselet et la tirent brusquement en avant. Elle est aspirée dans le couloir et débouche dans une salle. Deux mandibules lui pincent le cou et entreprennent de le serrer.

103 683e se débat. A travers les carapaces qui la bousculent, elle discerne une pièce très basse de plafond. Plutôt vaste. A vue d'antenne, elle doit mesurer trente pas sur vingt et coiffer, à l'abri d'un faux plafond, toute l'étable à scarabées.

Il y a là une centaine de fourmis qui l'encerclent. Plusieurs sondent avec suspicion les odeurs d'identification de l'intruse.

18. ENCYCLOPÉDIE

COMMENT S'EN DÉBARRASSER ? Quand on me demande comment se débarrasser des fourmis qui hantent la cuisine, je réponds : de quel droit votre cuisine appartiendrait-elle plus à vous qu'aux fourmis ? Vous l'avez achetée ? D'accord, mais à qui ? A

d'autres humains qui l'ont fabriquée en utilisant du ciment et en la remplissant de nourritures issues de la nature. C'est une convention entre vous et d'autres hommes qui fait que ces morceaux de nature travaillés vous semblent vous appartenir. Mais c'est juste une convention entre humains. Elle ne concerne donc que les humains. Pourquoi la sauce tomate de votre placard vous appartiendrait-elle plus qu'aux fourmis ? Ces tomates appartiennent à la terre ! Le ciment appartient à la terre. Le métal de vos fourchettes, les fruits de votre confiture, la brique de vos murs sont issus de la planète. L'homme n'a fait que leur mettre des noms, des étiquettes et des prix. Ce n'est pas ça qui le rend « propriétaire ». La terre et ses richesses sont libres pour tous ses locataires...
Cependant ce message est encore trop neuf pour être compris. Si malgré tout vous êtes décidé à vous débarrasser de ces infimes concurrentes, la méthode « la moins pire » est encore le basilic. Mettez un petit plant de basilic à pousser sur la zone que vous souhaitez protéger. Les fourmis n'aiment pas les relents de basilic et auront tendance à aller plutôt visiter l'appartement de votre voisin.

Edmond Wells,
Encyclopédie du savoir relatif et absolu, tome II.

19. REBELLES

103 683ᵉ se présente auprès des rebelles avec de rapides mouvements d'antennes. C'est une soldate. Elle assure avoir trouvé dans le dépotoir un crâne qui lui a demandé de se rendre ici afin de signaler qu'une croisade contre les Doigts sera bientôt lancée.

L'annonce produit son effet. Les fourmis ne savent pas mentir. Elles n'en ont pas encore compris l'utilité.

L'étreinte se relâche. Autour d'elle, les antennes s'agitent. 103 683e capte des phéromones évoquant un raid sur la Bibliothèque chimique. Certaines des rebelles estiment que la soldate a pu dialoguer avec l'un des trois membres du commando. Il y a trop longtemps qu'on n'a pas eu de leurs nouvelles.

Du peu qu'elle parvient à percevoir, 103 683e comprend qu'elle a affaire à un véritable mouvement clandestin et qui fait tout pour le rester. Les rebelles continuent à commenter ses informations. C'est surtout l'expression « croisade contre les Doigts » qui les tourmente. Elles paraissent bouleversées. Cependant, certaines s'inquiètent en même temps de la conduite à tenir envers la visiteuse indésirable. Elle représente un danger puisqu'elle connaît maintenant leur repaire sans être pour autant une rebelle.

Qui es-tu ?

103 683e émet toutes les caractéristiques qui la définissent : sa caste, son numéro de ponte, sa fourmilière natale... Les rebelles sont ébahies. C'est bien la 103 683e soldate, la seule fourmi rousse à avoir touché le bord du monde et à en être revenue, qui se trouve devant elles.

On la libère. On s'écarte même avec respect. Un dialogue se noue.

Chez les fourmis, on se parle à l'aide d'odeurs, ces phéromones qu'émettent les segments des antennes. Une phéromone est une hormone capable de sortir du corps, de circuler dans l'air et de pénétrer dans un autre corps. Lorsqu'une fourmi éprouve une sensation, elle l'émet par tout son corps et toutes les fourmis aux alentours la perçoivent en même temps qu'elle. Une fourmi stressée communique instantanément sa peine à son entourage, de sorte que celui-ci n'a plus qu'une préoccupation : faire cesser le pénible message en trouvant un moyen d'aider l'individu.

Chacun des onze segments d'antenne lâche sa longueur d'onde de mots parfumés. Ils sont comme autant de bouches parlant en même temps, chacune sur sa longueur d'onde particulière. Certains assurent les graves et signalent les informations de base. D'autres jouent les aigus et envoient des messages plus légers.

Les mêmes segments tiennent lieu d'oreilles. Si bien que, des deux côtés, on discute avec onze bouches et on entend avec onze oreilles. Le tout, simultanément. Du coup, les discours sont très riches en nuances. Dans un dialogue fourmi, on apprend sûrement onze fois plus de choses et onze fois plus vite que dans un dialogue humain. C'est pourquoi, lorsqu'un homme observe une rencontre entre deux fourmis, il lui semble qu'elles se touchent à peine du bout des antennes avant de repartir chacune vers ses occupations respectives. Pourtant, par cet infime contact, tout a été dit.

Une soldate s'avance en claudiquant (elle n'a que cinq pattes) et demande si c'est bien elle l'ancienne complice du prince 327e et de la princesse Chli-pou-ni.

103 683e acquiesce.

La boiteuse lui explique qu'elle l'a longtemps cherchée dans le but de la tuer. Mais maintenant, le vent a tourné et elle émet comme une odeur de ricanement :

C'est nous les asociales et c'est toi qui représentes la norme.

Les temps changent.

La boiteuse propose une trophallaxie. Son interlocutrice y consent et toutes deux s'embrassent sur la bouche et se caressent des antennes jusqu'à ce que les aliments calfeutrés au fond du jabot social de la donneuse aient fini de se déverser dans l'estomac de 103 683e.

Vases communicants. Systèmes digestifs communicants eux aussi.

La boiteuse se vide de son énergie, la visiteuse s'en remplit. Elle repense à un proverbe myrmécéen du XXXXIIIe millénaire : *On s'enrichit de ce que l'on donne, on s'appauvrit de ce que l'on prend.*

Elle ne pouvait cependant refuser l'offrande.

Les rebelles lui font ensuite visiter leur tanière. S'y

trouvent entreposés des stocks de graines, des réserves de miellat, des œufs remplis de phéromones mémoires.

103 683e ne sait pas pourquoi, mais toutes ces soldates conjurées ne lui semblent guère redoutables. Elles lui paraissent plus soucieuses de conserver un mystérieux secret que de jouer les factieuses assoiffées de pouvoir politique.

La boiteuse s'approche et livre des confidences. Autrefois, les rebelles étaient connues sous un nom différent. C'étaient les « guerrières aux odeurs de roche », cette espèce de police secrète aux ordres de la reine Belo-kiu-kiuni, la mère de l'actuelle Chli-pou-ni. Elles étaient alors toutes-puissantes, au point d'avoir pu aménager sous la grande dalle-plancher de la Cité une ville parallèle clandestine. Une seconde Bel-o-kan.

La boiteuse avoue que ce sont elles, les guerrières aux odeurs de roche, qui ont tout fait pour éliminer le prince 327e, la princesse 56e (Chli-pou-ni) et elle-même, la soldate 103 683e. A l'époque, personne ne savait que les Doigts existaient vraiment. La hantise de la reine Belo-kiu-kiuni était que ses sujettes soient prises de panique lorsqu'elles découvriraient que ces animaux géants sont dotés d'une intelligence presque aussi développée que celle des fourmis rousses.

Belo-kiu-kiuni avait alors passé un accord avec l'ambassadeur des Doigts : elle étoufferait toute information concernant l'existence des Doigts et, en retour, ceux-ci tairaient tout ce qu'ils savaient déjà ou apprendraient par la suite sur l'intelligence des fourmis. Chacun de son côté devait tenir les siens à l'écart du secret.

La reine Belo-kiu-kiuni estimait que les deux civilisations n'étaient pas prêtes à se comprendre. Elle chargea donc ses guerrières aux odeurs de roche de supprimer tous ceux qui découvriraient l'existence des Doigts.

Cette volonté coûta cher.

La boiteuse admet qu'elles ont tué le prince sexué 327e, tout comme des milliers d'autres fourmis qui, d'une manière ou d'une autre, avaient appris que les Doigts n'étaient pas qu'une simple légende mais qu'ils existaient vraiment et que des spécimens couraient la forêt.

103 683e est très intriguée. Cela signifie-t-il qu'il y a eu dialogue entre les fourmis rousses et les Doigts ?

La boiteuse confirme. Des Doigts se sont installés dans une caverne sous la Cité. Ils ont fabriqué une machine et un ambassadeur fourmi qui leur permettent, eux aussi, d'émettre et de recevoir des phéromones. La machine se nomme « Pierre de Rosette », l'ambassadeur « Docteur Livingstone » ; ce sont des dénominations doigtières. Par leur intermédiaire, Doigts et fourmis ont pu se confier l'essentiel :

« Nous existons dans des tailles différentes, nous sommes différents, mais chacun de nous a bâti une civilisation intelligente sur cette planète. »

Ce fut le premier contact. Il y en eut beaucoup d'autres. Les Doigts étaient prisonniers de leur caverne sous la Cité et Belo-kiu-kiuni les nourrissait et veillait à leur survie. La conversation s'est régulièrement poursuivie une saison durant. Grâce aux Doigts, Belo-kiu-kiuni a découvert le principe de la roue, mais elle a péri dans l'incendie de sa ville avant d'avoir pu en faire bénéficier son peuple.

Devenue reine, sa fille Chli-pou-ni n'a plus voulu entendre parler des Doigts. Elle a demandé qu'on cesse de les alimenter. Elle a ordonné de boucher avec du ciment de guêpe le passage menant à la seconde Bel-o-kan, et donc à la caverne des Doigts. Elle les a ainsi condamnés à mourir de faim.

Parallèlement, la garde de Chli-pou-ni a pourchassé les guerrières aux odeurs de roche. La nouvelle souveraine ne voulait pas que subsiste la moindre trace de cet épisode honteux où des fourmis avaient collaboré avec des Doigts. Pour une rousse éprise de contacts entre les espèces, elle s'était montrée en la circonstance d'une étrange intolérance.

En une journée, près de la moitié des guerrières de la seconde Bel-o-kan furent mises à mort. Les rescapées se terrèrent dans les murs et les plafonds.

Pour survivre, elles résolurent d'abandonner leurs parfums de reconnaissance et se dotèrent d'un nouveau nom. Elles devinrent les « rebelles pro-Doigts ».

103 683e considère ces soi-disant rebelles. La plupart sont éclopées. La garde de la reine leur a mené la vie dure. Mais il y a aussi des jeunes en parfaite santé. Ces soldates se sont peut-être naïvement laissé charmer par ces récits de civilisation parallèle.

Mais quelle folie d'entraîner toutes ces Belokaniennes dans une lutte fratricide ! Et pour quoi donc, au fond ? Pour des Doigts dont on ne sait finalement pas grand-chose.

La boiteuse dit que les rebelles ont maintenant unifié leur mouvement. Elles disposent désormais d'un quartier général, ici, dans le faux plafond de l'étable à scarabées. Et elles savent émettre des odeurs si discrètes que les soldates fédérales ne parviennent pas encore à les identifier.

Mais à quoi sert ce mouvement clandestin ?

La boiteuse laisse durer un instant le suspense. Elle ménage ses effets avant de déclarer, tout de go, que les Doigts installés sous le plancher ne sont pas morts, eux non plus. Les rebelles ont brisé le ciment de guêpe, rouvert le passage dans le granite et repris leurs livraisons de nourriture.

103 683e veut-elle, elle aussi, devenir une rebelle ? La soldate hésite mais, comme toujours, la curiosité est la plus forte. Elle incline les antennes en arrière en signe d'assentiment. Tout le monde se félicite. Le Mouvement compte désormais dans ses rangs une guerrière qui est allée jusqu'au bout du monde. On lui propose de nombreuses trophallaxies et 103 683e ne sait plus où donner de la labiale. Tous ces baisers nourrissants lui réchauffent le corps !

La boiteuse l'informe que les rebelles vont lancer un commando chargé de voler des fourmis citernes et de les acheminer sous le plancher pour mieux nourrir les Doigts. Si elle veut rencontrer le Docteur Livingstone, c'est là une bonne occasion.

103 683e ne se le fait pas proposer deux fois. Elle a hâte de découvrir ce nid de Doigts caché sous la

Cité. Il lui tarde de leur parler. Elle a vécu si longtemps dans l'obsession des Doigts. Voilà qui devrait la sortir de sa « maladie des états d'âme » tout en satisfaisant sa curiosité.

Trente valeureuses soldates rebelles se rassemblent et, après s'être gorgées de miellat pour accroître leur énergie, elles se dirigent vers la salle des fourmis citernes. 103 683e est parmi elles.

Pourvu qu'elles ne tombent pas sur des équipes de surveillance.

20. TÉLÉVISION

Elle guettait tout ce qui entrait et sortait.

La concierge était fidèle à son poste, derrière sa fenêtre entrebâillée.

Le commissaire Méliès s'approcha d'elle.

— Dites-moi, madame, je peux vous poser une petite question ?

Elle se dit que ce devait être quelque réprimande pour la saleté des miroirs de l'ascenseur. Elle hocha pourtant la tête.

— Vous, qu'est-ce qui vous fait le plus peur dans la vie ?

Drôle de question. Elle réfléchit, craignant de proférer une sottise et soucieuse de ne pas décevoir son plus célèbre locataire :

— Je crois bien que ce sont les étrangers. Oui, les étrangers. Ils sont partout. Ils prennent le travail des gens. Ils les attaquent le soir aux coins des rues. Ils ne sont pas comme nous, quoi ! Alors, allez savoir ce qu'ils ont dans le crâne ?

Méliès hocha le menton et la remercia. Il était déjà dans l'escalier quand elle lui lança, encore songeuse :

— Bonne nuit, monsieur le commissaire !

Chez lui, il se débarrassa de ses chaussures et s'installa devant son téléviseur. La télé, rien de tel pour arrêter la machine qui tournait dans sa tête au soir d'une journée d'enquête. Quand on dort, on rêve, c'est déjà un travail. La télé, elle, vide l'esprit. Les neurones se mettent en vacances et tous les feux cérébraux cessent de clignoter. L'extase !

Il s'empara de sa télécommande.

Chaîne 1675, téléfilm américain : « Alors Bill, tu es mal, hein, tu te croyais le meilleur, et tu t'aperçois que t'es qu'un paumé comme les autres... »

Il zappa :

Chaîne 877, publicité : « Avec Krak Krak, débarrassez-vous une fois pour toutes de tous vos... »

Il zappa à nouveau.

Il avait 1 825 chaînes à sa disposition mais seule la 622e le passionnait chaque soir à vingt heures précises avec son émission-vedette : « Piège à réflexion ».

Générique. Trompettes. Apparition de l'animateur. Applaudissements.

L'homme rayonne :

— Quel bonheur de vous retrouver, vous tous, chez vous, fidèles à notre 622e chaîne. Bienvenue pour cette cent quatrième émission de « Piège à...

— ... réflexion » ! s'époumone en chœur l'assistance.

Marie-Charlotte vint se blottir contre ses genoux et réclama des caresses. Il lui donna un peu de pâté au thon. Marie-Charlotte adorait le pâté au thon encore plus que les caresses.

— Pour ceux et celles qui découvriraient notre émission pour la première fois, j'en rappelle les règles.

Huées dans la salle à l'intention de ces ringards.

— Merci. Le principe, donc, en est simple. Nous posons une énigme. Au candidat ou à la candidate d'en trouver la solution. C'est cela, « Piège à...

— ... réflexion » ! claironne le public.

Toujours radieux, l'animateur poursuit :

— Pour chaque bonne réponse, un chèque de dix mille francs plus un joker qui autorise une erreur et permet de percevoir quand même les dix mille francs suivants. Depuis plusieurs mois déjà, Mme, euh, Juliette... Ramirez est notre championne. Espérons qu'elle ne chutera pas aujourd'hui. Présentez-vous de nouveau, madame... Ramirez. Quelle est votre profession ?

— Préposée des postes.

— Vous êtes mariée ?

— Oui, et mon mari est sûrement en train de me regarder à la maison.

— Alors, bonsoir, monsieur Ramirez ! Et vous avez des enfants ?

— Non.

— Quels sont vos hobbies ?

— Oh... les mots croisés... la cuisine...

Applaudissements.

— Plus fort, encore plus fort, ordonne l'animateur. Mme Ramirez le mérite.

Applaudissements plus nourris.

— Et maintenant, madame Ramirez, vous vous sentez prête pour une nouvelle énigme ?

— Je suis prête.

— Alors, j'ouvre l'enveloppe qui la contient et je vous lis notre énigme du jour.

Roulement de tambours.

— Voici l'énigme : quelle est la ligne suivante par rapport à cette série ?

Il inscrit avec un feutre des chiffres sur un tableau blanc :

1
11
21
1211
111221
312211

Gros plan sur la candidate qui affiche une expression dubitative :

— Heu... Ce n'est pas facile !

— Prenez votre temps, madame Ramirez. Vous avez jusqu'à demain. Mais pour vous aider, voici la phrase clef qui vous aiguillera sur la bonne voie. Attention, écoutez bien : « Plus on est intelligent... moins on a de chances de trouver. »

La salle applaudit sans comprendre.

L'animateur salue :

— Amis téléspectateurs et téléspectatrices, vous aussi, à vos stylos ! Et à demain, si vous le voulez bien !

Jacques Méliès zappa sur les informations régionales. Une femme trop maquillée, à la coiffure impeccable, débitait avec indifférence le texte défilant sur son prompteur : « Après la brillante réussite du commissaire Jacques Méliès dans l'affaire Salta, le préfet Dupeyron a proposé d'élever l'éminent policier au rang d'officier de la Légion d'honneur. De bonne source, on apprend que la Chancellerie étudie avec bienveillance cette candidature. »

Ecœuré, Jacques Méliès éteignit son téléviseur. Que faire désormais ? Continuer de jouer les stars et enterrer l'affaire, ou bien s'entêter, tâcher de trouver la vérité et tant pis pour sa réputation de limier infaillible ?

Au fond, il savait bien qu'il n'avait pas le choix. L'appât du crime parfait était trop puissant. Il attrapa son téléphone :

— Allô, la Morgue ? Passez-moi le toubib... (Une agaçante petite musiquette.) ... Allô, doc, j'ai besoin d'une autopsie minutieuse des corps des frères Salta... Oui, ça urge !

Il raccrocha, composa un autre numéro :

— Allô, Emile ? Tu peux me dégoter le dossier sur la journaliste de *L'Echo du dimanche* ? Ouais, Laetitia Machin. Bon, rejoins-moi à la Morgue dans une heure. Et puis, oh, Emile, une petite question : qu'est-ce qui te fait le plus peur dans la vie ?... Ah tiens, c'est ça ? Marrant. J'aurais jamais cru que ça puisse faire peur à qui que ce soit... Bon, allez, fonce à la Morgue.

21. ENCYCLOPÉDIE

***Piège indien** : Les Indiens du Canada font usage d"un piège à ours des plus rudimentaires. Il*

consiste en une grosse pierre enduite de miel, suspendue à une branche d'arbre par une corde. Lorsqu'un ours aperçoit ce qu'il croit être une gourmandise, il s'avance et tente d'attraper la pierre en lui donnant des coups de patte. Il crée ainsi un mouvement de balancier et chaque fois, la pierre revient le frapper. L'ours s'énerve et cogne de plus en plus fort. Et plus il cogne fort, plus il se fait cogner. Jusqu'à son K-O final.
L'ours est incapable de penser : « Et si j'arrêtais ce cycle de la violence ? » Il ne ressent que de la frustration. « On me donne des coups, je les rends ! » se dit-il. D'où sa rage exponentielle. Pourtant, s'il cessait de la frapper, la pierre s'immobiliserait et il remarquerait peut-être alors, une fois le calme rétabli, qu'il ne s'agit que d'un objet inerte accroché à une corde. Il n'aurait plus qu'à trancher celle-ci avec ses crocs pour faire choir la pierre et en lécher le miel.

Edmond Wells,
Encyclopédie du savoir relatif et absolu, tome II.

22. MISSION DANS LA SALLE DES CITERNES

Ici, au 40e étage en sous-sol, il y a du monde qui remue. Le mois d'août bat son plein et la chaleur rend chacun nerveux, même durant la nuit, même en profondeur.

Des guerrières belokaniennes excitées mordillent sans raison les passants. Des ouvrières courent entre les salles de soins des œufs et les salles de stockage de miellat. La fourmilière Bel-o-kan a chaud.

La foule des citoyennes s'écoule comme une lymphe tiède.

Le groupe des trente rebelles débouche discrètement dans la salle des fourmis citernes. Elles considèrent avec admiration leurs « sumos ». Les fourmis citernes forment des sortes de fruits obèses et dorés, ornés de bandes opaques rouges. Ces fruits sont en fait les chitines étirées à l'extrême d'individus suspendus au plafond, tête en haut, abdomen en bas.

Des ouvrières s'activent, tant pour tirer le substantifique nectar que pour remplir les jabots vides.

La reine Chli-pou-ni vient parfois en personne se gaver aux citernes. Sa présence laisse indifférents ces insectes phénomènes qui, à force d'immobilité, ont acquis une philosophie de l'inertie. Certains prétendent que leurs cerveaux ont rapetissé. La fonction crée l'organe, mais l'absence de fonction détruit l'organe. Les fourmis citernes n'ayant pour seule occupation que de se remplir ou de se vider, elles se sont peu à peu transformées en machines binaires.

Hors de cette salle, elles ne savent rien percevoir ni comprendre. Elles sont nées dans la sous-caste des citernes et citernes elles mourront.

Il est cependant possible de les décrocher pendant qu'elles sont encore vivantes. Il suffit pour ce faire d'émettre une phéromone signifiant « migration ». Les fourmis citernes sont certes des réservoirs mais des réservoirs mobiles, programmés pour accepter d'être transportés à l'occasion d'une migration.

Les rebelles recensent quelques fourmis citernes de bonne taille. Elles s'approchent de leurs antennes et prononcent la formule « migration ». L'énorme insecte bouge alors lentement, décroche une à une ses pattes du plafond et descend. Des pattes le saisissent aussitôt pour éviter qu'il ne s'écrase.

Où va-t-on ? demande l'un d'eux.

Vers le sud.

Les fourmis citernes ne discutent pas et se laissent emporter par les rebelles. Elles doivent s'y mettre à six pour transporter l'une de ces gourdes, tellement elles sont lourdes. Et dire que tant d'efforts ne profiteront qu'aux Doigts !

Apprécient-ils au moins ? s'enquiert 103 683e.

Ils se plaignent qu'on ne leur en ramène pas assez ! répond une rebelle.

Les ingrats !

Le commando regagne prudemment les étages inférieurs. Voici enfin la faille minuscule qui traverse le plancher de granit. De l'autre côté, se trouve la salle où le Docteur Livingstone leur parlera.

103 683e frémit. Dialoguer avec les terribles Doigts, ce serait donc aussi facile que cela ?

La discussion ne sera pas pour tout de suite. Les rebelles sont soudain prises en chasse par des gardes qui effectuaient une patrouille de routine dans le quartier. Vite, elles abandonnent leurs citernes pour mieux s'enfuir.

Ce sont des rebelles !

Une soldate a reconnu le parfum distinctif qu'elles croyaient indécelable. Les phéromones d'alerte fusent, la course-poursuite est engagée.

Les guerrières fédérales sont rapides mais elles ne parviennent pas pour autant à rattraper les rebelles. Alors, elles établissent des barrages, coupant certaines voies, comme si elles voulaient les rameuter toutes quelque part.

Les soldates contraignent le commando à remonter les étages à un rythme effréné. Niveaux – 40, – 30, – 16, – 14. C'est bien vers un lieu déterminé qu'elles poussent leurs proies. 103 683e devine le piège sans y voir d'échappatoire. Il n'y a plus qu'une issue devant elle. Si les fédérales l'ont laissée libre, c'est qu'elles ont leurs raisons ! Mais quel autre choix que d'y foncer ?

Les rebelles débouchent dans une salle pleine de punaises puantes et d'horreurs. Leurs antennes se dressent devant l'effarant spectacle !

Le dos criblé de petits vagins dorsaux, des femelles punaises puantes courent en tous sens tandis que des mâles brandissant leur sexe pointu à bout perforateur les poursuivent. Plus loin, des mâles homosexuels s'emboîtent les uns dans les autres, en longues grappes vertes. Il y en a partout, ça grouille, ça pullule. Les sexes perforateurs punaisiens sont dressés, prêts à crever les chitines.

Les rebelles n'ont pas eu le temps de comprendre ce qui leur arrive qu'elles sont déjà recouvertes par ces maudits insectes qui les assaillent. Une fourmi s'effondre, laminée par un épais matelas de punaises puantes en rut. Aucune n'a le temps de dégager son abdomen pour se défendre en tirant à l'acide. Les sexes perforateurs des mâles transpercent les carapaces.

103 683e se débat, affolée.

23. ENCYCLOPÉDIE

PUNAISE : De toutes les formes de sexualité animale, celle des punaises des lits (Cimex lectularius) *est la plus stupéfiante. Nulle imagination humaine n'égale une telle perversion.*

Première particularité : le priapisme. La punaise des lits n'arrête pas un instant de copuler. Certains individus ont plus de deux cents rapports par jour.

Seconde particularité : l'homosexualité et la bestialité. Les punaises des lits ont du mal à distinguer leurs congénères et, parmi ces congénères, elles éprouvent encore plus de difficultés à reconnaître les mâles des femelles. 50 % de leurs rapports sont homosexuels, 20 % se produisent avec des animaux étrangers, 30 % enfin s'effectuent avec des femelles.

Troisième particularité : le pénis perforateur. Les punaises des lits sont équipées d'un long sexe à corne pointue. Au moyen de cet outil semblable à une seringue, les mâles percent les carapaces et injectent leur semence n'importe où, dans la tête, le ventre, les pattes, les dos et même le cœur de leur dame ! L'opération n'affecte guère la santé des femelles, mais comment tomber enceinte dans ces conditions ? D'où la...

Quatrième particularité : la vierge enceinte. De l'extérieur, son vagin paraît intact et pourtant, elle a reçu un coup de pénis dans le dos. Comment les spermatozoïdes mâles vont-ils alors survivre dans le sang ? En fait, la plupart seront détruits par le système immunitaire, tels de vulgaires microbes étrangers. Pour multiplier les chances qu'une centaine de ces gamètes mâles

arrivent à destination, la quantité de sperme lâchée est phénoménale. A titre de comparaison, si les mâles punaises étaient dotés d'une taille humaine, ils expédieraient trente litres de sperme à chaque éjaculation. Sur cette multitude, un tout petit nombre survivra. Cachés dans les recoins des artères, planqués dans les veines, ils attendront leur heure. La femelle passe l'hiver squattée par ces locataires clandestins. Au printemps, guidés par l'instinct, tous les spermatozoïdes de la tête, des pattes et du ventre se rejoignent autour des ovaires, les transpercent et s'y enfoncent. La suite du cycle se poursuivra sans problème aucun.
Cinquième particularité : les femelles aux sexes multiples. A force de se faire perforer n'importe où par des mâles indélicats, les femelles punaises se retrouvent couvertes de cicatrices dessinant des fentes brunes cernées d'une zone claire. Semblables à des cibles ! On peut ainsi savoir précisément combien la femelle a connu d'accouplements.
La nature a encouragé ces coquineries en engendrant d'étranges adaptations. Génération après génération, des mutations ont abouti à l'incroyable. Les filles punaises se sont mises à naître nanties de taches brunes, auréolées de clair, sur leur dos. A chaque tache correspond un réceptacle, « sexe succursale » directement relié au sexe principal. Cette particularité existe actuellement à tous les échelons de son développement : pas de cicatrice, quelques cicatrices réceptacles à la naissance, véritables vagins secondaires dans le dos.
Sixième particularité : l'autococufiage. Que se passe-t-il lorsqu'un mâle est perforé par un autre mâle ? Le sperme survit et fonce comme à son habitude vers la région des ovaires. N'en trouvant pas, il déferle sur les canaux déférents de son hôte et se mêle à ses spermatozoïdes autochtones. Résultat : lorsque le mâle passif percera, lui,

une dame, il lui injectera ses propres spermatozoïdes mais aussi ceux du mâle avec lequel il aura entretenu des rapports homosexuels.
Septième particularité : l'hermaphrodisme. La nature n'en finit pas d'effectuer des expériences étranges sur son cobaye sexuel favori. Les mâles punaises ont, eux aussi, muté. En Afrique, vit la punaise Afrocimex constrictus *dont les mâles naissent avec des petits vagins secondaires dans le dos. Ceux-ci, cependant, ne sont pas féconds. Il semble qu'ils soient là à titre décoratif ou encore pour encourager les rapports homosexuels.*
Huitième particularité : le sexe-canon qui tire à distance. Certaines espèces de punaises tropicales, les antochorides scolopelliens, en sont pourvues. Le canal spermatique forme un gros tube épais, roulé en colimaçon, dans lequel le liquide séminal est comprimé. Le sperme est ensuite propulsé à grande vitesse par des muscles spéciaux qui l'expulsent hors du corps. Ainsi, lorsqu'un mâle aperçoit une femelle à quelques centimètres de lui, il vise de son pénis les cibles-vagins dans le dos de la demoiselle. Le jet fend les airs. La puissance de ces tirs est telle que le sperme parvient à transpercer la carapace, plus fine en ces endroits.

Edmond Wells,
Encyclopédie du savoir relatif et absolu, tome II.

24. POURSUITE EN SOUS-SOL

Avant de succomber, une rebelle pousse un cri odorant, déchirant et incompréhensible :
Les Doigts sont nos dieux.
Puis elle s'affale de toute la longueur de ses pattes et son corps étalé forme comme une croix à six branches.
Toutes ses compagnes s'effondrent une à une et 103 683e entend certaines répéter la même phrase étrange :

Les Doigts sont nos dieux.

Les punaises enragées percent et violent, sous le regard des fédérales qui n'ont visiblement pas l'intention de mettre un terme au supplice.

103 683e refuse de mourir si vite. Pas avant de savoir ce que signifie le mot « dieux ». Prise d'une fureur terrible, elle fouette avec ses antennes la dizaine de punaises accrochées à son thorax, puis elle fonce tête baissée dans le groupe de soldates. Effet de surprise réussi. Les guerrières sont trop absorbées par le spectacle de cette orgie sanglante pour l'intercepter. Elles se reprennent pourtant sans tarder.

Mais 103 683e n'est pas une novice en matière de course-poursuite. Elle fonce au plafond et, de la pointe de ses antennes largement écartées, racle la paroi. En giclent des flocons de terre. La soldate en profite pour mettre entre elle et ses poursuivantes un véritable mur de sable. Se plaçant en position de tir, elle abat les gardes qui parviennent à passer malgré tout. Mais quand plusieurs d'entre elles franchissent ensemble l'obstacle, la soldate ne peut les mitrailler toutes d'un coup. D'ailleurs, sa poche à acide est pratiquement vide maintenant

Elle détale de toute son énergie.

C'est une rebelle ! Arrêtez-la !

103 683e se hâte par des galeries qu'elle a l'impression de reconnaître. Et pour cause ! elle a accompli un demi-tour parfait. La revoici dans la salle des citernes. Ses membres l'ont naturellement portée sur un chemin qu'elle avait d'autant mieux mémorisé qu'elle venait juste de l'accomplir en sens inverse.

Sa patte perd un peu de sang. Il lui faut à tout prix se cacher. Le salut se trouve au plafond. Elle y monte et se tasse contre les pattes d'une fourmi réservoir. Par son volume, l'insecte la dissimule parfaitement lorsque les soldates font irruption en bas dans la salle.

De leurs antennes, les fédérales sondent le moindre recoin.

103 683e dégrafe une patte de la fourmi citerne qui la camoufle.

Qu'est-ce qui te prend ? s'enquiert mollement la concernée.

Migration, répond avec autorité 103 683e. Et elle détache une deuxième, puis une troisième patte. Mais cette fois, l'autre n'est pas dupe.

Quoi, quoi... Veux-tu bien cesser ça tout de suite !

En bas, les fédérales ont repéré une flaque de sang transparent. Elles cherchent. Une garde reçoit une goutte sur la tête et lève ses antennes.

Ça y est, je l'ai retrouvée !

Fébrilement, 103 683e arrache une patte et une autre encore. La citerne ne tient plus que par deux griffes et panique :

Remets-moi ça en place tout de suite !

La garde se retourne et ajuste son abdomen pour viser le plafond.

103 683e se débarrasse de la dernière patte d'un coup de mandibule sabre. Juste lorsque la soldate tire, la citerne orange lui choit dessus. Cela fait doublement exploser la masse liquide. 103 683e a à peine eu le temps de sauter de son perchoir que déjà des morceaux d'abdomen volent dans toute la pièce.

De nouvelles soldates fédérales apparaissent. 103 683e hésite. Combien lui reste-t-il d'acide ? De quoi tirer trois coups. Elle choisit de pulvériser les pattes des citernes.

Trois fourmis réservoirs sont abattues, leurs fixations foudroyées. Elles tombent et éclatent sur la meute des poursuivantes. L'une d'elles parvient pourtant à se dégager, tout engluée de miellat.

103 683e est maintenant vidée de son acide. Elle se place quand même en position de tir dans l'espoir d'intimider l'autre et attend avec stoïcisme le jet brûlant qui l'achèvera.

Rien ne vient. L'autre aussi serait-elle à sec ? Corps à corps. Les mandibules s'agrippent et tentent de trancher la chitine.

La conquérante du bout du monde est plus expérimentée. Elle renverse son adversaire, lui tire la tête en arrière. Mais comme elle va donner le coup de grâce, une patte la tapote comme pour lui réclamer une trophallaxie.

Pourquoi veux-tu la tuer ?

103 683ᵉ fait pivoter ses antennes pour mieux identifier la source d'émission.

Elle a déjà reconnu ces effluves amis.

C'est la reine en personne qui est là. Son ancienne complice d'aventures, l'initiatrice de sa première odyssée...

Alentour, des soldates surgissent, prêtes à se battre, mais la souveraine émet une odeur infime qui leur fait savoir que cette fourmi est sous sa protection.

Suis-moi, propose la reine Chli-pou-ni.

25. ÇA SE COMPLIQUE

La voix devient insistante.

— Suivez-moi, je vous prie.

Une double rangée de macchabées s'alignait sous la lumière crue des néons, chacun nanti d'une étiquette suspendue au gros orteil. La salle dégageait un parfum d'éther et d'éternité.

Morgue de Fontainebleau.

— Par ici, commissaire, dit le médecin légiste.

Ils s'avancèrent parmi les cadavres, les uns placés sous une housse en plastique, les autres dissimulés par un drap blanc. Chaque étiquette portait un nom et une annotation indiquant la date et les circonstances de la mort du gisant : 15 mars, tué dans la rue à coups de couteau ; 3 avril, écrasé par un bus ; 5 mai, suicide par défenestration...

Ils s'arrêtèrent devant trois gros orteils dont les panonceaux précisaient qu'ils avaient appartenu, respectivement, à Sébastien, Pierre et Antoine Salta.

Méliès n'en pouvait plus d'impatience.

— Vous avez trouvé de quoi ils sont morts ?

— Plus ou moins... D'une émotion forte. Je dirais même très forte.

— La peur ?

— Possible. Ou la surprise. D'un stress démultiplié, en tout cas. Regardez les observations sur cette feuille : tous trois ont dans le sang un taux d'adrénaline dix fois supérieur à la normale.

Méliès se dit que la journaliste avait raison.

— Ils sont donc morts de peur...

— Pas forcément, car le choc émotionnel n'est pas la seule cause de ces décès. Venez voir. (Il plaça une radiographie sur une table lumineuse.) On a constaté à la radio que leurs corps étaient pleins de petits ulcères.

— Qu'est-ce qui a pu les provoquer ?

— Un poison. Sûrement un poison, mais un poison d'un genre nouveau. Avec le cyanure, par exemple, on ne constate qu'une grosse lésion. Alors qu'ici, elles sont multiples.

— Quel est votre diagnostic, alors, docteur ?

— Ça pourra vous paraître curieux. Je dirais qu'ils sont d'abord morts de saisissement et qu'ensuite sont intervenues les hémorragies stomacales et intestinales, tout aussi mortelles.

L'homme en blouse blanche rangea ses notes et lui tendit la main.

— Encore une question, docteur. Vous, qu'est-ce qui vous fait peur ?

Le médecin soupira.

— Oh, moi ! j'en ai tant vu. Plus rien, à présent, ne me touche vraiment.

Le commissaire Méliès prit congé et quitta la Morgue en mastiquant un chewing-gum, encore plus perplexe qu'il n'y était entré. Il savait qu'il avait désormais affaire à forte partie.

26. ENCYCLOPÉDIE

RÉUSSITE : ***Les fourmis sont, de tous les représentants de la planète Terre, ceux qui ont le mieux réussi. Elles occupent un nombre record de niches écologiques. On trouve des fourmis dans*** *les steppes désertiques aux confins du cercle polaire aussi bien que dans les jungles équatoriales, les forêts européennes, les montagnes, les gouffres, sur les plages des océans, aux abords des volcans et jusqu'à l'intérieur des habitations humaines. Exemple d'adaptation extrême : pour résister à la chaleur du désert saharien qui peut s'élever jusqu'à 60 °C, la fourmi cataglyphis a mis au point des techniques de survie uniques. Elle marche à cloche-pied en utilisant deux pattes sur six pour ne pas se brûler sur le sol bouillant. Elle retient son haleine pour ne pas perdre son humidité et se déshydrater. Il n'existe pas un kilomètre de terre ferme exempt de fourmis. La fourmi est l'individu qui a bâti le plus de villes et de villages sur la surface du globe. La fourmi a su s'adapter à tous ses prédateurs et à toutes les conditions climatiques : pluie, chaleur, sécheresse, froid, humidité, vent. De récentes recherches ont montré qu'un tiers de la biomasse animale et de la forêt amazonienne était composé de fourmis et de termites. Et ce dans les proportions de huit fourmis pour un termite.*

Edmond Wells,
Encyclopédie du savoir relatif et absolu, tome II.

27. RETROUVAILLES ROYALES

Les concierges à tête plate s'écartent pour leur laisser le passage. Elles marchent à présent côte à côte dans les couloirs de bois de la Cité interdite : 103 683e, la soldate qui a participé il y a plus d'un an à l'assaut final contre Bel-o-kan, et sa reine qui, depuis, ne lui a plus jamais donné de ses nouvelles. A-t-elle oublié leur complicité ancienne ?

Elles pénètrent dans la loge royale. Chli-pou-ni a réaménagé la demeure de sa mère en la tapissant d'un beau velours provenant de la paroi interne de l'écorce de châtaigne. Au centre de la salle, vision ahurissante, le corps évidé et translucide de Belo-kiu-kiuni, leur propre mère !

C'est sans doute la première fois, dans les annales myrmécéennes, qu'une reine vit en permanence auprès du cadavre conservé de sa propre génitrice. Celle-là même contre laquelle elle était jadis entrée en guerre et qu'elle avait vaincue.

Chli-pou-ni et 103 683e s'installent exactement au centre de la pièce d'un ovale parfait. Elles rapprochent enfin leurs antennes.

Notre rencontre n'est pas fortuite, affirme la souveraine. Sa soldate d'élite, elle la recherchait depuis longtemps. Elle a besoin d'elle. Elle veut lancer une vaste croisade contre les Doigts, détruire tous les nids qu'ils ont construits au-delà du bord oriental du monde. 103 683e est la plus apte à guider l'armée rousse vers le pays des Doigts.

Les rebelles avaient dit vrai. Chli-pou-ni veut réellement déclencher une grande guerre contre les Doigts.

103 683e hésite. Certes, elle brûle d'envie de repartir vers l'Orient. Mais il y a aussi, désormais, cette peur terrible incrustée dans son corps et qui, à tout instant, menace de resurgir. La peur des Doigts.

Durant toute l'hibernation qui a suivi son aventure, elle n'a rêvé que de Doigts, de boules roses géantes dévorant les cités comme autant de petites proies ! 103 683e avait connu des réveils difficiles, les antennes moites.

Que se passe-t-il ? demande la reine.

J'ai peur des Doigts qui vivent au-delà du bord du monde.

C'est quoi la peur ?

C'est la volonté de ne pas se trouver dans des situations qu'on ne peut maîtriser.

Chli-pou-ni lui raconte alors comment, en lisant les phéromones de Mère, elle en a découvert une évoquant aussi ce mot. « Peur ». Cette phéromone explique que, lorsque des individus sont incapables de se comprendre, c'est qu'ils ont « peur » les uns des autres.

Et selon Belo-kiu-kiuni, quand sera vaincue la peur de l'autre, bien des choses jugées impossibles deviendront alors parfaitement réalisables.

103 683e reconnaît là le genre d'aphorisme cher à l'ancienne reine. D'un mouvement léger de l'antenne droite, Chli-pou-ni interroge : la peur rendrait-elle la soldate inapte à mener cette croisade ?

Non. La curiosité est plus forte que la peur.

Chli-pou-ni est rassurée. Sans l'expérience de sa complice d'antan, sa croisade serait mal partie.

Combien de soldates seront, selon toi, nécessaires pour tuer tous les Doigts de la Terre ?

Tu veux que je tue tous les Doigts de la Terre ?

Oui. Evidemment. Chli-pou-ni le veut. Les Doigts doivent être exterminés, éradiqués du monde. Comme les stupides parasites géants qu'ils sont. Elle s'énerve, plie et déplie ses antennes. Elle insiste : les Doigts sont un danger, pas seulement pour les fourmis mais aussi pour tous les animaux, tous les végétaux, tous les minéraux. Elle le sait, elle le sent. Elle est convaincue de la justesse de sa cause.

103 683e lui obéira. Elle se livre à une rapide estimation. Pour venir à bout d'un seul Doigt, il faut au moins cinq millions de soldates bien entraînées. Et, elle en est convaincue, il y a au moins, au moins... quatre troupeaux, soit vingt Doigts sur la Terre !

Cent millions de soldates suffiront à peine.

103 683e revoit l'immense ruban noir où rien ne pousse. Et toutes les exploratrices, d'un seul coup aplaties comme les plus fines des feuilles dans un vacarme de vibrations et de fumées d'hydrocarbures.

Le bord du monde oriental, c'est aussi ça.

La reine Chli-pou-ni laisse planer un silence. Elle effectue quelques pas dans la loge nuptiale, tripote des cosses de blé du bout de la mandibule. Se retournant enfin, antennes baissées, elle assure avoir discuté avec beaucoup de fourmis pour les convaincre de la nécessité de cette croisade. Elle ne dispose d'aucune autorité politique. Elle émet des suggestions. La communauté décide. D'ailleurs, toutes ses sœurs et filles ne partagent pas son point de vue.

Elles redoutent une reprise des guerres avec les fourmis naines et les termites. Elles ne veulent pas que la croisade laisse la Fédération sans défense.

Chli-pou-ni a parlé avec beaucoup de citoyennes excitatrices. Elles ont fait des efforts, la reine aussi. Ensemble, elles sont parvenues à un chiffre, qui est de quatre-vingt mille.

Quatre-vingt mille légions ?

Non, quatre-vingt mille soldates. En ce qui la concerne, Chli-pou-ni pense que cet effectif suffira largement. Si vraiment 103 683e le juge par trop dérisoire, la reine consent à quelques efforts de stimulation supplémentaires, afin de débaucher cent à deux cents guerrières de plus. Mais c'est le maximum qu'elle pourra obtenir !

103 683e réfléchit. La reine ne se rend pas compte de l'ampleur de la tâche ! Quatre-vingt mille soldates pour affronter tous les Doigts de la Terre, c'est insensé !

Mais sa sempiternelle curiosité la taraude. Comment laisser passer une si précieuse occasion ? Elle cherche à se réconforter. Après tout, avec quatre-vingt mille soldates, elle aura à sa disposition une expédition d'importance. Un peu d'audace, et voilà ! Elle ne parviendra sûrement pas à tuer tous les Doigts mais, en revanche, elle saura beaucoup mieux qui ils sont et comment ils fonctionnent.

D'accord pour quatre-vingt mille soldates. 103 683e souhaiterait toutefois poser deux questions. Pourquoi cette croisade ? Et pourquoi toute cette animosité contre les Doigts alors que Mère Belo-kiu-kiuni leur portait tant d'estime ?

La reine se dirige vers un couloir qui s'ouvre au fond de la salle.

Viens. Je t'emmène visiter la Bibliothèque chimique.

28. LAETITIA APPARAÎT PRESQUE

La pièce était bruyante, enfumée, encombrée de tables, de chaises et de machines à café.

Des claviers cliquetaient, des épaves vautrées sur des bancs maugréaient, des types agrippés aux grilles de leurs cages clamaient que ça ne se passerait pas comme ça et qu'ils voulaient téléphoner à leur avocat.

Un panneau affichait des visages patibulaires, chacun assorti de son prix de capture. Le tarif variait entre mille et cinq mille francs. Ces chiffres étaient plutôt modestes si l'on considère qu'un homme recèle dans son corps des produits organiques (reins, cœur, hormones, vaisseaux sanguins, liquides divers) dont la valeur commerciale cumulée avoisinerait plutôt les soixante-quinze mille francs.

Lorsque Laetitia Wells surgit dans le commissariat, de nombreuses paires d'yeux se levèrent. Elle produisait toujours cet effet.

— Bureau du commissaire Méliès, s'il vous plaît ?

Un sous-fifre en uniforme demanda à examiner sa convocation avant d'indiquer :

— Par là, au fond, avant les toilettes.

— Merci.

Dès qu'elle passa sa porte, le commissaire ressentit comme un pincement au cœur.

— Je cherche le commissaire Méliès, dit-elle.

— C'est moi.

D'un geste, il l'invita à s'asseoir.

Il n'en revenait pas. Jamais, jamais de sa vie il n'avait vu de fille aussi belle. Pas une de ses conquêtes, récentes ou passées, ne lui parvenait à la cheville.

Ce qui frappait en premier lieu, c'étaient ses yeux mauves. Venaient ensuite son visage de madone, son corps délié et l'aura de parfum qui s'en dégageait. Bergamote, vétiver, mandarine, galoxyde, bois de santal, le tout relevé d'une pointe de musc de bouquetin pyrénéen, aurait analysé un chimiste. Mais Jacques Méliès, lui, ne pouvait que le humer avec délice.

Il se laissa emporter par le son de sa voix avant d'en comprendre les paroles. Qu'avait-elle dit ? Il fit un effort pour se ressaisir. Tant d'informations visuelles, olfactives et auditives saturaient son cerveau !

— Merci d'être venue, balbutia-t-il enfin.

— Mais c'est moi qui vous suis reconnaissante d'avoir accepté cette interview, vous qui en êtes si avare.

— Non, non, je vous dois beaucoup. Vous m'avez ouvert les yeux sur cette affaire. Ce n'était que justice de vous recevoir.

— Parfait. Vous avez bon caractère. Je peux enregistrer notre conversation ?

— Comme vous voudrez.

Il parlait. Il échangeait des mots anodins, mais il était comme hypnotisé par le visage blanc de la jeune femme, ses cheveux très noirs coupés à la Louise Brooks avec une lourde frange, ses longs yeux mauves étirés au-dessus de pommettes hautes. Elle avait maquillé d'un rose discret ses lèvres pulpeuses. Son ensemble pourpre portait sûrement la griffe d'un couturier chic. Ses bijoux, son maintien, tout en elle respirait la grande classe.

— Je peux fumer ?

Il acquiesça, tendit un cendrier et elle brandit un petit fume-cigarette ciselé. Elle alluma le tabac et lâcha une bouffée bleue aux relents opiacés. Puis elle s'empara d'un calepin dans son sac et entreprit de l'interroger :

— J'ai appris que vous aviez finalement réclamé une autopsie. Est-ce exact ?

Il opina.

— Qu'en est-il ressorti ?

— Peur plus poison. En quelque sorte, nous avions raison tous les deux. Pour ma part, je pense que les autopsies ne constituent pas une panacée. Elles ne peuvent pas tout nous révéler.

— L'analyse de sang a-t-elle révélé une trace de poison ?

— Négatif. Mais cela ne signifie rien, il existe des poisons indécelables.

— Avez-vous relevé des indices sur les lieux du crime ?

— Aucun.

— Des traces d'effraction ?

— Pas la moindre.

— Une idée sur un mobile ?

— Comme je l'ai déjà déclaré dans la dépêche d'agence, Sébastien Salta perdait beaucoup d'argent au jeu.

— Quelle est votre intime conviction sur cette affaire ?

Il soupira :

— Je n'en ai plus... Mais puis-je à mon tour vous interroger ? Il semblerait que vous ayez enquêté du côté des psychiatres ?

Il lut de la surprise dans les prunelles mauves.

— Bravo, vous êtes bien renseigné !

— C'est mon métier. Avez-vous découvert ce qui pouvait faire si peur à trois personnes, au point de les tuer net ?

Elle hésita :

— Je suis journaliste. Mon métier consiste à recueillir des informations auprès de la police, pas à en donner.

— Bon, disons qu'il s'agirait d'un simple échange, mais vous n'êtes évidemment pas obligée d'y souscrire.

Elle décroisa ses jambes fines, gainées de bas de soie.

— Qu'est-ce qui vous fait peur à vous, commissaire ? (Elle le fixa par en dessous tout en se baissant pour faire tomber la cendre dans le cendrier.) Non, ne répondez pas. C'est trop intime. Ma question était presque indécente. La peur est un sentiment si complexe. C'est la première émotion de l'homme des cavernes. C'est quelque chose de très ancien et de très puissant, la peur. Elle prend racine dans notre imaginaire, alors nous ne pouvons pas la contrôler.

Elle tira à grandes bouffées sur sa cigarette avant de l'écraser. Puis elle releva la tête et lui sourit :

— Commissaire, je crois que nous nous trouvons devant une énigme à notre hauteur. J'ai écrit cet article parce que je craignais que vous ne la laissiez échapper. (Elle arrêta son magnétophone.) Commissaire, vous ne m'avez rien dit que je ne sache déjà. Moi, je vais vous apprendre quelque chose. (Déjà, elle se levait.) Cette affaire Salta est beaucoup plus intéressante que vous ne le pensez. Elle connaîtra bientôt de nouveaux rebondissements.

Il sursauta :

— Qu'en savez-vous ?

— Mon petit doigt..., fit-elle, étirant ses lèvres charmantes en un sourire mystérieux et plissant ses yeux mauves.

Puis elle s'éclipsa avec la souplesse d'un félin.

29. LA QUÊTE DU FEU

103 683e n'est jamais allée à la Bibliothèque chimique. L'endroit est vraiment impressionnant. Des œufs remplis de liquides vivants s'alignent à perte de vue. Chacun renferme des témoignages, des descriptions, des idées uniques.

Tandis qu'elles s'avancent entre les travées, Chli-pou-ni raconte. Elle a découvert que Mère Belo-kiu-kiuni communiquait avec les Doigts souterrains lorsqu'elle a pris possession de la Cité interdite de Bel-o-kan. Mère était complètement obnubilée par les Doigts. Elle pensait qu'ils constituaient une civilisation à part entière. Elle les nourrissait et, en échange, ils lui apprenaient des choses étranges. La roue, par exemple.

Pour la reine Belo-kiu-kiuni, les Doigts étaient des animaux bénéfiques. Comme elle se trompait ! Chli-pou-ni en a désormais la preuve. Tous les témoignages concordent : ce sont les Doigts qui ont mis le feu à Bel-o-kan et ainsi tué Belo-kiu-kiuni, la seule reine qui voulait les comprendre.

La triste vérité est que leur civilisation est basée sur le... feu. C'est pour cela que Chli-pou-ni n'a plus voulu dialoguer avec eux, plus voulu les nourrir. C'est pour cela qu'elle a scellé le passage à travers le plancher de granit. C'est pour cela qu'elle tient à les éliminer de la surface de la Terre.

Des rapports d'expédition de plus en plus nombreux soulignent la même information : les Doigts allument des feux, jouent avec le feu, fabriquent des objets à l'aide du feu. Les fourmis ne peuvent permettre à ces insensés de persévérer. Ce serait aller droit à l'apocalypse. L'épreuve subie par Bel-o-kan l'a prouvé.

Le feu !... 103 683e a un mouvement de dégoût. Elle comprend mieux l'obsession de Chli-pou-ni, à présent. Toutes les fourmis savent ce qu'est le feu. Jadis, elles ont elles aussi découvert cet élément. Comme les humains : par hasard. La foudre avait frappé un arbrisseau. Une brindille enflammée tomba parmi les herbes. Une fourmi s'en approcha pour mieux voir ce morceau de soleil qui noircissait tout autour de lui.

Tout ce qui est insolite, les fourmis cherchent à le ramener au nid. Cette première fois fut un échec. Les tentatives suivantes aussi. Régulièrement, la flamme s'éteignait en cours de route. Et puis, à force de s'emparer de brindilles de plus en plus longues, une éclaireuse avisée parvint à en ramener une jusqu'aux abords de sa fourmilière. Elle avait démontré qu'il était possible de transporter des morceaux de soleil. Ses sœurs lui firent fête.

Quelle merveille, le feu ! Il apportait l'énergie, la lumière, la chaleur. Et quelles belles couleurs ! Rouge, jaune, blanc et bleu, même.

C'était arrivé il n'y avait pas très longtemps, à peine cinquante millions d'années. Chez les insectes sociaux, on s'en souvenait encore.

Problème : la flamme ne durait jamais. Il fallait alors attendre que jaillisse de nouveau la foudre et hélas ! elle était souvent accompagnée d'une pluie qui éteignait le feu.

Pour mieux protéger son trésor embrasé, une fourmi eut alors l'idée de l'introduire dans sa cité de brindilles. Désastreuse initiative ! Le feu dura certes plus longtemps, mais en incendiant immédiatement les dômes de branchettes, provoquant la mort de milliers d'œufs, d'ouvrières et de soldates.

On ne félicita pas la novatrice. Mais, en vérité, la quête du feu ne faisait que commencer. Ainsi sont les fourmis. Elles débutent toujours par la plus mauvaise des solutions avant de parvenir, par réajustements successifs, à découvrir la plus juste.

Les fourmis planchèrent longtemps sur le sujet.

Chli-pou-ni dégage la phéromone mémoire où sont consignés leurs travaux.

On s'était d'abord aperçu que le feu était très contagieux. Il suffisait de s'en approcher pour s'enflammer à son tour. En même temps, paradoxalement, il était très fragile. Un simple battement d'ailes de papillon et il n'en restait plus qu'une fumée noire qui s'évanouissait dans les airs. Pour les fourmis, si elles désiraient éteindre un feu, le plus commode était encore de projeter dessus de l'acide formique peu concentré. Les bricoleuses précurseuses qui lancèrent sur des braises un acide trop puissant furent vite transformées en chalumeaux puis en torches vivantes.

Plus tard, il y avait de cela sept cent cinquante mille ans, les fourmis découvrirent toujours par hasard, en tentant tout et n'importe quoi (ce qui est leur forme de science), qu'on pouvait « construire » du feu sans devoir attendre la foudre. En frottant l'une contre l'autre deux feuilles très sèches, une ouvrière les avait vues produire une fumée, puis s'enflammer. L'expérience fut reproduite, étudiée. Les fourmis savaient désormais allumer un feu à volonté.

Une période d'euphorie suivit la belle découverte. Chaque nid trouvait, presque quotidiennement, de nouvelles applications. Le feu détruisait les arbres trop gênants, émiettait les matériaux les plus durs, ravivait les énergies au sortir de l'hibernation, soignait certaines maladies et embellissait généralement la couleur des choses.

L'enthousiasme commença à retomber quand, inéluctablement, apparurent les utilisations militaires du feu. Quatre fourmis armées d'une longue branchette enflammée étaient désormais à même d'anéantir une cité adverse d'un million d'individus en moins d'une demi-heure !

Il y eut aussi des incendies de forêt. Les fourmis

contrôlaient mal l'effet contagieux de la flamme. Une fois que quelque chose commençait à brûler, il suffisait d'un souffle de vent pour l'attiser et avec leur jet d'acide à faible concentration, les fourmis pompiers ne pouvaient plus grand-chose pour maîtriser l'incendie.

Un buisson prenait feu, ne tardait pas à le communiquer d'arbre en arbre et en une journée ce n'étaient plus trois cent mille individus mais trente mille fourmilières qui étaient réduites à l'état de cendres noirâtres.

Le fléau décimait tout : les plus gros arbres, les plus gros animaux et jusqu'aux oiseaux. Si bien qu'à l'emballement, succéda le rejet. Total. Unanime. Elle était loin, la joie des premiers jours ! Le feu était trop dangereux. Tous les insectes sociaux se mirent d'accord pour jeter l'anathème et le déclarer tabou.

Personne ne devait plus s'approcher d'un feu. Si la foudre tombait sur un arbre, ordre était de s'en éloigner. Si des brindilles sèches commençaient à s'embraser, il était du devoir de chacun de s'efforcer de les éteindre. Les instructions franchirent les océans. Toutes les fourmis de la planète, tous les insectes surent bientôt qu'ils devaient fuir le feu et, surtout, ne pas chercher à en devenir les maîtres.

Il ne resta que quelques espèces de moucherons et de papillons pour foncer encore dans les flammes. Mais eux, c'était parce qu'ils étaient drogués à la lumière.

Les autres appliquèrent rigoureusement les consignes. Si un nid ou un individu se mêlait d'user du feu pour la guerre, tous les autres, de toutes espèces, petites et grandes, se liguaient immédiatement pour l'écraser.

Chli-pou-ni reposa la phéromone mémoire.

Les Doigts ont utilisé l'arme interdite et l'utilisent encore dans tout ce qu'ils entreprennent. La civilisation des Doigts est une civilisation du feu. Nous devons donc la détruire avant qu'ils ne mettent le feu à toute la forêt.

La reine dégage une odeur de conviction farouche.

103 683e demeure perplexe. Selon Chli-pou-ni elle-

même, les Doigts constituent un épiphénomène. Des locataires temporaires de la surface du sol. Et des locataires éphémères, sûrement. Ils ne sont là que depuis trois millions d'années et ils n'y demeureront sans doute plus très longtemps encore.

103 683e se lave les antennes.

Normalement, les fourmis laissent les espèces se succéder sur la croûte terrestre, vivre et mourir sans s'en préoccuper. Alors, pourquoi cette croisade ?

Chli-pou-ni insiste :

Ils sont trop dangereux. Nous ne pouvons pas attendre qu'ils disparaissent d'eux-mêmes.

103 683e remarque :

Il paraît qu'il y a des Doigts vivant sous la Cité.

Si Chli-pou-ni veut s'en prendre aux Doigts, pourquoi ne commence-t-elle pas par ceux-ci ?

La reine s'étonne que la soldate soit informée du secret. Puis elle se justifie. Les Doigts, là-bas, en dessous, ne sont pas une menace. Ils ignorent comment sortir de leur trou. Ils sont coincés. Il suffit de les laisser mourir de faim et le problème se réglera de lui-même. Ils ne sont peut-être déjà plus que des cadavres à l'heure qu'il est.

Ce serait dommage.

La reine lève ses antennes.

Pourquoi ? Tu aimes les Doigts ? Ton voyage au bord du monde t'a permis de communiquer avec eux ?

La soldate fait front.

Non. Mais ce serait dommage pour la zoologie car nous ignorons les mœurs et la morphologie de ces animaux géants. Et ce serait dommage pour la croisade car nous partirions au bout du monde en ne sachant qu'à peine ce que sont nos adversaires.

La reine est troublée. La soldate pousse son avantage.

Quelle aubaine pourtant ! Nous disposons d'un nid de Doigts à domicile, à notre entière disposition. Alors, pourquoi ne pas en profiter ?

Chli-pou-ni n'y avait pas pensé. 103 683e a raison. C'est vrai, ces Doigts sont ses prisonniers, somme toute, exactement comme les acariens qu'elle étudie dans sa salle de zoologie. Coincés dans leur coquille de noisette, les acariens lui sont un vivarium de l'infiniment petit. Coincés dans leur caverne, les Doigts lui en offrent un de l'infiniment grand...

Un instant, la reine est tentée d'écouter la soldate, de gérer froidement sa « Doigtilière », de sauver les derniers Doigts s'il en vit encore, et même de renouer éventuellement le dialogue avec eux. Pour la science.

Et pourquoi ne pas les apprivoiser ? les transformer en montures géantes ? Il lui serait sans doute possible d'obtenir leur soumission contre de la nourriture.

Mais soudain, c'est l'imprévu.

Surgie de nulle part, une fourmi kamikaze se jette sur Chli-pou-ni et entreprend de la décapiter. 103 683e reconnaît dans la régicide une rebelle de l'étable à scarabées. Bondissant, 103 683e abat l'audacieuse d'un coup de mandibule sabre avant qu'elle n'ait réussi son crime.

La reine est demeurée impassible.

Vois ce dont sont capables les Doigts ! Ils ont transformé les fourmis aux odeurs de roche en fanatiques prêtes à assassiner leur propre souveraine. Tu vois, 103 683e, on ne doit pas leur parler. Les Doigts ne sont pas des animaux comme les autres. Ils sont trop dangereux. Même leurs mots peuvent nous tuer.

Chli-pou-ni précise qu'elle est au courant de l'existence d'un mouvement rebelle dont les membres continuent de converser avec les Doigts qui agonisent sous le plancher. C'est d'ailleurs ainsi qu'elle les étudie. Des espionnes à sa dévotion se sont infiltrées dans le mouvement rebelle et la tiennent informée de tout ce qui s'émet depuis la Doigtilière. Chli-pou-ni sait que 103 683e est entrée en contact avec les rebelles. Elle considère que c'est une bonne chose. Ainsi, la soldate pourra, elle aussi, lui apporter son concours.

Au sol, la rebelle régicide rassemble ses dernières forces pour émettre un ultime :

Les Doigts sont nos dieux.

Et puis, plus rien. Elle est morte. La reine renifle le cadavre.

Que signifie le mot « dieux » ?

103 683e se le demande aussi. La reine arpente la loge royale, répétant et répétant encore qu'il est de plus en plus urgent de tuer les Doigts. De les exterminer. Tous. Elle compte sur sa soldate expérimentée pour réaliser cette tâche capitale

Très bien. 103 683e a besoin de deux jours pour rassembler ses troupes. Ensuite, en avant. Sus à tous les Doigts du monde !

30. MESSAGE DIVIN

Augmentez vos offrandes,
Risquez vos vies, sacrifiez-vous,
Les Doigts sont plus importants que la reine ou le couvain.

N'oubliez jamais que
Les Doigts sont omniprésents et omnipotents.

Les Doigts peuvent tout car les Doigts sont des dieux.
Les Doigts peuvent tout car les Doigts sont grands.
Les Doigts peuvent tout car les Doigts sont puissants.

Telle est la vérité !

L'auteur de ce message quitta vite la machine avant que les autres ne l'y découvrent.

31. SECOND COUP

Caroline Nogard n'aimait pas les repas de famille. Elle avait hâte que celui-ci s'achève afin de pouvoir tranquillement reprendre son « œuvre ».

Autour d'elle, ça gesticulait, ça jacassait, ça se passait les plats, ça mastiquait, ça se disputait sur des problèmes dont elle se moquait éperdument.

— Quelle chaleur ! dit sa mère.

— A la télé, le type de la météo a annoncé que la canicule ne faisait que commencer. Il paraît que c'est à cause de la pollution de la fin du XXe siècle, compléta son père.

— C'est la faute à Papy. A son époque, dans les années 90, ils polluaient sans retenue. On devrait traîner toute sa génération devant les tribunaux, osa sa petite sœur.

Ils n'étaient que quatre à table, mais les trois autres suffisaient à excéder Caroline Nogard.

— Nous allons au cinéma, tout à l'heure. Tu veux venir, Caro ? proposa sa mère.

— Non merci, Maman ! J'ai du travail à la maison.

— A huit heures du soir ?

— Oui. Et du travail important.

— A ta guise. Si tu préfères rester seule à t'activer à des heures indues plutôt que de te distraire avec nous, c'est ton droit le plus strict...

Elle n'en pouvait plus d'impatience quand, enfin, elle referma la porte à double tour derrière eux. Vite, elle courut chercher la valise, en sortit la sphère de verre pleine de granulés, déversa son contenu dans un bassin métallique qu'elle mit à chauffer sur un bec Bunsen.

Elle obtint ainsi une purée brune. Un souffle d'air s'en dégagea, successivement remplacé par une fumée grise, une flamme d'abord brouillée par la fumée, enfin une belle flamme, claire et pure.

Le procédé était sans doute un peu archaïque mais il n'en existait pas d'autre à ce stade. Elle examinait son œuvre avec satisfaction quand la sonnette retentit.

Elle ouvrit à un homme barbu, au poil très roux. Presque rouge. Maximilien MacHarious intima l'ordre de se coucher aux deux grands lévriers dont il tenait les laisses argentées et interrogea, avant même de dire bonjour :

— C'est prêt ?

— Oui, j'ai terminé les dernières opérations à la maison, mais les principaux traitements ont été effectués au labo.

— Parfait. Il n'y a pas eu de problème ?
— Pas le moindre.
— Personne n'est au courant ?
— Personne.
Elle versa la substance chaude devenue ocre dans une épaisse bouteille et la lui tendit.
— Je m'occupe de tout. Vous pouvez vous reposer maintenant, dit-il.
— Au revoir.
Sur un signe de connivence, il disparut dans l'ascenseur avec ses deux lévriers.
De nouveau seule, Caroline Nogard se sentit soulagée d'un grand poids. Maintenant, songea-t-elle, plus rien ne pourrait les arrêter. Ils réussiraient là où tant d'autres avaient échoué.
Elle se servit une bière fraîche qu'elle dégusta lentement. Elle retira ensuite sa blouse de travail pour enfiler un peignoir rose. Sur l'une des manches, elle remarqua un minuscule accroc de forme carrée. Il ne lui faudrait pas longtemps pour le repriser. Elle prit du fil et une aiguille et s'installa devant son téléviseur.
C'était l'heure de « Piège à réflexion ». Caroline Nogard brancha son récepteur.
Télévision.
Mme Ramirez était toujours là, avec ses allures de Française moyenne et sa timidité si authentique lorsqu'elle énonçait ses solutions ou les processus de logique qui y avaient présidé. L'animateur, lui, faisait son numéro habituel :
— Comment ça, vous n'avez pas trouvé ? Examinez bien ce tableau et dites aux téléspectatrices et aux téléspectateurs à quoi vous fait penser cette suite de chiffres.
— Eh bien, vous savez, le problème est vraiment singulier. Il s'agit d'une progression triangulaire qui part de l'unité simple pour se diriger vers quelque chose de beaucoup plus complexe.
— Bravo, madame Ramirez ! Poursuivez dans cette voie et vous trouverez !

— Il y a ce chiffre « un », au début. On dirait... on dirait presque...

— Les téléspectatrices et les téléspectateurs vous écoutent, madame Ramirez ! Et le public va vous encourager.

Applaudissements nourris.

— Allez-y, madame Ramirez ! On dirait presque quoi ?

— Un texte sacré. Le 1 se divise pour donner deux chiffres, lesquels donnent eux-mêmes quatre chiffres. C'est un peu...

— C'est un peu ?

— Comme le prélude à une naissance. L'œuf originel se divise d'abord en deux, puis en quatre, puis il se complexifie encore. Intuitivement, ce tableau me fait penser à une naissance, à un être qui apparaît puis se déploie. C'est assez métaphysique.

— Exact, madame Ramirez, exact. Quelle superbe énigme nous vous avons confiée ! Digne de votre perspicacité et des ovations du public.

Applaudissements.

L'animateur alimenta le suspense :

— Et quelle loi régit cette progression ? Quelle est la mécanique de cette naissance, madame Ramirez ?

Mine dépitée de la candidate.

— Je ne trouve pas... Euh, j'utilise mon joker.

Un murmure de déception parcourut la salle. C'était la première fois que Mme Ramirez tombait en panne.

— Etes-vous bien sure, madame Ramirez, de vouloir griller l'un de vos jokers ?

— Comment faire autrement !

— Quel dommage, madame Ramirez, après un si beau parcours sans faute...

— Cette énigme est assez spéciale. Elle vaut la peine qu'on s'y attarde. Joker, donc, pour que vous m'aidiez.

— Très bien. Nous vous avions donné une première phrase : « Plus on est intelligent, moins on a de chances de trouver. » La seconde est : « Il faut désapprendre tout ce que l'on sait. »

Air dépité de la candidate.

— Et ça signifie quoi ?

— Ah ! à vous de le découvrir, madame Ramirez. Pour vous aider, je vous dirai que comme pour une psychanalyse, il vous faut opérer un demi-tour à l'intérieur de votre esprit. Simplifiez. Remplacez par du vide les mécanismes de logique et de réflexion préconçus.

— Pas facile. Vous me demandez d'éliminer de la réflexion par de la réflexion !

— Ah ! C'est bien pour cela que notre émission s'appelle « Piège à...

— ... réflexion » ! reprit la salle en chœur.

Les gens s'applaudirent eux-mêmes.

Mme Ramirez soupira, sourcils froncés. L'animateur eut un geste secourable.

— Avec votre joker, vous avez droit également à une ligne supplémentaire sur le tableau.

Il prit le feutre et nota :

1
11
21
1211
111221
312211

Puis il ajouta :

13112221

Gros plan sur le visage consterné de Mme Ramirez. Elle cligna des yeux. Marmonna des « un », des « deux », des « trois », comme s'il s'agissait de la recette d'un gâteau quatre-quarts aux pruneaux. Bien respecter les proportions de « trois » surtout. En revanche, ne pas lésiner sur les « un ».

— Alors, madame Ramirez, ça va mieux maintenant ?

Très concentrée, Mme Ramirez ne répondit pas et

bougonna un « mmmhhh » signifiant « cette fois-ci je crois que je vais trouver ».

L'animateur respecta sa méditation.

— J'espère que vous aussi, chers téléspectatrices et téléspectateurs, vous avez soigneusement noté notre nouvelle ligne. Alors, à demain, si vous le voulez bien !

Applaudissements. Générique de fin. Tambours, trompettes et cris divers.

Caroline Nogard éteignit le poste. Il lui semblait percevoir un petit bruit. Elle termina sa couture. C'était parfait, on ne voyait plus la moindre trace de ce vilain petit trou. Elle rangea son fil et ses ciseaux. A nouveau un bruit de papier froissé.

Cela provenait de la salle de bains. Cela ne pouvait être une souris. Elle n'aurait pas produit ce genre de son en courant sur le carrelage. Alors, un, plusieurs cambrioleurs ? Que faisaient-ils dans la salle de bains ?

A tout hasard, elle alla chercher dans la commode le petit revolver de calibre 6 mm que son père y avait dissimulé en prévision de pareilles circonstances. Pour mieux surprendre le ou les intrus, elle ralluma la télé, augmenta le volume du son et se dirigea à pas de loup vers la salle de bains.

Un groupe de rappers braillait sa révolte.

« Vos maisons, vos boutiques, tout, tout, on brûlera tout, tout, tout... »

Caroline Nogard se plaqua contre la porte, serrant très fort son revolver des deux mains, comme elle l'avait vu faire dans les feuilletons américains. D'un coup, elle ouvrit.

Il n'y avait personne et pourtant le bruit était bien là, résonnant de plus en plus fort derrière le rideau de la douche. Elle le tira d'un geste sec.

D'abord, elle s'avança, pour mieux comprendre le phénomène. Puis, épouvantée, elle hurla, vida vainement toutes les balles de son chargeur. Elle recula, haletante, et du pied, referma la porte. Par chance, la clef était du bon côté. Elle ferma à double tour et attendit, au bord de la crise d'hystérie.

« Ça » n'allait quand même pas passer la porte !
Mais « ça » passait. Et même la poursuivait.
Elle gémit, courut, attrapa des bibelots qu'elle projeta derrière elle. Elle frappa des pieds, des poings. Mais que pouvait-elle faire contre un tel adversaire ?

32. DE QUOI ÊTRE PERPLEXE

Elle se lave la tête avec le peigne de son tibia.
103 683e ne sait vraiment plus où elle en est.
Elle craint les Doigts et... elle a pour mission de les tuer tous. Elle commençait à croire en la cause rebelle et... il lui faut la trahir. Elle a atteint le bord du monde avec vingt exploratrices et... maintenant qu'on lui en offre quatre-vingt mille, elle estime ce chiffre parfaitement dérisoire.
Mais ce qui la préoccupe par-dessus tout, c'est le mouvement rebelle lui-même. Elle avait imaginé se lier avec des aventurières réfléchies et la voilà confrontée à des demi-folles, toujours à lancer ce mot qui ne veut rien dire : « dieux »
Même le comportement de la reine est étrange. Elle parle beaucoup trop pour une fourmi. C'est anormal. Elle veut tuer tous les Doigts mais elle néglige ceux qui vivent sous sa propre cité. Elle prétend que l'avenir réside dans l'étude des espèces étrangères et elle refuse de profiter de sa Doigtilière pour mener des expériences sur la plus exotique et la plus déconcertante d'entre elles.
Chli-pou-ni ne lui a pas tout dit. Les rebelles non plus. On se méfie d'elle ou bien on tente de la manipuler. Elle se sent le jouet de la reine, des rebelles, peut-être même des deux à la fois.
Une évidence lui apparaît soudain : rien de tel ne s'est jamais produit dans une fourmilière, où que ce soit sur cette planète. On dirait qu'à Bel-o-kan, tout le monde a perdu son bon sens. Les individus ont des pensées singulières, éprouvent des états d'âme, bref, sont moins fourmis qu'avant. On mute. Les rebelles sont des mutantes.

Chli-pou-ni est une mutante. Quant à 103 683e elle-même, encline comme elle l'est désormais à se penser en entité indépendante, elle ne se sent pas non plus une fourmi très normale. Qu'est-ce qui est en train d'arriver à Bel-o-kan ?

Incapable de répondre à cette question, elle veut tout d'abord comprendre ce qui motive ces rebelles aux expressions saugrenues.

C'est quoi « dieux » ?

103 683e se dirige vers l'étable des scarabées rhinocéros.

33. ENCYCLOPÉDIE

CULTE DES MORTS : *Le premier élément définissant une civilisation pensante est le « culte des morts ».*

Tant que les hommes jetaient leurs cadavres avec leurs immondices, ils n'étaient que des bêtes. Le jour où ils commencèrent à les mettre en terre ou à les brûler, quelque chose d'irréversible venait de se produire. Prendre soin de ses morts, c'est concevoir l'existence d'un au-delà, d'un monde virtuel se superposant au monde visible. Prendre soin de ses morts, c'est envisager la vie comme un simple passage entre deux dimensions. Tous les comportements religieux découlent de là.

Le premier culte des morts est recensé au paléolithique moyen, il y a de cela soixante-dix mille ans. A cette époque, certaines tribus d'hommes se sont mises à ensevelir leurs cadavres dans des fosses de 1,40 m × 1 m × 0,30 m.

Les membres de la tribu déposaient à côté du défunt des quartiers de viande, des objets en silex et les crânes des animaux qu'il avait chassés. Il semble que ces funérailles s'accompagnaient d'un repas pris en commun par l'ensemble de la tribu.

Chez les fourmis, notamment en Indonésie, ont

été repérées quelques espèces qui continuent de nourrir leur reine défunte plusieurs jours après son décès. Ce comportement est d'autant plus surprenant que les odeurs d'acide oléique dégagées par la morte leur ont obligatoirement signalé son état.

Edmond Wells,
Encyclopédie du savoir relatif et absolu, tome II.

34. L'HOMME INVISIBLE

Le commissaire Jacques Méliès était agenouillé devant le cadavre de Caroline Nogard. Sur le visage aux yeux révulsés, toujours ce rictus de terreur, ce masque de surprise épouvantée. Il se tourna vers l'inspecteur Cahuzacq.

— Evidemment, pas d'empreintes, Emile ?

— Hélas, non. Ça recommence : pas de plaies, pas d'arme, pas d'effraction, pas d'indices. La même purée de pois !

Le commissaire sortit ses chewing-gums.

— Bien sûr, la porte était verrouillée, fit Méliès.

— Trois serrures fermées, deux ouvertes. Il semblerait qu'au moment de mourir, elle s'efforçait d'actionner l'un des verrous de sa porte blindée.

— Reste à savoir si c'était pour ouvrir ou pour fermer, maugréa Méliès. (Il se pencha afin d'examiner la position des mains.) Pour ouvrir ! s'exclama-t-il. L'assassin était à l'intérieur et elle cherchait à fuir... C'est toi qui es arrivé ici le premier, Emile ?

— Comme toujours.

— Et y avait-il des mouches ?

— Des mouches ?

— Oui, des mouches. Des drosophiles, si tu préfères !

— Ça te tracassait déjà chez les Salta. En quoi cela t'intéresse tant ?

— Très important, les mouches ! D'excellentes informatrices pour un détective. Un de mes profs prétendait résoudre toutes ses affaires rien qu'en se basant sur l'examen des mouches.

L'inspecteur eut une moue sceptique. Encore un de ces trucs à la noix qu'on enseigne dans les nouvelles écoles de police ! Cahuzacq restait confiant dans les bonnes vieilles méthodes mais il consentit quand même à répondre.

— Ouais, je me suis souvenu des Salta et j'ai regardé. Les fenêtres sont restées fermées, cette fois-ci, et s'il y avait des mouches, elles sont toujours là. Mais qu'est-ce que tu as à te polariser là-dessus ?

— Les mouches, c'est capital. S'il y en a, c'est qu'il existe un passage quelque part. S'il n'y en a pas, c'est que l'appartement est hermétiquement clos.

A force de fureter des yeux de tous côtés, le commissaire finit par repérer une mouche dans un angle du plafond blanc.

— Regarde ça, Emile ! Tu la vois, là-haut ?

Comme si elle était gênée d'être observée, la mouche s'envola.

— Elle nous indique son couloir aérien ! Observe, Emile. Le petit interstice au-dessus de la fenêtre, c'est par là qu'elle a dû entrer.

La mouche virevolta un moment puis atterrit sur un fauteuil.

— D'ici, je peux te dire que c'est une mouche verte. Donc, une mouche de la deuxième cohorte.

Qu'est-ce que c'était encore que ce jargon ? Méliès expliqua :

— Dès qu'un humain meurt, les mouches se précipitent. Mais pas n'importe quelles mouches, et pas n'importe quand. La chorégraphie est immuable. Débarquent généralement d'abord les mouches bleues *(calyphora)*, les mouches de la première cohorte. Elles sont là dans les cinq minutes qui suivent le trépas. Elles aiment le sang chaud. Si le terrain leur paraît propice, elles pondent leurs œufs dans la chair puis s'en vont dès que le cadavre commence à sentir fort. Elles sont aussitôt remplacées par la deuxième cohorte, celle des mouches vertes *(muscina)*. Elles, elles préfèrent la viande légèrement faisandée. Elles goûtent, pondent, puis laissent la place aux mouches grises *(sarcophaga)*, celles de la troisième cohorte, qui prisent la viande davantage fermentée. Viennent enfin les mouches à camembert *(piophila)* et les mouches à lard *(ophira)*. Cinq escouades de mouches se succèdent ainsi sur nos dépouilles. Chacune se contente de sa part et laisse intacte celle des autres.

— Nous sommes peu de chose, soupira l'inspecteur, un peu dégoûté.

— Ça dépend pour qui. Un seul cadavre suffit pour régaler plusieurs centaines de mouches.

— Très bien. Mais en quoi cela concerne-t-il notre enquête ?

Jacques Méliès se munit de sa loupe éclairante et scruta les oreilles de Caroline Nogard.

— Il y a du sang et des œufs de mouches vertes à l'intérieur du pavillon. C'est très intéressant. Normalement, nous aurions dû trouver aussi des larves de mouches bleues. Donc, la première cohorte n'est pas passée. C'est déjà une sacrée information !

L'inspecteur commençait à comprendre les formidables informations qu'apportait l'observation des mouches.

— Et pourquoi elles ne sont pas venues ?

— Parce que quelque chose, quelqu'un, l'assassin probablement, a dû s'attarder auprès du cadavre cinq minutes après le décès. Les mouches bleues n'ont pas osé s'approcher. Ensuite, le corps a commencé à fermenter et il ne les intéressait plus. Les vertes ont alors rappliqué. Et elles, rien ne les a gênées. Donc, l'assassin est resté cinq minutes, pas plus, et puis il est reparti.

Tant de logique impressionna Emile Cahuzacq. Méliès, lui, ne paraissait pas vraiment satisfait. Il s'interrogeait sur ce qui avait pu empêcher les mouches bleues de s'approcher.

— On dirait qu'on a affaire à l'Homme invisible...

Il s'interrompit. Comme Méliès, il avait entendu un bruit dans la salle de bains.

Ils s'y précipitèrent. Tirèrent les rideaux de la douche. Rien.

— Oui, on dirait vraiment l'Homme invisible, j'ai l'impression qu'il est dans la pièce.

Il frissonna.

Méliès mâchonnait pensivement son chewing-gum.

— En tout cas, il est capable d'entrer et de sortir sans ouvrir portes ou fenêtres. Il n'est pas seulement invisible, ton bonhomme, c'est un passe-muraille ! (Il se tourna vers la victime vitrifiée, au visage toujours tétanisé par l'effroi.)... Et un épouvantail. Qu'est-ce qu'elle faisait dans la vie, cette Caroline Nogard ? Tu as quelque chose dans ton dossier ?

Cahuzacq compulsa quelques papiers dans la chemise établie au nom de la défunte.

— Pas de petit copain. Pas d'embrouilles. Elle n'avait pas d'ennemis la haïssant au point de vouloir la tuer. Elle travaillait comme chimiste.

— Elle aussi ? s'étonna Méliès. Où ça ?

— La CCG.

Les deux hommes se fixèrent, ébahis. La CCG : la Compagnie de chimie générale, l'entreprise où avait œuvré Sébastien Salta !

On tenait enfin un dénominateur commun qui ne pouvait être le simple fruit du hasard. Enfin une piste.

35. DIEU EST UNE ODEUR PARTICULIÈRE

Elles mènent par là.

La soldate reconnaît les odeurs qui lui permettent de retrouver la salle clandestine des rebelles.

Il me faut une explication.

Un groupe de rebelles entoure 103 683e. Elles pourraient facilement la tuer mais elles ne l'attaquent pas.

C'est quoi « dieux » ?

Une nouvelle fois, la boiteuse joue les porte-parole. Elle admet qu'elles n'ont pas tout dit à la soldate mais souligne que le seul fait de lui avoir révélé l'existence du mouvement rebelle pro-Doigts constitue déjà un énorme gage de confiance. Une organisation clandestine, traquée par toutes les gardes de la Meute, n'a pas pour habitude de s'en remettre trop vite à n'importe qui !

La boiteuse essaie d'arborer un port d'antennes exprimant la franchise.

Elle explique qu'il se passe actuellement dans Bel-o-kan quelque chose d'essentiel pour leur cité, pour toutes les cités, pour l'espèce entière, même. Le succès ou l'échec du mouvement rebelle peut faire perdre ou gagner des millénaires d'évolution à toutes les fourmis du monde. Dans ces conditions, une vie ne compte pas. Le sacrifice de chacun est nécessaire ainsi que le respect du secret le plus absolu. Dans cette partie, la boiteuse admet que 103 683e constitue une pièce maîtresse. Elle regrette de ne pas lui avoir tout confié. Elle va réparer cet oubli.

Solennellement, les deux fourmis se rejoignent au centre de la pièce pour se livrer à la cérémonie de CA, la Communication absolue. Grâce à la CA, une fourmi voit, sent et comprend instantanément tout ce que renferme l'esprit de son interlocutrice. Le récit n'est plus seulement émis et réceptionné : il est vécu en commun par les deux fourmis.

103 683e et la boiteuse plaquent leurs segments antennaires les uns contre les autres. C'est comme si onze bouches et onze oreilles entraient en contact direct. Il n'y a plus qu'un seul insecte à deux têtes.

La boiteuse déverse son histoire.

Lorsque l'an dernier, le grand incendie avait ravagé Bel-o-kan et tué la reine Belo-kiu-kiuni, les fourmis aux odeurs de roche avaient perdu leur raison d'être. Elles avaient dû affronter les grandes rafles lancées par Chli-pou-ni, la nouvelle souveraine. Les fourmis aux odeurs de roche étaient alors devenues des rebelles et s'étaient cachées dans cette tanière. Puis elles ont rouvert le passage dans le plancher de granit, elles ont nourri les Doigts en chapardant de la nourriture mais, surtout, elles ont continué à dialoguer avec leur représentant, le Docteur Livingstone.

Au début, tout fonctionna parfaitement. Le Docteur Livingstone émettait des messages simples : « Nous avons faim », « Pourquoi la reine refuse-t-elle de nous parler ? » Les Doigts se tenaient informés des activités des rebelles et les conseillaient dans leurs opérations de commando visant à voler de la nourriture le plus discrètement possible. Les Doigts ont besoin de quantités extravagantes de nourriture et ce n'est pas toujours facile de les leur fournir sans se faire remarquer !

Tout cela restait du domaine du normal. Mais un jour, les Doigts émirent un message d'une tournure toute différente. Cette allocution au parfum étrange assurait que les fourmis avaient sous-estimé les Doigts, que les Doigts l'avaient tu jusqu'à présent mais qu'en vérité, ils étaient les dieux des fourmis.

« Dieux » ? Que signifie ce mot ? avons-nous demandé.

Les Doigts nous ont expliqué ce que sont les dieux. Selon eux, ce sont les animaux bâtisseurs du monde. Nous sommes tous dans leur « jeu ».

Une tierce fourmi vient perturber la CA. Avec ferveur, elle énonce :

Les dieux ont tout inventé, ils sont omnipotents, ils sont omniprésents. Ils nous surveillent en permanence. Cette réalité qui nous entoure n'est qu'une mise en scène imaginée par les dieux pour mieux nous tester.

Quand il pleut, c'est que les dieux versent de l'eau.

Quand il fait chaud, c'est que les dieux ont augmenté la cuisson du soleil.

Quand il fait froid, c'est qu'ils l'ont baissée.

Les Doigts sont des dieux.

La boiteuse traduit l'étonnant message. Rien n'existerait dans ce monde sans les dieux Doigts. Les fourmis sont leurs créatures. Elles ne font que se débattre dans un monde artificiel, imaginé par les Doigts par simple amusement.

Voilà ce que dit le Docteur Livingstone ce jour-là.

103 683e est perplexe. Pourquoi, dans ces conditions, des Doigts meurent-ils de faim sous le plancher de la Cité ? Pourquoi sont-ils prisonniers sous terre ? Pourquoi permettent-ils à une fourmi de vouloir lancer une croisade contre eux ?

La boiteuse reconnaît que les assertions du Docteur Livingstone comportent quelques lacunes. Leur principal avantage, en revanche, est d'expliquer pourquoi les fourmis existent, pourquoi le monde est tel qu'il est.

D'où venons-nous, qui sommes-nous, où allons-nous ? Le concept de « dieux » répond enfin à ces questions.

Quoi qu'il en soit, la graine avait été semée. Ce premier discours « déiste » avait émerveillé une poignée de rebelles et troublé beaucoup d'autres. Ne suivirent que des déclarations normales qui ne parlaient pas de « dieux ».

On n'y pensait plus quand, quelques jours plus tard, la sensationnelle parole « déiste » retentit de plus belle dans les antennes du Docteur Livingstone. Elle évoquait à nouveau un univers contrôlé par les Doigts, affirmait qu'il n'y avait pas de hasard, que tout ce qui se passait ici-bas était noté et consigné. Que seraient blessés ceux qui ne respecteraient pas les « dieux » ou ne les nourriraient pas.

103 683e en a les antennes ébouriffées de surprise. Jamais son imagination, pourtant débridée selon la norme fourmilienne, n'aurait pu concevoir une idée aussi fantastique que celle d'animaux géants, contrôlant le monde et en surveillant un à un tous les habitants. Elle songe cependant que les Doigts ont vraiment du temps à perdre.

Elle écoute néanmoins la suite du récit de la boiteuse.

Les rebelles comprirent vite que le Docteur Livingstone tenait deux discours d'esprit complètement différent. Alors, quand il parlait des dieux, on avertissait les fourmis déistes et les autres se retiraient. Quand il évoquait des thèmes « normaux », les déistes s'en allaient. Si bien qu'un clivage apparut peu à peu au sein de la communauté rebelle pro-Doigts. Il y avait les déistes, il y avait les non-déistes, mais la discorde ne s'établit pas entre elles. Même si les secondes estimaient que les premières avaient développé un comportement complètement irrationnel et étranger à la culture fourmi.

103 683e se débranche. Elle se nettoie les antennes et interroge à la cantonade :

Lesquelles d'entre vous sont des déistes ?

Une fourmi s'avance.

Je m'appelle 23e et je crois en l'existence des dieux tout-puissants.

La boiteuse glisse en aparté que les déistes rabâchent comme ça toutes sortes de phrases toutes faites même si, souvent, elles en ignorent le sens. Cela n'a pas l'air de les gêner, au contraire. Plus les mots sont incompréhensibles, plus elles aiment à les répéter.

Pour sa part, 103 683e ne comprend pas comment ce Docteur Livingstone peut posséder deux personnalités totalement différentes à la fois.

C'est peut-être cela, le grand mystère des Doigts, répond la boiteuse. Leur dualité. Chez eux, le simple voisine avec le compliqué, les phéromones quotidiennes avec des messages abstraits.

Elle ajoute que, pour l'heure, les déistes sont minoritaires mais que leur parti ne cesse de progresser.

Une jeune fourmi accourt en brandissant le cocon à papillon que la soldate avait enterré à l'entrée de l'étable.

C'est à toi, non ?

103 683e acquiesce et, tendant ses antennes vers la nouvelle venue, interroge :

Et toi ? Tu es quoi ? Déiste ou non déiste ?

La jeune fourmi incline timidement la tête. Elle sait qui s'adresse à elle : une soldate célèbre et expérimentée. Elle mesure le caractère de gravité de ce qu'elle va dire. Pourtant, les mots jaillissent d'un coup du plus profond de ses trois cerveaux :

Je me nomme 24e. Je crois en l'existence des dieux tout-puissants.

36. ENCYCLOPÉDIE

PENSÉE : La pensée humaine peut tout.

Dans les années 50, un porte-conteneurs anglais, transportant des bouteilles de vin de Madère en provenance du Portugal, vient débarquer sa cargaison dans un port écossais. Un marin s'introduit dans la chambre froide pour vérifier si tout a été bien livré. Ignorant sa présence, un autre marin referme la porte de l'extérieur. Le prisonnier frappe de toutes ses forces contre les cloisons, mais personne ne l'entend et le navire repart pour le Portugal.

L'homme découvre suffisamment de nourriture mais il sait qu'il ne pourra survivre longtemps dans ce lieu frigorifique. Il trouve pourtant l'énergie de saisir un morceau de métal et de graver sur les parois, heure après heure, jour après jour, le récit de son calvaire. Avec une précision scientifique, il raconte son agonie. Comment le froid l'engourdit, gelant son nez, ses doigts et ses orteils qui deviennent cassants comme du verre. Il décrit comment la morsure de l'air se fait brûlure intolérable. Comment, peu à peu, son corps tout entier se pétrifie en un bloc de glace.

Lorsque le bateau jette l'ancre à Lisbonne, le capitaine qui ouvre le conteneur découvre le matelot mort. Il lit, sur les parois, le journal minutieux de ses affreuses souffrances.

Pourtant, le plus stupéfiant n'est pas là. Le capitaine relève la température à l'intérieur du conteneur. Le thermomètre indique 19 °C. Puisque le lieu ne contenait plus de marchandises, le système de réfrigération n'avait pas été activé durant le trajet de retour. L'homme était mort uniquement parce qu'il croyait avoir froid. Il avait été victime de sa seule et propre imagination.

Edmond Wells,
Encyclopédie du savoir relatif et absolu, tome II.

37. MISSION MERCURE

Je voudrais voir le Docteur Livingstone.

Le vœu de 103 683e ne peut être exaucé. Avec leurs antennes, l'ensemble des rebelles la scrutent avec insistance.

Nous avons besoin de toi pour autre chose.

La boiteuse explique. La veille, pendant que la soldate se trouvait chez la reine, un groupe de rebelles est descendu par le passage sous le plafond de granit. Elles ont rencontré le Docteur Livingstone et lui ont annoncé la croisade contre les Doigts.

C'était le Docteur Livingstone à la parole déiste ou celui à la parole non déiste ? s'enquiert 103 683e.

Non. C'était le non-déiste, raisonnable et concret, parlant de choses simples et directes à la portée de toutes les antennes. En tout cas, le Docteur Livingstone et les Doigts qui s'expriment à travers lui ne se sont pas affolés en apprenant qu'une mission allait partir au bout du monde pour exterminer tous les Doigts. Au contraire, ils ont reçu cela comme une très bonne nouvelle et ont même dit qu'il s'agissait d'une occasion unique à ne pas manquer.

Les Doigts ont longuement réfléchi. Puis le Docteur Livingstone a transmis leurs instructions, des ordres pour une mission à eux, qu'ils ont nommée « mission Mercure ». Elle sera directement liée à la croisade vers l'Orient, au point de se confondre avec elle.

Comme c'est toi qui vas guider les troupes de Bel-o-kan, tu seras aussi la mieux à même de mener à bien cette mission Mercure.

103 683e prend connaissance de sa nouvelle charge.

Attention ! Mesure bien l'importance de ce qu'il te faut réussir. La mission Mercure peut changer la face du monde.

38. EN DESSOUS

— Tu crois qu'elle pourra réussir la mission Mercure ?

Augusta Wells avait fini d'exposer son plan aux fourmis. La vieille femme se passa sur le front une main déformée par les rhumatismes et soupira :

— Mon Dieu, pourvu que cette petite fourmi rousse aboutisse !

Tous considéraient la vieille femme en silence. Quelques-uns souriaient. Ils étaient bien obligés de faire confiance à ces fourmis rebelles. Ils n'avaient pas le choix. Ils ne connaissaient pas le nom de la fourmi chargée de la mission Mercure, mais tous prièrent pour qu'elle ne se fasse pas tuer.

Augusta Wells ferma les yeux. Un an déjà qu'ils étaient là-dessous, à plusieurs mètres sous terre. Toute centenaire qu'elle fût, elle se souvenait de tout.

Tout d'abord, c'était son fils Edmond qui, après la mort de sa femme, était venu s'installer au 3 de la rue des Sybarites, à deux pas de la forêt de Fontainebleau. Lorsque, quelques années plus tard, lui aussi était passé de vie à trépas, il avait laissé une lettre à son héritier, son neveu Jonathan. Une drôle de lettre, avec pour seule phrase cette recommandation : « Ne jamais descendre à la cave. »

Avec le recul, Augusta Wells n'était pas loin de penser que ç'avait été la plus efficace des incitations. Après tout, Parmentier avait assuré la promotion de ses pommes de terre dont personne ne voulait en les plantant dans un champ clos, cerné de pancartes : « Interdiction absolue d'entrer ». Dès la première nuit, des voleurs chapardaient les précieux tubercules et un siècle plus tard, la frite était devenue un élément majeur de l'alimentation mondiale.

Jonathan Wells était donc descendu dans la cave interdite. Il n'était plus remonté. Sa femme Lucie s'était aventurée à sa recherche. Puis son fils Nicolas. Puis des pompiers sous les ordres de l'inspecteur Gérard Galin. Puis des policiers dirigés par le commissaire Alain Bilsheim. Enfin elle-même,

Augusta Wells, en compagnie de Jason Bragel et du Pr Daniel Rosenfeld.

Au total, dix-huit personnes s'étaient engouffrées dans l'interminable escalier en colimaçon. Tous, ils avaient affronté les rats, résolu l'énigme des six allumettes qui forment quatre triangles. Ils étaient passés par la nasse qui comprime le corps comme pour une naissance. Ils étaient remontés, étaient tombés dans la trappe. Ils avaient surmonté leurs phobies enfantines et les pièges de leur inconscient, l'épuisement, la vision de la mort.

Au bout de leur longue marche, ils avaient découvert le temple souterrain, construit à la Renaissance au-dessous d'une large dalle de granit, elle-même surplombée par une fourmilière. Jonathan leur avait montré le laboratoire secret d'Edmond Wells. Il leur avait mis sous les yeux les preuves du génie de son vieil oncle, en particulier sa machine baptisée « Pierre de Rosette », permettant de comprendre le langage olfactif des fourmis et de leur parler. Sortait de la machine un tuyau relié à une sonde, une fourmi en plastique plus précisément, servant à la fois de micro et de haut-parleur. Cet appareil, c'était leur ambassadeur auprès du peuple fourmi, le Docteur Livingstone.

Par son truchement, Edmond Wells avait dialogué avec la reine Belo-kiu-kiuni. Ils n'avaient pas eu le temps d'échanger beaucoup de phrases, mais suffisamment pourtant pour mesurer à quel point leurs deux grandes civilisations parallèles étaient encore incapables de se rencontrer.

Jonathan avait repris le flambeau abandonné par son oncle et entraîné tout le groupe dans sa passion. Il se plaisait à dire qu'ils étaient comme des cosmonautes dans une capsule spatiale s'efforçant de communiquer avec des extraterrestres. Il affirmait : « Nous effectuons ce qui pourrait s'avérer l'expérience la plus fascinante de notre génération. Si nous n'arrivons pas à dialoguer avec les fourmis, nous n'y parviendrons pas non plus avec une autre forme d'intelligence, terrestre ou extraterrestre. »

Sans doute avait-il raison. Mais à quoi bon avoir raison trop tôt ? Leur communauté utopiste ne resta pas longtemps parfaite. Ils s'étaient attaqués aux problèmes les plus subtils, ils furent arrêtés par les problèmes les plus triviaux.

Un pompier apostropha un jour Jonathan :

— Nous sommes peut-être comme des cosmonautes dans leur capsule mais eux, ils se seraient débrouillés pour emporter un nombre égal d'hommes et de femmes. Or, nous sommes ici quinze hommes dans la fleur de l'âge et il n'y a qu'une seule femme. Ne parlons pas de la vieille et du marmot !

La réponse de Jonathan Wells avait fusé :

— Chez les fourmis aussi, il n'y a qu'une femelle pour quinze mâles !

Ils avaient préféré en rire.

Ils ne savaient pas trop ce qui se passait là-haut dans la fourmilière, sinon que la reine Belo-kiu-kiuni était morte et que celle qui lui avait succédé ne voulait pas entendre parler d'eux. Elle était allée jusqu'à leur couper les vivres.

Privés de dialogue et d'alimentation, leur expérience était vite devenue un enfer. Dix-huit personnes affamées confinées dans un souterrain : la situation n'était pas facile à gérer.

C'était le commissaire Alain Bilsheim qui, le premier, un matin, avait trouvé vide la « caisse à offrandes ». Ils s'étaient alors rabattus sur leurs réserves, essentiellement les champignons qu'ils avaient appris à cultiver ici sous terre. Au moins, ils ne manquaient pas d'eau fraîche grâce à la source souterraine, ni d'air grâce aux cheminées d'aération.

Mais de l'air, de l'eau et des champignons, quel carême !

Un policier avait fini par exploser. De la viande, il exigeait de la viande rouge. Il suggéra qu'on tire au sort ceux qui serviraient de chair fraîche aux autres. Et il ne plaisantait pas !

Augusta Wells s'en souvenait comme si la pénible scène datait d'hier.

— Je veux manger ! vociférait le policier.

— Mais il n'y a plus rien.

— Si ! Nous ! Nous sommes comestibles les uns pour les autres. Un certain nombre d'individus choisis au hasard doivent se sacrifier pour que les autres survivent.

Jonathan Wells s'était levé.

— Nous ne sommes pas des bêtes. Seuls les animaux se mangent entre eux. Nous, nous sommes des hommes, des hommes !

— Personne ne te contraindra à te transformer en cannibale, Jonathan. Nous respecterons tes opinions. Mais si tu te refuses à manger de l'homme, tu peux néanmoins leur servir de repas.

Là-dessus, le policier eut un geste de connivence à l'intention d'un de ses collègues. Ensemble, ils ceinturèrent Jonathan et cherchèrent à l'assommer. Il parvint à se dégager, à force de coups de poing. Nicolas Wells se mêla au pugilat.

L'échauffourée prit de l'ampleur. Adversaires et partisans du cannibalisme choisirent leur camp. Bientôt tout le monde se battait, bientôt le sang coula. Certains coups étaient portés avec la volonté de tuer. Des amateurs de chair humaine s'étaient emparés de tessons de bouteille, de couteaux, de morceaux de bois pour mieux parvenir à leurs fins. Même Augusta, Lucie et le petit Nicolas étaient devenus enragés, griffant, allongeant des coups de pied, jouant de leurs poings. A un moment, la grand-mère mordit un avant-bras qui passait à portée de sa bouche mais son dentier cassa net. Le muscle humain est quand même solide.

Isolés à plusieurs mètres sous terre, ils luttaient avec la hargne des bêtes coincées. Enfermez dix-huit chats dans une caisse d'un mètre carré pendant un mois et vous aurez peut-être un aperçu de la férocité de la bagarre à laquelle se livra, ce jour-là, le groupe utopiste qui avait pensé faire évoluer l'humanité.

Sans police ni témoin, ils avaient perdu toute retenue.

Il y eut un mort. Un pompier victime d'un coup de couteau. L'assistance, atterrée, interrompit instantanément le combat et contempla le désastre. Personne ne songea à dévorer le défunt.

Les esprits étaient calmés. Le Pr Daniel Rosenfeld mit un terme au débat :

— Nous sommes tombés bien bas ! L'homme des cavernes est toujours tapi en nous et il n'est pas besoin de gratter profondément notre couche de politesse pour le voir resurgir. Cinq mille ans de civilisation ne pèsent pas lourd. (Il soupira.) Comme les fourmis se moqueraient de nous si elles nous voyaient maintenant nous entre-tuer pour de la nourriture !

— Mais..., tenta un policier.

— Tais-toi, larve humaine ! tonna le professeur. Aucun insecte social, pas même une blatte, n'oserait se comporter comme nous venons de le faire. Nous nous prenons pour les joyaux de la création, ah ! laissez-moi ricaner. Ce groupe chargé de préfigurer l'homme du futur se comporte comme une horde de rats. Regardez-vous, voyez ce que vous avez fait de votre humanité.

Personne ne répondit. Les regards s'abaissèrent à nouveau sur le cadavre du pompier. Sans qu'aucune autre parole fût prononcée, tous s'affairèrent à lui creuser une tombe dans un coin du temple. On l'enterra en psalmodiant une courte prière. Seule la violence extrême avait pu stopper la violence tout court. Ils oublièrent les exigences de leurs estomacs, suçotèrent leurs blessures.

— Je n'ai rien contre une bonne leçon de philosophie, mais j'aimerais tout de même savoir comment nous allons nous y prendre pour survivre, lança alors l'inspecteur Gérard Galin.

L'idée de se manger les uns les autres était certes dégradante, mais que faire d'autre pour vivre ? Il suggéra :

— Et si nous nous suicidions tous en même temps ? Nous échapperions aux souffrances et aux humiliations que nous impose cette nouvelle reine, Chli-pou-ni.

La proposition ne souleva guère d'enthousiasme. Galin tempêta :

— Mais sacrebleu, pourquoi les fourmis se comportent-elles si méchamment à notre égard ? Nous sommes les seuls humains à daigner leur parler, dans leur langage qui plus est, et voilà comment elles nous remercient. En nous laissant crever !

— Oh, il n'y a pas là de quoi s'étonner, dit le Pr Rosenfeld. Au Liban, à l'époque des prises d'otages, les kidnappeurs tuaient de préférence ceux qui parlaient arabe. Ils avaient peur d'être compris. Peut-être que cette Chli-pou-ni craint, elle aussi, d'être comprise.

— Il nous faut absolument trouver un moyen de nous en sortir sans nous entre-dévorer ni nous suicider ! s'exclama Jonathan.

Ils se turent et réfléchirent avec toute la largeur d'esprit que leur permettaient leurs ventres avides.

Puis Jason Bragel intervint :

— Je crois savoir comment faire...

Augusta Wells se rappelle et sourit. Il savait comment.

Deuxième arcane :

LES DIEUX SOUTERRAINS

39. PRÉPARATIFS

Tu sais comment il faut faire, toi ?

La fourmi ne répond pas.

Tu sais comment il faut faire pour tuer un Doigt ? précise l'intéressée.

Pas la moindre idée.

Partout dans la Cité, des groupes de soldates se préparent pour la grande croisade contre les Doigts. Les fantassins aiguisent leurs mandibules. Les artilleuses se gorgent d'acide.

Les fantassins rapides, qu'on peut considérer comme la cavalerie, se taillent les poils des pattes pour offrir encore moins de résistance à l'air lorsqu'ils s'élanceront pour semer la mort et la désolation.

Chacun ne parle que des Doigts, du bout du monde et des nouvelles techniques de combat qui devraient permettre d'annihiler ces monstres.

On anticipe l'événement comme une chasse périlleuse mais très stimulante.

Une artilleuse se gave d'acide brûlant à 60 %. Le poison est si concentré que l'extrémité de son abdomen fume.

Nous, les Doigts, on les aura avec ça ! affirme-t-elle.

Tout en se nettoyant les antennes, une vieille soldate qui prétend être déjà venue à bout d'un serpent donne son avis :

Les Doigts ne sont sûrement pas aussi féroces qu'on le raconte.

En fait, personne ne sait très bien à quoi s'en tenir avec les Doigts. D'ailleurs, si Chli-pou-ni n'avait pas lancé la croisade, la plupart des Belokaniennes auraient continué de penser que les récits à leur propos ne sont que légendes et que les Doigts n'existent pas.

Certaines soldates affirment que 103 683e, l'exploratrice qui est allée au bout du monde, va les guider. Les troupes se réjouissent de cette présence expérimentée.

Des petits groupes s'acheminent vers la salle des gourdes pour faire le plein d'énergie sucrée. Les guerrières ignorent quand sera donné le signal du départ, mais toutes sont prêtes et bien prêtes.

Une dizaine de soldates rebelles déistes se mêlent discrètement à la foule en armes. Elles ne disent rien, mais elles captent soigneusement les phéromones qui traînent dans les salles. Leurs antennes frémissent en continu.

40. LA VILLE KIDNAPPÉE

Phéromone : Rapport d'expédition
Origine : Soldate de la caste des chasseresses asexuées
Thème : Accident grave
Saliveuse : Eclaireuse 230e

La catastrophe s'est produite tôt ce matin. Le ciel s'est soudain obscurci. Des Doigts cernaient entièrement la cité fédérée de Giou-li-kan. Les légions d'élite sont aussitôt sorties ainsi que les groupes d'artilleuses lourdes.

Tout a été tenté. En vain. Quelques degrés après l'apparition des Doigts, une gigantesque structure plate et dure a déchiré la terre et s'est enfoncée tout à coté de la ville, tranchant des salles, broyant des œufs, coupant des couloirs. La structure plate a ensuite basculé et soulevé toute la Cité. Je dis bien : a soulevé la Cité tout entière ! D'un seul coup !

Tout s'est passé très vite. Nous avons été déversées dans une sorte de grande coquille transparente et rigide. Notre cité a été mise sens dessus dessous. Les salles nuptiales ont été bouleversées, les réserves de céréales crevées. Nos œufs se sont éparpillés n'importe où. Notre reine a été capturée et blessée. Je n'ai dû mon propre salut qu'à une série de bonds rageurs qui m'ont permis de sauter à temps par-dessus le bord de la grande coquille transparente.

L'odeur des Doigts empestait de partout.

41. EDMONDPOLIS

Laetitia Wells déposa la fourmilière qu'elle venait de déterrer en forêt de Fontainebleau dans un vaste aquarium. Elle plaqua son visage contre la vitre tiède.

Celles qu'elle observait ne la voyaient apparemment pas. Ce nouvel arrivage de fourmis rousses *(Formica rufa)* paraissait particulièrement vif. Plusieurs fois déjà, Laetitia avait ramené des fourmis un peu débiles. Des fourmis rouges *(phéidoles)* ou des fourmis noires *(Lazius niger)* intimidées par n'importe quoi. Elles ne touchaient à aucun aliment nouveau. Elles s'enfuyaient dès que la jeune femme avançait la main. Et puis, au bout d'une semaine, ces insectes se laissaient dépérir. Il ne faut pas croire que les fourmis sont toutes intelligentes, loin de là. Il existe nombre d'espèces un peu simples d'esprit. Le moindre dérangement dans leur petite routine et elles désespéraient bêtement !

Ces fourmis rousses, en revanche, lui apportaient de véritables satisfactions. Elles s'occupaient en permanence, trimbalaient des brindilles, se frictionnaient mutuellement les antennes ou se bagarraient. Elles étaient pleines de vie, bien plus que toutes les fourmis qu'elle avait connues jusqu'alors. Dès que Laetitia leur présentait des mets nouveaux, elles y goûtaient. Si elle glissait un doigt dans l'aquarium, elles tentaient de le mordre ou de grimper dessus.

Laetitia avait garni de plâtre le fond de l'habitacle pour en conserver l'humidité. Les fourmis avaient aménagé leurs couloirs sur le plâtre. A gauche un petit dôme de branchettes. Au milieu une plage de sable. A droite les mousses vallonnées qui servaient de jardin. Laetitia avait déposé une bouteille en plastique remplie d'eau sucrée, bouchée par un tampon de coton, pour que les fourmis s'abreuvent à cette citerne. Au centre de la plage un cendrier en forme d'amphithéâtre était rempli de quartiers de pommes coupés fin ainsi que de tarama.

Ces insectes avaient l'air d'adorer le tarama...

Alors que tout le monde se plaint d'être envahi par les fourmis, Laetitia Wells se donnait beaucoup de mal pour les faire survivre chez elle. Le principal problème posé par sa fourmilière de salon, c'était que la terre y pourrissait. Aussi, de même qu'il faut régulièrement changer l'eau des poissons rouges, elle devait tous les quinze jours renouveler la terre des fourmis. Mais s'il suffit de manier l'épuisette pour changer l'eau des poissons, en ce qui concerne la terre des fourmis, c'était toute une affaire. Il fallait deux aquariums : l'ancien, à la terre asséchée, et le nouveau, à la terre humidifiée. Elle installait un tuyau entre les deux. Les fourmis déménageaient alors vers le plus humide. Leur migration pouvait prendre une journée entière.

Laetitia avait déjà eu droit à quelques émotions avec ses fourmilières. Un matin, elle avait ainsi découvert que toutes les habitantes de son aquarium — de son terrarium, plutôt — s'étaient tranché l'abdomen. Derrière la vitre, elles s'entassaient en une colline sinistre. Comme si les fourmis avaient voulu prouver qu'elles préféraient la mort à la captivité.

D'autres de ses locataires forcées avaient tout fait pour s'évader. Plus d'une fois, la jeune femme s'était réveillée une fourmi sur le visage. Cela signifiait que s'il s'en baladait une, il y en avait probablement une centaine en train d'arpenter l'appartement. Elle devait alors se mettre en chasse, les récupérer avec une petite cuillère et une éprouvette avant de les remettre dans leur prison de verre.

Dans l'espoir d'améliorer les conditions de détention de ses hôtes et donc leur moral, Laetitia avait installé dans l'aquarium un jardinet de plantes bonsaïs et de fleurs. Pour que les fourmis se promènent dans un paysage plus varié, elle avait imaginé un coin-graviers, un coin-bouts de bois, un coin-galets. Pour qu'elles renouent avec le goût de la chasse, elle lâchait même, dans ce qu'elle avait baptisé son « Edmondpolis », des petits grillons vivants. Les soldates se faisaient un plaisir de les traquer à mort entre les bonsaïs.

Les fourmis rousses lui offrirent aussi la plus étonnante des surprises. Lorsqu'elle souleva pour la première fois le couvercle du terrarium, toutes braquèrent vers elle leur abdomen et, dans un bel ensemble, décochèrent leurs tirs d'acide. Elle inhala par hasard une bouffée de ce nuage jaune. Aussitôt, sa vision se troubla. Laetitia eut des hallucinations rouges et vertes. Quelle découverte ! On pouvait se « shooter » à la vapeur de fourmilière !

Elle consigna immédiatement le phénomène dans son carnet d'étude. Elle savait déjà qu'il existait une maladie rare dont les victimes étaient attirées, comme aimantées, par les fourmilières. S'y allongeant des heures durant, ces personnes se gavaient de fourmis, pour compenser, croyait-on, un déficit de leur sang en acide formique. Elle savait maintenant qu'en réalité, ces gens étaient en quête des effets psychédéliques induits par l'acide formique.

Quand elle eut repris ses esprits, elle rangea les outils nécessaires à l'entretien de sa cité (pipette, pince à épiler, éprouvette et autres), abandonna son hobby pour ne plus s'intéresser qu'à son travail de journaliste. Comme les précédents, son prochain article serait consacré à la mystérieuse affaire des frères Salta, qu'elle avait hâte de débrouiller.

42. ENCYCLOPÉDIE

POUVOIR DES MOTS : *Les mots ont une telle puissance !*

Moi qui vous parle, je suis mort depuis longtemps et pourtant je suis fort grâce à cet assemblage de lettres qui forment un livre. Je vis grâce à ce livre. Je le hante à jamais et lui, en retour, il prend de ma force. Vous en voulez une preuve ? Eh bien, moi le cadavre, moi le macchabée, moi le squelette, je peux vous donner des ordres à vous le lecteur qui êtes vivant. Oui, tout mort que je suis, je peux vous manipuler. Où que vous soyez, sur n'importe quel continent, à n'importe quelle époque, je peux vous forcer à m'obéir. Juste par l'entremise de cette* Encyclopédie du savoir relatif et absolu. *Et je vais vous le prouver tout de suite. Voici mon ordre :

TOURNEZ LA PAGE !

Vous voyez ? Vous m'avez obéi. Je suis mort et vous m'avez pourtant obéi. Je suis dans ce livre. Je suis vivant dans ce livre ! Et ce livre n'abusera jamais de la puissance de ses mots car ce livre est votre comparse. Questionnez-le encore et encore. Il sera toujours disponible. La réponse à toutes vos questions sera toujours inscrite quelque part dans ou entre ses lignes.

Edmond Wells,
***Encyclopédie du savoir relatif et absolu*, tome II.**

43. UNE PHÉROMONE QU'IL FAUT CONNAÎTRE

Chli-pou-ni a fait demander 103 683e. Ses gardes l'ont cherchée partout avant de la trouver finalement dans le secteur des étables à scarabées.

Elles la conduisent à la Bibliothèque chimique.

La reine est là, presque assise. Elle a dû consulter une phéromone, car elle a encore le bout des antennes trempé.

J'ai beaucoup réfléchi à ce que nous nous sommes dit.

Chli-pou-ni reconnaît d'abord qu'en effet, quatre-vingt mille soldates, cela peut sembler insuffisant pour tuer tous les Doigts de la Terre. Il vient de se produire un accident, une terrible catastrophe, qui laisse présager le pire quant à la puissance de ces monstres. Des Doigts viennent d'enlever la cité de Giou-li-kan. Ils ont emporté la ville tout entière dans une énorme coquille transparente !

103 683e a du mal à croire à un tel prodige. Comment cela s'est-il passé et pourquoi ?

La reine l'ignore. Les événements se sont déroulés très vite et l'unique survivante est encore sous le choc du cataclysme. Mais le cas de Giou-li-kan n'est pas isolé. Chaque jour, de nouveaux incidents avec les Doigts sont signalés.

Tout se passe comme si les Doigts se reproduisaient à grande vitesse. Comme s'ils avaient décidé d'envahir la forêt. Chaque jour, leur présence se fait plus nette.

Que disent les témoignages ? Peu d'entre eux se recoupent. Certains évoquent des animaux noirs et plats, d'autres parlent d'animaux ronds et roses.

Il semble qu'on ait affaire à des animaux bizarres, une anomalie de la nature.

103 683e rêvasse.

(Et s'ils étaient nos dieux ? Serions-nous sur le point de nous dresser contre nos dieux ?)

Chli-pou-ni demande à la soldate de la suivre. Elle l'entraîne jusqu'au sommet du dôme. Là, plusieurs guerrières les saluent et entourent la souveraine. Il est dangereux pour une pondeuse unique de sortir à l'air libre. Un oiseau pourrait charger l'indispensable sexe personnifié de Bel-o-kan.

Des artilleuses ont déjà pris position, prêtes à viser la première ombre qui entrerait dans leur champ visuel.

Contournant la pointe du dôme, Chli-pou-ni parvient à un lieu dégagé qui tient de la piste de décollage. Plusieurs scarabées rhinocéros y sont stationnés, broutant paisiblement des bourgeons. La reine propose à 103 683e de grimper sur l'un d'eux dont la cuirasse noire, légèrement cuivrée, étincelle.

Voici une merveille de notre mouvement évolutionnaire. Nous avons réussi à apprivoiser ces grosses bêtes volantes. Essaie donc d'en utiliser un.

103 683e ignore tout du pilotage des coléoptères.

Chli-pou-ni lui lance quelques phéromones conseils :

Maintiens en permanence tes antennes à portée des siennes. Indique-lui le chemin à prendre en y pensant très fort. Ta monture obéira très vite, tu le constateras toi-même. Et dans les virages, ne tente pas de compenser en te penchant en sens inverse. Accompagne le scarabée dans chacun de ses mouvements.

44. LA CCG, C'EST CE QU'IL VOUS PLAÎT

La CCG avait pour symbole un aigle blanc à trois têtes. Deux semblaient dépérir, dangereusement inclinées. La troisième, fièrement dressée, crachait un jet d'eau argenté.

A voir le nombre et la fumée de ses cheminées, c'était à se demander si l'usine ne fabriquait pas tous les objets du pays. L'entreprise constituait une véritable petite ville, à l'intérieur de laquelle on circulait en voiture électrique.

Tandis que le commissaire Méliès et l'inspecteur Cahuzacq roulaient vers le bâtiment Y, un cadre commercial leur précisait que la CCG fabriquait essentiellement des pâtes chimiques servant de base à des produits pharmaceutiques, à des produits ménagers, à des produits en plastique, à des produits alimentaires. Deux cent vingt-cinq lessives et détergents, tous concurrents, étaient issus de la même poudre-savon de base CCG. Avec la même pâte-fromage de base CCG, trois cent soixante-cinq marques distinctes se disputaient la clientèle des supermarchés. Les pâtes-résines synthétiques CCG devenaient des jouets et des meubles...

La CCG était un trust international dont le siège était installé en Suisse. Le consortium était en tête de la production mondiale dans d'innombrables secteurs : dentifrices, cirages, cosmétiques...

Au bloc Y, les policiers furent conduits jusqu'aux laboratoires des frères Salta et de Caroline Nogard. Leurs paillasses étaient voisines, découvrirent-ils, surpris. Méliès interrogea :

— Ils se connaissaient ?

Le chimiste boutonneux en blouse blanche qui les avait accueillis s'exclama :

— Ils travaillaient parfois ensemble.

— Avaient-ils récemment un projet en commun ?

— Oui, mais ils avaient décidé de le garder secret pour l'instant. Ils refusaient d'en parler aux collègues. C'était encore trop tôt, prétendaient-ils.

— Quelle était leur spécialité ?

— C'étaient des généralistes. Ils touchaient à beaucoup de nos secteurs de recherche-développement. Les cires, les poudres abrasives, les colles de bricolage, toutes les applications de la chimie les intéressaient. Ils unissaient souvent leurs talents, avec succès d'ailleurs. Mais en ce qui concerne leurs derniers travaux, je vous le répète, ils ne s'en étaient ouverts à personne.

Suivant son idée, Cahuzacq intervint :

— Est-ce qu'ils auraient pu travailler sur un produit capable de rendre les gens transparents ?

Le chimiste ricana :

— De faire des hommes invisibles ? Vous plaisantez ?

— Pas du tout. Je suis très sérieux, au contraire.

Le spécialiste parut interloqué.

— Bon, je vous explique : jamais notre corps ne pourra devenir translucide. Nous sommes composés de cellules trop complexes pour qu'un chercheur, même génial, puisse les rendre tout à coup aussi cristallines que de l'eau.

Cahuzacq n'insista pas. La science, ça n'avait jamais été son domaine. N'empêche, quelque chose le tracassait encore.

Méliès haussa les épaules et demanda, de son ton le plus professionnel :

— Je peux voir les fioles contenant les substances qu'ils étaient en train d'étudier ?

— C'est-à-dire que...

— Il y a un problème ?

— Oui. Quelqu'un est déjà venu les réclamer.

Méliès ramassa un cheveu sur une étagère.

— Une femme, dit-il.

Le chimiste s'étonna.

— En effet, c'était une femme. Mais...

Le commissaire poursuivit, très sûr de lui :

— Elle a entre vingt-cinq et trente ans. Son hygiène est impeccable. Elle est eurasienne et son système sanguin fonctionne assez bien.

— C'est une question ?

— Non. Je le vois en examinant ce cheveu qui traîne sur l'étagère, au seul endroit où il n'y a pas de poussière. Je me trompe ?

L'homme était impressionné.

— Vous ne vous trompez pas. Comment avez-vous trouvé ces détails ?

— Le cheveu est lisse, donc il a été lavé depuis peu. Sentez, il est encore parfumé. La moelle du poil est épaisse, il appartient à une personne jeune. La gaine est de diamètre large, ce qui est caractéristique des Orientaux. La moelle est très colorée, donc le système sanguin est en parfait état. Et je peux même vous préciser que cette femme travaille à *L'Echo du dimanche*.

— Là, vous me bluffez. Vous avez vu tout ça sur un seul cheveu ?

Il imita Laetitia Wells, lors de leur première entrevue :

— Non, c'est mon petit doigt qui me l'a dit.

Cahuzacq voulut prouver que lui non plus ne manquait pas de flair :

— Qu'est-ce qu'elle a volé ici, cette dame ?

— Elle n'a rien volé du tout, dit le chimiste. Elle nous a demandé si elle pouvait emporter les fioles chez elle et les examiner à loisir. Nous n'y avons pas vu d'inconvénient.

Face au visage furibond du commissaire, il s'excusa :

— Nous ne savions pas que vous passeriez ensuite, ni que vous vous y intéresseriez aussi. Sinon, bien sûr, nous les aurions conservées à votre intention.

Méliès tourna les talons, entraînant Cahuzacq :

— Décidément, je crois que cette Laetitia Wells a beaucoup de choses à nous apprendre.

45. TEST D'UN SCARABÉE RHINOCÉROS

103 683e est juchée sur le prothorax du coléoptère. L'aéronef mesure bien quatre pas de long sur deux de large. De son poste, elle voit dressée droit devant comme une proue saillante la corne frontale recourbée du scarabée. Ses fonctions sont multiples : lance crevant les ventres, viseur pour tirs d'acide, éperon d'abordage, bélier ravageur.

Le problème le plus immédiat, pour la valeureuse soldate, reste quand même de guider son engin. *Par la pensée*, lui a conseillé Chli-pou-ni.

Autant essayer tout de suite.

Branchement antennaire.

103 683e se concentre sur un décollage. Mais comment ce gros coléoptère noir pourra-t-il vaincre la pesanteur ?

Je veux voler. Allons, élançons-nous.

103 683e n'a pas le temps de s'étonner. L'animal lui paraissait lourdaud et maladroit mais déjà, derrière elle, quelque chose glisse dans un feulement de mécanique bien huilée. Deux élytres bruns ont coulissé vers l'avant. Deux ailes d'envergure, marron transparent, pivotent pour se déployer en biais et s'animent d'un petit battement nerveux. Aussitôt, un bruit assourdissant envahit les alentours. Chli-pou-ni a omis de mettre sa soldate en garde, le coléoptère est très bruyant en vol. Le bourdonnement augmente encore en intensité. Tout vibre. 103 683e ne peut s'empêcher d'appréhender la suite des événements.

Des volutes de poussière et de sciure envahissent son espace visuel. Effet étrange, ce n'est pas tant sa monture qui s'élève que la Cité qui semble s'enfoncer sous terre. La reine qui, d'en bas, la salue des antennes, devient de plus en plus petite. Quand elle ne la distingue plus du tout, 103 683e constate qu'elle est maintenant à un bon millier de pas d'altitude.

Je veux aller tout droit.

Le scarabée se penche immédiatement en avant et fonce en augmentant encore le vacarme de ses ailes sombres.

Voler ! Elle vole !

Le rêve de tous les asexués, elle le réalise aujourd'hui. Vaincre la pesanteur, conquérir la dimension des airs, tout comme les sexués le jour de l'essor nuptial !

103 683e perçoit confusément des libellules, des mouches, des guêpes qui défilent autour d'elle. Elle hume, droit devant, les nids d'oiseaux. Danger. Elle ordonne un virage en urgence. Mais là-haut, ce n'est

pas comme sur terre, on ne peut tourner sans incliner l'assiette des ailes d'au moins 45°. Et quand le scarabée obéit, tout bascule.

La fourmi glisse, cherche à planter ses griffes dans la chitine de sa monture, rate de peu sa prise, rayant en vain la laque noire d'où se détachent de minces copeaux. Faute de point d'ancrage, elle dévale irrémédiablement le flanc de la bête volante.

Elle chute dans le vide.

Elle n'en finit pas de tomber. Or, le scarabée ne s'est aperçu de rien. 103 683e le voit qui achève la courbe de son virage et s'élance vaillamment vers de nouvelles contrées aériennes.

La fourmi, pendant ce temps, tombe, tombe, tombe. Le sol fonce vers elle, avec ses plantes et ses rochers patibulaires. Elle tournoie, ses antennes virevoltent sans contrôle.

Et c'est le choc !

Elle encaisse tout dans les pattes, rebondit, retombe plus loin, rebondit encore. Un lit de mousse amortit opportunément l'ultime culbute.

La fourmi est un insecte si léger et si résistant qu'une chute libre ne peut la ratatiner. Même lorsqu'elle tombe d'un arbre très élevé, une fourmi reprend sa tâche comme si de rien n'était.

103 683e est juste un peu chamboulée par la sensation de vertige qui a accompagné sa chute. Elle replace ses antennes en avant, procède à un rapide nettoyage et reprend le chemin de sa cité.

Chli-pou-ni n'a pas bougé. Elle est toujours à la même place quand 103 683e réapparaît sur le dôme.

Ne te décourage pas. Recommence.

La reine raccompagne la soldate au ponton de décollage.

En plus des quatre-vingt mille soldates, tu peux bénéficier du concours de soixante-sept de ces rhinocéros mercenaires apprivoisés. Ils constitueront une appréciable force d'appoint. Tu dois apprendre à les piloter.

103 683e redécolle sur un autre coléoptère. La pre-

mière expérience n'a pas été une réussite, peut-être s'entendra-t-elle mieux avec un nouveau destrier.

Simultanément, une artilleuse décolle sur sa droite. Elles volent côte à côte et l'autre lui fait des signes. A cette vitesse, les phéromones ne circulent pratiquement plus. Qu'à cela ne tienne, les pionnières ont tôt fait d'inventer un langage gestuel, basé sur les mouvements d'antennes. Selon qu'elles sont dressées ou repliées, les tiges composent à leur manière un langage morse, compréhensible à distance.

L'artilleuse indique qu'on peut lâcher les antennes de sa monture pour se promener sur le plat de son dos. Il suffit de s'assurer quelques bonnes prises en plantant ses griffes sous les granulations de la cuirasse. Elle a l'air de contrôler parfaitement cette technique. Elle montre ensuite qu'il est possible de descendre le long des pattes du scarabée. De là, on peut braquer son abdomen et tirer sur tout ce qui passe au-dessous.

103 683e a un peu de mal à maîtriser toutes ces acrobaties, mais elle a bientôt oublié qu'elle évolue à deux mille pas de hauteur. Elle s'arrime à sa monture. Lorsque celle-ci fonce en piqué au ras des herbes, la soldate parvient à tirer et à tronçonner une fleur.

Le coup la rassérène. Elle pense qu'avec soixante-sept de ces engins de guerre, on doit pouvoir pulvériser au moins quelques-uns de ces di... quelques-uns de ces Doigts !

Montée en flèche puis redescente en piqué, ordonne-t-elle à son scarabée.

La soldate commence à aimer cette sensation de vitesse dans ses antennes. Quelle force volante, et quel progrès pour la civilisation myrmécéenne ! Et elle appartient à la première génération à connaître cette merveille : le vol sur monture scarabéide !

La vitesse la grise. Sa chute, tout à l'heure, n'a eu aucune conséquence grave et tout la porte désormais à croire qu'elle ne court guère de risques sur ce navire aérien. Elle commande des spirales, des loopings, des voltiges... 103 683e se gave d'extraordinaires sensations. Tous ses organes de Johnston sensibles à la position dans l'espace sont court-circuités. Elle ne sait plus où est le haut, le bas, l'avant ou l'arrière. Elle n'oublie pas, en revanche, que lorsqu'un arbre se profile droit devant, il faut vite basculer en virage pour l'éviter.

Tout occupée à jouer avec son aéronef, elle ne remarque pas que le ciel s'assombrit de façon inquiétante. Il lui faut un moment pour percevoir que sa monture est devenue nerveuse. Elle n'obéit plus au quart de tour, n'accepte plus les ordres de prise d'altitude. Imperceptiblement, même, elle redescend.

46. CHANT

Phéromone mémoire n° 85
Thème : Chant évolutionnaire
Saliveuse : Reine Chli-pou-ni

Je suis la grande dérouteuse.
Je sors les individus de leur chemin habituel et cela les remplit d'effroi.
J'annonce les vérités bizarres et les futurs remplis de paradoxes.
Je suis une perversion du système, mais le système a besoin d'être perverti pour évoluer.
Nul ne parle comme moi avec timidité, maladresse et incertitude.
Nul n'a ma faiblesse infinie.
Nul n'a ma modestie génétique.
Car les sentiments remplacent mon intelligence.
Car je n'ai aucune connaissance ni aucun savoir qui m'alourdisse.
Seule l'intuition qui flotte dans l'air guide mes pas.
Et cette intuition, je ne sais d'où elle provient.
Et je ne veux pas l'apprendre.

47. L'IDÉE

Augusta Wells se souvenait.

Jason Bragel avait toussé dans sa main, tous faisaient cercle autour de lui et buvaient d'autant plus ses paroles qu'au point où ils en étaient, ils ne voyaient pas l'ombre d'une idée permettant de se tirer de là.

Sans nourriture, sans aucune possibilité de sortir de cette caverne souterraine, sans possibilité de communiquer avec la surface, comment dix-sept personnes dont une centenaire et un garçonnet pouvaient espérer survivre ?

Jason Bragel se tenait bien droit.

— Reprenons depuis le début. Qui nous a amenés ici ? Edmond Wells. Il a souhaité que nous vivions dans cette cave et y poursuivions son œuvre. Il avait prévu que nous risquions de nous retrouver dans une sombre situation, j'en suis certain. La descente à la cave constituait un parcours initiatique individuel. Ce que nous affrontons actuellement est une épreuve majeure sur notre parcours initiatique collectif. Ce que, chacun, nous avons réussi seuls, nous devrons y parvenir ensemble. Nous avons tous résolu l'énigme des quatre triangles parce que nous avons su changer notre façon de raisonner. Nous avons ouvert une porte dans notre esprit. Il nous faut persévérer. Pour cela encore, Edmond nous a fourni une clef. Nous ne la voyons pas parce que notre peur nous aveugle.

— Arrête de faire ton mystérieux ! Quel clef ? Quelle solution tu proposes ? bougonna un pompier.

Jason insista :

— Rappelez-vous l'énigme des quatre triangles. Elle exigeait que nous modifiions notre manière de réfléchir. « Il faut penser autrement », répétait Edmond. « Il faut penser autrement... »

Un policier se récria :

— Mais nous sommes coincés ici comme des rats ! C'est un constat d'évidence. Il n'y a qu'une manière de penser cette situation.

— Non. Il y en a plusieurs. Nous sommes coincés dans nos corps, pas dans nos esprits.

— Des mots, des mots, et encore des mots ! Si tu as quelque chose à proposer, vas-y ! Sinon, tais-toi.

— Le bébé qui sort du corps de sa mère ne comprend pas pourquoi il n'est plus baigné d'eau tiède. Il voudrait revenir dans l'abri maternel, mais la porte s'est refermée. Il se croit un poisson qui ne pourra jamais vivre à l'air libre. Il a froid, la lumière l'aveugle, il y a trop de bruit. Hors du ventre maternel, c'est l'enfer. Comme nous maintenant, il s'estime incapable de surmonter l'épreuve parce qu'il se croit physiologiquement inadapté à ce monde nouveau. Tous, nous avons vécu cet instant. Pourtant, nous ne sommes pas morts. Nous nous sommes adaptés à l'air, à la lumière, au bruit, au froid. Nous avons muté du fœtus à vie aquatique au bébé à respiration aérienne. Nous avons muté du poisson au mammifère.

— Oui, et alors ?

— Nous vivons la même situation critique. Adaptons-nous encore, coulons-nous dans ce moule nouveau.

— Il délire, il délire à fond ! s'exclama l'inspecteur Gérard Galin, levant les yeux au ciel.

— Non, murmura Jonathan Wells, je crois comprendre ce qu'il veut dire. Nous trouverons la solution parce que nous n'avons pas d'autre issue que de la trouver.

— Ah oui, on peut toujours la chercher, la solution. On n'a même que ça à faire en attendant de crever de faim.

— Laissez parler Jason, ordonna Augusta. Il n'a pas fini.

Jason Bragel se dirigea vers le lutrin et s'empara de l' *Encyclopédie du savoir relatif et absolu*.

— Je l'ai relue cette nuit, dit-il. J'étais convaincu que la solution y était inscrite en toutes lettres. J'ai cherché longtemps, et j'ai enfin trouvé ce passage que j'aimerais vous lire à voix haute. Écoutez bien.

48. ENCYCLOPÉDIE

HOMÉOSTASIE : Toute forme de vie est en recherche d'homéostasie.
« Homéostasie » signifie équilibre entre milieu intérieur et milieu extérieur.
Toute structure vivante fonctionne en homéostasie. L'oiseau a des os creux pour voler. Le chameau a des réserves d'eau pour survivre dans le désert. Le caméléon change la pigmentation de sa peau pour passer inaperçu de ses prédateurs. Ces espèces, comme tant d'autres, se sont maintenues jusqu'à nos jours en s'adaptant à tous les bouleversements de leur milieu ambiant. Celles qui ne surent pas s'harmoniser avec le monde extérieur ont disparu.
L'homéostasie est la capacité d'autorégulation de nos organes par rapport aux contraintes extérieures.
On est toujours surpris de constater à quel point un simple quidam peut endurer les épreuves les plus rudes et y adapter son organisme. Durant les guerres, circonstances où l'homme est contraint de se surpasser pour survivre, on a vu des gens qui n'avaient jusque-là connu que confort et tranquillité se mettre sans rechigner au régime eau et pain sec. En quelques jours, les citadins perdus en montagne apprennent à reconnaître les plantes comestibles, à chasser et manger des animaux qui leur avaient toujours répugné : taupes, araignées, souris, serpents...
Robinson Crusoé *de Daniel Defoe ou* L'Île mystérieuse *de Jules Verne sont des livres à la gloire de la capacité d'homéostasie de l'être humain.*
Tous, nous sommes en perpétuelle recherche de l'homéostasie parfaite, car nos cellules ont déjà cette préoccupation. Elles convoitent en permanence un maximum de liquide nutritif à la meilleure température et sans agression de substance toxique. Mais quand elles n'en disposent pas, elles s'adaptent. C'est ainsi que les cellules du

foie d'un ivrogne sont mieux accoutumées à assimiler l'alcool que celles d'un abstinent. Les cellules des poumons d'un fumeur fabriqueront des résistances à la nicotine. Le roi Mithridate avait même entraîné son corps à supporter l'arsenic. Plus le milieu extérieur est hostile, plus il oblige la cellule ou l'individu à développer des talents inconnus.

Edmond Wells,
Encyclopédie du savoir relatif et absolu, tome II.

Un long silence suivit cette lecture. Jason Bragel le rompit pour mieux enfoncer le clou :

— Si nous mourons, c'est que nous n'aurons pas réussi notre adaptation à ce milieu extrême.

Gérard Galin explosa :

— Milieu extrême, tu en as de bonnes ! Est-ce que les prisonniers de Louis XI, bouclés dans leur prison « fillette » d'un mètre carré, se sont adaptés à leurs barreaux ? Est-ce que les fusillés peuvent durcir la peau de leur torse pour repousser les balles ? Est-ce que les Japonais sont devenus plus résistants aux radiations atomiques ? Tu plaisantes ! On ne peut s'adapter à certaines agressions, même en le voulant très fort !

Alain Bilsheim s'approcha du lutrin.

— Il était bien intéressant, ton passage de l'*Encyclopédie*, mais en ce qui nous concerne, je n'y vois rien de concret.

— Ce que nous dit Edmond est pourtant très clair : si nous voulons survivre, nous devons muter.

— Muter ?

— Oui. Muter. Devenir des animaux cavernicoles, vivant sous terre et se nourrissant de peu. Utiliser le groupe comme moyen de résistance et de survie.

— C'est-à-dire ?

— Nous avons raté notre communication avec les fourmis et nous souffrons dans nos chairs parce que nous ne sommes pas allés assez loin. Nous sommes restés des humains, frileux et imbus d'eux-mêmes.

Jonathan Wells approuva :

— Jason a raison. Nous avons franchi le chemin qui nous a conduits physiquement au fond de la cave. Ce n'était que la moitié du parcours. De toute façon, les circonstances nous contraignent à poursuivre notre voyage.

— Tu veux dire qu'il y a une cave après la cave ? ricana Galin. Tu veux qu'on creuse sous le temple pour trouver la cave du temple, laquelle nous mènerait on ne sait où ?

— Non. Comprends-moi bien. Une moitié de la route était physique et nous l'avons effectuée avec notre corps. L'autre concerne notre psychisme et là, tout reste à faire. A présent, il nous faut changer notre esprit, muter dans nos têtes. Accepter de vivre comme les animaux cavernicoles que nous sommes devenus. L'un de nous a dit une fois que notre groupe ne pouvait espérer fonctionner avec une seule femelle pour quinze mâles. C'était vrai pour une société humaine, mais pour une société insecte ?

Lucie Wells sursauta. Elle avait compris où menait le raisonnement de son mari. Pour survivre tous ensemble, sous terre et avec très peu d'aliments, le seul moyen, c'était de se transformer en... se transformer en...

A tous, au même instant, un même mot montait aux lèvres.

Fourmis.

49. PLUIE

L'air est saturé d'électricité. La foudre enflamme une tornade d'ions plus ou moins négatifs. Un grondement grave lui succède puis un nouvel éclair fracasse le ciel en mille morceaux, projetant sur les feuillages une inquiétante lumière blanc-violet.

Les oiseaux volent bas, au-dessous des mouches.

Nouveau roulement de tonnerre. Un nuage en

forme d'enclume se brise. La carapace du scarabée volant s'illumine. 103 683e craint de glisser à bas de cette surface luisante. Elle éprouve le même sentiment d'impuissance que lorsqu'elle s'était trouvée face aux Doigts, gardiens du bout du monde.

Il faut rentrer, lui fait comprendre son scarabéide.

Mais déjà la pluie tombe dru. Chaque goutte peut s'avérer mortelle. De lourds pointillés succèdent à de gigantesques barres de cristal. Tout contact avec les ailes du grand insecte serait fatal.

Le coléoptère panique. Il zigzague au cœur de ce bombardement serré, tentant tout pour passer entre les gouttes. 103 683e ne contrôle plus rien. Simplement, elle se cramponne de toutes ses griffes et des ventouses de ses puvilis plantaires. Tout va très vite. Elle aimerait fermer ses yeux sphériques qui voient simultanément tous les dangers, devant, derrière, dessous, dessus ! Mais les fourmis n'ont pas de paupières. Ah ! comme elle a hâte de retrouver le plancher des pucerons !

Une fine gouttelette perdue frappe 103 683e de plein fouet, plaquant ses antennes contre son thorax. L'eau noie ses tiges réceptives et l'empêche de sentir la suite des événements.

C'est comme si on lui coupait le son. Il ne lui reste plus que l'image et c'est d'autant plus terrifiant.

Le gros scarabée est fourbu.

Les zigzags entre les gouttes-javelots sont de plus en plus difficiles à réaliser. Chaque fois le bout des ailes est humecté, alourdissant un peu plus l'ensemble volant.

Ils esquivent de justesse une lourde sphère d'eau. Le rhinocéros bascule à 45° et vire pour en éviter une deuxième encore plus grosse. De justesse. Mais l'eau touche sa patte, cela gicle et éclabousse ses antennes.

Nouvel éclair de lumière. Détonation.

Une fraction de seconde, l'animal volant perd sa perception du monde extérieur. C'est comme s'il avait éternué. Lorsqu'il reprend le contrôle de sa trajectoire, il est trop tard. Ils foncent droit sur un pilier d'eau cristalline qui étincelle sous les éclairs de foudre.

Le scarabéide freine en mettant ses deux ailes en position verticale. Mais ils vont trop vite. Freiner à cette allure n'est pas possible. Ils partent dans une cabriole qui se poursuit par une série de tonneaux avant.

103 683e serre si fort la carapace de son destrier volant que ses griffes viennent de transpercer la chitine. Ses antennes mouillées lui fouettent les yeux et y restent collées.

Ils percutent une première fois un pilastre d'eau qui les renvoie contre une ligne de pluie pointillée. Ils sont recouverts d'ondée. Ils font maintenant dix fois leur poids d'origine. Ils tombent comme une poire mûre sur la couverture de branchettes de la Cité.

Le rhinocéros éclate, corne brisée, tête en miettes. Ses élytres montent vers le ciel comme pour continuer à voler seuls. 103 683e, fourmi légère, sort indemne de la catastrophe. Mais la pluie ne lui laisse pas de répit. Elle essuie tant bien que mal ses antennes et fonce vers une entrée de la ville.

Un orifice d'aération se présente. Des ouvrières l'ont obstrué pour protéger la Cité de l'inondation, mais 103 683e parvient à enfoncer le barrage. A l'intérieur, des gardes l'insultent. Ne se rend-elle donc pas compte qu'elle met la Cité en danger ? De fait, un mince ruisseau l'a poursuivie. La soldate n'en a cure, elle continue de galoper tandis que des maçonnes s'empressent de refermer le sas de sécurité.

Quand elle s'arrête, exténuée mais au sec, une ouvrière compatissante lui propose une trophallaxie. La rescapée l'accepte avec reconnaissance.

Les deux insectes se mettent face à face et commencent à s'embrasser sur la bouche, puis à régurgiter les aliments qui sont enfouis au fond de leur jabot social. Chaleur, don de son corps, tout ce qu'elle aime.

Puis 103 683e s'enfonce dans un tunnel et emprunte plusieurs galeries.

50. LABYRINTHE

Couloirs sombres et boyaux humides. Il y flottait des relents insolites. Par terre gisaient des morceaux d'aliments putréfiés et des déchets bigarrés. Le sol collait aux pattes, les murs suintaient l'humidité.

Des poches d'individus se formaient. Clochards, mendiants, faux musiciens, vrais zonards s'agglutinaient en poches nauséabondes.

L'un d'eux, sanglé dans un blouson rouge, s'approcha, sa bouche édentée figée en un sourire narquois :

— Alors, elle se promène toute seule dans le métro, la petite demoiselle ? Elle sait pas que c'est dangereux ? Elle veut pas un garde du corps ?

Il ricanait, dansant autour d'elle.

A l'occasion, Laetitia Wells savait imposer le respect aux malotrus. Elle durcit son regard mauve, l'iris violet vira presque au rouge sang, lançant un message : « Dégage ! » L'homme s'esbigna en grommelant :

— Va donc, hé, bêcheuse ! Si tu te fais agresser, tu l'auras cherché !

La technique avait bien fonctionné cette fois mais il n'était pas dit qu'elle marcherait à tous les coups. Or si le métro était devenu le seul moyen de circuler correctement, il était aussi le repaire des prédateurs des temps modernes.

Elle rejoignit le quai et manqua de justesse une rame. Deux, puis trois passèrent en sens inverse tandis qu'autour d'elle, la foule grossissait, s'interrogeant sur une nouvelle grève-surprise ou se demandant si un imbécile n'avait pas eu la mauvaise idée de se suicider quelques stations en amont.

Enfin, deux sphères de lumière surgirent. Un crissement de freins aux frontières de l'aigu lui vrilla les tympans. Le long tube de tôle peinte et rouillée se déploya sur le quai, affichant toutes sortes de graffitis : « Mort aux cons », « Merde à celui qui le lira », « Babylone ta fin est proche », « Fuck bastard crazy boys territory », sans parler de petites annonces et de dessins obscènes rapidement esquissés au feutre ou au canif.

Lorsque les portes s'ouvrirent, elle s'aperçut avec désarroi que le wagon était déjà plein à craquer. Des visages et des mains étaient aplatis contre les vitres. Personne ne semblait avoir assez de courage pour appeler au secours.

Elle ne se souvenait plus quelle était la motivation qui poussait tous ces gens à venir tous les jours volontairement (et même en payant) s'entasser à plus de cinq cents dans une boîte de tôle chaude de quelques mètres cubes. Aucun animal ne serait assez fou pour se placer de son propre chef dans pareille situation !

D'emblée, Laetitia affronta l'haleine aigre d'une vieillarde en haillons, les relents de nausée d'un gamin malade porté à bout de bras par une dame empestant le parfum bon marché, un maçon à la sueur fétide. Autour d'elle il y avait aussi un monsieur très chic qui cherchait à lui caresser les fesses, un contrôleur qui exigeait son billet, un chômeur qui mendiait piécettes ou tickets restaurant, un guitariste s'égosillant malgré le vacarme.

Quarante-cinq bambins d'une classe préparatoire profitaient de l'inattention générale pour tenter de crever le skaï de leurs sièges avec la pointe de leurs crayons à bille, une escouade de militaires braillaient « La quille ! ». Les vitres étaient embrumées par la buée de ces centaines de respirations ininterrompues.

Laetitia Wells respira lentement l'air vicié, serra les dents et prit son mal en patience. Après tout, elle n'avait pas à se plaindre, elle n'avait qu'une demi-heure de trajet pour aller de son domicile à son lieu de travail. Certains passaient trois heures par jour là-dedans aux heures de pointe !

Aucun auteur de science-fiction n'avait jamais prévu cela. Une civilisation où les gens acceptaient d'être compressés par milliers dans des boîtes de tôle !

La machine se mit en marche, glissa sur les rails en faisant des étincelles.

Laetitia Wells ferma les yeux pour essayer de trouver le calme et d'oublier où elle était. Son père lui avait appris à conserver sa sérénité en contrôlant son souffle. Lorsqu'on avait bien pris en main son souffle, on devait essayer d'apprivoiser les battements de son cœur pour les ralentir.

Des idées parasites l'empêchaient de se concentrer. Elle repensait à sa mère... non, surtout ne pas penser à... non.

Elle rouvrit les yeux, réaccéléra le rythme de son cœur et de sa respiration.

L'espace s'était dégagé. Il y avait même une place de libre. Elle s'y précipita et s'endormit. De toute façon, elle ne descendrait qu'au terminus. Et moins elle avait conscience d'être dans le métro, mieux elle se portait.

51. ENCYCLOPÉDIE

***Alchimie** : Toute manipulation alchimique vise à mimer ou à remettre en scène la naissance du monde. Six opérations sont nécessaires. La Calcination. La Putréfaction. La Solution. La Distillation. La Fusion. La Sublimation.*

Ces six opérations se déroulent en quatre phases : l'œuvre au noir, qui est une phase de cuisson. L'œuvre au blanc, qui est une phase d'évaporation. L'œuvre au rouge, qui est une phase de mélange. Et enfin la sublimation qui donne la poudre d'or. Cette poudre est similaire à celle de Merlin l'Enchanteur dans la légende des Chevaliers de la Table Ronde. Il suffit de la déposer sur une personne ou un objet pour qu'elle le rende parfait. Beaucoup de récits et de mythes cachent en fait dans leur ossature cette recette. Par exemple Blanche-Neige. Blanche-Neige est le résultat final d'une préparation alchimique. Comment l'obtient-on ? Avec les sept nains (nain, issu de

« gnomes », ou gnosis : connaissance). Ces sept nains représentent les sept métaux : le plomb, l'étain, le fer, le cuivre, le mercure, l'argent, l'or, eux-mêmes liés aux sept planètes : Saturne, Jupiter, Mars, Vénus, Mercure, Lune, Soleil, elles-mêmes liées aux sept principaux caractères humains : grincheux, simplet, rêveur, etc.

Edmond Wells,
Encyclopédie du savoir relatif et absolu, tome II.

52. LA GUERRE DE L'EAU

Les éclairs zèbrent toujours le ciel tourmenté, mais aucune fourmi n'a le cœur à admirer les majestueux nuages mordorés, fissurés de jets de lumière blanche. L'orage est une calamité.

Les gouttes tombent sur la Cité comme autant de bombes et les guerrières qui se sont attardées dehors pour des chasses tardives sont frappées par les projectiles liquides.

A l'intérieur même de Bel-o-kan, l'une des expériences tentées au printemps par Chli-pou-ni est en passe d'accentuer la catastrophe.

La reine a fait creuser des canaux afin d'accélérer la circulation d'un quartier à l'autre. Les fourmis s'y déplacent sur des feuilles flottantes. Mais sous l'averse, ces ruisselets souterrains enflent jusqu'à devenir des fleuves dont une foule de gardes s'échinent en vain à contenir la fureur.

Au sommet du dôme, la situation empire. Des grêlons ont perforé la fourrure de branchettes de la Cité. L'eau s'infiltre par plusieurs blessures.

103 683e essaie tant bien que mal de colmater la plus grande des brèches.

Toutes au solarium, lance-t-elle, il *faut sauver les couvains !*

Un groupe de soldates se précipite à sa suite, bravant les vagues déferlantes.

La haute salle du solarium a perdu sa luminosité

habituelle. Au plafond, des ouvrières en proie à la plus vive angoisse tentent de boucher les trous avec des feuilles mortes. Mais l'eau réapparaît aussitôt pour couler en longs rubans d'argent sur le plancher. Tout est détrempé. Impossible de sauver tous les précieux cocons, il y en a trop. Les nourrices ont juste le temps de préserver quelques larves précoces. Des œufs lancés en hâte à des ouvrières éclatent à même le sol.

103 683e pense alors aux rebelles. Si l'eau descend, et elle descend toujours, jusqu'aux étables à scarabées, elles périront toutes !

Alerte phase 1 : Les phéromones excitatrices se répandent comme elles peuvent, le plus souvent brouillées par la vapeur d'eau.

Alerte phase 2 : Soldates, ouvrières, nourrices, sexués, tout le monde tambourine de la pointe de l'abdomen contre les murs, avec rage et acharnement. Ce branle-bas de combat fait vibrer la Cité tout entière.

Pam, pam, pam. Alerte ! Mille fois alerte !

Que la panique soit !

Même les fourmis déjà prises dans des flaques essaient de frapper le sol à travers l'eau pour que toute la ville soit en alerte. Ça frappe comme du sang d'essoufflé dans des artères.

Le cœur de la ville halète.

En écho, on entend les grêlons qui perforent le dôme. *Ploch, ploch, ploch*.

Que peuvent des mandibules même acérées contre des gouttes d'eau ?

Alerte phase 3 : La situation est des plus critiques. Certaines ouvrières devenues hystériques courent en tous sens. Leurs antennes tendues déversent d'incompréhensibles hurlements phéromoniques. Dans leur agitation, certaines en viennent à blesser leurs congénères.

Chez les fourmis rousses, la phéromone d'alerte la plus forte est une substance émise par la glande de Dufour. Nommée n-decane, c'est un hydrocarbone volatile dont la formule chimique est C_{10}-H_{22}. Une odeur assez puissante pour rendre folle furieuse une nourrice en pleine hibernation.

Sans le sacrifice des fourmis concierges, le raz de marée n'aurait pas épargné la Cité interdite. En bloquant hermétiquement les entrées avec leur tête plate, ces héroïques factionnaires ont empêché l'envahisseur liquide d'inonder la souche centrale. Toutes les occupantes de la Cité interdite, et au premier rang la reine Chli-pou-ni, sont indemnes.

En revanche, l'eau dévale maintenant dans les salles à pucerons.

Les bestiaux verts poussent de dérisoires piaillements odorants.

Acculées à la fuite, leurs bergères ne peuvent en sauver qu'une poignée, sur le point d'accoucher.

Partout, on tente d'élever des barrages. On s'affaire à consolider celui qui, stratégiquement placé dans une galerie principale, s'efforce de contenir le torrent en furie. Mais la force hydraulique est irrésistible. Le barrage s'effrite, se fissure et se fend. L'édifice éclate, libérant d'un coup une boule d'eau qui emporte les courageuses maçonnes.

Charriant les noyées, l'eau emprunte des couloirs, fait s'effondrer des voûtes, arrache des ponts, bouleverse toute la topographie souterraine avant de se déverser dans les champignonnières. Là encore, les agricultrices n'ont que le temps de recueillir quelques précieuses spores avant de détaler.

Les coléoptères aquatiques, ces fameux dytiques que Chli-pou-ni voulait tant apprivoiser, sont partout, heureux de s'ébattre dans leur élément vecteur, dévorant pucerons, cadavres de fourmis et larves agonisantes.

Multipliant les détours, contournant les obstacles, 103 683ᵉ parvient à l'étable aux scarabées rhinocéros. Les pauvres bêtes volettent de-ci de-là pour échapper à la noyade. Mais le plafond est si bas que bientôt elles s'y heurtent, épouvantées.

Et ici comme partout, au mépris du danger, de diligentes ouvrières veillent à sauver quelques petits et à pousser au sec des bouses sphériques pleines d'œufs. Cependant, elles le savent, les pertes seront énormes et inévitables.

D'avoir les pattes mouillées terrorise les scarabées et leur fait donner de la corne au plafond. 103 683e ne doit qu'à sa vigilance de guerrière de passer entre les coups de boutoir.

Voici enfin l'entrée de la cache rebelle. Déistes et non-déistes, elles sont toutes là. Mais si les secondes s'agitent nerveusement, les premières, elles, demeurent étrangement calmes. Le cataclysme ne les surprend pas.

Nous n'avons pas assez nourri les dieux, c'est pourquoi ils nous mouillent.

103 683e interrompt leurs psalmodies. Bientôt, il n'y aura plus d'issue de secours. Si elles veulent sauver le mouvement rebelle, il importe de déguerpir sans retard.

On finit par l'écouter et par lui emboîter le pas. Au moment de vider les lieux, la fourmi nommée 24e lui tend le cocon de papillon qu'elle avait laissé là lors de sa précédente visite.

Pour la mission Mercure. Tu ne dois pas oublier cela.

Plutôt que de discuter encore, 103 683e se charge du cocon et entraîne les rebelles derrière elle. Mais le franchissement de l'étable est désormais impossible. La salle entière est noyée. Des scarabées rhinocéros, des fourmis aussi, flottent entre deux eaux.

Il faut creuser au plus vite un nouveau tunnel. 103 683e donne des ordres.

Il faut faire vite, le niveau de l'eau commence à monter dans la pièce.

Tous les aliments qui traînaient flottent.

L'eau monte de plus en plus vite.

Les déistes cependant ne pensent pas à se plaindre. La plupart sont résignées à subir le juste courroux céleste.

Elles sont persuadées que cette pluie ravageuse n'est venue les frapper que pour empêcher la croisade de Chli-pou-ni.

53. SOUVENIRS ACIDES

— Excusez-moi, mademoiselle !

On lui parlait.

Quand Laetitia Wells rouvrit les yeux, elle n'était pas encore arrivée au terminus. Une femme s'adressait à elle.

— Excusez-moi, mademoiselle. Je crois que je vous ai donné un coup avec mes aiguilles.

— Ce n'est rien, soupira Laetitia.

La femme était en train de tricoter de la laine rose bonbon. Elle réclamait un supplément d'espace pour étendre sa toile.

Laetitia Wells regarda cette araignée fileuse qui agitait ses Doigts. Les aiguilles multipliaient les nœuds coulants dans un cliquetis obsédant.

Son ouvrage rose ressemblait à une layette. Quel pauvre bébé avait-elle l'intention d'emprisonner dans ce carcan molletonné ? pensa Laetitia Wells. Comme si elle avait entendu la question, la femme dévoila un superbe dentier en émail.

— C'est pour mon fils, annonça-t-elle avec fierté.

Au même instant, le regard de Laetitia accrocha une affiche « Notre pays a besoin d'enfants. Luttez contre la dénatalité. »

Laetitia Wells ressentit une petite aigreur. Faire des enfants ! Elle se disait que c'était l'ordre primordial donné à l'espèce : se reproduire, se répandre, se disperser en masse. Vous n'avez pas eu un présent intéressant ? Survivez dans le futur à travers la ponte ! Pensez d'abord à la quantité, la qualité suivra peut-être.

Chaque pondeuse n'en avait pas conscience, mais elle obéissait à l'éternelle propagande transcendant toutes les politiques de toutes les nations : augmenter l'emprise des humains sur la planète.

Laetitia Wells eut envie de prendre cette maman par les épaules et de lui dire droit dans les yeux : « Non, ne faites plus d'enfants, retenez-vous, un peu de pudeur, que diable ! Prenez des contraceptifs, offrez des préservatifs à ceux que vous aimez, raisonnez vos amies fertiles comme vous auriez souhaité vous-même être raisonnée. Pour un enfant réussi on en trouve cent de bâclés. Ça ne vaut pas le coup. Les bâclés prennent ensuite le pouvoir et voilà le résultat. Si votre propre mère avait été plus sérieuse, elle vous aurait évité toutes ces souffrances. Ne vous vengez pas sur vos enfants de la pire vacherie que vous ont faite vos parents : vous faire naître. Cessez de vous aimer les uns les autres, croissez mais ne vous multipliez plus. »

Chacune de ses crises de misanthropie (à son stade c'était de l'humanophobie) lui laissait un goût amer dans la bouche. Mais le plus déroutant était qu'elle ne trouvait pas cela forcément désagréable.

Elle se reprit, sourit à l'araignée fileuse.

Ce visage en face, rayonnant du bonheur d'être mère, lui rappela... non... il... ne fallait pas... cela lui rappela... sa propre mère. Ling-mi.

Ling-mi Wells avait été frappée de leucémie aiguë. Le cancer du sang, ça ne pardonne pas. Ling-mi, sa douce mère, qui ne lui répondait jamais lorsqu'elle demandait ce qu'avait dit le docteur. A Laetitia, Ling-mi répétait toujours : « Ne t'inquiète pas. Je guérirai. Les médecins sont optimistes et les médicaments de plus en plus performants. » Mais dans la salle de bains, il y avait souvent des coulées rouges dans le lavabo et la fiole d'analgésiques était généralement vide. Ling-mi dépassait toutes les doses prescrites. Rien, désormais, n'atténuait ses douleurs.

Un jour une ambulance était venue et l'avait conduite à l'hôpital. « Ne t'en fais pas. Là-bas, ils ont toutes les machines qu'il faut et des spécialistes pour me soigner. Surveille l'appartement, sois sage en mon absence et viens me voir tous les soirs. »

Ling-mi avait raison : à l'hôpital, ils avaient toutes les machines possibles. Si bien qu'elle n'arrivait pas à mourir. Par trois fois, elle avait tenté de se suicider et par trois fois, ils l'avaient sauvée in extremis. Elle se débattait. Ils l'avaient immobilisée avec des sangles et gavée de morphine. Quand Laetitia rendait visite à sa mère, elle voyait bien que ses bras étaient couverts d'hématomes provoqués par les seringues et les perfusions. En un mois, Ling-mi Wells était devenue une vieille femme ratatinée. « On la sauvera, ne vous inquiétez pas, on la sauvera », affirmaient les docteurs. Mais Ling-mi Wells ne voulait plus être sauvée.

Touchant le bras de sa fille, elle lui avait murmuré : « Je veux... mourir. » Mais que peut faire une gamine de quatorze ans quand sa mère lui confie une telle requête ? La loi interdisait de laisser mourir quiconque. Surtout s'il était capable de payer les mille francs quotidiens du coût de la chambre avec soins et pension complète.

Edmond Wells avait vieilli, lui aussi, de façon accélérée dès l'hospitalisation de sa femme. Ling-mi lui avait demandé son assistance pour le grand saut. Un jour qu'elle n'en pouvait plus, il finit par s'y résigner. Il lui apprit comment ralentir son souffle et ses battements cardiaques.

Il s'était livré à une séance d'hypnose. Bien sûr, personne n'avait assisté à la scène, mais Laetitia savait comment s'y prenait son père pour l'aider à s'endormir. « Tu es calme, très calme. Ton souffle est comme une vague qui va d'avant en arrière. C'est doux. Avant, arrière. Ton souffle est une mer qui veut se transformer en lac. Avant, arrière. Chaque respiration est plus lente et plus profonde que la précédente. Chaque inspiration t'apporte davantage de force et de douceur. Tu ne sens plus ton corps, tu ne sens plus tes pieds, tu ne sens plus tes mains, ni ton torse, ni ta tête. Tu es une plume légère et insensible qui flotte dans le vent. »

Ling-mi s'était envolée.

Sur son visage s'était inscrit un sourire serein. Elle était morte comme en s'endormant. Les médecins du service de réanimation avaient aussitôt sonné le tocsin. Ils s'étaient agrippés comme des belettes désireuses d'empêcher un héron de décoller. Mais cette fois-ci, Ling-mi avait bel et bien gagné.

Depuis, Laetitia avait une énigme personnelle à résoudre : le cancer. Et une obsession : sa haine des médecins et autres décideurs du sort de l'humanité. Elle était persuadée que si personne n'était arrivé à éradiquer le cancer, c'était parce que personne n'avait vraiment intérêt à trouver la solution.

Pour en avoir le cœur net, elle était même devenue cancérologue. Elle voulait prouver que le cancer n'était pas invincible et que les médecins étaient des incapables qui auraient pu sauver sa mère au lieu de l'accabler encore davantage. Mais elle avait échoué. Alors, il ne lui restait plus que sa haine des hommes et sa passion pour les énigmes.

Le journalisme lui avait permis de concilier son ressentiment avec ses aspirations les plus profondes. Avec sa plume, elle pouvait dénoncer les injustices, galvaniser les foules, pourfendre les hypocrites. Hélas, elle s'était vite rendu compte que parmi les hypocrites, se rangeaient au premier chef ses collègues de travail. Courageux dans les mots, misérables dans les actes. Redresseurs de torts dans leurs éditoriaux, prêts aux pires bassesses en échange d'une promesse d'augmentation de salaire. A côté du monde des médias, le milieu médical lui parut rempli de gens charmants.

Mais dans la presse, elle s'était taillé sa niche écologique, son territoire de chasse. Elle s'était fait un nom en résolvant plusieurs énigmes policières. Pour l'instant, ses collègues se tenaient à distance, attendant qu'elle chute. Il ne fallait pas trébucher.

Pour prochain trophée, elle accrocherait à son tableau de chasse l'affaire Salta-Nogard. Et tant pis pour le sémillant commissaire Méliès !

C'était enfin le terminus. Elle descendit.

— Bonne soirée, mademoiselle, lui dit la tricoteuse en rangeant sa layette.

54. ENCYCLOPÉDIE

COMMENT : Devant un obstacle, un être humain a pour premier réflexe de se demander : « Pourquoi y a-t-il ce problème et de qui est-ce la faute ? » Il

cherche les coupables et la punition que l'on devra leur infliger pour que cela ne se reproduise plus.
Dans la même situation, la fourmi se demande d'abord : « Comment et avec l'aide de qui vais-je pouvoir résoudre ce problème ? »
Dans le monde myrmécéen, il n'y a pas la moindre notion de culpabilité.
Il y aura toujours une grande différence entre ceux qui se demandent « pourquoi les choses ne fonctionnent pas » et ceux qui se demandent « comment faire pour qu'elles fonctionnent ».
Pour l'instant le monde humain appartient à ceux qui se demandent « pourquoi », mais un jour viendra où ceux qui se demandent « comment » prendront le pouvoir...

Edmond Wells,
Encyclopédie du savoir relatif et absolu, tome II.

55. QUE D'EAU, QUE D'EAU

Griffes et mandibules travaillent avec opiniâtreté. Creuser, creuser encore, il n'est pas d'autre salut. Autour des rebelles acharnées à leur tunnel de secours, le sol vibre et tremble.

L'eau balaie la Cité tout entière. Tous les beaux projets, les superbes réalisations avant-gardistes de Chli-pou-ni ne sont plus que déchets emportés par les flots. Vanités, ce n'étaient donc que vanités, ces jardins, ces champignonnières, ces étables, ces salles de citernes, ces greniers d'hiver, ces pouponnières thermorégulées, le solarium, les réseaux aquatiques... Ils disparaissent dans la tornade comme si jamais ils n'avaient existé.

Soudain, une paroi latérale du tunnel de secours explose. L'eau jaillit en gerbes. 103 683e et ses compagnes avalent la terre pour creuser plus vite encore. Mais la tâche est impossible et le torrent les rattrape.

103 683e ne se fait guère d'illusions sur le sort qui les attend. Elles sont déjà mouillées jusqu'au ventre et l'eau continue de monter à toute vitesse.

56. IMMERSION

Immersion. Elle était maintenant complètement recouverte par la surface des flots.

Elle ne pouvait plus respirer. Elle resta un long moment dans le liquide, ne pensant plus à rien.

Elle aimait l'eau.

Sous l'eau de sa baignoire ses cheveux gonflaient, sa peau devenait comme du carton. Laetitia Wells appelait cela son bain rituel quotidien. Telle était sa détente : un peu d'eau tiède et le silence. Elle se sentit très princesse du lac.

Elle resta plusieurs dizaines de secondes en apnée jusqu'à ce qu'elle ait l'impression de mourir.

Chaque jour, elle restait un peu plus longtemps sous l'eau.

Elle repliait les genoux sous le menton comme un fœtus dans son liquide amniotique et se balançait lentement dans une danse aquatique dont elle seule connaissait le sens.

Elle commença à vider sa tête de tous ses encombrements, exit le cancer, exit Salta *(ding, dong)*, exit la rédaction de *L'Echo du dimanche*, exit sa beauté *(ding, dong)*, exit le métro, exit les mères pondeuses. C'était le grand nettoyage d'été.

Ding, dong.

Elle émergea de l'eau. Hors de l'eau tout semble sec. Sec, hostile *(ding ! dong !)* ...bruyant.

Elle n'avait pas rêvé : on sonnait à la porte.

Elle rampa hors de la baignoire comme un batracien qui découvre la respiration aérienne.

Elle saisit un grand peignoir, s'en enveloppa et rejoignit à petits pas le salon.

— Qui est là ? demanda-t-elle à travers la porte.

— Police !

Elle regarda par le judas et reconnut le commissaire Méliès.

— Qu'est-ce qui vous prend de venir à cette heure ?

— J'ai un mandat de perquisition.

Elle consentit à ouvrir.

Il semblait décontracté.

— Je suis allé à la CCG et ils m'ont dit que vous aviez subtilisé des fioles contenant les produits chimiques sur lesquels travaillaient les frères Salta et Caroline Nogard.

Elle alla chercher les fioles et les lui tendit. Il les contempla, pensif.

— Mademoiselle Wells, puis-je vous demander ce qu'il y a dedans ?

— Je n'ai pas à vous mâcher le travail. L'expertise chimique a été payée par mon magazine. Ses conclusions n'appartiennent qu'à lui et à personne d'autre.

Il était toujours sur le seuil de la porte, presque intimidé dans son costume fripé face à cette si jolie fille qui le défiait.

— Mademoiselle Wells, s'il vous plaît, je peux entrer ? Pourrions-nous discuter un moment ? Je ne vous dérangerai pas longtemps.

Il avait dû subir une forte averse. Il était trempé. Déjà, une petite flaque se formait à ses pieds, sur le paillasson. Elle soupira :

— Bon, mais je n'ai pas beaucoup de temps à vous consacrer.

Il essuya longuement ses chaussures avant de pénétrer dans le salon.

— Sale temps.

— Après la canicule, l'averse.

— Toutes les saisons sont chamboulées, on passe sans transition du chaud et sec au froid et humide.

— Allons, entrez, asseyez-vous. Vous voulez boire quelque chose ?

— Qu'est-ce que vous avez à me proposer ?

— De l'hydromel.

— Qu'est-ce que c'est ?

— De l'eau, du miel et de la levure, le tout mélangé

puis fermenté. C'était la boisson des dieux de l'Olympe et des druides celtes.

— Va pour la boisson des dieux de l'Olympe.

Elle le servit puis disparut.

— Attendez-moi, je dois d'abord me sécher les cheveux.

Dès qu'il entendit le ronronnement d'un séchoir en provenance de la salle de bains, Méliès se leva d'un bond, bien décidé à profiter de ce répit pour examiner les lieux.

C'était un appartement de grand standing. Tout était décoré avec beaucoup de goût. Des statues de jade représentaient des couples enlacés. Des lampes halogènes éclairaient des planches de biologie accrochées aux murs.

Il se leva, en observa une.

Une cinquantaine d'espèces de fourmis du monde entier y étaient répertoriées et dessinées avec précision.

Le séchoir continuait de chanter.

Il y avait des fourmis noires à poils blancs qui ressemblaient à des motards *(Rhopalothrix orbis)*, des fourmis hérissées de cornes sur tout le thorax *(Acromyrmex versicolor)*, d'autres pourvues d'une trompe avec une pince au bout *(Orectognathus antennatus)*, ou de longues mèches de poils qui leur donnaient des allures de hippies *(Tingimyrmex mirabilis)*. Que des fourmis puissent posséder des formes aussi diverses étonna le commissaire.

Mais il n'était pas en mission entomologique. Avisant une porte laquée de noir, il voulut l'ouvrir. Elle était fermée à clef. Tirant une épingle à cheveux de sa poche, il se disposait à en traficoter la serrure quand le bruit du séchoir s'interrompit soudain. Précipitamment, il regagna son siège.

La coiffure à la Louise Brooks était maintenant en place et Laetitia Wells avait revêtu une longue robe de soie noire, drapée à la taille. Méliès essaya de ne pas se laisser impressionner.

— Vous vous intéressez aux fourmis ? demanda-t-il, d'un ton mondain.

— Pas spécialement, dit-elle. C'était surtout mon père. C'était un grand spécialiste des fourmis. Il m'a offert ces planches pour mes vingt ans.

— Votre père, c'était le Pr Edmond Wells ?

Elle s'étonna :

— Vous le connaissez ?

— J'en ai entendu parler. Chez nous, à la police, il est surtout connu pour avoir été le propriétaire de la cave maudite de la rue des Sybarites. Vous vous souvenez de cette affaire, avec cette vingtaine de personnes qui ont disparu dans une cave sans fin ?

— Évidemment ! Ces personnes étaient, entre autres, mon cousin, ma cousine, mon neveu et ma grand-mère.

— Drôle d'affaire, hein ?

— Comment se fait-il que vous, qui aimez tant les mystères, n'ayez pas enquêté sur ces disparitions ?

— J'étais sur un autre boulot à ce moment-là. C'est le commissaire Alain Bilsheim qui s'est occupé de la cave. Cela ne lui a pas porté chance, d'ailleurs. Comme les autres, il n'est jamais remonté. Mais vous aussi, vous aimez les mystères, je crois...

Elle eut un sourire narquois.

— J'aime surtout les élucider, fit-elle.

— Vous croyez parvenir à trouver l'assassin des frères Salta et de Caroline Nogard ?

— Je vais essayer, en tout cas. Cela fera plaisir à mes lecteurs.

— Vous ne voulez pas me raconter où vous en êtes de vos investigations ?

Elle secoua la tête.

— Mieux vaut que nous suivions chacun notre voie. Ainsi, nous ne nous gênerons pas.

Méliès s'empara d'un de ses chewing-gums. Quand il mâchait, il se sentait toujours plus à l'aise. Il s'enquit :

— Qu'est-ce qu'il y a derrière cette porte noire ?

Laetitia Wells eut un instant de surprise devant cette question abrupte. Petite gêne rapidement camouflée.

Elle haussa les épaules.

— Mon bureau. Je ne vous le fais pas visiter. C'est un vrai capharnaüm.

Là-dessus, elle sortit une cigarette, l'emboîta sur un long fume-cigarette et l'alluma avec un briquet en forme de corbeau.

Méliès revint à ses préoccupations :

— Vous voulez garder le secret sur votre enquête. Moi, je vais quand même vous dire où j'en suis.

Elle souffla un petit nuage de fumée nacrée.

— Comme vous voudrez.

— Récapitulons. Nos quatre victimes travaillaient à la CCG. On pourrait pencher pour quelque sombre mobile de jalousie professionnelle. Les rivalités sont fréquentes dans les grandes entreprises. Les gens s'y déchirent pour une promotion ou une augmentation et dans le monde scientifique, on est souvent âpre au gain. L'hypothèse du chimiste rival tient la route, reconnaissez-le. Il aurait empoisonné ses collègues avec un produit à effet retard foudroyant. Cela colle parfaitement avec les ulcères dans le système digestif relevés à l'autopsie.

— Vous vous emballez encore, commissaire. Vous êtes obsédé par votre idée du poison et vous oubliez sans cesse la peur. Un super-stress peut lui aussi provoquer des ulcères, et nos quatre victimes ont toutes eu très peur. La peur, commissaire, la peur est le nœud du problème et ni vous ni moi n'avons encore compris ce qui a suscité cette terreur inscrite sur chacun de leurs visages.

Méliès protesta :

— Bien sûr que je me suis interrogé sur cette peur et même sur tout ce qui peut faire peur aux gens !

Elle souffla un nouveau nuage de tabac.

— Et qu'est-ce qui vous fait peur à vous, commissaire ?

Il fut pris de court car il comptait justement lui poser cette question.

— C'est-à-dire... hum...

— Il y a bien quelque chose qui vous terrifie plus que tout, non ?

— Je veux bien vous le confier, mais, en échange

vous me direz, avec la même sincérité, ce qui vous effraie, vous.

Elle lui fit face.

— D'accord.

Il hésita puis bafouilla.

— J'ai... j'ai peur... j'ai peur des loups.

— Des loups ?

Elle éclata de rire et répéta « des loups », « des loups ». Elle se leva et lui resservit une rasade d'hydromel.

— J'ai dit la vérité, à votre tour maintenant.

Elle se leva et regarda par la fenêtre. Elle semblait distinguer au loin des choses qui l'intéressaient.

— Hum... moi, j'ai... j'ai peur... j'ai peur de vous.

— Arrêtez de vous moquer, vous m'avez promis d'être sincère.

Elle se retourna et lâcha une nouvelle volute. Ses yeux mauves brillaient comme des étoiles à travers la fumée turquoise.

— Mais je suis sincère. J'ai peur de vous, et à travers vous de toute l'humanité. J'ai peur des hommes, des femmes, des vieux, des vieilles, des bébés. Nous nous comportons partout comme des barbares. Je nous trouve physiquement hideux. Aucun d'entre nous n'égale la beauté d'un calmar ou d'un moustique...

— Carrément !

Quelque chose s'était modifié dans l'attitude de la jeune femme. Son regard si bien contrôlé semblait en proie à une faiblesse de fabrication. Il y avait de la folie dans ces deux yeux. Un fantôme avait possession de sa personne et elle se laissait aller, suavement, à l'emprise de la démence. Partout, des barrages se rompaient. Il n'y avait plus de censure. Elle avait oublié qu'elle discutait avec un commissaire de police qu'elle connaissait à peine.

— Je nous trouve prétentieux, arrogants, suffisants, fiers d'être des humains. J'ai peur des paysans, des curés et des soldats, j'ai peur des docteurs et des malades, j'ai peur de ceux qui me veulent du mal et de ceux qui me veulent du bien. Nous détruisons tout ce que nous touchons. Nous salissons ce que nous n'arrivons pas à détruire. Rien n'échappe à notre inconcevable capacité de souillure. Je suis sûre que si les Martiens ne débarquent pas, c'est parce qu'on leur fout la trouille ; ils sont timides, ils ont peur qu'on se comporte avec eux comme nous nous comportons avec les animaux qui nous entourent et aussi avec nous-mêmes. Je ne suis pas fière d'être une humaine. J'ai peur, j'ai très peur de mes semblables.

— Vous pensez vraiment ce que vous dites ?

Elle haussa les épaules.

— Regardez le nombre de gens qui ont été tués par des loups et le nombre de gens qui ont été tués par des humains : vous ne trouvez pas que ma peur est, comment dire, plus justifiée que la vôtre ?

— Vous avez peur des humains ? Mais vous êtes un être humain !

— Je le sais bien et d'ailleurs je me fais parfois peur... moi-même.

Il contemplait avec stupéfaction ses traits soudain marqués par la haine. D'un coup, elle se détendit :

— Oh, pensons à autre chose ! Nous aimons tous les deux les énigmes. Ça tombe bien, c'est l'heure de notre émission nationale d'énigmes. Je vous offre le geste le plus convivial de notre époque, un peu de ma télévision.

— Merci, dit-il.

Jouant avec sa télécommande, elle chercha « Piège à réflexion ».

57. ENCYCLOPÉDIE

RAPPORT DE FORCES : ***Une expérience a été effectuée sur des rats. Pour étudier leur aptitude à nager, un chercheur du laboratoire de biologie comportementale de la faculté de Nancy, Didier Desor, en a réuni six dans une cage, dont l'unique issue débouchait sur une piscine qu'il leur fallait traverser pour atteindre une mangeoire distribuant***

les aliments. On a rapidement constaté que les six rats n'allaient pas chercher leur nourriture en nageant de concert. Des rôles sont apparus qu'ils s'étaient ainsi répartis : deux nageurs exploités, deux non-nageurs exploiteurs, un nageur autonome et un non-nageur souffre-douleur. Les deux exploités allaient chercher la nourriture en nageant sous l'eau. Lorsqu'ils revenaient à la cage, les deux exploiteurs les frappaient et leur enfonçaient la tête sous l'eau jusqu'à ce qu'ils lâchent leur magot. Ce n'est qu'après avoir nourri les deux exploiteurs que les deux exploités soumis pouvaient se permettre de consommer leur propre croquette. Les exploiteurs ne nageaient jamais, ils se contentaient de battre les nageurs pour être nourris. L'autonome était un nageur assez robuste pour ne pas céder aux exploiteurs. Le souffre-douleur, enfin, était incapable de nager et incapable d'effrayer les nageurs, alors il ramassait les miettes tombées lors des combats. La même structure — deux exploités, deux exploiteurs, un autonome et un souffre-douleur — se retrouva dans les vingt cages où l'expérience fut reconduite.
Pour mieux comprendre ce mécanisme de hiérarchie, on plaça six exploiteurs ensemble. Ils se battirent toute la nuit. Au matin, deux d'entre eux étaient de corvée, l'un nageait seul, un autre subissait tout. On a procédé de même avec des rats au comportement d'exploités soumis. Le lendemain à l'aube, deux d'entre eux jouaient les pachas.
Mais là où l'expérience donne vraiment à réfléchir, c'est que lorsqu'on ouvrit les crânes des rats pour étudier leur cerveau, on s'aperçut que les plus stressés étaient les exploiteurs. Ils avaient sûrement eu peur de ne plus être obéis par les exploités.

Edmond Wells,
Encyclopédie du savoir relatif et absolu, tome II.

58. AU SEC

L'eau leur lèche le dos. 103 683e et ses compagnes creusent frénétiquement dans le plafond. Tous les corps sont recouverts d'embruns quand, miracle ! elles débouchent enfin dans une pièce sèche.

Sauvées.

Vite, elles calfeutrent l'issue. Le muret de sable tiendra-t-il ? Oui, le torrent le contourne pour se déverser dans des couloirs plus fragiles. Blotties les unes contre les autres dans la petite salle, les fourmis du groupe se sentent mieux.

Les rebelles se comptent : elles ne sont qu'une cinquantaine à avoir survécu. Une poignée de déistes marmonnent toujours :

Nous n'avons pas assez nourri les Doigts. Alors, ils ont entrouvert le ciel.

Dans la cosmogonie myrmécéenne, en effet, la planète Terre est cubique et surmontée d'un plafond de nuages qui retient l'« océan supérieur ». Chaque fois que le poids de l'océan supérieur est trop important, le plafond se lézarde et laisse couler ce qui est la pluie.

Les déistes soutiennent, pour leur part, que ces fendillements du plafond de nuages sont dus aux coups de griffe qu'y donneraient les Doigts. Quoi qu'il en soit et dans l'attente de jours meilleurs, toutes s'entraident de leur mieux. Certaines, bouche à bouche, se livrent à des trophallaxies. D'autres se frictionnent pour préserver leur réserve de chaleur.

103 683e applique ses palpes buccales contre la paroi, sent la cité trembler encore sous les assauts aquatiques.

Bel-o-kan ne bouge plus, complètement assommée par cet ennemi polymorphe qui projette dans n'importe quel interstice ses pattes transparentes. Honnie soit la pluie, encore plus souple, plus adaptable et plus humble que les fourmis. Des soldates naïves pourfendent à coups de mandibule sabre les gouttes qui glissent vers elles. En tuer une c'est en affronter quatre. Quand on donne un coup de patte dans la pluie, la pluie garde la patte engluée. Quand on tire à l'acide sur la pluie, la pluie devient corrosive. Quand on bouscule la pluie, la pluie vous accueille et vous retient.

Les victimes de l'ondée ne se comptent plus.

Tous les pores de la Cité sont béants.

Bel-o-kan se noie.

59. TÉLÉVISION

Le visage troublé de Mme Ramirez apparut sur l'écran. Depuis qu'elle pataugeait sur sa nouvelle énigme, cette suite chiffrée, le taux d'audience de l'émission avait doublé. Plaisir sadique de voir quelqu'un jusque-là infaillible soudain chanceler ? Ou bien était-ce parce que le public, s'identifiant plus facilement à eux, préfère souvent les perdants aux gagnants ?

Avec sa bonne humeur habituelle, l'animateur interrogeait :

— Alors, madame Ramirez, cette solution, vous l'avez trouvée ?

— Non. Toujours pas.

— Concentrez-vous, voyons, madame Ramirez ! A quoi vous fait penser notre suite de chiffres ?

La caméra se braqua d'abord sur le tableau puis sur Mme Ramirez qui expliquait, songeuse :

— Plus j'observe cette suite, plus je suis troublée. C'est fort, très fort. Il m'avait semblé quand même repérer quelques rythmes... Le « un », toujours placé à la fin... Des paquets de « deux » au milieu...

Elle s'approcha du tableau où étaient inscrits les chiffres et commenta, à la manière d'une maîtresse d'école :

— On pourrait croire à une progression exponentielle. Ce n'en est pas vraiment une. J'ai cru à un ordre entre les « un » et les « deux » et voilà ce chiffre « trois » qui surgit et se répand lui aussi... J'ai pensé alors que peut-être, il n'y avait pas d'ordre du tout. Nous avons affaire à un monde de chaos, avec des chiffres disposés de manière aléatoire. Pourtant, mon instinct de femme me souffle qu'il n'en est rien, qu'ils n'ont pas été placés au hasard.

— Et donc, à quoi ce tableau vous fait-il penser, madame Ramirez ?

La physionomie de Mme Ramirez s'éclaira.

— Je vais vous faire rire, dit-elle.

La salle éclata en applaudissements.

— Laissez réfléchir Mme Ramirez, intervint l'animateur. Elle pense à quelque chose. Et à quoi, madame Ramirez ?

— A la naissance de l'univers, dit-elle, le front plissé. Je pense à la naissance de l'univers. « Un », c'est l'étincelle divine qui enfle puis se divise. Serait-ce possible que vous me proposiez pour énigme l'équation mathématique qui régit l'univers ? Ce qu'Einstein a cherché en vain toute sa vie ? Le Graal de tous les physiciens du monde ?

Pour une fois, l'animateur adopta une mine énigmatique tout à fait conforme au thème de son émission.

— Qui sait, madame Ramirez ! « Piège à...

— ... réflexion ! » cria le public à l'unisson.

— ... à réflexion », oui, ne connaît pas de limites. Alors, madame Ramirez, réponse ou joker ?

— Joker. J'ai besoin d'un supplément d'information.

— Tableau ! réclama l'animateur.

Il nota l'empilement connu :

1
11
21
1211
111221
312211
13112221

Puis, toujours sans regarder son papier, il ajouta :

1113213211

— Je rappelle les phrases clefs. La première était : « Plus on est intelligent, moins on a de chances de trouver. » La deuxième était : « Il faut désapprendre ce que l'on sait. » J'en livre une troisième à votre sagacité : « Comme l'univers, cette énigme prend sa source dans la simplicité absolue. »

Applaudissements.

— Puis-je vous donner un conseil, madame Ramirez ? demanda l'animateur, de nouveau enjoué.

— Je vous en prie, dit la candidate.

— Je crois, madame Ramirez, que vous n'êtes pas assez simple, pas assez sotte, en somme pas assez vide. Votre intelligence vous fait des crocs-en-jambe. Faites marche arrière dans vos cellules, retrouvez la petite fille naïve qui est encore en vous. Et quant à mes chers téléspectatrices et téléspectateurs, je leur dis : à demain, si vous le voulez bien !

Laetitia Wells éteignit le poste.

— Cette émission devient de plus en plus amusante, dit-elle.

— Vous avez trouvé la solution de l'énigme ?

— Non, et vous ?

— Non plus. Nous devons être trop intelligents, si vous voulez mon avis. Cet animateur a sans doute raison.

Pour Méliès, c'était l'heure de partir. Il rangea les fioles dans ses larges poches.

Sur le seuil, il demanda encore :

— Pourquoi ne pas nous entraider au lieu de nous fatiguer chacun de notre côté ?

— Parce que j'ai l'habitude de fonctionner seule et parce que police et presse ne font jamais bon ménage.

— Pas d'exception ?

Elle secoua sa courte chevelure d'ébène.

— Pas d'exception. Allez, commissaire, et que le meilleur gagne !

— Puisque vous le voulez ainsi, que le meilleur gagne !

Il disparut dans l'escalier.

60. DÉPART DE LA CROISADE

La pluie, épuisée, bat en retraite. Elle recule sur tous les fronts. Elle aussi a son prédateur. Il se nomme Soleil. L'antique allié de la civilisation myrmécéenne s'est fait attendre mais il est arrivé quand même à temps. Il a vite recollé les plaies béantes du ciel. L'océan supérieur ne coule plus sur le monde.

Les Belokaniennes rescapées du désastre sortent pour se sécher et se réchauffer. Une pluie, c'est comme une hibernation où le froid serait remplacé par le mouillé. C'est pire. Le froid endort, mais le mouillé tue !

Dehors, on félicite l'astre vainqueur. Certaines entonnent le vieil hymne de gloire :

Soleil, entre dans nos carcasses creuses,
Remue nos muscles endoloris
Et unis nos pensées divisées.

Partout dans la Cité, on reprend cette chanson odorante. Bel-o-kan n'en a pas moins pris une sacrée raclée. Le peu qui reste du dôme, criblé d'impacts de grêlons, vomit des petits jets d'une eau claire piquée de grumeaux noirs : les cadavres des noyés.

Les nouvelles qui arrivent des autres cités ne sont pas plus brillantes. Il aurait donc suffi d'une averse pour réduire l'orgueilleuse fédération des fourmis rousses de la forêt ? d'une simple pluie pour venir à bout d'un empire ?

Les ruines du dôme découvrent un solarium où les cocons ne sont plus que des granulés moites dans une soupe boueuse. Et combien de nourrices ont trouvé la mort en voulant protéger les couvains entre leurs pattes ? Certaines sont parvenues à sauver les leurs en les gardant brandis à bout de pattes au-dessus de leur tête.

Les rares survivantes, parmi les fourmis concierges, se désincrustent des issues de la Cité interdite. Effarées, elles contemplent l'ampleur de la catastrophe. Chli-pou-ni elle-même est stupéfaite de l'étendue des dégâts.

Que peut-on bâtir de solide dans de telles conditions ? A quoi sert l'intelligence si un peu d'eau suffit à ramener le monde aux premiers jours de la civilisation fourmi ?

103 683e et les rebelles quittent elles aussi leur abri. La soldate va aussitôt vers sa reine.

Après ce qui est arrivé, nous allons devoir renoncer à notre croisade contre les Doigts.

Chli-pou-ni s'immobilise, soupèse la phéromone. Puis elle bouge calmement les antennes, répond que non, que la croisade compte au nombre des projets majeurs que rien ne saurait remettre en cause. Elle ajoute que ses troupes d'élite, cantonnées à l'intérieur de la souche de la Cité interdite, sont intactes et que des scarabées rhinocéros ont pareillement été tenus en réserve.

Nous devons tuer les Doigts et nous le ferons.

Différence de taille cependant : au lieu de quatre-vingt mille soldates, 103 683e n'en disposera plus que de... trois mille. Des effectifs réduits, certes, mais très chevronnés et bien aguerris. De même, au lieu des quatre escadrilles de coléoptères volants initialement prévues, il n'y en aura plus qu'une, forte de trente unités, ce qui est mieux que rien.

103 683e en convient et ramène les antennes en arrière en signe d'assentiment. Elle n'en demeure pas moins pessimiste sur le sort qui attend la maigre expédition.

Là-dessus, Chli-pou-ni se retire et poursuit son inspection. Certains barrages ont tenu et ont permis de sauver des quartiers entiers. Mais les pertes sont énormes et ce sont surtout les cocons et la génération suivante qui ont été décimés. Chli-pou-ni décide d'augmenter son rythme de ponte afin de repeupler au plus vite sa cité. Elle dispose encore de millions de spermatozoïdes frais dans sa spermathèque.

Et puisqu'il faut pondre, elle pondra.

Partout dans Bel-o-kan, on répare, on nourrit, on soigne, on analyse les dégâts, on cherche des solutions.

Les fourmis ne s'avouent pas vaincues aussi facilement.

61. JUS DE ROCHE

Le Pr Maximilien MacHarious examinait le contenu de l'éprouvette dans sa chambre de l'hôtel Bellevue. La substance que lui avait remise Caroline Nogard s'était muée en un liquide noir, semblable à du jus de roche.

La sonnette tinta. Les deux visiteurs étaient attendus. Il s'agissait d'un couple de savants éthiopiens, Gilles et Suzanne Odergin.

— Tout va bien ? demanda l'homme d'emblée.

— Tout suit parfaitement le programme établi, répondit calmement le Pr MacHarious.

— En êtes-vous sûr ? Le téléphone des frères Salta ne répond plus.

— Bah ! Ils sont sans doute partis en vacances.

— Caroline Nogard ne répond pas davantage.

— Ils ont tous travaillé si dur ! Il est normal qu'ils puissent à présent souhaiter prendre un peu de repos.

— Un peu de repos ? ironisa Suzanne Odergin.

Elle ouvrit son sac à main et brandit plusieurs coupures de journaux relatant la mort des frères Salta et de Caroline Nogard.

— Vous ne lisez donc jamais la presse, professeur MacHarious ? Les magazines qualifient déjà ces affaires de « thriller de l'été » ! Et c'est ce que vous appelez suivre le programme établi ?

Le professeur roux ne parut pas troublé par ces nouvelles.

— Que voulez-vous ? On ne fait pas d'omelette sans casser des œufs.

Les Éthiopiens étaient nettement plus inquiets.

— Espérons seulement que l'« omelette » sera cuite avant que tous les œufs ne soient gâchés !

MacHarious sourit. Il leur indiqua l'éprouvette sur la paillasse.

— La voici, notre « omelette ».

Ensemble, ils admirèrent le fluide noir aux doux reflets bleutés. Le Pr Odergin rangea avec mille précautions le précieux flacon dans une poche intérieure de sa veste.

— J'ignore ce qui se passe, MacHarious, mais soyez quand même prudent.

— Ne vous inquiétez pas. Mes deux lévriers me protègent.

— Vos lévriers ! s'exclama l'épouse. Ils n'ont même pas aboyé quand nous sommes arrivés. Drôles de cerbères !

— C'est qu'ils ne sont pas là, ce soir. Le vétérinaire les a gardés pour un examen. Mais demain, ils seront là pour veiller sur moi, mes gardiens fidèles.

Les Éthiopiens se retirèrent. Le Pr MacHarious, épuisé, se coucha.

62. LES REBELLES

Les rebelles rescapées sont réunies sous une fleur de fraisier, dans la banlieue de Bel-o-kan. Son parfum fruité assurera le brouillage des conversations au cas où une antenne importune viendrait à traîner par là. 103 683e s'est jointe au groupe. Elle demande ce qu'elles comptent faire à présent, amoindries comme elles le sont.

Leur doyenne, une non-déiste, répond :

Nous sommes peu, mais nous ne voulons pas laisser mourir les Doigts. Nous travaillerons encore plus pour les nourrir.

Les antennes se lèvent les unes après les autres pour exprimer leur approbation. Le déluge n'a pas dilué leur détermination.

Une déiste se tourne vers 103 683e et lui désigne le cocon à papillon :

Toi, il te faut partir. A cause de ça. Va au bout du monde avec cette croisade. Il le faut pour la mission Mercure.

Essaie de ramener un couple de Doigts, demande

une autre, *nous les soignerons pour voir s'ils peuvent se reproduire en captivité.*

24e, la benjamine du groupe, demande à partir avec 103 683e. Elle veut voir les Doigts, les humer, les toucher. Le Docteur Livingstone ne lui suffit pas. Il n'est qu'un interprète. Elle souhaite un contact direct avec les dieux, même si c'est pour assister à leur destruction. Elle insiste, elle peut être utile à 103 683e, par exemple en se chargeant du cocon pendant les batailles.

Les autres rebelles s'étonnent de cette candidature.

Pourquoi, qu'est-ce qu'elle a de spécial, cette fourmi ? demande 103 683e.

La jeune asexuée ne les laisse pas répondre et elle insiste pour accompagner la soldate dans sa nouvelle odyssée.

103 683e accepte cette aide sans poser d'autres questions. Elle se sent juste des affinités odorantes qui l'informent qu'il n'y a rien de vraiment mauvais chez cette 24e fourmi. Elle aura bien l'occasion de découvrir pendant le voyage cette « tare » qui la fait moquer de ses compagnes.

Mais voici qu'une seconde rebelle réclame elle aussi de faire partie du voyage. Il s'agit de la sœur aînée de 24e : 23e.

103 683e la flaire et opine de nouveau. Ces volontaires seront pour elle des alliées bienvenues.

La croisade prendra le départ demain matin, au premier soleil. Les deux sœurs n'auront qu'à l'attendre ici.

63. VIE ET MORT DE MACHARIOUS

Le Pr Maximilien MacHarious en était certain, il avait bien entendu un bruit, là, au fond de son lit. Quelque chose l'avait tiré de son sommeil et maintenant il restait là, immobile, les nerfs tendus. Il finit par allumer sa lampe de chevet et se décida à se lever. Aucun doute, la couverture était secouée par des minuscules trépidations.

Un scientifique de son envergure n'allait quand même pas se laisser intimider. A quatre pattes, tête la première, il replongea sous ses draps. Il sourit d'abord, mi-amusé, mi-intrigué, en découvrant ce qui avait provoqué ces mouvements. Mais quand ça lui fonça dessus, coincé comme il l'était dans sa caverne de textiles, il n'eut pas même le temps de se protéger le visage.

Si quelqu'un s'était trouvé dans la chambre à ce moment-là, il aurait vu la surface du lit animée comme par une nuit d'amour.

Mais ce n'était pas une nuit d'amour. C'était une nuit de mort.

64. ENCYCLOPÉDIE

***Mutation** : Lorsque les Chinois annexèrent le Tibet, ils y installèrent des familles chinoises pour prouver que ce pays était aussi peuplé de Chinois. Mais au Tibet, la pression atmosphérique est difficile à supporter. Elle provoque des vertiges et des œdèmes chez ceux qui n'y sont pas habitués. Et par on ne sait quel mystère physiologique, les femmes chinoises s'avérèrent incapables d'accoucher ici tandis que des femmes tibétaines donnaient le jour sans problème dans les villages les plus élevés. Tout se passait comme si la terre tibétaine rejetait les envahisseurs organiquement impropres à vivre sur elle.*

Edmond Wells,
Encyclopédie du savoir relatif et absolu, tome II.

65. LA LONGUE MARCHE

Dès l'aube, les soldates commencent à se masser près de ce qui fut la porte est numéro 2 et n'est plus qu'un tas de brindilles défoncées et humides.

Celles qui ont froid se livrent à des petits exercices

d'étirement des pattes pour les dégourdir et s'échauffer. D'autres aiguisent leurs mandibules ou miment des figures et des feintes de combat.

Le soleil se lève enfin sur l'armée qui grossit, faisant scintiller les cuirasses. L'exaltation monte. Toutes savent qu'elles vivent un grand moment.

103 683e apparaît. Beaucoup la reconnaissent et la saluent. La soldate est encadrée par les deux sœurs rebelles. 24e porte le cocon à papillon, à travers lequel on distingue vaguement une forme sombre.

C'est quoi, ce cocon ? interroge une guerrière.

De la nourriture, juste de la nourriture, répond 24e.

Les scarabées rhinocéros arrivent à leur tour. Même s'ils ne sont plus que trente, ils font de l'effet ! On se bouscule pour les admirer de plus près. On aimerait les voir décoller mais ils expliquent qu'ils ne prendront l'air que lorsque ce sera vraiment nécessaire. Pour l'heure, ils marcheront comme tout le monde.

On se compte, on s'encourage, on se congratule, on se nourrit. Distribution de miellat et de fragments de pattes de pucerons noyés, récupérés dans les décombres. Chez les fourmis, rien ne se perd. On mange aussi les œufs et les nymphes mortes. Trempés comme des éponges, les morceaux de viande circulent dans les rangs, sont essorés puis dévorés goulûment.

Ce pot-au-feu froid à peine englouti, un signal jailli d'on ne sait où sollicite la masse afin qu'elle s'aligne en ordre de marche. En avant pour la croisade contre les Doigts !

C'est le départ.

Les fourmis s'ébranlent en une longue procession. Bel-o-kan lance son bras armé vers l'orient. Le soleil commence à diffuser une agréable chaleur. Des soldates entonnent le vieil hymne odorant :

Soleil, entre dans nos carcasses creuses,
Remue nos muscles endoloris
Et unis nos pensées divisées.

A la ronde, on enchaîne :

Nous sommes tous des poussières de soleil.
Que les bulles de lumière soient dans nos esprits
Comme nos esprits seront eux aussi un jour des bulles de lumière.
Nous sommes tous chaleur.
Nous sommes tous des poussières de soleil.
Que la Terre nous montre la voie à suivre !
Nous la parcourrons dans tous les sens jusqu'à ce que nous trouvions l'endroit où il n'y a plus besoin d'avancer.
Nous sommes tous des poussières de soleil.

Les fourmis mercenaires ponérines ne connaissent pas les phéromones des paroles. Alors, elles accompagnent le chant en crissant de leur pétiole. Pour bien produire leur musique, elles déplacent la pointe chitineuse de leur thorax sur la bande striée située au plus bas de leurs anneaux abdominaux. Elles émettent ainsi un son qui évoque le cricri du grillon, mais en plus sec et moins résonnant.

Le chant de guerre achevé, les fourmis se taisent et marchent. Si les pas sont anarchiques, le rythme de la boursouflure cardiaque est le même pour toutes.

Chacune pense aux Doigts et aux terribles légendes qu'elles ont réceptionnées sur ces monstres. Mais ainsi réunies en meute, elles se sentent toutes-puissantes et avancent joyeusement. Il n'est pas jusqu'aux vents qui, en se levant, paraissent avoir décidé de hâter la grande croisade et de lui faciliter la tâche.

En tête du cortège, 103 683e renifle les herbes et les ramures qui défilent au-dessus de ses antennes.

Tout autour, l'odeur est là. Les petits animaux qui se sauvent apeurés, les fleurs multicolores qui tentent d'aguicher avec leurs parfums capiteux, les troncs sombres qui recèlent sûrement des commandos hostiles, les fougères aigles remplies de diables-cherche-midi...

Oui, tout est là. Comme la première fois. Tout est

là, imprégné de cette senteur unique : l'odeur de la grande aventure qui recommence !

66. ENCYCLOPÉDIE

LOI DE PARKINSON : ***La loi de Parkinson (rien à voir avec la maladie du même nom) veut que plus une entreprise grandit, plus elle engage des gens médiocres mais néanmoins surpayés. Pourquoi ? Tout simplement parce que les cadres en place redoutent l'arrivée de concurrents en puissance. La meilleure manière de ne pas se créer de rivaux dangereux consiste à engager des incompétents. La meilleure façon de supprimer en eux toute velléité de faire des vagues est de les surpayer. Ainsi les castes dirigeantes se trouvent assurées d'une tranquillité permanente.***

Edmond Wells,
***Encyclopédie du savoir relatif et absolu,* tome II.**

67. NOUVEAU CRIME

— Le Pr Maximilien MacHarious était une sommité de l'Université de chimie de l'Arkansas. En visite en France, il était descendu dans cet hôtel depuis une semaine, énonça l'inspecteur Cahuzacq, compulsant un dossier.

Jacques Méliès arpentait la chambre tout en prenant des notes.

Un policier de faction passa la tête par la porte :

— Une journaliste de *L'Echo du dimanche* souhaite vous voir, commissaire. On la laisse entrer ?

— Oui.

Laetitia Wells fit son apparition, toujours aussi superbe dans l'un de ses tailleurs de soie noire.

— Bonjour, commissaire.

— Bonjour, mademoiselle Wells ! Quel bon vent vous amène ? Je croyais que nous devions travailler chacun de notre côté jusqu'à ce que le meilleur gagne.

— Ça ne nous empêche pas de nous retrouver sur les lieux de l'énigme. Après tout, quand nous regardons « Piège à réflexion », nous analysons chacun à notre façon le même problème... Alors, vous avez fait expertiser les fioles de la CCG ?

— Oui. D'après le labo, ça pourrait être du poison. Il y a là-dedans des tas de trucs dont j'ai oublié le nom. Tous plus toxiques les uns que les autres. De quoi fabriquer toutes sortes d'insecticides, disent-ils.

— Eh bien, commissaire, vous en savez maintenant autant que moi là-dessus. Et l'autopsie de Caroline Nogard ?

— Arrêt cardiaque. Hémorragies internes multiples. Toujours le même refrain.

— Humm... Et celui-ci ? Quelle horreur encore !

Le savant roux était couché sur le ventre, la tête tournée vers les visiteurs comme pour une stupéfaite et terrifiée prise à témoin. Les yeux étaient exorbités, la bouche avait vomi on ne sait quelles repoussantes mucosités qui souillaient la large barbe, les oreilles saignaient encore... Et une étrange mèche blanche, dont il allait falloir vérifier si l'homme l'avait avant sa mort, lui barrait le front. Méliès nota encore que les mains étaient crispées sur l'abdomen.

— Vous savez qui c'est ? demanda-t-il.

— Notre nouvelle victime est ou plutôt était le Pr Maximilien MacHarious, spécialiste mondial en insecticides.

— Eh oui, en insecticides... Qui pourrait avoir intérêt à tuer de brillants créateurs d'insecticides ?

Ensemble, ils contemplèrent le corps révulsé du célèbre chimiste.

— Une ligue de protection de la nature ? suggéra Laetitia.

— Ouais, et pourquoi pas des insectes ? ricana Méliès.

Laetitia secoua sa frange brune.

— Pourquoi pas, en effet. Seulement voilà, seuls les humains lisent les journaux !

Elle tendit une coupure de presse annonçant l'arrivée à Paris du Pr Maximilien MacHarious pour un séminaire sur les problèmes d'invasions d'insectes dans le monde. Y était même indiqué qu'il séjournerait à l'hôtel Bellevue.

Jacques Méliès lut l'article et le remit à Cahuzacq, qui le rangea dans son dossier. Puis il entreprit de passer la pièce au peigne fin. Aiguillonné par la présence de Laetitia, il tenait à faire preuve de son méticuleux professionnalisme. Toujours pas d'arme, pas de traces d'effraction, pas d'empreintes sur les vitres, pas de blessures apparentes. Comme chez les Salta, comme chez Caroline Nogard : pas le moindre indice.

Et ici non plus, la première cohorte de mouches n'était pas passée. L'assassin était donc demeuré sur les lieux cinq minutes après le décès, comme pour surveiller le cadavre ou nettoyer la pièce de toute trace accusatrice.

— Vous avez trouvé quelque chose ? interrogea Cahuzacq.

— Les mouches ont encore eu peur.

L'inspecteur parut consterné. Laetitia s'enquit :

— Les mouches ? Qu'est-ce que les mouches ont à voir là-dedans ?

Pas fâché de reprendre un peu l'avantage, le commissaire lui débita son petit discours sur les mouches :

— L'idée d'utiliser les mouches pour aider à résoudre les affaires criminelles nous vient d'un certain Pr Brouarel. En 1890, un fœtus archiboucané fut découvert coincé dans le conduit d'une cheminée parisienne. Plusieurs locataires s'étaient succédé depuis quelques mois dans l'appartement : lequel d'entre eux avait caché le petit cadavre ? Brouarel résolut l'énigme. Il préleva des œufs de mouches dans la bouche de la victime, chronométra leur mûrissement et put ainsi déterminer à une semaine près la date à laquelle le fœtus avait été placé dans la cheminée. Les coupables purent être arrêtés.

La grimace de dégoût que ne put réprimer la belle

journaliste encouragea Méliès à poursuivre dans la même veine :

— Moi-même, j'ai pu découvrir une fois, grâce à cette méthode, qu'un instituteur trouvé mort dans son école avait été en fait assassiné en forêt avant d'être transporté dans une salle de classe, afin de faire croire à une vengeance d'élève. Les mouches ont témoigné à leur manière. Les larves prélevées sur le corps provenaient indubitablement de mouches des forêts.

Laetitia pensa qu'à l'occasion, la théorie pourrait un jour lui servir de thème pour un article.

Satisfait de sa démonstration, Méliès revint près du lit. A l'aide de sa loupe éclairante, il finit par repérer un minuscule trou parfaitement carré au bas du pantalon de pyjama du cadavre. La journaliste l'avait rejoint. Il hésita, puis finalement lui dit :

— Vous voyez ce petit trou ? J'ai vu le même type d'entaille sur la veste d'un des Salta. De la même forme, exactement...

ZZZZZzzzzzz...

Ce bruit caractéristique chanta aux oreilles du commissaire. Il leva la tête et aperçut une mouche au plafond. Celle-ci fit quelques pas, décolla et virevolta au-dessus de leur crâne. Un policier, agacé par ce bruit, voulut la chasser mais le commissaire l'en dissuada. Il suivait sa trajectoire et voulait savoir où elle allait se poser.

— Regardez !

Après plusieurs cercles qui eurent pour effet d'user la patience de tous les policiers et de la journaliste, la mouche consentit à atterrir sur le cou du cadavre. Puis elle glissa sous son menton. Elle disparut sous le Pr MacHarious.

Jacques Méliès, intrigué, s'approcha et renversa le corps pour déceler où allait la mouche.

C'est alors qu'il vit l'inscription.

Le Pr MacHarious avait trouvé l'ultime énergie de tremper son index dans le sang qui s'écoulait de ses oreilles pour écrire un mot sur le drap-housse. Après quoi, il s'était effondré dessus, peut-être pour éviter que l'assassin ne remarque le message, peut-être parce qu'il était mort à ce moment-là...

Toutes les personnes présentes s'approchèrent pour lire les sept lettres.

La mouche était en train d'absorber avec sa trompe le sang formant la première lettre : « F ». Ensuite, quand elle eut terminé ce hors-d'œuvre, elle but le « O », le « U », le « R », le « M », le « I » et le « S ».

68. LETTRE A LAETITIA

« Laetitia ma fille, ma chérie,

Ne me juge pas.

Je n'ai pu supporter de rester auprès de toi après la mort de ta mère car à chaque fois que je te regardais, c'est elle que je voyais et c'était comme un coup de couteau chauffé à blanc dans mon cervelet.

Je ne suis pas de ces hommes solides que rien ne touche et qui serrent les mâchoires quand la tempête se lève. Dans ces moments-là, j'aurais plutôt tendance à tout abandonner et à me laisser emporter comme une feuille morte.

Je sais, j'ai choisi ce qui est généralement considéré comme le comportement le plus lâche : la fuite. Mais rien d'autre ne pouvait nous sauver, toi et moi.

Tu pousseras donc seule, tu t'éduqueras seule, tu devras trouver en toi la force et les protections qui te porteront en avant. Ce n'est pas la plus mauvaise école, loin s'en faut. Dans la vie, on est toujours seul, et plus tôt on s'en aperçoit, mieux on se porte.

Trouve ta voie.

Tout le monde dans ma famille ignore ton existence. J'ai toujours su garder secret ce qui m'était le plus cher. Au moment où tu recevras cette lettre, je serai sûrement déjà mort. Inutile donc de me rechercher. J'ai légué mon appartement à mon neveu Jonathan. N'y va pas, ne lui parle pas, ne revendique rien.

Je te laisse un tout autre héritage. Le cadeau pourrait paraître sans valeur au commun des mortels. Il est cependant extrêmement précieux pour un esprit curieux et entreprenant. Et là-dessus, je te fais confiance.

Il s'agit des plans d'une machine qui permettra de décrypter le langage olfactif des fourmis. Je l'ai baptisée " Pierre de Rosette ", parce qu'elle représente une possibilité unique de jeter un pont entre deux espèces, deux civilisations, chacune hautement développée.

En somme, cette machine est un traducteur. Par son truchement, nous allons pouvoir non seulement comprendre les fourmis, mais aussi parler avec elles. Dialoguer avec les fourmis ! Tu te rends compte ?

J'ai à peine commencé à l'utiliser mais elle m'ouvre déjà tant de merveilleuses perspectives que ce qu'il me reste à vivre n'y suffira pas.

Poursuis mon œuvre. Prends le relais. Plus tard, tu le passeras à une autre personne d'élection, afin que jamais ce dispositif ne tombe aux oubliettes. Mais n'agis que dans la plus grande discrétion : il est encore trop tôt pour que l'intelligence des fourmis apparaisse aux hommes au grand jour. N'en parle qu'à ceux ou celles qui te seront utiles pour progresser.

Peut-être qu'à ce jour, mon neveu Jonathan est parvenu à utiliser le prototype que j'ai laissé dans la cave. J'en doute, à vrai dire, mais peu importe.

Quant à toi, si cette voie te concerne et t'appelle, je pense qu'elle te réservera de stupéfiantes surprises.

Ma fille, je t'aime.

Edmond Wells

P-S 1. Ci-joint les plans de la Pierre de Rosette.

P-S 2. Ci-joint aussi le second volume de mon *Encyclopédie du savoir relatif et absolu*. Il en existe un double au fin fond de la cave de mon appartement. Cet ouvrage entend couvrir tous les secteurs de la connaissance avec, évidemment, une prédilection pour l'entomologie. L'*Encyclopédie du savoir relatif et absolu*, c'est l'auberge espagnole, chacun y trouve ce qu'il vient y chercher. Chaque lecture prend un sens différent, car elle entre en résonance avec la vie du lecteur et s'harmonise avec sa propre vision du monde.

Pense que c'est un guide, un ami, que je t'envoie là.

P-S 3. Te souviens-tu, quand tu étais petite, je t'avais posé une énigme (tu aimais déjà les énigmes) ? Je te demandais comment réaliser quatre triangles équilatéraux au moyen de six allumettes. Je t'avais donné une phrase pour t'aider à trouver : "Il faut penser différemment." Tu avais mis du temps mais tu avais fini par découvrir la solution. Ouvrir sur la troisième dimension. Penser autrement qu'à plat. Dresser une pyramide en relief. C'était un premier pas. J'ai une autre énigme à te proposer, celle du second pas. Peux-tu, toujours avec six allumettes, former non plus quatre mais six triangles équilatéraux ? La phrase qui t'aidera à trouver pourra a priori te sembler à l'opposé de la précédente. La voici : "Il faut penser de la même manière que l'autre." »

69. VINGT MILLE LIEUES SUR LES TERRES

La croisade avance, la forêt change. Par endroits, l'érosion du calcaire a permis au grès de sortir comme des dents de lait. Bruyères, mousses et jungles de fougères se succèdent.

Dopées par la chaleur torride du mois d'août, elles atteignent en un temps record les bourgs orientaux de la Fédération : Liviu-kan, Zoubi-zoubi-kan, Zedibei-nakan... Partout on leur offre des cocons remplis de miellat, des jambons de sauterelles, des têtes de grillons fourrées de céréales. A Zoubi-zoubi-kan, c'est carrément un troupeau de cent soixante pucerons à traire pendant le voyage qu'on les prie d'accepter.

Et puis l'on parle des Doigts. Tout le monde en parle. Qui n'a pas déjà connu des accidents avec les Doigts ? Des expéditions entières ont été retrouvées aplaties.

La cité de Zoubi-zoubi-kan n'a toutefois jamais eu à les affronter directement. Les Zoubizoubikaniennes ne demanderaient pas mieux que de fortifier la croisade, mais la saison de la chasse aux coccinelles va bientôt commencer et, par ailleurs, elles ont besoin de toutes leurs mandibules pour protéger leur vaste cheptel.

A Zedi-bei-nakan, l'étape suivante, superbe ville construite dans les racines d'un hêtre, on se montre moins avare. On aligne bravement une légion d'artilleuses équipées du nouvel acide hyper-concentré à 60 % ! Et on offre en prime une réserve de vingt cocons-amphores bourrés de cette munition.

Ici aussi, les Doigts ont causé des dégâts. Ils ont gravé avec un aiguillon géant des signes dans l'écorce de leur arbre. Le hêtre a eu très mal et il s'est mis à sécréter une sève toxique qui a failli les empoisonner toutes. Les Zedibeinakaniennes ont été obligées de déménager, le temps que l'écorce cicatrise.

Et si les Doigts étaient des entités bénéfiques dont nous sommes incapables de comprendre les actes ?

La naïve intervention de 24e est accueillie avec une stupéfaction ahurie. Comment peut-on émettre pareille remarque lors même d'une croisade anti-Doigts ?

103 683e vole au secours de l'étourdie. Elle explique qu'à Bel-o-kan, on n'hésite pas à envisager tous les cas de figure, un exercice dont le but est de ne jamais se laisser surprendre par l'adversité.

Une Belokanienne enseigne aux Zedibeinakaniennes le dernier chant évolutionnaire composé par Mère Chli-pou-ni à l'occasion de cette croisade :

Le choix de ton adversaire définit ta valeur.
Celui qui combat un lézard devient un lézard,
Celui qui combat un oiseau devient un oiseau,
Celui qui combat un acarien devient un acarien.

Et celui qui combat un dieu devient-il un dieu ? se demande 103 683e.

En tout cas, le couplet ravit les Zedibeinakaniennes. Beaucoup interrogent les croisées sur les technologies évolutionnaires mises en place par leur reine. Les Belokaniennes ne se font pas prier pour raconter comment la Cité a su dompter les coléoptères rhinocéros qui, du coup, deviennent des vedettes fêtées. Elles parlent des canaux de circulation interne, des nouvelles armes, des nouvelles techniques agricoles et des modifications architecturales dans la Cité centrale.

Nous ne savions pas que le mouvement évolutionnaire avait pris une telle ampleur, émet la reine Zedi-bei-nikiuni.

Bien sûr, personne ne souffle mot des ravages provoqués par la récente averse, ni de l'existence de rebelles pro-Doigts au sein même de la ville.

Les Zedibeinakaniennes sont vraiment impressionnées. Dire qu'il n'y a pas un an, les technologies myrmécéennes les plus poussées se résumaient à l'élevage des pucerons, la culture des champignons et la fermentation du miellat !

Les fourmis discutent enfin de la croisade proprement dite. 103 683e explique que l'armée traversera le fleuve, franchira le bout du monde et, à partir de là, ratissera sur la plus grande largeur possible afin de ne laisser à aucun Doigt le temps de détaler.

La reine Zedi-bei-nikiuni se demande si les trois mille soldates de la Cité centrale suffiront pour exterminer tous les Doigts du monde. 103 683e avoue éprouver elle aussi quelques doutes à ce sujet, et ce, malgré l'appoint de la légion volante.

La reine Zedi-bei-nikiuni réfléchit puis consent à prêter aux croisées une légion de cavalerie légère. Ce sont des soldates hautes sur pattes, extrêmement véloces et aptes sûrement à traquer les Doigts fuyards.

Puis la reine parle d'autre chose. Des frasques d'une nouvelle cité. Une cité fourmi ? Non, une cité abeille, la ruche d'Askoleïn, parfois appelée la Ruche d'or. Elle a été érigée tout près d'ici, dans le quatrième arbre à droite du grand chêne velu. De là, elles récoltent leur pollen, ce qui est normal. Ce qui ne l'est pas, c'est qu'elles n'hésitent pas à attaquer à l'occasion les convois de fourmis. Ce comportement pirate n'étonnerait nullement chez les guêpes. Pour des abeilles, il paraît plutôt inquiétant.

Zedi-bei-nikiuni va jusqu'à penser que ces abeilles-ci entretiennent des visées expansionnistes. Elles harcèlent les convois de plus en plus près de leur cité mère. Les fourmis ont beaucoup de mal à les repousser. Le plus souvent, de peur de recevoir un coup de dard venimeux, elles préfèrent abandonner leurs prises.

Est-ce vrai que les abeilles meurent après avoir piqué ? demande un scarabée rhinocéros.

Tout le monde est surpris qu'un coléoptère s'adresse ainsi directement à des fourmis mais comme, après tout, lui aussi participe à la croisade, une Zeidibeinakanienne condescend à lui répondre :

Non, pas toujours. Elles ne meurent que si elles enfoncent trop profondément leur dard.

Encore un mythe qui s'effondre.

On a échangé un tas d'informations utiles, mais déjà la nuit tombe. Les Belokaniennes remercient la cité de Zedi-bei-nakan des renforts généreusement accordés. Les deux populations échangent de nombreuses trophallaxies. On se lave les antennes de compagnie avant que le froid n'invite tout le monde à un sommeil obligé.

70. ENCYCLOPÉDIE

***Ordre** : L'ordre génère le désordre, le désordre génère l'ordre. En théorie, si on brouille un œuf pour en faire une omelette, il existe une probabilité infime que l'omelette puisse reprendre la forme de l'œuf dont elle est issue. Mais cette probabilité existe. Et plus on mettra de désordre dans cette omelette, plus on multipliera les chances de retrouver l'ordre de l'œuf initial.*

L'ordre n'est donc qu'une combinaison de désordres. Plus notre univers ordonné se répand,

plus il entre en désordre. Désordre qui, se répandant lui-même, génère des ordres nouveaux dont rien n'exclut que l'un ne puisse être identique à l'ordre primitif. Droit devant nous, dans l'espace et dans le temps, au bout de notre univers chaotique se trouve, qui sait, le Big Bang originel.

Edmond Wells,
Encyclopédie du savoir relatif et absolu, tome II.

71. LE JOUEUR DE FLÛTIAU

Ding, dong !

Laetitia Wells ouvrit rapidement.

— Bonjour, commissaire. Vous venez encore pour regarder la télévision ?

— Je veux juste discuter, mettre à plat mes idées. Ecoutez-moi, ça me suffira, je ne vous demande pas de dévoiler vos éléments de réflexion.

Elle le laissa entrer.

— Très bien, commissaire, je suis tout ouïe.

Elle lui désigna un fauteuil puis s'installa en face de lui en croisant ses longues jambes.

Il admira d'abord le drapé à la grecque de sa robe, les incrustations de jade dans ses cheveux fins avant de commencer :

— Permettez-moi de récapituler. L'assassin est quelqu'un capable de pénétrer et d'agir dans un espace clos, qui suscite la terreur, qui ne laisse aucune trace derrière lui et qui semble ne vouloir s'en prendre qu'aux chimistes spécialisés dans les insecticides.

— Et qui fait peur aux mouches, ajouta Laetitia, en servant deux flûtes d'hydromel et en le fixant de ses grands yeux mauves.

— Oui, poursuivit-il. Mais ce MacHarious nous a apporté un élément nouveau : le mot « fourmis ». On pourrait alors penser que nous sommes confrontés à des fourmis qui attaquent les fabricants d'insecticides. L'idée est amusante, certes, mais...

— Mais peu réaliste.
— Exactement.
— Les fourmis auraient laissé des traces, dit la journaliste. Par exemple, elles se seraient intéressées aux aliments qui traînent. Aucune fourmi ne résiste à l'attrait d'une pomme fraîche, or il y en avait une intacte sur la table de nuit de MacHarious.
— Bien observé.
— Alors nous restons sur ce meurtre en huis clos, sans traces, sans armes, sans effraction. Nous manquons peut-être d'imagination pour comprendre.
— Sapristi, il n'y a pas dix mille manières d'être un assassin !
Laetitia Wells eut un sourire mystérieux.
— Qui sait ? Les polars évoluent, essayez d'imaginer ce qu'écrirait une Agatha Christie de l'an 5000 ou un Conan Doyle de la planète Mars et je suis sûre que vous avancerez dans votre enquête.
Jacques Méliès la regarda et s'emplit les yeux de la beauté de Laetitia Wells.
Celle-ci, troublée, se leva et alla chercher son porte-cigarette. Elle l'alluma et se protégea derrière un écran de fumée opiacée.
— Vous écriviez dans votre article que j'étais trop sûr de moi et pas assez à l'écoute des autres. Vous aviez raison. Mais il n'est jamais trop tard pour se corriger. Ne vous moquez pas, mais il me semble qu'à votre contact, j'ai déjà commencé à réfléchir de façon différente, plus ouverte... Voyez, j'en suis arrivé à soupçonner des fourmis !
— Encore vos fourmis ! fit-elle, comme excédée.
— Attendez. On ne sait peut-être pas tout sur les fourmis. Elles peuvent avoir des complices. Vous connaissez l'histoire du joueur de flûtiau de Hamelin ?
— Ça m'est sorti de l'esprit.
— Un jour, commença-t-il, la ville de Hamelin fut envahie par les rats. Ils grouillaient. Il y en avait tant qu'on ne savait comment s'en débarrasser. Plus on en tuait, plus il en surgissait. Ils dévoraient toute la nourriture, ils se reproduisaient à toute vitesse.

Les habitants pensaient déjà déserter les lieux, en abandonnant tout sur place. C'est alors qu'un jeune garçon offrit de sauver la ville en échange d'une bonne récompense. Les notables n'avaient rien à perdre, ils acceptèrent sans discuter. L'adolescent se mit alors à jouer de la flûte. Charmés, les rats s'assemblèrent et le suivirent quand il s'éloigna. Le joueur de flûtiau les entraîna vers le fleuve où tous se noyèrent. Mais quand il réclama sa récompense, les notables, délivrés, lui rirent au nez !

— Et alors ? dit Laetitia.

— Et alors ? Imaginez une situation analogue : un « joueur de flûtiau » capable de diriger des fourmis. Un homme qui veut les venger de leurs pires ennemis, les inventeurs d'insecticides !

Il était enfin parvenu à intéresser la jeune femme. Elle le fixa de ses yeux mauves, écarquillés :

— Continuez, dit-elle.

Elle paraissait nerveuse et aspira une grande goulée de tabac.

Il s'arrêta comme gagné par une exaltation nouvelle. Partout dans ses circuits électriques cérébraux, cela faisait « tilt-gagné ».

— Je crois que j'ai trouvé.

Laetitia Wells le regarda avec un air bizarre.

— Qu'est-ce que vous avez trouvé ?

— C'est un homme qui a dompté les fourmis ! Elles pénètrent les victimes de l'intérieur et donnent des coups de... mandibule... d'où l'effet hémorragie interne, puis elles ressortent, par exemple par les oreilles. Ce qui expliquerait que beaucoup de cadavres saignent des oreilles. Ensuite elles se regroupent, emportent leurs blessés. Ce qui met cinq minutes, le temps d'empêcher les mouches de la première cohorte d'approcher... Qu'est-ce que vous en dites ?

Depuis le début de son explication, Laetitia Wells ne partageait pas réellement l'enthousiasme du policier. Elle alluma une autre cigarette au bout de son tube. Elle concéda qu'il avait peut-être raison mais qu'il n'existait pas, à sa connaissance, de moyen d'apprivoiser des fourmis pour leur demander d'entrer dans un hôtel, de choisir la chambre puis de tuer une personne et de rentrer tranquillement dans leur fourmilière.

— Si, ça doit exister. Et je trouverai ce moyen. J'en suis sûr.

Jacques Méliès frappa dans ses mains. Il était très content de lui.

— Vous voyez qu'il n'y a pas besoin d'imaginer les polars de l'an 5000 ! Un peu de jugeote et de bon sens suffit, déclara-t-il.

Laetitia Wells fronça alors les sourcils.

— Bravo, commissaire. Vous avez sûrement fait « mouche ».

Méliès s'en alla avec, comme premier objectif, l'intention de vérifier auprès du médecin légiste si les blessures internes de ses victimes pouvaient être dues à des coups de mandibule de fourmis.

Demeurée seule, la mine soucieuse, Laetitia Wells sortit la clef qui déverrouillait la porte laquée de noir, coupa une pomme en tranches fines qu'elle donna à manger aux vingt-cinq mille fourmis de son terrarium.

72. NOUS SOMMES TOUS DES FOURMIS

Jonathan Wells avait trouvé dans l'*Encyclopédie du savoir relatif et absolu* un passage évoquant l'existence, il y avait de cela plusieurs milliers d'années, d'adorateurs de fourmis dans une île du Pacifique. Selon Edmond Wells, ces gens avaient développé des pouvoirs psychiques extraordinaires en diminuant leur alimentation et en pratiquant la méditation.

Leur communauté s'était éteinte pour des raisons inconnues et avec elle, ses mystères et ses secrets.

Après délibération, les dix-sept habitants du temple souterrain avaient décidé de s'inspirer de cette expérience, qu'elle ait été réelle ou non.

La privation progressive de nourriture les obligea à économiser leur énergie. Le moindre geste leur pesait. Ils parlaient de moins en moins mais, paradoxalement, se comprenaient de mieux en mieux. Un regard, un sourire, un mouvement de menton leur suffisaient pour communiquer. Leur capacité d'attention s'était considérablement accrue. Quand ils marchaient, ils prenaient conscience de chaque muscle, de chaque articulation mobilisée. Ils suivaient par la pensée le va-et-vient de leur souffle.

Leur odorat, leur ouïe avaient acquis cette acuité que l'on prête aux animaux et aux primitifs. Quant à leur sens du goût, le jeûne chronique l'avait exacerbé. Même les hallucinations collectives ou individuelles provoquées par la dénutrition avaient un sens.

La première fois que Lucie Wells réalisa qu'elle lisait directement dans la pensée des autres, elle fut terrifiée. Le phénomène lui parut indécent. Mais comme, en l'occurrence, c'était avec l'esprit si probe de Jason Bragel qu'elle communiquait, elle prit plaisir à s'y baigner.

La nourriture se faisait chaque jour plus rare et les expériences psychiques plus fortes. Pas forcément pour le meilleur. Habitués aux activités physiques et au grand air, anciens pompiers et policiers réprimaient parfois des crises de rage ou de claustrophobie.

Décharnés, émaciés, le visage mangé par leurs yeux plus brillants et plus sombres, tous devenaient méconnaissables au point de finir par se ressembler. On aurait dit qu'ils déteignaient les uns sur les autres (seul Nicolas Wells, mieux nourri du fait de son jeune âge, se distinguait encore nettement des autres).

Ils évitaient la position debout (trop fatigante pour des gens sans énergie physique) et préféraient rester assis, en tailleur, voire marcher à quatre pattes. Peu à peu, au fil des jours, une sorte de sérénité succéda à l'angoisse des premiers temps.

Etait-ce une forme de démence ?

Et puis soudain, un matin, l'imprimante de l'ordinateur avait crépité. Une fraction rebelle de la cité rousse de Bel-o-kan désirait renouer le contact interrompu par la mort de la précédente reine. Ils utilisaient la sonde « Docteur Livingstone » pour dialoguer. Ils voulaient aider les humains. De fait, les premiers secours alimentaires commencèrent à leur parvenir, via la faille parcourant la dalle de granit qui les surplombait.

73. MUTATION

Grâce à l'aide des fourmis rebelles pro-Doigts, Augusta Wells et ses compagnons savaient désormais qu'ils pourraient survivre longtemps. Ils avaient stabilisé leur alimentation à un niveau bas mais régulier. Ils avaient même repris un tout petit peu de forces.

Tout fonctionnait finalement pas trop mal dans cet enfer. Sur la suggestion de Lucie Wells, ils avaient décidé d'abandonner leur dénomination d'humains de surface. Maintenant qu'ils se ressemblaient tous, ils n'avaient qu'à prendre des numéros. Cela eut un effet assez notable. Perdre son nom, c'était renoncer au poids de l'histoire de ses ancêtres. C'était comme s'ils étaient neufs : tous venaient de naître ensemble.

Perdre son prénom, c'était renoncer à vouloir se distinguer.

Sur la suggestion de Daniel Rosenfeld (alias 12ᵉ), ils décidèrent de chercher un autre langage commun. Ce fut Jason Bragel (alias 14ᵉ) qui découvrit le truc. « L'homme communique en envoyant des ondes sonores avec sa bouche. Mais celles-ci sont trop compliquées, trop confuses. Pourquoi ne pas émettre une seule onde sonore pure dans laquelle nous entrerions tous en vibration ? »

Les choses prenaient une drôle de tournure, du style secte religieuse hindoue, mais ils n'en avaient cure. De toute façon, le destin ne les avait-il pas placés dans une autre dimension, sur un autre plan d'existence ? Il fallait faire avec et les expériences auxquelles ils se livraient les passionnaient.

Formant un cercle, assis en tailleur ou, pour les plus souples, en lotus, le dos droit, ils se tenaient par les bras. Ils se penchaient en avant pour que leurs têtes se rejoignent au centre de la rosace, puis chacun à son tour lançait sa note. Sa propre vibration sonore. Tous ensemble enfin, ils harmonisaient leur timbre pour s'unir sur une même note. A force de pratique, tous chantèrent au plus bas de leur registre, leurs voix montant du fond de l'abdomen.

Ils avaient choisi la syllabe « OM ». Son primordial, chant de la terre et de l'espace infini, pénétrant tout, OM est le son du silence de la montagne comme le bruit du brouhaha d'un restaurant.

Leurs yeux se fermaient. Leurs respirations se faisaient lentes, profondes, synchrones. Ils devenaient légers, oubliaient tout, se fondaient dans le son. Etaient le son. OM, le son où tout commence et où tout finit.

La cérémonie durait longtemps. Puis ils se séparaient calmement, les uns retrouvant leur coin, les autres vaquant à telle ou telle occupation : faire le ménage, gérer les maigres réserves alimentaires, discuter avec les « rebelles ».

Seul Nicolas ne participait pas à ces rituels. Les autres l'avaient jugé trop jeune pour s'y impliquer librement. De même, tous avaient été d'accord pour qu'il soit le mieux nourri. Après tout, chez les fourmis, le premier trésor est le couvain.

Les fourmis... Un jour, ils essayèrent de communiquer avec elles par télépathie. Sans résultat. Il ne fallait quand même pas trop rêver. Même entre eux, ils durent déchanter : la télépathie ne fonctionnait vraiment bien qu'une fois sur deux, et à condition qu'il n'y ait aucune résistance de la part de l'un ou l'autre des communicants.

La vieille Augusta se souvenait.

C'était ainsi que, peu à peu, ils étaient devenus des fourmis. Dans leur tête, du moins.

74. ENCYCLOPÉDIE

RAT-TAUPE : *Le rat-taupe* (Heterocephalus glaber) *vit en Afrique de l'Est, entre l'Ethiopie et le nord du Kenya. Cet animal est aveugle et sa peau rose est dépourvue de poils. Avec ses incisives il peut creuser des tunnels sur plusieurs kilomètres.*

Mais le plus étonnant n'est pas là. Le rat-taupe est le seul cas connu de mammifère se comportant socialement de la même manière que les insectes ! Une colonie de rats-taupes compte en moyenne cinq cents individus qui se répartissent, tout comme chez les fourmis, en trois castes principales : sexués, ouvrières, soldates. Une seule femelle, la reine en quelque sorte, peut enfanter et mettre bas jusqu'à trente petits par portée, et de toutes castes. Pour demeurer l'unique « pondeuse », elle sécrète dans son urine une substance odorante qui bloque les hormones reproductrices des autres femelles du nid. La constitution de l'espèce en colonies peut s'expliquer par le fait que le rat-taupe vit dans des régions quasi désertiques. Il se nourrit de tubercules et de racines, parfois volumineux et souvent très dispersés. Un rongeur solitaire pourrait creuser droit devant lui des kilomètres durant sans rien trouver et mourir, à coup sûr, de faim et d'épuisement. La vie en société multiplie les chances de découvrir de quoi s'alimenter, d'autant que le moindre tubercule repéré sera équitablement partagé entre tous.

Seule différence notable avec les fourmis : les mâles survivent à l'acte d'amour.

Edmond Wells,
Encyclopédie du savoir relatif et absolu, tome II.

75. MATIN

Une sphère rose très lourde s'avance. Elle lui émet « Je n'ai aucune intention hostile envers votre peuple » mais la boule ne s'arrête pas et l'écrase.

103 683e se réveille brusquement. Comme elle fait tout le temps des cauchemars, elle a programmé son corps de manière à réduire son temps de sommeil et à s'éveiller à la moindre modification de température.

Elle a encore rêvé des Doigts. Il faut qu'elle cesse de penser à eux. Si elle a peur des Doigts, elle ne saura pas se battre convenablement le moment venu, car sa crainte la détournera de l'action.

Elle se souvient d'une légende myrmécéenne que Mère Belo-kiu-kiuni avait contée jadis à ses sœurs et à elle. Les mots odorants sont encore présents dans son antémémoire et elle n'a qu'à leur donner une touche d'humidité pour qu'ils revivent pleinement.

« Un jour Goum-goum-ni, une reine de notre dynastie, se languissait dans sa loge nuptiale. Elle avait été frappée par la maladie des états d'âme. Trois questions l'obnubilaient et mobilisaient toute sa capacité de pensée :

Quel est le moment le plus important dans la vie ?

Quelle est la chose la plus importante à accomplir ?

Quel est le secret du bien-être ?

Elle en discuta avec ses sœurs, ses filles, avec les esprits les plus féconds de la Fédération sans obtenir de réponse qui la satisfasse. On lui dit qu'elle était malade, que rien dans les trois questions qui l'obsédaient ne pouvait être considéré comme vital pour la survie de la Meute.

Ainsi rebutée, la reine se mit à dépérir. La Meute s'inquiéta. Si la Cité ne voulait pas perdre sa pondeuse unique, elle devait, et cela pour la première fois, se pencher sérieusement sur des problèmes abstraits.

Le moment le plus important ? La chose la plus essentielle ? Le secret du bien-être ?

Tout le monde proposa des réponses.

Le moment le plus important, c'est quand on mange, parce que la nourriture apporte l'énergie... La chose la plus importante à faire, c'est de se reproduire afin de perpétuer l'espèce et d'augmenter la masse des soldates qui défendront la Cité... Le secret du bien-être, c'est la chaleur, car la chaleur est source de plénitude chimique...

Aucune de ces solutions ne contenta la reine Goum-goum-ni. Alors elle quitta le nid et partit seule dans le Grand Extérieur. Là, elle eut à lutter durement pour survivre. Quand elle revint trois jours plus tard, sa communauté était dans un état lamentable. Mais la reine tenait ses réponses. La révélation lui était venue au beau milieu d'une bagarre sans merci contre des fourmis sauvages. Le moment le plus important, c'est maintenant, car on ne peut agir que sur le présent. Et si on ne se préoccupe pas de son présent, on manquera aussi son futur. La chose la plus importante est d'affronter ce qui est là, face à nous. Si la reine ne s'était pas débarrassée de la guerrière qui voulait la tuer, c'est elle qui serait morte. Quant au secret du bien-être, elle l'avait découvert après le combat : c'est d'être vivant et de marcher sur la Terre. Tout simplement.

Goûter l'instant présent.

S'occuper de ce qui nous fait face.

Marcher sur la Terre.

Telles sont les trois grandes recettes de vie léguées par la reine Goum-goum-ni. »

24e vient rejoindre la soldate.

Elle veut s'expliquer à propos de sa croyance dans les « dieux ».

103 683e n'a pas besoin d'explication, elle la fait taire d'un mouvement d'antenne et l'invite à faire quelques pas avec elle devant la ville fédérée.

C'est beau, hein ?

24e ne répond pas. 103 683e lui dit que, certes, elles sont censées rencontrer et tuer les Doigts, mais qu'il y a d'autres choses importantes : être là, voyager. Peut-être après tout que le meilleur moment, ce ne sera pas lorsqu'on aura réussi la mission Mercure ou lorsqu'on aura vaincu les Doigts, peut-être que le meilleur moment c'est maintenant, en cet instant où elles sont là toutes les deux, tôt le matin, entourées de fourmis amies.

103 683e lui raconte l'histoire de la reine Goum-goum-ni.

24e émet qu'elle pense que leur mission a un caractère beaucoup plus « important » que ces histoires d'états d'âme. Elle est pratiquement subjuguée par la chance qu'elle a d'approcher et peut-être même de voir et de toucher les Doigts.

Elle ne laisserait à personne sa place. 24e demande si 103 683e les a déjà vus.

Il me semble les avoir vus, enfin je ne sais pas, je ne sais plus, tu sais, 24e, ils sont si différents de nous.

24e s'en doute.

103 683e ne veut pas rentrer dans un débat phéromonal. Mais intuitivement elle ne croit pas que les dieux soient des Doigts ; les dieux existent peut-être, mais ce serait alors autre chose. Peut-être cette nature luxuriante, ces arbres, cette forêt, cette fabuleuse richesse en faune et en flore qui les entoure... Oui, elle aurait plus de facilité à trouver la foi dans ce fantastique spectacle qu'est tout simplement leur planète.

Justement, une bande de lumière rosée s'allonge à l'horizon. La soldate la désigne de la pointe de son antenne.

Regarde comme c'est beau !

24e n'arrive pas à partager ce moment d'émotion. Alors 103 683e lance en guise de boutade :

Je suis dieu car je peux ordonner au soleil de se lever.

103 683e se dresse en équilibre sur ses quatre pattes arrière et, pointant le ciel de ses antennes, déclame une phéromone épicée :

Soleil, lève-toi, je te l'ordonne !

Alors le soleil lance un rayon à travers les herbes hautes. Le ciel se livre à un festival de couleurs ocre, violettes, mauves, rouges, orange, dorées. La lumière, la chaleur, la beauté, tout vient au moment où la fourmi l'a demandé.

Peut-être que nous sous-estimons nos propres possibilités, dit 103 683e.

24e a envie de répéter : « Les Doigts sont nos dieux », mais le soleil est si beau qu'elle se tait.

Troisième arcane :

PAR LE SABRE
ET PAR LA MANDIBULE

76. COMMENT MARILYN MONROE VINT A BOUT DE LA MÉDICIS

Les deux savants éthiopiens formaient un couple très uni, soudé par le même idéal.

Tout petit déjà, Gilles Odergin passait des heures à regarder des fourmilières. Il avait voulu installer des fourmis chez lui, dans des pots de confiture vides. A leur première tentative de fugue, sa mère, agacée, les massacra à coups de pantoufle.

Il ne renonça pas pour autant et entreprit d'autres élevages, mieux cachés et hermétiquement clos. Mais ses fourmis crevaient tout le temps, sans qu'il en comprenne la raison.

Longtemps, il crut être le seul à porter autant d'intérêt à ces petites bêtes, jusqu'au jour où, à la faculté d'entomologie de Rotterdam, il rencontra Suzanne. Ils éprouvaient pour les fourmis une même attirance irrésistible qui les rapprocha aussitôt.

Elle était, si c'était possible, encore plus passionnée que lui. Elle avait aménagé des terrariums, parvenait à distinguer un grand nombre de ses pensionnaires, leur donnait des noms, notait le moindre événement survenant parmi ses protégées. Tous deux passaient leurs samedis à les observer.

Plus tard, encore en Europe et déjà mariés, il survint quelque chose de terrible. Suzanne avait alors six reines dans sa fourmilière. Celle qui avait des antennes courtes, elle l'avait appelée Cléopâtre ; celle dont la tête portait la trace d'un coup de cisaille avait été baptisée Marie Stuart ; celle qui avait les pattes frisées, c'était la Pompadour ; la plus « bavarde » (elle remuait sans cesse ses appendices sensoriels) était Eva Peron ; Marilyn Monroe était la plus coquette et Catherine de Médicis, la plus agressive.

Conformément à son caractère, cette dernière mit sur pied un groupe de tueuses et, l'une après l'autre, fit éliminer toutes ses rivales. Sans intervenir dans cette mini-guerre civile, les Odergin observèrent comment les sicaires de la Médicis se saisissaient des autres reines, les traînaient jusqu'à l'abreuvoir où elles les noyaient pour les jeter ensuite au dépotoir.

Or, il advint que Marilyn Monroe survécut à cette Saint-Barthélemy. Elle émergea des déchets, s'empressa de monter son propre groupe de sicaires et de faire assassiner Catherine de Médicis.

Ces terribles règlements de comptes horrifièrent les deux amoureux de la civilisation myrmécéenne. Ils étaient bouleversés. Le monde myrmécéen était donc encore plus cruel que le monde humain. C'en était trop. Du jour au lendemain, ils se mirent à le haïr avec autant de force qu'ils l'avaient aimé.

A peine rentrés en Ethiopie, ils s'associèrent à un vaste mouvement de lutte contre les insectes du continent africain. C'est alors qu'ils entrèrent en relation avec les plus hautes sommités mondiales, les meilleurs spécialistes dans ce domaine.

Le Pr Odergin sortit l'éprouvette et la leva à hauteur de ses yeux avec les gestes mesurés d'un prêtre. Son épouse y versa, tout aussi cérémonieusement, une poudre blanche. De la poudre de craie, en fait. Puis elle transvida le mélange dans une centrifugeuse, y ajouta encore plusieurs liquides laiteux, ferma et mit le contact. Cinq minutes plus tard, le tout avait pris une belle teinte d'un gris argenté.

Un homme alors vint les alerter. C'était encore un savant. Il était grand et maigre et se nommait Cygneriaz. Le Pr Miguel Cygneriaz.

— Il faut faire vite. « Ils » nous rejoignent. Maximilien MacHarious est mort lui aussi, dit-il. Où en est l'opération Babel ?

— Tout est prêt, affirma Gilles, et il présenta l'éprouvette remplie du liquide argenté.

— Bravo. Cette fois-ci, je crois qu'on a gagné. Ils ne pourront plus rien contre nous. Mais vous, vous devez partir avant qu'ils ne frappent à nouveau.

— Vous connaissez les noms de ceux qui veulent nous mettre des bâtons dans les roues ?

— Ce doit être un groupuscule de pseudo-écologistes. Ils ne savent même pas ce qu'ils font.

Gilles Odergin soupira.

— Pourquoi faut-il qu'à peine une œuvre entreprise, une force contraire apparaisse pour l'empêcher de réussir ?

Miguel Cygneriaz haussa les épaules.

— C'est toujours comme ça. A nous d'être les plus rapides.

— Mais qui sont nos adversaires ?

Miguel Cygneriaz prit un air de conspirateur.

— Vous voulez vraiment le savoir ? Nous luttons contre... les forces chtoniennes. Elles sont partout. Et surtout, elles sont là-dedans, profondément tapies dans les replis cachés de nos propres esprits... Croyez-moi, ce sont les pires !

Gilles et Suzanne Odergin moururent exactement trente minutes après que le Pr Miguel Cygneriaz eut emporté avec lui la substance argentée.

77. L'IDOLE DES INSECTES

Il faut encore plus d'offrandes
Si vous n'honorez pas vos dieux,
Nous vous punirons par la terre, par le feu et par l'eau.

Les Doigts peuvent tuer car les Doigts sont des dieux.
Les Doigts peuvent tuer car les Doigts sont grands.

Les Doigts peuvent tout car les Doigts sont puissants.

C'est la vérité.

Les Doigts qui viennent de pianoter ce message péremptoire prennent brusquement de la hauteur, jusqu'à un trou de nez que trois d'entre eux s'occupent à curer de fond en comble ; après quoi, ils tournent et roulent une boulette à faire pâlir d'envie un scarabée coprophage et la projettent au loin.

Puis les Doigts s'élèvent plus haut encore, pour soutenir un front derrière lequel on se dit qu'on a fait du bon boulot. Et un boulot qui n'est pas à la portée du premier venu !

78. CROISADE

Les deux fourmis sont peu à peu rejointes par tout le reste de l'armée.

103 683e lève une antenne, sent le soleil naissant qui la chauffe maintenant franchement. Il y a du monde autour d'elles.

Des Belokaniennes, mais aussi des Zedibeinakaniennes venues en spectatrices. Elles émettent de vifs encouragements pour leurs deux légions d'artillerie et de cavalerie légère, mais aussi pour la croisade tout entière.

23e s'affûte les mandibules, 24e surveille le cocon de papillon. 103 683e se tient immobile, attentive à la montée de la température. A 20 ^{0}C pile, elle s'ébroue et lance la phéromone signal de départ. Aussi légère que tenace, c'est une phéromone de recrutement, composée d'acide hexanoïque (C_6-H_{12}-O_2).

Des soldates démarrent aussitôt, formant une première colonne qui grossit et s'étire en une effervescence d'antennes, de cornes, de sphères oculaires et d'abdomens rebondis.

La première croisade contre les Doigts est repartie.

Elle trouve bientôt son rythme de croisière, se frayant inexorablement un chemin parmi les herbes qui crissent et s'écartent.

Insectes, lombrics, rongeurs et reptiles préfèrent s'enfuir à son passage. Les rares courageux qui la regardent défiler, bien dissimulés, n'en reviennent pas de voir des scarabées rhinocéros au coude à coude avec des fourmis rousses.

Tout à l'avant, les éclaireuses s'activent, vont à gauche, vont à droite, ouvrant au gros des troupes l'itinéraire le moins sinueux, le moins accidenté possible.

Ce dispositif précautionneux, généralement très efficace, n'empêche pas l'armée de buter tout à coup sur un obstacle imprévu. Elles s'entassent et se bousculent au bord d'un énorme cratère d'au moins cent pas de diamètre. C'est la stupéfaction ! Car elles ne sont pas longues à le reconnaître, ce trou : c'est tout ce qui reste de la cité de Giou-li-aikan dont une soldate miraculée avait narré le monstrueux arrachement puis l'enlèvement dans une gigantesque coquille transparente... Le voilà, le travail des Doigts ! Voilà de quoi ils sont capables !

Une robuste fourmi, antennes tendues, se tourne vers ses sœurs. C'est 9e. Tous connaissent sa hargne contre les Doigts. Écartant largement ses mandibules, elle lance une puissante phéromone :

Nous les vengerons ! Nous tuerons deux Doigts pour une seule des nôtres !

Toutes les croisées ont entendu dire et répéter qu'il n'y a pas cent Doigts sur terre, mais elles n'en inspirent pas moins l'âcre message. Dopées par la fureur, elles contournent le gouffre et reprennent la route.

Leur excitation ne leur fait pas oublier toute prudence. Ainsi, quand elles traversent une savane ou un désert par trop ensoleillés, elles s'arrangent pour faire de l'ombre à leurs artilleuses. Il ne faudrait pas que l'acide surchauffé explose, tuant la porteuse mais aussi ses voisines. Surtout avec l'acide hyperconcentré à 60 % : imaginez le souffle et les ravages dans les rangs de l'armée !

Les voici devant une rigole, reliquat probable du

récent déluge. 103 683e pense qu'elle ne peut se prolonger beaucoup et qu'il doit être possible de la contourner par le sud. On ne l'écoute pas — pas de temps à perdre ! Des éclaireuses se jettent à l'eau et forment un pont en s'agrippant par les pattes. Une fois la troupe passée, elles seront une quarantaine à rester immobiles. On n'a rien sans en payer le prix.

Quand le deuxième soir commence à tomber, elles squatteraient volontiers une termitière ou une fourmilière ennemie. Mais rien à l'horizon. Elles sont dans une lande déserte où ne poussent que des érables.

A l'instigation d'une vieille guerrière, qui ignore que très loin d'ici les fourmis magnans bivouaquent de cette manière, elles se groupent et s'entassent en une boule compacte. La périphérie de ce nid temporaire est faite d'une dentelle de mandibules prêtes à mordre. Dedans, ont été ménagées des salles vivantes pour les scarabées, plus sensibles au froid, et pour les malades et les blessées. Le tout comprend des couloirs et des loges, sur une dizaine d'étages.

Si peu qu'un animal effleure cette citrouille brune, il est aussitôt englouti dans la pulpe myrmécéenne. Un jeune bouvreuil et un lézard qui se croyait endurci paient ainsi leur curiosité d'une mort effroyable.

Pendant que les fourmis disposées à l'extérieur demeurent en alerte, à l'intérieur, les mouvements se calment et se ralentissent. Chacune s'encastre dans la portion de loge ou de couloir qui lui est dévolue.

Le froid est là. Toutes s'endorment.

79. ENCYCLOPÉDIE

Plus petit dénominateur commun : L'expérience animale la plus partagée par tous les humains de la Terre est la rencontre avec des fourmis. On trouvera forcément des peuplades qui n'ont jamais vu de chat ou de chien ou d'abeille ou de serpent, mais on ne rencontrera jamais d'individus qui

n'aient pas un jour joué à se laisser escalader par une fourmi. C'est notre vécu commun le plus répandu. Or, de l'observation de cette fourmi qui marche sur notre main nous avons tiré des informations de base. Un : la fourmi bouge des antennes pour comprendre ce qui lui arrive ; deux : elle va partout où il est possible d'aller ; trois : elle monte sur la deuxième main si on lui coupe le chemin avec celle-ci ; quatre : on peut stopper une colonne de fourmis en traçant une ligne devant elle avec son Doigt mouillé (les insectes arrivent alors comme devant un mur invisible infranchissable qu'elles finissent par contourner). Ça, nous le savons tous. Pourtant, ce savoir enfantin, ce savoir primaire partagé par tous nos ancêtres et tous nos contemporains ne sert à rien. Car il n'est ni repris à l'école (où l'on étudie la fourmi de manière rébarbative : par exemple en mémorisant le nom des morceaux du corps de la fourmi : franchement, quel intérêt ?), ni utile pour trouver un métier.

Edmond Wells,
***Encyclopédie du savoir relatif et absolu*, tome II.**

80. LES VISITEURS DU SOIR

Il avait vu juste ! Le médecin légiste le lui avait confirmé. Les lésions internes pouvaient très bien avoir été causées par des mandibules de fourmis. Jacques Méliès ne tenait peut-être pas encore le coupable, mais il était sûr d'être sur la bonne piste.

Trop excité pour pouvoir dormir, il alluma la télé et tomba par chance sur la rediffusion nocturne de « Piège à réflexion ». Mme Ramirez avait abandonné ses allures timides pour arborer une physionomie radieuse.

— Alors, madame Ramirez, vous avez trouvé cette fois ?

Mme Ramirez ne cacha pas sa joie.

— Oui, oui, j'ai trouvé ! Enfin, je crois avoir trouvé la solution de votre énigme !

Tonnerre d'applaudissements.

— Vraiment ? s'étonna l'animateur.

Mme Ramirez battait des mains comme une petite fille.

— Oui, oui, oui ! s'exclama-t-elle.

— Eh bien, expliquez-nous ça, madame Ramirez.

— C'est grâce à vos phrases clefs, dit-elle. « Plus on est intelligent, moins on a de chances de trouver », « Il faut désapprendre ce que l'on sait », « Comme l'univers, cette énigme prend sa source dans la simplicité absolue »... J'ai compris que je devais redevenir une enfant pour parvenir à la solution. Faire marche arrière, retourner à la source, tout comme cette suite représentant l'expansion de l'univers semble retourner à son Big Bang originel. Il fallait que je redevienne un esprit simple, que je retrouve mon âme de bébé.

— Cela va chercher loin, hein, madame Ramirez...

Toute à sa fougue, la candidate ne se laissa pas interrompre :

— Nous les adultes, nous nous efforçons d'être toujours plus intelligents, mais je me suis demandé ce qui se passerait en opérant en sens inverse. Rompre la routine et prendre le contre-pied exact de nos habitudes.

— Bravo, madame Ramirez.

Applaudissements épars. Comme Méliès, le public attend la suite.

— Or justement, comment réagit un esprit intelligent devant cette énigme ? Face à cette succession de nombres, il voit un problème mathématique. Il va donc chercher quel est le dénominateur commun entre ces lignes de chiffres. Il additionne, soustrait, multiplie, il passe tous les chiffres à la moulinette. Mais il se casse la tête pour rien, pour la bonne raison qu'il ne s'agit pas de maths... Et si ce n'est pas une énigme mathématique, c'est donc une énigme littéraire.

— Bien pensé, madame Ramirez. On applaudit.

La candidate profite des acclamations pour reprendre son souffle.

— Mais comment donner un sens littéraire à une suite de chiffres qui s'empilent, madame Ramirez ?

— En faisant comme les enfants, en énonçant ce que l'on voit. Les enfants, les tout jeunes enfants, lorsqu'ils voient un chiffre, prononcent le mot. Pour eux, « six » correspond à la sonorité six comme « vache » correspond à l'animal à quatre pattes avec des pis. C'est une convention. On désigne les choses selon des sons arbitraires qui diffèrent de par le monde. Mais le nom, le concept et la chose finissent partout par ne plus faire qu'un.

— Vous voilà bien philosophe aujourd'hui, madame Ramirez, mais nos chers téléspectatrices et téléspectateurs réclament du concret. Alors, cette solution ?

— Si j'écris « 1 », un bambin qui sait à peine lire me dira : « C'est un un. » J'écris donc « un un ». Si je lui montre ce que je viens alors d'écrire, il me dira qu'il voit « deux un » : « 2 1 ». Et ainsi de suite... Voilà la solution. Il suffit de nommer la ligne supérieure pour obtenir la ligne suivante. Notre gamin lit donc « un deux, un un » à la ligne du dessous. 1211. J'énumère et ce sera 111221, puis 312211, puis 13112221, puis 1113213211... Je ne pense pas que le chiffre « quatre » apparaisse de sitôt !

— Vous êtes formidable, madame Ramirez ! Et vous avez gagné !

La salle applaudit à tout rompre et, sur son petit nuage, Méliès a l'impression que c'est lui qu'on ovationne.

L'animateur rappelle à l'ordre :

— Nous n'allons tout de même pas nous endormir sur nos lauriers, madame Ramirez ?

La femme s'agite, sourit, minaude, pose des mains sans doute plus moites que fraîches sur ses joues cramoisies.

— Laissez-moi au moins reprendre mes esprits.

— Ah ! madame Ramirez, c'est très brillamment

que vous avez résolu notre énigme chiffrée, mais déjà se profile notre nouveau « Piège à...

— ... réflexion » !

— ... communiqué, comme toujours, par un téléspectateur anonyme. Écoutez bien notre nouveau problème : sauriez-vous avec six allumettes, je dis bien six allumettes, constituer six triangles équilatéraux de même taille, sans les casser ni les coller ?

— Six triangles, dites-vous ? Vous êtes certain que ce n'est pas six allumettes et quatre triangles ?

— Six allumettes, six triangles, répète l'animateur d'un ton inflexible.

— Cela fait donc un triangle par allumette ? s'effare la candidate.

— C'est cela même, madame Ramirez. Et cette fois-ci, la première phrase clef sera : « Il faut penser de la même manière que l'autre. » Alors, tous à vos réflexions, amis téléspectatrices et téléspectateurs. Et à demain, si vous le voulez bien !

Jacques Méliès éteignit, se recoucha et finit par s'endormir. Son exaltation le suivit jusque dans son sommeil. Dans ses rêves embrouillés, se mêlèrent Laetitia Wells, ses yeux mauves et ses planches d'entomologie, Sébastien Salta et son visage pour film d'épouvante, le préfet Dupeyron qui abandonnait la politique pour se lancer dans une carrière de médecin légiste, la candidate Ramirez jamais piégée par sa réflexion...

Une bonne partie de la nuit, il se tourna et se retourna entre ses draps, ses rêves poursuivant leur sarabande. Il dormait profondément. Il dormait moins. Il ne dormait plus. Il sursauta. C'était bien une petite vibration, comme un tapotement sur le matelas, qu'il avait perçue au fond de son lit. Son cauchemar d'enfance revint le hanter : le monstre, le loup enragé aux yeux rouges de haine... Il se reprit. Il était un adulte à présent. Tout à fait réveillé, il alluma la lumière et constata qu'il y avait bien une petite protubérance qui bougeait sous ses pieds.

Il bondit hors du lit. La bosse était là, bien réelle. Il abattit son poing sur elle et entendit un couinement. Puis, stupéfait, il regarda Marie-Charlotte s'extraire en boitillant de sous ses draps. La pauvre se réfugia dans ses bras en miaulant. Pour la rassurer, il la caressa et lui massa la patte qu'il avait endolorie. Ensuite, bien décidé à récupérer quelques forces cette nuit, il alla enfermer Marie-Charlotte à la cuisine à côté d'un morceau de pâté de thon à l'estragon. Il alla boire un verre d'eau au réfrigérateur et regarda la télévision jusqu'à en devenir saoul d'images.

A hautes doses la télévision avait un effet apaisant comme une drogue analgésique. On se sentait cotonneux, la tête lourde de rien, les yeux imbibés de problèmes qui ne vous concernaient pas. Le régal.

Il alla se recoucher et cette fois-ci se mit à rêver comme tout le monde de ce qu'il venait de voir à la télévision : c'est-à-dire un film américain, des publicités, un dessin animé japonais, un match de tennis, et quelques scènes de tueries issues des actualités.

Il dormait. Il dormait profondément. Il dormait moins. Il ne dormait plus.

Décidément, le sort s'acharnait sur lui. Une nouvelle fois, il perçut une petite dune qui remuait au fond de son lit. De nouveau, il alluma. Sa chatte bonsaï Marie-Charlotte faisait-elle encore des siennes ? Il avait pourtant soigneusement bouclé la porte derrière elle.

Vite debout, il vit la dune se diviser en deux, quatre, huit, seize, trente-deux, en une centaine de petites cloques à peine visibles qui se déplaçaient vers l'embouchure des draps. Il recula d'un pas. Et contempla, ahuri, les fourmis qui envahissaient son oreiller.

Son premier réflexe fut de les balayer du plat de la main. Il se ravisa à temps. Sébastien Salta et tous les autres avaient dû eux-mêmes aussi vouloir les balayer de la main. Il n'est pire erreur que de sous-estimer l'adversaire.

Alors, devant ces minuscules bestioles dont pas une seconde il ne songea à identifier l'espèce exacte, Jacques Méliès prit la fuite. Les fourmis le poursuivaient, semblait-il, mais par chance sa porte d'entrée n'avait qu'un verrou et il put quitter l'appartement avant que la troupe ne l'ait rejoint. Dans l'escalier, il entendit les miaulements atroces de la pauvre Marie-Charlotte en train de se faire émietter par ces maudits insectes.

Il vécut tout cela dans un état second, comme en accéléré. Pieds nus et en pyjama dans la rue, il parvint à arrêter un taxi et conjura le chauffeur de foncer au commissariat central.

Désormais il en était sûr, le meurtrier savait qu'il avait résolu le mystère des chimistes assassinés, et il lui avait dépêché ses petites tueuses.

Or, une seule personne savait qu'il avait résolu l'énigme. Une seule personne !

81. ENCYCLOPÉDIE

Dualité : Toute la Bible peut se résumer à son premier livre : la Genèse. Toute la Genèse peut se résumer à son premier chapitre. Celui qui raconte la Création du monde. Tout ce chapitre peut lui-même se résumer à son premier mot. Béréchit. Béréchit *qui signifie « au commencement ». Tout ce mot peut se résumer à sa première syllabe,* Ber, *qui veut dire « ce qui a été enfanté ». Toute cette syllabe peut à son tour se résumer à sa première lettre, B, qui se prononce « Beth » et se représente par un carré ouvert, avec une pointe au milieu. Ce carré symbolise la maison, ou la matrice renfermant l'œuf, le fœtus, petit point appelé à être enfanté.*

Pourquoi la Bible commence-t-elle par la deuxième lettre de l'alphabet et non par la première ? Parce que B représente la dualité du monde, A étant l'unité originelle. B est l'émanation, la projection de cette unité. B, c'est l'autre. Issus de l'« un », nous sommes « deux ». Issus de A, nous sommes dans B. Nous vivons dans un monde de dualité et dans la nostalgie — voire la quête — de l'unité, l'Aleph, le point d'où tout est parti.

Edmond Wells,
Encyclopédie du savoir relatif et absolu, tome II.

82. TOUJOURS TOUT DROIT

Le bivouac est secoué par la chute d'une samare d'érable, une de ces hélices végétales qui vont porter leurs graines au loin. Le tournoiement de leur double aile membraneuse les rend dangereuses pour les fourmis. Cette fois, le bloc des croisées s'est juste disloqué et répandu à terre avant de reprendre sa route.

Dans les rangs, le sujet de conversation est tout trouvé. On discute des risques comparés des différents projectiles naturels. Le pire, selon certaines, ce sont les aigrettes du pissenlit, qui collent aux antennes et brouillent toute communication. Pour 103 683e, rien n'égale la balsamine, dans le genre. Dès qu'on en effleure les fruits, des lanières s'enroulent violemment et projettent leurs graines sur une distance qui peut dépasser cent pas !

Ça papote mais la longue procession n'en ralentit pas pour autant sa marche. Les fourmis frottent par intermittence leur ventre contre le sol, afin que leur glande de Dufour imprime une trace odorante destinée à guider leurs sœurs à l'arrière.

En haut volettent de nombreux oiseaux, autrement dangereux que les samares. Il y a des fauvettes méridionales au plumage bleuté, des alouettes lulus, mais surtout une multitude de pics, épeiches, noirs ou verts. En forêt de Fontainebleau, ce sont les volatiles les plus communs.

L'un d'eux, un pic noir, s'est terriblement rapproché. Il se place face à la colonne des rousses qu'il tient en enfilade dans la mire de son bec. Il plonge en piqué, rétablit l'assiette de son vol et fonce en rase-mottes. Les fourmis affolées se dispersent en tous sens.

Le but de l'oiseau, cependant, n'est pas d'attraper quelques malheureuses isolées. Quand il se trouve à l'aplomb d'une escouade de soldates, il lâche une fiente blanche qui les souille entièrement. S'y reprenant à plusieurs fois, il parvient à toucher ainsi une trentaine de fourmis. Un cri d'alarme parcourt toute l'armée.

N'en mangez pas ! N'en mangez pas !

En effet, les excréments des pics sont souvent infectés par des cestodes. Celles qui y goûteraient...

83. ENCYCLOPÉDIE

Cestodes : Les cestodes sont des parasites unicellulaires qui vivent à l'état adulte dans l'intestin du pic. Les cestodes sont éjectés avec les fientes de l'oiseau. On pourrait croire que celui-ci en a conscience, tant il arrive fréquemment qu'il bombarde les villes fourmis de ses excréments.

Lorsque les fourmis veulent nettoyer leur cité de ces traces blanches, elles les mangent et sont contaminées par les cestodes. Les parasites perturbent leur croissance, modifient la pigmentation de leur carapace pour la rendre plus claire. La fourmi infectée devient indolente, ses réflexes sont beaucoup moins rapides et, de fait, quand un pic vert attaque une cité, les fourmis infectées par ses crottes sont ses premières victimes.

Ces fourmis albinos sont non seulement plus lentes mais leur chitine devenue claire les rend aussi plus faciles à repérer dans les sombres couloirs de la ville.

Edmond Wells,
Encyclopédie du savoir relatif et absolu, tome II.

84. PREMIERS MORTS

L'oiseau revient bombarder derechef. Il applique sa stratégie à moyen terme : empoisonner d'abord, puis récolter les fourmis fragilisées lors d'un prochain raid.

Les soldates se sentent impuissantes. 9e hurle vers le ciel qu'elles s'en vont tuer les Doigts et qu'en les attaquant, le stupide oiseau protège ces ennemis communs. Mais le pic ne perçoit pas les messages olfactifs. Il opère un looping inversé et fond de plus belle sur la colonne des croisées.

Tous en défense antiaérienne ! émet une vieille guerrière.

Des artilleuses lourdes escaladent au plus vite de hautes tiges. Elles tirent au passage de l'oiseau, qui est décidément trop rapide. Raté ! Bien pis, deux artilleuses se foudroient mutuellement de leurs tirs croisés !

Mais alors que le pic noir s'apprête à récidiver son lâcher de fiente, il voit face à lui un spectacle peu banal. Il y a là un scarabée rhinocéros, en suspension presque immobile grâce à un battement d'ailes asynchrone, avec, curieusement juchée sur la pointe de sa corne frontale, une fourmi en position de tir. C'est 103 683e. Son anus fume, car elle a fait le plein d'acide hyper-concentré à 60 %.

En équilibre précaire, la fourmi n'en mène pas large. L'oiseau va l'anéantir, il est démesurément plus grand, plus fort et plus véloce. Son abdomen est saisi d'un tremblement incontrôlable, elle ne peut plus viser.

Alors elle pense aux Doigts. La peur des Doigts est au-delà de toutes les autres peurs. Elle ne flanchera pas : quand on a approché les Doigts, on ne se laisse pas impressionner par un oiseau chasseur.

Elle se redresse et lâche d'un coup le contenu de sa poche à venin. Feu ! Le pic n'a pas eu le temps de reprendre de l'altitude. Aveuglé, il perd sa trajectoire, percute un tronc d'arbre, rebondit et tombe à terre.

Il arrive néanmoins à redécoller avant que les équipes de charcutières ne lui aient mis la patte dessus.

De cet épisode, 103 683e retire un prestige considérable. Personne ne sait qu'elle a vaincu sa peur par une peur encore bien plus grande.

Les croisées prennent désormais l'habitude de faire référence au courage de 103 683e, à son expérience, à son adresse au tir. Qui d'autre qu'elle serait parvenue à stopper net, en plein vol, un gros prédateur ?

Cette popularité accrue a une autre conséquence : en signe d'affectueuse familiarité, on abrège son nom. Désormais, toutes les croisées ne l'appellent plus que 103e.

Avant de reprendre la route, on recommande à celles qui ont reçu de la fiente de pic de s'abstenir de faire des trophallaxies pour ne pas contaminer d'autres soldates.

Les rangs se reforment quand 23e s'approche de 103e. Que se passe-t-il ? 24e a disparu. On la cherche un bon moment, on ne la trouve pas. Le pic noir n'a pourtant fauché personne ! La disparition de 24e est très ennuyeuse car, avec elle, s'est évanoui le cocon de papillon de la mission Mercure.

Impossible d'en informer les autres. Impossible d'attendre encore. Tant pis pour 24e. La Meute prime sur l'individu.

85. ENQUÊTE

Méliès arriva seul à l'appartement des époux Odergin. La savante éthiopienne était assise en tailleur dans une baignoire sans eau. Un épais shampooing vert étalé sur la tête, elle présentait les stigmates désormais bien répertoriés : chair de poule, masque d'épouvante et sang caillé au bord des oreilles. Même schéma dans les W.-C. voisins, sauf que le mari était, lui, juché sur la cuvette, le haut du corps affalé vers l'avant et le pantalon tombant sur les chaussettes.

Au vrai, Jacques Méliès ne jeta guère qu'un coup

d'œil aux deux cadavres. Il savait désormais ce qu'il en était et il fila tout de suite au domicile privé d'Emile Cahuzacq.

L'inspecteur fut surpris de voir son chef débarquer chez lui de si bonne heure, tout juste vêtu d'un pyjama sous son trench-coat. Il tombait mal. Cahuzacq était en train de se livrer à son passe-temps favori : la taxidermie de papillons.

Sans y prendre garde, le commissaire annonça tout de go :

— Mon vieux, ça y est ! Ce coup-ci, on tient l'assassin !

L'inspecteur sembla sceptique.

Méliès s'avisa de la pagaille sur le bureau de son subalterne :

— Mais qu'est-ce que tu fabriques donc ?

— Moi ? Je collectionne les papillons. Et alors ? Je ne te l'avais pas dit ?

Cahuzacq ferma sa bouteille d'acide formique, acheva d'enduire avec un pinceau les ailes d'un bombyx, puis le manipula avec une pince à bouts plats.

— C'est joli, non ? Tiens, regarde... Celui-ci, c'est un bombyx du pin. Je l'ai trouvé il y a quelques jours dans la forêt de Fontainebleau. C'est curieux, l'une de ses ailes porte un trou parfaitement rond et l'autre est cisaillée. J'ai peut-être découvert une nouvelle espèce.

Méliès se pencha et fit une moue dégoûtée.

— Mais ils sont morts, tes papillons ! Tu accroches des cadavres les uns à côté des autres. Tu aimerais qu'on te mette sous verre avec une étiquette, *Homo sapiens* ?

Le vieil inspecteur se renfrogna :

— Tu t'intéresses bien aux mouches, moi c'est les papillons. Chacun ses manies.

Méliès lui tapota l'épaule :

— Allons, ne te fâche pas. Pas de temps à perdre, j'ai trouvé l'assassin. Suis-moi, nous allons épingler une autre sorte de joli papillon.

86. ÉGARÉE

Bon, il faut se faire une raison, ce n'est pas par là, ce n'est pas par là non plus, ni par là, ni par là, ni par là.

Pas la plus petite odeur de fourmi dans le coin. Comment a-t-elle pu se perdre aussi vite, que s'est-il passé ? Quand le pic a fondu sur elles, une soldate a dit qu'il fallait se sauver, se cacher. Elle l'a si bien écoutée que la voici égarée dans le Grand Extérieur, seule. Elle est jeune, elle n'a pas d'expérience et elle est loin des siennes. Et aussi loin des dieux.

Mais comment a-t-elle pu se perdre aussi vite ? C'est son grand défaut, le manque de sens de l'orientation.

Elle le sait, c'est pour cela que les autres ne croyaient pas qu'elle aurait le cran de partir avec la croisade.

Tout le monde la surnommait 24e-l'égarée-de-naissance.

Elle serre son précieux fardeau. Le cocon à papillon.

Cette fois-ci son égarement peut avoir des conséquences inimaginables.

Pas seulement pour elle mais pour tout le nid, peut-être même pour toute l'espèce. Il faut à tout prix retrouver une phéromone piste. Elle se met à faire vibrer ses antennes à 25 000 mouvements/seconde et ne repère rien de significatif. Elle est bel et bien perdue.

Son fardeau se fait à chaque pas plus lourd et plus encombrant.

Elle pose son cocon, se lave frénétiquement les antennes et hume avec virulence l'air ambiant. Elle perçoit une odeur de nid de guêpes. Nid de guêpes, nid de guêpes... à tous les coups elle doit se trouver près du nid de guêpes rouges ! C'est au nord. Ce n'est pas du tout la bonne direction. D'ailleurs ses organes de Johnston sensibles aux champs magnétiques terrestres lui confirment qu'elle est loin du compte.

Un instant il lui semble qu'elle est épiée par un moucheron. Mais ce doit être une illusion. Elle reprend le cocon, marche droit devant.

Bon, elle est définitivement perdue cette fois-ci.

Depuis qu'elle est toute jeune, 24e n'arrête pas de se perdre. Elle se perdait déjà dans les couloirs des asexuées alors qu'elle n'était âgée que de quelques jours, plus tard elle se perdait dans la Cité, et dès qu'elle eut l'occasion de sortir de la fourmilière, elle commença à se perdre dans la nature.

A la fin de chacune de ses expéditions, il y avait toujours eu ce moment de flottement où une fourmi lançait :

Mais où est passée 24e ?

La pauvre soldate chasseresse se posait d'ailleurs la même question :

Où suis-je ?

Certes il lui semblait bien avoir vu cette fleur, ce morceau de bois, ce rocher, ce taillis, quoique... la fleur était peut-être bien d'une autre couleur. Elle se mettait alors le plus souvent à tourner en rond à la recherche des phéromones pistes de son expédition.

Cependant on continuait toujours à l'envoyer sur les sentiers du Grand Extérieur, car par un accident génétique bizarre, 24e avait une excellente vue pour une asexuée. Ses globes oculaires étaient presque aussi développés que ceux des sexués. Et elle avait beau répéter que ce n'était pas parce qu'elle avait une bonne vue qu'elle avait aussi de bonnes antennes, toutes les missions souhaitaient l'avoir parmi elles pour que 24e puisse assurer un contrôle visuel de leur bon déroulement. Et elle se perdait.

Jusqu'à présent elle était toujours parvenue tant bien que mal à rentrer au nid. Mais cette fois, c'est différent, le but n'est pas de rentrer au nid, mais de rejoindre le bord du monde. En sera-t-elle capable ?

Dans la Cité tu fais partie des autres, seule tu fais partie du néant, se répète-t-elle.

Cap à l'est. Elle chemine, désespérée, abandonnée, offerte au premier prédateur qui passera par là. Elle marche depuis longtemps quand tout d'un coup, elle est arrêtée par une dépression radicale dans le sol, d'un bon pas de profondeur. Elle en explore le bord et finit par constater qu'en fait, il y a deux dépressions, voisines l'une de l'autre, deux cuvettes planes, la plus vaste dessinant la moitié d'un ovale, l'autre, plus profonde, formant un demi-cercle. Les diamètres de ces deux étranges enceintes sont parallèles, distants d'à peu près cinq pas.

24e renifle, palpe, goûte, hume encore. L'odeur est aussi inhabituelle que le reste. Inconnue, nouvelle... D'abord perplexe, 24e est gagnée par une vive excitation. Elle ne ressent plus aucune peur. D'autres traces géantes se succèdent à intervalles de quelque soixante pas. 24e est absolument certaine d'avoir affaire à des traces de Doigts. Son vœu est exaucé ! Les Doigts la guident, lui montrent le chemin !

Elle court sur la trace des dieux. Elle va les rencontrer enfin.

87. LES DIEUX SONT EN COLÈRE

Craignez vos dieux.
Sachez que vos offrandes sont trop rares,
Trop maigres pour notre grandeur.

Vous nous dites que la pluie a détruit les greniers.
C'était votre punition
Car déjà vous ne faisiez pas assez d'offrandes.

Vous nous dites que la pluie a laminé le mouvement rebelle.
Faites-le renaître plus fort encore.

Enseignez à tous la force des Doigts !
Lancez des commandos suicides
Et videz les greniers de la Cité interdite.

Craignez vos dieux !

Les Doigts peuvent tout car les Doigts sont des dieux.
Les Doigts peuvent tout car les Doigts sont grands.

Les Doigts peuvent tout car les Doigts sont puissants.

C'est la vérité.

Les Doigts éteignent la machine et se sentent fiers d'être dieux. Nicolas va se recoucher discrètement. Les yeux ouverts, il sourit en rêvassant. S'il arrive un jour à sortir vivant de ce trou, il en aura à raconter. A ses copains d'école, au monde entier ! Il expliquera la nécessité des religions. Et il deviendra célèbre en prouvant qu'il est parvenu à implanter la foi religieuse chez des insectes !

88. PREMIÈRES ESCARMOUCHES

Rien que dans les territoires sous contrôle belokanien, le nombre des victimes et l'étendue des dégâts occasionnés par le passage de la première croisade sont considérables.

C'est que les soldates rousses n'ont peur de rien.

Une taupe qui avait la prétention de piocher dans cette masse de fourmis n'a que le temps d'avaler de travers quatorze victimes. Déjà, les fourmis l'envahissent et la dépècent. Une chape de silence s'abat sur le long cortège. Devant lui, tout disparaît. Si bien qu'à l'euphorie chasseresse des débuts succèdent la pénurie et, sans tarder, une âpre famine.

Dans le sillage de désolation que laisse derrière elle la croisade, on trouve aussi à présent des fourmis mortes de faim.

Devant cette situation catastrophique, 9e et 103e se concertent. Elles proposent que les éclaireuses se déploient en groupes de vingt-cinq unités. Un tel éventail de tête devrait logiquement être plus discret et donc moins effrayant pour les habitants de la forêt.

A celles qui commencent à murmurer et parlent de retraite, il est vertement répondu que la faim doit au contraire les pousser à hâter le pas, droit devant. Vers l'orient. Leur prochain gibier sera du Doigt.

89. LA COUPABLE EST ENFIN ARRÊTÉE

Allongée dans son bain et s'y livrant à son exercice favori, la plongée en apnée, Laetitia Wells laissait vaguer ses pensées. Elle s'avisa qu'elle n'avait pas eu d'amants depuis des jours, elle qui en avait eu beaucoup et s'en était toujours lassée très vite. Elle envisagea même de mettre Jacques Méliès dans son lit. Il l'agaçait parfois un peu mais il présentait l'avantage d'être là, à portée de main, à un moment où elle ressentait le besoin d'un mâle.

Ah ! il y avait tant d'hommes de par le monde... Mais aucun de l'étoffe de son père. Ling-mi, sa mère, avait eu de la chance de partager sa vie. Un homme ouvert à tout, inattendu et drôle, adorant faire des blagues. Et aimant, si aimant !

Personne ne pouvait faire le tour d'Edmond. Son esprit était un espace sans limites. Edmond fonctionnait comme un sismographe, il enregistrait toutes les secousses intellectuelles de son époque, toutes les idées-forces, il les assimilait, les synthétisait... et les régurgitait devenues autres, ses propres idées. Les fourmis n'avaient été qu'un prétexte. Il aurait pu aussi bien étudier les étoiles, la médecine ou la résistance des métaux, il aurait excellé tout autant. Il avait été un esprit véritablement universel, un aventurier d'un type particulier, aussi modeste que génial.

Peut-être existait-il quelque part un autre homme à la psychologie assez mobile pour sans cesse l'étonner et ne jamais la lasser ? Pour l'instant, elle n'en avait jamais rencontré de cette sorte...

Elle s'imagina passant une petite annonce : « Cherche aventurier... » D'avance, les réponses la rebutaient.

Elle sortit la tête de l'eau, inspira fortement et l'y replongea. Le cours de ses pensées avait changé. Sa mère, le cancer...

Manquant subitement d'air, elle émergea à nouveau. Son cœur battait fort. Elle sortit de la baignoire et passa son peignoir.

On sonnait à sa porte.

Elle prit le temps de se calmer un peu, trois expirations longues, et alla ouvrir.

C'était encore Méliès. Elle commençait à avoir l'habitude de ses incursions mais là, elle hésita à le reconnaître. Il portait des vêtements d'apiculteur, son visage était masqué par un chapeau de paille voilé de mousseline, et il était ganté de caoutchouc. Elle fronça le sourcil en apercevant, derrière le commissaire, trois hommes affublés de la même tenue. Dans l'une de ces silhouettes, elle reconnut l'inspecteur Cahuzacq. Elle retint un rire.

— Commissaire ! Que signifie cette visite costumée ?

Il n'y eut pas de réponse. Méliès s'effaça sur le côté, les deux masques non identifiés — deux flics, sûrement — s'avancèrent et le plus costaud lui boucla une menotte au poignet droit. Laetitia Wells croyait rêver. Le bouquet, ce fut lorsque Cahuzacq, la voix déformée et assourdie par le masque, récita : « Vous êtes en état d'arrestation pour meurtres et tentative de meurtre. A partir de maintenant, tout ce que vous direz pourra être retenu contre vous. Bien entendu, vous avez le droit de refuser de parler hors de la présence de votre avocat. »

Puis les policiers, entraînant Laetitia, allèrent se planter devant la porte noire. Méliès fit une rapide et brillante démonstration de ses talents de cambrioleur : l'huis n'y résista pas.

— Vous auriez pu me demander la clef au lieu de tout démolir ! protesta l'interpellée.

Les quatre flics tombèrent en arrêt devant l'aquarium aux fourmis et tout un arsenal informatique.

— Qu'est-ce que c'est que ça ?

— Probablement les assassins des frères Salta, de Caroline Nogard, de MacHarious et des époux Odergin, dit sombrement Méliès.

Elle cria :

— Vous vous trompez ! Je ne suis pas le joueur de flûtiau de Hamelin. Vous ne voyez pas ? C'est un simple nid de fourmis que j'ai ramené la semaine dernière de la forêt de Fontainebleau ! Mes fourmis ne sont pas des tueuses. Elles ne sont d'ailleurs jamais sorties d'ici depuis que je les y ai installées. Aucune fourmi ne pourra jamais obéir à personne. On ne peut pas les apprivoiser. Ce ne sont pas des chiens ou des chats. Elles sont libres. Vous m'entendez, Méliès ? Elles sont libres, elles n'en font qu'à leur tête et personne ne pourra les manipuler ou les influencer. Mon père avait déjà compris cela. Elles sont libres. Et c'est pour cela qu'on veut toujours les détruire. Il n'y a que des fourmis sauvages et libres ! Je ne suis pas votre assassin !

Le commissaire ignora ses protestations et se tourna vers Cahuzacq :

— Tu m'embarques tout ça, l'ordinateur et les fourmis. On va bien voir si la taille de leurs mandibules correspond aux lésions internes des cadavres. Tu feras poser les scellés et tu conduis Mademoiselle direct chez le juge d'instruction.

Laetitia se fit véhémente :

— Je ne suis pas votre coupable, Méliès ! Vous vous trompez encore ! Décidément, c'est une spécialité chez vous.

Il refusa de l'écouter.

— Les gars, dit-il encore à ses subordonnés, faites gaffe à ne pas laisser s'échapper une seule de ces fourmis. Ce sont toutes des pièces à conviction.

Jacques Méliès était en proie au plus vif des bonheurs. Il avait résolu l'énigme la plus compliquée de sa génération. Il avait frôlé le Graal du crime parfait. Il avait vaincu là où personne d'autre n'aurait pu réussir. Et il tenait le mobile de l'assassin : elle était la fille du plus célèbre cinglé pro-fourmis de la planète, Edmond Wells.

Il partit sans avoir croisé une seule fois le regard mauve de Laetitia.

— Je suis innocente. Vous commettez la plus grande bourde de votre carrière. Je suis innocente.

90. ENCYCLOPÉDIE

CHOC ENTRE CIVILISATIONS : *En 53 avant Jésus-Christ, le général Marcus Licinius Crassus, proconsul de Syrie, jaloux des succès de Jules César en Gaule, se lance à son tour dans les grandes conquêtes. César a étendu son emprise sur l'Occident jusqu'à la Grande-Bretagne, Crassus veut envahir l'Orient jusqu'à atteindre la mer. Cap sur l'est. Seulement, l'empire des Parthes se trouve sur son chemin. A la tête d'une gigantesque armée, il affronte l'obstacle. C'est la bataille de Carres, mais c'est Suréna, le roi des Parthes, qui l'emporte. Du coup, c'en est fini de la conquête de l'Est.*

Cette tentative eut des conséquences inattendues. Les Parthes firent de nombreux prisonniers romains, qui servirent dans leur armée en lutte contre le royaume kusana. Les Parthes furent à leur tour défaits, et leurs Romains se retrouvent incorporés dans l'armée kusana, en guerre, elle, contre l'empire de Chine. Les Chinois l'emportent, si bien que les prisonniers voyageurs finissent dans les troupes de l'empereur de Chine.

Là, si l'on est surpris par ces hommes blancs, on est surtout admiratif devant leur science en matière de construction de catapultes et autres armes de siège. On les adopte, au point de les émanciper et de leur donner une ville en apanage.

Les exilés épousèrent des Chinoises et leur firent des enfants. Des années plus tard, lorsque des négociants romains leur proposèrent de les ramener au pays, ils déclinèrent l'offre, se déclarant plus heureux en Chine.

Edmond Wells,
Encyclopédie du savoir relatif et absolu, tome II.

91. PIQUE-NIQUE

Pour échapper à la canicule du mois d'août, le préfet Charles Dupeyron avait décidé d'emmener sa petite famille pique-niquer sous les frondaisons agrestes de la forêt de Fontainebleau. Georges et Virginie, les enfants, s'étaient munis pour l'occasion de chaussures tout-terrain. Cécile, l'épouse, s'était chargée de préparer le repas froid que Charles transportait pour l'heure dans une énorme glacière, sous le regard narquois des autres.

A onze heures du matin, ce dimanche-là, il faisait déjà une chaleur épouvantable. Ils s'enfoncèrent sous les arbres, vers l'ouest. Les enfants fredonnaient une comptine apprise à l'école maternelle : « Be-bop-a-lula, she is my baby. » Cécile s'efforçait de ne pas se tordre les chevilles dans les ornières.

Pour sa part, s'il suait tant et plus, Dupeyron n'était pas fâché de cette école buissonnière, loin des gardes du corps, secrétaires, attachées de presse et autres courtisans de tout poil. Les retours à la nature avaient leurs charmes.

Parvenu à un ruisseau plus qu'à moitié asséché, il huma avec plaisir un air empli de senteurs fleuries et suggéra de s'installer dans l'herbe, à proximité.

Cécile protesta aussitôt :

— Tu te crois drôle ! Ça doit être bourré de moustiques par ici ! Comme si tu ne savais pas que dès qu'il y a un moustique, c'est moi qu'il pique !

— Ils adorent le sang de maman parce qu'il est plus sucré, ricana Virginie, en brandissant le filet à papillons qu'elle avait emporté dans l'espoir d'enrichir la collection de sa classe.

L'an dernier, avec les ailes de huit cents lépidoptères, ils avaient composé un grand tableau représentant un avion dans les cieux. Cette fois, ils entendaient carrément représenter la bataille d'Austerlitz.

Dupeyron se voulut conciliant. Il n'allait pas gâcher cette belle journée pour une histoire de moustiques.

— Très bien, allons plus loin. Il me semble distinguer une clairière, là-bas.

La clairière était un carré de trèfle grand comme une cuisine et, de ce fait, généreusement ombragée. Dupeyron se débarrassa de sa glacière, l'ouvrit et en tira une belle nappe blanche.

— Nous serons parfaitement bien ici. Les enfants, aidez votre mère à installer le couvert.

Lui se mit en devoir de déboucher une bouteille d'un excellent bordeaux, s'attirant aussitôt une pique de son épouse :

— Il n'y a rien de plus pressé peut-être ? Les enfants se chamaillent déjà et toi, tu ne penses qu'à boire ! Fais donc un peu ton métier de père !

Georges et Virginie se bagarraient à coups de motte de terre. En soupirant, il les rappela à l'ordre :

— Oh, cela suffit, les enfants ! Georges, tu es le garçon, montre l'exemple.

Le préfet attrapa son fils par le pantalon et le menaça de la main.

— Tu la vois celle-là ? Si tu continues d'embêter ta sœur, tu t'en prends une en aller-retour. Tiens-le-toi pour dit.

— Mais papa, c'est pas moi, c'est elle.

— Je ne veux pas savoir qui c'est, à la moindre incartade c'est toi qui prends.

Le petit commando de vingt-cinq éclaireuses évolue loin en avant du gros des troupes, furetant en tous sens. Tentacules de l'armée, elles disposent des phéromones pistes qui permettront à la masse des croisées d'emprunter le meilleur chemin.

Le groupe le plus avancé est dirigé par 103e.

Les Dupeyron mâchaient lentement sous la touffeur des arbres. L'effort était tel que même les enfants se tenaient tranquilles à présent. Les yeux levés, Mme Dupeyron rompit le silence :

— Je crois qu'il y a des moustiques par ici aussi. En tout cas, il y a des insectes. J'entends des bourdonnements.

— Tu as déjà vu une forêt sans insectes ?

— Je me demande si ton pique-nique était une si bonne idée que cela, soupira-t-elle. Nous aurions été beaucoup mieux sur la côte normande. Tu sais bien que Georges a des allergies !

— Je t'en prie, arrête de couver ce petit. Tu finiras par le rendre fragile pour de bon !

— Mais écoute ! Des insectes, il y en a partout.

— T'inquiète pas, j'ai pensé à nous munir d'une bombe insecticide.

— Ah bon... Et de quelle marque ?

Signal en provenance d'une éclaireuse :

Odeurs fortes non identifiées venant du nord-nord-est.

Les odeurs non identifiées, cela ne manque pas. Il en existe encore des milliards de par le vaste monde. Mais l'intonation particulièrement insistante de la messagère déclenche immédiatement l'alerte dans le commando. Elles s'immobilisent aux aguets. Il flotte dans l'air des fragrances aux nuances peu courantes.

Une guerrière fait tinter ses mâchoires, persuadée d'avoir décelé des odeurs de bécasse. Les antennes entrent en contact, on se consulte. 103e pense qu'il faudrait quand même avancer, ne serait-ce que pour identifier l'animal. On se range à son avis.

Les vingt-cinq fourmis remontent précautionneusement l'effluve jusqu'à sa source. Elles finissent par déboucher sur un vaste espace découvert, un lieu tout à fait insolite avec un sol blanc, parsemé de minuscules trous.

Des précautions s'imposent avant d'entreprendre quoi que ce soit. Cinq éclaireuses reviennent sur leurs pas afin de déposer dans les herbes le drapeau chimique de la Fédération. Il suffit de quelques gouttes de tétradécylacétate (C_6–H_{22}–0_2) pour signifier à toute la planète qu'ici on est sur le territoire de Bel-o-kan.

Cela les rassure un peu. Nommer un pays c'est déjà le connaître.

Elles visitent.

Deux tours massives se profilent. Quatre exploratrices en entreprennent l'escalade. Le sommet, circulaire et bombé, est aussi percé de trous d'où s'échappent des senteurs salées ou poivrées. Elles aimeraient bien voir les substances de plus près, mais les interstices sont trop petits pour leur livrer passage. Elles redescendent, déçues.

Tant pis, les équipes techniques qui suivront parviendront sans doute à résoudre ce problème. A peine sont-elles en bas qu'on les entraîne en direction d'une autre curiosité, encore plus bizarre, une succession de collines embaumées mais de formes assez peu naturelles. Elles montent là-dessus et se répandent par les vallons et les crêtes. Elles palpent, elles sondent.

Comestible ! s'écrie la première qui est parvenue à percer au-delà de la couche superficielle dure. Sous ce qu'elle avait pris pour de la pierre, c'est tout bon ! Rien que de la matière protéinée en quantité inimaginable ! Elle émet la nouvelle sur une fréquence enthousiaste, des filaments nutritifs plein les palpes buccaux.

— Qu'est-ce qu'on mange après ?
— Il y a des brochettes.
— Elles sont à quoi ?
— Agneau, lardons, tomates.
— Pas mal, et avec ça ?

Les fourmis n'en restent pas là. Grisées par ce premier succès, elles se remplissent un peu le jabot et s'éparpillent sur la nappe blanche. Une escouade de quatre éclaireuses est engloutie dans une boîte blanche remplie de gélatine jaune. Elles se débattent longtemps avant de sombrer dans la matière molle.

— Avec ? De la sauce béarnaise de chez le traiteur.

103e est perdue au cœur d'un gigantesque amas de structures jaunes, dont la surface crisse et craque sous les pas. Cela s'effondre par pans entiers. 103e bondit de tous côtés pour éviter l'écrasement et, à peine posée, elle doit sauter encore ailleurs pour se sauver d'une chute qui l'ensevelirait dans la matière cristalline et friable.

Oh, chouette ! Des chips !

Une glissade imprévue sur une sorte de glacis enduit de lipides la tire enfin de ce cauchemar. Longeant une fourchette, elle reprend son exploration. Elle passe ainsi de surprise en surprise, d'un goût suave à un goût acide, d'une saveur âcre à une saveur chaude. Elle patauge dans un légume vert, approche prudemment de la crème rouge.

— Des cornichons à la russe, du ketchup.

Les antennes enfiévrées par tant d'exotiques découvertes, 103 683e traverse une vaste étendue jaune pâle d'où monte une forte odeur de fermentation. Des sœurs flânent et s'amusent entre les cavités. Cela forme des successions ininterrompues de cavernes parfaitement sphériques et tendres. On peut le percer à la mandibule, et alors le mur jaune devient transparent.

— Du gruyère !

103e est enchantée mais elle n'a pas le temps de leur communiquer ses impressions sur ce pays extraordinaire où tout se mange. Un son bas et sourd, énorme comme le vent, leur tombe dessus, grondant comme un tonnerre.
« Anhanhion ya lin deu hourmis. »
Une boule rose surgit du ciel et écrabouille méthodiquement huit exploratrices. *Pfout, pfout, pfout*. Cela ne dure même pas trois secondes. L'effet de surprise est total. Ces nobles guerrières sont toutes de constitution robuste. Aucune pourtant ne peut opposer la moindre résistance. Leurs solides armures cuivrées éclatent, leurs chairs et leurs sangs se

mêlent dans une bouillie éclaboussante. Dérisoires crêpes brunes sur le sol blanc immaculé.

Les soldates de la croisade n'en croient pas leurs sens.

La boule rose est en fait prolongée par une longue colonne. A peine a-t-elle terminé son œuvre destructrice que quatre autres colonnes se déplient lentement pour venir la rejoindre. Ils sont cinq !

DES DOIGTS !

Ce sont des Doigts ! ! ! ! ! Des Doigts ! ! ! ! !

103e en est convaincue. Ils sont là ! Ils sont là ! Si vite, si près, si fort. Les Doigts sont là ! ! ! ! ! Elle lance ses phéromones d'alerte les plus opiacées.

Attention, ce sont des Doigts ! Des Doigts !

103e sent une vague de peur pure qui la submerge. Ça bouillonne dans ses cerveaux, ça tremble dans ses pattes. Ses mandibules s'écartent et se ferment alternativement sans raison.

DES DOIGTS ! Ce sont des DOIGTS ! Planquez-vous toutes !

Ensemble les Doigts s'élèvent dans le ciel, se tassent pour ne laisser pointer qu'un seul d'entre eux. Celui-ci est tendu comme un éperon. Son bout rose et plat poursuit les exploratrices et les écrase sans difficulté.

Instinctivement 103e, courageuse mais point téméraire, se cache dans une sorte de vaste caverne beige.

Tout est allé si vite qu'elle n'a pas eu le temps de bien réaliser ce qui se passait. 103e les a pourtant bien reconnus.

C'étaient des... Doigts !

La peur revient en une deuxième vague encore plus acide.

Cette fois-ci, elle ne peut pas penser à autre chose de plus terrifiant pour annuler sa peur. Elle se retrouve face à ce qu'il y a de plus terrible, de plus incompréhensible, peut-être de plus puissant au monde. Des DOIGTS !

La peur est partout dans son corps. Elle tremble, suffoque.

C'est bizarre : sur le coup elle n'a pas bien compris,

mais maintenant qu'elle est protégée, au calme dans cet abri provisoire, c'est là que sa peur atteint son degré ultime. Il y a plein de Doigts dehors qui veulent lui régler son compte.

Et si les Doigts étaient des dieux ?

Elle les a nargués, ils sont en colère. Elle n'est qu'une misérable fourmi qui va mourir. Chli-pou-ni avait raison de s'affoler, jamais on n'aurait pu s'attendre à les trouver aussi près de la Fédération ! Ils ont donc passé le bord du monde et ils envahissent la forêt !

103e tourne en rond dans la grotte beige et chaude. Elle tape hystériquement avec son abdomen pour se défouler de tout le stress qu'elle a accumulé depuis quelques secondes.

Elle met longtemps à reprendre son self-control puis, lorsque la peur semble s'être un peu dissipée, à pas prudents, elle visite cette étrange caverne à arceaux. Des lamelles noires ornent l'intérieur. Elles suintent de graisse tiède fondue. Le tout dégage un remugle nauséabond à la limite du supportable.

— Coupe le poulet rôti. Il est drôlement appétissant.

— Si seulement ces fourmis nous laissaient tranquilles...

— J'en ai déjà tué plein.

— En tout cas, toi, avec ta nature, je te retiens ! Tiens, il y en a encore là et là.

Surmontant sa répulsion, 103e traverse cette grotte chaude et se calfeutre sur un bord.

Elle lance en avant ses antennes et assiste en effet à l'Incroyable. Les boules roses, prédatrices formidables, traquent toutes ses compagnes. Elles les débusquent sous les verres, sous les assiettes, sous les serviettes puis leur ôtent la vie sans autre forme de procès.

C'est une hécatombe.

Certaines essaient de tirer des jets d'acide sur leurs assaillants. En vain. Les boules roses volent, sautent, jaillissent de partout, ne laissant aucune chance à leurs minuscules adversaires.

Puis tout se calme.

L'air est rempli de ces relents d'acide oléique qui signifient la mort myrmécéenne.

Les Doigts patrouillent par troupeaux de cinq sur la nappe.

Les blessées sont achevées, transformées en taches, grattées pour ne pas salir.

« Héhie, hasse moi hé gros ciseaux. »

Soudain une énorme pointe crève le plafond de la caverne et en écarte les deux bords dans un craquement assourdissant.

103e sursaute. Elle bondit droit devant elle. Vite. Fuir. Vite. Vite. Les dieux monstrueux sont là-haut.

Elle galope de toute la célérité de ses six pattes.

Les colonnes roses mettent quelque temps à réagir.

Elles semblent complètement dépitées de la voir sortir de là. Elles se lancent aussitôt à sa poursuite.

103e tente toutes les manœuvres. Elle multiplie les virages serrés et les demi-tours à contre-pied. Sa poche cardiaque bat à tout rompre mais elle est encore vivante. Deux colonnes tombent en face d'elle. A travers le tamis de ses yeux, elle voit pour la première fois les cinq silhouettes géantes qui se découpent devant l'horizon. Elle sent leurs odeurs musquées. Les Doigts patrouillent.

Affolant.

Il se produit alors un déclic dans sa tête. Elle a si peur qu'elle commet l'impensable. Une pure folie. Au lieu de fuir, elle saute sur ses poursuivants !

L'effet de surprise est total.

Elle grimpe à toute vitesse sur les Doigts. C'est une vraie fusée sur tremplin. Arrivée au bout de la montagne, elle bondit dans le vide.

Sa chute est amortie par les boules roses.

Elles se referment pour l'écraser.

Elle passe dessous et tombe derechef, dans l'herbe cette fois.

Vite, elle se cache sous un trèfle à trois feuilles. Il était temps. Elle voit les colonnes roses qui ratissent la végétation alentour. Les dieux Doigts veulent la débusquer. Mais le ras des pâquerettes est son monde. Ils ne la retrouveront plus.

103e court, dans ses antennes toutes sortes d'idées pétillent. Cette fois-ci plus de doute, elle les a vus, elle les a touchés, elle les a même trompés.

Cela ne répond pourtant pas à la question essentielle :

Les Doigts sont-ils des dieux ?

Le préfet et Charles Dupeyron s'essuya la main de son mouchoir à carreaux.

— Bon, vous voyez, nous avons pu les chasser, et sans même nous servir de l'insecticide.

— N'empêche que je te l'avais dit, chéri, cette forêt n'est pas propre.

— J'en ai tué cent ! se vanta Virginie.

— Et moi, beaucoup plus, beaucoup plus que toi ! cria Georges.

— Calmez-vous, les enfants... Est-ce qu'elles ont eu le temps de souiller les aliments ?

— Moi, j'en ai vu une sortir du poulet rôti.

— Je ne veux plus manger du poulet sali par la fourmi ! hurla aussitôt Virginie.

Dupeyron fit une grimace.

— On ne va quand même pas jeter un beau poulet rôti juste parce qu'une fourmi l'a touché !

— C'est sale les fourmis, ça transporte des maladies, la maîtresse nous l'a dit à l'école.

— On mangera quand même du poulet, insista le père.

Georges se mit à quatre pattes.

— Il y en a une qui s'est sauvée.

— Tant mieux ! Comme ça elle ira dire aux autres qu'il ne faut pas venir ici. Virginie, arrête d'arracher les pattes de cette fourmi, de toute façon elle est déjà morte.

— Oh non, Maman ! Elle bouge encore un petit peu.

— D'accord, mais alors ne mets pas les morceaux

sur la nappe, jette-les plus loin. Va-t-on pouvoir enfin déjeuner tranquillement ?

Elle avait parlé en levant les yeux au ciel et les y garda fixés, stupéfaite. Un nuage de scarabées cornus, petit mais bruyant, était en train de s'assembler en couronne à un mètre au-dessus de sa tête. Quand elle vit qu'il demeurait là en suspension, elle blêmit.

Son mari n'affichait pas meilleure mine. Lui venait de constater que les herbes avaient noirci : ils étaient encerclés par une véritable marée de fourmis. Elles étaient peut-être des millions !

En vérité, ce n'étaient que les trois mille soldates de la première croisade contre les Doigts, augmentées des renforts zedibeinakaniens. Elles avançaient résolument, toutes mandibules dehors.

L'époux et père articula d'une voix mal assurée :

— Chérie, passe-moi vite la bombe insecticide...

92. ENCYCLOPÉDIE

ACIDE FORMIQUE : *L'acide formique est une composante essentielle de la vie. L'homme en possède d'ailleurs dans ses cellules. Dans la seconde moitié du XIXe siècle, l'acide formique était utilisé pour conserver les aliments ou les cadavres d'animaux. Mais on s'en servait surtout pour ôter les taches des draps.*

Comme on ne savait pas fabriquer cette substance chimique de manière synthétique, on la puisait directement chez les insectes. On entassait des milliers de fourmis dans un pressoir à huile dont on serrait la vis jusqu'à obtenir un jus jaunâtre.

Une fois filtré, ce « sirop de fourmis écrasées » était vendu dans toutes les bonnes drogueries au rayon détachants liquides.

Edmond Wells,
Encyclopédie du savoir relatif et absolu, tome II.

93. STADE DERNIER

Le Pr Miguel Cygneriaz savait que désormais plus rien ne pouvait empêcher qu'on passe au stade dernier.

Il avait entre ses mains l'arme absolue contre les forces chtoniennes. Il prit le liquide argenté et le disposa dans une cuvette. Puis il versa un liquide rouge et procéda à ce qu'on appelait vulgairement en chimie la seconde coagulation.

Le substrat prit alors des couleurs changeantes, celles de la queue d'un oiseau paon.

Le Pr Cygneriaz plaça le récipient dans un fermentoir. Il n'avait plus qu'à attendre. La dernière phase n'avait besoin que de cet ingrédient encore mal contrôlé par les machines : le temps.

94. LES DOIGTS RECULENT

Montant à l'assaut, les premières lignes de fantassins sont soudain enveloppées d'un nuage vert qui les fait fortement tousser.

Bien plus haut, les scarabées rhinocéros piquent alors sur les montagnes mobiles et floues. Parvenues à la hauteur de la jungle capillaire de Cécile Dupeyron, les artilleuses lâchent leurs salves d'acide. Cela a pour seul effet de massacrer trois jeunes poux qui envisageaient d'y élire domicile.

Un autre groupe d'artilleuses à pied concentre ses tirs sur une grosse boule rose. Comment sauraient-elles qu'il s'agit d'un gros orteil de femme sortant d'une sandalette ?

Il va falloir trouver autre chose, car si pour les humains l'acide formique est à peu près aussi corrosif que de la limonade, de nouvelles formations nuageuses vertes d'insecticide sont en train de faire des coupes sombres dans les rangs belokaniens.

Cherchez-leur les trous, vocifère 9ᵉ, message aussitôt répercuté par toutes celles qui ont une expérience des combats contre les mammifères et les oiseaux.

Plusieurs légions partent courageusement à l'assaut des titans. Elles plantent avec détermination leurs mandibules dans des fibres textiles, provoquant de larges blessures dans un tee-shirt en coton ainsi que dans un short du même tissu. Le sweat-shirt de Virginie Dupeyron (30 % acrylique, 20 % polyamide) s'avère en revanche une véritable armure où les pinces myrmécéennes ne parviennent à aucun résultat probant.

— J'en ai une dans le nez. Aïe !
— Vite, l'insecticide !
— On ne peut pas utiliser l'insecticide sur nous, quand même !
— Au secours ! gémit Virginie.
— Quelle plaie ! cria Charles Dupeyron, en s'efforçant de disperser de la main les coléoptères qui bourdonnaient autour de sa famille.
— On n'en viendra donc jam...

... jamais à bout de ces monstres. Ils sont trop grands, trop forts. Ils sont incompréhensibles.

103e et 9e discutent fiévreusement de la situation, quelque part dans le cou du jeune Georges. 103e demande si l'on a amené des poisons exotiques. 9e répond qu'il y en a, du venin de guêpe ou d'abeille, et qu'elle va tout de suite en chercher. La bataille fait encore rage quand elle revient, portant à bout de pattes un œuf plein du liquide jaune qui sort généralement du dard des abeilles.

Comment t'y prendras-tu pour l'inoculer ? Nous n'avons pas de dard, nous.

103e ne répond pas, elle plante sa mandibule dans la chair rosée et l'enfonce le plus profondément possible. Elle répète plusieurs fois l'opération car le terrain est aussi résistant que mou. Enfin, oui ! Elle n'a plus qu'à verser la liqueur jaune dans le trou rouge bouillonnant.

Fuyons.

Le repli n'est pas de tout repos. L'animal géant est

pris de convulsions, il suffoque, vibre et fait beaucoup de bruit.

Georges Dupeyron ploie les genoux puis s'effondre sur le flanc.

Georges est terrassé par les minuscules dragons.

Georges tombe. Quatre légions de fourmis se perdent dans ses cheveux, mais d'autres parviennent à trouver ses six trous.

103e est rassérénée.

Cette fois-ci, il n'y a pas de doute. On en a eu un !

Tout d'un coup la peur des Doigts cesse de la hanter. Que c'est beau la fin d'une peur ! Elle se sent libre.

Georges Dupeyron est à terre et ne bouge plus.

9e s'élance, monte sur son visage et escalade la masse rosée.

Un Doigt est en fait un territoire entier. Du peu qu'elle en parcourt, il fait au moins cent pas de large sur deux cents de long !

Il y a de tout là-dedans : des cavernes, des vallées, des montagnes, des cratères.

9e, équipée des plus longues mandibules de la croisade, pense que le Doigt n'est pas encore complètement mort. Elle gravit les sourcils, s'arrête à la racine du nez juste entre les deux yeux, à l'emplacement de ce que les Hindous nomment le troisième œil. Elle lève haut la pointe de sa mandibule droite.

La lame scintille sous les rayons du soleil comme une Excalibur magnifique. Puis d'un coup sec, *tchouf !* elle l'enfonce le plus profondément qu'elle peut dans la surface rose.

9e dégage dans un bruit de succion son sabre de chitine.

Aussitôt un fin geyser rouge s'élève au-dessus de leurs antennes.

— Chéri ! regarde, Georges n'a pas l'air bien du tout !

Charles Dupeyron lâcha la bombe dans l'herbe et se pencha sur son fils. Le teint de ses joues avait viré au pivoine, il respirait avec difficulté. Des fourmis le parcouraient par grappes entières.

— Il nous fait une crise d'allergie ! s'écria le préfet. Il lui faut vite une piqûre, un toubib...

— Filons d'ici, vite !

Sans même prendre le temps de ramasser ses ustensiles de pique-nique, la famille Dupeyron fuit en direction de la voiture, Charles portant son fils dans ses bras.

9e a sauté à temps. Elle lèche le sang doigtier resté collé sur sa mandibule droite.

Tout le monde sait désormais.

Les Doigts ne sont pas invulnérables. On peut leur faire du mal. On peut les vaincre avec du venin d'abeille.

95. NICOLAS

Le monde des Doigts est si beau qu'aucune fourmi ne peut encore le comprendre.

Le monde des Doigts est si paisible que l'inquiétude et la guerre en ont été chassées.

Le monde des Doigts est si harmonieux que chacun y vit dans une extase permanente.

Nous possédons des outils qui nous permettent de ne jamais travailler.

Nous possédons des outils qui nous permettent de nous déplacer à très grande vitesse dans l'espace.

Nous possédons des outils qui nous permettent de nous nourrir sans le moindre effort.

Nous pouvons voler.

Nous pouvons aller sous l'eau.

Nous pouvons même quitter cette planète pour aller au-delà du ciel.

Les Doigts peuvent tout car les Doigts sont des dieux.

Les Doigts peuvent tout car les Doigts sont grands.

Les Doigts peuvent tout car les Doigts sont puissants.

C'est la vérité.

— Nicolas !

Le garçon éteignit rapidement la machine et fit semblant de consulter l'*Encyclopédie du savoir relatif et absolu.*

— Oui, Maman ?

Lucie Wells apparut. Elle était maigre et frêle, mais son regard sombre était animé d'une force étrange.

— Tu ne dors pas ? C'est pourtant l'heure de notre nuit artificielle.

— Tu sais, parfois je me relève pour consulter l'*Encyclopédie.*

Elle sourit.

— Tu as raison. Il y a tant à apprendre dans ce livre. (Elle le prit par les épaules.) Dis-moi, Nicolas, tu n'as toujours pas envie de participer à nos réunions télépathiques ?

— Non, pas tout de suite. Je crois que je ne suis pas encore prêt.

— Quand tu le seras, tu le sentiras tout naturellement. Ne te force pas.

Elle le serra dans ses bras et lui massa le dos. Il se dégagea doucement, de moins en moins sensible à ces témoignages d'amour maternel.

Elle lui souffla à l'oreille :

— Pour l'instant, tu ne peux pas comprendre, mais un jour...

96. 24e FAIT CE QU'ELLE PEUT (AVEC CE QU'ELLE A)

24e marche vers ce qu'elle espère être le sud-est. Elle interroge tous les animaux qu'elle peut approcher sans trop de danger.

Ont-ils vu passer la croisade ? Mais le langage odorant des fourmis n'a pas encore le statut de langue universelle. Un scarabée cétoine, pourtant, prétend avoir entendu dire que les Belokaniennes avaient rencontré les Doigts et gagné la bataille.

C'est impossible, pense aussitôt 24e. On ne peut vaincre les dieux ! Cependant, en chemin, elle continue de questionner et en apprend juste assez pour être convaincue qu'il y a bien eu rencontre. Mais dans quelles circonstances, et avec quelle issue ?

Elle n'était pas là. Elle n'a pu voir ses dieux et, plus grave, elle n'a pu leur remettre le cocon de la mission Mercure. Maudits soient son étourderie et son perpétuel manque de sens de l'orientation !

Elle avise un sanglier sur le passage. Lui ira bien plus vite qu'elle. Obsédée par son désir de rejoindre ses sœurs rousses et, qui sait, de se rapprocher des Doigts, elle escalade une patte. Elle n'attend pas longtemps, le sanglier fonce. Le problème est qu'il oblique trop vers le nord. Elle doit sauter en marche.

Elle a de la chance. Un écureuil se présente, dont elle parasite aussitôt la fourrure. Lui va vers le nord-est, mais ce rongeur véloce s'arrête brusquement sur la cime d'un arbre et 24e doit sauter pour regagner au plus vite le sol.

Elle a fait de la route, certes, mais elle est toujours seule. Elle s'y prend mal, elle doit se ressaisir : elle croit en les Doigts, dieux tout-puissants. Eh bien, qu'elle les invoque, afin qu'ils la guident vers la croisade et vers eux-mêmes.

O Doigts, ne m'abandonnez pas dans ce monde effrayant. Faites que je retrouve mes sœurs.

Elle replie les antennes, comme pour mieux contacter ses maîtres. C'est à cet instant qu'elle perçoit derrière elle une odeur des plus familières.

Toi !

24e est au comble de la joie.

103e, qui était partie à la recherche d'informations sur Askoleïn, la Ruche d'or, est soulagée à la vue du cocon. Elle est très contente aussi de retrouver la jeune rebelle déiste.

Tu n'as pas perdu le cocon à papillon ?

Elle lui montre le précieux récipient et elles rejoignent le reste du groupe.

97. ENCYCLOPÉDIE

QUESTION D'ESPACE-TEMPS : Autour d'un atome se trouvent plusieurs orbites d'électrons, certaines tout proches du noyau, d'autres beaucoup plus éloignées.

Qu'un événement extérieur contraigne un de ces électrons à changer d'orbite et aussitôt se produit une émission d'énergie sous forme de lumière, de chaleur, de rayonnement.

Déplacer un électron d'une couche basse pour l'amener dans une couche plus haute, c'est comme mettre un borgne au pays des aveugles. Il rayonne, il impressionne, il est le roi. A l'inverse, un électron d'orbite haute déplacé sur une orbite plus basse aura l'air d'un parfait imbécile.

L'univers entier est construit de façon analogue, en lasagnes. Des espaces-temps différents se côtoient, agencés en couches superposées. Certains sont rapides et complexes, d'autres lents et primaires.

On retrouve cette organisation stratifiée à tous les niveaux d'existence. Ainsi, une fourmi très intelligente et débrouillarde, projetée dans l'univers humain, n'est qu'une petite bête maladroite et craintive. Un humain ignorant et stupide, parachuté dans une fourmilière, devient un dieu omnipotent. Il n'empêche que la fourmi qui aura été en contact avec les humains aura beaucoup appris de cette expérience. De retour auprès des siennes, sa connaissance de l'espace-temps supérieur lui donnera un pouvoir certain sur toutes ses semblables.

Un bon moyen de progresser est d'avoir connu l'état de paria dans la dimension supérieure, pour revenir ensuite dans sa dimension d'origine.

Edmond Wells,
Encyclopédie du savoir relatif et absolu, tome II.

98. NOS AMIES LES MOUCHES

Parvenue dans la clairière aux Doigts où campent maintenant les croisées, 24e s'obstine à ne pas croire que ses sœurs rousses ont tué un dieu. Elle soutient auprès de 103e qu'elles ont confondu quelque autre animal géant avec un Doigt.

Et si toutefois c'était bien un Doigt, il est possible que celui-ci ait fait semblant de mourir. Il aura voulu tester ainsi leur réaction, mesurer le degré de leur ferveur. Avec sa réputation de naïveté, 24e assène le coup de grâce : si le Doigt est mort, où donc est passé son cadavre ?

103e marque un peu d'embarras, sans plus. Elle affirme en avoir parcouru un dans tous les sens et posséder à présent une idée beaucoup plus précise de la question.

Alors qu'elle émet tout cela à 24e, l'idée germe dans ses cerveaux : pourquoi ne pas rédiger une phéromone mémoire sur les Doigts ? Elle prend un peu de salive et y inscrit :

Phéromone : Zoologie
Thème : Les Doigts
Saliveuse : 103 683e
Date an : 100 000 667

1) Les Doigts existent.

2) Les Doigts sont vulnérables. On peut les tuer avec du venin d'abeille.

Notes sur la deuxième remarque :

a) Il y a peut-être d'autres façons de tuer les Doigts, mais seul à ce jour le venin d'abeille s'est avéré efficace.

b) Il faudra une énorme quantité de venin d'abeille si l'on veut tuer tous les Doigts.

c) Les Doigts restent cependant très difficiles à tuer.

3) Les Doigts sont beaucoup plus grands que ce que nos yeux peuvent en saisir.

4) Les Doigts sont chauds.

5) Les Doigts sont recouverts d'une couche de fibre végétale. Comme une peau artificielle colorée. Celle-ci ne saigne pas quand on la perce à la mandibule. Ce n'est que la peau en dessous qui saigne.

Elle lève les antennes pour rassembler ses souvenirs puis déglutit :

6) Les Doigts ont une odeur très forte, qui ne ressemble à rien de connu.

Elle avise un groupe de mouches qui font cercle autour d'une flaque rouge sombre.

7) Les Doigts ont le sang rouge, comme les oiseaux.

Cette goutte de sang est en train d'attirer une foule de mouches bourdonnantes.

8) Si les Doigts sont des...

Impossible de travailler dans de telles conditions, vraiment. Les mouches sont en plein festin. On ne s'entend plus. 103e doit s'interrompre et veut disperser les charognards.

Mais à bien y réfléchir, les mouches peuvent être utiles à la croisade.

99. ENCYCLOPÉDIE

CADEAU : *Chez les mouches vertes, la femelle dévore le mâle durant l'accouplement. Les émotions lui ouvrent l'appétit et la première tête qui traîne à côté d'elle lui semble un excellent déjeuner. Mais si le mâle veut faire l'amour, il ne veut pas mourir croqué par sa belle. Aussi, pour se tirer de cette situation cornélienne : avoir l'Eros sans le Thanatos, le mâle mouche verte a trouvé un stratagème. Il apporte un morceau d'aliment en « cadeau ». Ainsi, lorsque madame la mouche verte a son petit creux, elle peut profiter d'un bout de viande à déguster et son partenaire peut copuler sans danger. Chez une espèce encore plus évoluée, le mâle amène sa viande d'insecte empaquetée dans un cocon transparent, gagnant ainsi un précieux surcroît de temps.*

Une troisième espèce de mouche a tiré les consé-

quences du fait que le temps d'ouverture du cadeau comptait plus, du point de vue du mâle, que la qualité du cadeau lui-même. Chez cette troisième espèce le cocon d'emballage est épais, volumineux, et... il est vide. Le temps que la femelle découvre la supercherie, et le mâle a terminé son affaire.
Du coup, chacun réajuste son comportement. Chez les mouches de type empis, par exemple, la femelle secoue le cocon pour vérifier qu'il n'est pas vide. Mais... là encore il y a une parade. Le mâle prévoyant garnit le paquet-cadeau avec ses propres excréments, juste assez lourds pour pouvoir passer pour des morceaux de viande.

Edmond Wells,
Encyclopédie du savoir relatif et absolu, tome II.

100. LAETITIA S'EST ÉVADÉE

Rendu à la prison, le commissaire Méliès demanda à voir Laetitia Wells. Il interrogea le directeur :
— Comment réagit-elle à son incarcération ?
— D'aucune manière. Elle ne réagit pas.
— Que voulez-vous dire ?
— Depuis qu'elle est ici, elle dort. Elle n'a rien mangé, elle n'a même pas bu une gorgée d'eau. Elle n'a pas bougé. Elle dort et rien ne peut la réveiller.
— Elle dort depuis combien de temps ?
— Soixante-douze heures.
Jacques Méliès ne s'attendait pas à cette réaction. Les femmes qu'il arrêtait, d'ordinaire, pleuraient, poussaient des cris de rage mais en aucun cas elles ne dormaient.
Le téléphone sonna.
— Pour vous, dit le directeur.
C'était l'inspecteur Cahuzacq.
— Chef, je suis avec le légiste et il y a comme un problème. Les fourmis de la journaliste, eh bien, il

n'y en a plus une seule qui bouge. Qu'est-ce que tu en dis ?

— J'en dis, j'en dis... J'en dis qu'elles hibernent, voilà tout.

— En plein mois d'août ? s'étonna l'inspecteur.

— Parfaitement ! fit Méliès avec assurance. Emile ? Dis au légiste que je passerai un peu plus tard.

Jacques Méliès raccrocha, le visage blême.

— Laetitia Wells et ses fourmis hibernent.

— Pardon ?

— Oui, j'ai étudié ça en biologie. Quand il fait froid, quand il pleut, quand leur reine a disparu, les insectes cessent toute activité et ralentissent leur rythme cardiaque, jusqu'au sommeil ou jusqu'à la mort.

Les deux hommes coururent à travers la maison d'arrêt jusqu'à la cellule de Laetitia. Ils furent vite rassurés. Des lèvres de la jeune femme sortait un doux ronflement. Méliès lui saisit le poignet et constata que le pouls était... un peu lent. Il la secoua jusqu'à ce qu'elle s'éveille.

Laetitia entrouvrit ses yeux mauves, parut éprouver quelque difficulté à faire le point et reconnut enfin le commissaire. Elle se rendormit en souriant. Méliès choisit d'ignorer provisoirement les sentiments mêlés qui l'agitaient.

Il se tourna vers le directeur de la prison :

— Vous verrez que demain matin, elle réclamera son petit déjeuner. J'en fais le pari.

Sous la peau fragile des paupières, les yeux mauves tournaient de gauche à droite et de bas en haut, comme pour mieux suivre les péripéties d'un rêve. C'était étrange. Laetitia s'était comme enfuie dans le monde onirique.

101. PROPAGANDE

Voilà, c'est très simple.

23e commence ainsi sa harangue. Elle s'est installée dans une cuvette creusée dans un rocher de grès,

24e à ses côtés. Une escouade de trente-trois fourmis leur fait face.

Elle avait d'abord envisagé de tenir ses réunions de propagande à l'intérieur même du bivouac vivant, puis elle y a renoncé sagement : là-dedans, les murs ont des antennes.

23e se dresse sur quatre pattes :

Les Doigts nous ont créées et placées sur la Terre pour que nous les servions. Ils nous observent et nous devons veiller à ne pas les mécontenter car ils peuvent nous punir. Nous les servons et ils nous donnent en retour une part de leur puissance.

La majeure partie de l'assistance est formée de fourmis victimes des cestodes du pic noir bombardier. Que ce soit parce qu'elles n'ont plus grand-chose à perdre ou parce qu'elles recherchent une consolation à leur propre ruine, le fait est là : les albinos sont attentives aux arguments déistes. Interloquées souvent, sceptiques parfois, elles aimeraient toutes espérer en un monde supérieur par-delà la mort.

Il faut dire que les pauvres albinos en voient de dures. Peu à peu gagnées par une langueur morbide, se traînant en queue de la procession, elles sont en droit de se poser des questions sur le sens de l'existence. Il arrive qu'elles se laissent carrément distancer et deviennent des proies faciles pour les prédateurs les plus variés. Cependant, toute soldate qui verrait une malade attaquée n'hésiterait pas à voler à son secours. La solidarité myrmécéenne n'excepte personne, à plus forte raison au sein d'une entreprise telle que la première croisade.

Quoi qu'il en soit, le message déiste séduit et trouve des antennes complaisantes, y compris chez les valides. Et le moins étrange n'est pas que les fourmis assemblées au creux de la cuvette de grès oublient que si elles ont quitté leur cité, c'est pour exterminer ceux qu'elles sont à présent bien près d'adorer.

De frêles objections se font tout de même entendre, des questions qui pourraient semer l'embarras. Mais 23e a sa réponse toute prête :

L'important est d'approcher les Doigts. Pour le reste, ne vous souciez de rien. Les Doigts sont des dieux et ils sont immortels.

Que répondre à ça ? Une éclaireuse rousse lève pourtant l'antenne :

Pourquoi les Doigts n'émettent-ils rien pour nous indiquer ce que nous devons faire, instant après instant ?

Ils nous parlent, assure 23e. *A Bel-o-kan, nous sommes en contact permanent avec les Doigts.*

Une artilleuse :

Comment fait-on pour parler aux dieux ?

Réponse :

Il faut penser à eux très fort. Les dieux nomment cela « prière ». Toute prière émise où que ce soit est entendue par les dieux.

Une fourmi blanche lance une phéromone empreinte de désespoir :

Les Doigts peuvent-ils guérir des cestodes ?

Les Doigts peuvent tout.

Alors une soldate interroge :

Puisque la Meute nous commande de tuer tous les Doigts, qu'allons-nous faire ?

23e lorgne la questionneuse et agite tranquillement ses tiges sensitives.

Rien. Nous ne ferons rien. Nous resterons à l'écart et nous observerons. Ne craignons rien pour les dieux. Les dieux sont tout-puissants. Répandez seulement la parole du Docteur Livingstone. Soyons de plus en plus nombreuses à nous réunir. Avec prudence. Et surtout, prions.

Pour la plupart, c'est la première fois qu'elles ont un comportement rebelle par rapport à la Meute. Et elles trouvent cela très excitant. Même si les Doigts n'existent pas.

102. ENCYCLOPÉDIE

DIEU : Dieu, par définition, est omniprésent et omnipotent. S'il existe, il est donc partout et peut tout faire. Mais s'il peut tout faire, est-il aussi capable de générer un monde d'où il est absent et où il ne peut rien faire ?

Edmond Wells,
Encyclopédie du savoir relatif et absolu, tome II.

103. ASKOLEÏN, LA RUCHE D'OR

Huit vertical. Huit inversé. Huit en spirale. Huit.

On s'arrête.

Double huit. Changement d'angle par rapport au soleil.

Huit horizontal étroit. Huit horizontal large.

Le message est on ne peut plus clair.

Réponse : huit, huit horizontal large, double huit, huit inversé. Puis transmission au prochain relais aérien.

Les abeilles gravent dans le ciel leurs informations en tournoyant.

Pour signifier que la nourriture est à plus de cent mètres, elles effectuent des huit dont l'axe central indique la direction à prendre et la distance.

La cité du grand sapin près du fleuve a pour nom odorant Askoleïn, ce qui en abeille signifie « la Ruche d'or ».

Elle comprend six mille individus.

Une abeille éclaireuse askoleïne, ayant repéré cet appel, décolle à grande vitesse. Elle slalome entre les chardons, remonte les talus, survole une colonne de fourmis qui grouillent entre les herbes (tiens, qu'est-ce que font ces fourmis dans le coin ?). Elle contourne le grand chêne, rase la zone des mottes de sable.

Par ici, ça a l'air intéressant. Elle ralentit son battement d'ailes. L'abeille virevolte au-dessus des jonquilles, se trempe les pattes dans les étamines de fleurs non identifiées, s'aperçoit qu'à bien y réfléchir c'est de la marguerite, lance sa langue fine et démultipliée dans la poudre jaune puis revient quelques instants plus tard, les cuissots recouverts de pollen frais.

Elle atterrit sur la piste d'envol de la ruche et tout de suite se met à battre des ailes avec une fréquence de 280 hertz.

Bzzzzz bzzz bzzz. 280 hertz, c'est la fréquence qui permet à une abeille de rameuter un maximum d'ouvrières préoccupées par des problèmes de nourriture.

A 260 hertz, elle attirerait des ouvrières chargées de l'intendance et du soin des petits. A 300 hertz, elle déclencherait l'alerte militaire.

L'éclaireuse se positionne sur un hexagone de cire et commence sa danse. Cette fois-ci elle dessine des huit mais en deux dimensions, à plat sur le sol ciré de la ruche. Elle raconte très vite son aventure. Elle donne la direction, la distance et la qualité exacte du groupe de fleurs qu'elle a visitées. Ce sont, selon elle, des marguerites.

Comme la source est relativement proche, elle danse rapidement, sinon elle s'y prendrait avec plus de lenteur. Un peu comme si elle voulait mimer la fatigue du vol lointain.

Dans son rapport « dansé », elle tient aussi compte de la position du soleil et de son mouvement.

Des collègues accourent. Elles ont compris qu'il y avait de nombreuses fleurs à butiner, mais elles voudraient savoir la qualité de cette source. Parfois les fleurs sont couvertes de fientes d'oiseaux, parfois elles sont fanées, parfois des abeilles d'une autre ruche les ont déjà pillées.

Certaines tapent nerveusement de leur abdomen sur les rayons de cire.

On veut du concret, expriment-elles ainsi en langage abeille.

L'éclaireuse ne se fait pas prier. Elle régurgite son pollen :

Goûtez, mes belles, vous verrez, c'est du premier choix !

Cette danse, ce dialogue, cet échange s'effectue dans l'obscurité la plus totale mais à la fin, tout un groupe décolle pour une mission dont elles connaissent déjà la plupart des éléments.

L'éclaireuse, fourbue, ingurgite les échantillons qu'elle avait ramenés pour preuve. Elle va ensuite rejoindre la loge royale où se trouve la reine des abeilles askoleïnes, Zaha-haer-scha, 67e du nom.

Celle-ci était parvenue au trône de ce royaume abeille au terme d'une lutte qui l'avait opposée à une vingtaine de ses reines sœurs. Les abeilles produisent toujours trop de reines, mais comme il n'en faut qu'une par cité, elles se battent sauvagement dans la loge nuptiale jusqu'à ce qu'il ne reste plus qu'une victorieuse.

C'est une méthode de sélection un peu barbare, elle permet cependant de mettre à la tête de la Cité l'abeille la plus tenace et la plus combative.

La reine abeille, reconnaissable à son abdomen jaune uni, vit quatre ans et, si tout va bien, elle peut pondre jusqu'à mille œufs par jour.

La ruche d'Askoleïn est située à l'est-nord-est de la fourmilière Bel-o-kan. C'est un lieu parfait où les rayons de cire orange grouillent d'ouvrières butineuses. Tout ici est brillant et parfumé. Jaune, noir, rose et orange. Des ouvrières se passent de pattes en pattes le miel précieux.

Plus loin, on brasse dans un vase de cire la gelée royale.

Encore plus loin se trouve la salle d'éducation des jeunes abeilles. L'éducation des abeilles obéit toujours aux mêmes règles. Dès qu'elle sort de sa cellule, l'abeille est nourrie par ses sœurs, après quoi elle se met au travail. Pendant les trois premiers jours de sa vie, elle se livre aux tâches domestiques. Le troisième jour, elle subit des transformations physiques avec l'apparition près de la bouche de glandes produisant de la gelée royale. Elle devient alors nourrice. Ces glandes vont ensuite diminuer d'importance et, peu à peu, de nouvelles glandes, situées cette fois sous l'abdomen, vont se mettre en marche. Ce sont les glandes cirières qui produiront la cire nécessaire à construire et réparer les rayons de la Cité.

Ainsi, à partir du douzième jour, l'abeille devient maçonne.

Elle construit les alvéoles qui constituent les rayons de cire. C'est à partir du dix-huitième jour que ces glandes cirières vont à leur tour cesser de fonctionner. L'ouvrière devient alors gardienne, le temps de se familiariser avec le monde extérieur, puis butineuse. Elle mourra butineuse.

L'éclaireuse arrive dans la loge royale. Elle veut parler à sa Reine Mère de cette étrange colonne de fourmis, mais celle-ci semble en grande conversation avec... elle a du mal à en croire ses antennes... avec une fourmi, justement. Et plus précisément une fourmi de la fédération belokanienne ! Elle réceptionne de loin le dialogue des deux insectes.

Que peut-on faire ? demande la reine des abeilles.

Lorsque cette fourmi a débarqué dans la ruche, personne n'a compris ce qu'elle venait faire là. C'est plus par surprise que par sympathie qu'on l'a laissée entrer dans la Cité d'or.

Que faisait une fourmi dans une ruche !

23e a alors raconté les circonstances exceptionnelles qui justifiaient sa venue.

Les Belokaniennes, ses propres sœurs, sont devenues folles, elles ont lancé une croisade contre les Doigts et en ont déjà tué un. 23e explique que la croisade va forcément attaquer les abeilles qui se trouvent sur leur chemin. Elle conseille à l'armée abeille, qu'elle sait redoutable, de prendre les devants et d'attaquer la colonne des croisées lorsqu'elles seront coincées dans le canyon des renoncules.

Une embuscade ? Tu me proposes de tendre une embuscade à celles de ton espèce ?

La reine abeille est surprise. On lui a certes raconté que les fourmis avaient des comportements de plus en plus pervers, on lui a notamment parlé de ces mercenaires qui luttaient contre leur nid en échange de nourriture, mais elle n'y croyait pour l'instant qu'à moitié. Avoir en face d'elle une fourmi qui lui indique le meilleur endroit pour tuer les siennes l'impressionne beaucoup.

Décidément, les fourmis sont encore plus perverties qu'elle ne le pensait. A moins que ce ne soit un piège. Cette soi-disant traîtresse pourrait par exemple être venue pour attirer l'armée abeille dans le canyon des renoncules et pendant ce temps, le gros de la croisade attaquerait la ruche. Ça, ce serait déjà plus compréhensible.

La reine Zaha-haer-scha fait vibrer ses ailes dorsales.

Elle demande dans un langage odorant basique compréhensible même par les fourmis :

Pourquoi trahis-tu les tiennes ?

La fourmi s'explique : les Belokaniennes veulent tuer tous les Doigts de la Terre. Or les Doigts font partie de la diversité du monde et à force d'éliminer des espèces entières, les fourmis appauvrissent la planète. Chaque espèce a son utilité et le génie de la nature s'exprime par la multiplicité de ses formes de vie.

En détruire une est un crime.

Les fourmis ont déjà massacré beaucoup d'animaux. Elles l'ont fait sciemment sans essayer de les comprendre ni de communiquer avec eux. C'est une partie entière de la nature qui a été éliminée par simple obscurantisme.

La soldate 23e se garde d'expliquer que les Doigts sont des dieux et qu'elle est elle-même déiste. Elle ne dit pas que « les Doigts sont tout-puissants », même si elle le pense très fort. Qu'est-ce qu'une reine abeille pourrait comprendre à ces notions ultra-abstraites ?

Elle reprend les arguments des rebelles non déistes.

C'est un langage plus simple à ingurgiter pour quelqu'un qui n'a lamais pensé qu'il pouvait exister des dieux.

Des Doigts on ne connaît pratiquement rien. Ils ont sûrement beaucoup de choses à nous apprendre. A leur niveau, à leur taille, ils sont confrontés à des problèmes que nous ne sommes même pas capables d'imaginer...

Il faut selon elle épargner les Doigts. Ou du moins en sauver un couple pour les étudier.

L'abeille comprend ce langage, mais se déclare absolument non concernée par cette guerre formico-doigtière. Elles ont actuellement un conflit frontalier avec un nid de guêpes noires qui mobilise toutes leurs pulsions militaires. La reine Zaha-haer-scha se lance d'ailleurs non sans une certaine délectation dans la description d'une bataille abeillo-guêpière.

Ces escadres volantes de milliers d'hyménoptères qui se mêlent les ailes, les duels en suspension dans les airs, les chocs des dards empoisonnés, les feintes, les bottes, les dégagements croisés ! Elle avoue être une passionnée de l'art de l'escrime dardienne. Et seules les guêpes et les abeilles connaissent ce sport. Il n'est pas facile de se maintenir en vol tout en donnant des coups de pointe adroits. Elle mime gaillardement un duel contre un adversaire imaginaire et énumère les coups. Voilà un moulinet, une estocade, une quarte, une quinte, une prime, une parade à droite.

Le bout de son abdomen est à une épaisseur d'aile de la tête de la fourmi. Celle-ci ne semble pas du tout impressionnée, alors l'abeille continue de lui décrire un combat abeillo-guêpier. Écharpe, engagement, enveloppement, remise, riposte...

23e l'interrompt, elle insiste, elle dit qu'au contraire les abeilles sont complètement concernées par cette guerre formico-doigtière. 103e, l'une de leurs soldates les plus expérimentées, a découvert qu'on pouvait tuer les Doigts avec du venin d'abeille. On ne peut pour l'instant les tuer qu'avec ça.

La croisade va donc forcément attaquer Askoleïn pour se procurer le poison.

Des fourmis ? Nous attaquer, si loin de leur fédération ! Tu délires !

C'est à ce moment que l'alerte militaire se déclenche dans tous les rayons de la Ruche d'or.

nathan avait eu peur mais, en même temps, la
nce des autres l'avait rassuré. Alors, sous forme
on OM, ou d'ectoplasme ou d'âme, comme on
lra, il avait quitté son corps et, avec les autres,
t traversé le rocher de granite pour monter dans
urmilière.
phénomène n'avait pas duré longtemps. Il avait
dement regagné sa chair comme si un cordon
tique l'y avait ramené.
'avait été un songe collectif. Ça ne pouvait être
ın songe collectif.
force de vivre auprès de fourmis, ils rêvaient
s de fourmis. Il se souvint qu'un passage de
cyclopédie s'intéressait plus précisément aux
s. Muni d'une lampe de poche, il alla tourner sur
ıtrin les pages du livre précieux.

. ENCYCLOPÉDIE

E : Au fin fond d'une forêt de Malaisie vivait une ibu primitive, les Senoïs. Ceux-ci organisaient oute leur vie autour de leurs rêves. On les appeait d'ailleurs « le peuple du rêve ».
ous les matins au petit déjeuner, autour du feu, hacun ne parlait que de ses rêves de la nuit. Si n Senoï avait rêvé avoir nui à quelqu'un, il evait offrir un cadeau à la personne lésée. S'il vait rêvé avoir été frappé par un membre de assistance, l'agresseur devait s'excuser et lui onner un présent pour se faire pardonner.
hez les Senoïs, le monde onirique était plus iche d'enseignements que la vie réelle. Si un nfant racontait avoir vu un tigre et s'être enfui, n l'obligeait à rêver de nouveau du félin la nuit uivante, à se battre avec lui et à le tuer. Les nciens lui expliquaient comment s'y prendre. Si enfant ne réussissait pas, ensuite, à venir à bout ı tigre, toute la tribu le réprimandait.
ans le système de valeurs senoï, si on rêvait de

104. LES INSECTES NE NOUS VEULENT PAS DU BIEN

C'était au tour du Pr Miguel Cygneriaz de présenter sa contribution au séminaire sur la lutte contre les insectes. Il se leva et présenta à l'assistance un planisphère parsemé de pastilles noires :

— Ces points représentent des zones de guerre, non entre humains, mais contre l'insecte. Nous nous battons partout contre les insectes. Au Maroc, en Algérie, au Sénégal, on combat les invasions de criquets. Au Pérou, le moustique transmet le paludisme, en Afrique australe la mouche tsé-tsé donne la maladie du sommeil, au Mali une prolifération de poux a provoqué une épidémie de typhus. En Amazonie, en Afrique équatoriale, en Indonésie, les hommes se battent contre les invasions de fourmis magnans. En Libye, les vaches sont décimées par la mouche bouchère. Au Venezuela, des guêpes agressives s'en prennent aux enfants. En France, tout près d'ici, une famille a été attaquée en plein pique-nique par une colonne de fourmis rousses en forêt de Fontainebleau. Et je ne vous parlerai pas des doryphores qui détruisent les plantations de pommes de terre, des termites qui grignotent les maisons de bois jusqu'à ce qu'elles s'abattent sur leurs habitants, des mites qui se nourrissent de nos vêtements, des teignes qui s'en prennent à nos chiens... Telle est la réalité. Depuis un million d'années, les hommes sont en guerre contre les insectes et le combat ne fait que commencer. Comme l'adversaire est petit, on le sousestime. On se figure qu'une pichenette suffit pour l'écraser. Erreur ! L'insecte est très difficile à anéantir. Il s'adapte aux poisons, il mute pour mieux résister aux insecticides, il se multiplie pour échapper aux tentatives d'extermination. L'insecte est notre ennemi. Or, neuf animaux sur dix sont des insectes. Nous ne sommes qu'une petite poignée d'humains et même de mammifères par rapport à des milliards de milliards de milliards de fourmis, termites, mouches, moustiques. Nos ancêtres avaient un mot pour qualifier ces ennemis. Ils les nommaient les forces chtoniennes. Les insectes représentent les forces chtoniennes, c'est-à-dire tout ce qui est bas, rampant, souterrain, caché, imprévisible !

Une main se leva.

— Professeur Cygneriaz, comment peut-on lutter contre ces forces chto... contre les insectes, je veux dire ?

Le scientifique sourit à son public.

— En cessant tout d'abord de les sous-estimer. Ainsi, dans mon laboratoire, à Santiago du Chili, nous avons découvert que les fourmis avaient institué des « goûteuses ». Chaque fois qu'une fourmilière est confrontée à un aliment nouveau, celles-ci sont chargées de le tester. Si au bout de deux jours, elles ne présentent aucun symptôme suspect, leurs sœurs consommeront à leur tour de cet aliment. Ceci explique l'effet limité de la plupart des insecticides organo-phosphorés. Nous avons donc mis au point un nouvel insecticide à effet retard, n'agissant que soixante-douze heures après son ingestion. Nous espérons que ce poison nouveau pourra se répandre dans la Cité malgré leurs procédures de sécurité.

— Professeur Cygneriaz, que pensez-vous de Laetitia Wells, cette femme qui a réussi à dresser des fourmis afin qu'elles tuent les chercheurs en insecticides ?

L'expert leva les yeux au ciel.

— Depuis toujours, il y a eu des hommes fascinés par les insectes. Ce qui est surprenant, c'est qu'un tel comportement ne se soit pas présenté plus tôt. J'ai beaucoup souffert de ces assassinats. La plupart des victimes étaient des collaborateurs et des amis. Mais qu'importe, maintenant ! Mlle Wells est hors d'état de nuire et, dans quelques jours, je vous présenterai ce produit miracle, efficace à l'échelle planétaire, qui nous a coûté si cher. Nom de code : « Babel ». Pour plus de renseignements, rendez-vous ici demain, à la même heure.

Le Pr Cygneriaz regagna son hôtel à pied, en

sifflotant. Il était satisfait de l'effet
propos sur ses auditeurs.

Dans sa chambre, en dégrafant
remarqua un petit trou carré dans
mais n'y prêta guère d'attention.

Il se reposait sur son lit des fatigues
quand il perçut un bruit en provenance
bains. Les tuyauteries avaient décidém
lances, même dans les meilleurs établis

Il se leva, ferma tranquillement la po
de bains et décida qu'il était l'heure de
descendre au restaurant, il avait le choix
lier et l'ascenseur. Las comme il l'étai
l'ascenseur.

Ce fut une erreur.

L'appareil se bloqua entre deux étages.

Des clients qui attendaient au palier sui
dirent Miguel Cygneriaz pousser des cris e
en même temps qu'il tapait de toutes
contre les parois d'acier.

— Encore un claustrophobe, dit une fen

Mais lorsqu'un employé vint débloquer l
il n'y découvrit plus qu'un cadavre. A voir le
de terreur inscrit sur son visage, l'homme av
battre contre le Diable.

105. RÊVES

Jonathan ne dormait pas. Depuis que les
nies de communion étaient devenues aussi
il éprouvait de plus en plus de difficulté
le sommeil.

Hier, en particulier, il avait vécu une
terrible.

Tandis qu'ils poussaient tous le son
l'onde totale OM, il avait ressenti qu
d'extraordinaire. Son corps tout enti
aspiré par cette onde. Telle une main se
de son gant, quelque chose en lui av
s'extirper de son enveloppe humaine.

relations sexuelles, il fallait aller jusqu'à l'orgasme et remercier ensuite dans la réalité l'amante ou l'amant désiré par un cadeau. Face aux adversaires hostiles des cauchemars, il fallait vaincre puis réclamer un cadeau à l'ennemi afin de s'en faire un ami. Le rêve le plus convoité était celui de l'envol. Toute la communauté félicitait l'auteur d'un rêve plané. Pour un enfant, annoncer un premier essor était un baptême. On le couvrait de présents puis on lui expliquait comment voler en rêve jusqu'à des pays inconnus et en ramener des offrandes exotiques.
Les Senoïs séduisirent les ethnologues occidentaux. Leur société ignorait la violence et les maladies mentales. C'était une société sans stress et sans ambition de conquête guerrière. Le travail s'y résumait au strict minimum nécessaire à la survie.
Les Senoïs disparurent dans les années 1970, quand la partie de la forêt où ils vivaient fut livrée au défrichement. Cependant, nous pouvons tous commencer à appliquer leur savoir.
Tout d'abord, consigner chaque matin le rêve de la veille, lui donner un titre, en préciser la date. Puis en parler avec son entourage, au petit déjeuner par exemple, à la manière des Senoïs. Aller plus loin encore en appliquant les règles de base de l'onironautique. Décider ainsi avant de s'endormir du choix de son rêve : faire pousser des montagnes, modifier la couleur du ciel, visiter des lieux exotiques, rencontrer les animaux de son choix.
Dans les rêves, chacun est omnipotent. Le premier test d'onironautique consiste à s'envoler. Étendre ses bras, planer, piquer, remonter en vrille : tout est possible.
L'onironautique demande un apprentissage progressif. Les heures de « vol » apportent de l'assurance et de l'expression. Les enfants n'ont besoin que de cinq semaines pour pouvoir diriger leurs

rêves. Chez les adultes, plusieurs mois sont parfois nécessaires.

Edmond Wells,
Encyclopédie du savoir relatif et absolu, tome II.

Jason Bragel rejoignit Jonathan près du lutrin. Il vit qu'il s'intéressait aux rêves et lui confia avoir rêvé, lui aussi, de fourmis. Elles étaient parvenues à tuer tous les hommes et les « wellsiens » s'avéraient les seuls survivants de l'humanité.

Ils parlèrent de la mission Mercure, des fourmis rebelles, des problèmes causés par la nouvelle reine Chli-pou-ni.

Jason Bragel demanda pourquoi Nicolas ne participait toujours pas à leur cérémonie de communion. Jonathan Wells répondit que son fils n'en avait pas émis le souhait et qu'il fallait que la démarche vienne de lui. On ne pouvait ni lui conseiller ni lui imposer ce genre de comportement.

— Mais..., articula Jason.

— Notre savoir n'est pas contagieux, nous ne sommes pas une secte : nous n'avons personne à convertir. Nicolas sera initié le jour où il le souhaitera. L'initiation est une forme de mort. Une métamorphose douloureuse. Cela doit venir de lui et personne n'a à l'influencer. Surtout pas moi.

Les deux hommes s'étaient compris. Avec des gestes lents ils revinrent se coucher. Et ils rêvèrent qu'ils volaient dans des formes géométriques. Ils traversaient des chiffres en relief en suspension dans le ciel. Un. Deux. Trois. Quatre. Cinq. Six. Sept.

107. ÇA GRONDE DANS LES RAYONS

Huit vertical.

Huit inversé.

Huit en spirale. Huit. Double huit. Huit horizontal.

Changement d'angle par rapport au soleil. Trois tours.

Cette fois, c'est l'alerte phase 3 en direct. D'après le relais communicatif aérien, le corps attaquant est constitué de fourmis volantes. La reine réfléchit : seuls les princes et les princesses fourmis volent et dans un but bien précis, copuler dans le ciel.

Pourtant, les abeilles-relais de communication confirment. Ce sont bien des fourmis en suspension dans les airs qui se dirigent vers Askoleïn. Elles volent à une altitude de mille têtes et à une vitesse de deux cents têtes/seconde.

Huit vertical.

Question : Nombre d'individus ?

Réponse : Impossible à déterminer pour l'instant.

Question : S'agit-il de fourmis rousses de Bel-o-kan ?

Réponse : Oui. Et elles ont déjà détruit cinq de nos abeilles-relais de communication.

Une vingtaine d'ouvrières entourent Zaha-haer-scha. La reine signifie à sa cour qu'il n'y a pas lieu de paniquer. Elle se sent protégée dans ce temple dédié à la cire et au miel. Une colonie d'abeilles peut contenir jusqu'à quatre-vingt mille individus. La sienne n'en comprend que six mille mais leur politique d'agression des nids voisins (comportement rarissime chez les abeilles) l'a rendue célèbre et redoutée dans toute la région.

Zaha-haer-scha s'interroge. Pourquoi cette fourmi les a-t-elle averties ? Elle parlait d'une croisade contre les Doigts... Sa propre mère lui avait un jour parlé des Doigts :

Les Doigts, c'est autre chose, une autre dimension espace-temps. Il ne faut pas mélanger les Doigts et les insectes. Si tu aperçois des Doigts, ignore-les et ils t'ignoreront.

Zaha-haer-scha a appliqué ce principe à la lettre. Elle a appris à ses filles à ne jamais s'occuper des Doigts, ni pour les attaquer, ni pour leur venir en aide. Il fallait faire comme s'ils n'existaient pas.

Elle demande à sa cour un instant de répit et en

profite pour avaler un peu de miel. Le miel, c'est l'aliment vie. Tout en lui est assimilable par l'organisme, tellement cette substance est pure.

Zaer-haer-scha songe que la guerre est peut-être évitable. Ces Belokaniennes souhaitent simplement parlementer afin que les abeilles laissent passer leur croisade sans dommage. Et puis, même si des fourmis se trouvent dans les airs, cela ne signifie pas pour autant qu'elles contrôlent toutes les techniques du combat aérien ! Certes, elles n'ont eu aucun mal à abattre les abeilles-relais de communication, mais que pourraient-elles contre une escadrille militaire askoleïne ?

Non, elles ne baisseront pas le dard à la première escarmouche contre des fourmis. Les abeilles feront face et vaincront.

La reine convoque aussitôt ses excitatrices militaires, des abeilles très nerveuses sachant transmettre leur nervosité. Zaha-haer-scha ordonne le branle-bas de combat :

Il ne faut pas affronter les Belokaniennes dans la ruche, interceptez-les en vol !

Aussitôt le message émis, des guerrières se regroupent. Elles décollent en escadre serrée, formation en V, plan d'attaque numéro 4, similaire aux combats de défense antiguêpes.

Toutes les ailes vibrent à 300 hertz dans la Cité d'or, produisant une sorte de ronronnement de moteur fébrile. *Bzzz bzzzzzzzzz bzzz.* Les dards sont rentrés, ils ne sortiront qu'au moment où ils devront donner la mort.

108. REBONDISSEMENT

Le préfet Charles Dupeyron tournait dans la pièce. Il avait convoqué le commissaire Jacques Méliès et il n'était pas vraiment de bonne humeur.

— Parfois, on fait confiance à quelqu'un, et puis on est déçu.

Jacques Méliès se retint de dire que cela arrivait souvent en politique.

Le préfet Charles Dupeyron s'approcha d'un air réprobateur.

— J'ai cru en vous. Mais pourquoi vous êtes-vous acharné de manière aussi ridicule sur la fille du Pr Wells ? Une journaliste, qui plus est !

— Elle était la seule à savoir que j'avais enfin une piste. Elle élevait des fourmis dans son appartement. Or justement, le soir même, des fourmis ont envahi ma chambre.

— Et alors, que devrais-je dire ? Vous savez bien que j'ai été attaqué par des milliards de fourmis en pleine forêt !

— A ce propos, comment va votre fils, monsieur le Préfet ?

— Il est complètement remis. Ah, ne m'en parlez pas ! Le docteur a diagnostiqué une piqûre d'abeille. Nous étions recouverts de fourmis et tout ce qu'il a trouvé comme explication, c'est : piqûre d'abeille ! Remarquez, le plus incroyable est qu'il lui a donné un sérum anti-abeille et qu'aussitôt Georges a retrouvé la forme. (Le préfet hocha la tête.) J'ai vraiment de bonnes raisons d'en vouloir aux fourmis. J'ai demandé au conseil régional d'étudier un plan d'assainissement. Un bon épandage de DDT sur la forêt de Fontainebleau et l'on pourra y pique-niquer des années durant sur les cadavres de cette vermine !

Il s'assit derrière son grand bureau Régence et reprit, toujours aussi mécontent :

— J'ai déjà ordonné la relaxe immédiate de cette Laetitia Wells. Le meurtre du Pr Cygneriaz a innocenté votre suspecte et ridiculisé notre police tout entière. Nous n'avions pas besoin de cette nouvelle bavure.

Comme Méliès s'apprêtait à protester, le préfet continua, de plus en plus furieux :

— J'ai demandé qu'on verse à Mlle Wells des dommages et intérêts pour préjudice moral. Cela ne l'empêchera évidemment pas de dire dans son journal tout le mal qu'elle pense de nos services. Si nous voulons garder la tête haute, il faut retrouver au plus vite le véritable assassin de tous ces chimistes. L'une des victimes a écrit avec son sang le mot « fourmis ». Rien que dans l'annuaire parisien, quatorze personnes portent ce patronyme. Je suis très « premier degré », moi. Lorsqu'un agonisant trace avec ses dernières forces le mot « fourmis », je pense tout bonnement qu'il s'agit du nom de son meurtrier. Cherchez donc dans cette direction.

Jacques Méliès se mordit les lèvres :

— C'est si simple, en effet, que je n'y avais même pas songé, monsieur le Préfet.

— Alors, au travail, commissaire. Je ne tiens pas à être tenu pour responsable de vos erreurs !

109. ENCYCLOPÉDIE

ESSAIMAGE : Chez les abeilles, l'essaimage obéit à un rite insolite. Une cité, un peuple, un royaume tout entier, au summum de sa prospérité, décide subitement de tout remettre en cause. Après avoir mené ses sujets à la réussite, la vieille reine s'en va, en abandonnant ses plus précieux trésors : stocks de nourriture, quartiers lotis, palais somptueux, réserves de cire, de propolis, de pollen, de miel, de gelée royale. Et elle les laisse à qui ? A des nouveau-nés féroces.

Accompagnée de ses ouvrières, la souveraine quitte la ruche pour s'installer dans un ailleurs incertain où elle ne parviendra probablement jamais.

Quelques minutes après son départ, les enfants abeilles se réveillent et découvrent leur ville déserte. Chacun sait d'instinct ce qu'il a à faire. Les ouvrières asexuées se précipitent pour aider les princesses sexuées à éclore. Les belles au bois dormant accroupies dans leurs capsules sacrées connaissent leur premier battement d'aile.

Mais la première en état de marcher affiche d'emblée un comportement meurtrier. Elle fonce

vers les autres princesses abeilles et les lamine de ses petites mandibules. Elle empêche les ouvrières de les dégager. Elle transperce ses sœurs de son aiguillon venimeux.
Plus elle tue, plus elle s'apaise. Si une ouvrière veut protéger un berceau royal, la princesse première réveillée pousse alors un « cri de rage abeille », très différent du bourdonnement qu'on perçoit généralement aux abords d'une ruche. Ses sujettes baissent alors la tête en signe de résignation et laissent les crimes se poursuivre.
Parfois une princesse se défend et on assiste à des combats de princesses. Mais, fait étrange, lorsqu'il ne reste plus que deux princesses abeilles qui se battent en duel, elles ne se retrouvent jamais en position de se percer mutuellement de leur dard. Il faut à tout prix qu'il y ait une survivante. Malgré leur rage de gouverner, elles ne prendront jamais le risque de mourir simultanément toutes deux et de laisser la ruche orpheline.
La dernière et unique princesse survivante sort alors de la ruche pour se faire féconder en vol par les mâles. Un cercle ou deux autour de la Cité et elle revient pour commencer à pondre.

Edmond Wells,
Encyclopédie du savoir relatif et absolu, tome II.

110. EMBUSCADE

L'escadrille abeille fend les airs avec prestance. Une Askoleïne émet à l'intention d'une de ses voisines :

Regarde ces huit à l'horizon. Nos messagères danseuses indiquent clairement que l'armée belokanienne vole.

L'autre cherche à se rassurer :

Il n'y a que les sexués fourmis qui volent. Peut-être s'agit-il d'un vol nuptial en groupe ? Quel dommage cela pourrait-il nous causer ?

L'abeille est consciente de sa propre force et de celle de sa troupe. Elle sent au bout de son abdomen son dard pointu, prêt à crever les carapaces des rousses téméraires. Elle sent dans ses intestins les réserves de miel sucré qui la dopent et les réserves de venin qui la rongent. Le soleil est derrière elle, aveuglant ses futures adversaires fourmis.

Un instant elle se prend même de pitié pour ces aventureux insectes qui vont payer chèrement leur hardiesse. Mais il faut venger les messagères danseuses. Et il faut que ces myrmécéennes sachent que tout ce qui est au-dessus du sol est sous contrôle apidéen.

Au loin se profile un nuage dense, genre stratocumulus adolescent. Une abeille excitée lance une suggestion :

On va se cacher dans ce petit nuage et on leur sautera dessus dès qu'elles approcheront.

Cependant, à peine sont-elles arrivées à une centaine de coups d'ailes de cet abri en suspension qu'il se produit l'inimaginable. Les abeilles n'en croient pas leurs antennes. Leurs yeux non plus d'ailleurs. Sous l'effet de la surprise, leurs battements d'ailes redescendent de 300 battements/seconde à 50.

Elles freinent avant d'atteindre le nuage gris.

— GRIS. —

Quatrième arcane :

LE TEMPS DES CONFRONTATIONS

111. MONSIEUR FOURMIS

Au premier coup de sonnette, un bonhomme grassouillet a ouvert sa porte.

— Monsieur Olivier Fourmis ?

— En personne, c'est à quel sujet ?

Méliès brandit sa carte rayée de tricolore.

— Police. Commissaire Méliès. Je peux entrer pour vous poser quelques questions ?

L'homme, profession instituteur, était le dernier « Fourmis » inscrit sur l'annuaire.

Méliès lui présenta les photos des victimes et lui demanda s'il les reconnaissait.

— Non, fit l'autre, étonné.

Le commissaire l'interrogea sur son emploi du temps à l'heure des crimes. M. Olivier Fourmis ne manquait ni de témoins ni d'alibis. Il était toujours soit à son école, soit entouré de sa famille. Rien de plus facile à prouver.

Mme Hélène Fourmis apparut d'ailleurs, enveloppée dans un peignoir imprimé de papillons. Une idée vint alors à l'esprit de l'enquêteur :

— Vous utilisez des insecticides, monsieur Fourmis ?

— Bien sûr que non. Dès l'enfance, il y avait des imbéciles pour me traiter de « sale fourmi ». A force, je me suis senti solidaire de ces insectes qu'on écrase du talon sans réfléchir. Il n'y a donc pas plus d'insecticide dans cette maison que de corde chez un M. Pendu, si vous voyez ce que je veux dire.

Ophélie Fourmis surgit alors et se blottit contre son père. La fillette arborait les épaisses lunettes d'une première de la classe.

— C'est ma fille, dit l'instituteur. Elle a réagi en installant une fourmilière dans sa chambre. Montre-la au monsieur, chérie.

Ophélie guida Méliès vers un grand aquarium, semblable à celui de Laetitia Wells. Il était rempli d'insectes et couronné d'un cône de branchettes.

— Je croyais que la vente des fourmilières était interdite, dit le commissaire.

La petite fille protesta :

— Mais je ne l'ai pas achetée. Je suis allée la chercher dans la forêt. Il suffit de creuser assez profondément pour ne pas laisser échapper la reine.

M. Olivier Fourmis était très fier de sa gosse.

— La petite veut être biologiste quand elle sera plus grande.

— Excusez-moi, je n'ai pas d'enfants et je ne savais pas que les fourmis étaient des « jouets » à la mode.

— Il ne s'agit pas de jouets. Les fourmis sont à la mode parce que notre société vit de plus en plus comme elles. Et que peut-être, en les regardant, un enfant a l'impression de pouvoir mieux appréhender son propre monde. Voilà tout. Etes-vous déjà resté quelques minutes à fixer un aquarium rempli de fourmis, monsieur le policier ?

— Eh bien non. En général je ne recherche pas leur présence...

In petto, Jacques Méliès se dit qu'il ne savait pas si c'était lui qui attirait tous les dingues fourmicophiles ou si ceux-ci formaient vraiment une société très répandue.

— Qui c'est, lui ? demanda Ophélie Fourmis.

— Un commissaire.

— C'est quoi un commissaire ?

112. LA BATAILLE DU PETIT NUAGE

Les flocons de strato-cumulus giclent en ralenti.

Au début, les abeilles de la Cité d'or ne distinguent que ce qui leur semble être de grosses mouches bruyantes qui jaillissent d'un orifice du nuage gris.

Puis, bientôt, les Askoleïnes comprennent de quoi il s'agit.

Ce ne sont pas de grosses mouches ! Pour ça, non...

Ce sont des coléoptères. Pas n'importe quels hannetons ou bousiers, non, ce sont des coléoptères rhinocéros.

Vision dantesque que ces gros animaux bruyants et cornus recouverts de petits canons vivants prêts à lâcher leur sabord.

Comment sont-elles arrivées à dompter ces gros bestiaux et à les convaincre de se battre avec elles ? se demandent instantanément les abeilles.

Elles n'ont pas le temps de se poser davantage de questions qu'en un instant une vingtaine de ces rhinocéros leur font de l'ombre. Déjà, les coléoptères fondent sur elles et les artilleuses rousses tirent.

La formation abeille en V est désormais en train de passer à une formation en W et même en XYZ. C'est la débandade.

L'effet de surprise est total. Chaque coléoptère est recouvert de quatre ou cinq artilleuses qui arrosent les abeilles sous leurs rafales drues d'acide formique.

L'essaim d'abeilles freine puis se reprend. Les Askoleïnes dégainent leur dard.

Formation en ligne pointillée ! lance une Askoleïne. *Frappez les montures !*

La deuxième ligne de rhinocéros volants est moins efficace. Les abeilles les évitent en descendant sous leur ventre, puis elles remontent pour trouver la gorge et, là, enfoncer leur dard jusqu'à la garde. Ce sont maintenant les coléoptères et leurs maladroits cornacs qui s'abattent en chutes vertigineuses.

Un ordre dansé est lâché :

A l'attaque ! Chargez !

Les dards askoleïns pleuvent.

Les abeilles sont dotées d'un aiguillon en forme de harpon. S'il reste fiché dans la chair de sa victime, l'abeille arrache sa glande à venin en cherchant à se dégager et meurt. La cuirasse des fourmis ne retient pas l'aiguillon, contrairement à celle des scarabées.

Plusieurs rhinocéros tombent dans les minutes qui suivent mais ils se resserrent en losange volant et tiennent tête au dernier triangle d'abeilles tueuses.

Les formes géométriques des masses de soldates se décomposent. Le losange myrmécéen se transforme en plusieurs losanges plus petits et plus drus. Le triangle apidéen s'ouvre en anneau.

Ça combat à la verticale sur une centaine d'étages-champs de bataille empilés. C'est comme un jeu d'échecs sur cent plateaux parallèles.

Plus on s'approche, plus c'est spectaculaire. L'armada des navires belokaniens scintille. Les abeilles profitent des courants chauds pour monter et se lancer à l'abordage des scarabéides placides. Elles sont comme une horde de petits navires à l'affût de gros vaisseaux.

Les salves d'acide formique à 60 % sifflent comme des orgues de feu liquide. Les ailes calcinées fument, les abeilles touchées essaient de profiter de leur élan pour se ficher dans les carapaces des scarabées comme des fléchettes.

Lorsque les dards sont trop proches, les artilleuses qui n'arrivent pas à les mettre en joue les cassent avec la pince de leurs mandibules.

Le jeu est risqué. Le plus souvent, le dard glisse et se plante dans la bouche. La mort est presque instantanée.

Il flotte une odeur de miel brûlé.

Les abeilles n'ont plus de venin. Leurs seringues ne peuvent plus inoculer la substance fatale. Les artilleuses n'ont plus d'acide. Leurs lance-flammes liquides ne sont plus opérationnels. Les dernières escarmouches opposent mandibules nues contre dards secs. Et que le plus rapide et le plus prompt gagne !

Les rhinocéros arrivent parfois à empaler des

abeilles sur leur corne frontale. Un scarabée particulièrement adroit met au point une technique : il pousse les abeilles avec ses joues puis les enfile sur sa corne. Quatre malchanceuses combattantes askoleïnes sont empilées sur cette pointe comme une brochette de fruits jaunes à rayures noires.

103e repère une abeille en train de s'escrimer contre 9e. Elle la poignarde dans le dos avec sa mandibule droite. Chez les insectes il n'y a pas de coup interdit. Tout est permis du moment qu'on reste vivant.

Puis 9e, seule sur son rhinocéros, fonce dans un amalgame d'abeilles en formation de combat. Aussitôt les autres lui présentent une ligne hérissée de piques. Leurs dards pointés en avant en feraient reculer plus d'une, mais 9e sur son rhinocéros a pris une telle vitesse que rien ne peut l'arrêter. La corne percute la ligne d'épines. L'amalgame éclate.

103e, dressée sur ses deux pattes arrière, échange des coups de mandibules sabres contre les dards-fleurets de deux abeilles assourdissantes. Mais son rhinocéros perd de l'altitude. Il a des harpons noirs plantés en banderilles tout autour de sa corne frontale et il a de plus en plus de difficulté à garder son assiette de vol.

L'animal est épuisé. Il perd encore de l'altitude. Il fuit du sang de partout. Le voici au ras des bégonias.

103e atterrit en catastrophe.

Les abeilles sont toujours au-dessus d'elle, mais une escouade d'artilleuses à pied vient rapidement les disperser.

103e a maintenant autre chose de très important à entreprendre.

Au-dessus de la mêlée des combattantes, les abeilles dansent en huit pour commenter les combats.

Nous avons besoin de troupes fraîches.

Des renforts décollent de la ruche.

Les nouvelles escadrilles sont constituées d'abeilles jeunes (vingt ou trente jours pour la plupart), mais hardies.

Au bout d'une heure, les Belokaniennes ont perdu

douze rhinocéros sur les trente dont elles disposaient, et cent vingt artilleuses sur les trois cents engagées dans la bataille.

De l'autre côté, sur sept cents Askoleïnes dépêchées vers le petit nuage, quatre cents guerrières ont péri. Les survivantes hésitent. Que vaut-il mieux, se battre jusqu'au bout ou rentrer pour protéger le nid ? Elles optent pour la seconde solution.

Lorsque les coléoptères et leurs artilleuses belokaniennes débarquent à leur tour dans la Ruche d'or, elle leur paraît étrangement vide. 9e est à leur tête. Les rousses flairent un piège et hésitent sur le seuil.

113. ENCYCLOPÉDIE

***Solidarité** : La solidarité naît de la douleur et non de la joie. Chacun se sent plus proche de qui a partagé avec lui un moment pénible que de qui a vécu avec lui un événement heureux.*

Le malheur est source de solidarité et d'union, alors que le bonheur divise. Pourquoi ? Parce que lors d'un triomphe commun, chacun se sent lésé par rapport à son propre mérite. Chacun s'imagine être l'unique auteur d'une commune réussite.

Combien de familles se sont divisées à l'heure d'un héritage ? Combien de groupes de rock and roll restent soudés... jusqu'au succès ? Combien de mouvements politiques ont éclaté, le pouvoir pris ?

Etymologiquement, le mot « sympathie » provient d'ailleurs de sun pathein, *qui signifie « souffrir avec ». De même, « compassion » est issu du latin* cum patior *signifiant, lui aussi, « souffrir avec ».*

C'est en imaginant la souffrance des martyrs de son groupe de référence qu'on peut un instant quitter son insupportable individualité.

C'est dans le souvenir d'un calvaire vécu en

commun que résident la cohésion et la force d'un groupe.

Edmond Wells,
Encyclopédie du savoir relatif et absolu, tome II.

114. DANS LA RUCHE

9e descend de son destrier et renifle avec ses antennes. D'autres fourmis atterrissent aux alentours. Rapide concertation.

Formation commando en terrain très dangereux.

En un carré compact, elles pénètrent dans la ruche ennemie. A l'intérieur, les rhinocéros volants ne seront plus d'aucune utilité. On leur donne quelques écorces à brouter pour qu'ils patientent sur le seuil.

Les Belokaniennes ont l'impression de violer un sanctuaire. Aucune non-abeille n'est encore jamais entrée dans ce lieu. Les murailles de cire semblent vouloir engluer les fourmis. Elles avancent prudemment.

Les parois aux géométries irréprochables présentent des reflets d'or. Le miel miroite sous l'éclairage de quelques rayons de lumière filtrants. Les plaques de cire sont soudées par de la propolis, cette gomme rougeâtre que les abeilles recueillent sur les écailles des bourgeons de marronnier et de saule.

Ne touchez à rien ! émet 9e.

Trop tard. Les fourmis attirées par le miel et qui veulent y goûter s'y enlisent aussitôt. Impossible de les sortir de là sans s'enfoncer à son tour dans ce sable mouvant.

Les artilleuses qui conservent encore un peu d'acide dans leur réservoir marchent à reculons afin de pouvoir tirer rapidement sur tout assaillant qui surgirait à l'improviste.

Tout sent le sucre et le guet-apens.

Ne touchez à rien !

Elles hument la présence d'ouvrières et de soldates askoleïnes dissimulées dans les rayons de cire et prêtes à leur sauter dessus quand l'ordre leur en sera donné.

Les croisées parviennent à une grille hexagonale, semblable au cœur d'un réacteur nucléaire. Sauf que les barres d'uranium sont remplacées par les futurs citoyennes de la Ruche d'or. Il y a là huit cents alvéoles remplies d'œufs, mille deux cents alvéoles contenant des larves, deux mille cinq cents alvéoles occupées par des nymphes blanches. La zone centrale est faite de six alvéoles plus importantes. Ici grossissent les larves des princesses sexuées.

L'architecture impressionne les fourmis. Elle est l'expression d'une civilisation parvenue à sa plénitude. Rien à voir avec les couloirs anarchiques, construits au petit bonheur la chance et selon la loi du moindre effort, des cités fourmis. Les fourmis seraient-elles moins intelligentes ou moins raffinées que les abeilles ? On pourrait le penser, eu égard à la taille du cerveau des abeilles, beaucoup plus volumineux que celui des fourmis. Pourtant, les études biologiques menées par la reine Chli-pou-ni ont prouvé que l'intelligence n'était pas uniquement un problème de volume cérébral. Les corps pédoncules, apanage de la complexité du système nerveux chez les insectes, sont beaucoup plus importants chez les fourmis.

Les Belokaniennes marchent encore et découvrent un trésor : une salle pleine à craquer de vivres. Il y a là dix kilos de miel, soit vingt fois le poids de toutes les habitantes de la ruche. Les rousses discutent en agitant nerveusement leurs antennes.

L'aventure est décidément trop dangereuse. Elles font demi-tour et se dirigent vers la sortie.

Sus aux fuyardes ! Frappons ces intruses tant qu'elles sont enfermées entre nos murs, émet une abeille.

De partout, les alvéoles hexagonales crachent des guerrières apidéennes.

Des fourmis tombent sous les coups d'aiguillon empoisonné. Celles qui s'engluent dans le sol, on ne fait même pas l'honneur de les combattre.

9e et l'essentiel du commando réussissent cependant à s'extirper de la ruche. Les fourmis enfourchent leurs destriers et décollent tandis qu'une masse d'Askoleïnes les poursuivent en poussant des odeurs de victoire.

Mais, alors qu'à l'intérieur la Cité d'or s'apprête déjà à célébrer le succès, un craquement sinistre se fait entendre. Le plafond d'Askoleïn s'effrite et ce sont des fourmis, des fourmis par centaines, qui surgissent dans la ruche.

103e a élaboré une stratégie parfaite. Tandis que les abeilles poursuivaient l'armada myrmécéenne, elle grimpait sur un arbre et lançait des milliers de Belokaniennes à l'assaut de la Cité vidée de ses soldates volantes.

Attention à ne pas tout casser. Ne faites qu'un minimum de victimes. Prenez plutôt les larves sexuées en otage ! lance 103e, tout en mitraillant la garde personnelle de la reine Zaha-haer-scha.

En quelques secondes, les larves sexuées ont toutes le cou pris en tenaille par les guerrières croisées. La ville se rend. La ruche d'Askoleïn capitule, vaincue.

La souveraine a tout compris. L'intrusion du commando n'était qu'une manœuvre de diversion. Pendant ce temps, les fourmis dépourvues de montures volantes perçaient le toit de son nid, ouvrant un second front bien plus dangereux que le premier.

Ainsi fut remportée la bataille du « Petit Nuage Gris » qui marqua dans la région la conquête définitive de la troisième dimension par les fourmis.

Et maintenant, que voulez-vous ? interroge la reine abeille. *Nous tuer toutes ?*

9e répond que les rousses n'ont jamais eu un tel objectif. Leur unique ennemi, ce sont les Doigts. Eux seuls sont l'objet de leur croisade. Les fourmis de Bel-o-kan n'ont rien contre les abeilles. Elles ont simplement besoin de leur venin pour tuer les Doigts.

Les Doigts doivent être bien importants pour mériter autant d'efforts, émet Zaha-haer-scha.

103e réclame aussi une légion abeille d'appoint. La souveraine consent. Elle propose une escadrille d'élite, la garde des Fleurs. Trois cents abeilles se mettent aussitôt à bourdonner. 103e les reconnaît. Ce sont ces soldates askoleïnes qui ont causé le plus de dégâts dans les rangs belokaniens.

Les croisées demandent encore à la Ruche d'or de les héberger pour la nuit ainsi que des réserves de miel pour la route.

La reine d'Askoleïn interroge :

Pourquoi vous acharnez-vous autant contre les Doigts ?

9e explique que les Doigts utilisent le feu. Ils représentent donc un danger pour toutes les espèces. Jadis les insectes ont conclu un pacte : union contre les utilisateurs de feu. Le temps est venu de mettre ce pacte en application.

Là-dessus, 9e remarque 23e qui sort d'une alvéole.

Que faisais-tu ici, toi ? demande 9e en dressant ses antennes.

Je viens juste de faire le tour pour visiter la loge royale, lance négligemment 23e. Les deux fourmis ne s'apprécient guère et cela ne fait qu'empirer.

103e les sépare et demande où est passée 24e.

24e s'est perdue dans la ruche au moment de l'assaut final. Elle s'est battue, elle a couru pour poursuivre une abeille et... et maintenant elle ne sait plus très bien où elle se trouve. Toutes ces successions de rayons ne la rassurent pas du tout. Néanmoins elle ne lâche pas le cocon à papillon. Elle prend une enfilade d'alvéoles et espère rejoindre le reste de la croisade avant le lendemain matin.

115. DANS LA TIÉDEUR MOITE DU MÉTRO

Jacques Méliès étouffait dans la masse compacte du wagon. Un virage le projeta contre un ventre de femme. Une voix légèrement rauque protesta :

— Vous ne pourriez pas faire attention ?

Il distingua d'abord la mélodie des mots. Puis, juste après, par-dessus les relents de crasse et de sueur, il décrypta le suave message d'un parfum. Bergamote, vétiver, mandarine, galoxyde, bois de santal, plus une pointe de musc de bouquetin pyrénéen. Le parfum disait :

Je suis Laetitia Wells.

Et c'était elle, son regard mauve braqué sur lui avec des lueurs sauvages.

Elle le dévisageait vraiment avec animosité. Les portes s'ouvrirent. Vingt-neuf personnes sortirent, trente-cinq rentrèrent. Encore plus serré qu'auparavant, chacun perçut l'haleine de l'autre.

Elle le fixait de plus en plus intensément, tel un naja s'apprêtant à manger tout cru un bébé mangouste, et lui, fasciné, ne parvenait pas à détourner son regard.

Elle était innocente. Il avait agi trop vite. Jadis, ils avaient échangé des idées. Ils avaient même sympathisé. Elle lui avait offert de l'hydromel. Il lui avait révélé sa peur des loups et elle, sa peur des hommes. Comme il regrettait ces moments d'intimité, gâchés par sa seule faute. Il allait s'expliquer. Elle lui pardonnerait.

— Mademoiselle Wells, je voudrais vous dire combien je suis...

Elle profita d'un arrêt pour se faufiler entre les corps et s'éclipser.

Elle s'engagea d'un pas nerveux dans les couloirs du métro. Elle courait presque pour sortir au plus vite de ce lieu sordide. Elle se sentait cernée par des regards obscènes. Et pour couronner le tout, voilà que le commissaire Méliès empruntait la même ligne qu'elle !

Couloirs sombres. Boyaux humides. Labyrinthe illuminé par des néons blafards.

— Hé, poupée ! On se promène ?

Trois silhouettes patibulaires s'avancèrent. Trois voyous en blouson de vinyle dont l'un l'avait déjà accostée quelques jours plus tôt. Elle pressa le pas, mais les autres la poursuivirent, le sol résonnant des fers de leurs boots.

— On est seule ? On a pas envie de faire un brin de causette ?

Elle s'arrêta net, le mot « dégagez » inscrit dans ses prunelles. Ça avait marché l'autre fois. Aujourd'hui, il n'eut aucun effet sur ces débiles.

— C'est à vous, ces jolis yeux ? demanda un grand barbu.

— Non, ils sont en location, fit un de ses compagnons.

Rires gras. Tapes dans le dos. Le barbu sortit un couteau à cran d'arrêt.

Soudain, elle perdit toute son assurance et comme elle se retrouvait dans le rôle de la victime, les autres assumèrent aussitôt celui de prédateurs. Elle voulut détaler mais les trois voyous lui barrèrent ensemble le passage. L'un d'eux lui saisit le bras et le tordit derrière son dos.

Elle gémit.

Le couloir était éclairé, et loin d'être désert. Des gens croisaient leur groupe et hâtaient le pas, baissant la tête et faisant semblant de ne rien comprendre à la scène. Un coup de couteau est si vite pris...

Laetitia Wells était paniquée. Aucune de ses armes habituelles ne fonctionnait contre ces brutes. Ce barbu, ce chauve, ce costaud, eux aussi avaient dû avoir une mère qui tricotait pour eux des layettes bleues en souriant.

Les yeux des prédateurs luisaient et les gens continuaient à défiler alentour, accélérant au passage de ce petit attroupement.

— Qu'est-ce que vous voulez, de l'argent ? balbutia Laetitia.

— Ton fric, on le prendra plus tard. Pour l'instant, c'est toi qui nous intéresses, ricana le chauve.

Déjà le barbu dégrafait un à un les boutons de sa veste, de la pointe effilée de son couteau.

Elle se débattit.

Ce n'était pas possible. Il était 4 heures de l'après-midi. Quelqu'un allait bien finir par réagir, et donner l'alerte !

Le barbu siffla en découvrant les seins.

— Un petit peu petits, mais jolis quand même, vous trouvez pas ?

— C'est le problème avec les Asiatiques. Elles ont toutes un corps de fillette. Pas de quoi remplir la main d'un honnête homme.

Laetitia Wells résistait à l'évanouissement. Elle était en pleine crise d'humanophobie. Des mains d'hommes — sales — la frôlaient, la touchaient, cherchaient à lui nuire. Sa peur était si forte qu'elle ne parvenait même pas à vomir. Elle restait là, piégée, prisonnière, incapable d'échapper à ses tourmenteurs. Elle entendit à peine le « Stop, police ».

Le couteau interrompit son ouvrage.

Un homme, revolver braqué, exhibait une carte barrée de tricolore.

— Merde, les keufs ! Barrons-nous, les gars. Toi, la salope, on t'aura une autre fois.

Ils prirent leur élan.

— Restez où vous êtes ! cria le policier.

— C'est ça, fit le chauve. Tire-nous dessus et on te fera un procès.

Jacques Méliès abaissa son revolver et ils déguerpirent.

Laetitia Wells reprit lentement le contrôle de son souffle. C'était fini. Elle était sauvée.

— Ça va ? Ils ne vous ont pas trop brutalisée ?

Elle secoua la tête en signe de dénégation. Peu à peu, elle reprenait ses esprits. Lui, tout naturellement, la prit dans ses bras pour la rassurer :

— Tout ira bien, à présent.

Et tout naturellement aussi, elle se serra contre lui. Elle était soulagée. Elle n'aurait jamais pensé être un jour aussi heureuse de voir surgir le commissaire Méliès.

Elle fixa sur lui ses yeux mauves où l'océan s'était calmé. Plus aucune lueur de tigresse, que des vaguelettes doucement agitées par la brise.

Jacques Méliès ramassa les boutons de sa veste.

— Je dois vous remercier, je suppose, dit-elle.

— Ce n'est pas la peine. Je vous le répète, je souhaiterais simplement discuter avec vous.

— Et de quoi ?

— De ces affaires de chimistes qui nous préoccupent tous les deux. J'ai été stupide. J'ai besoin de votre aide. J'ai... toujours eu besoin de votre aide.

Elle hésita. Mais étant donné les circonstances, comment ne pas l'inviter à prendre chez elle une autre chope d'hydromel ?

116. ENCYCLOPÉDIE

CHOC ENTRE CIVILISATIONS : *Le pape Urbain II lança en 1096 la première croisade pour la libération de Jérusalem. Y participèrent des pèlerins déterminés mais dénués de toute expérience militaire. A leur tête : Gautier Sans Avoir et Pierre l'Ermite. Les croisés avancèrent vers l'est sans même savoir quels pays ils traversaient. Comme il ne leur restait plus rien à manger, ils pillèrent tout sur leur passage et provoquèrent ainsi bien plus de dégâts en Occident qu'en Orient. Affamés, ils se livrèrent même au cannibalisme. Ces « représentants de la vraie foi » se transformèrent rapidement en une cohorte de vagabonds loqueteux, sauvages et dangereux. Le roi de Hongrie, pourtant chrétien lui aussi, irrité par les dommages causés par ces va-nu-pieds, se décida à les massacrer pour protéger ses paysans de leurs agressions. Les rares survivants qui parvinrent à joindre la côte turque étaient précédés d'une telle réputation de barbares, mi-hommes, mi-bêtes, qu'à Nicée, les autochtones les achevèrent sans la moindre hésitation.*

Edmond Wells,
Encyclopédie du savoir relatif et absolu, tome II.

117. A BEL-O-KAN

Des moucherons messagers atterrissent à Bel-o-kan. Tous sont porteurs des mêmes nouvelles. Les croisées ont vaincu un Doigt grâce à du venin d'abeille. Puis elles ont attaqué la ruche d'Askoleïn et l'ont vaincue. Rien ne résiste sur leur passage.

Dans toute la Cité, c'est la liesse.

La reine Chli-pou-ni est enchantée. Elle a toujours su que les Doigts étaient vulnérables. Maintenant, la preuve en est faite. En direction du cadavre de sa mère, elle émet, au comble de l'excitation :

On peut les tuer, on peut les vaincre. Ils ne nous sont pas supérieurs.

Quelques étages sous la Cité interdite, les rebelles pro-Doigts se réunissent dans une salle secrète, plus étroite encore que leur ancien repaire au-dessus de l'étable à pucerons.

Si nos légions ont pu vraiment tuer un Doigt, c'est qu'ils ne sont pas des dieux, dit une non-déiste.

Ils sont nos dieux, affirme une déiste avec force. Pour elle, les croisées ont cru s'en prendre à un Doigt mais en fait, elles ont affronté quelque autre animal rond et rose. Avec ferveur, elle répète :

Les Doigts sont nos dieux.

Cependant, et pour la première fois, le doute s'insinue chez certaines rebelles parmi les plus déistes. Et elles commettent l'erreur d'en parler directement au prophète mécanique : le fameux « Docteur Livingstone ».

118. DIVIN COURROUX

Dieu Nicolas fulmine.

Qu'est-ce que c'est que ces fourmis qui se permettent de controverser ? Mécréantes, impies, blasphématrices ! Il faut mater ces païennes !

Il sait que s'il ne s'affirme pas comme un dieu terrible et vengeur, son règne ne durera pas longtemps. Il s'empare du clavier de l'ordinateur qui traduit ses mots en phéromones :

Nous sommes des dieux.
Nous pouvons tout.
Notre monde est supérieur.

Nous sommes invincibles
Et nul ne peut mettre en doute notre règne.

Face à nous, vous n'êtes que des larves immatures.
Vous ne comprenez rien au monde.

Respectez-nous et nourrissez-nous.
Les Doigts peuvent tout car les Doigts sont des dieux.
Les Doigts peuvent tout car les Doigts sont grands.
Les Doigts peuvent tout car les Doigts sont puissants.

C'est la véri...

— Que fais-tu donc ici, Nicolas ?
Vite, il éteignit la machine.
— Tu ne dors pas, Maman ?
— Le bruit des touches m'a réveillée. Mon sommeil est devenu si léger que, parfois, je ne sais plus quand je dors, quand je rêve et quand je vis en pleine réalité.
— Tu es dans un rêve, Maman. Recouche-toi !
Il la raccompagna gentiment jusqu'au lit.
Lucie Wells balbutia : « Que faisais-tu avec l'ordinateur, Nicolas ? », mais le sommeil la reprit avant qu'elle ait pu poser la question. Elle rêva à son fils, utilisant la « Pierre de Rosette » pour mieux comprendre le fonctionnement de la civilisation fourmi.
De son côté, Nicolas pensa qu'il l'avait échappé belle. A l'avenir, il lui faudrait se tenir davantage sur ses gardes.

119. LES OPINIONS PARTAGÉES

Une longue colonne sombre s'étire entre les broussailles de sauge, de marjolaine, de serpolet et de trèfle bleu. En tête de la première croisade anti-Doigts de l'histoire myrmécéenne, 103e guide la troupe puisqu'elle est la seule à connaître le chemin qui mène au bout du monde puis au pays des Doigts.

Attendez-moi ! Attendez-moi !

A son réveil, 24e a interrogé autour d'elle et ce sont finalement les mouches qui lui ont indiqué comment retrouver la caravane.

Elle rejoint 103e à l'avant.

Tu n'as pas perdu ton cocon, au moins ?

24e s'indigne. Elle a peut-être tendance à se montrer étourdie mais elle sait l'importance de sa charge. La mission Mercure est au-dessus de tout. 103e la calme et lui propose de demeurer en permanence à ses côtés. Ainsi, elle risquera encore moins de se perdre. 24e approuve et lui emboîte le pas.

Derrière, 9e, accompagnée des stridulations d'un groupe de grillons-taupes, entonne un chant guerrier pour stimuler les troupes :

Mort aux Doigts, soldates, mort aux Doigts !
Si tu ne les tues pas, ils t'écraseront.
Ils incendieront ta fourmilière
Et massacreront les nourricières.
Les Doigts ne sont pas comme nous.
Ils sont tout mous,
Ils n'ont pas d'yeux
Et ils sont vicieux.
Mort aux Doigts, soldates, mort aux Doigts.
Demain, pas un n'en réchappera.

Pour l'heure, ce sont plutôt les petits animaux alentour qui font les frais de la croisade. L'ensemble de la procession consomme en moyenne quatre kilos de viande insecte par jour.

Sans parler des nids pillés par les rousses.

Le plus souvent, quand les villages sont avertis de l'approche de la croisade, ils préfèrent s'y joindre plutôt que de subir ses rapines. Si bien que les croisées ne cessent de se multiplier.

Elles n'étaient que deux mille trois cents quand elles ont quitté Askoleïn. Elles sont déjà deux mille six cents, rassemblées en une masse composite où dominent les fourmis de toutes tailles et de toutes couleurs. Même la flotte aérienne s'est reconstituée. Elle est forte maintenant de trente-deux rhinocéros volants, auxquels se sont jointes les trois cents guerrières de la légion abeille, plus une famille de soixante-dix mouches qui vont et viennent en toute indiscipline. La croisade comprend donc de nouveau près de trois mille individus.

A midi, elle fait étape car la chaleur devient insoutenable.

Tout le monde s'abrite dans les racines ombragées d'un grand chêne pour une sieste improvisée. 103e en profite pour effectuer un vol d'essai. Elle demande à une abeille de la transporter sur son dos.

L'expérience ne dure guère. L'abeille s'avère une mauvaise monture car elle produit trop de vibrations. Impossible dans ces conditions d'ajuster un tir d'acide. Tant pis. L'escadrille abeille volera sans cornacs.

Dans un recoin, 23e tient un nouveau meeting de propagande. Cette fois, elle a réussi à rassembler beaucoup plus d'auditeurs que lors de la réunion précédente.

Les Doigts sont nos dieux !

L'assistance reprend en chœur le slogan déiste. Les fourmis s'enthousiasment à émettre ensemble, en même temps, une même phéromone.

Mais alors, cette croisade ?

Ce n'est pas une croisade mais une rencontre avec nos maîtres.

Plus loin, 9e mène une campagne d'un genre tout différent.

Elle conte aux centaines de soldates réunies autour d'elle des récits horribles sur ces Doigts, capables de kidnapper une cité entière en quelques secondes. Toutes frémissent en l'écoutant.

Plus loin encore, 103e, elle, n'émet pas. Elle réceptionne. Plus exactement, elle rassemble tout ce que lui ont conté les espèces étrangères sur les Doigts afin de compléter sa phéromone zoologique.

Une mouche rapporte avoir été poursuivie par dix Doigts qui tentaient de l'aplatir.

Une abeille rapporte s'être trouvée prisonnière d'un gobelet transparent tandis qu'au-dehors, des Doigts la narguaient.

Un hanneton assure avoir percuté un animal rose et mou. C'était peut-être un Doigt.

Un grillon prétend avoir été enfermé dans une cage, nourri de salade puis relâché. Ses geôliers étaient sûrement des Doigts puisque c'étaient des boules roses qui lui apportaient la nourriture.

Des fourmis rouges affirment avoir dardé de leur venin une masse rosacée qui s'est aussitôt enfuie.

103e note avec application tous les détails de ces témoignages dans sa phéromone zoologique sur les Doigts.

Puis la température redevient supportable et les fourmis reprennent la route.

La croisade avance, toujours avance.

120. PLAN DE BATAILLE

Laetitia avait hâte de laver son corps des impuretés du métro. Elle proposa à Méliès de regarder la télévision dans le salon, le temps qu'elle prenne son bain.

Il s'assit confortablement sur un canapé et alluma le poste tandis que, dans l'eau, Laetitia redevenait poisson.

Concertation en apnée. Elle se dit que si elle avait de bonnes raisons de détester Méliès, elle en avait tout autant de lui être reconnaissante d'être intervenu au bon moment. Compteur à zéro.

Dans le salon, Méliès suivait son émission favorite, avec un sourire d'enfant heureux devant son jouet préféré.

— Alors, madame Ramirez, avez-vous trouvé ?

— Euh... Quatre triangles avec six allumettes, je vois très bien, mais six triangles avec six allumettes, je ne vois pas du tout.

— Estimez-vous contente. « Piège à réflexion » aurait pu aussi bien vous demander de construire une tour Eiffel avec soixante-dix-huit mille allumettes... (Rires et applaudissements.) ...mais notre émission vous demande simplement de former six petits triangles avec six petites allumettes.

— Je prends un joker.

— Très bien. Pour vous aider, voici une autre phrase : « C'est comme une goutte d'encre qui tombe dans un verre d'eau. »

Laetitia réapparut, vêtue de son peignoir habituel, une serviette enturbannée autour de la tête. Méliès éteignit le téléviseur.

— Je tenais à vous remercier pour votre intervention. Vous voyez, Méliès, j'avais raison. L'homme est notre plus grand prédateur. Ma peur est des plus logiques.

— N'exagérons rien. Il ne s'agissait que de voyous sans grande envergure.

— Pour moi, qu'ils aient été de simples désœuvrés ou des tueurs, cela n'aurait rien changé. Les hommes sont pires que les loups. Ils ne savent pas maîtriser leurs pulsions primitives.

Jacques Méliès ne répondit pas et se leva pour contempler le terrarium à fourmis que la jeune femme avait maintenant installé, bien en évidence, au beau milieu de son salon.

Il plaça un Doigt contre la vitre mais les fourmis ne lui accordèrent aucune attention. Pour elles, ce n'était qu'une ombre.

— Elles ont retrouvé leur vitalité ? demanda-t-il.

— Oui. Votre « intervention » en a décimé les neuf dixièmes mais la reine a pu survivre. Des ouvrières l'ont entourée pour faire tampon et la protéger.

— Elles ont vraiment des comportements étranges. Pas humains, non, mais... étranges.

— En tout cas, s'il ne s'était pas produit un nouvel assassinat de chimiste, je croupirais encore dans vos geôles et elles seraient toutes mortes.

— Non, vous auriez été libérée de toute façon. L'expertise médico-légale a démontré que les blessures des frères Salta et des autres ne pouvaient pas avoir été causées par vos fourmis. Leurs mandibules sont trop courtes. Encore une fois, j'ai agi trop vite et stupidement.

Ses cheveux étaient maintenant secs. Elle alla enfiler une robe de soie blanche, incrustée de jade.

Revenant avec un pichet d'hydromel, elle dit :

— Maintenant que le juge d'instruction a ordonné mon élargissement, c'est facile de prétendre que vous m'aviez déjà reconnue innocente.

Il protesta :

— Quand même, je disposais de quelques sérieuses présomptions. Vous ne pouvez pas nier les faits. Des fourmis sont vraiment venues m'attaquer dans mon lit. Elles ont vraiment tué ma chatte Marie-Charlotte. Je les ai vues, de mes yeux vues. Ce ne sont pas « vos » fourmis qui ont assassiné les frères Salta, Caroline Nogard, Maximilien MacHarious, les Odergin et Miguel Cygneriaz, mais c'étaient quand même « des » fourmis. Laetitia, je vous le répète, j'ai toujours eu besoin de votre aide. Partageons nos idées. (Il se fit insistant.) Cette énigme vous passionne tout autant que moi. Travaillons ensemble, à l'écart de toute machinerie judiciaire. J'ignore qui est le joueur de flûtiau de Hamelin mais c'est un génie. Il nous faut le contrer. Seul, je n'y parviendrai jamais, mais avec vous et votre connaissance des fourmis et des hommes...

Elle alluma une longue cigarette tout au bout de son fume-cigarette. Elle réfléchissait. Lui continuait son plaidoyer :

— Laetitia, je ne suis pas un héros de roman policier, je suis un type normal. Il m'arrive donc de me tromper, de bâcler une enquête, d'incarcérer des innocents. Je sais que ce fut une méprise grave. Je regrette et je veux m'amender.

Elle lui souffla une volute au visage. Il était tellement désolé de son erreur qu'elle commençait à le trouver attendrissant.

— Très bien. J'accepte de travailler avec vous. Mais à une condition.

— Celle que vous voudrez.
— Lorsque nous aurons trouvé le ou les coupables, vous me laisserez l'exclusivité de la divulgation de l'enquête.
— Pas de problème.
Il lui tendit la main.
Elle hésita avant de s'emparer de sa paume :
— Je pardonne toujours trop vite. Je commets sûrement là la plus grande sottise de ma vie.
Ils se mirent aussitôt à pied d'œuvre. Jacques Méliès lui présenta toutes les pièces du dossier : photos des cadavres, rapports d'autopsie, fichier résumant le passé de chacune des victimes, radiographies des blessures internes, observations sur les cohortes de mouches.
Laetitia ne lui livra rien de ses propres compilations mais elle reconnut volontiers que tout semblait converger vers le concept « fourmis ». Les fourmis étaient l'arme et les fourmis étaient le mobile. Restait cependant à découvrir l'essentiel : qui les manipulait et comment.
Ils examinèrent une liste énumérant les mouvements écologistes terroristes et les fanatiques amis des bêtes, désireux de délivrer tous les animaux des zoos, tous les oiseaux ou insectes en cage. Laetitia hocha la tête.
— Vous savez, Méliès, même si tout paraît les accuser, je ne crois pas des fourmis capables de tuer des fabricants d'insecticides.
— Et pourquoi ?
— Elles sont trop intelligentes pour ça. Pratiquer la loi du talion, c'est une idée humaine. La vengeance est un concept humain. Nous sommes en train de prêter nos propres sentiments aux fourmis. Pourquoi attaquer les hommes alors qu'il suffit aux fourmis d'attendre qu'ils se détruisent tout seuls, entre eux !
Jacques Méliès médita un instant le raisonnement.
— Que ce soit des fourmis, un joueur de flûtiau ou un humain qui cherche à se faire passer pour des fourmis, cela vaut quand même le coup de recher-

cher le ou les coupables, non ? Ne serait-ce que pour innocenter vos petites amies.

— D'accord.

Ils contemplèrent toutes les pièces du puzzle, étalées sur la grande table du salon. Ils étaient tous deux convaincus de disposer d'assez d'éléments pour mettre au jour la logique qui les reliait entre elles.

Laetitia bondit soudain.

— Ne perdons pas notre temps. Tout ce que nous voulons, en fait, c'est découvrir l'assassin. Pour y parvenir, il m'est venu une idée. Une idée toute simple. Ecoutez donc !

121. ENCYCLOPÉDIE

CHOC ENTRE CIVILISATIONS : Godefroy de Bouillon prit la tête de la seconde croisade pour la libération de Jérusalem et du Saint-Sépulcre. Cette fois, quatre mille cinq cents chevaliers aguerris encadraient la centaine de milliers de pèlerins. Pour la plupart, c'étaient de jeunes cadets de la noblesse, privés de tout fief en raison du droit d'aînesse. Sous couvert de religion, ces nobles déshérités espéraient conquérir des châteaux étrangers et posséder enfin des terres.

Ce qu'ils firent. Chaque fois qu'ils s'emparaient d'un château, les chevaliers s'y installaient, abandonnant la croisade. Souvent, ils se battirent entre eux pour la possession des terres d'une ville vaincue. Le prince Bohémond de Tarente, par exemple, décida de faire main basse sur Antioche pour son compte personnel. Les croisés eurent à combattre certains des leurs pour les convaincre de rester dans la croisade. Paradoxe : pour mieux parvenir à leurs fins, on vit des nobles occidentaux faire alliance avec des émirs orientaux pour vaincre leurs camarades de combat. Ceux-ci n'hésitèrent d'ailleurs pas à s'associer à leur tour avec d'autres émirs pour les contrer. Arriva le moment où on ne sut plus qui luttait avec qui et contre qui ni pourquoi. Beaucoup avaient même oublié le but originel de la croisade.

Edmond Wells,
Encyclopédie du savoir relatif et absolu, tome II.

122. DANS LES MONTAGNES

Au loin se profilent les formes sombres de collines, puis de montagnes. Les fourmis grises autochtones ont baptisé « Mont Tourbier » le premier piton, en raison de la tourbe sèche qui y frisotte. Il n'est pas trop difficile à passer.

Les croisées ont découvert un col étroit mais profond pour le traverser. Les hautes parois de pierre blanc, gris et beige, se succèdent, affichant les strates de leur histoire. Dans la roche sans âge, se sont imprimées des traces de fossiles en forme de spirale ou de cornet.

Après les gorges, des canyons. Chaque fissure est pour les soldates myrmécéennes un ravin mortel où il ne fait pas bon déraper.

La fraîcheur est éprouvante dans ce défilé et le convoi se presse d'en sortir. Aux fourmis qui se plaignent du froid, des abeilles charitables offrent un peu de miel pour se revigorer.

103ᵉ est inquiète. Elle ne se souvient pas d'avoir jamais escaladé cet ensemble montagneux. Bah ! peut-être ont-elles trop dévié vers le nord, mais il suffit de se diriger vers le soleil levant pour parvenir au bout du monde. Oui, elles n'ont qu'à continuer tout droit.

La roche désolée n'a à leur offrir que des lichens jaunes comme salades. Il y a là surtout de la funaire hygrométrique, ainsi désignée car ses capsules se contorsionnent lorsque l'air devient humide.

Enfin une vallée de bergamotiers. La fonction créant l'organe, à force de marcher au grand air, les croisées améliorent leurs facultés visuelles. Elles supportent de mieux en mieux la lumière, ne recherchent plus les zones d'ombre et peuvent distinguer des paysages qui se trouvent pourtant à plus de trente pas de leurs facettes oculaires.

Cela n'empêche pas des éclaireuses de tomber dans un piège à cicindèles. Ces petits coléoptères creusent des oubliettes dans le sol, surmontées d'une trappe. Dès qu'ils perçoivent une vibration, ils surgissent et happent les promeneuses.

La caravane se heurte ensuite à une barrière d'orties. Pour les fourmis, c'est comme si s'élevait subitement devant elles un mur de barbelés géants dans lequel elles se prennent aussitôt les pattes.

Elles passent sans trop de dommages. Le véritable obstacle est plus loin : une crevasse et, juste derrière, une cascade. Elles ne savent pas comment franchir à la fois un gouffre et une muraille liquide. Des abeilles tentent l'expérience et tombent dans la cascade.

L'eau attire vers le bas tout ce qui vole, disent les mouches.

A fortiori ce rideau d'eau furieuse et glacée.

Serrant toujours son cocon à papillon, 24e s'avance. Elle a peut-être une solution à proposer. Un jour qu'elle s'était égarée dans les forêts de l'Ouest — c'est fou ce qu'on découvre comme choses intéressantes quand on est perdu et qu'on cherche son chemin —, elle a vu un termite traverser une rigole dégoulinant d'une roche au moyen d'un morceau de bois. Le termite a introduit de face le bout de bois dans la cascade, puis il l'a creusé de l'intérieur.

Les fourmis se mettent aussitôt en devoir de rechercher une branche épaisse ou quelque chose de semblable. Elles découvrent un gros roseau. Il formera un parfait tunnel mobile. Elles hissent donc le roseau à bout de pattes et le font lentement glisser jusqu'à ce qu'il perfore le mur de la cascade. Evidemment, plusieurs ouvrières se noient dans la manœuvre, mais la plante aquatique avance inexorablement et ne rencontre que peu de résistance.

Les grillons-taupes se dévouent alors pour en creuser l'intérieur jusqu'à obtenir un cylindre imperméable qui permettra aux croisées de franchir et le ravin et la barrière hydraulique.

L'épreuve est difficile pour les rhinocéros dont les élytres coincent un peu, mais à force de les pousser, eux aussi passent tous.

123. JEUDI PROCHAIN

Extrait de *L'Echo du dimanche.*

Titre : UN INVITÉ DE MARQUE.

« Le Pr Takagumi, de l'Université de Yokohama, présentera jeudi prochain son nouvel insecticide dans la salle de conférences de l'hôtel Beau Rivage. Le savant japonais déclare avoir découvert comment stopper les invasions de fourmis au moyen d'une nouvelle substance toxique de synthèse. Le Pr Takagumi commentera lui-même ses travaux. En attendant la date de son exposé, il se détend à l'hôtel Beau Rivage et s'entretient avec ses collègues français. »

124. LA GROTTE

Après le tunnel, une caverne. Mais les croisées n'ont pas débouché dans une impasse. La grotte se prolonge par une longue galerie rocailleuse où l'air frais circule normalement.

Et la croisade avance, toujours avance.

Les fourmis contournent de gros morceaux de calcaire, des stalagmites. Celles qui marchent au plafond enjambent des stalactites. Parfois, stalagmites et stalactites se rejoignent et fusionnent en longues colonnes. Difficile alors de distinguer le haut du bas !

Toute une faune spécifique grouille dans la caverne. Il y a là de vrais fossiles vivants. La plupart sont aveugles et dépigmentés. Des cloportes blancs déguerpissent avec empressement, des myriapodes se traînent, des collemboles sautent nerveusement. Des crevettes translucides, aux antennes plus longues que le corps, nagent dans les flaques.

Dans une cavité, 103e détecte un groupe de punaises cavernicoles puantes en train de se livrer à leurs orgies habituelles avec leur sexe à bout perforateur. La Belokanienne en tue plusieurs.

Une fourmi vient goûter une punaise cuite par l'acide de 103e. Elle dit que cette chair est meilleure chaude et calcinée que froide et crue.

Tiens, se dit-elle, *on pourrait faire cuire la viande dans des bains d'acide.*

Ainsi s'effectuent souvent les trouvailles gastronomiques. Par hasard.

125. ENCYCLOPÉDIE

***Omnivores** : Les maîtres de la Terre ne peuvent être qu'omnivores. Pouvoir ingurgiter toutes les variétés de nourriture est une condition* **sine qua non** *pour étendre son espèce dans l'espace et dans le temps. Pour s'affirmer maître de la planète, on doit être capable d'avaler toutes les formes d'aliments que celle-ci produit.*

Un animal qui dépend d'une unique source de nourriture voit son existence remise en cause si celle-ci disparaît. Combien d'espèces d'oiseaux se sont effacées tout simplement parce qu'elles se nourrissaient d'une seule sorte d'insectes et que ces insectes avaient migré sans qu'elles puissent les suivre ? Les marsupiaux qui ne se nourrissent que de feuilles d'eucalyptus sont, de même, incapables de voyager ou de survivre dans des zones déboisées.

L'homme, comme la fourmi, la blatte, le cochon et le rat, l'a compris. Ces cinq espèces goûtent, mangent et digèrent pratiquement tous les aliments, voire tous les déchets d'aliments. Ces cinq espèces peuvent donc convoiter le titre d'animal maître du monde. Autre point commun : ces cinq espèces modifient en permanence leur bol alimentaire pour s'adapter au mieux à leur milieu ambiant. Elles sont donc toutes contraintes de se livrer à des tests avant d'ingurgiter des aliments nouveaux afin d'éviter les épidémies et les empoisonnements.

Edmond Wells,
Encyclopédie du savoir relatif et absolu, tome II.

126. L'APPÂT

Quand l'entrefilet parut dans *L'Echo du dimanche*, Laetitia Wells et Jacques Méliès avaient déjà réservé une chambre à l'hôtel Beau Rivage au nom du Pr Takagumi. Quelques pourboires judicieusement distribués leur permirent d'y ériger un mur en trompe-l'œil et d'y installer un appareillage de contrôle très sophistiqué.

Ils placèrent tout autour de la pièce des caméras vidéo qu'une alarme sensible au moindre mouvement d'air suffisait à déclencher. Enfin, ils déposèrent dans le lit un mannequin aux allures nippones. Puis ils se tinrent aux aguets.

— Je vous parie que ce sont des fourmis qui vont venir ! lança le commissaire Méliès.

— Pari tenu. Moi, je vous parie que ce sera un être humain.

Il ne leur restait plus qu'à attendre de voir quel poisson viendrait mordre à leur hameçon.

127. VOL DE RECONNAISSANCE

Une infime clarté luit, loin devant.

L'air se fait plus chaud. Les croisées accélèrent le pas. En une longue procession, elles quittent la fraîcheur sombre de la grotte pour une corniche ensoleillée.

Des libellules volettent dans la lumière. Qui dit libellules dit fleuve. La croisade n'est plus loin du but, c'est sûr.

103e choisit le plus beau rhinocéros, celui qu'on

appelle « Grande Corne » car c'est lui qui a le plus long appendice nasal. Elle agrippe ses griffes à sa chitine et le prie de décoller pour un vol de repérage. Douze chevalières artilleuses la suivent pour assurer la garde en cas de mauvaise rencontre avec un oiseau.

Ensemble elles chevauchent le vent et descendent en piqué vers le fleuve, illuminé de paillettes de lumière.

Glissade entre les couches d'air.

Avec un synchronisme parfait, les douze insectes volants plantent le bout de leurs ailes dans un axe imaginaire et virent à gauche.

La manœuvre est si rapide que 103e se retrouve plaquée contre sa monture par la force centrifuge.

La pureté de l'air l'enivre.

Dans ces cieux azur, tout semble si clair, si limpide. Fini cet assaut de fragrances multiples qui contraint les insectes à une vigilance constante. Il ne reste plus que l'effluve transparent d'un air transparent.

Les douze scarabées ralentissent leurs battements d'ailes. Ils planent dans le silence.

En bas, c'est un défilé de formes et de couleurs.

L'escadrille descend en rase-mottes. Les splendides vaisseaux de guerre glissent entre les saules pleureurs et les aulnes.

103e est à l'aise sur « Grande Corne ». A force de côtoyer les scarabées rhinocéros, elle a appris à les reconnaître. Sa monture possède non seulement la corne la plus haute et la plus pointue de toute l'escadrille, mais aussi les pattes les plus musclées et les ailes les plus longues. « Grande Corne » présente un autre avantage : il est le seul à s'être demandé comment voler pour permettre aux artilleuses de mieux ajuster leurs tirs. Il sait aussi faire demi-tour à temps quand il est poursuivi par un prédateur volant.

Avec des fragrances simples, 103e lui demande si les scarabéides apprécient le voyage. « Grande Corne » répond que le passage dans la grotte a été pénible. Il est dur d'être enfermé dans un couloir sombre. Les gros coléoptères ont besoin d'espace. A part ça, il a perçu par hasard, comme d'autres de ses compagnons, des conversations évoquant des « dieux ». Dieux, est-ce une autre appellation pour les Doigts ?

103e se montre évasive. Il ne faudrait pas que la « maladie des états d'âme » gagne les espèces mercenaires. Sinon, la polémique s'amplifierait et c'en serait fini de la croisade avant même qu'elle ait atteint le bout du monde.

« Grande Corne » signale une zone à tourbe. Or c'est dans la tourbe qu'aiment se blottir les scarabéides du Sud. Certains sont vraiment surprenants. Tous les coléoptères ont leur spécificité, aucune espèce n'est similaire. Ces Méridionaux pourraient être eux aussi utiles à la croisade. Pourquoi ne pas en recruter ? 103e est d'accord. Toute aide est appréciée.

Ils volent.

Des parfums de ciguë, de myosotis des marais et de reine-des-prés embaument autour du fleuve. Au-dessous, un tapis de nénuphars blancs, rosés, jaunes défile comme une giclée de confettis multicolores mal éparpillés.

L'escadrille tournoie au-dessus du fleuve. A mi-chemin entre les deux rives, il y a une petite île avec un grand arbre au milieu. Les chevalières glissent au-dessus du moutonnement du fleuve. Les pattes des rhinocéros rayent l'ondée.

Mais 103e ne retrouve toujours pas Sateï, le fameux port qui est en fait un passage souterrain permettant de contourner le fleuve par au-dessous. Les croisées ont dû s'écarter du chemin prévu, et de beaucoup. Il leur faudra marcher longtemps.

Les éclaireuses volantes reviennent et annoncent que tout va bien, qu'il faut continuer en avant.

Comme une coulée de mélasse, l'armée descend la falaise, les fourmis à l'aide des puvilis-tampons collants de leurs pattes, les rhinocéros en voletant, les abeilles en piqué et les mouches en chahutant.

En bas s'étend une plage de sable fin et beige, avec

des dunes claires où traînent quelques herbes éparses mais surtout des oyats (petites graminées) et des sporobolles des sables (spores de champignons). De bonnes denrées pour des fourmis !

103e dit que pour rejoindre le port de Sateï il leur faut longer la berge vers le sud. La caravane s'ébranle.

Avec les autres rhinocéros, « Grande Corne » s'éloigne du gros des troupes. Ils ont une mission à accomplir, affirment-ils, ils rejoindront les autres plus tard.

En avançant, des éclaireuses découvrent des grumeaux blancs qui fleurent bon l'escargot. Elles en ont assez des oyats et ces œufs ont belle allure. 9e les met en garde. Avant de manger quoi que ce soit, il faut d'abord vérifier si l'aliment n'est pas toxique. Certaines l'écoutent, d'autres s'empiffrent.

Quelle erreur ! Ce n'étaient pas des œufs mais du crachat d'escargot. Et qui plus est, du crachat d'escargot infecté de douves !

128. ENCYCLOPÉDIE

***Zombies** : Le cycle de la grande douve du foie* **(Fasciola hepatica)** *constitue certainement l'un des plus grands mystères de la nature. Cet animal mériterait un roman. Comme son nom l'indique, il s'agit d'un parasite qui prospère dans le foie des moutons. La douve se nourrit de sang et des cellules hépatiques, grandit puis pond ses œufs. Mais les œufs de douve ne peuvent pas éclore dans le foie du mouton. Tout un périple les attend.*

Les œufs quittent leur hôte en sortant de son corps avec ses excréments. Ils se retrouvent dans le monde extérieur, froid et sec. Après une période de mûrissement, ils éclosent pour laisser sortir une minuscule larve. Laquelle sera consommée par un nouvel hôte : l'escargot.

Dans le corps de l'escargot, la larve de douve se

multipliera avant d'être éjectée dans les mucosités que crache le gastéropode en période de pluie.
Mais elles n'ont accompli que la moitié du chemin.
Ces mucosités, en forme de grappes de perles blanches, attirent fréquemment les fourmis. Les douves pénètrent grâce à ce « cheval de Troie » à l'intérieur de l'organisme insecte. Elles ne demeurent pas longtemps dans le jabot social des myrmécéennes. Elles en sortent en le perçant de milliers de trous, le transformant en passoire qu'elles referment avec une colle qui durcit et permet à la fourmi de survivre à l'incident. Il ne faut pas tuer la fourmi, indispensable pour refaire la jonction avec le mouton. Puis les douves circulent à l'intérieur du corps de la fourmi, alors que rien à l'extérieur ne laisse présager le drame interne.
Car à présent, les larves sont devenues des douves adultes qui doivent retourner dans le foie d'un mouton pour compléter leur cycle de croissance.
Mais que faire pour qu'un mouton dévore une fourmi, lui qui n'est pas insectivore ?
Des générations de douves ont dû se poser la question. Le problème était d'autant plus compliqué à résoudre que c'est aux heures fraîches que les moutons broutent le haut des herbes et aux heures chaudes que les fourmis quittent leur nid pour ne circuler que parmi l'ombre fraîche des racines de ces herbes.
Comment les réunir au même endroit et aux mêmes heures ?
Les douves ont trouvé la solution en s'éparpillant dans le corps de la fourmi. Une dizaine s'installent dans le thorax, une dizaine dans les pattes, une dizaine dans l'abdomen et une seule dans le cerveau.
Dès l'instant où cette unique larve de douve s'implante dans son cerveau, le comportement de

la fourmi se modifie... Eh oui ! La douve, petit ver primitif proche de la paramécie et donc des êtres unicellulaires les plus frustes, pilote dorénavant la fourmi si complexe.
Résultat : le soir, alors que toutes les ouvrières dorment, les fourmis contaminées par les douves quittent leur cité. Elles avancent en somnambules et montent s'accrocher aux cimes des herbes. Et pas de n'importe quelles herbes ! Celles que préfèrent les moutons : luzernes et bourses-à-pasteur.
Tétanisées, les fourmis attendent là d'être broutées.
Tel est le travail de la douve du cerveau : faire sortir tous les soirs son hôte jusqu'à ce qu'il soit consommé par un mouton. Car au matin, dès que la chaleur revient, si elle n'a pas été gobée par un ovin, la fourmi retrouve le contrôle de son cerveau et de son libre arbitre. Elle se demande ce qu'elle fait là, en haut d'une herbe. Elle en redescend vite pour regagner son nid et vaquer à ses tâches habituelles. Jusqu'au prochain soir où, comme le zombie qu'elle est devenue, elle ressortira avec toutes ses compagnes infectées par les douves pour attendre d'être broutée.
Ce cycle pose aux biologistes de multiples problèmes. Première question : comment la douve blottie dans le cerveau peut-elle voir au-dehors et ordonner à la fourmi d'aller vers telle ou telle herbe ? Deuxième question : la douve qui dirige le cerveau de la fourmi mourra, elle et elle seule, au moment de l'ingestion par le mouton. Pourquoi se sacrifie-t-elle ainsi ? Tout se passe comme si les douves avaient accepté que l'une d'elles, et la meilleure, meure pour que toutes les autres atteignent leur but et terminent le cycle de fécondation.

Edmond Wells,
Encyclopédie du savoir relatif et absolu, tome II.

129. SUEURS CHAUDES

Personne ne vint le premier jour attaquer le simulacre du Pr Takagumi.

Jacques Méliès et Laetitia Wells stockèrent conserves autochauffantes et aliments déshydratés. Ils s'étaient installés comme pour un siège. Pour passer le temps, ils décidèrent de jouer aux échecs. Laetitia y était plus habile que Méliès qui commettait des erreurs grossières.

Agacé par la supériorité de sa partenaire, il s'obligea à mieux se concentrer. Il disposa ses pièces en défense, avec des lignes de pions bloquant toute initiative adverse. La partie se transforma rapidement en bataille de tranchées, façon Verdun. Les fous, les chevaux, la dame et les tours, empêchés de lancer des attaques foudroyantes, s'annulaient mutuellement.

— Même aux échecs, vous avez la frousse ! lança Laetitia.

— Froussard, moi ? s'indigna Méliès. Dès que je laisse un espace libre, vous enfoncez mes lignes. Comment pourrais-je donc jouer autrement ?

Elle se figea soudain, un doigt sur les lèvres, lui intimant silence. Elle avait perçu comme un petit bruit, quelque part dans la chambre de l'hôtel Beau Rivage.

Ils vérifièrent les écrans de contrôle. Rien. Et pourtant, Laetitia Wells était certaine que l'assassin était là. Le détecteur de mouvement confirma en se mettant à clignoter.

— L'assassin est là, chuchota-t-elle.

Yeux braqués sur un écran de contrôle, le commissaire s'écria :

— Oui. Je le vois. C'est une fourmi toute seule. Elle escalade le lit !

Laetitia se jeta sur la chemise de Méliès, la déboutonna rapidement, lui leva les bras, sortit un mouchoir et en tamponna à plusieurs reprises les aisselles du policier.

— Qu'est-ce qui vous prend ?

— Laissez-moi faire. Je pense avoir compris comment opère notre tueuse.

Elle repoussa le mur en trompe-l'œil et, avant que la fourmi n'ait atteint le haut du couvre-lit, elle frotta le mannequin avec le mouchoir imprégné de la sueur des aisselles de Jacques Méliès. Puis, rapidement, elle retourna se cacher près de lui.

— Mais..., commença-t-il.

— Taisez-vous et regardez.

La fourmi, sur le lit, s'approchait du mannequin. Elle découpa un minuscule morceau carré dans le pyjama du pseudo-professeur Takagumi. Elle disparut ensuite comme elle était entrée, par la salle de bains.

— Je ne comprends pas, dit Méliès. Cette fourmi n'a pas attaqué notre homme. Elle s'est contentée de s'emparer d'un tout petit morceau d'étoffe.

— C'était pour l'odeur, uniquement pour l'odeur, commissaire.

Comme elle semblait avoir pris la conduite des opérations, il demanda :

— Et maintenant, qu'est-ce qu'on fait ?

— On attend. L'assassin va venir. Maintenant, j'en suis certaine.

Méliès était perplexe.

Elle le fixa de ce regard mauve qui l'éblouissait tant et expliqua :

— Cette fourmi solitaire m'a rappelé une histoire que m'avait contée mon père. En Afrique, il avait vécu parmi la tribu des Baoulés. Cette peuplade avait trouvé un moyen assez étonnant d'assassiner les gens. Quand quelqu'un voulait tuer en toute discrétion, il s'emparait d'un lambeau de vêtement imprégné de la sueur de sa future victime. Il le plaçait ensuite dans un sac où il avait déjà enfermé un serpent venimeux. Il suspendait ensuite le tout au-dessus d'une marmite d'eau bouillante. La douleur rendait le serpent enragé et il associait cette persécution à l'odeur du tissu. Il ne restait plus qu'à lâcher le serpent dans le village. Dès qu'il reniflait une odeur semblable à celle du morceau de vêtement, il mordait.

— Vous pensez donc que c'est l'odeur de sa victime qui guide notre assassin ?

— Exactement. Après tout, ce sont des odeurs que les fourmis tirent toutes leurs informations.

Méliès exulta :

— Ah ! Vous admettez enfin que ce sont des fourmis qui tuent !

Elle le calma.

— Pour l'instant, personne n'a été tué. Il n'y a pour seul délit qu'un pyjama légèrement lacéré.

Il réfléchit puis explosa :

— Mais vous avez donné mon odeur à ce morceau de vêtement ! Maintenant, c'est moi qu'elles vont vouloir tuer !

— Toujours froussard, commissaire... Il suffit que vous vous laviez soigneusement sous les bras et que vous vous aspergiez ensuite de déodorant. Auparavant, nous allons copieusement badigeonner de votre sueur notre Pr Takagumi.

Méliès n'était pas du tout rassuré. Il introduisit un chewing-gum entre ses dents serrées.

— Mais elles m'ont déjà attaqué une fois !

— ... Et vous leur avez échappé, il me semble. Heureusement que j'ai pensé à tout, j'ai apporté l'instrument le mieux apte à vous détendre.

Elle sortit de son sac un petit téléviseur portable.

130. LA BATAILLE DES DUNES

Longue est la marche à travers le désert de dunes.

Les pas sont de plus en plus lourds.

Une fine pellicule de sable colle aux carapaces, assèche les labiales et fait crisser les articulations chitineuses.

La poussière est partout sur les cuirasses qui ne brillent plus.

Et la croisade avance, toujours avance.

Les abeilles n'ont plus de miel énergétique à offrir.

Les jabots sociaux sont vides. Les puvilis des pattes craquent à chaque foulée comme des petits sacs de plâtre friable.

Les croisées sont épuisées et voilà qu'une nouvelle menace surgit. Un nuage de poussière s'élève à l'horizon, grossit et se rapproche. Dans ce halo, on discerne mal quelles sont les légions adverses.

A trois mille pas, on les distingue mieux. C'est une armée termite qui se présente. Les soldats termites, reconnaissables à leur tête en forme de poire, projettent de la glu où les premiers rangs fourmis vont s'empêtrer.

Les abdomens myrmécéens lâchent leurs salves d'acide corrosif. La cavalerie termite se clairsème mais les fourmis ont tiré trop tard, la horde ennemie les déborde et perfore le centre de la première défense fourmi.

Choc de mandibules.

Fracas de cuirasses.

La cavalerie légère myrmécéenne n'a même pas le temps de se mouvoir qu'elle est déjà encerclée par les troupes termites.

Feu ! lance 103e. Mais la deuxième ligne d'artillerie lourde armée d'acide à 60 % n'ose pas tirer sur ce mélange de combattantes fourmis et de termites. L'ordre n'est pas suivi. Les groupes improvisent selon leur inspiration. Les deux flancs de l'armée croisée essaient de se dégager pour prendre l'armée termite à revers, mais ils effectuent trop lentement leur manœuvre.

La glu termite abat les abeilles qui tentent de décoller. Comme les mouches, comme 24e et son cocon, elles se cachent dans le sable.

103e est partout, encourageant l'infanterie à se regrouper en carrés solides. Elle est fatiguée. *Je vieillis*, se dit-elle quand elle tire et manque sa cible.

Partout, les croisées reculent. Que sont devenus les éblouissants vainqueurs de Doigts ? Que sont devenus les conquérants de la Cité d'or abeille ?

Les fourmis mortes s'amoncellent. Elles ne sont

plus que mille deux cents qui pensent connaître bientôt le même sort terrible.

Sont-elles perdues ?

Non, car 103e voit surgir au loin un second nuage. Il s'agit d'amis, cette fois. « Grande Corne » est revenu, entraînant dans son sillage la plus terrifiante des armées volantes.

Ils passent bruyamment au-dessus des orbites oculaires, et toutes les voient avec un sentiment mêlé d'admiration et d'effroi. Ce sont de vrais démons sortis d'une apocalypse gothique. Ils foncent, superbes, clinquants et cliquetant de toutes leurs articulations laquées.

Il y a là des minotaures typhées, des neptunes, des hannetons et des gros lucanes cerfs-volants avec leurs cornes en forme de pince.

C'est la fine fleur de ce qui se fait de plus surprenant parmi les espèces de coléoptères qui a répondu à l'appel de « Grande Corne ».

Monstres splendides, ils sont bardés de piques, de lances, de cornes, de pointes, de plaques-boucliers, de griffes. Leurs élytres sont coloriés comme des écussons, certains ont des visages béants rose et noir dessinés sur leur dos, d'autres affichent des motifs plus abstraits, taches rouges, orange, vertes ou bleu fluorescent.

Aucun forgeron ne saurait sculpter de telles armures.

Leur casque leur donne des allures de princes preux, issus d'un Moyen Age de légende.

Dirigée par « Grande Corne », la vingtaine de coléoptères opère un mouvement tournant ; ils s'alignent puis chargent dans les tas les plus compacts de soldats termites.

Jamais 103e n'a vu quelque chose d'aussi spectaculaire.

Stupéfaction dans les rangs termites. Avec cette nouvelle armée, leur glu ne marche plus. Les projectiles liquides glissent sur les grosses cuirasses martelées et leur retombent dessus.

Les termites commencent à battre en retraite.

« Grande Corne » atterrit près de 103e.

Monte !

Décollage.

Sous les pattes de sa monture, le champ de bataille défile comme un tapis roulant effervescent.

103e prend la tête de son armée pour partir à la poursuite des fuyards. Depuis son engin volant, elle ajuste des tirs d'acide précis qui font mouche à chaque fois.

Feu ! hurle-t-elle de toute la puissance de ses antennes. *Feu !*

Les fourmis tirent de l'acide en courant.

131. PHÉROMONE STRATÉGIE MILITAIRE

Phéromone mémoire n° 61
Thème : Stratégie militaire
Date de salivation : 44e jour de l'an 100 000 667

Toute stratégie militaire tend d'abord à déséquilibrer l'adversaire.

D'instinct, ce dernier cherche à compenser en exerçant sa force dans un sens inverse à la poussée.

A ce moment, au lieu de le bloquer, il faut au contraire l'accompagner jusqu'à ce qu'il soit lui-même emporté au loin par sa propre force.

Pendant un court instant, l'adversaire est alors particulièrement vulnérable. C'est le moment de l'achever. Cet instant passé, si l'on n'a pas su en profiter, tout sera à recommencer et l'ennemi se montrera cette fois plus méfiant.

132. GUERRE

Feu !

Plusieurs vagues de silhouettes noires courent entre la mitraille drue.

Les carcasses des vaincus fument. Les soldats

s'enterrent pour éviter de se faire écharper. Des groupes se cachent dans les dunes.

Fracas de grenades. Crépitements de mitrailleuses. Au loin, des puits de pétrole en flammes dispersent une lourde fumée noire où le soleil ne filtre plus.

— Eteignez ça. Ça suffit !

— Vous n'aimez pas les actualités ? demanda Méliès en baissant le son du téléviseur où défilaient les informations mondiales quotidiennes.

— Au bout d'un moment, la sottise humaine, ça lasse, dit Laetitia. Toujours rien ?

— Toujours rien.

La jeune femme s'enveloppa dans une couverture.

— Dans ce cas, je vais dormir un peu. S'il se passe quelque chose, réveillez-moi, commissaire.

— Autant vous secouer tout de suite. Un des détecteurs de mouvement vient de s'activer.

Ils scrutèrent les écrans.

— Il y a un mouvement dans la pièce.

Un à un, ils allumèrent les moniteurs vidéo mais ils ne virent rien.

— « Elles » sont là, annonça Méliès.

— « Il » est là, corrigea Laetitia. Il n'y a qu'un seul signal sur l'écran.

Méliès déboucha une bouteille d'eau minérale. Se passa à tout hasard une autre compresse mouillée sous les bras et, pour éviter tout risque, s'aspergea encore de parfum.

— Je sens encore la sueur ? demanda-t-il.

— Vous embaumez le Bébé Cadum.

Ils ne voyaient toujours rien mais ils entendaient maintenant comme un grattement sur le plancher.

Jacques Méliès brancha les magnétoscopes des caméras vidéo qui truffaient la pièce.

— « Elles » s'approchent du lit.

Face à la caméra disposée au ras du tapis, apparut le museau d'une souris hirsute en quête de nourriture.

Ils éclatèrent de rire.

— Après tout, les fourmis ne sont pas les seuls animaux à vivre parmi les hommes, s'exclama Laetitia.

Cette fois, je me couche pour de bon et ne me réveillez que si vous avez plus sérieux à me montrer.

133. ENCYCLOPÉDIE

ÉNERGIE : Deux attitudes sont possibles lorsque l'on monte sur un grand huit dans une fête foraine. Un : s'asseoir dans le wagonnet du fond et fermer les yeux. Dans ce cas, l'amateur de sensations fortes éprouve une peur immense. Il subit la vitesse et chaque fois qu'il entrouvre les paupières, sa frayeur est décuplée.
La seconde attitude consiste à choisir le premier rang du premier wagonnet, à ouvrir grands les yeux en s'imaginant qu'on va voler et aller de plus en plus vite. Là, l'amateur ressent une grisante impression de puissance. De même, si une musique de hard rock surgit d'un haut-parleur alors qu'on ne s'y attendait pas, elle paraît empreinte de violence et assourdissante. On la subit tant bien que mal. Pourtant, si on le désire, on peut non pas subir mais utiliser cette énergie pour mieux l'absorber. L'auditeur est alors comme dopé et complètement survolté par cette violence musicale.
Tout ce qui dégage de l'énergie est dangereux quand on le subit et enrichissant si on le canalise à son propre profit.

Edmond Wells,
Encyclopédie du savoir relatif et absolu, tome II.

134. LE CULTE DES MORTS

Les douze dernières déistes sont réunies dans l'ultime cachette improvisée près des fosses à compost, dans Bel-o-kan.
Elles contemplent leurs mortes.
La reine Chli-pou-ni s'est déterminée à tuer toutes

les rebelles. Les unes après les autres, elles se font prendre alors qu'elles tentent de nourrir les Doigts. Toutes les non-déistes ont disparu et le mouvement rebelle n'est plus représenté que par ces quelques déistes qui ont survécu par miracle à l'inondation et aux persécutions.

Plus personne ne les écoute. Plus personne ne les rejoint. Elles sont devenues des parias et elles savent que dès que les gardes découvriront leur tanière, c'en sera fini pour elles.

Du bout de leurs antennes, elles titillent trois cadavres d'anciennes compagnes qui se sont traînées jusqu'ici pour y mourir. Les déistes s'apprêtent à les transporter au dépotoir.

Une d'elles s'y oppose soudain. Les autres la sondent, perplexes. Si on n'emporte pas ces martyres vers le dépotoir, d'ici quelques heures elles empesteront l'acide oléique.

La rebelle insiste. La reine conserve bien le cadavre de sa propre mère dans sa loge. Pourquoi ne pas agir comme elle ? Pourquoi ne pas conserver leurs cadavres ? Après tout, plus il y en aura, plus cela prouvera qu'autrefois le mouvement déiste comptait une foule de militantes.

Les douze fourmis tripotent leurs appendices sensoriels. Quelle idée surprenante ! Ne plus jeter les cadavres...

Toutes ensemble, elles se livrent à une Communication Absolue. Leur sœur a peut-être trouvé un moyen de relancer le mouvement déiste. Conserver ses morts, voilà qui plaira à beaucoup.

Une rebelle propose qu'on les enterre dans les murs pour éviter qu'elles ne répandent leur odeur d'acide oléique. La première à avoir émis l'idée n'est pas d'accord :

Non, au contraire, il faut qu'on les voie. Imitons la reine Chli-pou-ni. Evidons les chairs et ne conservons que les carapaces creuses.

135. TERMITIÈRE

Les termites détalent à toutes pattes.

En avant ! crie 103e du haut de « Grande Corne » pour mieux exciter ses croisées au combat.

Pas de quartier ! lance 9e qui a, elle aussi, enfourché son destrier volant.

Les artilleuses aériennes tirent sans discontinuer, semant l'acide et la mort.

Côté termites, c'est la débandade. Tous zigzaguent pour échapper aux monstres des cieux et aux crachats mortels de leurs pilotes. C'est chacun pour soi. Eparpillés, les termites galopent vers leur cité, grande forteresse de ciment récemment bâtie sur la rive ouest du fleuve.

Du dehors, l'édifice est impressionnant. La citadelle ocre se compose d'une cloche centrale surplombée de trois tours, elles-mêmes hérissées de six donjons. Au ras du sol, toutes les issues sont bouchées par des moellons de gravier. Quelques sentinelles les surveillent par des brèches en forme de meurtrières.

Lorsque les croisées chargent le château ennemi, les cornes des soldats termites nasutitermes surgissent des fentes verticales et arrosent de glu les attaquantes.

Cinquante pertes pour la première offensive. Trente pour la seconde vague. Ceux qui frappent de haut en bas ont toujours l'avantage sur ceux qui tirent de bas en haut.

Plus d'autre solution donc que l'attaque aérienne. Des rhinocéros percutent les donjons de leurs cornes, les lucanes arrachent des tours envahies par une population affolée, mais la glu continue de faire merveille et dans la cité termite de Moxiluxun, on commence à souffler un peu.

On soigne les blessés. On colmate les brèches. On range les greniers en prévision d'un long siège. On relève les sentinelles.

La reine termite de Moxiluxun ne manifeste aucune crainte. Près d'elle, le roi discret et muet reste muré dans son mystère. Chez les termites, les mâles survivent au vol nuptial et demeurent ensuite dans la loge royale au côté de leur femelle.

Une espionne chuchote avec des mines de conspiratrice ce que tout le monde sait déjà : les fourmis rousses de Bel-o-kan ont lancé une croisade vers l'est et massacré en chemin plusieurs villages fourmis et une cité abeille.

On raconte que Chli-pou-ni, leur nouvelle reine, a entrepris d'améliorer la Fédération par toutes sortes d'innovations, architecturales, agricoles et industrielles.

Les jeunes reines s'imaginent toujours plus intelligentes que les anciennes, émet avec ironie la vieille reine de Moxiluxun.

Les termites approuvent par des odeurs complices.

C'est alors que l'alerte retentit.

Les fourmis envahissent la Cité !

Les informations qui circulent entre les antennes des soldats termites sont si surprenantes que leur souveraine a peine à y croire.

Des courtilières (aussi appelées grillons-taupes) ont percé les étages inférieurs. Leurs pattes antérieures élargies leur ont permis de creuser rapidement des galeries souterraines. Maintenant, elles avancent en ligne et, derrière elles, des centaines de soldates fourmis saccagent tout.

Des fourmis ? Dompter des courtilières ?

L'impensable est vrai. Pour la première fois, grâce à cette armée subterrestre, une ville termite est assaillie du bas vers le haut. Qui aurait pu s'attendre à une offensive contournant la ville pour venir percer son plancher ? Les stratèges moxiluxiens ne savent comment réagir.

Dans les salles les plus basses, 103e s'émerveille de la sophistication de cette cité termite. Tout a été construit pour jouir de la température souhaitée à l'endroit voulu. Des puits artésiens rejoignent à plus de cent pas de profondeur des nappes d'eau qui apportent l'air frais. L'air chaud est généré par les jardins de champignons disposés dans les étages supérieurs, au-dessus du palais royal. De là partent plusieurs cheminées. Certaines s'élèvent vers les donjons pour évacuer le gaz carbonique. D'autres, attirant la fraîcheur de la cave, descendent vers la loge royale et les couveries.

Et maintenant ? On attaque les pouponnières ? interroge une soldate belokanienne.

Non, explique 103e. *Chez les termites, c'est différent. Il vaut mieux commencer par envahir les jardins de champignons.*

Les croisées se déversent dans les couloirs poreux. Dans les étages en sous-sol, les troupes moxiluxiennes sont aveugles. Elles n'offrent qu'une faible résistance à la poussée des fourmis, mais plus elles montent, plus les combats se font ravageurs. Chaque quartier est conquis au prix de lourdes pertes des deux côtés. Dans l'obscurité totale, chacun retient ses phéromones identificatrices pour éviter de devenir une cible pour l'adversaire caché.

Il faudra quand même encore deux cents morts pour parvenir jusqu'aux jardins termitiens.

Pour les Moxiluxiens, il ne reste plus qu'à se rendre. Des termites privés de champignons sont incapables d'assimiler la cellulose et mourront tous d'inanition, adultes, couvains et reine.

Les fourmis victorieuses les massacreront-elles jusqu'au dernier, comme c'est l'usage ?

Non. Ces Belokaniennes sont décidément stupéfiantes. Dans la loge royale, 103e explique à la souveraine que les rousses ne sont pas en guerre contre les termites mais contre les Doigts qui vivent par-delà le fleuve. Elles n'auraient d'ailleurs pas attaqué Moxiluxun si ses habitants ne s'en étaient d'abord pris à elles. Tout ce que demande à présent la cohorte myrmécéenne, c'est de passer la nuit dans la termitière et de recevoir le soutien des Moxiluxiens.

136. ON LES TIENT

— Pas question, n'y comptez pas !

Laetitia leva avec agacement la couverture au-dessus de ses yeux.

— Pas question, marmonna-t-elle, de me lever. Je suis sûre que c'est encore une fausse alerte.

Méliès la secoua plus vigoureusement.

— Mais « elles » sont là, cria-t-il presque.

L'Eurasienne consentit à redescendre sa couverture pour ouvrir un œil mauve embrumé. Sur tous les écrans de contrôle, des centaines de fourmis avançaient. Laetitia bondit, mania les zooms jusqu'à ce que le pseudo-professeur Takagumi apparaisse nettement, le corps agité de spasmes.

— Elles sont en train de l'émietter de l'intérieur, souffla Méliès.

Une fourmi s'approcha du mur en trompe-l'œil et parut renifler du bout de ses antennes.

— Je sens de nouveau la sueur ? s'inquiéta le commissaire.

Laetitia lui huma les aisselles.

— Non, rien que la lavande. Vous n'avez rien à craindre.

La fourmi était apparemment de son avis car elle fit demi-tour pour participer au carnage avec ses compagnes.

Le mannequin de plastique vibrait sous les assauts internes. Puis le mouvement s'apaisa et ils virent une colonne de petites fourmis sortir par l'oreille gauche de leur poupée.

Laetitia Wells tendit une main à Méliès.

— Bravo. Vous étiez dans le vrai, commissaire. Incroyable mais je les ai vues, de mes yeux vues, ces fourmis qui assassinent les fabricants d'insecticides ! Et pourtant, je n'arrive pas encore à y croire !

En policier adepte des techniques les plus modernes, Méliès avait disposé dans l'oreille du mannequin une goutte de produit radioactif. Il y eut inévitablement une fourmi pour s'y tremper les pattes et s'en imprégner. A présent, elle allait leur indiquer la piste à suivre. Manœuvre réussie !

Sur les écrans, les fourmis tournaient autour du mannequin et furetaient partout comme pour supprimer toute trace du crime.

— Voilà qui explique les cinq minutes sans mouches. Leur forfait accompli, elles ramassent leurs blessées éventuelles et tout ce qui pourrait trahir leur passage. Pendant ce temps, les mouches n'osent pas approcher.

Sur les écrans, les fourmis se rassemblaient en une longue file indienne et rejoignaient la salle de bains. Là, elles gagnèrent le siphon du lavabo et s'y engouffrèrent toutes.

Méliès était émerveillé.

— Grâce au réseau de tuyauterie de la ville, elles peuvent pénétrer partout, dans tous les appartements, et sans la moindre effraction !

Laetitia ne partagea pas sa joie.

— Pour moi, il reste encore trop d'inconnues, dit-elle. Comment ces insectes ont-ils pu lire le journal, reconnaître une adresse, saisir qu'il allait de leur survie de tuer les fabricants d'insecticides ? Je ne comprends pas !

— Nous avons sous-estimé ces bestioles, tout simplement... Rappelez-vous, quand vous m'accusiez de sous-estimer l'adversaire. C'est votre tour à présent. Votre père était entomologiste et pourtant vous n'avez jamais saisi à quel point elles étaient évoluées. Elles savent sûrement lire les journaux et détecter leurs ennemis. Nous en avons désormais la preuve.

Laetitia refusait l'évidence.

— Elles ne peuvent quand même pas savoir lire ! Elles ne nous auraient pas trompés depuis si longtemps. Vous imaginez ce que cela voudrait dire ? Elles sauraient tout de nous et pourtant se laisseraient considérer comme des petites choses insignifiantes qu'on écrase du talon !

— Voyons quand même où elles vont.

Le policier dégagea de son étui un compteur Geiger, sensible à longue distance. L'aiguille était calée sur la radioactivité du marqueur dont une fourmi avait été imprégnée. L'appareil se composait d'une antenne et d'un écran où un point vert clignotait dans un cercle noir. Le point vert avançait lentement.

— Il ne nous reste plus qu'à suivre notre traîtresse, dit Méliès.

Dehors, ils hélèrent un taxi. Le chauffeur eut du mal à comprendre que ses clients exigent de ne rouler qu'à 0,1 km/h, vitesse de déplacement de la meute assassine. D'habitude, les gens étaient tous si pressés ! Peut-être que ces deux-là avaient choisi sa voiture simplement pour flirter ? Il jeta un coup d'œil dans son rétroviseur. Mais non, ils étaient beaucoup trop occupés à discuter, les yeux fixés sur un objet bizarre entre leurs mains.

137. ENCYCLOPÉDIE

CHOC ENTRE CIVILISATIONS : Au XVIe siècle, les premiers Européens à débarquer au Japon furent des explorateurs portugais. Ils abordèrent une île de la côte ouest où le gouverneur local les accueillit fort civilement. Il se montra très intéressé par les technologies nouvelles qu'apportaient ces « longs-nez ». Les arquebuses lui plurent tout particulièrement et il en troqua une contre de la soie et du riz.

Le gouverneur ordonna ensuite au forgeron du palais de copier l'arme merveilleuse qu'il venait d'acquérir, mais l'ouvrier s'avéra incapable de fermer le culot de l'arme. Chaque fois, l'arquebuse de marque japonaise explosait au visage de son utilisateur. Aussi, lorsque les Portugais revinrent accoster chez lui, le gouverneur demanda au forgeron du bord d'apprendre au sien comment souder la culasse de manière à ce qu'elle n'explose pas lors de la détonation.

Les Japonais réussirent de la sorte à fabriquer des armes à feu en grande quantité et toutes les règles de la guerre s'en trouvèrent bouleversées dans leur pays. Jusque-là, en effet, seuls les

samouraïs se battaient au sabre. Le shogun Oda Nobugana créa, lui, un corps d'arquebusiers auquel il enseigna comment tirer en rafales pour arrêter une cavalerie adverse.
A cet apport matériel, les Portugais joignirent un second présent, spirituel celui-là : le christianisme. Le pape venait de partager le monde entre le Portugal et l'Espagne. Le Japon avait été dévolu au premier. Les Portugais dépêchèrent donc des jésuites qui furent d'abord fort bien reçus. Les Japonais avaient déjà intégré plusieurs religions et, pour eux, le christianisme n'en était qu'une de plus. L'intolérance des principes chrétiens finit cependant par les agacer. Qu'est-ce que c'était que cette religion catholique qui prétendait que toutes les autres fois étaient erronées ; qui assurait que leurs ancêtres, auxquels ils vouaient un culte sans faille, étaient en train de rôtir en enfer sous prétexte qu'ils n'avaient pas connu le baptême ?
Tant de sectarisme choqua les populations nippones. Elles torturèrent et massacrèrent la plupart des jésuites. Puis, lors de la révolte de Shimabara, ce fut au tour des Japonais déjà convertis au christianisme d'être exterminés.
Dès lors, les Nippons se coupèrent de toute intrusion occidentale. Seuls furent tolérés des commerçants hollandais, isolés sur une île au large de la côte. Et longtemps, ces négociants furent privés du droit de fouler du pied l'archipel même.

Edmond Wells,
Encyclopédie du savoir relatif et absolu, tome II.

138. AU NOM DE NOS ENFANTS

La reine termite tourne ses antennes avec perplexité. Puis soudain elle s'arrête et fait front aux fourmis qui ont investi sa loge.

Je vais vous aider, dit-elle. *Je vais vous aider non pas parce que vous me tenez sous la menace de vos jets d'acide formique, mais parce que les Doigts sont aussi nos ennemis.*

Les Doigts, explique-t-elle, ne respectent rien ni personne. Ils brandissent de longues perches munies d'un fil de soie avec, au bout, des bébés mouches, des asticots empalés et soumis à un supplice horrible. Les Doigts les enfoncent et les soulèvent jusqu'à ce que des poissons charitables consentent à les achever.

Pour garnir leurs fils de soie, les Doigts ont osé aller plus loin encore. Un de leurs groupes s'en est pris à Moxiluxun, sa propre ville. Ils ont enfoncé les couloirs, saccagé les greniers, écrasé la loge royale. Et que cherchaient ces barbares ? Les nymphes. Ils s'en sont emparés et les ont kidnappées.

Les termites croyaient leurs enfants définitivement perdus quand des chasseurs en ont aperçu qui se débattaient au bout d'une perche, hurlant des phéromones d'appel au secours.

Comme les sauver ? En réclamant l'aide des dytiques. Ces coléoptères aquatiques serviraient de bateaux aux termites.

De bateaux ?

La reine explique : les fourmis ont su dompter des rhinocéros afin d'en user comme de montures volantes ; les termites, eux, ont apprivoisé les dytiques afin qu'ils les propulsent sur l'eau. Il leur suffisait de s'installer sur une feuille de myosotis, puis de se faire pousser par eux. Evidemment, l'affaire n'a pas été simple. Au début, les grenouilles mettaient en pièces la plupart des esquifs.

Tout le milieu aquatique fut hostile aux termites jusqu'à ce qu'ils apprennent à tirer de la colle au museau des grenouilles ou à se lancer à l'abordage de gros poissons qu'ils perforaient de leurs mandibules.

Malheureusement, les navires termites ne parvinrent jamais à sauver les nymphes. Les Doigts les enfonçaient sous l'eau avant qu'ils aient eu le temps de les rejoindre. L'opération leur permit néanmoins de développer leurs techniques de navigation et de prendre le contrôle de la surface du fleuve.

Vous avez raison, clame la reine de Moxiluxun, *cela ne peut pas durer. Il est temps de nous unir pour ramener à la raison ces Doigts qui détruisent nos cités, utilisent le feu et torturent nos enfants.*

Et au nom de l'antique alliance contre les utilisateurs de feu, la reine offre à la croisade quatre légions de nasutitermes, deux légions de cubitermes et deux légions de schédorhinotermes, toutes sous-castes termites dont la morphologie s'est adaptée à différentes formes de combats.

Oublions la haine séculaire entre fourmis et termites. Il faut avant tout mettre un terme aux exactions de ces monstres.

Pour accélérer la croisade, la souveraine propose sa flotte pour traverser le fleuve. Moxiluxun y a créé son propre port, sur une baie abritée des vents prolongée d'une plage de sable fin.

Les fourmis se rendent sur la grève. De longues feuilles de myosotis traînent un peu partout. Certaines supportent des vivres termites et attendent d'être déchargées. D'autres sont vides et prêtes à partir pour de nouvelles contrées. Les termites ont érigé une rade artificielle en cellulose pour protéger leurs esquifs. Ils ont même planté des petits roseaux sur une digue pour mieux isoler leur port des vents et des vagues.

Qu'y a-t-il sur l'île, en face ? s'enquiert 103e.

Rien. Seulement ce jeune acacia cornigera que les termites n'ont pas mangé car ils n'apprécient pas ce genre de cellulose. Sinon, l'île leur sert parfois d'abri quand la tempête se lève.

103e, 24e et son cocon s'installent sur l'une des feuilles de myosotis, à la surface recouverte d'un duvet transparent. Des fourmis et des termites les rejoignent. Certains poussent le navire jusqu'à l'eau puis y sautent prestement en évitant de se mouiller les pattes.

Un Moxiluxien trempe ses antennes dans l'eau,

lâche une phéromone et deux formes s'approchent. Ce sont des dytiques, amis de la Cité termite. Les dytiques sont des coléoptères qui respirent sous l'eau en emprisonnant une bulle d'air entre leurs élytres. Grâce à cette bouteille d'oxygène ils peuvent rester très longtemps sous l'eau. Leurs pattes antérieures sont équipées de ventouses qui servent d'ordinaire à l'accouplement mais qu'ici, ils fixent sous la feuille pour la propulser.

Au signal chimique lâché dans l'onde, les dytiques se mettent à brasser l'eau de leurs longues pattes postérieures, et peu à peu les nefs termites s'engagent sur le fleuve.

Et la croisade avance, toujours avance.

139. COMMUNION

Augusta Wells et ses compagnons de vie souterraine avaient reformé le cercle pour une nouvelle séance de communion. L'un après l'autre, ils émirent un son avant de se rejoindre sur OM, la tonalité unique. Ils le laissèrent résonner jusqu'à ce qu'il s'estompe de leurs poumons pour vibrer dans leurs crânes.

Puis ce fut le silence, troublé seulement par leurs respirations ralenties.

Chaque séance était différente. Cette fois, tous avaient été pénétrés par une énergie en provenance du plafond. Une énergie lointaine et capable pourtant de traverser le roc jusqu'à les toucher.

L'*Encyclopédie* contenait un passage évoquant des ondes cosmiques aux crêtes si espacées qu'elles pouvaient transpercer n'importe quelle matière, y compris les eaux et les sables.

Jason Bragel perçut en son corps des énergies diverses, toutes représentées par des sons. Au départ, il y avait une énergie de base, OU. Elle se ramifiait en deux sous-énergies : A et WA. Elles-mêmes se décomposaient en quatre autres sons : WO, WE, E, O. Qui se divisaient encore en huit puis en deux pour terminer sur les tonalités I et WI. En tout, il en compta dix-sept, rassemblées en forme de pyramide au niveau de son plexus solaire.

Ces sons formaient comme un prisme qui, recevant la lumière blanche-sonorité OM, la décomposait en toutes ses couleurs primitives.

Concentration. Expansion.

Ils respiraient les couleurs et les sons.

Inspiration. Expiration.

Les communicants n'étaient plus que seize prismes calmes, remplis de sons et de lumières.

Nicolas les observa, goguenard.

140. PUBLICITÉ

« Avec les beaux jours, cancrelats, fourmis, moustiques, araignées prolifèrent dans nos maisons et nos jardins. Pour vous en débarrasser, une seule solution : la poudre KRAK KRAK.

Avec Krak Krak, soyez tranquilles tout l'été ! Son agent déshydratant assèche les insectes jusqu'à ce qu'ils se brisent comme du verre fin.

Krak Krak en poudre. Krak Krak en spray. Krak Krak en encens.

Krak Krak, c'est la salubrité ! »

141. UN FLEUVE

Peu à peu la feuille de myosotis de 103e prend de la vitesse. Le bateau insecte avance tout droit, fendant les vapeurs rasantes, soulevant même sa proue alors qu'une écume blanche se forme devant lui. Autour de lui on distingue cent autres vaisseaux remplis d'antennes et de mandibules. Deux mille croisées sur cent feuilles de myosotis, cela forme une vaste flottille.

Le miroir lisse du fleuve se trouble d'ondes.

Des moustiques réveillés par les esquifs moxiluxiens s'envolent en maugréant dans leur patois moustique.

A l'avant du vaisseau, le termite nasutiterme placé en proue indique à un autre termite le meilleur chemin. Ce dernier transmet ensuite les commandes aux dytiques en émettant ses phéromones dans l'eau.

Il faut éviter les trous d'eau, les rochers affleurants et même les algues lenticulaires qui bloquent tout.

Leurs frêles esquifs glissent sur le fleuve calme et laqué.

Le silence n'est qu'à peine fissuré par les remous glauques des pattes de dytiques labourant l'ondée. Au-dessus d'eux, un saule pleureur s'épanche de toutes ses longues feuilles.

103e trempe ses yeux et ses antennes sous l'eau. Ça grouille de vie là-dedans. Elle repère toutes sortes d'animaux aquatiques amusants : notamment des daphnies et des cyclopes. Ces minuscules crustacés rouges s'agitent dans tous les sens. Tous ceux qui approchent les dytiques sont aspirés par ces fauves.

9e, quant à elle, remarque que ça grouille aussi de vie au-dessus... Un banc de têtards fonce vers eux en bondissant au ras des flots.

Attention, des têtards !

Leur peau noire brille, ils foncent à grande vitesse sur la flottille insecte.

Les têtards, les têtards !

L'information est transmise à tous les bateaux termites. Les dytiques reçoivent l'ordre d'accélérer la cadence de leurs brassées. Les fourmis n'ont rien à faire, on leur demande juste de bien s'arrimer aux poils des feuilles.

Nasutitermes, à vos postes de combat !

Les termites à tête en forme de poire dardent leur corne vers le ras des flots.

Un têtard s'élance et mord la feuille de myosotis du bateau de 24e. Celui-ci dévie de sa trajectoire. Il est pris dans un remous et se met à tournoyer.

Un autre têtard fonce sur le bateau de 103e.

9e le met en joue et lui tire dessus à bout portant. Il est touché mais dans un dernier réflexe, cette bête sombre et visqueuse saute un peu plus sur la feuille et commence à se débattre, fouettant la surface de la feuille avec sa longue queue noire. Tout le monde, fourmi et termite, est balayé et tombe à l'eau.

9e et 103e sont repêchées à temps par un autre bateau.

Plusieurs autres feuilles de myosotis sont coulées par les têtards. Il y a près de mille noyés.

C'est alors qu'interviennent pour la deuxième fois « Grande Corne » et ses scarabéides. Depuis le début de la traversée, ils voletaient au-dessus de la flottille. Dès qu'ils voient les têtards qui renversent les feuilles de myosotis et s'acharnent sur tous les noyés, ils foncent en piqué, perforent de part en part les jeunes batraciens mous et remontent avant d'être mouillés.

Quelques scarabées se noient dans cette périlleuse acrobatie mais la plupart remontent, la corne truffée de têtards palpitants qui fouettent l'air de leur longue queue noire et humide.

Cette fois les têtards rebroussent chemin.

On sauve les naufragés. Il ne reste plus que cinquante bateaux remplis à craquer par un bon millier de croisées. Le navire de 24e (qui s'était égaré durant la bataille) rejoint à grandes brassées l'ensemble de la flottille.

Enfin le cri phéromonal que tous attendaient retentit.

Terre à l'horizon !

142. UN POINT VERT DANS LA NUIT

L'exaltation était à son comble.

— Prenez à droite. Lentement, lentement. Encore à droite. Puis à gauche. Tout droit. Ralentissez. Toujours tout droit, demanda le commissaire Méliès.

Laetitia Wells et Jacques Méliès s'agitaient sur la banquette arrière, anxieux de connaître l'issue de leur quête.

Le taxi obtempérait, résigné.

— Si on continue comme ça, j'vais pas tarder à caler.

— On dirait qu'elles se dirigent vers l'orée de la forêt de Fontainebleau, dit Laetitia en se tordant les mains d'impatience.

Sous la lumière blanche de la pleine lune, au bout de la rue, se dessinaient déjà des frondaisons.

— Ralentissez, mais ralentissez donc !

Derrière, des automobilistes furieux klaxonnaient. Rien de plus gênant pour la circulation qu'une course-poursuite au ralenti ! Mieux vaut encore, pour ceux qui n'y participent pas, qu'elle se déroule à tombeau ouvert !

— A gauche, encore !

Le chauffeur soupira, philosophe :

— Vous ne seriez pas mieux à pied ? D'ailleurs, à gauche, c'est en sens interdit.

— Peu importe, police !

— Ah bon ! Comme vous voudrez !

Mais le passage était obstrué de véhicules venant en sens inverse. La fourmi imprégnée de substance radioactive était déjà à la limite de la zone de perception. La journaliste et le commissaire sautèrent en marche de la voiture mais à cette vitesse, ce n'était pas vraiment dangereux. Méliès lança un billet sans se soucier d'attendre la monnaie. Ses clients s'étaient peut-être montrés un peu bizarres mais en tout cas, ils n'étaient pas radins, pensa le chauffeur en faisant tant bien que mal marche arrière.

Ils avaient récupéré le signal. La Meute s'avançait effectivement vers la forêt de Fontainebleau.

Jacques Méliès et Laetitia Wells arrivèrent dans une zone de petits pavillons miteux éclairés par des réverbères. Il n'y avait personne dans les rues de ce quartier pauvre. Il n'y avait personne mais en revanche, il y avait beaucoup de chiens qui aboyaient de fureur sur leur passage. C'étaient pour la plupart de gros bergers allemands dégénérés à force de croisements consanguins censés préserver la qualité de leur race. Dès qu'ils voyaient quelqu'un dans la rue, ils se mettaient à aboyer et à bondir contre les grillages.

Jacques Méliès avait très peur, sa phobie des loups le nimbait d'un nuage de phéromones de trouille que les chiens ressentaient. Cela leur donnait encore plus envie de le mordre.

Certains sautaient pour essayer de passer les barrières. D'autres tentaient d'entailler avec leurs crocs les palissades de bois.

— Vous avez peur des chiens ? demanda la journaliste au commissaire, livide. Dominez-vous, ce n'est pas le moment de vous laisser aller. Nos fourmis vont nous échapper.

Juste à ce moment-là, un gros berger allemand se mit à aboyer plus fort que les autres. Il tailladait une palissade avec ses molaires et parvint à sectionner une planche. Ses yeux fous tournoyaient. Pour lui, quelqu'un qui émettait tant d'odeurs de peur était une vraie provocation. Ce berger allemand avait déjà rencontré des enfants effarouchés, des grand-mères qui accéléraient le pas de manière significative, mais jamais personne n'avait senti aussi fort la victime en attente.

— Qu'est-ce qui vous prend, commissaire ?

— Je... ne peux plus avancer.

— Mais vous rigolez, ce n'est qu'un chien.

Le berger allemand continuait de s'acharner sur la palissade. Une deuxième planche fut broyée. Les dents qui brillent, les yeux rouges, les oreilles noires pointues : dans l'esprit de Méliès c'était un loup enragé. Celui qui était au fond de son lit.

La tête du chien passa à travers les planches. Puis une patte, puis tout le corps. Il était dehors et il courait très vite. Le loup enragé était dehors. Il n'y avait plus aucun écran entre les dents pointues et la gorge tendre.

Plus aucune barrière entre la bête sauvage et l'homme civilisé.

Jacques Méliès devint blanc comme un linge et ne bougea plus.

Laetitia s'interposa juste à temps entre le chien et

l'homme. Elle fixa l'animal d'un regard mauve, froid, qui émettait : « Je n'ai pas peur de toi. »

Elle était là, le dos droit, les épaules écartées, la position de ceux qui sont sûrs d'eux, la position et le regard dur qu'avait eus autrefois le dresseur au chenil quand il apprenait au berger allemand à défendre une maison.

Queue basse, l'animal fit volte-face et regagna peureusement son enclos.

Le visage de Méliès était encore blafard et il tremblait de frousse et de froid. Sans réfléchir, comme elle l'eût fait pour un enfant, Laetitia le prit dans ses bras pour le rassurer et le réchauffer. Elle le serra doucement contre elle jusqu'à ce qu'il sourie.

— Nous sommes quittes. Je vous ai sauvé du chien, vous m'avez sauvée des hommes. Vous voyez que nous avons besoin l'un de l'autre.

— Vite, le signal !

Le point vert était près de sortir du cadre de l'appareil. Ils coururent jusqu'à ce qu'il revienne au centre du cercle.

Les pavillons se succédaient, tous semblables, avec parfois, sur les portes, des panonceaux « Sam'suffit » ou « Do mi si la do ré ». Et partout des chiens, des pelouses mal entretenues, des boîtes aux lettres débordant de prospectus, des cordes à linge avec les pinces assorties, des tables de ping-pong délabrées et, ici et là, une caravane branlante. Seule trace de vie humaine : la lueur bleue de téléviseurs, aux fenêtres.

La fourmi radioactive galopait sous leurs pieds, dans les égouts. La forêt se rapprochait de plus en plus. Le policier et la journaliste suivaient le signal.

Ils tournèrent dans une rue de prime abord semblable à toutes celles du quartier. « Rue Phoenix », indiquait la plaque d'usage. Entre les habitations, toutefois, ils commencèrent à entrevoir quelques commerces. Dans un fast-food, cinq adolescents ruminaient devant des bières à 6°. Sur l'étiquette des bouteilles, on pouvait lire : « Attention : tout abus peut être dangereux. » La même inscription s'étalait sur les paquets de cigarettes. Le gouvernement prévoyait de coller bientôt des étiquettes similaires sur les pédales d'accélérateur des automobiles et sur les armes en vente libre.

Ils passèrent devant le supermarché « Temple de la Consommation », le café « Au Rendez-Vous des Amis », avant de s'immobiliser devant un magasin de jouets.

— Elles viennent de s'arrêter. Ici.

Ils examinèrent les lieux. La boutique était d'aspect vieillot. La vitrine étalait des articles poussiéreux, comme jetés en vrac : lapins en peluche, jeux de société, voitures miniatures, poupées, soldats de plomb, panoplies de cosmonaute ou de fée, farces et attrapes... Une guirlande multicolore, anachronique, clignotait par-dessus ce désordre.

— Elles sont là. Elles sont bien là. Le point vert a cessé de bouger.

Méliès serra la main de Laetitia à la briser :

— On les tient !

Dans sa joie, il lui sauta au cou. Il l'aurait volontiers embrassée, mais elle le repoussa.

— Gardez votre sang-froid, commissaire. Le travail n'est pas terminé.

— Elles sont là. Regardez vous-même, le signal est toujours actif mais il ne se déplace plus.

Elle hocha la tête, leva les yeux. Sur la devanture du magasin était inscrit en grosses lettres de néon bleues : « Chez Arthur, le roi du jouet ».

143. A BEL-O-KAN

A Bel-o-kan, un moucheron messager rend compte à Chli-pou-ni :

Elles sont arrivées au fleuve.

Il narre dans le détail. Après la bataille contre les légions volantes de la ruche d'Askoleïn, la croisade s'est perdue dans la montagne, elle a traversé une cascade puis elle a livré une grande bataille contre une nouvelle termitière, au bord du fleuve Mangetout.

La souveraine note les informations sur une phéromone mémoire.

Et maintenant, comment vont-elles traverser ? Par le souterrain de Sateï ?

Non, les termites ont apprivoisé des dytiques et les utilisent pour tracter leur flotte de feuilles de myosotis.

Chli-pou-ni se montre très intéressée. Elle, elle n'est jamais parvenue à dompter parfaitement ces coléoptères aquatiques.

L'envoyée conclut par les mauvaises nouvelles. Elles ont ensuite été attaquées par des têtards. Toutes ces péripéties ont décimé les rangs des croisées. Elles ne sont plus qu'un millier et il y a dans leurs rangs beaucoup de blessées. Très peu ont encore leurs six pattes intactes.

La reine ne s'inquiète pas trop. Même avec quelques pattes en moins, un millier de croisées, désormais toutes aguerries, suffiront pour tuer tous les Doigts de la Terre, estime-t-elle.

Evidemment, il ne faudrait pas qu'elles subissent de nouvelles pertes.

144. ENCYCLOPÉDIE

***Acacia cornigera* : Le cornigera est un arbuste qui ne pourra devenir un arbre adulte qu'à la curieuse condition d'être habité par des fourmis. Pour s'épanouir, il a en effet besoin que des fourmis le soignent et le protègent. Aussi, pour attirer les myrmécéennes, l'arbre s'est au fil des ans mué en une fourmilière vivante.**

Toutes ses branches sont creuses et dans chacune, un réseau de couloirs et de salles est prévu uniquement pour le confort des fourmis.

Mieux : dans ces couloirs vivent souvent des pucerons blancs dont le miellat fait les délices des ouvrières et des soldates myrmécéennes. Le

cornigera fournit donc gîte et couvert aux fourmis qui voudront bien lui faire l'honneur de s'y installer. En échange, celles-ci remplissent leurs devoirs d'hôtes. Elles évacuent toutes les chenilles, pucerons extérieurs, limaces, araignées et autres xylophages qui pourraient encombrer les ramures. Chaque matin, elles coupent à la mandibule les lierres et autres plantes grimpantes qui voudraient parasiter l'arbre.
Les fourmis dégagent les feuilles mortes, grattent les lichens, soignent l'arbre avec leur salive désinfectante.
Une collaboration aussi réussie entre espèce végétale et espèce animale se rencontre rarement dans la nature. Grâce aux fourmis, l'acacia cornigera s'élève le plus souvent au-dessus de la masse des autres arbres qui pourraient lui faire ombrage. Il domine leurs cimes et capte donc directement les rayons du soleil.

Edmond Wells,
Encyclopédie du savoir relatif et absolu, tome II.

145. L'ILE AU CORNIGERA

Le brouillard rampant se disperse, révélant un étrange décor. Une plage, des récifs, des falaises de rocaille.

La nef termite la plus avancée s'échoue sur une grève de mousses vertes. Ici, flore et faune ne ressemblent à rien de connu. Des moucherons aux odeurs marécageuses tourbillonnent parmi des nuées de moustiques et de libellules. Les plantes semblent juste posées là, dénuées de racines. Leurs fleurs sont étriquées, leurs feuilles dégoulinent en mèches. Sous les algues, le sol est dur. Rongée par l'écume, la roche est percée d'une multitude d'alvéoles et apparaît comme un lambeau d'éponge noir.

Plus loin, la terre se fait plus meuble et au milieu du lopin, trône le jeune acacia cornigera. Il est sans doute issu d'une graine qui, ballottée par les vents, a atterri par hasard sur cette île. L'eau, la terre, l'air, ces trois éléments ont suffi pour donner la vie au végétal. Il lui manque cependant un apport pour poursuivre sa croissance : les fourmis. Depuis toujours est inscrit dans ses gènes le mariage avec les fourmis.

Il les attend depuis deux ans déjà. Tant de ses frères cornigera ont manqué cette rencontre cosmique ! Lui devra indirectement cet heureux événement aux Doigts. A ces mêmes Doigts qui ont gravé dans son écorce « Gilles aime Nathalie », cette cicatrice dont il souffre tant !

Soudain 103e tressaille. Posé au milieu de l'île se trouve un objet qui lui rappelle des souvenirs trop précis. Cette proéminence... oui, ce ne peut être un hasard. C'est bien ça. La tour au sommet rond et plein de trous. La première anomalie qu'ils avaient découverte dans le pays blanc. Sans avertir, elle quitte le groupe et palpe. C'est dur, transparent, à l'intérieur il y a une poudre blanche. Exactement comme la dernière fois.

Les soldats termites la rejoignent. Contact antennaire.

Que se passe-t-il ? Pourquoi a-t-elle quitté le groupe ?

103e explique que cet objet est quelque chose de très important.

Oui, très important, répète 23e, *c'est un objet sculpté par les dieux Doigts ! C'est un monolithe divin.*

Aussitôt les déistes se mettent à façonner une statue de glaise semblable.

Les fourmis les plus excitatrices décident de s'attarder plusieurs jours dans ce havre de paix pour se remettre des émotions du voyage, panser les plaies des guerres et reconstituer leurs forces.

Chacune apprécie cette halte.

103e fait quelques pas et tout de suite quelque chose la frappe. Ses organes de Johnston sensibles aux champs magnétiques terrestres la chatouillent.

Elles sont sur un nœud de Hartman !

Les croisées se trouvent non loin d'un nœud de Hartman !

Les nœuds de Hartman sont des zones de magnétisme particulier. Les fourmis ne construisent généralement leurs nids que sur ces points précis. Il s'agit de croisements de lignes de champs magnétiques terrestres aux ions positifs. Ces points sont générateurs de malaises pour beaucoup d'animaux (notamment les mammifères) mais, pour les fourmis, ils sont au contraire une garantie de confort.

Par ces petits points d'acupuncture piqués sur la croûte terrestre, elles peuvent dialoguer avec leur planète mère, repérer les sources d'eau, détecter les tremblements de terre. Leur cité est ainsi branchée sur le monde.

103e cherche le lieu précis où les énergies sont les plus fortes. Elle découvre alors que le nœud de Hartman est placé juste sous l'arbre cornigera.

Accompagnée de 24e et de 9e, elle entreprend aussitôt d'arpenter l'arbuste. A un endroit, l'écorce est plus fine. Ensemble, elles découpent la capsule protectrice et déflorent l'acacia cornigera. Merveille ! Il y a ici une fourmilière vide, à la propreté impeccable, et qui les attend.

Elles s'enfoncent dans la racine pleine de salles qui ne demandent qu'à être habitées par des fourmis. Certaines possèdent un semblant d'architecture où se reconnaissent aisément des greniers et une loge nuptiale. Il y a même des étables où s'affairent déjà des pucerons blancs dépourvus d'ailes.

Les Belokaniennes visitent la demeure inattendue. Toutes les branches sont creuses, la sève circule dans la mince paroi des murs de cette cité vivante.

L'arbre dévirginisé lâche ses parfums résineux les plus accueillants en guise de bienvenue au peuple myrmécéen.

24e découvre, admirative, les successions de salles végétales. D'émotion, elle ouvre les mandibules et lâche le cocon à papillon. Elle n'oublie pas son devoir. Prestement, elle le ramasse.

Une vieille exploratrice lui dit que ce « nidcadeau » a un prix. Si l'on veut habiter ici, il faut soigner l'arbre. C'est une astreinte permanente, il faut se sentir jardinière dans l'âme. Elles ressortent et la vieille guerrière lui montre une jeune pousse de haricot cuscute et lui explique.

La graine de cuscute se développe au contact de n'importe quelle putréfaction. Elle sort alors de terre une tige qui s'étire et vire lentement à peu près à la vitesse de deux tours par heure.

Dès que cette tige a rencontré un arbuste, elle laisse mourir ses racines et développe des épines-suçoirs qui se plantent et aspirent la sève de l'arbuste. La cuscute est vraiment le vampire du monde végétal.

103e désigne justement l'un de ces haricots qui poussent non loin de l'arbre cornigera. Il tournoie si lentement qu'il donne l'impression d'un mouvement naturel imposé par le vent.

24e sort ses mandibules les plus tranchantes et s'apprête à mettre la cuscute en morceaux.

Non, émet 103e. *Si tu la coupes, chaque bout va redevenir actif. Une cuscute coupée en dix morceaux égale dix cuscutes.*

La fourmi dit avoir assisté à un phénomène assez étonnant. Deux morceaux de haricots cuscutes plantés côte à côte tournoyaient pour chercher un arbuste à vampiriser. Comme ils n'en trouvaient pas, ils se sont enroulés l'un à l'autre et se sont mutuellement sucé leur sève jusqu'à ce qu'ils meurent tous les deux.

Qu'est-ce qu'on peut faire alors ? Si on laisse celle-ci pousser, elle finira par trouver le cornigera et elle s'enroulera sur son tronc, signale 24e.

Il faut la déraciner et la jeter tout de suite à l'eau.

Aussitôt dit, aussitôt fait. Elles en profitent pour évacuer toutes les autres plantes qui pourraient s'avérer nocives pour l'acacia. Puis elles chassent tous les vers, petits rongeurs et chenilles qui traînent aux alentours.

A un moment, elles entendent un tic-tac régulier. C'est un coléoptère horloge-de-la-mort, un animal qui troue par à-coups réguliers le bois. Un second tic-tac lui répond.

C'est un mâle horloge-de-la-mort qui appelle sa femelle ! signale un termite qui a souvent eu affaire à ces concurrents. En effet, les coups semblent se répondre comme s'il s'agissait d'un chant à deux tam-tams.

On les repère facilement, puis on déguste les Roméo et Juliette horloges-de-la-mort.

Quand on a choisi son camp, on fait front commun contre les ennemis communs.

Les croisées emménagent pour la nuit dans l'arbre qui est une ville.

Toutes découvrent avec émerveillement le cornigera creux.

Dans la crypte de la plus large des branches, on mange.

Fourmis, termites, abeilles et petits scarabées trophallaxent. On trait les pucerons, on distribue leur miellat sucré. Puis, comme à chaque bivouac, on en revient au thème éternel des Doigts, objet de leur périple.

Les Doigts sont des dieux, prétend une déiste belokanienne.

Des dieux ? C'est quoi des dieux ? s'enquiert un termite moxiluxien.

23e leur explique que les dieux sont des puissances qui dominent tout.

Les abeilles, les mouches et les termites découvrent avec stupeur qu'il existe au sein même de la croisade des fourmis qui vénèrent les Doigts au point de les croire à l'origine du monde.

Les débats se poursuivent. Chacun tient à présenter son point de vue.

Les Doigts n'existent pas.

Les Doigts volent.

Non, les Doigts rampent.

Ils peuvent aller sous l'eau.

Ils se nourrissent de viande !

Non, ils sont herbivores.

Ils ne se nourrissent pas du tout et vivent sur une réserve d'énergie qu'ils possèdent dès leur naissance.

Les Doigts sont des plantes.

Non, des reptiles.

Les Doigts sont nombreux.

Il doit y en avoir tout au plus dix ou quinze qui parcourent la planète par troupeaux de cinq.

Les Doigts sont immortels.

Pas du tout, on en a tué un il y a quelques jours.

Ce n'était pas vraiment un Doigt !

Alors, c'était quoi ?

Les Doigts sont inattaquables.

Les Doigts ont des nids de ciment comme les guêpes.

Non, ils dorment dans les arbres comme des oiseaux.

Ils n'hibernent pas !

Stop, il ne faut quand même pas trop délirer. Les Doigts hibernent forcément. Tous les animaux hibernent.

Les Doigts se nourrissent de bois car un termite a déjà vu certains arbres forés de manière étrange.

Non, les Doigts se nourrissent de fourmis.

Les Doigts ne se nourrissent pas, ils vivent sur une réserve d'énergie qu'ils ont depuis leur naissance, je vous l'ai déjà expliqué tout à l'heure.

Les Doigts sont roses et ronds.

Ils peuvent aussi être noirs et plats.

Le débat se poursuit. Déistes et non-déistes s'affrontent. Avec leurs théories insensées, 24e et 23e exaspèrent 9e.

Il faut tuer cette racaille avant qu'elle ne contamine d'autres croisées, dit-elle, prenant 103e à témoin du risque que représentent ces ennemies de l'intérieur.

La soldate secoue ses antennes.

Non. Laissons-les. Elles font partie de la diversité du monde.

9e est perplexe. C'est étrange, depuis le début de cette croisade, elles ont toutes l'impression de changer. Les fourmis discutent à présent de thèmes abstraits. Elles éprouvent de plus en plus d'émotions, de peurs. Les rousses seraient-elles frappées d'une épidémie de « maladie d'états d'âme » ? Ou deviendraient-elles moins fourmis ?

Elles ont devant elles des monstres à affronter et elles restent là à discuter. Mieux vaut dormir. L'arbre cornigera, heureux comme seuls savent l'être les arbres, sera le gardien de leur sommeil.

Dehors les crapauds de minuit beuglent de ne pouvoir se régaler de cette masse d'insectes protégés par leur château de fibre et de sève.

Les croisées sont toutes assoupies sauf les fourmis zombies, conditionnées par des douves du foie, qui sortent en file pour grimper en haut d'une herbe et attendre d'y être broutées. Mais pas le moindre mouton sur cette île. Au matin, ayant tout oublié de leur escapade, elles rejoindront leurs compagnes.

Cinquième arcane :

LE SEIGNEUR DES FOURMIS

146. DÉISTE

Les rebelles dévalent à toute allure les couloirs de la Cité. Jamais elles ne parviendront à amener cette fourmi citerne jusqu'au Docteur Livingstone. Plusieurs se sacrifient pour ralentir la garde fédérale.

Les tirs d'acide fusent. Une déiste s'écroule et une autre encore.

Les survivantes sont peu à peu rabattues vers la salle des punaises des lits. Mais avant qu'elles ne périssent toutes, Chli-pou-ni veut savoir. Elle ordonne qu'on lui présente l'une de ces fanatiques.

Pourquoi faites-vous cela ? lui demande-t-elle.

Les Doigts sont nos dieux.

Toujours cette même rengaine. La reine Chli-pou-ni agite pensivement ses antennes. Depuis peu, pour des raisons inconnues, le mouvement rebelle connaît une nouvelle croissance. Il y a quelques semaines à peine, selon les espions de la reine, elles n'étaient qu'une douzaine et les voilà maintenant une centaine.

Il faut intensifier la chasse aux rebelles. Elles sont désormais trop dangereuses.

147. LE MAGASIN DE JOUETS

— Et maintenant, que fait-on ? interrogea Laetitia Wells.

— On y va, décréta Jacques Méliès avec assurance.

— Vous croyez qu'ils nous laisseront entrer ?

— Je ne pensais pas vraiment sonner à la porte. Passons par la fenêtre de la façade. Si quelqu'un s'avise de protester, je présenterai un mandat de perquisition. J'en ai toujours un faux sur moi.

— Belle mentalité ! protesta la journaliste. Décidément, le fossé entre la police et les brigands n'est pas si large que ça.

— Ce n'est pas avec vos gentils scrupules et vos beaux sentiments qu'on viendra à bout des criminels. Allons-y donc !

Trop curieuse pour rechigner encore, elle le suivit quand il escalada le mur en s'aidant de la gouttière d'évacuation des eaux de pluie.

Les humains progressent difficilement sur les surfaces verticales. Ils s'écorchèrent les mains et faillirent chuter plusieurs fois avant d'atteindre la terrasse. Heureusement, la maison ne comptait qu'un unique étage donnant directement sous le toit.

Ils reprirent leur souffle. Le point vert était toujours là, immobile au centre de l'écran. Laetitia et Méliès n'étaient peut-être à présent qu'à cinq ou six mètres des fourmis tueuses. La porte-fenêtre du balcon était entrebâillée. Ils entrèrent.

De sa lampe de poche, il éclaira une banale chambre à coucher, avec son grand lit recouvert de chenillette rouge, une armoire normande et çà et là sur le papier à fleurs des murs, des reproductions de paysages montagnards. La pièce dégageait une odeur de lavande mêlée de naphtaline.

Elle donnait sur un salon style « Supermarché du Meuble », avec ses fauteuils aux pieds tournés et son lustre à pendeloques. Une note d'originalité : une collection de flacons de parfums orientaux sur une console.

Ils distinguèrent une lumière, un peu plus loin. Là-bas, des gens dînaient sans doute dans une cuisine, les yeux rivés à leur téléviseur.

Méliès contempla son propre écran.

— Les fourmis sont maintenant au-dessus de nous, chuchota-t-il. Il doit donc y avoir un grenier.

Ils cherchèrent une trappe dans le plafond. Dans le couloir de la salle de bains, ils découvrirent une échelle dirigée vers des combles où ils surprirent la lueur d'une lampe.

— Montons, dit Méliès, en dégainant son revolver.

Ils débouchèrent dans une curieuse mansarde. Un terrarium semblable à celui de Laetitia, mais dix fois plus vaste, était installé au centre. Des tuyaux partaient de ce gigantesque aquarium pour se raccrocher à un ordinateur, lui-même branché sur une multitude de fioles multicolores. A gauche, d'autres instruments d'informatique, une paillasse, un microscope, un fouillis de fils électriques et de transistors. « L'antre d'un savant fou », songeait la jeune femme quand un cri retentit derrière eux :

— Haut les mains !

Lentement, ils se retournèrent. D'abord, ils virent un fusil au large canon braqué sur eux. Puis, au-dessus du fusil, un visage étonnamment familier. Il y avait longtemps qu'ils le connaissaient, le joueur de flûtiau de Hamelin !

148. ENCYCLOPÉDIE

BOMBARDIER : *Les carabes bombardiers* (Brachynus creptians) *sont nantis d'un « fusil organique ». S'ils sont attaqués, ils dégagent une fumée suivie d'une détonation. L'insecte la produit en associant deux substances chimiques émanant de deux glandes distinctes. La première libère une solution contenant 25 % d'eau oxygénée et 10 % d'hydroquinone. La seconde fabrique une enzyme, la peroxydase. En se mêlant dans une chambre de combustion, ces jus atteignent la température de l'eau bouillante, 100 °C, d'où la fumée, puis un jet de vapeur d'acide nitrique, d'où la détonation.*

Si l'on approche sa main d'un carabe bombardier, son canon projettera aussitôt une nuée de gouttes rouges, brûlantes et très odorantes.

L'acide nitrique provoquera des cloques sur la peau.
Ces coléoptères savent viser en orientant leur bec abdominal flexible où s'opère le mélange détonant. Ils peuvent ainsi frapper une cible à quelques centimètres de distance. S'ils la manquent, le vacarme de la détonation suffira à faire fuir n'importe quel assaillant.
Un carabe bombardier tient généralement trois ou quatre salves en réserve. Certains entomologistes ont cependant dépisté des espèces capables, quand on les stimule, de tirer vingt-quatre coups d'affilée.
Les carabes bombardiers sont orange et bleu argenté. Ils sont très faciles à déceler. Tout se passe comme si, armés de leur canon, ils se sentaient invulnérables au point de s'afficher en vêtements bariolés. D'une façon générale, tous les coléoptères qui déploient des couleurs flamboyantes et des élytres aux graphismes éclatants disposent d'un « gadget » de défense qui leur permet d'éloigner les curieux.
Note : Sachant que l'animal est délicieux à consommer nonobstant ce « gadget », les souris sautent sur les carabes bombardiers et leur enfoncent immédiatement l'abdomen dans le sable avant que le mélange détonant n'ait eu le temps de fonctionner. Les coups se perdent alors dans le sable et quand l'insecte a gaspillé toutes ses munitions, la souris le dévore en commençant par la tête.

Edmond Wells,
Encyclopédie du savoir relatif et absolu, tome II.

149. UN MATIN QUI CHANTE

24e se réveille, nichée au creux d'une fine branche de l'acacia cornigera. Sur tout le flanc du rameau, elle distingue des petits trous semblables à des hublots et destinés à aérer les cellules. Elle perce la membrane de la cloison du fond et découvre une salle prête à accueillir une nursery. Les autres fourmis dorment encore. 24e sort marcher un peu.

Les pétioles du cornigera sont porteurs de distributeurs de nectar pour les adultes et de corpuscules-« petits pots » pour les larves. Ces aliments sont gorgés de protéines et de corps gras parfaitement adaptés à la nutrition de fourmis de tous âges. Les falaises crépitent sous l'assaut des premières vaguelettes. L'air est parfumé d'âcres senteurs mentholées et de relents musqués.

Sur la plage, un soleil rougissant illumine la surface du fleuve où patinent des punaises d'eau. Une petite branche de bois mort fait fonction de jetée. 24e s'y avance et, à travers les eaux transparentes, elle distingue des sangsues, des larves de moustiques en grappes serrées.

24e remonte vers le nord de l'île. Une multitude de lentilles d'eau, pelouse de granulés verts et ronds d'où émergent parfois les deux yeux globuleux d'une grenouille reinette, caressent le bord de la falaise. Dans une baie, plus loin, de blancs nénuphars aux pointes mauves se sont ouverts à sept heures du matin pour ne se refermer qu'en fin d'après-midi. Le nénuphar possède un pouvoir calmant célèbre dans le monde insecte. En période de disette, il arrive même qu'on mange son rhizome très riche en amidon.

La nature pense toujours à tout, se dit 24e. Un remède est toujours placé auprès du mal. Au bord des eaux croupies poussent ainsi des saules pleureurs dont l'écorce contient l'acide salicylique (principal composant de l'aspirine) qui soigne les maladies qu'on attrape en ces lieux insalubres.

L'île est petite. Déjà, 24e est sur la rive est. L'endroit s'agrémente de plantes amphibies dont la tige plonge dans l'eau. Sagittaires, renouées et renoncules foisonnent, ajoutant des touches de couleur violettes ou blanches dans ce monde de verdure.

Des couples de libellules virevoltent au-dessus

d'elle. Les mâles essaient de placer leurs deux sexes en jonction avec les deux sexes des femelles libellules. Le mâle a un sexe sous le thorax et un autre au bout de l'abdomen, la femelle a pour sa part un sexe derrière la tête et un autre au bout de l'abdomen Pour que tout fonctionne il faut que les quatre sexes soient reliés au même moment, ce qui nécessite de complexes acrobaties.

24e poursuit sa visite de l'île.

Au sud, les plantes palustres sont directement enracinées dans la terre. Il y a là des roseaux, des joncs, des iris et des menthes. Soudain deux yeux noirs surgissent d'entre les bambous. Les yeux regardent 24e. Ils s'avancent. Ils appartiennent à une salamandre. C'est une sorte de lézard dont la robe noire est marbrée de jaune et d'orange. Sa tête est ronde et plate, son dos parcouru de verrues grises, derniers vestiges des pointes de son ancêtre dinosaure. L'animal approche. Les salamandres se délectent d'insectes mais elles sont si lentes que la plupart du temps, leurs proies détalent avant qu'elles aient pu les saisir. Alors, elles attendent que la pluie les assomme pour ensuite les cueillir.

24e galope vers le refuge de l'acacia.

Alerte, crie-t-elle en langage olfactif, *une salamandre, une salamandre !*

Les abdomens pointent à travers les meurtrières de l'arbre. Il en gicle une mitraille d'acide qui atteint facilement leur objectif peu véloce. Mais la salamandre s'en moque sous son épaisse peau sombre. Les fourmis qui se précipitent dessus pour mieux la percer de leurs mandibules meurent aussitôt, victimes de l'humeur très toxique qui la recouvre. Ainsi, un lent peut parfois vaincre des rapides.

La salamandre, sûre de son invulnérabilité, avance posément sa patte vers une branche remplie d'artilleuses. Et... se pique à une épine de l'acacia cornigera. Elle saigne, examine sa plaie avec effroi et repart se dissimuler parmi les joncs. L'immobile est venu à bout du lent.

Toutes les locataires de l'arbre le félicitent comme

s'il s'agissait d'un animal venu les défendre d'un prédateur. Elles le débarrassent des derniers parasites qui traînent dans ses branches et lui injectent quelques grammes de compost près des racines.

Avec la chaleur du matin qui monte, chacun vaque à ses occupations. Les termites entreprennent de trouer un bout de bois charrié par le fleuve. Les mouches se livrent à leur parade sexuelle. Chaque espèce débusque son territoire préféré. L'île au cornigera leur offre toute provende nécessaire et les isole des prédateurs.

Le fleuve est riche en nourritures : trèfles d'eau dont les fourmis pressent le jus jusqu'à obtenir une bière riche en sucre, myosotis des marais, saponaires qui désinfectent les plaies, chanvre d'eau dont les aiguillons retiennent des poissons qui fournissent aux rousses une viande nouvelle.

Sous les nuées de moustiques et de libellules, chacune se prend à goûter à cette vie insulaire loin des tâches répétitives des grandes cités.

Un grand fracas se fait entendre. Ce sont deux lucanes cerfs-volants mâles qui se battent.

Les deux gros scarabées bardés de pinces et de cornes pointues tournent l'un autour de l'autre puis s'attrapent avec leurs mandibules surdéveloppées, se soulèvent, se renversent sur le dos. Les plaques de chitine se heurtent, les cornes s'entrechoquent. Match de catch. Beaucoup de poussière et de bruit. Ils décollent et continuent de s'empoigner dans le ciel.

Chaque spectatrice est enchantée d'assister à ce magnifique duel. Et déjà des mandibules claquent dans l'assistance car elles ont envie, elles aussi, de frapper et de se bagarrer.

Le combat tourne à l'avantage du plus gros ; l'autre tombe, pédale dans l'air sur le dos. Le lucane victorieux dresse ses longues pinces coupantes vers le ciel en signe de triomphe.

103e voit dans cet incident un signal. Elle sait que les heures paisibles sur l'île au cornigera s'achèvent. Les animaux piaffent de poursuivre la croisade. Si elles restent ici, les joutes sexuelles, les rixes, les chamailleries vont reprendre, les vieilles rivalités interespèces refaire surface. L'alliance craquera. Les fourmis guerroieront contre les termites, les abeilles contre les mouches, les scarabées contre les scarabées.

Il faut canaliser ces énergies destructrices vers un objectif commun. Il faut poursuivre la croisade. Elle en parle à gauche et à droite. Décision est prise de repartir demain matin dès les premières chaleurs.

Le soir, calées au fond des loges naturelles, elles s'habituent à discourir de choses et d'autres.

Aujourd'hui, une fourmi propose qu'afin de marquer la croisade chacune remplace son numéro de ponte par un nom, comme le font les reines.

Un nom ?

Pourquoi pas...

Oui, nommons-nous les unes les autres.

Comment m'appelleriez-vous ? demande 103e.

On propose de l'appeler « Celle qui guide », ou « Celle qui a vaincu l'oiseau », ou « Celle qui a peur ». Mais elle décide que ce qui caractérise le plus son onde, ce sont le doute et la curiosité. Son ignorance est sa principale fierté. Elle souhaiterait qu'on l'appelle « Celle qui doute ».

Moi, je souhaiterais m'appeler « Celle qui sait ». Car je sais que les Doigts sont nos dieux, annonce 23e.

Moi, je voudrais qu'on m'appelle « Celle qui est une fourmi », insiste 9e, *car je me bats pour les fourmis et contre tous les ennemis des fourmis.*

Moi, je voudrais qu'on m'appelle « Celle... »

Jadis, « moi » ou « je » étaient des mots tabous. Le fait qu'elles se dotent d'un nom constitue en fait un besoin de reconnaissance non plus en tant que parties d'un tout, mais en tant qu'individualités propres.

103e est énervée. Tout cela n'est pas normal. Elle se dresse sur quatre pattes. Elle demande qu'on renonce à cette idée.

Préparez-vous, on part demain tôt. Le plus tôt possible.

150. ENCYCLOPÉDIE

AUROVILLE : *L'aventure d'Auroville (abréviation d'Auroreville), en Inde, près de Pondichéry, compte parmi les plus intéressantes expériences de communauté humaine utopique. Un philosophe bengali, Sri Aurobindo, et une philosophe française, Mira Alfassa (« Mère »), entreprirent en 1968 d'y créer « le » village idéal. Il aurait la forme d'une galaxie afin que tout rayonne depuis son centre rond. Ils attendaient des gens de tous les pays. Y vinrent essentiellement des Européens en quête d'un utopique absolu.*

Hommes et femmes construisirent des éoliennes, des fabriques d'objets artisanaux, des canalisations, un centre informatique, une briqueterie. Ils implantèrent des cultures dans cette région pourtant aride. Mère écrivit plusieurs volumes relatant ses expériences spirituelles. Et tout alla pour le mieux jusqu'à ce que des membres de la communauté décident de déifier Mère de son vivant. Elle déclina d'abord cet honneur. Mais Sri Aurobindo étant mort, il n'y avait plus personne d'assez puissant à ses côtés pour la soutenir. Elle ne put résister longtemps à ses adorateurs.

Ils la murèrent dans sa chambre et décidèrent que puisque Mère se refusait à devenir déesse de son vivant, elle serait une déesse morte. Elle n'avait peut-être pas pris conscience de son essence divine mais cela ne l'empêchait pas pour autant d'être une déesse !

Les images des dernières apparitions de Mère la montrent prostrée et comme sous le coup d'un choc. Dès qu'elle essaie de parler de son incarcération et du traitement que lui infligent ses adorateurs, ceux-ci lui coupent la parole et la ramènent dans sa chambre. Mère devient peu à peu une vieille dame ratatinée par les épreuves que lui imposent jour après jour ceux qui prétendent la vénérer.

Mère parviendra quand même à transmettre

clandestinement un message à des amis d'antan : on cherche à l'empoisonner afin de faire d'elle une déesse morte, donc plus facilement adorable. L'appel au secours restera vain. Seront immédiatement exclus de la communauté ceux et celles qui tenteront d'aider Mère. Ultime moyen de communication : entre ses quatre murs, elle joua de l'orgue pour exprimer son drame.
Rien n'y fit. Probablement victime d'une forte dose d'arsenic, Mère mourut en 1973. Auroville lui réserva des funérailles de déesse.
Sans elle cependant, il ne restait plus rien pour cimenter la communauté. Elle se divisa. Ses membres se dressèrent les uns contre les autres. Oubliant l'utopie d'un monde idéal, ils se traînèrent les uns les autres devant les tribunaux et de nombreux procès jetèrent le doute sur l'une des expériences communautaires humaines qui avaient été, un temps, des plus ambitieuses et des plus réussies.

Edmond Wells,
***Encyclopédie du savoir relatif et absolu*, tome II.**

151. NICOLAS

Battez-vous jusqu'au dernier.

Il savait que le mouvement déiste, impitoyablement pourchassé par Chli-pou-ni, avait du mal à trouver son second souffle. Pour être efficace, un dieu doit se montrer capable d'adapter son discours à l'actualité du moment. Nicolas Wells, profitant du sommeil de l'ensemble de la communauté souterraine, s'était installé devant la machine à traduire. Un instant, il avait cherché l'inspiration, puis il s'était mis à taper sur le clavier tel un jeune Mozart de salon. Si ce n'est que lui ne produisait pas de musique, mais des symphonies de parfums censées le transformer en divinité.

Battez-vous jusqu'au dernier.

Lancez des missions d'offrandes, quoi qu'il vous en coûte.

Parce que vous ne nous avez pas assez nourris, vous connaissez actuellement la souffrance et la mort.

Les Doigts peuvent tout car les Doigts sont des dieux.

Les Doigts peuvent tout car les Doigts sont grands.

Les Doigts peuvent tout car les Doigts sont puissants.

C'est la vé...

— Nicolas, tu es levé, qu'est-ce que tu fais ? Tu ne dors pas ?

Jonathan Wells était derrière lui et il s'avançait en se frottant les paupières et en bâillant.

Panique. Nicolas Wells voulut éteindre la machine mais se trompa de bouton. Au lieu de couper le courant, il augmenta l'intensité lumineuse de l'écran.

Un seul regard suffit à Jonathan pour tout deviner. Il n'eut le temps que de lire la dernière phrase mais il avait tout compris.

Son fils se faisait passer pour le dieu des fourmis afin d'obliger celles-ci à les nourrir.

Les yeux de Jonathan s'écarquillèrent. En un instant, il déduisit toutes les implications de ce subterfuge.

NICOLAS A RENDU LES FOURMIS RELIGIEUSES !

Il resta un instant interloqué tant cette découverte le stupéfiait. Nicolas ne savait que faire. Il se précipita vers son père.

— Tu dois comprendre, Papa, j'ai fait ça pour nous sauver, pour qu'elles nous nourrissent...

Jonathan Wells était effaré.

Nicolas balbutia :

— J'ai voulu apprendre aux fourmis à nous vénérer. Après tout, c'est à cause d'elles que nous sommes là-dessous, à elles de nous en tirer. Et voilà qu'elles ne nous apportaient plus de nourriture, qu'elles nous abandonnaient, que nous mourions de faim. Il fallait bien que quelqu'un réagisse et fasse quelque chose. Alors, j'ai cherché et j'ai trouvé la solution. Nous sommes mille fois plus intelligents que les fourmis, mille fois plus forts, mille fois plus grands. N'importe quel bonhomme est un géant pour ces bestioles. Si elles nous prenaient pour des dieux, elles ne nous laisseraient pas tomber. J'ai donc formé des fourmis déistes et c'est grâce à moi si vous mangez encore un peu de miellat et de champignons. Moi, Nicolas, douze ans, je vous ai sauvés, vous, les adultes, en train de vous prendre pour des insectes !

Jonathan Wells n'hésita pas. Deux gifles retentissantes imprimèrent cinq Doigts rouges sur les joues de son fils. Le bruit réveilla les autres. Tout le monde saisit en un clin d'œil le problème.

— Nicolas !..., s'exclama Grand-mère Augusta, stupéfaite.

Nicolas éclata en sanglots. Les grands ne comprenaient jamais rien. Sous le regard glacé de ses parents, le dieu vindicatif se transforma en un gamin pleurnichard.

Jonathan Wells levait de nouveau la main pour le punir. Sa femme l'arrêta :

— Non. Ne ramène pas la violence en ce lieu. Nous avons eu assez de mal à l'en chasser !

Mais Jonathan était hors de lui.

— Il a abusé de ses prérogatives d'être humain. Il a introduit la notion de « dieu » dans la civilisation fourmi ! Qui peut prévoir les conséquences d'un tel acte ? Les guerres de religion, l'Inquisition, le fanatisme, l'intolérance... Et tout ça, à cause de mon fils.

Lucie prêcha l'indulgence :

— C'est notre faute à tous.

— Comment peut-on réparer une telle bévue ? soupira Jonathan. Je ne vois aucune solution.

Elle prit son mari par les épaules.

— Si. Il y en a déjà une qui me saute aux yeux. Parle à ton fils.

152. NAISSANCE DE LA COMMUNAUTÉ LIBRE DU CORNIGERA (CLC)

Aube. Ce matin encore, 24e contemple l'horizon vaporeux.

Soleil, lève-toi.

Et le soleil lui obéit.

Toute seule au bout d'une ramure, 24e regarde la beauté du monde et réfléchit. S'ils existent, les dieux n'ont pas besoin de s'incarner dans des Doigts. Ils n'ont pas à se transformer en animaux géants et monstrueux. Ils sont là, pourtant. Dans ces suaves friandises que l'arbre a produites pour attirer les fourmis. Dans les cuirasses éblouissantes des scarabées. Dans le système de réfrigération de la termitière. Dans la beauté du fleuve et dans le parfum des fleurs, dans la perversité des punaises et dans les chromes des ailes de papillon, dans le délicieux miellat de puceron et le mortel venin de l'abeille, dans les montagnes tortueuses et le fleuve placide, dans la pluie qui tue et le soleil qui revigore !

Comme 23e, elle veut bien croire qu'une force supérieure régit le monde. Mais, elle vient de le comprendre, cette force est partout et dans tout. Elle n'est pas incarnée par les seuls Doigts !

Elle est dieu, 23e est dieu et les Doigts sont des dieux. Pas besoin de chercher plus loin. Tout est là, à portée d'antenne et de mandibule.

Elle se souvient de la légende myrmécéenne que lui a contée 103e. A présent, elle la comprend en son entier. *Quel est le meilleur moment ? Maintenant ! Quelle est la meilleure chose à faire ? S'occuper de ce qui se trouve en face de soi ! Quel est le secret du bonheur ? Marcher sur la Terre !*

Elle se dresse.

Soleil, lève-toi encore plus haut et deviens blanc !

Et une fois encore le soleil, docile, obéit.

24e marche et lâche son cocon. Elle n'a plus de quête. Elle a tout compris. Plus besoin de continuer la croisade. Elle s'est toujours égarée parce qu'elle ne trouvait pas sa place. Maintenant elle sait que sa place est ici. Ce qu'elle doit faire, c'est aménager cette île, et son unique ambition est de profiter de chaque seconde comme d'un don de vie miraculeux.

Elle n'a plus peur de la solitude. Et elle n'a plus peur des autres. Quand on est à sa juste place, on n'a peur de rien.

24e court à la recherche de 103e.

Elle la trouve en train de réparer les bateaux myosotis avec de la salive.

Contact antennaire.

Elle lui remet le cocon.

Je ne porterai plus ce trésor. Tu devras le porter toute seule. Je reste ici. Je n'ai plus rien à prouver, j'en ai assez de combattre, j'en ai assez de m'égarer.

Ce discours fait dresser de surprise toutes les antennes des fourmis présentes. 103e, hébétée, prend le cocon à papillon.

Elle lui demande ce qui se passe.

Les deux insectes s'effleurent de la pointe des antennes.

Je reste ici, répète 24e. *Ici, je bâtirai une cité.*

Mais tu as déjà Bel-o-kan, ton nid natal !

La jeune fourmi reconnaît volontiers que Bel-o-kan est une grande et puissante fédération. Seulement, les rivalités entre cités myrmécéennes ne l'intéressent plus. Elle en a assez de ces castes qui imposent à toutes un rôle dès la naissance. Elle veut vivre loin d'elles et loin des Doigts. Tout recommencer de zéro.

Mais tu seras seule !

Si d'autres veulent demeurer aussi dans l'île, elles seront les bienvenues.

Une rousse s'approche. Elle aussi est lasse de cette croisade. Les Doigts, elle n'a rien ni pour ni contre. Ils l'indiffèrent. Six autres opinent. Elles aussi refusent de quitter l'île.

Deux abeilles et deux termites décident à leur tour d'abandonner la croisade.

Les grenouilles vous dévoreront toutes, les avertit 9e.

Elles n'en croient rien. Avec ses épines, l'acacia cornigera les protégera contre les prédateurs.

Un coléoptère et une mouche passent dans le camp de 24e. Puis encore dix fourmis, cinq abeilles et cinq termites.

Comment les retenir ?

Une rousse signale qu'elle est déiste mais souhaite cependant aussi vivre ici. 24e répond que, en ce qui concerne les Doigts, leur communauté n'a rien ni pour ni contre les déistes. Dans l'île, chacun pensera comme il l'entend.

Pensera..., frémit 103e.

Pour la première fois, des animaux créent une communauté utopique. Ils lui donnent pour nom phéromonal « Cité du Cornigera » et commencent à s'installer dans l'arbre. Les abeilles, qui possèdent un peu de gelée royale pleine d'hormones, transforment les asexués qui le souhaitent en sexués. Ainsi, il y aura des reines et la communauté pourra se perpétuer.

103e reste un instant immobile, surprise par cette décision. Puis elle réactive ses antennes et demande à tous ceux qui veulent continuer la croisade de se regrouper.

153. ENCYCLOPÉDIE

COMMUNICATION ENTRE LES ARBRES : ***Certains acacias d'Afrique présentent d'étonnantes propriétés. Lorsqu'une gazelle ou une chèvre veut les brouter, ils modifient les composantes chimiques de leur sève de manière à la rendre toxique. Quand il s'aperçoit que l'arbre n'a plus le même goût, l'animal s'en va en mordre un autre. Or, les acacias sont capables d'émettre un parfum que captent les acacias voisins et qui les avertit immédiatement de la présence du prédateur. En quelques minutes, tous deviennent non comestibles. Les herbivores s'écartent alors, en quête d'un acacia trop éloigné pour avoir perçu le mes-***

sage d'alerte. Il se trouve cependant que les techniques d'élevage en troupeaux réunissent en un même lieu clos le groupe de chèvres et le groupe d'acacias. Conséquence : une fois que le premier acacia touché a alerté tous les autres, les bêtes n'ont plus d'autre solution que de brouter les arbustes toxiques. C'est ainsi que de nombreux troupeaux sont morts empoisonnés, pour des raisons que les hommes ont mis longtemps à comprendre.

Edmond Wells,
Encyclopédie du savoir relatif et absolu, tome II.

154. LE BORD DU MONDE EST A DEUX PAS

Il est midi. Tandis que les pionnières poursuivent leur installation dans l'île au cornigera, 103e arme les bateaux myosotis. Les croisées s'installent et s'arriment au duvet des feuilles.

Des mouches décollent en éclaireuses pour examiner l'autre rive, où ils accosteront. Les mouches sont chargées de trouver le meilleur point d'amarrage. C'est-à-dire le moins dangereux.

Tous les bateaux quittent leurs pontons. Les membres de la Communauté du Cornigera les accompagnent jusqu'à l'eau et aident à pousser les nefs dans le fleuve. Les antennes se dressent pour échanger des phéromones d'encouragement. On ne sait pas ce qui est le plus difficile : inventer une société libre sur une île déserte ou combattre des monstres au-delà du monde. Chacun des deux groupes se souhaite de la persévérance. Quoi qu'il arrive, il ne faut pas abandonner le but qu'on s'est fixé.

Les bateaux s'éloignent de la plage, les navigateurs arrimés aux feuilles de myosotis voient les statues de glaise fabriquées par les déistes devenir de plus en plus petites. La flottille avance en ligne.

Les frêles esquifs propulsés par leurs dytiques rameurs filent rapidement sur les eaux du fleuve. Au-dessus d'eux les scarabées repoussent les oiseaux qui voudraient approcher de la caravane flottante.

Et la croisade avance, toujours avance.

Un chant phéromonal guerrier monte dans l'air tiède.

Ils sont gros, ils sont là,
Tuons les Doigts, tuons les Doigts.
Ils mettent le feu aux entrepôts,
Tuons les Doigts, on les aura !
Ils kidnappent nos cités,
Tuons les Doigts, tuons les Doigts.
Ils empalent les vermisseaux,
Tuons les Doigts, on les vaincra !
Ils ne nous font pas de quartier,
Tuons les Doigts, tuons les Doigts.

Par moments, des gardons, des truites et des poissons-chats montrent le bout de leur nageoire dorsale. Mais là encore, les rhinocéros veillent. Si un de ces monstres aquatiques menace un navire, ils n'hésitent pas à lui planter leur lance frontale entre les écailles.

Les mouches éclaireuses reviennent, épuisées, et atterrissent sur les feuilles comme sur autant de porte-avions. Elles ont trouvé, non seulement le bord du monde près de la berge mais, en plus, une arche de pierre pour l'enjamber. Une aubaine !

Pas la peine de creuser un tunnel ! 103e est enchantée.

Où est ce pont ?

Un peu plus au nord. Il suffit de remonter le courant.

Les croisées tressaillent : le bout du monde est désormais tout proche.

La flotte atteint la berge opposée sans trop de dommages. Un seul bateau a été gobé par un triton. Ce sont là les risques du voyage !

Regroupement par légions et par espèces. En avant !

Les mouches n'ont pas menti !

Quelle émotion pour ceux qui n'avaient encore

jamais entr'aperçu le bout du monde ! Elle est là, cette bande noire entourée de mystères et de légendes. Des masses y circulent à des vitesses vertigineuses, dans un halo de poussière empestant la fumée et l'hydrocarbure. Leurs vibrations sont d'une puissance inconnue. Plus rien n'est naturel.

Pour 103e, ces masses sombres qui foncent sont les gardiens du bout du monde. Elle pense aussi qu'il s'agit là d'un avatar des Doigts.

Alors, attaquons-les ! dit un soldat termite.

Non, pas ceux-là et pas ici.

103e estime que la bande noire donne aux Doigts une force prodigieuse. Mieux vaut les combattre sur un terrain moins dangereux. De l'autre côté du bout du monde, c'est-à-dire de l'autre côté du pont, ils seront plus faciles à vaincre.

Dans chaque armée, il y a d'insensés téméraires. Un termite veut en avoir le cœur net. Il s'avance sur la bande noire et est aussitôt aplati telle une feuille. Mais ainsi sont les insectes. Il leur faut expérimenter avant d'être convaincus de quoi que ce soit.

Après cet incident, la croisade suit 103e sur le pont et s'achemine à petits pas vers le grand territoire inconnu où paissent les troupeaux de Doigts.

155. UN VISAGE CONNU

Debout sur l'échelle, une personne les tenait en joue et seuls son torse et son fusil avaient surgi de la trappe. Quand elle grimpa quelques échelons pour leur faire face, Jacques Méliès fouilla désespérément les méandres de son cerveau : « Je connais ce visage. »

Comme lui, Laetitia Wells avait un nom au bord des lèvres sans parvenir encore à l'énoncer.

— Lâchez votre revolver, monsieur ! (Méliès jeta son revolver à ses pieds.) Asseyez-vous sur ces chaises.

Ce ton, cette voix...

— Nous ne sommes pas des cambrioleurs, commença Laetitia. Mon compagnon est même...

Le commissaire lui coupa aussitôt la parole :

— ... du coin. J'habite le quartier.

— Peu importe ! fit l'autre, qui s'affaira à les ficeler sur leurs chaises à l'aide de fils électriques.

— Bien, maintenant, nous pouvons discuter dans de meilleures conditions.

« Mais qui est-ce donc ? »

— Que faites-vous donc chez moi, commissaire Méliès, et vous, Laetitia Wells, journaliste à *L'Echo du dimanche* ? Et ensemble, de surcroît. J'ai toujours pensé que vous vous haïssiez, tous les deux. Elle vous a insulté par voie de presse, vous l'avez expédiée en prison ! Et vous êtes là tous les deux, comme larrons en foire, dans mon appartement, à minuit.

— C'est que...

Une nouvelle fois, Laetitia fut interrompue.

— Je sais parfaitement ce qui me vaut cette charmante visite, allez ! J'ignore encore par quel moyen, mais vous avez suivi mes fourmis.

Une voix héla, de l'étage :

— Que se passe-t-il, chérie ? Avec qui discutes-tu au grenier ?

— Avec des personnes indésirables chez nous.

Une seconde tête, un second corps se hissèrent hors de la trappe. « Lui, je ne le connais pas. »

Etait apparu un monsieur à la longue barbe blanche, vêtu d'une chemise grise à carreaux rouges. Il ressemblait à un Père Noël, mais à un Père Noël usé par l'âge et à bout de forces.

— Je te présente M. Méliès et Mlle Wells. Ils ont raccompagné nos petites amies jusqu'ici. Comment ? Ils nous le diront.

Le Père Noël paraissait bouleversé.

— Mais ils sont célèbres, tous les deux. Lui comme policier, elle comme journaliste ! Tu ne peux pas les tuer, pas eux. D'ailleurs, nous ne pouvons plus continuer à tuer...

La femme interrogea sèchement :

— Tu veux que nous renoncions, Arthur ? Tu veux que nous laissions tout tomber ?

— Oui, dit Arthur.

Elle supplia presque :

— Mais si nous abandonnons, qui poursuivra notre tâche ? Il n'y a personne, personne...

L'homme à la barbe blanche se tordit les Doigts.

— Si eux nous ont découverts, d'autres en sont capables aussi. Alors, tuer, encore tuer ! De toute façon, nous n'en aurons jamais fini avec notre mission. Dès qu'on en supprime un, il en réapparaît dix. Je suis las de toute cette violence.

« Le Père Noël, je ne l'ai jamais vu. Mais elle, elle... » Tout au tumulte qui agitait son cerveau, Laetitia ne parvenait pas à suivre cette discussion où pourtant deux vies se jouaient.

Arthur s'essuya le front du revers d'une main couverte de taches sombres. La conversation l'avait épuisé. Il chercha quelque chose à quoi se raccrocher, ne trouva rien et s'effondra à terre, évanoui.

La femme fixa silencieusement les jeunes gens, puis les détacha. Machinalement, ils se frottèrent chevilles et poignets.

— Autant que vous m'aidiez à le transporter jusqu'à notre lit, fit-elle.

— Qu'est-ce qu'il a ? s'enquit Laetitia.

— Un malaise. Ils deviennent de plus en plus fréquents, ces temps-ci. Mon mari est malade, très malade. Il n'en a plus pour longtemps à vivre. C'est parce qu'il sent que sa mort approche qu'il s'est lancé à corps perdu dans cette aventure.

— J'ai été médecin, dit Laetitia. Voulez-vous que je l'ausculte ? Je pourrai peut-être le soulager.

La femme eut une moue triste.

— Inutile. Je sais parfaitement de quoi il souffre. Cancer généralisé.

Avec précaution, ils déposèrent Arthur sur le couvre-lit. L'épouse du malade s'empara d'une seringue contenant un cocktail de sédatifs et de morphine.

— Laissons-le se reposer, maintenant. Il a besoin de sommeil pour récupérer quelques forces.

Jacques Méliès la considéra longuement.
— Ça y est, je vous reconnais.
Au même moment, un même signal se déclencha dans le cerveau de Laetitia Wells. Evidemment, elle aussi la reconnaissait, cette femme !

156. ENCYCLOPÉDIE

SYNCHRONICITÉ : Une expérience scientifique réalisée simultanément en 1901 dans plusieurs pays démontra que par rapport à une série de tests d'intelligence donnés, les souris méritaient une note de 6 sur 20.
Reprise en 1965, dans les mêmes pays et avec exactement les mêmes tests, l'expérience accorda aux souris une moyenne de 8 sur 20.
Les zones géographiques n'avaient rien à voir avec ce phénomène. Les souris européennes n'étaient ni plus ni moins intelligentes que les souris américaines, africaines, australiennes ou asiatiques. Sur tous les continents, toutes les souris de 1965 avaient obtenu une meilleure note que leurs aïeules de 1901. Sur toute la Terre, elles avaient progressé. C'était comme s'il existait une intelligence « souris » planétaire qui se serait améliorée au fil des ans.
Chez les humains, on a constaté que certaines inventions avaient été mises au point simultanément en Chine, aux Indes et en Europe : le feu, la poudre, le tissage, par exemple. De nos jours encore, des découvertes s'effectuent au même moment sur plusieurs points du globe et dans des périodes restreintes.
Tout laisse à penser que certaines idées flottent dans l'air, au-delà de l'atmosphère, et que ceux dotés de la capacité de les saisir contribuent à améliorer le niveau de savoir global de l'espèce.

Edmond Wells,
Encyclopédie du savoir relatif et absolu, tome II.

157. AU-DELÀ DU MONDE

La croisade progresse en varappe le long de pierres abruptes. De l'autre côté du pont, de hautes structures cubiques s'élancent vers le ciel. Elles ne semblent pas dotées de racines. Les fourmis s'immobilisent et observent ces chaînes de montagnes aux formes parfaites, hautes et raides : est-ce que ce sont des nids de Doigts ?

Elles sont dans le pays par-delà le bord du monde. Le territoire des Doigts !

Une sensation plus intense que celles, pourtant si nombreuses et si fortes, qu'elles ont connues jusqu'ici les submerge.

Ils sont là, les nids des Doigts ! Colossaux, titanesques, mille fois plus épais et plus élevés que les plus vieux arbres de la forêt ! Leurs ombres fraîches s'étendent sur plusieurs milliers de pas. Les Doigts se construisent des nids démesurés. La nature seule n'en fournit pas de semblables.

103e se fige. Cette fois, elle a puisé en elle le courage de poursuivre, de traverser le bord du monde, d'aller au-delà du possible. Elle est maintenant dans cet ailleurs qui, depuis si longtemps la hante : hors de toute civilisation.

Derrière elle, d'autres insectes remuent dubitativement l'extrémité de leurs antennes.

Les croisées restent un long moment silencieuses, immobiles, médusées par tant de puissance. Les déistes se prosternent. Les autres s'interrogent sur ce monde si différent, aux lignes droites et aux volumes infinis.

Les soldates se regroupent et se recomptent. Elles sont huit cents en pays ennemi, mais comment tuer les Doigts qui se cachent dans de telles citadelles ? Il faut attaquer ce nid !

Les légions volantes de scarabées et d'abeilles seront des forces d'appoint, n'intervenant qu'en cas de problème. Tout le monde est d'accord et, au signal, l'armée croisée fonce vers l'entrée de l'édifice.

Un étrange oiseau tombe du ciel, c'est une plaque

noire. Elle écrase quatre soldats termites. Des plaques noires tombent maintenant de partout et fracassent les cuirasses des artilleuses.

Est-ce cela les Doigts ?

Lors de cette première charge, plus de soixante-dix soldates décèdent.

Mais les croisées ne désespèrent pas. Elles font retraite avant de lancer une deuxième charge.

En avant, tuons-les tous !

Cette fois, l'armée myrmécéenne se dispose en pointe. Les légions se précipitent.

Il est 11 heures et beaucoup de personnes viennent porter leur courrier à la poste. Peu distinguent les petites flaques noires qui glissent imperceptiblement sur le sol. Les roues des poussettes, les mocassins et les chaussures de sport aplatissent les petites silhouettes sombres.

Lorsque quelques-uns de ces points noirs arrivent à escalader un pantalon, ils s'en font rapidement chasser d'un revers de main.

Ils nous ont repérées et ils nous attaquent de partout, vocifère une soldate avant de se faire écraser.

On sonne la phéromone de la retraite. Encore soixante morts.

Conciliabules d'antennes.

Il nous faut prendre ce nid de Doigts quel qu'en soit le prix.

9e suggère qu'on dispose encore différemment les légions. Il faut tenter un mouvement tournant. Ordre est donné d'escalader n'importe quelle semelle.

Chargez !

Les artilleuses placées en première ligne pulvérisent leur poison sur le caoutchouc d'une chaussure de basket. Certaines tailladent la pellicule de plastique qui fait briller une paire d'escarpins féminins.

Retraite. On se recompte. Encore vingt morts.

Les dieux sont invulnérables, émet triomphalement le groupe de fourmis déistes qui, depuis le début, se tient en retrait des combats en priant.

103e ne sait que faire. Elle serre toujours son cocon de la mission Mercure et n'ose participer à ces charges périlleuses.

La grande peur des Doigts revient doucement et l'envahit. C'est vrai, ils ont l'air invincibles.

Mais 9e ne renonce pas. Elle se décide à charger avec les légions volantes. Toute l'armée se regroupe dans le platane qui fait face à la poste. 9e monte sur un scarabée et place les abeilles sur les deux flancs de sa ligne d'attaque.

Elle voit l'orifice béant du nid de Doigts et hurle des phéromones d'excitation guerrière.

Les scarabées rhinocéros baissent la tête pour que leur corne soit bien dans la ligne de mire.

Sus aux Doigts !

Une préposée de la poste ferme la porte de verre. Il y a trop de courants d'air, dit-elle.

Les croisées ne voient rien. Elles sont lancées à pleine vitesse lorsque apparaît la paroi transparente. Elles n'ont pas le temps de freiner.

Les scarabées éclatent et dégoulinent. Les artilleuses placées sur leur dos s'engluent dans leurs cadavres.

— Il grêle ? demande une cliente de la poste.

— Non, je crois que ça doit être les enfants de Mme Letiphue qui jouent avec des graviers. Ils aiment bien ça.

— Mais ils risquent de casser la vitre de la porte, non ?

— Ne vous en faites pas. Elle est épaisse.

On ramène les insectes blessés qui peuvent être soignés. Durant cette charge, la croisade a perdu encore quatre-vingts soldates.

Les Doigts sont plus coriaces que nous ne le pensions, émet une fourmi.

9e ne veut pas renoncer. Les termites non plus. Ils ne sont pas venus de si loin, ils n'ont pas surmonté autant d'obstacles pour se faire arrêter par des plaques noires et des murs transparents !

On bivouaque sous le platane pour la nuit.

Toutes gardent confiance. Demain est un autre jour.

Les fourmis savent mettre le prix, le temps et les moyens. Et elles finissent toujours par réussir. C'est bien connu.

Une éclaireuse repère une fente sur le fronton du nid qu'elles ont attaqué la veille. Une fente bien rectangulaire. Elle se dit que peut-être il s'agit là d'une entrée détournée. Sans en parler aux autres, elle part en repérage. Elle pénètre dans la fente où sont gravés des symboles qui, dans une autre dimension espace-temps, signifient « courrier par avion longue distance », et tombe sous plusieurs plaques plates et blanches. Elle décide de se faufiler dans l'une d'elles pour examiner ce qu'il y a à l'intérieur. Quand elle essaie d'en ressortir, elle est compressée par une paroi blanche. Alors elle reste là et elle attend.

Et c'est ainsi que, trois ans plus tard, on découvrit avec surprise qu'une colonie de fourmis rousses typiquement françaises s'était installée au Népal, en plein milieu des chaînes himalayennes. Bien plus tard, des entomologistes se demandèrent comment ces fourmis avaient pu voyager si loin. Finalement, ils conclurent qu'il devait s'agir d'une espèce parallèle ressemblant à la fourmi française par pure coïncidence.

158. C'EST ELLE

— Vous me reconnaissez ?

Jacques Méliès en était certain.

— Vous êtes... Juliette Ramirez, la candidate-vedette de « Piège à...

— ... réflexion », compléta Laetitia.

La journaliste, le front plissé, cherchait à établir un lien entre la championne des énigmes, le faux Père Noël et la meute de fourmis tueuses.

En habitué des confrontations, le policier chercha à calmer Juliette Ramirez qu'il devinait au bord de la crise de nerfs.

— C'est que nous adorons cette émission, vous savez ! A l'aide d'exemples plus simples qu'il n'y paraît, elle enseigne à envisager différemment l'univers. A penser autrement.

— Penser autrement ! soupira Mme Ramirez, sans plus retenir ses sanglots.

Démaquillée, décoiffée, un vieux peignoir remplaçant ses robes à pois bien coupées, elle paraissait plus âgée, plus fatiguée que sur le petit écran. La candidate si brillante n'était plus qu'une femme entre deux âges.

— C'est mon mari, Arthur, dit-elle en désignant l'homme sur le lit. C'est lui le « maître » des fourmis. Et pourtant, tout est de ma faute, tout ! Maintenant que vous êtes arrivés jusqu'à nous, je n'en peux plus de conserver le secret. Je vais tout vous raconter.

159. MISE AU POINT

— Nicolas, il faut que je te parle.

L'enfant baissa la tête, attendant l'algarade paternelle.

— Oui, Papa, j'ai mal agi, dit-il docilement. J'recommencerai plus.

— Ce n'est pas de tes manigances que je veux te parler maintenant, Nicolas, répondit doucement Jonathan. Plutôt de notre existence ici. Toi, tu as choisi de continuer à vivre « normalement », si on peut dire, alors que nous, nous avons décidé de nous faire « fourmis ». Certains estiment que tu devrais te joindre à nos séances de communion. Moi, je pense que nous devons d'abord t'informer de notre état d'esprit, puis te laisser libre de ton choix.

— Oui, Papa.

— Est-ce que tu comprends ce que nous faisons ?

Le gamin marmonna, yeux à terre :

— Vous vous mettez en rond, vous chantez ensemble et vous mangez de moins en moins.

Le père était disposé à se montrer patient.

— Ce ne sont que les aspects extérieurs de notre travail. Il y en a d'autres. Dis-moi, Nicolas, combien possèdes-tu de sens ?

— Cinq.

— Lesquels ?

— La vue, l'ouïe... euh, le toucher, le goût et l'odorat, récita le gamin comme pour un examen scolaire.

— Et puis ? interrogea Jonathan.

— Et puis, c'est tout.

— Très bien. Tu m'as cité cinq sens physiques qui te permettent d'appréhender la réalité physique. Or, il existe une autre réalité, psychique celle-là, et qu'il est possible de saisir grâce à cinq sens psychiques. Si tu te contentes de tes cinq sens physiques, c'est comme si tu ne te servais que de tes cinq doigts de la main gauche. Pourquoi ne pas utiliser aussi tes cinq doigts de la main droite ?

Nicolas en fut pour le moins interloqué :

— C'est quoi, tes cinq autres sens, « psychiques », comme tu dis ?

— L'émotion, l'imagination, l'intuition, la conscience universelle et l'inspiration.

— Je croyais juste qu'avec ma tête je pensais, et puis voilà.

— Mais non, il y a une multitude de manières de penser. Notre cerveau est comme un ordinateur, on peut le programmer de façon à réaliser des choses fantastiques dont on a à peine idée. C'est un outil qui nous est offert et dont nous n'avons jamais trouvé le mode d'emploi complet. Pour l'instant nous l'utilisons à 10 %. Dans mille ans peut-être, nous saurons l'utiliser à 50 % et dans un million d'années, à 90 %. Nous sommes des bébés, dans notre tête. Nous ne comprenons pas la moitié de ce qui se passe autour de nous.

— Tu exagères. La science moderne...

— Mais non ! La science n'est rien du tout. Elle ne sert qu'à impressionner ceux qui n'y connaissent rien. Les vrais scientifiques savent qu'on ne sait rien et que plus on avance, plus on s'aperçoit de son ignorance.

— Mais l'oncle Edmond savait des choses, lui...

— Non. Edmond nous indique la voie de notre propre émancipation. Il nous montre comment se poser les questions mais il ne nous offre pas de réponse. Lorsqu'on commence à lire l'*Encyclopédie du savoir relatif et absolu,* on a l'impression de mieux comprendre tout, puis si l'on poursuit sa lecture, on a l'impression de ne plus rien comprendre à rien.

— Moi, il me semble que je comprends ce qu'il y a dans ce livre.

— Tu as bien de la chance.

— Il parle de la nature, des fourmis, de l'univers, des comportements sociaux, de la confrontation des peuplades de la Terre... J'y ai même vu des recettes de cuisine et des énigmes. Moi, en lisant ce livre, je me sens plus intelligent et tout-puissant.

— Tu as vraiment de la chance. Moi, plus je le lis, plus je constate combien tout est incompréhensible et combien nous sommes loin des buts à atteindre. Même ce livre ne nous aide plus. Ce ne sont plus que des successions de mots, eux-mêmes composés de lettres. Les lettres sont des dessins, et les mots cherchent à capturer les objets, les idées et les animaux derrière des dénominations. Le mot « blanc » possède sa propre vibration, mais « blanc » se dit avec d'autres mots dans d'autres langues : *white, blanco*, etc., ce qui prouve bien que le mot « blanc » ne suffit pas pour définir cette couleur. C'est une approximation inventée jadis par on ne sait qui. Les livres sont des successions de mots, les livres sont des successions de symboles morts, des successions d'approximations.

— Mais l'*Encyclopédie du savoir relatif et...*

— L'*Encyclopédie* n'est rien par rapport à la vie vécue. Aucun livre n'égalera un instant de réflexion sur l'action présente.

— Je ne comprends plus ton charabia !

— Excuse-moi, je suis allé un peu vite. Disons que

là, tu m'écoutes quand je te parle et c'est déjà important.

— Evidemment que je t'écoute, pourquoi veux-tu que je ne t'écoute pas ?

— Il est très difficile d'écouter... il faut une grande vigilance.

— Tu es bizarre, Papa.

— Excuse-moi, je ne me suis pas mis à ta portée. Je voudrais te montrer quelque chose. Ferme les yeux et écoute-moi bien. Imagine un citron. Tu le vois ? Il est jaune, très jaune, il brille au soleil. Il est râpeux et très odorant. Tu sens son parfum ?

— Oui.

— Bien. Maintenant, tu prends un grand couteau pointu et coupant. Tu tranches le citron en rondelles : le citron s'ouvre. La rondelle laisse apparaître au soleil tout un réseau de pulpes gorgées de liquide. Tu presses la rondelle et tu vois les pulpes qui éclatent, le jus coule, bien jaune, bien odorant... Tu le sens ?

Nicolas garde les yeux fermés.

— Oh, oui.

— Bon, dis-moi, est-ce que tu as de la salive dans ta bouche ?

— Euh... (il fit claquer sa langue) ...oui le fond de ma bouche est baigné de salive ! Comment est-ce possible ?

— C'est le pouvoir de la pensée sur le corps. Tu vois, rien qu'en pensant à un citron, tu peux provoquer un phénomène physiologique incontrôlable.

— Mais c'est fabuleux !

— C'est un premier pas. Nous n'avons pas besoin de nous faire passer pour des dieux, nous en sommes déjà depuis longtemps, et sans le savoir.

Le gosse s'emballa.

— Je veux apprendre à être comme ça. Papa, s'il te plaît, apprends-moi à contrôler tout avec mon esprit. Apprends-moi. Que dois-je faire ?

160. LA DROGUE DE LOCHEMUSE

Les guerres civiles prennent de plus en plus d'ampleur dans la Cité. Les rebelles déistes ont envahi un quartier entier, celui des fourmis citernes. De là, elles fournissent en permanence les Doigts en miellat.

Paradoxalement, ceux-ci ont cessé de s'exprimer par l'entremise du Docteur Livingstone. La voix du prophète s'est tue.

Ce silence ne réduit en rien l'ardeur des religieuses.

Systématiquement, les déistes mortes sont regroupées dans une pièce et, avant les combats, les rebelles viennent les visiter. Elles miment des trophallaxies et des dialogues avec ces statues, le plus souvent figées dans une attitude de combat.

Toutes celles qui mettent une fois les pieds dans la salle des morts en sortent comme transfigurées au niveau des parfums de leurs antennes. Garder les gens intacts après leur trépas, c'est donner de l'importance aux êtres.

Le mouvement déiste est seul dans la Cité à affirmer que les citoyennes ne sont pas seulement des individus que l'on fait naître puis que l'on jette sans un regret.

Les rebelles déistes ont une manière de parler qui est comme de la drogue de lochemuse. Dès qu'elles commencent à émettre pour évoquer les dieux, on ne peut cesser de les réceptionner.

Ensuite, les fourmis contaminées par la « religion doigtesque » ne travaillent plus, ne soignent plus le couvain, elles ne songent plus qu'à dérober de la nourriture pour l'amener sous le plancher, dans la Doigtilière.

La reine Chli-pou-ni ne semble pas gênée par cette recrudescence du mouvement rebelle. Elle réclame seulement des nouvelles de la croisade.

De source moucheronne, les croisées ont franchi maintenant le bout du monde et ont déjà engagé la bataille contre les Doigts.

Parfait, émet la reine. *Pauvres Doigts, comme ils vont regretter de nous avoir défiées ! Quand nous les aurons définitivement vaincus là-bas, le mouvement rebelle n'aura plus aucune raison d'exister ici.*

161. ENCYCLOPÉDIE

CONTE : ***Les mots « conte » et « compte » ont, en français, la même prononciation. Or, on constate que cette correspondance entre chiffres et lettres existe pratiquement dans toutes les langues. Compter des mots ou conter des chiffres, où est la différence ? En anglais, compter :*** **to count** ***; conter :*** **to recount.** ***En allemand, compter :*** **zahlen** ***; conter :*** **erzahlen.** ***En hébreu, conter :*** **le saper** ***; compter :*** **li saper.** ***En chinois, compter :*** **shu** ***; conter :*** **shu.**

Chiffres et lettres sont unis depuis les balbutiements du langage. Chaque lettre correspond à un chiffre, chaque chiffre à une lettre. Les Hébreux l'ont compris dès l'Antiquité et c'est pourquoi la Bible est un livre magique et rempli de connaissances scientifiques, présentées sous forme de contes codés. Si on donne leur valeur numérique aux premières lettres de chaque phrase, on découvre un premier sens caché. Si on donne leur valeur numérique aux lettres des mots, on découvre des formules et des associations qui n'ont plus rien à voir avec les légendes ou avec la religion.

Edmond Wells,
Encyclopédie du savoir relatif et absolu, **tome II.**

162. ACCIDENT DE PARCOURS

Les insectes se préparent pour la grande offensive. Le nid de Doigts est là, juste en face, les narguant de manière insupportable.

L'armée des croisées est déterminée. Elles se battront comme des forcenées, mais ce premier nid est un symbole. Il ne doit pas leur résister. Les légions s'alignent par spécialités. 103e, juchée sur « Grande Corne », propose qu'on attaque par petits carrés compacts qui s'écarteront dès que les Doigts apparaîtront. Cette stratégie a été utilisée par les naines lors de la bataille des Coquelicots et elle avait alors assez bien fonctionné.

Chacune se lave. On s'échange les ultimes trophallaxies. Les excitatrices émettent leurs phéromones les plus sauvages.

Chargez !

La ligne des cinq cent soixante-dix dernières croisées avance, terrible et décidée. Les abeilles volettent au-dessus des antennes, elles ont dégainé leur dard empoisonné. Les scarabéides font claquer leurs mandibules.

9e veut essayer de refaire un trou et d'y remettre du venin d'abeille. Après tout, c'est la seule technique de chasse qui a réussi contre les Doigts.

Ça y est ! La première et la seconde ligne d'infanterie légère s'ébranlent et des cavalières aux longues pattes graciles caracolent sur leurs flancs. C'est une superbe armée que cet amas de Belokaniennes, de Zedibeinakaniennes, d'Askoleïnes, de Moxiluxiens. Les scarabéides veulent venger leurs congénères écrasées contre le mur transparent surgi du néant.

La troisième et la quatrième vague d'assaut se mettent à leur tour en marche. Elles comprennent des lignes d'artillerie légère et d'artillerie lourde. Personne, jusqu'à présent, n'est parvenu à les inquiéter.

La cinquième et la sixième vague d'assaut se préparent à achever les Doigts mourants en enduisant la pointe de leurs mandibules de venin d'abeille.

Jamais une armée insecte n'a combattu aussi loin de ses nids respectifs. Toutes savent que de cette bataille dépend peut-être la conquête de tous les territoires périphériques de la planète !

C'est plus qu'une bataille d'ailleurs, c'est une guerre dont dépend sûrement la domination du monde. Le vainqueur montrera qui est le maître de cette planète !

9e en est très consciente et, à voir la manière agressive dont elle tend ses mandibules, on se doute qu'elle n'a pas l'intention de faire dans la délicatesse.

Les croisées ne sont plus qu'à quelques milliers de pas de ce nid de Doigts qui les nargue.

8 h 30. La porte de l'agence de la Poste venait juste de s'ouvrir. Les premiers clients entrent sans se douter de quoi ils sont l'enjeu.

Les insectes passent du trot au galop.

En avant, chargez !

Le service du nettoyage municipal passait le matin à 8 h 30. Il s'agissait d'un petit camion-benne rempli d'eau savonneuse qui aspergeait le trottoir pour le laver.

Qu'est-ce qui nous arrive ?

Effroi dans la croisade : un cyclone d'eau âcre déferle.

Toute l'armée croisée est assommée et submergée.

Dispersion ! hurle 103e.

La vague, haute de plusieurs dizaines de pas, noie tout le monde. L'eau rebondit et monte dans le ciel pour frapper les légions volantes.

Les croisées sont toutes lessivées.

Quelques scarabéides arrivent à décoller en emportant des grappes de fourmis affolées. Chacun se bat pour son bout de patte. Des fourmis poussent des termites. Plus question de solidarité et d'entente entre les peuples ! C'est chacun pour sa carcasse.

Alourdies de passagers, les scarabéides volettent difficilement et font le régal de pigeons obèses.

Au-dessous, c'est l'hécatombe.

Des légions entières sont décimées par le typhon. Les corps cuirassés des soldates roulent sur le parvis puis échouent dans le caniveau.

C'est la fin d'une belle aventure militaire. Après

quarante secondes de jet d'eau savonneuse intensif, l'armée croisée n'avance plus. Sur les trois mille insectes d'espèces diverses qui s'étaient unis pour en finir avec le problème des Doigts, il ne reste qu'une poignée de survivants plus ou moins éclopés. La plupart des soldates ont été emportées par la vague déferlante du service de nettoyage municipal.

Déistes, non-déistes, fourmis, abeilles, scarabées, termites, mouches, tous sans distinction sont balayés par la tornade liquide.

Comble du dérisoire, l'agent municipal qui conduisait la benne ne s'aperçut de rien. Aucun humain ne s'aperçut que l'*Homo sapiens* venait de remporter la Grande Bataille de la Planète. Les gens continuent de vaquer à leurs occupations en pensant à ce qu'ils vont manger à midi, aux corvées du jour et à leur travail au bureau.

Les insectes, eux, savent très bien qu'ils ont perdu la guerre du monde.

Tout a été si rapide et si définitif que le désastre semble à peine concevable. En quarante secondes, toutes ces pattes qui ont parcouru des kilomètres, toutes ces mandibules qui se sont battues dans les pires conditions, toutes ces antennes qui ont senti les odeurs des zones les plus exotiques, tout est réduit à l'état de pièces détachées surnageant dans une soupe olivâtre.

La première croisade contre les Doigts n'avance plus et n'avancera plus jamais. Elle a été engloutie sous une trombe d'eau savonneuse.

163. NICOLAS

Nicolas Wells rejoignit les autres. De son onde propre, il enrichit la vibration collective : OM. Un instant, il se sentit devenir un nuage immatériel et léger qui s'élevait, s'élevait et traversait les matières. C'était mille fois mieux qu'être dieu parmi les fourmis. Libre ! Il était libre.

164. RÈGLEMENT DE COMPTES

9e a un réflexe salvateur. Elle plante profondément ses griffes dans une rainure de la plaque d'égout. Lamentablement, elle se traîne sur les pavés de la place piétonnière. Pour sa part, 103e a tout juste eu le temps de prendre de l'altitude avec « Grande Corne » et a évité le cyclone. Elle est indemne, tout comme 23e, blottie dans un trou du bitume.

Plus loin, des scarabées survivants fuient en emportant leurs cornacs. Quelques derniers termites détalent en regrettant de n'être pas demeurés sur l'île du cornigera.

Les trois Belokaniennes parviennent à se rejoindre.

Ils sont trop forts pour nous, se désole 9e, en s'essuyant yeux et antennes irrités par le désinfectant.

Les Doigts sont des dieux. Les Doigts sont tout-puissants. Nous ne cessions de le clamer et vous ne nous croyiez pas. Voyez le gâchis ! soupire 23e.

103e tremble encore de peur. Que les Doigts soient ou non des dieux n'y change rien, ils sont terribles.

Elles se frictionnent, s'échangent des trophallaxies désespérées, comme seules savent le faire les rescapées d'une croisade définitivement en déroute.

Pour 103e cependant, l'aventure ne se termine pas sur cette place. Il lui reste une mission à accomplir. Elle serre si fort contre elle son cocon à papillon que 9e, qui n'y avait pas prêté attention jusque-là, interroge :

Qu'est-ce qu'il y a dans ce truc que tu trimbales depuis le début de la croisade ?

Pas grand-chose.

Montre.

103e refuse.

9e s'emporte. Elle déclare à la soldate qu'elle l'a toujours soupçonnée d'être une espionne à la solde des Doigts. C'est 103e qui les a conduites droit dans ce guet-apens, elle qui se prétendait leur guide !

Confiant son colis à 23e, 103e accepte le duel.

Les deux fourmis se font face, écartent au plus large leurs mandibules, dardent la pointe de leurs antennes. Elles se tournent autour pour mieux évaluer leurs points les plus vulnérables. Puis soudain, c'est le choc. Elles s'élancent l'une sur l'autre, heurtent leurs carapaces, se poussent du thorax.

9e fouette l'air de sa mandibule gauche et la plante dans la cuirasse de chitine de son adversaire. Du sang transparent coule.

103e esquive un deuxième coup de faux. Comme son adversaire est emportée par son élan, elle en profite pour lui couper le bout d'une antenne.

Arrêtons ce combat inutile ! Il ne reste plus que nous. Tu tiens vraiment à achever le travail des Doigts ?

9e est au-delà de toute raison. Tout ce qu'elle veut, c'est ficher son antenne valide dans l'orbite oculaire de cette traîtresse.

Elle manque de peu sa cible. 103e veut tirer à l'acide, elle ajuste son abdomen et décoche une goutte corrosive qui va se perdre au revers du pantalon d'un facteur.

9e tire aussi et, maintenant, le sac à venin de 103e est vide. L'excitatrice croit le moment venu d'achever sa proie, mais la soldate a encore de la ressource. Elle fonce, mandibules écartées, et lui attrape la patte médiane gauche qu'elle tord d'avant en arrière.

9e agit de même avec la patte postérieure droite de 103e. C'est à qui arrachera la première le membre de l'autre.

103e se souvient d'une de ses leçons de combat.

Si on attaque cinq fois de la même manière, l'adversaire parera le sixième assaut comme les cinq premiers. Il ne sera pas difficile alors de le surprendre.

Cinq fois, 103e frappe la bouche de 9e de la pointe de son antenne. Il n'y a plus alors qu'à profiter de la position de repli des mandibules de l'autre pour lui attraper le cou. D'un mouvement sec, elle décapite la fourmi.

La tête de 9e roule sur le pavé gras.

Elle s'immobilise. Son adversaire vient la contempler. Les antennes vaincues s'agitent. Chez les fourmis, toutes les parties du corps conservent une certaine autonomie même après la mort.

Tu te trompes, 103e, dit le crâne de 9e.

La soldate a l'impression d'avoir déjà vécu cette scène d'un crâne qui tient à délivrer son dernier message. Mais ce n'était pas ici et ce n'était pas le même message. C'était sur le dépotoir de Bel-o-kan et ce que lui avait dit la rebelle alors avait complètement changé le cours de son existence.

Les antennes du cadavre de 9e remuent derechef.

Tu te trompes, 103e. Tu crois qu'on peut ménager tout le monde, mais on ne peut pas. Il faut choisir son camp. Soit tu es pour les Doigts, soit tu es pour les fourmis. On n'échappe pas à la violence par de belles idées. On n'échappe à la violence que par la violence. Aujourd'hui tu as gagné parce que tu étais plus forte que moi. Bravo. Mais un conseil : ne faiblis jamais car, alors, aucun de tes beaux principes abstraits ne pourrait te secourir.

23e s'approche et shoote dans ce crâne décidément trop bavard. Elle félicite la soldate et lui tend le cocon.

Maintenant, tu sais ce qu'il te reste à faire.

103e sait.

Et toi ?

23e ne répond pas tout de suite. Elle reste évasive. Elle se prétend la servante des divinités doigtesques. Elle pense que lorsqu'il le faudra, les Doigts lui indiqueront ce qu'elle doit accomplir. En attendant, elle errera dans ce monde au-delà du monde.

103e lui souhaite bon courage. Puis la soldate monte sur « Grande Corne ». Elle se branche sur ses antennes. Le scarabée fait coulisser ses élytres et déploie ses longues ailes brunes. Contact. Les voiles nervurées brassent l'air pollué du pays des Doigts. 103e décolle et fonce vers la cime du premier nid de Doigts qui lui fait face.

165. LE MAÎTRE DES LUTINS

Le matin s'était levé, et Laetitia Wells et Jacques Méliès écoutaient toujours, suspendus aux lèvres de Juliette Ramirez, le récit d'une histoire extraordinaire.

Ils savaient déjà que l'homme aux allures de Père Noël retraité était son époux, Arthur Ramirez. Ils apprirent que dès son enfance, celui-ci avait été frappé par la passion du bricolage. Il fabriquait des jouets, des avions, des voitures, des bateaux qu'il dirigeait à distance avec une télécommande. Objets et robots obéissaient au moindre de ses ordres. Ses amis l'avaient surnommé « le maître des lutins ».

— Tout le monde a un don qu'il lui suffit de cultiver. Ainsi, j'ai une amie qui est une artiste en matière de point de croix. Ses tapisseries sont...

Mais son auditoire se moquait éperdument des merveilles réalisables au point de croix. Elle reprit :

— Arthur, lui, a compris que s'il avait un petit « plus » à apporter à l'humanité, ce serait grâce à son habileté à manier les télécommandes.

Naturellement, il s'orienta vers la robotique et obtint haut la main ses diplômes d'ingénieur. Il inventa le changeur automatique de pneus crevés, le baladeur greffable à l'intérieur du crâne et même le gratte-dos téléguidé.

Pendant la dernière guerre, il mit au point des « loups d'acier ». Ces robots à quatre pattes étaient évidemment plus stables que les androïdes à deux pattes. Ils étaient, de plus, munis de deux caméras infrarouges permettant de viser dans l'obscurité, de deux mitrailleuses au niveau des naseaux et d'un canon court de 35 mm dans la gueule. Les « loups d'acier » attaquaient la nuit. Des soldats les téléguidaient, bien à l'abri, à plus de cinquante kilomètres de là. Ces robots s'avérèrent si efficaces qu'aucun ennemi ne survécut pour signaler leur existence !

Il arriva cependant qu'Arthur visionnât un jour les images ultra-confidentielles montrant les dégâts provoqués par ses « loups d'acier ». Les soldats chargés de les diriger avaient été saisis par la fièvre du jeu et, comme dans un jeu vidéo, avaient massacré sur leurs écrans de contrôle tout ce qui bougeait.

Ecœuré, Arthur avait opté pour une retraite anticipée et ouvert ce magasin de jouets. Son talent, il le mettrait désormais au service des enfants puisque les adultes étaient trop irresponsables pour faire bon usage de ses découvertes.

C'est alors qu'il rencontra Juliette, qui était déjà préposée des postes. Elle lui délivrait son courrier, des mandats, des cartes postales, des lettres recommandées. Le coup de foudre fut immédiat. Ils se marièrent et vécurent heureux dans la maison de la rue Phoenix jusqu'au jour où survint l'accident. C'était ainsi qu'elle appelait l'événement : « l'accident ».

Alors que, comme à chaque tournée, elle distribuait son courrier, un chien l'attaqua. Il s'en prit à sa sacoche, y mordit à pleines dents et éventra un paquet.

Juliette acheva son travail et ramena le colis abîmé à la maison. Arthur, si habile de ses Doigts, saurait le réparer et le destinataire ne s'apercevrait jamais de rien, ce qui lui éviterait d'éventuels ennuis avec des usagers toujours prêts à réclamer.

Arthur Ramirez ne répara jamais le colis.

En le manipulant, son contenu l'intrigua : un dossier épais de plusieurs centaines de pages, les plans d'une curieuse machine, une lettre. Sa curiosité naturelle l'emporta sur sa discrétion tout aussi naturelle : il lut le dossier, il lut la lettre, il examina les plans.

Et leur vie bascula.

Arthur Ramirez devint la proie d'une unique obsession : les fourmis. Dans le grenier, il installa un immense vivarium. Il disait que les fourmis étaient plus intelligentes que les hommes car l'union des esprits d'une fourmilière dépasse la somme des intelligences qui la composent. Il assurait que chez les fourmis 1 + 1 = 3. La synergie sociale fonctionnait. Les fourmis montraient comment mettre au point une nouvelle manière de vivre, en groupe. Selon lui, elle faisait évoluer la pensée humaine tout court.

Juliette Ramirez apprit beaucoup plus tard ce que représentaient les plans. Ils concernaient une machine baptisée « Pierre de Rosette » par son inventeur. En transformant les syllabes humaines en phéromones fourmis et vice versa, elle permettait de dialoguer avec la société myrmécéenne.

— Mais... mais... mais c'était le projet de mon père ! s'exclama Laetitia.

Mme Ramirez lui prit la main.

— Je le sais, et j'ai si honte maintenant que vous êtes là. Ce colis, précisément, c'était votre père, Edmond Wells, qui l'avait envoyé, et la destinataire, c'était vous, mademoiselle Wells. Le dossier contenait les pages du deuxième volume de son *Encyclopédie du savoir relatif et absolu*, les plans étaient ceux de sa machine à traduire le français en fourmi. Et la lettre, la lettre... la lettre était pour vous, dit-elle en sortant une feuille blanche soigneusement pliée dans un tiroir du buffet.

Laetitia lui arracha presque le pli des mains.

Elle lut : *Laetitia, ma fille chérie, ne me juge pas...*

Elle dévora l'écriture aimée qui s'achevait sur d'autres mots de tendresse, signés Edmond Wells. Elle était écœurée, au bord des larmes. Elle hurla :

— Voleurs, vous n'êtes que des voleurs ! C'était à moi, tout était à moi ! Mon unique héritage, vous me l'avez volé. Le testament spirituel de mon père, vous l'avez détourné ! J'aurais pu disparaître sans jamais savoir que ses dernières pensées avaient été pour moi ! Mais comment avez-vous donc pu...

Elle s'effondra contre Méliès qui passa un bras consolateur autour des frêles épaules secouées de sanglots réprimés.

— Excusez-nous, dit Juliette Ramirez.

— J'étais sûre que cette lettre existait. Oui, j'en étais sûre ! Toute ma vie, je l'ai attendue !

— Peut-être nous en voudrez-vous moins si je vous assure que l'héritage spirituel de votre père n'est pas tombé dans de mauvaises mains. Appelez ça hasard ou fatalité... C'est comme si le destin avait voulu que ce paquet arrive chez nous.

Arthur Ramirez avait immédiatement entrepris de reconstituer la machine. Il lui avait même apporté quelques améliorations. Si bien que, maintenant, le couple conversait avec les fourmis de son terrarium. Oui, ils communiquaient avec des insectes !

Partagée entre l'indignation et l'émerveillement, Laetitia était abasourdie. Comme Méliès, elle avait hâte d'entendre la suite du récit.

— Quelle euphorie, les premiers temps ! disait la femme. Les fourmis nous expliquaient le fonctionnement de leurs fédérations, racontaient les guerres, les luttes entre les espèces. Nous découvrions un univers parallèle, là, au ras de nos semelles, et débordant d'intelligence. Vous savez, les fourmis ont des outils, elles pratiquent leur propre agriculture, elles ont développé des technologies de pointe. Elles évoquent même des concepts abstraits comme la démocratie, les castes, la répartition des tâches, l'entraide entre les vivants...

Avec leur aide, en apprenant à mieux connaître leur manière de penser, Arthur Ramirez avait élaboré un programme informatique reproduisant l'« esprit de la fourmilière ». En même temps, il conçut de minuscules robots : les « fourmis d'acier ».

Son but : créer une fourmilière artificielle composée de centaines de fourmis-robots. Chacune serait dotée d'une intelligence autonome (un programme informatique inclus dans une puce électronique) mais pourrait se brancher sur l'ensemble du groupe pour agir et penser en commun. Juliette Ramirez chercha ses mots :

— Comment dire ? Le tout constituait un unique ordinateur aux différents éléments, ou encore un cerveau éclaté aux neurones solidaires. 1 + 1 = 3 et donc 100 + 100 = 300.

Ses « fourmis d'acier », Arthur Ramirez les jugeait parfaitement adaptées à la conquête de l'espace. Ainsi, au lieu d'expédier une sonde-robot sur des planètes éloignées, technique spatiale couramment employée, pourquoi ne pas envoyer à la place mille petites sondes-robots, avec leur intelligence à la fois individuelle et collective ? Si l'une d'elles tombait en panne ou se brisait, neuf cent quatre-dix-neuf autres prendraient le relais, alors que si la sonde unique était victime d'un stupide accident mécanique, c'est tout un programme spatial qui était anéanti.

Méliès se montra admiratif.

— Même en matière d'armement, dit-il, il est plus facile de détruire un gros robot très intelligent que mille petits, plus simplistes mais solidaires.

— C'est le principe même de la synergie, souligna Mme Ramirez. L'union dépasse la somme des talents particuliers.

Seulement voilà, pour tous leurs grands projets, les Ramirez manquaient d'argent. Les composants miniatures coûtent cher et ni le magasin de jouets, ni le métier de préposée des postes de Juliette ne suffisaient pour régler les fournisseurs. De l'esprit fertile d'Arthur Ramirez jaillit alors une nouvelle idée : enrôler Juliette dans l'émission « Piège à réflexion ». Dix mille francs par jour, quelle aubaine ! Lui expédiait aux producteurs les meilleures énigmes contenues dans l'*Encyclopédie du savoir relatif et absolu* d'Edmond Wells. Elle les résolvait. Les énigmes wellsiennes étaient régulièrement retenues, car nul ne pouvait en inventer d'aussi subtiles.

— Tout était donc truqué, s'offusqua Méliès.

— Tout est toujours truqué, dit Laetitia. Ce qui est intéressant, c'est de savoir comment c'est truqué. Par exemple, je ne comprends pas pourquoi vous avez feint si longtemps de ne pas comprendre l'énigme des « un », des « deux » et des « trois ».

La réponse était simple.

— Parce que la mine d'Edmond Wells n'est pas inépuisable. Avec les jokers, je peux faire durer le jeu tout en continuant à remporter mes dix mille francs par jour !

Ces gains permirent au couple de vivre confortablement tandis qu'Arthur progressait dans l'élaboration de ses « fourmis d'acier » et dans le dialogue inter-espèces. Tout alla bien dans le meilleur des mondes parallèles jusqu'au jour où Arthur frémit en regardant un spot publicitaire à la télévision. Une réclame pour un produit CCG : « Là où Krak Krak passe, l'insecte trépasse. » En gros plan, une fourmi se débattait contre l'insecticide qui la rongeait de l'intérieur.

Arthur fut révolté. Que de perfidie pour empoisonner un si petit adversaire ! Une de ses fourmis d'acier était au point. Il l'envoya illico espionner dans les laboratoires de la CCG. La fourmi mécanique découvrit que les frères Salta collaboraient avec des experts internationaux à un projet encore plus affreux du nom de « Babel ».

« Babel » était tellement abominable que même les plus éminents chercheurs en insecticides œuvraient dans le secret le plus absolu de peur de se mettre à dos les mouvements écologistes ! Ils avaient tenu jusqu'aux dirigeants de la CCG dans l'ignorance de leurs expériences.

— « Babel », dit Mme Ramirez, c'est le formicide absolu. Les chimistes ne sont jamais parvenus à s'attaquer efficacement aux fourmis avec les poisons classiques de type organophosphoré. Or, « Babel » n'est pas un poison. C'est une substance capable de brouiller les communications antennaires inter-fourmis.

A son stade final, « Babel » était une poudre qu'il suffisait de répandre dans la terre pour qu'elle émette une odeur parasitant toutes les phéromones myrmécéennes. Rien qu'avec une once, c'étaient des kilomètres carrés qui étaient contaminés. Toutes les fourmis des alentours devenaient incapables d'émettre ou de recevoir. Or, sans possibilité de communiquer, la fourmi ne sait plus si sa reine est vivante, quelle est sa tâche, ce qui pour elle est bon ou dangereux. Si on enduisait toute la surface du globe de ce produit, dans cinq ans, il n'y aurait plus de fourmis sur cette terre. Elles préféreraient se laisser mourir que de ne plus se comprendre les unes les autres.

La fourmi est tout entière « communication » !

Les frères Salta et leurs collègues avaient compris cette donnée essentielle du monde myrmécéen. Mais pour eux, les fourmis n'étaient que de la vermine à exterminer. Ils étaient fiers d'avoir découvert que ce n'est pas en empoisonnant leur système digestif qu'on anéantit les fourmis, mais bel et bien en empoisonnant leur cerveau.

— Effarant ! soupira la journaliste.

— Avec sa petite espionne mécanique, mon mari a eu toutes les pièces du dossier en main. Cette bande de chimistes avait l'intention d'éradiquer une fois pour toutes l'espèce myrmécéenne de la surface du globe.

— C'est à ce moment que M. Ramirez a décidé d'intervenir ? interrogea le commissaire.

— Oui.

A eux deux, Laetitia et Méliès avaient déjà compris comment Arthur s'y était pris. Sa femme le leur confirma : il dépêchait une fourmi éclaireuse pour découper un infime morceau d'étoffe imbibée de l'odeur de la future victime. Il lâchait ensuite la Meute qui détruisait le porteur de la fragrance.

Heureux d'avoir deviné juste, le policier apprécia en connaisseur :

— Votre mari, madame, a inventé la technique d'assassinat la plus sophistiquée qu'il m'ait jamais été donné de rencontrer.

Juliette Ramirez rougit sous le compliment.

— J'ignore comment les autres s'y prennent mais notre méthode s'est avérée certainement très efficace. De plus, qui aurait pu nous soupçonner ? Tous les alibis du monde étaient à notre disposition. Nos fourmis agissaient seules. Libre à nous de nous trouver à cent kilomètres du théâtre des opérations !

— Vous voulez dire que vos fourmis assassines étaient autonomes ? s'étonna Laetitia.

— Bien sûr. Se servir de fourmis, ce n'est pas seulement une nouvelle manière de tuer, c'est aussi une nouvelle manière de penser une tâche. Même quand cette tâche est une mission de mort ! C'est peut-être là le summum de l'intelligence artificielle ! Votre père, mademoiselle Wells, l'avait très bien compris. Il l'explique dans son livre, voyez !

Elle leur lut le passage de l'*Encyclopédie* démontrant comment le concept de fourmilière était à même de révolutionner l'intelligence artificielle informatique.

Les fourmis envoyées chez les Salta n'étaient pas téléguidées. Elles étaient autonomes. Mais elles étaient programmées pour rejoindre un appartement, reconnaître une odeur, tuer tout ce qui sentait ce parfum et faire disparaître ensuite toute trace du meurtre. Autre consigne : supprimer tous les témoins du drame, s'il y en avait. Ne pas partir en laissant subsister une seule fragrance de vie.

Les fourmis circulaient par les égouts et les canalisations. Elles surgissaient silencieusement et tuaient en perforant les corps de l'intérieur.

— Une arme parfaite et indétectable !

— Et pourtant, vous leur avez échappé, commissaire Méliès. En fait, il suffisait de courir pour éviter la mort. Nos fourmis d'acier avancent très lentement, vous vous en êtes rendu compte en venant ici. Seulement, la plupart des gens sont si effrayés lorsque nos fourmis les attaquent qu'ils se figent de peur et de surprise plutôt que de se précipiter vers la porte pour s'en aller. De plus, de nos jours, les serrures sont si compliquées que des mains tremblantes ont des difficultés à les déverrouiller suffisamment vite pour sortir avant l'assaut. Paradoxe de l'époque : ce sont les gens qui avaient les meilleurs systèmes de porte blindée qui se sont retrouvés les plus coincés !

— C'est donc ainsi que sont morts les frères Salta, Caroline Nogard, Maximilien MacHarious, le ménage Odergin et Miguel Cygneriaz ! récapitula le policier.

— Oui. C'étaient les huit promoteurs du projet « Babel ». Nous avons envoyé nos tueuses chez votre Takagumi parce que nous avons craint qu'une antenne japonaise ne nous ait échappé.

— Nous avons pu juger de l'efficacité de vos lutins ! On peut les voir ?

Mme Ramirez monta chercher une fourmi dans le grenier. Il fallait l'observer de très près pour s'apercevoir qu'il ne s'agissait pas d'un insecte vivant mais d'un automate articulé. Des antennes en métal, deux minuscules caméras vidéo à objectif grand-angle au niveau des yeux, un abdomen projecteur d'acide grâce à une capsule pressurisée, des mandibules inoxydables aiguisées comme des rasoirs. Le robot tirait son énergie d'une pile au lithium située dans le thorax. Dans la tête, un microprocesseur pilotait tous les moteurs des articulations et gérait les informations fournies par les sens artificiels.

Loupe en main, Laetitia admirait ce chef-d'œuvre de miniaturisation et d'horlogerie :

— Que d'applications possibles pour ce petit jouet ! Espionnage, guerre, conquête spatiale, réforme des systèmes d'intelligence artificielle... Et il présente l'apparence exacte d'une fourmi.

— L'apparence ne suffit pas, souligna Mme Ramirez. Pour que le robot soit vraiment efficace, il a fallu aussi copier et lui insuffler l'exacte mentalité d'une fourmi. Ecoutez donc votre père !

Elle feuilleta l'*Encyclopédie* avant de lui en désigner un passage.

166. ENCYCLOPÉDIE

ANTHROPOMORPHISME : ***Les humains pensent toujours de la même manière, en ramenant tout à leur échelle et à leurs valeurs. Parce qu'ils sont satisfaits et fiers de leurs cerveaux. Ils se trouvent logiques, ils se figurent sensés. Aussi voient-ils toujours les choses de leur point de vue : l'intelligence ne peut être qu'humaine, tout comme la conscience ou la vision. Frankenstein est une représentation du mythe de l'homme capable de créer un autre homme à son image, tel Dieu créant Adam. Toujours le même moule ! Même en fabriquant des androïdes, les humains reproduisent leur manière d'être et de se comporter.***

Ils se doteront peut-être un jour d'un président-robot, d'un pape-robot mais cela ne changera rien à leur façon de penser. Pourtant, il en existe tant d'autres ! Les fourmis nous en enseignent une. Les extraterrestres nous en apprendront peut-être d'autres.

Edmond Wells,
Encyclopédie du savoir relatif et absolu, tome II.

Jacques Méliès mâchait nonchalamment son chewing-gum.

— C'est très intéressant, tout ça. Reste quand même une question qui, moi, me préoccupe au premier chef. Madame Ramirez, pourquoi avez-vous voulu me tuer ?

— Oh, d'abord, ce n'était pas de vous que nous nous méfiions mais de Mlle Wells. Nous lisions ses articles et savions qu'elle avait de qui tenir. Vous, nous ignorions jusqu'à votre existence.

Méliès mâcha plus nerveusement. Juliette poursuivit :

— Pour surveiller Mlle Wells, nous avions introduit chez elle une de nos fourmis mécaniques. Notre espionne nous a transmis l'enregistrement de vos conversations et nous avons alors appris que le plus perspicace des deux, c'était vous. Avec votre histoire de joueur de flûtiau de Hamelin, vous étiez tout près du pot aux roses. Aussi avons-nous décidé de vous envoyer la Meute.

— Et c'est pourquoi j'ai été accusée. Heureusement que vous avez poursuivi vos meurtres...

— Le Pr Miguel Cygneriaz avait entre ses mains le produit final. C'était notre objectif de destruction prioritaire.

— Et maintenant, où est le fameux formicide absolu « Babel » ?

— Après la mort de Cygneriaz, un de nos commandos fourmis a détruit l'éprouvette qui contenait cette infection. A notre connaissance, il n'en existait pas d'autre. Espérons que de nouveaux chercheurs n'auront pas un jour une idée similaire. Edmond Wells a écrit que les idées sont dans l'air... Les bonnes et les mauvaises !

Elle soupira.

— Bon, vous savez tout, maintenant. J'ai répondu à toutes vos questions. Je ne vous ai rien caché.

Mme Ramirez tendit les mains comme si elle s'attendait à ce que Méliès sorte de sa poche une paire de menottes.

— Interpellez-moi. Arrêtez-moi. Incarcérez-moi. Mais je vous en prie, laissez mon mari en paix. C'est un brave homme. Il ne supportait simplement pas l'idée d'un monde sans fourmis. Il a voulu sauver une richesse planétaire menacée par une poignée de savants fous d'orgueil. S'il vous plaît, laissez Arthur en paix. De toute façon il est déjà condamné par le cancer.

167. PAS DE NOUVELLES, MAUVAISES NOUVELLES

Quelles sont les nouvelles de la croisade ?

Plus de nouvelles.

Comment ça, plus de nouvelles ? Aucun moucheron messager n'a atterri en provenance de l'Orient ?

Chli-pou-ni ramène ses antennes près de ses labiales et les lave avec insistance. Elle pressent que les choses ne se passent pas aussi simplement qu'elle le souhaitait. Peut-être que les fourmis sont épuisées à force de tuer des Doigts ?

La reine Chli-pou-ni demande si le problème « rebelles » est enfin réglé.

Une soldate répond qu'elles sont désormais deux ou trois cents et qu'il est difficile de les repérer.

168. ENCYCLOPÉDIE

11e Commandement : Cette nuit j'ai fait un rêve étrange. J'imaginais que Paris était mis en pot

transparent par une grande pelle. Une fois dans le pot, tout était secoué, si bien que la pointe de la tour Eiffel venait percuter le mur de mes toilettes. Tout était renversé, je roulais au plafond, des milliers de piétons s'écrasaient contre ma fenêtre close. Les voitures percutaient les cheminées, les réverbères sortaient des planchers. Les meubles roulaient et je m'enfuyais de mon appartement. Dehors tout était sens dessus dessous, l'Arc de triomphe était en morceaux, Notre-Dame de Paris à l'envers, avec ses tours profondément fichées dans la terre. Des wagons de métro jaillissaient du sol éventré pour cracher leur confiture humaine. Je courais au milieu des décombres et j'arrivais devant une gigantesque paroi de verre. Derrière, il y avait un œil. Un seul œil, grand comme le ciel entier, et qui m'observait. A un moment, l'œil, voulant voir ma réaction, se mit à taper avec ce que je pense être une cuillère géante contre la paroi. Un bruit de cloche assourdissant retentit. Toutes les vitres encore intactes dans les appartements explosèrent. L'œil me regardait toujours et il était cent fois plus grand qu'un soleil. Je n'aimerais pas que cela se produise. Depuis ce rêve, je ne vais plus chercher de fourmilières dans la forêt. Si les miennes meurent, je n'en installerai aucune autre. Ce rêve m'a inspiré un 11e commandement que je commencerai par appliquer sur moi avant de vouloir l'imposer à mon entourage : ne fais pas aux autres ce que tu n'as pas envie qu'on te fasse. Et par le mot « autres », j'entends « tous » les autres.

Edmond Wells,
Encyclopédie du savoir relatif et absolu, tome II.

169. EN PAYS BLATTE

Un chat voit passer un curieux animal volant. Il le frappe à travers la grille du balcon. Le scarabée

« Grande Corne » tombe. 103e a juste le temps de sauter avant qu'il ne touche le sol.

Elle encaisse le choc dans les pattes. Treize étages, c'est quand même haut.

Le scarabée, lui, a moins de chance. Sa lourde carcasse explose au sol. C'en est fini du valeureux « Grande Corne », splendide combattant aérien.

La chute de 103e a été amortie par une large poubelle remplie d'ordures. Elle n'a toujours pas lâché son cocon.

Elle marche sur la surface crevassée et multicolore de la poubelle. Quel lieu mirifique ! Tout ici est comestible et elle en profite pour se sustenter. Ça sent fort une multitude d'arômes et de pestilences qu'elle n'a pas le temps d'identifier.

Là-haut, sur un livre de cuisine déchiré, elle a repéré une silhouette furtive. Il y en a plusieurs. Il y a là des milliers de silhouettes qui la surveillent de biais. Leurs longues antennes se multiplient.

Il y a donc des insectes qui vivent au pays des Doigts !

Elle les reconnaît. Ce sont des blattes.

Il y en a partout. Elles sortent d'une boîte de conserve, d'une pantoufle crevée, d'un rat endormi, d'un paquet de lessive aux enzymes gloutonnes, d'un pot de yaourt au bifidus actif, d'une pile électrique cassée, d'un ressort, d'un sparadrap rougi, d'une boîte de tranquillisants, d'une boîte de somnifères, d'une boîte d'euphorisants, d'une boîte de surgelés qui a dépassé sa date limite de fraîcheur et qui a donc été jetée intacte, d'une boîte de sardines sans queues ni têtes. Les blattes encerclent 103e. La fourmi n'en a jamais vu d'aussi grosses. Elles ont des élytres bruns et de très longues antennes courbes sans articulations. Elles sentent mauvais, moins mauvais que les punaises puantes, mais ont un relent nauséeux plus âcre, plus nuancé dans les tonalités olfactives de la pourriture.

Leurs flancs sont transparents et on distingue à travers la chitine translucide les viscères palpitants, les battements cardiaques, les giclées de sang projetées dans les fines artères. 103e est impressionnée.

Une vieille blatte aux émanations fétides (tendance miellat rance), aux élytres jaunâtres et aux pattes couvertes de petits crochets, s'adresse à 103e en langage olfactif.

Elle lui demande ce qu'elle vient faire là.

103e lui répond qu'elle cherche à rencontrer les Doigts dans leur nid.

Les Doigts ! Toutes les blattes semblent se moquer d'elle.

Elle a bien dit les... Doigts ?

Oui, qu'y a-t-il de si étonnant ?

Les Doigts sont partout. Il n'est pas difficile de les rencontrer, énonce la vieille blatte.

Pouvez-vous me mener dans l'un de leurs nids ? demande la fourmi.

La vieille blatte s'approche.

Sais-tu vraiment qui sont les... Doigts ?

103e fait face.

Ce sont des animaux géants.

103e ne comprend pas ce que la blatte veut lui faire émettre.

L'ancienne lui donne enfin sa réponse :

Les Doigts sont nos esclaves.

103e a du mal à le croire. Les Doigts géants seraient esclaves de petites blattes répugnantes ?

Expliquez-vous.

La vieille blatte raconte comment les blattes ont appris aux Doigts à leur déverser tous les jours des tonnes de vivres divers. Les Doigts leur procurent des abris, de la nourriture et même de la chaleur. Ils sont à leurs ordres et aux petits soins avec elles.

Tous les matins, les blattes ont à peine savouré quelques en-cas parmi les montagnes d'offrandes livrées par des Doigts que d'autres Doigts viennent évacuer les plats. Si bien qu'il y a toujours à manger — et à profusion — de la nourriture très fraîche de premier choix.

D'autres blattes racontent qu'avant, elles vivaient en forêt elles aussi, et puis elles ont découvert le pays des Doigts et s'y sont installées. Depuis, elles n'ont même plus besoin de chasser pour se nourrir. Les aliments offerts par les Doigts sont sucrés, riches en graisses, diversifiés et... surtout immobiles.

Cela fait bien quinze ans que notre plus lointain ancêtre n'a pas eu à poursuivre de petit gibier. Tout tombe tout frais tous les jours, servi par les Doigts, affirme une grosse blatte au dos noir.

Vous parlez aux Doigts ? demande 103e, interloquée par ce qu'elle perçoit mais aussi par ce qu'elle est bien forcée de voir : des amoncellements de nourriture !

La vieille blatte explique qu'on n'a pas besoin de leur parler. Ils obéissent avant qu'aucune blatte n'ait eu besoin d'insister.

Quoique ! Une fois, les offrandes étaient arrivées un peu plus tard. Les blattes avaient manifesté leur contrariété en tapant de l'abdomen contre le mur et, le lendemain, la nourriture avait enfin été amenée à l'heure. En général, les ordures sont descendues tous les jours.

Pouvez-vous me mener à leur nid ? émet la fourmi.

Conciliabule. Elles ne semblent pas toutes d'accord. La vieille blatte émet le résultat de la concertation.

Nous ne te conduirons à leur nid que si tu es capable d'affronter l'« épreuve sublime ».

L'épreuve sublime ?

Les blattes guident la soldate vers la salle du vide-ordures, dans le premier sous-sol de l'immeuble. Là, s'étale un coin-débarras bourré de vieux meubles, d'appareils ménagers, de cartons.

Elles guident 103e vers un endroit précis.

Qu'est-ce que c'est que cette « épreuve sublime » ?

Une blatte lui répond qu'essentiellement, l'opération consiste à rencontrer quelqu'un.

Quelqu'un, qui ça ? Un adversaire ?

Oui, un adversaire bien plus costaud que toi, répond une blatte, sibylline.

Elles marchent en file indienne.

On amène la fourmi à cet endroit précis. Là, 103e

voit une autre fourmi aux poils de la tête ébouriffés. C'est une soldate à l'allure farouche. Celle-ci aussi est entourée de blattes.

103e lance ses antennes en avant et s'aperçoit d'une première anomalie : la fourmi ne possède strictement aucune odeur passeport ! C'est sûrement une mercenaire habituée au combat au corps à corps car ses pattes et son thorax sont éraflés d'une multitude de coups de mandibules.

Elle ne sait pas pourquoi, cette fourmi qu'on lui présente en ces circonstances étranges lui est tout de suite antipathique. Pas d'odeur, des allures de traîne-la-faim, une manière de marcher assez prétentieuse, des poils de pattes qui n'ont pas dû être léchés depuis deux jours, voilà une fourmi vraiment peu amène !

Qui est cet individu ? demande 103e aux blattes qui guettent avec intérêt ses réactions.

Quelqu'un qui a insisté pour te rencontrer, toi précisément, lui répond-on.

103e se pose des questions. Pourquoi cette fourmi veut-elle la rencontrer et pourquoi, maintenant, ne lui parle-t-elle pas ? 103e teste quelque chose : elle fait semblant de dodeliner de la tête puis tout d'un coup, elle ouvre largement ses mandibules en position d'intimidation. L'autre va-t-elle se soumettre, ou relèvera-t-elle le défi ? A peine s'est-elle mise en position de combat à la mandibule que l'autre a dégainé de même ses deux sabres labiaux.

Qui es-tu ?

Pas de réponse. L'autre a juste levé ses antennes.

Que fais-tu ici ? Es-tu de la croisade ?

Il va encore falloir se battre.

103e tente une intimidation plus forte en basculant son abdomen sous son thorax, en position tir d'acide rapproché. L'autre n'est pas censée savoir que sa réserve de poison est vide.

En face, la fourmi réagit pareillement. Les deux représentantes de la civilisation myrmécéenne se tiennent en respect à la plus grande curiosité des blattes. 103e comprend mieux maintenant l'épreuve.

En fait, les blattes veulent assister à un duel de fourmis et la gagnante sera admise dans leur tribu.

103e n'aime pas tuer des fourmis mais elle sait que sa mission est plus importante (une blatte a consenti à lui garder le cocon durant l'épreuve). Et puis, elle trouve cet individu en face d'elle de plus en plus patibulaire. Qui est-elle, cette prétentieuse qui ne parle pas et qui n'a même pas reconnu 103e, la première fourmi à avoir atteint le bout du monde ?

Je suis 103 683e !

L'autre dresse à nouveau ses antennes mais ne répond toujours pas. Elles restent toutes deux en position de tir.

On ne va pas se tirer dessus, quand même, émet 103e en se disant que l'autre a sûrement sa poche à acide pleine.

Elle écoute son corps et sent qu'il lui reste une dernière petite goutte au fond de la sienne. Si elle tire vite, elle aura peut-être l'avantage de la surprise.

Elle propulse sa goutte de toute la puissance de ses muscles abdominaux.

Mais, pure coïncidence, l'autre tire exactement au même moment, si bien que les deux gouttes s'annulent et tombent au ralenti. (Au ralenti ? On n'a jamais vu de l'air faire glisser du liquide, mais elle n'y fait pas attention.) 103e charge, toutes mandibules ouvertes, et se heurte contre quelque chose de dur. La pointe des mandibules de l'adversaire frappe très précisément la pointe de ses mandibules !

103e réfléchit. Son adversaire semble rapide, coriace, et sait anticiper ses coups au point de les bloquer à la seconde et à l'endroit exacts où elle veut les assener.

Dans ces conditions, une confrontation n'est pas souhaitable.

Elle se retourne vers les blattes et annonce qu'elle refuse de se battre contre cette fourmi car c'est une rousse, comme elle.

Il faudra nous accepter toutes les deux ou n'en accepter aucune.

Les blattes ne sont pas surprises par ce discours.

Elles lui annoncent simplement qu'elle a remporté l'épreuve. 103e ne comprend pas. Alors elles lui expliquent. En fait, il n'y avait pas d'adversaire, il n'y a jamais eu d'adversaire en face d'elle. Sa seule interlocutrice a toujours été elle-même.

103e ne comprend toujours pas.

Les blattes ajoutent alors qu'elle a été placée devant un mur magique, recouvert d'une substance qui fait exister « soi-même en face ».

Cela permet d'apprendre beaucoup de choses sur les étrangers. Et notamment, comment ils s'estiment eux-mêmes, dit la vieille blatte.

Quelle meilleure manière de juger quelqu'un que de le mettre dans une situation où il avoue franchement comment il réagirait face à sa propre apparition ?

Les blattes avaient découvert ce mur magique par hasard. Les réactions avaient été intéressantes. Certains individus se battaient des heures durant contre leur propre image, d'autres s'insultaient. La plupart jugeaient l'animal qui apparaissait devant eux « digne d'être agressé » car il n'avait pas d'odeur ou en tout cas pas les mêmes odeurs qu'eux.

Peu essayaient de fraterniser d'emblée avec leur propre reflet.

On demande aux autres de nous accepter et on ne s'accepte pas soi-même..., philosopha la vieille blatte. Comment peut-on avoir envie d'aider quelqu'un qui n'est pas prêt à s'aider lui-même ? Comment peut-on apprécier quelqu'un qui ne s'apprécie pas ?

Les blattes sont très fières d'avoir inventé l'« épreuve sublime ». Selon elles, il n'existe aucun animal de l'infiniment petit ou de l'infiniment grand qui puisse résister à la vision de sa propre personne.

103e revient vers le miroir en même temps que son double.

Elle n'a évidemment jamais vu de glace. Un instant, elle se dit que c'est sûrement le plus grand prodige auquel elle a assisté. Un mur qui fait apparaître un autre soi-même, bougeant simultanément !

Elle a peut-être sous-estimé les blattes. Si elles

sont capables de fabriquer des murs magiques, elles sont peut-être vraiment les maîtres des Doigts !

Comme tu as fini par t'accepter, nous t'acceptons, comme tu as fini par vouloir t'aider, nous t'aiderons, annonce la vieille blatte.

170. LE REPOS DES GUERRIERS

Laetitia Wells marchait à côté de Jacques Méliès dans la rue Phoenix. Taquine, elle lui prit le bras.

— J'ai été surprise que vous vous soyez montré si raisonnable. J'étais convaincue que vous alliez arrêter sur-le-champ ce gentil vieux couple. En général, les policiers sont assez obtus et plutôt à cheval sur la procédure.

Il se dégagea.

— La psychologie humaine n'a jamais été votre fort.

— Quelle mauvaise foi !

— C'est normal, vous détestez les humains ! Vous n'avez jamais essayé de me comprendre. Vous ne voyez en moi qu'un benêt qu'il faut sans cesse ramener sur les voies de la raison.

— Mais vous n'êtes qu'un gros benêt !

— Même si je suis un benêt, ce n'est pas à vous de me juger. Vous êtes pleine d'a priori. Vous n'aimez personne. Vous haïssez tous les hommes. Pour vous plaire, mieux vaut être doté de six jambes que de deux, de mandibules que de lèvres ! (Il affronta le regard mauve, à présent durci.) Espèce d'enfant gâtée ! Toujours à vous vanter d'avoir raison ! Même quand j'ai tort, je reste humble, moi.

— Vous n'êtes qu'un...

— Qu'un homme fatigué et qui s'est montré beaucoup trop patient envers une journaliste qui passe son temps à le démolir, histoire de se faire mousser auprès de ses lecteurs.

— Inutile de m'insulter, je pars.

— C'est ça, c'est tellement plus facile de fuir que d'écouter la vérité. Et vous partez pour aller où ?

Pour vous précipiter sur votre machine à écrire et étaler cette histoire au grand jour ? Moi, je préfère être un policier qui se trompe qu'une journaliste qui a raison. J'ai laissé les Ramirez en paix, mais à cause de vous, rien que parce que vous adorez faire votre intéressante, ils risquent quand même de finir leurs jours derrière les barreaux !

— Je ne vous permets pas...

Elle allait le gifler. Il intercepta son poignet d'une main chaude et ferme. Leurs regards se heurtèrent, prunelles noires contre prunelles mauves. Forêt d'ébéniers contre océan tropical. Ils eurent aussitôt envie d'éclater de rire et, ensemble, ils rirent. A gorge déployée.

Quoi ! Ils venaient de résoudre l'énigme de leur vie, d'entrer en contact avec un autre monde, parallèle et merveilleux, un monde où les hommes fabriquaient des robots solidaires, communiquaient avec des fourmis, maîtrisaient le crime parfait. Et ils étaient là, dans cette triste rue Phoenix, à se chamailler comme des enfants alors qu'ensemble, main dans la main, ils auraient dû mettre en commun leurs pensées, réfléchir à ces instants hors du temps !

Laetitia perdit l'équilibre et, pour mieux rire, s'assit sur le trottoir. Il était trois heures du matin. Ils étaient jeunes, ils étaient joyeux, et ils n'avaient pas sommeil.

La première, elle reprit son souffle.

— Pardon ! dit-elle. J'ai été sotte.

— Non, pas toi. Moi.

— Si, moi.

De nouveau, le rire les submergea. Un fêtard attardé qui rentrait chez lui un peu éméché considéra, apitoyé, ce jeune couple de sans-abri qui n'avait que le trottoir pour s'ébattre. Méliès aida Laetitia à se relever.

— Allons-nous-en.

— Pour quoi faire ? demanda-t-elle.

— Tu ne veux tout de même pas passer la nuit sur le pavé ?

— Pourquoi pas ?

— Laetitia, ma si raisonnable, que t'arrive-t-il ?
— Il m'arrive que j'en ai assez d'être si raisonnable. Ce sont les déraisonnables qui ont raison, je veux être comme tous les Ramirez du monde !

Il l'attira dans une encoignure, sous un porche, pour éviter que la rosée du matin ne détrempe sa chevelure soyeuse et son corps si délicat sous le mince ensemble noir.

Ils étaient tout proches. Sans ciller, il avança sa main pour lui caresser le visage. Elle se déroba.

171. UNE HISTOIRE D'ESCARGOT

Nicolas s'agitait dans son lit.

— Maman, je n'arrive pas à me pardonner de m'être fait passer pour le dieu des fourmis. Quelle erreur ! Comment la réparer ?

Lucie Wells se pencha au-dessus de lui :

— Qu'est-ce qui est bien, qu'est-ce qui est mal, et qui peut en décider ?

— Evidemment que c'est mal. J'ai tellement honte. J'ai commis la pire bêtise qu'on puisse imaginer.

— On ne sait jamais avec certitude ce qui est bon et ce qui est mauvais. Tu veux que je te raconte une histoire ?

— S'il te plaît, Maman !

Lucie Wells s'assit au chevet de son fils.

— C'est un conte chinois. Il était une fois deux moines qui se promenaient dans le jardin d'un monastère taoïste. Soudain, l'un des deux aperçut par terre un escargot traversant leur chemin. Son compagnon était sur le point de l'écraser par inadvertance quand il le retint à temps. Se baissant, il ramassa l'animal. « Regarde, nous avons failli tuer cet escargot. Or cette bête représente une vie et, à travers elle, un destin qui doit se poursuivre. Cet escargot doit survivre et continuer ses cycles de réincarnation. » Et, délicatement, il reposa l'escargot dans l'herbe. « Inconscient ! s'exclama, furieux, l'autre moine. En sauvant ce stupide escargot, tu mets en péril les salades que notre jardinier cultive avec tant de soin. Pour sauver on ne sait quelle vie, tu anéantis l'œuvre d'un de nos frères. »

Tous deux se disputèrent alors sous l'œil curieux d'un autre moine qui passait par là. Comme ils n'arrivaient pas à se mettre d'accord le premier moine proposa : « Allons référer de cette affaire au grand prêtre, lui seul sera assez sage pour décider qui de nous deux a raison. » Ils se rendirent donc chez le grand prêtre, toujours suivis par le troisième, intrigué par cette affaire. Le premier moine raconta comment il avait sauvé un escargot et donc préservé une vie sacrée, recelant des milliers d'autres existences futures ou passées. Le grand prêtre l'écouta, hocha la tête, puis énonça : « Tu as fait ce qu'il convenait de faire. Tu as eu raison. » Le second moine bondit. « Comment ? Sauver un escargot dévoreur de salades, dévastateur de légumes, serait une bonne chose ? Il fallait au contraire écraser l'escargot pour protéger ce potager grâce auquel nous avons chaque jour de bonnes choses à manger ! » Le grand prêtre écouta, hocha la tête et énonça : « C'est vrai. C'est ce qu'il aurait convenu de faire. Tu as raison. » Le troisième moine, qui était resté silencieux jusque-là, s'avança : « Mais leurs points de vue sont diamétralement opposés ! Comment pourraient-ils avoir raison tous les deux ? » Le grand prêtre considéra longuement ce troisième intervenant. Il réfléchit, hocha la tête et énonça : « C'est vrai. Toi aussi, tu as raison. »

Sous le drap, Nicolas ronflait doucement, apaisé. Tendrement, Lucie le borda.

172. ENCYCLOPÉDIE

ECONOMIE : ***Jadis, les économistes estimaient qu'une société saine est une société en expansion. Le taux de croissance servait de thermomètre pour mesurer la santé de toute structure : Etat, entreprise, masse salariale. Il est cependant impossible de toujours foncer en avant, tête baissée. Le***

temps est venu de stopper l'expansion avant qu'elle ne nous déborde et ne nous écrase. L'expansion économique ne saurait avoir d'avenir. Il n'existe qu'un seul état durable : l'équilibre des forces. Une société, une nation ou un travailleur sains sont une société, une nation ou un travailleur qui n'entament pas et ne sont pas entamés par le milieu qui les entoure. Nous ne devons plus viser à conquérir mais au contraire à nous intégrer à la nature et au cosmos. Un seul mot d'ordre : harmonie. Interpénétration harmonieuse entre monde extérieur et monde intérieur. Sans violence et sans prétentions.
Le jour où la société humaine n'éprouvera plus de sentiment de supériorité ou de crainte devant un phénomène naturel, l'homme sera en homéostasie avec son univers. Il connaîtra l'équilibre. Il ne se projettera plus dans le futur. Il ne se fixera pas d'objectifs lointains. Il vivra dans le présent, tout simplement.

Edmond Wells,
Encyclopédie du savoir relatif et absolu, tome II.

173. ÉPOPÉE DANS UN ÉGOUT

Elles escaladent un couloir rugueux. 103e serre entre ses mandibules le cocon à papillon de la mission Mercure. Lente est cette montée. Parfois, une lumière éclaire d'en haut l'interminable corridor. Les blattes font alors signe à la fourmi de se plaquer contre la paroi et de ramener ses antennes en arrière. En vérité, elles connaissent bien le pays des Doigts. Car aussitôt après le signal lumineux, on entend un vacarme épouvantable et une masse lourde et odorante tombe à pic dans le couloir vertical.

— Tu as jeté le sac-poubelle dans le vide-ordures, chéri ?
— Oui. C'était le dernier. Il faudra que tu penses à

en acheter d'autres, et de plus grands. Ceux-ci étaient vraiment de trop faible contenance.

Les insectes progressent, appréhendant de nouvelles avalanches.

Où me conduisez-vous ?

Là où tu veux aller.

Elles franchissent plusieurs étages, puis s'arrêtent.

C'est là, dit la vieille blatte.

Vous m'accompagnez ? demande 103e.

Non. Un proverbe blatte dit « Chacun ses problèmes ». Débrouille-toi avec l'aide de toi-même. Tu es ta meilleure alliée.

Là-dessus, l'ancienne lui indique une anfractuosité dans la trappe du vide-ordures par laquelle 103e déboucherait directement sur l'évier de la cuisine.

103e s'y engage en serrant fort son cocon.

Mais qu'est-ce que je suis venue faire ici ? se demande-t-elle. Elle qui a si peur des Doigts, elle se balade à l'intérieur même de leur nid !

Elle est cependant si loin de sa cité, si loin de son monde, qu'elle sait que le mieux à faire est encore d'avancer, toujours avancer.

La fourmi marche dans ce pays étrange où tout a des formes géométriques d'une régularité absolue. Elle découvre la cuisine en grignotant une miette de pain qui traîne.

Pour se donner du courage, la dernière survivante de la croisade chantonne un petit air belokanien :

Vient un instant où
Le feu affronte l'eau
Le ciel affronte la terre
Le haut affronte le bas
Le petit affronte le grand
Vient un instant où le simple affronte le multiple
Le cercle affronte le triangle
Le noir affronte l'arc-en-ciel

Mais tout en fredonnant cette mélopée, elle sent à nouveau la peur qui la saisit et ses pas se font tremblants. Lorsque le feu affronte l'eau, la vapeur gicle ; lorsque le ciel affronte la terre, la pluie inonde tout ; lorsque le haut affronte le bas, le vertige est au rendez-vous...

174. CONTACT COUPÉ

— J'espère que ta bévue n'aura pas trop de conséquences.

Après l'incident « divin », ils avaient décidé de détruire la machine « Pierre de Rosette ». Nicolas était certes repentant, mais il valait mieux le préserver de toute nouvelle velléité divine. Après tout, c'était un enfant. Si la faim le tenaillait trop, il était capable de commettre encore des bêtises.

Jason Bragel sortit le cœur de l'ordinateur et tous le piétinèrent résolument jusqu'à ce qu'il n'en reste que des miettes.

« Contact avec les fourmis définitivement coupé », pensèrent-ils.

Il était dangereux de se vouloir trop puissant dans un monde si fragile. Edmond Wells avait raison. Il était trop tôt et la moindre erreur pouvait avoir des effets dévastateurs pour toute leur civilisation.

Nicolas regarda son père droit dans les yeux.

— Ne t'inquiète pas, Papa. Elles n'ont sûrement pas compris grand-chose à tout ce que je leur ai raconté.

— Espérons, mon fils. Espérons.

Les Doigts sont nos dieux, vocifère en une ardente phéromone une rebelle jaillissant du mur. Aussitôt, une soldate bascule son abdomen sous son thorax et tire. La déiste s'effondre. Dans un réflexe ultime, la rebelle dispose son corps fumant en une croix à six branches.

175. LE YIN ET LE YANG

Au matin, Laetitia Wells et Jacques Méliès s'acheminèrent sans se presser vers l'appartement de la jeune journaliste. Par chance, il était tout proche. Comme les Ramirez, comme son oncle autrefois, elle avait choisi d'habiter en lisière de la forêt de Fontainebleau. Son quartier était cependant bien plus avenant que celui de la rue Phoenix. Ici, il y avait des rues piétonnières avec leurs commerces de luxe, de nombreux espaces verts et même un terrain de minigolf, et un bureau de poste bien sûr.

Dans le salon, ils se débarrassèrent de leurs vêtements humides et s'affalèrent sur les fauteuils.

— Tu as encore sommeil ? demanda gentiment Méliès.

— Non, moi, j'ai quand même un peu dormi.

Lui, seules ses nombreuses courbatures témoignaient de cette nuit où il n'avait pas fermé l'œil, trop occupé à contempler Laetitia. Son esprit était vif, prêt pour de nouvelles énigmes, de nouvelles aventures. Qu'elle lui propose seulement d'autres dragons à terrasser !

— Un peu d'hydromel ? Boisson des dieux de l'Olympe et des fourmis...

— Ah, ne prononce plus jamais ce mot-là. Je ne veux plus jamais, jamais, jamais entendre parler de fourmis.

Elle vint se percher sur le bras de son fauteuil. Ils trinquèrent.

— Fin de l'enquête sur les chimistes terrorisés et adieu aux fourmis !

Méliès soupira.

— Je suis dans un état... Je me sens incapable de dormir, je suis en même temps trop las pour travailler. Si on faisait une partie d'échecs, comme au bon temps où, dans la chambre de l'hôtel Beau Rivage, on guettait les fourmis ?

— Plus de fourmis ! rit Laetitia.

« Jamais je n'ai autant ri en si peu de temps », pensèrent-ils en même temps.

— J'ai une meilleure idée, fit la jeune femme. Les dames chinoises. Voilà un jeu qui ne consiste pas à détruire les pièces de l'adversaire mais à les utiliser pour faire progresser plus rapidement les siennes.

— Espérons que ce n'est pas trop compliqué, vu le ramollissement de mon cerveau. Apprends-moi toujours.

Laetitia Wells alla chercher un plateau de marbre de forme hexagonal sur lequel était gravée une étoile à six branches.

Elle énonça les règles du jeu :

— Chaque pointe de l'étoile constitue un camp rempli de dix billes de verre. Chaque camp a sa couleur. Le but est d'amener le plus rapidement possible ses billes dans le camp situé juste en face. On avance en sautant ses propres billes ou celles de l'adversaire. Il suffit que la case soit libre derrière une bille pour la sauter. On peut sauter autant de billes qu'on veut et dans tous les sens tant qu'il y a un espace pour rebondir.

— Et si on ne trouve pas de billes à sauter ?

— On peut avancer case par case dans tous les sens.

— On s'empare des billes sautées ?

— Non, contrairement aux dames classiques, on ne détruit rien. On s'adapte simplement à la géographie des espaces libres afin de trouver le chemin qui conduira le plus rapidement possible au camp d'en face.

Ils entamèrent la partie.

Laetitia s'aménagea bientôt une sorte de chemin, formé de billes espacées d'une case. L'une après l'autre, ses pièces empruntèrent cette autoroute pour aller le plus loin possible.

Méliès agit de même. A l'issue de la première partie, il avait amené toutes ses pièces dans le camp de la journaliste. Toutes, sauf une. Une retardataire oubliée. Le temps qu'il ramène cette isolée, la jeune femme avait comblé tout son retard.

— Tu as gagné, reconnut-il.

— Pour un débutant, je reconnais que tu t'es très

bien débrouillé. Maintenant, tu sauras qu'il ne faut surtout pas oublier une bille. Il faut songer à les évacuer au plus vite, toutes, sans en omettre une seule.

Il ne l'écoutait plus. Il contemplait le damier, comme hypnotisé.

— Jacques, tu ne te sens pas bien ? s'inquiéta-t-elle. Evidemment, après une nuit pareille...

— Ce n'est pas ça. Je me sens on ne peut mieux. Mais regarde ce jeu, regarde-le bien.

— Je le regarde, et alors ?

— Et alors ! s'exclama-t-il. Mais c'est la solution !

— Je croyais que nous avions déjà trouvé toutes les solutions.

— Pas celle-ci, insista-t-il. Pas celle de la dernière énigme de Mme Ramirez. Tu te souviens : comment fabriquer six triangles avec six allumettes ? (Elle scruta vainement l'hexagone.) Regarde encore. Il suffit de disposer les allumettes en étoile à six branches. Celle qui est représentée sur ce jeu. Avec les deux triangles qui s'interpénètrent !

Laetitia examina plus attentivement le damier.

— Cette étoile, c'est l'étoile de David, dit-elle. Elle symbolise la connaissance du microcosme, unie à celle du macrocosme. Les épousailles de l'infiniment grand et de l'infiniment petit.

— J'aime bien ce concept, fit-il en rapprochant son visage du sien.

Ils restèrent ainsi, leurs joues se frôlant, à contempler le damier.

— On pourrait aussi appeler cela l'union du ciel et de la terre, remarqua-t-il. Dans cette figure géométrique idéale, tout se complète, se mêle, se marie. Les zones s'interpénètrent en conservant leur spécificité. C'est le mélange du haut et du bas.

Ils firent assaut de comparaisons.

— Du yin et du yang.

— De la lumière et des ténèbres.

— Du bien et du mal.

— Du froid et du chaud.

Laetitia plissa le front à la recherche d'autres contrastes.

— De la sagesse et de la folie ?
— Du cœur et de la raison.
— De l'esprit et de la matière.
— De l'actif et du passif.
— L'étoile, résuma Méliès, est comme ta partie de dames chinoises où chacun part de son point de vue pour adopter ensuite celui de l'autre.
— D'où la phrase clef de l'énigme : « Il faut penser de la même manière que l'autre », dit Laetitia. Mais j'ai encore des associations d'idées à te proposer. Que penses-tu de « l'union de la beauté et de l'intelligence » ?
— Et toi, du masculin et du... féminin ?
Il approcha plus près encore sa joue, que hérissait une barbe naissante, de celle, si veloutée, de Laetitia. Il osa passer ses Doigts dans la chevelure de soie.
Cette fois-ci, elle ne le repoussa pas.

176. UN MONDE SURNATUREL

103e descend de l'évier, se traîne sur les rebords de l'aspirateur, prend le couloir, escalade une chaise, rampe sur un mur, se cache derrière un tableau, ressort, redescend, grimpe sur les rebords escarpés de la cuvette des W-C.
Il y a un petit lac au fond, mais elle n'a pas envie d'y descendre. Elle va dans la salle de bains, hume l'odeur mentholée d'un tube de dentifrice mal rebouché, le parfum sucré de l'après-rasage, gambade sur un savon de Marseille, glisse dans un flacon de shampooing aux œufs et évite de justesse de s'y noyer.
Elle en a assez vu. Il n'y a pas le moindre Doigt dans ce nid.
Elle reprend la route.
Elle est seule. Elle se dit qu'elle représente l'aboutissement le plus simple et le plus réduit de la croisade. Tout se ramène finalement à un individu. Et elle a encore ce choix : être pour ou contre les Doigts.
103e peut-elle, seule, les détruire tous ?
Sûrement. Mais ça ne sera pas facile.

Déjà que les croisées ont été obligées de se mettre à trois mille pour tuer un seul de ces géants !

Plus elle y pense, plus elle se dit qu'elle doit renoncer à l'idée de massacrer à elle seule tous les Doigts de la Terre.

Elle arrive devant un aquarium à poissons et reste de longues minutes collée à la paroi, à regarder évoluer ces drôles d'oiseaux multicolores et nonchalants, irisés de couleurs fluorescentes.

103e passe ensuite sous la porte d'entrée, emprunte l'escalier principal, monte un étage.

Elle entre dans un second appartement et reprend ses investigations : la salle de bains, la cuisine, le salon. Elle se perd dans la trappe du magnétoscope, visite un instant les composants électroniques, ressort, pénètre dans une chambre. Personne. Pas le moindre Doigt à l'horizon.

Elle retrouve un passage par le vide-ordures et gravit encore un étage. Cuisine, salle de bains, salon. Personne. Elle s'arrête, crache une phéromone et y inscrit ses observations sur les mœurs doigtières :

Phéromone : Zoologie
Thème : Les Doigts
Saliveuse : 103 683e
Date : an 100 000 667

Les Doigts semblent avoir tous des nids de configuration similaire. Ce sont de larges cavernes en roche increusable. Elles sont en forme de cubes et s'empilent les unes sur les autres. Ces cavernes sont le plus souvent tièdes. Le plafond est blanc et le plancher recouvert d'une sorte de gazon coloré. Ils ne viennent que rarement y vivre.

Elle sort sur le balcon, escalade la façade en utilisant les puvilis adhésifs de ses pattes et débouche sur un nouvel appartement semblable aux précédents. Elle entre dans le salon. Là, des Doigts apparaissent enfin. Elle s'avance. Ils la poursuivent pour la tuer.

103e n'a que le temps de fuir en serrant fort son cocon.

177. ENCYCLOPÉDIE

ORIENTATION : *La plupart des grandes épopées humaines ont eu lieu d'est en ouest. De tout temps, l'homme a suivi la course du soleil, s'interrogeant sur le lieu où s'abîmait la boule de feu. Ulysse, Christophe Colomb, Attila... tous ont cru qu'à l'ouest était la solution. Partir vers l'ouest, c'est vouloir connaître le futur.*

Cependant, si certains se sont demandé « où » il allait, d'autres ont voulu savoir « d'où » il venait. Aller vers l'est, c'est vouloir connaître les origines du soleil mais aussi ses siennes propres. Marco Polo, Napoléon, Bilbo le Hobbit (un des héros du Seigneur des Anneaux *de Tolkien) sont des personnages de l'Est. Ils ont cru que s'il y avait quelque chose à découvrir, c'était là-bas, loin derrière, où tout commence y compris les journées.*

Dans la symbolique des aventuriers, il reste encore deux directions. En voici la signification. Aller vers le nord, c'est chercher des obstacles pour mesurer sa propre force. Aller vers le sud, c'est rechercher le repos et l'apaisement.

Edmond Wells,
Encyclopédie du savoir relatif et absolu, tome II.

178. ERRANCE

103e erre longtemps dans le monde surnaturel des Doigts en portant son précieux balluchon. Elle visite de nombreux nids. Parfois ils sont vides, parfois des Doigts la poursuivent pour la tuer.

Un moment, elle est tentée de renoncer à la mission Mercure. Ce serait tout de même dommage d'avoir accompli un si long trajet, produit tant d'efforts pour abandonner maintenant. Il faut qu'elle trouve des Doigts gentils. Des Doigts amicaux envers les fourmis.

103e visite près d'une centaine d'appartements. Il lui est facile de se nourrir. Quantité d'aliments traînent partout. Mais, seule dans ces espaces anguleux, elle se sent sur une autre planète où tout serait géométrique et orné de couleurs surnaturelles : blanc qui brille, marron mat, bleu électrique, orange vif, vert-jaune.

Déroutant pays !

Presque plus d'arbres, de plantes, de sable, d'herbes. Uniquement des objets ou des matériaux lisses et froids.

Presque aucune faune. Seulement quelques mites qui fuient à son approche, comme si elles redoutaient cette sauvageonne venue de la forêt.

103e se perd dans une serpillière, se débat dans une boîte de farine, explore des tiroirs aux contenus surprenants.

Plus aucun repère olfactif ou visuel. Que des formes mortes, des poudres mortes, des nids vides ou remplis de monstres.

En toute chose, il faut trouver le centre, affirmait Belo-kiu-kiuni. Mais comment situer un centre parmi cette multitude de nids cubiques qui se superposent ou se collent les uns aux autres ?

Et elle est seule, si seule, si loin des siennes !

Nostalgique, elle regrette la pyramide apaisante de Bel-o-kan, l'activité de ses sœurs, la chaleur douce des trophallaxies, le parfum séducteur des plantes qui réclament qu'on les ensemence, l'ombre rassurante des arbres. Comme ils lui manquent, ces rochers où il fait si bon se gaver d'énergie calorique, ces pistes phéromonales qui se faufilent entre les herbes !

Et, comme la croisade autrefois, 103e avance, toujours avance. Ses organes de Johnston sont brouillés par une foule d'ondes étranges : ondes électriques, ondes radio, ondes lumineuses, ondes magnétiques. Le monde par-delà le monde n'est qu'un tohu-bohu de fausses informations.

Elle erre d'un immeuble à l'autre, au gré d'un tuyau, d'une ligne téléphonique ou d'une corde à linge.

Rien. Aucun signal d'accueil. Les Doigts ne l'ont pas reconnue.

103e est déconcertée.

Lassée, elle en est aux « à quoi bon ? » et aux « pour quoi faire ? » quand soudain, elle repère d'insolites phéromones. Une fragrance de fourmi rousse des bois. Heureuse, elle fonce vers les miraculeux relents. Plus elle galope, plus elle reconnaît ce drapeau odorant : Giou-li-kan, le nid kidnappé par les Doigts peu avant le départ de la croisade !

Le parfum délicieux l'attire comme un aimant.

Oui. Le nid de Giou-li-kan est là, intact. Avec sa population intacte, elle aussi. Elle voudrait s'entretenir avec ses sœurs, les toucher, mais entre elles se dresse une paroi dure et transparente qui empêche tout contact. La Cité est enfermée dans un cube. Elle grimpe sur le toit. Là, il y a des trous, trop étroits pour se frotter les antennes, mais suffisants pour émettre au travers.

Les Gioulikaniennes lui disent comment elles ont été emportées vers ce nid artificiel. Depuis qu'elles y ont été installées de force, cinq Doigts les étudient. Non, ces Doigts ne sont pas agressifs. Ils ne tuent pas. Une fois cependant, il s'est produit un événement insolite. D'autres Doigts, qui ne leur étaient pas familiers ceux-là, les ont enlevées de nouveau, secouées sans ménagement et beaucoup de Gioulikaniennes sont mortes à cette occasion.

Mais depuis qu'elles ont été ramenées ici, elles n'ont plus connu de problèmes. Les cinq Doigts charmants les nourrissent, veillent sur elles, les protègent.

103e jubile. Aurait-elle enfin atteint ces interlocuteurs qu'elle recherche depuis si longtemps ?

Par odeurs et par gestes, les fourmis prisonnières du nid artificiel lui indiquent comment rejoindre ces Doigts « gentils ».

179. FRAGRANCE

Augusta Wells était dans la ronde communautaire. Tous poussaient le son OM et il se construisit une bulle spirituelle où ils allèrent se blottir les uns près des autres.

Là-haut, en suspension irréelle, à un mètre au-dessus de leurs têtes et à cinquante centimètres sous le plafond, on n'avait plus faim, on n'avait plus froid, on n'avait plus peur, on s'oubliait, on n'était juste qu'un peu de vapeur pensante en suspension.

Augusta Wells, pourtant, sortit précipitamment de la bulle. Elle se rematérialisa dans son corps de chair. Elle n'était pas assez concentrée. Quelque chose la préoccupait. Une idée parasite. Elle resta avec son esprit et son ego au sol. L'incident Nicolas lui donnait matière à réflexion.

Elle se disait que le monde des humains devait être très impressionnant pour une fourmi. Jamais les fourmis ne seront capables de comprendre ce qu'est une voiture, ou une machine à café, ou un composteur de tickets de train. C'est au-delà de leur imagination. Augusta Wells se dit que la distance entre l'univers fourmi et cet univers humain incompréhensible est peut-être la même que celle qui sépare l'univers humain d'une dimension supérieure (divine ?).

Il existe peut-être un Nicolas dans une dimension espace-temps supérieure. On se demande pourquoi Dieu agit ainsi mais en fait peut-être est-ce un gosse inconscient qui s'amuse par désœuvrement !

Quand lui dira-t-on qu'il est l'heure du goûter et qu'il faut qu'il arrête de jouer avec les humains ?

Augusta Wells était étourdie par cette idée et en même temps, excitée.

Si les fourmis sont incapables d'imaginer un composteur de tickets de train, quelles machines, quels concepts originaux doivent manipuler les dieux de l'espace-temps supérieur ?

Ce n'étaient que réflexions gratuites et inutiles. Elle se reconcentra et se retrouva dans la bulle douillette des esprits du groupe.

180. LE BUT SE RAPPROCHE

C'est rempli de bruits, d'odeurs et de chaleurs. Il y a des Doigts vivants ici, c'est évident.

103e se rapproche de la zone de bruits et des vibrations en essayant de ne pas trop se perdre dans la jungle de l'épaisse moquette rouge. Son chemin est semé d'obstacles mous. Une multitude de tissus chamarrés traînent par terre.

La dernière croisée grimpe sur la veste de Jacques Méliès, puis sur son pantalon, elle poursuit son chemin en piétinant un tailleur de soie noire, elle avance sur la chemise du commissaire, plus loin elle monte et descend les montagnes russes formées par le soutien-gorge de Laetitia Wells. Elle s'avance vers la zone de turbulences.

Face à elle, il y a un pan de couvre-lit tricoté, elle l'escalade. Plus elle monte, plus ça secoue. Il y a des parfums de Doigts, des chaleurs de Doigts, des bruits de Doigts, ils sont là-haut, c'est certain. Elle va enfin les retrouver. Elle décapsule son cocon de papillon et dégage son trésor. La mission Mercure touche à sa fin. Elle grimpe au sommet du lit.

Advienne que pourra.

Laetitia Wells ferma ses yeux mauves, elle ressentait l'énergie yang de son compagnon qui se mêlait à son énergie yin. Leurs corps liés dansaient en phase. Lorsque Laetitia rouvrit les yeux, elle sursauta. Pratiquement face à son nez se trouvait une fourmi qui brandissait entre ses mandibules un petit papier plié menu !

La vision avait de quoi la déconcentrer. Elle arrêta de bouger, se cabra, se dégagea.

Jacques Méliès fut surpris de cette brusque interruption.

— Qu'est-ce qui se passe ?

— Il y a une fourmi sur le lit !

— Elle a dû s'échapper de ton terrarium. On a eu assez de fourmis pour la journée, chasse-la et reprenons où nous nous étions arrêtés !

— Non, attends, celle-là n'est pas comme les autres. Elle a quelque chose d'extraordinaire.

— C'est l'un des robots d'Arthur Ramirez ?

— Non, c'est une fourmi bien vivante. Et tu ne me croiras peut-être pas, mais elle a un bout de papier plié entre ses mandibules et semble vouloir nous le donner !

Le commissaire bougonna mais consentit à vérifier l'information. Il vit en effet une fourmi qui transportait un morceau de papier plié.

103e distingue devant elle un vaisseau rempli de Doigts.

D'habitude l'animal doigtier se décompose en deux troupeaux de cinq Doigts. Or celui-ci doit être un animal supérieur car il est plus épais et dispose non pas de deux mais de quatre troupeaux de cinq Doigts. Soit vingt Doigts qui folâtrent à partir d'une structure racine rose.

103e s'avance et tend la lettre du bout des mandibules en essayant de ne pas se laisser submerger par la peur naturelle que lui inspirent ces entités extravagantes.

Elle repense à l'épisode de la bataille contre les Doigts de la forêt et a envie de fuir de toutes ses pattes. Mais ce serait trop bête de ne pas faire front alors qu'elle est sur le point de toucher au but.

— Vas-y, essaie de savoir ce qu'elle tient entre ses mandibules.

Jacques Méliès avança très lentement sa main vers la fourmi. Il murmura :

— Tu es sûre qu'elle ne va pas me mordre ou m'asperger d'acide formique ?

— Tu ne vas pas me dire que tu as peur d'une petite fourmi ? lui chuchota Laetitia à l'oreille.

Les Doigts se rapprochent et la peur l'envahit. 103e se remémore les leçons qu'on lui enseignait à Bel-o-kan lorsqu'elle était petite. Face à un prédateur, on doit oublier qu'il est le plus fort. Il faut penser à autre chose. Rester calme. Le prédateur s'attend toujours à ce qu'on fuie devant lui et il a un comportement adapté à votre fuite. Mais si vous restez là, en face, imperturbable, sans manifester de crainte, il se décontenance et n'ose pas attaquer.

Les cinq Doigts s'avancent posément à sa rencontre.

Ils ne semblent pas du tout décontenancés.

— Surtout, ne l'effarouche pas ! Attends, ralentis, sinon elle va s'enfuir.

— Je suis certain que si elle ne bouge pas, c'est parce qu'elle attend que je sois tout près pour me mordre.

Il continua néanmoins à glisser sa main à vitesse lente mais régulière.

Les Doigts qui s'approchent d'elle semblent indolents. Pas le moindre signe de comportement hostile. Méfiance. Ce doit être un traquenard. Mais 103e se conjure de ne pas s'enfuir.

Ne pas avoir peur. Ne pas avoir peur. Ne pas avoir peur. Allons, se dit-elle, *je suis venue de très loin pour les rencontrer et voilà que maintenant qu'ils sont là, je n'ai qu'une envie : prendre mes six pattes à mon cou et me débiner ! Courage, 103e, tu les as déjà affrontés et tu n'en es pas morte.*

Ce n'est cependant pas facile de voir cinq boules roses dix fois plus hautes et plus volumineuses que vous qui s'avancent et de se dire malgré tout qu'il ne faut surtout pas bouger.

— Doucement, doucement, tu vois bien que tu l'effraies : ses antennes n'arrêtent pas de trembler.

— Laisse-moi faire, elle commence à s'habituer à l'avancée progressive de ma main. Les animaux n'ont pas peur des phénomènes lents et réguliers. Petit, petit, petit.

C'est instinctif. Dès que les Doigts sont à moins

de vingt pas, 103e est tentée d'ouvrir largement ses mandibules pour attaquer. Mais dans ses mandibules, il y a le papier plié. Elle est bâillonnée, elle ne peut même plus mordre. Elle darde la pointe de ses antennes en avant.

Dans sa tête, c'est l'emballement. Ses trois cerveaux dialoguent et chacun veut imposer son avis :

— Fuyons !

— Pas de panique. Nous n'avons pas fait ce si long voyage pour rien.

— Nous allons être écrasés !

— De toute façon les Doigts sont trop près pour qu'on ait le temps de fuir !

— Arrête-toi, elle est morte de trouille, intima Laetitia Wells.

La main stoppa. La fourmi recula de trois pas puis s'immobilisa.

— Tu vois, c'est quand je m'arrête qu'elle a le plus peur.

Un instant, 103e espère un répit mais les Doigts avancent à nouveau. Si elle ne fait rien, dans quelques secondes, ils finiront par la toucher ! 103e a déjà pu constater ce que donnait une pichenette de Doigts. Elle se souvient des deux attitudes devant l'inconnu : agir ou subir. Comme elle ne veut pas subir, elle agit !

Formidable : la fourmi venait de lui grimper sur la main ! Jacques Méliès était ravi. Mais la fourmi fonçait, courait sur lui, utilisait son bras comme tremplin, sautait et montait sur l'épaule de Laetitia Wells.

103e avance à pas prudents. Ici, ça sent meilleur que sur l'autre Doigt. Elle prend le temps d'analyser tout ce qu'elle voit et tout ce qu'elle ressent. Si elle s'en tire, cela lui servira plus tard pour sa phéromone zoologique sur les Doigts. Lorsqu'on est posée sur un Doigt, c'est curieux. C'est une surface plate rose clair, rayée de cannelures, et on découvre à intervalles réguliers des petits puits remplis d'une sueur à l'odeur douce.

103e fait quelques pas sur l'arrondi blanc de l'épaule de Laetitia Wells. Celle-ci ne bouge pas, elle a trop peur d'écraser la fourmi. L'insecte escalade le cou dont la texture satinée la ravit. Elle avance sur la bouche et appuie de tout le poids de ses pattes sur ces coussinets rose foncé. Elle s'égare un instant dans la grotte de la narine droite de Laetitia qui fait tout pour se retenir d'éternuer.

Elle sort du nez et se penche au-dessus du ballon de l'œil gauche. C'est humide et mobile. Il y a une île mauve au milieu d'un océan couleur ivoire. Elle ne s'y aventure pas de peur de s'y coller les pattes. Elle fait bien car une sorte de grande membrane terminée par une brosse noire recouvre déjà le ballon de l'œil.

103e reprend le chemin du cou, puis glisse entre les seins. Tiens, il y a quelques taches de rousseur sur lesquelles elle trébuche ! Puis, charmée par la texture fine des seins, elle part à l'assaut d'un téton dont la cime rosée est changeante. Elle stoppe là-haut pour prendre quelques notes. Elle sait qu'elle est sur un Doigt et qu'il l'autorise à le visiter. Les Gioulikaniennes ont raison. Ces Doigts-là ne sont vraiment pas agressifs. De la pointe du sein, elle a une vue imprenable sur l'autre sein et la vallée du ventre.

Elle descend et admire cette surface claire, chaude, moelleuse.

— Ne bouge pas, elle s'approche de ton nombril.
— Je voudrais bien, mais ça me chatouille.

103e tombe dans le puits du nombril, remonte, galope sur les longues cuisses, escalade le genou puis redescend sur la cheville et gravit le contrefort du pied.

Elle voit de là cinq petits Doigts obèses et atrophiés et dont les extrémités sont coloriées en rouge. Elle remonte la jambe. Sprint sur les mollets, glissade sur leur peau blanche et lisse. Elle cavale sur ce désert tiède, rosé, au grain doux. Elle dépasse le genou, monte vers le haut des cuisses.

181. ENCYCLOPÉDIE

Six : Le chiffre six est un bon chiffre pour construire une architecture. Six est le nombre de la Création. Dieu créa le monde en six jours et se reposa le septième. Selon Clément d'Alexandrie, l'univers a été créé dans six directions différentes : les quatre points cardinaux, le Zénith (le point le plus haut) et le Nadir (le point le plus bas par rapport à l'observateur). En Inde, l'étoile à six branches, appelée Yantra, signifie acte d'amour, interpénétration du Yoni et du Lingam. Pour les Hébreux, l'étoile de David, dite aussi sceau de Salomon, représente la somme de tous les éléments de l'univers. Le triangle pointant vers le haut représente le feu. Celui pointant vers le bas représente l'eau.

En alchimie, on considère qu'à chaque pointe de l'étoile à six branches correspondent un métal et une planète. La pointe supérieure, c'est Lune-argent. De gauche à droite, on trouve ensuite Vénus-cuivre, Mercure-mercure, Saturne-plomb, Jupiter-étain, Mars-fer. L'habile combinaison des six éléments et des six planètes donne en son centre le Soleil-or.

En peinture, l'étoile à six branches est utilisée pour montrer toutes les associations possibles de couleurs. L'union de toutes les teintes produit une lumière blanche dans l'hexagone central.

Edmond Wells,
Encyclopédie du savoir relatif et absolu, tome II.

Sixième arcane :

L'EMPIRE DES DOIGTS

182. ENCORE PLUS PRÈS DU BUT

103e monte vers le haut des cuisses mais cinq Doigts longs s'approchent, atterrissent et lui barrent le chemin avant qu'elle n'arrive à l'aine. La visite est terminée.

103e a peur d'être écrasée. Mais non, les Doigts restent là, posés comme s'ils l'attendaient pour un rendez-vous. Décidément les Gioulikaniennes avaient raison, ces Doigts ne sont pas de mauvaise composition. Elle est toujours vivante. Elle se dresse sur ses pattes arrière et tend sa missive vers le ciel.

Laetitia Wells approcha lentement les longs ongles vernis de son pouce et de son index et, s'en servant comme d'une fine pince, saisit le papier plié.

103e hésite puis ouvre largement ses mandibules et abandonne son précieux fardeau.
Tant de fourmis sont mortes pour cet instant magique.

Laetitia Wells posa le papier dans le creux de sa paume. Il mesurait le quart de la taille d'un timbre mais on distinguait des petits caractères inscrits sur les deux côtés de sa surface. C'était si petit que c'en devenait illisible, mais on reconnaissait quand même une écriture humaine.
— Je crois que cette fourmi nous amène du courrier, dit Laetitia en essayant de lire le petit papier.

Jacques Méliès alla chercher sa grosse loupe éclairante.

— Avec ça, le décryptage de cette lettre devrait être plus aisé.

Ils déposèrent la fourmi dans une petite fiole, s'habillèrent puis se penchèrent avec la loupe sur le petit papier.

— J'ai une bonne vue, affirma Méliès, passe-moi un stylo et je vais noter les mots que je distingue, puis on essaiera d'imaginer ceux qui manquent.

183. ENCYCLOPÉDIE

TERMITE : *Il m'arrive de rencontrer de savants spécialistes des termites. Ils me disent que mes fourmis sont certes intéressantes mais qu'elles n'ont pas accompli la moitié de ce que les termites ont réussi.*

C'est vrai.

Les termites sont les seuls insectes sociaux, sûrement les seuls animaux, même, à avoir créé une « société parfaite ». Les termites se sont organisés en monarchie absolue où chaque individu est heureux de servir sa reine, où tous se comprennent, s'entraident, où nul ne nourrit la moindre ambition ou la moindre préoccupation égoïste.

C'est certainement dans la société termite que le mot « solidarité » prend son sens le plus fort. Peut-être parce que le termite a été le premier animal à construire des villes, il y a de cela plus de deux cents millions d'années.

Cependant, dans sa réussite même, réside sa propre condamnation. Ce qui est parfait, par définition, ne saurait être amélioré. La ville termite ignore donc toute remise en cause, toute révolution, tout trouble interne. C'est un organisme pur et sain qui fonctionne si bien qu'il ne fait que jouir de son bonheur, parmi ses couloirs ouvragés, bâtis avec un ciment extrêmement solide.

La fourmi, en revanche, vit dans un système social beaucoup plus anarchique. Elle progresse en commettant des erreurs et commence, dans tout ce qu'elle entreprend, par commettre des erreurs. Elle ne se satisfait jamais de ce qu'elle possède, goûte à tout, même au péril de sa vie. La fourmilière n'est pas un système stable mais une société qui tâtonne en permanence, testant toutes les solutions jusqu'aux plus aberrantes, au risque parfois de sa propre destruction. Voilà pour moi autant de raisons de s'intéresser davantage aux fourmis qu'aux termites.

Edmond Wells,
Encyclopédie du savoir relatif et absolu, tome II.

184. DÉCRYPTAGE

Après plusieurs minutes de décryptage, Méliès obtint une lettre compréhensible.

« Au secours. Nous sommes dix-sept personnes coincées sous une fourmilière. La fourmi qui vous a transmis ce message est acquise à notre cause. Elle vous indiquera le chemin pour venir nous sauver. Il y a une grande dalle de granit au-dessus de nous, venez avec des marteaux piqueurs et des pioches. Faites vite. Jonathan Wells. »

Laetitia Wells se redressa :

— Jonathan ! Jonathan Wells ! Mais c'est mon cousin Jonathan qui appelle au secours !

— Tu le connais ?

— Je ne l'ai jamais rencontré mais c'est quand même mon cousin. On le croyait mort, disparu dans la cave de la rue des Sybarites... Tu te rappelles l'affaire de la cave de mon père Edmond ? Il fut l'une des premières victimes !

— Il semble bien vivant, mais prisonnier avec tout un groupe de gens sous une fourmilière !

Méliès examina le petit papier. Ce message, c'était comme une bouteille jetée à la mer. Il avait été rédigé par une main tremblante, un agonisant peut-être. Depuis combien de temps la fourmi transportait-elle cette lettre ? Il savait comme ces insectes cheminaient lentement.

Une autre question le préoccupait. La lettre avait de toute évidence été écrite sur un feuillet de taille normale, réduit ensuite de multiples fois au moyen d'une photocopieuse. Etaient-ils donc assez bien installés là-dessous pour posséder une photocopieuse et donc de l'électricité ?

— Tu crois que c'est vrai ?

— Je ne vois pas d'autre scénario qui puisse expliquer qu'une fourmi se trimbale avec une lettre !

— Quand même, quel hasard a poussé cet insecte à débarquer juste dans ton appartement. La forêt de Fontainebleau est grande, la ville de Fontainebleau encore plus grande à l'échelle des fourmis et cette messagère est arrivée malgré tout à dénicher ton appartement situé à un quatrième étage... C'est un peu gros, tu ne trouves pas ?

— Non, parfois il y a une chance sur un million que certaines choses se produisent et elles se produisent quand même.

— Mais tu t'imagines des gens « coincés » sous une fourmilière, des gens dont la vie dépend du bon vouloir de fourmis ? C'est impossible, une fourmilière, ça se renverse d'un coup de talon !

— Ils parlent d'une dalle de granit qui les bloquerait.

— Mais comment peut-on aller se fourrer sous une fourmilière ? Il faut vraiment être cinglé. C'est une plaisanterie !

— Non. C'était un mystère, l'énigme de la cave mystérieuse de mon père qui dévorait ceux qui s'y aventuraient. Le problème, à présent, c'est de secourir les captifs. Il n'y a pas de temps à perdre et je ne vois qu'un être pour nous y aider.

— Qui ?

Elle désigna la fiole où se débattait 103e.

— Elle. La lettre dit qu'elle peut nous guider jusqu'à mon cousin et à ses compagnons.

Ils libérèrent la fourmi de sa prison de verre. Ils n'avaient pas de produit radioactif sous la main pour la marquer. Aussi, Laetitia Wells badigeonna d'une gouttelette de son vernis rouge le front de l'insecte pour être sûre de la distinguer de toutes les autres fourmis.

— Allez, ma mignonne, montre-nous le chemin !

Contre toute attente, la fourmi ne broncha pas.

— Tu crois qu'elle est morte ?

— Non, ses antennes s'agitent.

— Pourquoi n'avance-t-elle pas, alors ?

Jacques Méliès la poussa du Doigt.

Aucune réaction. Juste des mouvements d'antennes de plus en plus nerveux.

— On dirait qu'elle n'a pas envie de nous y amener, remarqua Laetitia Wells. Je ne vois qu'un moyen de débloquer ce problème : il faut lui... parler.

— D'accord. Excellente occasion de voir comment fonctionne la machine « Pierre de Rosette » de ce bon Arthur Ramirez.

185. UNE TERRE A BÂTIR

24e ne sait par quel bout prendre le problème. Créer une communauté inter-espèces utopique, c'est bien beau. Le faire avec le soutien d'un végétal et avec la protection de l'eau, c'est encore mieux. Mais comment s'y prendre pour que tout le monde s'entende ?

Les déistes passent le plus clair de leur temps à reproduire leurs statues en forme de monolithes et elles demandent à disposer d'un coin pour enterrer leurs morts.

Les termites ont trouvé un gros morceau de bois sec et y restent calfeutrés. Les abeilles installent une mini-ruche dans les branches du cornigera. Quant aux fourmis, elles aménagent une salle qui servira de jardin à champignons.

Tout fonctionne normalement ; pourquoi 24e devrait-elle se donner tant de mal à vouloir tout ordonner ? Chacun fait ce qui lui plaît dans son coin, du moment que ça ne gêne pas les autres.

Le soir, les membres de la communauté se réunissent dans une cellule du cornigera et se racontent des histoires de leur monde.

C'est cet instant banal, celui où tous les insectes de toutes les espèces tendent leurs antennes pour écouter des récits olfactifs de guerrières abeilles ou d'architectes termites, qui est le principal trait d'union de la communauté.

La Communauté du Cornigera est liée par une somme de légendes et de contes. Des sagas olfactives. Tout simplement.

La religion des déistes n'est qu'une histoire parmi d'autres. Et nul ne se permettrait de la juger vraie ou fausse, un seul critère importe : qu'elle fasse rêver. Et le concept de dieu fait rêver...

24e propose qu'on réunisse les plus belles légendes fourmis, abeilles, termites ou scarabées dans des cuves semblables à celles de la Bibliothèque chimique.

La nuit bleu marine apparaît dans un orifice-hublot du cornigera, éclairée par une pleine lune blanche.

Ce soir, il fait assez chaud et les insectes décident de se raconter leurs histoires sur la plage.

Un insecte émet :

... le roi termite tournait déjà depuis deux cycles autour de la loge nuptiale de sa reine quand, soudain, les équipes de creusement de l'arbre signalèrent qu'un coléoptère horloge-de-la-mort troublait les pulsions érotiques de la souveraine...

Un autre :

... c'est alors que surgit une guêpe noire. Elle fonce sur moi l'aiguillon tendu en avant. J'ai à peine le temps de...

Tous frémissent de la même peur rétrospective que l'abeille askoleïne.

Le parfum des jonquilles, alentour, le flic-floc paisible de l'eau caressant le rivage les rassurent.

186. LE JUGEMENT DERNIER

Arthur Ramirez les accueillit chaleureusement, il allait mieux. Il les remercia de ne pas les avoir dénoncés à la police. Mme Ramirez n'était pas là, elle faisait sa prestation à l'émission « Piège à réflexion ».

La journaliste et le policier lui expliquèrent qu'il était arrivé un événement nouveau : aussi incroyable que cela puisse paraître, une fourmi était venue leur apporter un message manuscrit.

Ils lui montrèrent la lettre et Arthur Ramirez comprit tout de suite le problème. Il tira les poils de sa barbe blanche puis accepta de faire fonctionner sa machine « Pierre de Rosette ».

Il les guida au grenier, mit en marche plusieurs ordinateurs, éclaira les flacons de parfums producteurs de phéromones, secoua des tubes transparents pour éviter tout dépôt.

Avec mille précautions, Laetitia extirpa 103e de sa fiole et Arthur l'installa sous une cloche de verre.

Deux tuyaux partaient de cette cloche : l'un aspirait les phéromones odorantes de la fourmi, l'autre lui transmettait les phéromones artificielles traduisant les messages humains.

Ramirez s'assit devant son tableau de commande, régla plusieurs molettes, vérifia encore des témoins lumineux, tourna des potentiomètres. Tout était prêt. Il ne restait plus qu'à lancer le programme reproduisant les mots humains en parfums fourmis. Son dictionnaire français-fourmi comprenait cent mille mots et cent mille nuances de phéromones.

L'ingénieur se plaça face au micro et articula soigneusement :

Emission : Salutations.

Il appuya sur un bouton et l'écran vidéo transforma le mot en formule chimique, transmise ensuite aux fioles de parfums qui se vidèrent selon l'exact dosage du dictionnaire informatique. A chaque mot, son odeur spécifique.

Le petit nuage contenant le message fut propulsé

dans la tuyauterie grâce à une pompe à air et parvint dans la cloche.

La fourmi agita ses antennes.

Salutations.

Message reçu.

Une soufflerie nettoya la cloche de tout relent parasite pour que son message de réponse puisse être capté proprement.

Les tiges sensitives vibrèrent.

Le nuage réponse remonta le tuyau transparent, parvint jusqu'au spectromètre de masse et au chromatographe qui le décomposèrent molécule par molécule pour obtenir chaque liquide correspondant à un mot.

Une phrase s'inscrivit peu à peu sur l'écran de l'ordinateur.

Simultanément, un synthétiseur vocal la prononça.

Tous entendirent la réponse de la fourmi.

Réception : Qui êtes-vous ? Je comprends mal vos phéromones.

Laetitia et Méliès étaient émerveillés. La machine d'Edmond Wells fonctionnait vraiment !

Emission : Tu te trouves à l'intérieur d'une machine qui peut servir à communiquer entre humains et fourmis. Grâce à elle, nous pouvons te parler et te comprendre lorsque tu émets.

Réception : Humains ? Qu'est-ce que les humains ? Une espèce de Doigts ?

Apparemment, et c'était étonnant, la fourmi n'était guère impressionnée par leur machine. Elle répondait sans façon et semblait même connaître ceux qu'elle nommait les « Doigts ». Le dialogue pouvait donc s'instaurer. Arthur Ramirez serra son micro.

Emission : Oui, nous sommes le prolongement des Doigts.

La réponse retentit dans le haut-parleur placé au-dessus de l'ordinateur.

Réception : Chez nous, on vous appelle Doigts. Je préfère vous appeler Doigts.

Emission : Comme tu veux.

Réception : Qui êtes-vous ? Vous n'êtes pas le Docteur Livingstone, je présume...

Tous trois en furent estomaqués. Comment une fourmi pouvait-elle avoir entendu parler et du Docteur Livingstone et de la phrase fameuse : « Vous êtes le Docteur Livingstone, je présume » ? Ils crurent d'abord à une erreur de réglage du traducteur ou à un dérèglement du mécanisme du dictionnaire français-fourmi. Aucun d'eux n'eut l'idée de rire ou de s'imaginer qu'ils étaient peut-être en présence d'une fourmi dotée d'humour. Ils se demandèrent plutôt qui était ce Docteur Livingstone que connaissaient les fourmis.

Emission : Non, nous ne sommes pas le « Docteur Livingstone ». Nous sommes trois humains. Trois Doigts. Nos noms sont Arthur, Laetitia et Jacques.

Réception : Comment avez-vous appris à parler le terrien ?

Laetitia chuchota :

— Elle doit vouloir dire : comment se fait-il que nous sachions parler le langage odorant des fourmis. Elles se croient évidemment les seuls vrais Terriens de référence...

Emission : C'est un secret qui nous a été transmis par hasard. Et toi, qui es-tu ?

Réception : 103 683e, mais mes compagnes préfèrent m'appeler 103e tout court. Je suis une asexuée de la caste des soldates exploratrices. Je viens de Bel-o-kan, la plus grande cité du monde.

Emission : Et comment se fait-il que tu nous aies apporté ce message ?

Réception : Les Doigts qui vivent sous notre ville ont demandé que ce colis vous soit transmis. Ils ont appelé cette tâche la « mission Mercure ». Comme j'étais la seule à avoir déjà approché des Doigts, mes sœurs ont pensé que j'étais la seule aussi à pouvoir l'accomplir.

103e se garda bien de préciser qu'elle était aussi la principale guide d'une croisade censée éliminer tous les Doigts de la Terre.

Tous trois avaient des questions à poser en particulier à la fourmi loquace, mais Arthur Ramirez continua à tenir les rênes de la conversation.

Emission : Dans la lettre que tu nous as donnée, il est dit qu'il y a des gens, pardon, des Doigts, coincés sous ta cité et que toi seule peux nous conduire à eux pour que nous les secourions.

Réception : C'est exact.

Emission : Alors, indique-nous le chemin et nous te suivrons.

Réception : Non.

Emission : Comment ça, non ?

Réception : Il me faut d'abord vous connaître. Sinon, comment savoir si je puis vous faire confiance ?

Les trois humains furent si surpris qu'ils ne surent quoi répondre.

Ils avaient certes beaucoup de sympathie, voire d'estime, pour les fourmis, mais de là à entendre l'une de ces petites bestioles leur dire ouvertement « non », il y avait quand même de la marge. Ce petit grumeau noir effronté sous cette cloche tenait entre ses pattes la vie de dix-sept personnes. Ils pourraient l'écraser d'un simple coup de pouce et elle osait refuser de les aider sous prétexte qu'ils ne lui avaient pas été présentés !

Emission : Pourquoi veux-tu nous connaître ?

Réception : Vous êtes grands et forts mais j'ignore si vous êtes animés de bonnes intentions. Etes-vous des monstres, comme le croit notre reine Chli-pou-ni ? Des dieux tout-puissants, comme le pense 23e ? Etes-vous dangereux ? Etes-vous intelligents ? Etes-vous des barbares ? Etes-vous nombreux ? Où en est votre technologie ? Savez-vous utiliser des outils ? Je dois donc vous connaître avant de décider s'il vaut ou non la peine de sauver quelques-uns des vôtres.

Emission : Tu veux que chacun de nous trois te raconte sa vie ?

Réception : Ce n'est pas vous trois que je veux comprendre et juger, mais l'ensemble de votre espèce.

Laetitia et Méliès se dévisagèrent. Par où commencer ? Allait-on être obligé de raconter à cette fourmi les civilisations de l'Antiquité, l'époque médiévale, la Renaissance, les Guerres mondiales ? Arthur, lui, semblait prendre beaucoup de plaisir à cette discussion.

Emission : Alors, pose-nous des questions. Nous te répondrons et t'expliquerons notre monde.

Réception : Ce serait trop facile. Vous présenteriez votre monde sous son meilleur jour, rien que pour pouvoir sauver vos Doigts prisonniers de notre cité. Trouvez donc un moyen de m'informer plus objectivement.

Quelle entêtée que cette 103e ! Même Arthur ne savait plus quoi dire pour la convaincre de leur bonne foi. Quant à Méliès, il enrageait. Se tournant vers Laetitia, il déclara, furibond :

— Très bien. On va sauver ton oncle et ses compagnons sans l'aide de cette fourmi prétentieuse. Arthur, vous avez une carte de la forêt de Fontainebleau ?

Oui, il en possédait une, mais la forêt de Fontainebleau s'étalait sur dix-sept mille hectares et ce n'étaient pas les fourmilières qui y manquaient. Où chercher ? Du côté de Barbizon, sous les rochers d'Apremont, près de la mare Franchard, dans les sables des hauteurs de la Solle ?

Ils pourraient passer des années à fouiller. Jamais ils ne découvriraient Bel-o-kan par leurs propres moyens.

— Ce n'est quand même pas une fourmi qui va nous humilier ! s'énerva Méliès.

Arthur Ramirez plaida en faveur de leur hôte.

— Tout ce qu'elle veut, avant de nous introduire dans son nid, c'est mieux nous comprendre. Elle a raison. A sa place, j'agirais de même.

— Mais comment lui donner une vision « objective » de notre monde ?

Ils réfléchirent. Encore une énigme ! Jacques Méliès s'exclama enfin :

— J'ai une idée !

— C'est quoi, ton idée ? demanda Laetitia, que les

initiatives fougueuses du commissaire rendaient toujours méfiante.

— La télévision. La té-lé-vi-sion ! Mais oui, avec la télévision, nous nous branchons sur l'ensemble de l'espèce humaine, nous palpons le pouls de l'humanité tout entière. La télévision montre tous les aspects de notre civilisation. En regardant la télévision, notre 103e sera à même de juger en son âme et conscience ce que nous sommes et ce que nous valons.

187. PHÉROMONE

Légende myrmécéenne :
Décryptage autorisé
Phéromone mémoire n° 123
Thème : Légende
Saliveuse : Reine Chli-pou-ni

Voici la légende des deux arbres. Deux fourmilières d'espèces ennemies vivaient chacune sur un arbre. Les deux arbres étaient voisins. Or, il advint qu'une branche se mit à pousser latéralement pour rejoindre l'autre arbre si bien que, chaque jour, la branche s'approchait un peu plus. Les deux espèces savaient que dès que la branche franchirait l'espace entre les deux arbres, ce serait la guerre. Mais aucune ne prit les devants. La guerre ne commença que le jour où la branche effleura l'arbre voisin. Les combats furent sans pitié. Cette histoire montre qu'il existe un moment précis pour que les choses se fassent. Avant, c'est trop tôt ; après, c'est trop tard. Chacun sait intuitivement quel est le bon moment.

188. LE POIDS DES MOTS, LE CHOC DES IMAGES

Ils installèrent 103e face à un petit téléviseur couleurs à cristaux liquides rétro-éclairés. L'écran étant encore trop grand pour la fourmi, ils disposèrent devant une loupe inversée réduisant au centième la taille des images. La fourmi avait ainsi une vision télévisée parfaite.

Pour le son, Arthur brancha le baffle du téléviseur face au micro de la « Pierre de Rosette ». L'exploratrice belokanienne bénéficierait ainsi de l'image et du son-parfum de la télévision des Doigts.

Bien sûr, elle ne percevrait ni la musique ni les bruits mais, avec ce procédé, elle comprendrait l'essentiel des commentaires et des dialogues.

103e produisit une goutte de salive où elle comptait noter ses observations sur les mœurs doigtières. Elle en déduirait ensuite ce que valaient ces animaux.

Arthur Ramirez alluma le téléviseur. Au hasard, il appuya sur une touche de sa télécommande.

Chaîne 341 : « Avec Krak Krak, délivrez-vous aisément de vos... »

Jacques Méliès bondit et zappa aussitôt. Sa brillante idée n'était pas exempte de risques !

Réception : Qu'est-ce que c'est ? interroge 103e.

Angoisse chez les humains. Ils s'empressent de la rassurer.

Emission : Juste une publicité pour un aliment. Rien d'intéressant.

Réception : Non, qu'est-ce que c'est, cette lumière plate ?

Emission : La télévision, notre mode de communication le plus répandu.

Réception : C'est du feu plat et froid, non ?

Emission : Vous connaissez le feu ?

Réception : Evidemment, mais pas celui-là. Expliquez !

Arthur Ramirez se voyait mal en train d'expliquer le principe du tube cathodique à une fourmi. Il tenta une comparaison :

Emission : Ce n'est pas du feu. Ça brille et c'est clair, mais c'est parce que c'est une fenêtre par où défile tout ce qui se passe partout dans notre civilisation.

Réception : Et comment ces images parviennent-elles jusqu'ici ?

Emission : Elles volent dans les airs.

103e ne comprend pas cette technologie doigtière mais elle saisit qu'elle verra le monde des Doigts comme si elle se trouvait en même temps en plusieurs endroits de leur Cité.

Chaîne 1432. Actualités. Crépitements de mitrailleuses. Voix off : « Les Syrakiens ont mis au point des gaz capables de tuer... »

Vite, Arthur zappe.

Chaîne 1445. Election de Miss Univers. Des filles défilent en se dandinant.

Réception : Quels sont ces insectes qui trébuchent sur leurs deux pattes inférieures ?

Emission : Ce ne sont pas des insectes. Ces animaux, ce sont des humains, des Doigts comme vous les appelez. Là, ce sont nos femelles.

Réception : Alors, c'est ça, un Doigt vu en entier, à votre hauteur ?

La fourmi approche son œil droit de la loupe et reste longtemps à examiner les formes qui s'agitent sur l'écran.

Réception : Ainsi, vous possédez des yeux et une bouche, mais ils sont placés tout au sommet de votre organisme.

Emission : Tu ne le croyais pas ?

Réception : Je pensais que vous n'étiez qu'une masse rose. Vous n'avez pas d'antennes. Alors, comment faites-vous pour me parler ?

Emission : Nous utilisons un mode de communication auditif sans utiliser d'antennes.

Réception : Et il vous manque deux pattes. Vous n'en avez que quatre ! Comment pouvez-vous marcher ?

Emission : Deux pattes inférieures nous suffisent pour marcher, mais nous avons mis du temps pour y arriver sans tomber. Les deux pattes antérieures, nous nous en servons pour porter les objets par exemple. Ce n'est pas comme chez vous où toutes les pattes servent à avancer.

Réception : Celles qui ont le poil long sur le crâne, elles sont malades ?

Emission : Certaines femelles laissent pousser leurs poils pour mieux séduire les mâles.

Réception : Comment se fait-il que vos femelles n'aient pas d'ailes ?

Emission : Aucun Doigt n'a d'ailes.

Réception : Pas même les sexués ?

Emission : Pas même.

103e scrute attentivement l'écran. Elle trouve les femelles Doigts vraiment très laides.

Réception : Vous changez de couleur de carapace comme les caméléons ?

Emission : Nous n'avons pas de carapace. Notre peau est rose et nue et nous la protégeons avec des vêtements de toutes couleurs et de tous motifs.

Réception : Un vêtement ? C'est une sorte de camouflage pour ne pas être pris par vos prédateurs ?

Emission : Pas exactement, c'est plutôt une façon de se protéger du froid et de montrer sa personnalité. Ce sont des fibres végétales tressées.

Réception : Ah, ça sert à la parade amoureuse comme chez les papillons ?

Emission : Si l'on veut. Il est certain que, parfois, nos « femelles » habillées d'une certaine manière attirent davantage l'attention des mâles.

103e interroge beaucoup mais apprend vite. Certaines questions sont plus difficiles à satisfaire que d'autres. Par exemple : « Pourquoi les yeux des Doigts bougent-ils ? » ou « Pourquoi les individus d'une même caste n'ont-ils pas tous la même taille ? » Les trois humains tentent de répondre de leur mieux, en usant d'un vocabulaire simplifié mais clair. Ils sont presque contraints de réinventer la langue française tellement ses mots sont parfois riches en sous-entendus et subtilités qu'il leur faudrait chaque fois redéfinir pour se faire comprendre de la fourmi.

Finalement, 103e se lasse de ce défilé de femelles humaines. Elle veut voir autre chose. Méliès zappe. Quand une image retient son attention, la fourmi émet un « stop ».

Réception : Stop. Ça, c'est quoi ?

Emission : Un reportage sur la circulation dans les grandes villes.

Voix off du commentateur : « Les embouteillages constituent l'un des problèmes les plus préoccupants de nos métropoles. Une étude des services spécialisés a démontré que plus on construit de routes et d'autoroutes, plus les gens achètent de voitures et plus les embouteillages augmentent. »

Sur l'écran, de longues files de voitures immobiles parmi des fumées grisâtres. Travelling arrière : sur plusieurs kilomètres des caravanes, des camions, des voitures, des bus englués dans l'asphalte.

Réception : Ah, les embouteillages dans les grandes métropoles, c'est une plaie partout ! Autre chose.

Succession d'images.

Réception : Stop. C'est quoi, là ?

Emission : Un documentaire sur la faim dans le monde.

Des corps émaciés, des enfants aux yeux pleins de mouches, des bébés décharnés suspendus aux seins flasques et vides de leurs mères hagardes, des gens sans âge au regard fixe...

Voix indifférente du commentateur : « La sécheresse poursuit ses ravages en Ethiopie. Cinq mois de famine, déjà, et on annonce à présent des invasions de criquets pèlerins. Sur place, des médecins de l'entraide internationale tentent avec de maigres moyens de secourir les populations locales. »

Réception : C'est quoi, des médecins ?

Emission : Des Doigts qui aident d'autres Doigts quand ils sont malades ou dans le besoin, quel que soit leur territoire et même s'ils n'ont pas la même couleur de peau. Tous les Doigts ne sont pas roses, il y en a aussi des noirs et des jaunes de par le monde.

Réception : Dans notre espèce aussi, les couleurs peuvent être différentes. Cela suffit parfois pour créer des inimitiés.

Emission : Chez nous aussi.

1227e, 1226e, 1225e chaîne. Stop.

Réception : C'est quoi ça ?

Méliès reconnaît aussitôt l'image :

— On est sur la chaîne cryptée. C'est... un film pornographique.

Pas de chance. Ramirez explique de son mieux. 103e exige la vérité.

Réception : C'est quoi ?

Emission : Ce sont des films où l'on montre des Doigts qui se reproduisent...

La fourmi considère les images avec beaucoup d'intérêt.

Commentaire de 103e.

Réception : Vous faites cela par la tête ?

Emission : Euh, non, pas vraiment, dit Laetitia, assez confuse.

Sur l'écran, le couple change de position et s'enlace.

Commentaire de 103e.

Réception : En fait, vous faites l'amour comme des limaces : en vous tortillant sur le sol. Cela ne doit pas être bien agréable. Cela doit frotter partout.

Laetitia Wells, agacée, zappe.

1224e chaîne. Grouillement de masses de petits points noirs.

Réception : Stop. C'est quoi ?

Pas de chance. Un documentaire animalier sur les insectes !

Emission : Un... un reportage sur les « fourmis ».

Réception : C'est quoi les « fourmis » ?

Ils hésitent à commenter les images peu élogieuses pour l'espèce myrmécéenne réduite à l'état de magma grouillant.

Réception : C'est quoi les « fourmis » ?

Emission : Hum, trop compliqué à expliquer.

Ramirez hésite puis avoue :

Réception : Les fourmis c'est... vous.

Emission : C'est nous ?

103e tend le cou. Même en gros plan, elle ne parvient pas à reconnaître ses sœurs, car sa vision est sphérique alors que celle des humains est plate.

Elle distingue vaguement la vision d'un vol nuptial. Des princesses et des mâles décollent.

103e écoute le reporter et apprend beaucoup de choses sur son espèce. Elle ignorait que les fourmis étaient si nombreuses sur la Terre. Elle ne savait pas que des espèces d'Australie baptisées « fourmis de feu » étaient dotées d'un acide formique d'une telle concentration qu'il rongeait le bois.

103e note et note encore. Elle ne parvient pas à se détacher de cette fenêtre où défilent si vite tant d'informations intéressantes.

Les heures qui suivirent furent entièrement consacrées à cette cure intensive de télévision.

Le troisième jour, 103e assiste à un show d'acteurs comiques. Plusieurs comédiens s'emparent d'un micro et racontent des histoires qui font s'esclaffer toute une salle.

Un bonhomme rondouillard et jovial harangue l'assistance : « Vous savez quelle est la différence entre une femme et un politicien ? Non ? Eh bien voilà. Lorsqu'une femme dit non, cela veut dire peut-être ; lorsqu'une femme dit peut-être, cela veut dire oui, et lorsqu'elle dit oui, elle est considérée comme une salope. Alors que lorsque le politicien dit oui, cela veut dire peut-être ; lorsque le politicien dit peut-être, cela veut dire non et lorsque le politicien dit non, il est considéré comme un salaud ! »

La salle glousse.

La fourmi se frotte les antennes.

Réception : Je n'ai rien compris...

Emission : C'est pour rire, expliqua Arthur Ramirez.

Réception : C'est quoi le rire ?

Laetitia Wells s'efforça d'expliquer l'humour doigtier. Elle tenta en vain de lui raconter l'histoire du fou qui repeint son plafond. Et d'autres blagues encore. Mais sans les références culturelles humaines, toutes tombaient à plat.

Emission : Il n'y a rien qui vous fait rire dans votre monde ? demanda Jacques Méliès.

Réception : Il faudrait d'abord que je sache ce qu'est le rire, je ne vois vraiment pas de quoi il s'agit !

Ils essayèrent d'inventer une plaisanterie fourmi :

« C'est l'histoire d'une fourmi qui repeint son plafond... », mais le résultat ne fut pas très probant. Il aurait fallu savoir ce qui est important et ce qui ne l'est pas pour une habitante d'une fourmilière.

103e renonce pour l'instant à comprendre, elle note juste dans sa phéromone zoologique : « Les Doigts ont besoin de raconter des histoires bizarres qui provoquent des phénomènes physiologiques. Ils aiment à se moquer de tout. »

On zappa.

« Piège à réflexion ». Mme Ramirez apparut, confrontée au mystère des six triangles à construire avec six allumettes. Elle persistait à prétendre ne pas posséder la réponse, mais Laetitia et Jacques savaient maintenant que toutes les réponses, Mme Ramirez les connaissait depuis longtemps.

Ils zappèrent.

Film sur la vie d'Albert Einstein. Explications en forme de vulgarisation de ses théories astrophysiques. 103e y trouve un intérêt inattendu.

Réception : Au début, je ne différenciais pas les Doigts les uns des autres. Maintenant, à force de voir des physionomies doigtières, je distingue des différences. Lui, par exemple, c'est un mâle, n'est-ce pas ? Je le reconnais car il a le poil court.

Reportage sur l'obésité. On y explique l'anorexie et l'obésité. La fourmi s'insurge.

Réception : Qu'est-ce que c'est que ces individus qui mangent à tort et à travers ! Manger, c'est l'acte le plus simple et le plus naturel du monde. Même une larve sait comment se nourrir. Quand une fourmi citerne enfle en se gonflant de nourriture, c'est pour le bien de la communauté et elle est fière de son corps épaissi, pas comme ces femelles Doigts qui se lamentent parce qu'elles sont incapables de limiter leur nourriture !

103e s'avérait une téléspectatrice inlassable.

Les Ramirez avaient fermé leur magasin de jouets. Laetitia et Jacques dormirent dans la chambre d'amis. Tous se relayaient pour satisfaire la fourmi.

103e est avide d'informations en tout genre. Tout

l'intéresse : les règles du football, du tennis, des jeux, les guerres inter-Doigts, la politique des nations, les parades nuptiales doigtières. Les dessins animés la ravissent par leur graphisme simple et clair. Elle s'extasie devant *La Guerre des étoiles*. Elle ne comprend pas tout le scénario du film mais certaines séquences lui rappellent les batailles de la Ruche d'or.

Elle consigne tout dans sa phéromone zoologique. Ces Doigts sont d'une imagination !

189. ENCYCLOPÉDIE

Onde : Tout, objet, idée, personne, peut se ramener à une onde. Onde de forme, onde de son, onde d'image, onde d'odeur. Ces ondes entrent forcément en interférence avec d'autres ondes lorsqu'elles ne sont pas dans le vide infini.

C'est l'étude des interférences entre les ondes-objets, idées, personnes qui est passionnante. Que se passe-t-il lorsqu'on mélange le rock and roll et la musique classique ? Que se passe-t-il lorsqu'on mélange la philosophie et l'informatique ? Que se passe-t-il lorsqu'on mélange l'art asiatique et la technologie occidentale ?

Quand on verse une goutte d'encre dans de l'eau, les deux substances ont un niveau d'information très bas, uniforme. La goutte d'encre est noire et le verre d'eau est transparent. L'encre, en tombant dans l'eau, génère une crise.

Dans ce contact, l'instant le plus intéressant est celui où des formes chaotiques apparaissent. L'instant avant la dilution. L'interaction entre les deux éléments différents produit une figure très riche. Il se forme alors des volutes compliquées, des formes torturées et toutes sortes de filaments qui peu à peu se diluent pour donner de l'eau grise. Dans le monde des objets, cette figure très riche est difficile à immobiliser, mais dans le

monde du vivant, une rencontre peut s'incruster et rester figée dans la mémoire.

Edmond Wells,
***Encyclopédie du savoir relatif et absolu,* tome II.**

190. CHLI-POU-NI SE TOURMENTE

Chli-pou-ni est inquiète. Des moucherons messagers, revenus d'Orient, rapportent qu'il ne reste rien de la croisade contre les Doigts. Elle a été entièrement anéantie par une arme doigtière projetant des tornades d'« eau qui pique ».

Tant de légions, tant de soldates, tant d'espoirs gaspillés en vain !

La reine de Bel-o-kan, face au cadavre de sa mère Belo-kiu-kiuni, lui demande conseil. Mais la carapace est vide et creuse. Elle ne lui répond pas. Chli-pou-ni arpente nerveusement la loge nuptiale. Des ouvrières veulent l'approcher pour la caresser et l'apaiser. Elle les repousse avec violence.

Elle s'arrête et lève haut ses antennes.

Il doit bien exister un moyen de les détruire.

Elle fonce vers la Bibliothèque chimique en continuant d'émettre la phéromone.

Il y a forcément un moyen de les détruire.

191. CE QU'ELLE PENSE DE NOUS

Depuis cinq jours déjà, 103e, sans le moindre repos, regardait la télévision. Elle n'avait émis qu'une seule demande : elle avait besoin d'une petite capsule pour y ranger ses phéromones zoologiques sur les Doigts.

Laetitia considéra ses compagnons :

— Cette fourmi devient une vraie droguée de télé !

— Elle a l'air de comprendre ce qu'elle voit, remarqua Méliès.

— Probablement un dixième de ce qui passe sur

l'écran, pas plus. Elle est comme un nouveau-né devant ce téléviseur. Ce qu'elle ne saisit pas, elle l'interprète à sa manière.

Arthur Ramirez n'était pas d'accord.

— Je crois que vous la sous-estimez. Ses commentaires sur la guerre syrako-syranienne sont très judicieux. En plus, elle sait apprécier les dessins animés de Tex Avery.

— Moi, je ne la sous-estime pas du tout, dit Méliès, et c'est bien pourquoi je m'inquiète. Si seulement elle ne s'intéressait qu'aux cartoons ! Hier, elle m'a demandé pourquoi nous nous donnions tant de mal pour nous faire souffrir les uns les autres.

Tous en furent consternés. Un même tourment les agitait : *Que peut-elle donc penser de nous ?*

— Il nous faudrait veiller à ce qu'elle ne perçoive pas d'images trop négatives de notre monde. Il suffit de changer de chaîne à temps, après tout, ajouta le commissaire.

— Non, protesta le maître des lutins. Cette expérience est trop intéressante. Pour la première fois, un être vivant non humain nous juge. Laissons notre fourmi libre de nous juger et de nous dire ce que nous valons dans l'absolu.

Ils revinrent tous trois devant la machine « Pierre de Rosette ». Dans la cloche, l'invitée de marque gardait sa tête bien plaquée devant l'écran à cristaux liquides. Elle frétillait des antennes et salivait à toute vitesse des phéromones en suivant une campagne électorale. Visiblement, elle écoutait très attentivement le discours du président de la République, en prenant une multitude de notes.

Emission : Salutations, 103e.

Réception : Salutations, Doigts.

Emission : Tout va bien ?

Réception : Oui.

Pour mieux permettre à 103e de suivre les émissions à son gré, Ramirez avait fini par fabriquer une télécommande microscopique permettant à la fourmi de zapper depuis sa cloche d'expérimentation. L'insecte en usait et en abusait.

L'expérience dura encore plusieurs jours.

La curiosité de la fourmi semblait inépuisable. Elle exigeait sans cesse des Doigts de nouvelles explications. C'est quoi, le communisme, le moteur à explosion, la dérive des continents, les ordinateurs, la prostitution, la Sécurité sociale, les trusts, le déficit économique, la conquête de l'espace, les sous-marins nucléaires, l'inflation, le chômage, le fascisme, la météorologie, les restaurants, le tiercé, la boxe, la contraception, la réforme universitaire, la justice, l'exode rural... ?

103ᵉ a déjà entassé trois phéromones zoologiques sur les Doigts.

Le dixième jour, Laetitia Wells n'en put plus. Elle n'avait peut-être guère apprécié d'humains jusqu'ici mais elle avait toujours eu le sens de la famille. Or, son cousin Jonathan était peut-être à l'article de la mort et la fourmi salvatrice qu'il leur avait dépêchée restait plantée là, indéracinable, devant son récepteur.

Emission : Es-tu prête maintenant à nous guider vers Bel-o-kan ? demanda-t-elle à 103ᵉ.

Un instant de silence pendant lequel le cœur de Laetitia battit la chamade. A ses côtés, les autres guettaient tout aussi anxieusement le verdict myrmécéen...

Réception : Vous voulez donc savoir quel est mon verdict ? Très bien. Je crois que j'en ai vu assez pour vous juger.

Elle dégage sa tête de l'écran de télévision et se campe sur ses pattes arrière.

Réception : Je ne prétends pas vous connaître parfaitement, évidemment, votre civilisation est si compliquée... mais... en fait je peux déjà me rendre compte de l'essentiel.

Elle les fait languir, ménage ses effets. 103ᵉ est vraiment très expérimentée en matière de manipulation des individus.

Réception : Votre civilisation est très compliquée mais j'en ai vu assez pour en comprendre l'essentiel. Vous êtes des animaux pervers, irrespectueux de tout ce qui vous environne, uniquement soucieux d'accumuler ce que vous nommez de l'« argent ». Vos rétrospectives historiques m'horrifient : ce ne sont que successions de meurtres sur une plus ou moins grande échelle. D'abord vous tuez, ensuite vous discutez. De la même manière, vous vous détruisez entre vous et vous détruisez la nature.

Ça commençait mal. Les trois humains n'avaient pas prévu tant de dureté.

Réception : Il y a cependant chez vous des choses qui me fascinent. Ah, vos dessins ! Surtout, j'adore ce Doigt... Léonard de Vinci. Cette idée de faire des dessins pour montrer son interprétation du monde et de fabriquer des objets inutiles uniquement pour leur beauté esthétique, c'est fabuleux ! Comme si on fabriquait des parfums non pas simplement pour communiquer, mais juste pour le bonheur de les respirer ! Cette beauté gratuite et inutile que vous appelez « art », c'est votre avantage sur notre civilisation. Nous ne possédons rien de tel dans nos cités. Votre civilisation est riche de son art et de ses passions inutiles.

Emission : Alors, tu es d'accord pour nous conduire à Bel-o-kan ?

La fourmi ne veut pas répondre encore.

Réception : Avant d'arriver chez vous, j'ai rencontré des blattes. Et elles m'ont appris quelque chose. On aime ceux qui sont capables de s'aimer, on aide ceux qui ont envie de s'aider eux-mêmes...

Elle agite ses antennes, sûre d'elle et de ses arguments.

Réception : Voilà la question qui me semble importante. A ma place, jugeriez-vous positivement votre propre espèce ?

La tuile. Ce n'est évidemment pas à Laetitia Wells qu'il faut poser la question. Ni à Arthur Ramirez.

La fourmi poursuit tranquillement son raisonnement.

Réception : Vous me comprenez ? Vous aimez-vous vous-mêmes assez pour qu'on ait envie de vous aimer ?

Emission : Eh bien...

Réception : Si vous ne vous aimez pas vous-mêmes, comment peut-on espérer qu'un jour vous serez capables d'aimer des êtres aussi différents que nous !

Emission : C'est-à-dire...

Réception : Vous cherchez les bonnes phéromones pour me convaincre ? Ne cherchez plus. Les explications que j'attendais de vous, votre télévision me les a fournies. J'y ai vu des documentaires, des reportages où des Doigts s'entraidaient, où des Doigts accouraient de nids lointains pour secourir d'autres Doigts, où des Doigts roses soignaient des Doigts marron. Nous, les fourmis comme vous nous appelez, nous n'en ferions jamais autant. Nous ne secourons pas les nids éloignés, nous ne secourons pas les fourmis des autres espèces. Et puis, j'ai vu des publicités pour des ours en peluche. Ce ne sont que des objets et pourtant, des Doigts les caressaient, des Doigts les embrassaient. Les Doigts ont donc en eux un surplus d'amour à donner.

Ils s'étaient attendus à tout, mais pas à ça. Pas à ce que l'espèce humaine séduise un non-humain grâce aux œuvres de Léonard de Vinci, aux médecins-aventuriers et à des ours en peluche !

Réception : Ce n'est pas tout. Vous soignez bien vos couvains. Vous espérez que les Doigts du futur seront meilleurs que ceux d'aujourd'hui. Vous aspirez à progresser. Vous êtes comme nos soldates qui se sacrifient afin de faire un pont sur lequel passeront leurs sœurs pour traverser un ruisseau. Les jeunes passeront et pour qu'elles passent, les anciennes sont prêtes à mourir. Oui, tout ce que j'ai vu, films, informations, publicités, exprimait le regret de n'être que ce que vous êtes et votre espoir de vous améliorer. Et de cet espoir jaillit votre « humour », naît votre « art »...

Laetitia avait les larmes aux yeux. Il lui avait fallu une fourmi pour lui expliquer et lui apprendre à aimer l'espèce humaine. Après le discours de 103e, elle ne serait jamais plus la même. Son humanophobie venait d'être guérie par une fourmi ! Elle eut soudain envie de mieux connaître ses contemporains. C'est vrai qu'il y en avait des formidables. Cette fourmi l'avait compris en quelques heures de télévision alors qu'elle ne l'avait jamais perçu de toute sa vie.

La jeune femme se pencha vers le micro et parvint à articuler :

Emission : Alors, tu vas nous aider ?

Sous sa cloche de verre, 103e dressa les antennes et émit, solennelle :

Réception : Nous ne pouvons pas lutter contre vous et vous ne pouvez pas lutter contre nous. Aucune de nos espèces n'est assez forte pour éliminer l'autre. Puisque nous ne pouvons pas nous détruire, nous sommes bien obligés de nous entraider. Et puis, je crois que nous avons besoin de vous. Nous avons des choses à apprendre de votre monde et il ne faut surtout pas vous tuer avant de les connaître.

Emission : Tu es donc d'accord pour nous montrer Bel-o-kan ?

Réception : Je suis d'accord pour vous aider à sauver vos amis enfermés sous la Cité, parce que je suis d'accord, maintenant, pour une collaboration entre nos deux civilisations.

C'est à ce moment qu'Arthur Ramirez s'évanouit une nouvelle fois.

192. LES DINOSAURES

C'est une phéromone mémoire historique qui a traversé les millénaires.

Chli-pou-ni approche ses antennes de la capsule remplie de liquides très odorants. Camaïeu de parfums. Aussitôt, le texte remonte avec volupté dans ses antennes.

Phéromone historique.

Saliveuse : 24e reine Belo-kiu-kiuni.

Les fourmis n'ont pas toujours été les maîtres de la Terre.

Jadis, ce titre a été remis en cause par d'autres espèces, représentant d'autres manières de penser.

Ainsi, il y a plusieurs millions d'années, la nature

misa sur le lézard. Jusqu'alors, les lézards n'étaient que des animaux de taille raisonnable, des poissons nantis de pattes.

Cependant, ces sauriens ne cessaient de se battre en duel. Aussi, leur corps muta peu à peu pour s'adapter aux combats singuliers. Ils devinrent de plus en plus grands et agressifs.

Il se produisit une évolution morphologique. Les lézards s'étaient transformés en géants. Nous n'arrivions plus à les tuer, même en nous regroupant à vingt, à trente ou à cent. Les lézards étaient maintenant trop forts, si nombreux et si destructeurs qu'ils étaient devenus la plus grande puissance animale terrienne.

Certains étaient si hauts que leur tête dépassait la cime des arbres. Ce n'étaient déjà plus des lézards, c'étaient des dinosaures.

Le règne de ces monstres immenses dura longtemps et nous, partout, dans nos fourmilières, nous réfléchissions.

Nous avions vaincu les terribles termites, nous devions être capables de nous débarrasser de ces dinosaures, émettait-on un peu partout. Pourtant, tous les commandos myrmécéens dépêchés contre les dinosaures étaient décimés.

Avions-nous trouvé nos maîtres ? Déjà, certaines fourmilières se résignaient à céder aux dinosaures le contrôle de leurs territoires de chasse. Elles fuyaient sous leurs pas, vivaient dans la hantise de leurs odieux duels au cours desquels le sol tremblait. Les termites eux-mêmes baissaient leurs mandibules.

C'est alors qu'une reine issue d'un nid de fourmis magnans lança un mot d'ordre : Toutes les cités unies contre ces monstres.

Le message était simple, l'impact fut planétaire. Les fourmilières mirent un terme à leurs guerres intestines. Plus aucune fourmi ne devait tuer une autre fourmi, quelle que soit son espèce ou sa taille. La Grande Alliance Planétaire était née.

Des messagères circulèrent entre les cités pour informer chacune des forces et des faiblesses des dinosau-

res. Ces bêtes paraissaient sans faille, mais chaque animal présente une faiblesse. Ainsi l'a voulu la nature. Cette faiblesse, nous devions la découvrir et nous l'avons découverte. Le défaut de la cuirasse, chez les dinosaures, c'était leur anus.

Il suffisait de les envahir par cette porte et de les détruire de l'intérieur. L'information circula très vite. Partout, les légions des fourmilières s'engouffrèrent dans cette voie sensible. Cavalerie, infanterie, artillerie n'affrontaient plus griffes, pattes et dents mais des giclées de sucs digestifs, des globules blancs, des réflexes musculaires.

Il est des récits terrifiants concernant des armées qui s'étaient aventurées à petits pas en intestin ennemi. Les soldates prenaient virage sur virage dans le gros côlon lorsque soudain, du bout du tunnel, jaillissait un boulet mortel : une crotte.

Les guerrières couraient, se réfugiaient dans des replis intestinaux. Parfois, le rocher nauséabond restait bloqué dans un angle. Parfois, il dévalait et pulvérisait l'armée.

Le principal adversaire des légions myrmécéennes devint l'étron. Combien de milliers de fourmis moururent, assommées par une avalanche de petits crottins durs ! Combien furent noyées sous un flot de mélasse boueuse ! Combien de commandos furent asphyxiés par le gaz d'un seul pet !

La plupart des légions myrmécéennes parvenaient cependant à percer à temps les tunnels intestinaux.

Alors, sous les assauts des minuscules, les montagnes de chair saurienne s'effondrèrent les unes après les autres. Carnivores, herbivores, équipés de queues dentées, de piques, de pointes, de poisons, d'écailles blindées, aucun ne parvenait à résister à des millions d'infimes chirurgiennes déterminées. Une simple paire de mandibules s'avérait beaucoup plus efficace qu'une corne plus grande qu'un arbre.

Il fallut aux fourmis plusieurs centaines de milliers d'années pour massacrer tous les dinosaures.

Et puis, un printemps, au réveil, on remarqua que les cieux s'étaient dégagés. Il n'y avait plus de dinosau-

res. Seuls les lézards de petite taille avaient été épargnés.

Chli-pou-ni dégage ses antennes et arpente pensivement la Bibliothèque chimique.

Ainsi, la Terre a connu plusieurs locataires qui, tour à tour, ont voulu jouer les maîtres tout-puissants. Tous ont connu leur heure de gloire avant que les fourmis ne les ramènent à la modestie.

Les fourmis sont les seules véritables propriétaires de la Terre. Chli-pou-ni s'enorgueillit d'appartenir à cette espèce.

Nous les si petites, nous savons écraser les gros qui se montrent cruels. Nous les si petites, nous savons réfléchir et résoudre des problèmes a priori insolubles. Nous les si petites, nous n'avons aucune leçon à recevoir de montagnes vivantes qui se figurent sans faille.

La civilisation myrmécéenne est seule à avoir duré aussi longtemps parce qu'elle a su se débarrasser de toutes ses concurrentes.

La souveraine regrette de ne pas avoir étudié les Doigts qui vivent sous la fourmilière. Si elle avait écouté 103e, en les observant elle aurait trouvé leur faille et la croisade aurait connu la gloire au lieu de la déroute.

Peut-être n'est-il pas encore trop tard ? Peut-être subsiste-t-il quelques Doigts rescapés sous la dalle de granit ? Elle sait combien les déistes se sont donné du mal pour leur transmettre de la nourriture.

Chli-pou-ni décide de descendre dans la Doigtilière pour s'y entretenir avec ce « Docteur Livingstone » tant vanté par les espionnes.

193. CANCER

103e perçoit qu'il se passe quelque chose d'anormal dans le monde des Doigts. Des ombres s'agitent là-haut. Il règne dans l'air comme une odeur de mort. Elle interroge :

Réception : Quelque chose ne va pas ?

Emission : Arthur s'est évanoui. Il est malade. Il est

atteint d'un cancer généralisé. Un mal que nul ne sait soigner. Ma mère en est morte. Nous sommes sans défense devant cette affection.

Réception : C'est quoi le cancer ?

Emission : Une maladie où les cellules prolifèrent de façon anarchique.

Pour mieux réfléchir, la fourmi lave soigneusement ses tiges sensitives.

Réception : Nous connaissons aussi ce phénomène, mais ce n'est pas une maladie. Votre cancer n'est pas une maladie.

Emission : C'est quoi alors ?

Pour la première fois, c'est un humain qui a émis le « c'est quoi ? » qu'a tant répété 103e. Et c'est au tour de la fourmi de fournir des explications.

Réception : Il y a bien longtemps, nous aussi avons été frappées par ce que vous appelez le « cancer ». Beaucoup sont mortes. Pendant plusieurs millions d'années, nous avons considéré ce fléau comme une calamité inguérissable et celles qui étaient touchées préféraient quitter immédiatement la vie en arrêtant les battements de leur cœur. Et puis...

Les trois humains écoutaient avec surprise.

Réception : Et puis, nous avons compris que nous envisagions le problème sous un mauvais angle. Il fallait étudier et comprendre différemment ce qui nous était d'abord apparu comme une maladie. Nous avons trouvé. Et depuis plus de cent mille ans, dans notre civilisation, plus personne ne meurt du cancer. Oh ! il nous arrive d'être victimes de bien d'autres maladies mais chez nous, le cancer, c'est fini.

Dans sa surprise, Laetitia embua la cloche de son souffle.

Emission : Vous avez découvert le remède contre le cancer ?

Réception : Bien sûr, je vais vous l'indiquer. Mais d'abord, j'ai besoin de prendre un peu l'air. On étouffe sous cette cloche.

Laetitia déposa soigneusement 103e dans une boîte d'allumettes au fond recouvert d'un confortable matelas de coton. Elle la porta ensuite sur le balcon.

La soldate huma la fraîcheur de la brise. D'ici, elle percevait même les lointains effluves de la forêt.

— Attention, ne la mets pas sur la balustrade, s'exclama Jacques Méliès. Il ne faut surtout pas qu'elle tombe. Cette fourmi est un vrai trésor. Elle accepte de sauver des vies humaines et, en plus, elle dit connaître le remède du cancer. Si c'est vrai...

De leurs mains jointes, ils formèrent un berceau autour de la boîte. Bientôt, Mme Ramirez les rejoignit. Elle avait aidé son mari à se mettre au lit. Il dormait maintenant.

— Notre fourmi assure connaître le remède contre le cancer, lui annonça Méliès.

— Alors, il faut la faire parler, et vite ! Arthur n'a plus guère de temps devant lui.

— Attendez juste quelques minutes, dit Laetitia. Elle a déclaré vouloir respirer un peu. Il faut la comprendre, elle vient de passer plusieurs jours enfermée sous une cloche à regarder la télévision sans discontinuer. Aucune bête au monde ne pourrait supporter ça !

Mais déjà la femme perdait son calme.

— Elle se reposera plus tard. Il faut d'abord sauver mon mari. C'est urgent.

Juliette Ramirez se précipita sur le bras de Laetitia. La jeune femme recula pour l'empêcher de lui arracher la boîte. Un instant, l'esquif de bois resta suspendu dans le vide. Mme Ramirez tira sur le poignet de Laetitia et cela suffit pour qu'il se renverse.

Elle chute. Un instant, 103e plane sur son moelleux tapis volant. Puis elle tombe, elle tombe, elle n'en finit pas de tomber. C'est haut, un nid de Doigts !

Elle s'affole quand elle percute le toit métallique d'une voiture et rebondit plusieurs fois. Elle court en tous sens. Où sont passés les Doigts « gentils » et leur machine à communiquer ? Elle fonce en criant des phéromones que plus personne n'est là pour déchiffrer.

Laetitia, Juliette, Arthur, Jacques ! Où êtes-vous ?

J'ai suffisamment respiré comme ça. Remontez-moi, que je vous raconte tout !

La voiture sur laquelle elle a atterri démarre.

103e s'accroche de toutes ses pattes à une antenne radio. Le vent siffle tout autour d'elle. Jamais, même lorsqu'elle volait sur « Grande Corne », elle n'est allée aussi vite.

194. ENCYCLOPÉDIE

Choc entre civilisations : L'Inde est un pays qui absorbe toutes les énergies. Tous les chefs militaires qui ont tenté de la mettre au pas s'y sont épuisés. Au fur et à mesure qu'ils s'enfonçaient à l'intérieur du pays, l'Inde déteignait sur eux, ils perdaient de leur pugnacité et s'éprenaient des raffinements de la culture indienne. L'Inde est comme une éponge molle qui retient tout. Ils sont venus, l'Inde les a vaincus.

La première invasion d'importance fut le fait des musulmans turco-afghans. En 1206, ils prirent Delhi. Cinq dynasties de sultans s'ensuivirent qui toutes tentèrent de s'emparer de la péninsule indienne dans sa totalité. Mais les troupes se diluaient en s'avançant vers le sud. Les soldats se lassaient de massacrer, perdaient le goût du combat et se laissaient charmer par les coutumes indiennes. Les sultans sombrèrent dans la décadence.

La dernière dynastie, celle des Lodi, fut renversée par Babur, roi d'origine mongole, descendant de Tamerlan. Il fonde en 1527 l'empire des Moghols et, à peine arrivé au centre de l'Inde, renonce aux armes et s'enthousiasme pour la peinture, la littérature et la musique.

L'un de ses descendants, Akbar, sut, lui, unifier l'Inde. Il usa de la douceur et inventa une religion, en puisant dans toutes les religions de son temps et en réunissant tout ce qu'elles contenaient de plus pacifique. Quelques dizaines

d'années plus tard cependant, Aurangzeb, autre descendant de Babur, tenta d'imposer par la force l'islam à la péninsule. L'Inde se révolta et éclata. Il est impossible de dompter ce continent par la violence.
Au début du XIXe siècle, les Anglais réussiront à conquérir militairement tous les comptoirs et les grandes villes, mais jamais ils ne contrôleront la totalité du pays. Ils se contenteront de créer des cantonnements, des « petits quartiers de civilisation anglaise », implantés dans un environnement entièrement indien.
De même que le froid protège la Russie, la mer le Japon et la Grande-Bretagne, un mur spirituel protège l'Inde et englue tous ceux qui y pénètrent.
De nos jours encore, tout touriste qui s'aventure ne serait-ce qu'une journée dans ce pays-éponge est saisi par les « à quoi bon ? » et les « pour quoi faire ? », et est tenté de renoncer à toute entreprise.

Edmond Wells,
Encyclopédie du savoir relatif et absolu, tome II.

195. UNE FOURMI DE PAR LA VILLE

Jacques Méliès se pencha.
— Elle est tombée !
Tous vinrent le rejoindre. Ils essayèrent de distinguer quelque chose tout en bas.
— Elle doit être morte...
— Peut-être pas, les fourmis savent encaisser les grandes chutes.
Juliette Ramirez s'anima.
— Retrouvez-la, elle seule peut sauver mon mari et vos amis sous la fourmilière.
Ils dévalèrent les marches et ratissèrent le parking.
— Surtout, faites bien attention où vous mettez les pieds !

Laetitia Wells chercha sous les roues des voitures. Juliette Ramirez passa au crible les petits fourrés placés à titre décoratif au bas de l'immeuble. Jacques Méliès alla sonner chez tous les voisins du dessous pour vérifier si la fourmi, poussée par une bourrasque, n'avait pas atterri sur leur balcon.

— Vous n'auriez pas vu une fourmi avec une trace rouge sur le front ?

Evidemment, ils le prirent pour un dément, mais, grâce à sa carte tricolore, ils le laissèrent cependant fureter partout.

Ils passèrent toute la journée à chercher.

— Que faire ? Dieu seul sait où peut être 103e !

Juliette Ramirez refusait de baisser les bras.

— Si cette fourmi sait vraiment comment soigner le cancer, il faut à tout prix la retrouver.

Ils fouinèrent encore longtemps. Ce n'étaient pas les insectes qui manquaient par ici ! Mais même avec l'aide de la loupe éclairante, nulle part ils n'aperçurent de fourmi rousse des bois au front marqué d'une tache rouge.

— Si seulement nous avions disposé d'un marqueur radioactif au lieu de vernis à ongles ! fulmina Méliès.

Ils se concertèrent.

— Il doit bien y avoir un moyen de retrouver une fourmi, même dans une ville comme Fontainebleau.

— Enumérons toutes les idées qui nous passent par la tête. On fera le tri ensuite, conseilla Mme Ramirez.

Les propositions fusèrent :

— Ratisser toute la ville mètre par mètre avec l'aide des militaires et des pompiers.

— Interroger toutes les fourmis que nous rencontrerons pour leur demander si elles n'en auraient pas vu passer une avec du rouge sur le front.

Aucune solution ne leur parut satisfaisante. Laetitia suggéra alors :

— Et si on passait un appel dans le journal ?

Ils se regardèrent. L'idée n'était peut-être pas aussi

stupide qu'elle en avait l'air. Ils réfléchirent encore, mais aucun d'entre eux n'en trouva de meilleure.

196. ENCYCLOPÉDIE

VICTOIRE : *Pourquoi toute forme de victoire est-elle insupportable ? Pourquoi n'est-on attiré que par la chaleur rassurante de la défaite ? Peut-être parce qu'une défaite ne peut être que le prélude à un revirement alors que la victoire tend à nous encourager à garder le même comportement. La défaite est novatrice, la victoire est conservatrice. Tous les humains sentent confusément cette vérité. Les plus intelligents ont ainsi tenté de réussir non pas la plus belle victoire mais la plus belle défaite. Hannibal fit demi-tour devant Rome offerte. César insista pour aller aux ides de mars.*
Tirons leçon de ces expériences.
On ne construit jamais assez tôt sa défaite. On ne bâtit jamais assez haut le plongeoir qui nous permettra de nous élancer dans la piscine sans eau.
Le but d'une vie lucide est d'aboutir à une déconfiture qui servira de leçon à tous ses contemporains. Car on n'apprend jamais de la victoire, on n'apprend que de la défaite.

Edmond Wells,
Encyclopédie du savoir relatif et absolu, tome II.

197. APPEL AUX POPULATIONS

Portrait-robot dans la rubrique « animaux perdus » de *L'Echo du dimanche*. Une tête de fourmi est dessinée à la plume.

Légende : « Attention ! Lisez bien ! Ceci n'est pas une plaisanterie. La fourmi représentée ici peut sauver la vie de dix-sept personnes en danger de mort.

Les indices suivants vous permettront d'éviter de la confondre avec toute autre fourmi :

103 683e est une fourmi rousse. Elle n'est donc pas complètement noire. Son thorax et sa tête sont brun-orangé. Seul son abdomen est sombre.

Sa taille : 3 millimètres. Sa carapace est rayée. Ses antennes sont courtes. Si on l'approche du Doigt, elle lance aussitôt un jet d'acide.

Ses yeux sont relativement petits, ses mandibules larges et trapues.

Signe particulier : une trace rouge sur le front.

Si vous la découvrez, si même sans être sûr de vous, vous croyez l'avoir reconnue, recueillez-la, abritez-la et n'hésitez pas à composer le 31 41 59 26. Demandez Laetitia Wells. Vous pouvez aussi appeler la police et demander le commissaire Jacques Méliès.

100 000 francs de récompense pour tout appel susceptible d'aider à retrouver 103 683e. »

Laetitia, Meliès et Juliette Ramirez s'efforcèrent de discuter avec les fourmis du terrarium, avec des fourmis prises au hasard dans les rues. Si celles du terrarium avaient bien entendu parler de Bel-o-kan, elles étaient incapables de les y conduire. Elles ne savaient même pas où elles gîtaient pour l'heure. Quant au secret du cancer, alors là, elles ne voyaient absolument pas de quoi il était question !

Même ignorance du côté des fourmis rencontrées dans les rues, les jardins ou les maisons.

Force leur fut de constater que la plupart des Myrmécéennes étaient plutôt stupides. Elles ne s'intéressaient à rien. Elles ne comprenaient rien. Elles ne pensaient qu'à se nourrir.

Jacques Méliès, Juliette Ramirez et Laetitia Wells arrivèrent ainsi à mesurer combien 103e était un cas à part. Sa démarche intellectuelle la rendait unique.

Laetitia Wells attrapa avec une petite pince les capsules dans lesquelles 103e avait rangé ses phéromones zoologiques sur les Doigts.

Décidément, cette 103e avait voulu tout comprendre de son monde et de son époque. On avait rarement vu autant de curiosité et d'avidité de savoir, même chez un humain. 103e était vraiment quelqu'un d'exceptionnel, se dit Laetitia Wells. Et elle se mordit les lèvres de penser déjà à 103e à l'imparfait.

Un instant, elle eut presque envie de prier. Après tout, qu'est-ce qui pouvait permettre de retrouver une fourmi dans une ville humaine, si ce n'était un miracle ?

199. OSSUAIRE

La reine Chli-pou-ni descend, entourée d'une escorte de gardes aux longues mandibules. Elle s'en veut de ne pas avoir communiqué plus tôt avec le Docteur Livingstone. Elle connaît déjà toutes les questions qu'elle va poser. Elle sait déjà comment elle va discerner leurs faiblesses. Et puis, elle a décidé de les nourrir. Il faut les nourrir pour les appâter, comme on le fait pour appâter les pucerons sauvages avant de leur couper les ailes et de les installer dans les étables.

Etage – 10 : Une ardeur nouvelle la saisit. La reine accélère le pas. Oui, elle va les nourrir et leur parler. Elle prendra des notes et consignera encore de nombreuses phéromones zoologiques sur les Doigts.

Autour d'elle, ses gardes caracolent. Toutes sentent qu'il va se produire aujourd'hui quelque chose d'important. La reine de la Fédération, fondatrice du mouvement évolutionnaire, consent enfin à parler aux Doigts, à les étudier pour mieux les tuer.

Etage – 12 : Chli-pou-ni se dit qu'elle a été vraiment stupide de ne pas avoir écouté 103e plus tôt. Elle aurait dû dialoguer avec les Doigts depuis longtemps. Elle aurait dû écouter sa mère. Belo-kiu-kiuni leur parlait. Il était si simple de faire de même.

Etage – 20 : Pourvu que les Doigts là-dessous soient encore vivants ! Pourvu que dans sa volonté de se distinguer, de faire quelque chose de différent de ses parents, elle n'ait pas tout gâché. Il ne fallait pas faire le contraire, ni faire de même, il fallait poursuivre. Poursuivre l'œuvre de Mère au lieu de la nier.

Autour d'elle, la Meute s'active comme tous les jours. Les fourmis la saluent de la pointe des antennes. Mais la plupart sont quand même surprises de voir leur reine descendre si profondément dans la Cité.

Etage – 40 : Chli-pou-ni galope maintenant avec toute sa troupe en se répétant : « Pourvu qu'il ne soit pas trop tard. » Elle bifurque dans plusieurs couloirs et débouche dans une salle qu'elle ne connaît pas. Une salle aux proportions étonnantes, qui a dû être construite il y a moins d'une semaine dans ces étages peu peuplés.

Soudain, devant elle, des déistes ! Ce sont les cadavres de toutes les rebelles déistes qui ont été ramenés ici. Des centaines de fourmis immobiles semblent défier la visiteuse importune.

Des soldates mortes conservées dans la Cité ! Les antennes royales, éberluées, ont un mouvement de recul. Derrière elle, les soldates belokaniennes qui l'accompagnent sont, elles aussi, épouvantées.

Que font toutes ces mortes ici ? Elles devraient être au dépotoir ! La reine et les soldates effectuent quelques pas entre les éléments de cette lugubre exposition. Les fourmis mortes sont pour la plupart disposées en position de combat, mandibules écartées, antennes dardées en avant, prêtes à bondir vers un adversaire peut-être tout aussi immobile.

Certains de ces cadavres portent encore les traces des perforations des pénis de punaises. Dire qu'elles ont toutes été tuées à son instigation...

Chli-pou-ni se sent bizarre.

Elle est impressionnée : elles sont toutes... comme Mère dans sa loge royale.

Les surprises ne s'arrêtent pas là.

Il lui semble que parmi ces fourmis trop immobiles, un mouvement s'est produit.

Oui, près de la moitié bougent ! Est-ce un mirage, une remontée du très ancien miellat de lomechuse, drogue à laquelle elle a jadis eu l'imprudence de goûter ?

Horreur !

Partout des cadavres bougent !

Et ce n'est pas une hallucination ! Des centaines de fantômes attaquent maintenant les soldates qui l'entourent. Partout on se bat. Les gardes de la reine ont de longues mandibules, mais les rebelles déistes sont beaucoup plus nombreuses. L'effet de surprise et le stress provoqué par ce lieu étrange jouent en défaveur des guerrières conventionnelles.

Les déistes, tout en combattant, frétillent des antennes pour émettre sans discontinuer la même phéromone.

Les Doigts sont nos dieux.

199. RETROUVAILLES

Tel un boulet de canon, Laetitia Wells surgit, essoufflée, dans le grenier où Jacques Méliès et Juliette Ramirez s'efforçaient de faire un tri entre les centaines de lettres et de messages téléphoniques que leur avait valus leur appel aux populations.

— On l'a trouvée ! Quelqu'un l'a retrouvée ! cria-t-elle.

Ni l'un ni l'autre ne réagirent.

— Il y a déjà huit cents escrocs qui ont juré l'avoir retrouvée, fit Méliès. Ils ramassent n'importe quelle fourmi, lui collent un peu de peinture rouge sur le front et viennent réclamer la récompense !

Juliette Ramirez renchérit :

— On en a même vu rappliquer avec des araignées ou des cafards barbouillés de rouge !

— Non, non. Cette fois, c'est du sérieux. C'est un détective privé qui, depuis notre appel, se promène à travers la ville avec, en permanence, des lunettes-loupes sur le nez...

— Et qu'est-ce qui te fait croire qu'il a vraiment retrouvé notre 103e ?

— Il m'a dit au téléphone que la trace sur le front n'était pas rouge mais jaune. Or, quand je garde mon vernis trop longtemps sur mes ongles, il vire au jaune.

En effet, l'argument était probant.
— Montre toujours l'animal.
— Il ne l'a pas. Il prétend l'avoir trouvée, mais il n'a pas pu la saisir. Elle lui a filé entre les doigts.
— Où l'a-t-il vue ?
— Tenez-vous bien ! Ce ne sera pas facile.
— Où donc ? parle !
— Dans la station de métro de Fontainebleau !
— Dans une station de métro ?
— Mais il est 6 heures, c'est l'heure de pointe. Il doit y avoir foule, s'effara Méliès.
— Chaque seconde est précieuse. Si nous laissons passer cette occasion, nous perdrons définitivement 103e et alors...
— Fonçons !

200. INSTANT DE DÉTENTE

Deux grosses fourmis aux yeux verts et au rictus mauvais s'approchent d'un monceau de saucisses, de pots de confitures, de pizzas et de choucroutes garnies.
— Nierk, nierk, les humains ont le dos tourné ! Régalons-nous !
Les deux fourmis se précipitent sur les plats. Elles utilisent des ouvre-boîtes pour crever des conserves de cassoulet, elles se servent des rasades de champagne et trinquent dans des flûtes.
Soudain un projecteur les éclaire et une bombe pulvérise un nuage jaune.
Les deux fourmis lèvent haut leurs sourcils et écarquillent leurs gros yeux verts en hurlant :
— Au secours, voilà PROPMAISON !
— Non, pas PROPMAISON, tout mais pas PROPMAISON !
Vapeurs noires.
— Aaaaarggggghhhhhhhh.
Les deux fourmis s'effondrent à terre. Travelling arrière. Un homme brandit une bombe aérosol avec, inscrit en grosses lettres : PROPMAISON.

Souriant, il s'adresse à la caméra. « Avec les beaux jours et la recrudescence de la chaleur, les cancrelats, les fourmis, les blattes prolifèrent. PROPMAISON est la solution. PROPMAISON tue sans discrimination tout ce qui grouille dans vos placards. PROPMAISON est sans danger pour les enfants et sans pitié pour les insectes. PROPMAISON est un nouveau produit CCG. La CCG c'est l'efficacité. »

201. POURSUITE DANS LE MÉTRO

Ils étaient complètement survoltés. Jacques Méliès, Laetitia Wells et Juliette Ramirez bousculèrent sans ménagement les usagers.

— Vous n'avez pas vu une fourmi ?

— Pardon ?

— Elle a dû aller par là, j'en suis sûre, les fourmis aiment la pénombre. Il faut chercher dans les coins sombres.

Jacques Méliès prit un passant à partie.

— Regardez où vous mettez les pieds, bon sang, vous seriez capable de la tuer !

Personne ne comprenait leur manège.

— La tuer ? Tuer qui ? Tuer quoi ?

— 103e !

Et comme à leur habitude, la plupart des voyageurs les dépassaient, refusant de voir ou d'entendre les perturbateurs.

Méliès s'adossa au mur carrelé.

— Bon sang, chercher une fourmi dans une station de métro, c'est comme chercher une aiguille dans une botte de foin.

Laetitia Wells se frappa le front !

— Mais, la voilà, l'idée ! Comment ne pas y avoir pensé plus tôt ! « Chercher une aiguille dans une botte de foin... »

— Que veux-tu dire ?

— Comment fait-on pour chercher une aiguille dans une botte de foin ?

— C'est impossible !

— Mais si, c'est possible. Il suffit d'utiliser la bonne méthode. Pour trouver une aiguille dans une botte de foin, rien de plus facile : on met le feu au foin puis on passe un aimant dans les cendres.

— D'accord, mais quel rapport avec 103e ?

— C'est une image. Il suffit de trouver la méthode. Et il y a forcément une méthode !

Ils se concertèrent. Une méthode !

— Jacques, tu es policier, alors commence par demander au chef de station d'évacuer tout le monde.

— Il n'acceptera jamais, c'est l'heure de pointe !

— Dis qu'il y a une alerte à la bombe ! Il ne prendra jamais le risque d'avoir des milliers de morts sur la conscience.

— D'accord.

— Bon, Juliette, seriez-vous capable de fabriquer une phrase phéromonale ?

— Laquelle ?

— « Rendez-vous dans la zone la plus éclairée. »

— Pas de problème ! Je peux même en faire 30 centilitres qu'on vaporisera partout avec un spray.

— Parfait.

Jacques Méliès s'enthousiasma.

— Je comprends. Tu veux installer un puissant projecteur sur le quai pour qu'elle le rejoigne.

— Les fourmis rousses de mon vivarium allaient toujours vers la lumière. Pourquoi ne pas essayer...

Juliette Ramirez fabriqua la phrase odorante « Rendez-vous dans la zone la plus éclairée » et revint avec cet appel dans un vaporisateur de parfum.

Les haut-parleurs de la station demandèrent à tout le monde d'évacuer dans l'ordre et le calme. Tout le monde poussa, hurla, bouscula, piétina. Chacun pour soi et Dieu pour tous.

Quelqu'un lança « Au feu ! ». Ce fut l'affolement. L'appel fut repris par tous. La foule se précipita. On renversa les grilles de séparation des travées. Les gens se battaient pour passer. Les haut-parleurs avaient beau ordonner « Restez calmes, pas de panique », ces mots obtenaient un effet contraire à celui recherché.

Devant la cavalcade de semelles s'abattant tout autour d'elle, 103ᵉ décide de se dissimuler dans l'interstice d'une lettre de faïence de la station « Fontainebleau ». La sixième de l'alphabet. La lettre F. Là, elle attend que le brouhaha des odeurs de sueurs doigtières s'apaise.

202. ENCYCLOPÉDIE

ABRACADABRA : *La formule magique « Habracadabrah » signifie en hébreu « Que cela se passe comme c'est dit » (que les choses dites deviennent vivantes). Au Moyen Age, on l'utilisait comme incantation pour soigner les fièvres. L'expression a été ensuite reprise par des prestidigitateurs, exprimant par cette formule que leur numéro touchait à sa fin et que le spectateur allait assister maintenant au clou du spectacle (le moment où les mots deviennent vivants ?). La phrase n'est cependant pas aussi anodine qu'il y paraît à première vue. Il faut inscrire la formule que constituent ces neuf lettres (en hébreu on n'écrit pas les voyelles HA BE RA HA CA AD BE RE HA, ce qui donne donc : HBR HCD BRH) sur neuf couches et de la manière suivante, afin de descendre progressivement jusqu'au « H » originel (Aleph : qui se prononce Ha) :*

HBR HCD BRH
HBR HCD BR
HBR HCD B
HBR HCD
HBR HC
HBR H
HBR
HB
H

Cette disposition est conçue de manière à capter le plus largement possible les énergies du ciel et à les faire redescendre jusqu'aux hommes. Il faut imaginer ce talisman comme un entonnoir, autour duquel la danse spiralée des lettres constituant la formule « Habracadabrah » déferle en un tourbillonnant vortex. Il happe et concentre en son extrémité les forces de l'espace-temps supérieur.

Edmond Wells,
Encyclopédie du savoir relatif et absolu, tome II.

203. UNE FOURMI DANS LE MÉTRO

Ça y est, la foule s'est dispersée. 103e sort de sa cachette et marche dans les vastes couloirs du métro. Décidément, elle ne se fera jamais à ce lieu. Elle n'aime pas cette lumière de néon d'un blanc dur.

Soudain elle sent dans l'air un message phéromonal : « Rendez-vous dans la zone la plus éclairée. » Elle reconnaît cet accent olfactif. C'est celui de la machine à traduire des Doigts. Bon ! Il n'y a plus qu'à chercher le coin le plus éclairé.

204. IMPOSSIBLE RENCONTRE

Ça ferraille partout dans la cité de Bel-o-kan. Des rebelles tombent du plafond. Aucune soldate ne vient à la rescousse de la reine. On se bat entre les cadavres secs des déistes. Mais rapidement, les combats tournent à l'avantage des plus nombreuses.

Chli-pou-ni est entourée de mandibules qu'elle pressent hostiles. On dirait que ces fourmis ne reconnaissent pas ses phéromones royales. L'une d'elles s'approche, mandibules largement écartées, comme si elle voulait la décapiter. Et la tueuse émet en approchant :

Les Doigts sont nos dieux !

C'est la solution. Il faut rejoindre les Doigts. Chli-pou-ni n'a pas l'intention de se laisser tuer. Elle se jette dans la mêlée, bouscule les mandibules et les antennes qui tentent de la stopper, galope dans tous les couloirs qui descendent. Plus qu'une seule direction : les Doigts.

Etage – 45. Etage – 50. Elle découvre très vite le passage qui conduit sous la Cité. Derrière elle, les rebelles déistes la poursuivent et elle sent leurs odeurs hostiles.

Chli-pou-ni traverse le couloir de granit et pénètre dans la « Deuxième Bel-o-kan », la cité secrète que sa mère a jadis bâtie pour venir s'y entretenir avec les Doigts.

Au centre se trouve une silhouette d'où part un gros tuyau.

Chli-pou-ni sait quel est cet être mal taillé dans de la résine. Les espionnes lui ont appris son nom. « Docteur Livingstone ».

La reine s'en approche. Les déistes la rejoignent, elles l'encerclent mais la laissent avancer vers le représentant de leurs dieux.

La souveraine touche les antennes de la pseudofourmi.

Je suis la reine Chli-pou-ni, émet-elle sur son premier segment.

En même temps, par ses dix autres segments antennaires, elle lance en vrac et sur toutes les longueurs d'ondes olfactives une multitude d'informations.

J'ai l'intention de vous sauver. Dorénavant, je me charge de vous nourrir. Je veux parler avec vous.

Comme si elles aussi attendaient un prodige, les déistes ne bronchent pas.

Cependant, rien ne se passe. Depuis plusieurs jours, les dieux se sont tus et même à la reine, ils refusent de parler.

Chli-pou-ni augmente l'intensité olfactive de ses messages. Pas le moindre frémissement chez le Docteur Livingstone. Il reste immobile.

Soudain, une pensée traverse l'esprit de la souveraine avec la vivacité et la force lumineuse d'un éclair.

Les Doigts n'existent pas. Les Doigts n'ont jamais existé.

Une gigantesque mystification, des rumeurs, des histoires, de fausses informations répandues par les phéromones de plusieurs générations de reines et par des mouvements de fourmis malades.

103e a menti. Mère Belo-kiu-kiuni a menti. Les rebelles mentent. Tout le monde ment.

Les Doigts n'existent pas et n'ont jamais existé.

Ici s'arrêtent toutes ses pensées. Une dizaine de lames de mandibules déistes transpercent son poitrail.

205. A LA RECHERCHE DE 103e

Le chef de station avait éteint toutes les lumières, comme Méliès le lui avait ordonné. Il leur avait ensuite fourni une torche assez puissante pour illuminer le quai. Juliette Ramirez et Laetitia Wells avaient vaporisé la phéromone d'appel dans toute la station. Il ne leur restait plus qu'à attendre, impatients, le cœur battant, que 103e s'approche de leur phare.

103e aperçoit des ombres, générées par une lumière plus puissante que les néons qu'elle a appris à connaître. Conformément au message qu'ont répandu les Doigts « gentils » pour la retrouver, elle avance vers la zone éclairée. Ils doivent être là à l'attendre. Quand elle les aura rejoints, tout rentrera dans l'ordre.

Comme elle était longue, cette attente ! Jacques Méliès, incapable de rester en place, faisait les cent pas dans le couloir. Il alluma une cigarette.

— Eteins ça. L'odeur de la fumée pourrait la faire fuir. Elle a horreur du feu.

Le policier éteignit sa cigarette du talon et repris sa marche.

— Arrête donc de marcher. Tu pourrais l'écraser si elle arrivait par là.

— Ne t'inquiète pas pour ça, s'il y a bien quelque chose que je n'arrête pas de faire depuis des jours, c'est regarder où je mets les pieds !

103e voit de nouvelles plaques s'approcher d'elle. Cette phéromone est un piège. Des Doigts tueurs de fourmis ont répandu le message pour mieux la tuer. Elle fuit.

Laetitia Wells la repéra dans le cercle de lumière.

— Regardez ! Une fourmi toute seule. C'est sûrement 103e. Elle s'est approchée et tu lui as fait peur, avec tes semelles. Si elle s'enfuit, nous la perdrons de nouveau.

Ils avancèrent à petits pas, mais 103e détala.

— Elle ne nous reconnaît pas. Pour elle, tous les humains sont des montagnes, se désola Laetitia.

Ils lui présentèrent leurs Doigts et leurs mains, mais 103e slaloma comme elle l'avait déjà fait lors du pique-nique. Elle fonça vers le ballast.

— Elle ne nous reconnaît pas. Elle ne reconnaît pas nos mains. Elle contourne nos Doigts ! Que faire ? s'exclama Méliès. Si elle sort du quai, on ne la retrouvera jamais dans les graviers !

— C'est une fourmi. Avec les fourmis, il n'y a que les odeurs qui fonctionnent. Tu as ton stylo-feutre ? L'encre sent fort, assez en tout cas pour l'arrêter.

Laetitia se précipita pour tracer une ligne épaisse, face à 103e.

Elle court, elle fonce, quand soudain, un mur odorant, fortement alcoolisé, se dresse devant elle. 103e freine de toutes ses pattes, longe ce mur nauséabond comme s'il y avait là une frontière invisible mais infranchissable, puis elle le contourne et reprend sa course.

— Elle contourne la trace de feutre !

Laetitia se précipita pour barrer la route de son marqueur. Vite, elle traça trois traits rapides en forme de triangle-prison.

Je suis prisonnière entre ces murs odorants, se dit 103e. *Que faire ?*

Prenant son courage à deux pattes, elle se projette à travers la marque de feutre comme s'il s'agissait d'un mur de verre et court à perdre haleine sans regarder où elle va.

Les humains ne s'attendaient pas à tant de bravoure et d'audace.

Ils se bousculèrent de surprise.

— Elle est là, indiqua Méliès du Doigt.

— Où ça ? interrogea Laetitia.

— Attention... !

Laetitia Wells était déséquilibrée. Tout se passa comme au ralenti. Pour se rattraper, elle fit un petit pas de côté. Pur réflexe. La pointe de son escarpin à talon haut s'éleva puis retomba sur...

— NNNOOOOOOONNNNNNNNN ! ! ! ! ! ! ! ! ! hurla Juliette Ramirez.

Elle poussa de toutes ses forces Laetitia avant que son pied ne touche terre.

Trop tard.

103e n'a pas le réflexe de l'éviter. Elle voit une ombre qui s'abat juste sur elle et elle n'a que le temps de penser que sa vie s'arrête ici. Elle a été riche, sa vie. Comme sur un écran de télévision, des images défilent dans ses cerveaux. La guerre des Coquelicots, la chasse au lézard, la vision du bord du monde, l'envol sur le scarabée, l'arbre cornigera, le miroir des blattes, et tant et tant de batailles avant la découverte de la civilisation doigtière... le football, Miss Univers... le documentaire sur les fourmis.

206. ENCYCLOPÉDIE

Baiser : Parfois, on me demande ce que l'homme a copié chez la fourmi. Ma réponse : le baiser sur la bouche. On a longtemps cru que les Romains de l'Antiquité avaient inventé le baiser sur la bouche plusieurs centaines d'années avant notre ère. En fait, ils se sont contentés d'observer les insectes. Ils ont compris que lorsqu'elles se touchaient les labiales, les fourmis produisaient un acte généreux qui consolidait leur société. Ils n'en ont jamais saisi la signification complète, mais ils se sont dit qu'il fallait reproduire cet attouchement pour retrouver la cohésion des fourmilières. S'embrasser sur la bouche, c'est mimer une trophallaxie. Mais dans la vraie trophallaxie, il y a un don de nourriture alors que dans le baiser humain, il n'y a qu'un don de salive non nutritif.

Edmond Wells,
Encyclopédie du savoir relatif et absolu, tome II.

207. 103e DANS L'AUTRE MONDE

Ils regardèrent, ébahis, le corps écrasé de 103e.

— Elle est morte ?...

L'animal ne bougeait plus. Plus du tout.

— Elle est morte !

Juliette Ramirez tapa du poing contre le mur.

— Tout est perdu. On ne pourra plus sauver mon mari. Tous nos travaux n'ont servi à rien.

— C'est trop bête ! Echouer si près du but ! Nous y étions presque.

— Pauvre 103e... Toute cette vie extraordinaire, et une simple chaussure à talon au bout...

— C'est de ma faute, c'est de ma faute, répétait Laetitia.

Jacques Méliès était plus pragmatique.

— Qu'est-ce qu'on fait de son cadavre ? On ne va pas le jeter !

— Il faudrait lui ériger une petite tombe...

— 103e n'était pas n'importe quelle fourmi. C'était un Ulysse ou un Marco Polo des mondes de l'espace-temps inférieur. Un personnage clef de toute leur civilisation. Elle mérite mieux qu'une tombe.

— Tu penses à quoi, à un monument ?

— Oui.

— Mais pour l'instant, personne en dehors de nous ne sait ce que cette fourmi a accompli. Personne ne sait qu'elle a été le pont entre nos deux civilisations.

— Il faut en parler partout, il faut alerter le monde entier ! affirma Laetitia Wells. Cette histoire a pris une trop grande importance. Il faut qu'elle permette d'aller encore plus loin.

— On ne trouvera jamais une « ambassadrice » aussi douée que 103e. Elle avait la curiosité plus l'ouverture d'esprit nécessaires au contact. Je l'ai compris en discutant avec les autres fourmis. C'était un cas unique.

— Sur un milliard de fourmis, nous devrions bien finir par en trouver une autre aussi douée.

Mais ils savaient bien que non. 103e, ils commençaient à l'adopter comme elle les avait adoptés. Simplement. Juste par intérêt bien compris. Les fourmis ont besoin des hommes pour gagner du temps. Les hommes ont besoin des fourmis pour gagner du temps.

Quel dommage ! Quel dommage d'échouer aussi près du but !

Même Jacques Méliès n'arrivait pas à rester insensible. Il donna des coups de pied dans les bancs.

— C'est trop bête.

Laetitia Wells culpabilisait.

— Je ne l'ai pas vue. Elle était si petite. Je ne l'ai pas vue !

Ils regardaient tous le petit corps immobile. C'était un objet. A voir cette pauvre carcasse tordue, jamais personne n'aurait pu croire que ç'avait été 103e, la guide de la première croisade anti-Doigts.

Ils se recueillirent devant la dépouille.

Soudain, Laetitia Wells ouvrit grands les yeux et bondit.
— Elle a bougé !
Ils scrutèrent l'insecte immobile.
— Tu prends tes désirs pour la réalité.
— Non, je n'ai pas rêvé. Je vous affirme que je l'ai vue remuer une antenne. C'était à peine perceptible mais c'était net.
Ils se regardèrent, ils observèrent longuement l'insecte. Il n'y avait plus la moindre once de vie dans cette bête. Elle était figée dans une sorte de spasme douloureux. Ses antennes étaient dressées, ses six pattes recroquevillées comme regroupées pour un long voyage.
— Je... je suis certaine qu'elle a bougé une patte !
Jacques Méliès prit Laetitia par l'épaule. Il comprenait que l'émotion lui fasse voir ce qu'elle souhaitait voir.
— Désolé. Pur réflexe cadavérique, sûrement.
Juliette Ramirez ne voulait pas laisser Laetitia Wells dans le doute, elle saisit le petit corps supplicié et le plaça tout près de son oreille. Elle la déposa même dans la caverne de sa cavité auriculaire.
— Tu crois que tu vas entendre son cœur qui bat ?
— Qui sait ? J'ai l'oreille fine, je percevrais le moindre mouvement.
Laetitia Wells reprit la dépouille de l'héroïne et l'allongea sur un banc. Elle se mit à genoux et posa précautionneusement un miroir devant ses mandibules.
— Tu espères la voir respirer ?
— Ça respire bien les fourmis, non ?
— Leur respiration est trop légère pour que nous puissions en repérer la moindre trace.
Ils fixèrent l'animal désarticulé avec une colère sourde.
— Elle est morte. Elle est bel et bien morte !
— 103e était la seule à espérer en notre union inter-espèces. Elle y avait mis du temps, mais elle avait imaginé une interpénétration de nos deux civilisations. Elle avait ouvert une brèche, trouvé des

dénominateurs communs. Aucune autre fourmi n'aurait pu entreprendre une telle démarche. Elle commençait à devenir un peu... humaine. Elle appréciait notre humour et notre art. Toutes ces choses parfaitement inutiles, comme elle disait... mais si fascinantes.

— Nous en éduquerons une autre.

Jacques Méliès serra Laetitia Wells dans ses bras et la consola.

— Nous en prendrons une autre et nous lui apprendrons à elle aussi ce que c'est que l'humour et l'art des... Doigts.

— Il n'y en a pas d'autre comme elle. C'est ma faute... ma faute..., répéta Laetitia.

Ils gardèrent tous les yeux rivés sur le corps de 103ᵉ. Un long silence s'ensuivit.

— Nous lui ferons des obsèques dignes d'elle, dit Juliette Ramirez.

— Nous l'enterrerons au cimetière Montparnasse à côté des plus grands penseurs du siècle. Ce sera une toute petite tombe et nous écrirons dessus : « C'était la toute première. » Nous seuls saurons le sens de cette inscription.

— On ne mettra pas de croix.

— Ni fleurs ni couronnes.

— Juste une brindille dressée dans le ciment. Car elle est toujours restée droite face aux événements, même quand elle avait peur.

— Et elle avait tout le temps peur.

— Nous nous retrouverons tous les ans sur sa tombe.

— Personnellement, je n'aime pas ressasser mes échecs.

Juliette Ramirez souffla :

— C'est tellement dommage !

Du bout de l'ongle, elle tapota les antennes de 103ᵉ.

— Allez ! Réveille-toi, maintenant ! Tu nous as bien eus, on a cru que tu étais morte, montre-nous que tu blaguais. Tu blaguais comme nous, les humains. Tu vois, ça y est, tu as inventé l'humour fourmi !

Elle amena le corps sous la torche halogène.

— Peut-être qu'avec un peu de chaleur...

Ils regardaient tous le cadavre de 103ᵉ. Méliès ne put s'empêcher de marmonner une petite prière : « Mon Dieu faites que... »

Mais il ne se produisait toujours rien.

Laetitia Wells retint une larme qui coula, glissa sur l'arête du nez, contourna la joue, s'arrêta un instant dans la fossette du menton, puis tomba à côté de la fourmi.

Une éclaboussure salée toucha l'antenne de 103ᵉ.

Il se passa alors quelque chose. Les yeux s'écarquillèrent, les corps se penchèrent.

— Elle a bougé !

Cette fois-ci, tous avaient vu l'antenne tressaillir.

— Elle a bougé, elle est encore vivante !

L'antenne frémit à nouveau.

Laetitia cueillit une deuxième larme à la commissure de ses yeux et humecta l'antenne.

A nouveau, il y eut un imperceptible mouvement de recul.

— Elle est vivante. Elle est vivante. 103ᵉ est vivante !

Juliette Ramirez se frotta la bouche d'un Doigt sceptique.

— Tout n'est pas encore gagné.

— Elle est salement blessée, mais on peut la sauver.

— Il nous faut un vétérinaire.

— Un vétérinaire pour fourmis, cela n'existe pas ! remarqua Jacques Méliès.

— Qui va pouvoir soigner 103ᵉ alors ? Sans aide, elle mourra !

— Que faire ? Que faire ?

— La tirer de là, et vite.

Ils étaient surexcités, d'autant plus désemparés qu'ils avaient souhaité très fort la voir bouger et que maintenant qu'elle bougeait, ils ne savaient que faire pour la soigner. Laetitia Wells aurait aimé la caresser, la rassurer, s'excuser. Mais elle se sentait si pataude, si maladroite pour l'espace-temps des fourmis qu'elle ne ferait qu'aggraver encore la situation. A cet instant, elle eût aimé être fourmi pour pouvoir la lécher, lui donner une bonne trophallaxie...

Elle s'exclama :

— Seule une fourmi pourrait la sauver, il faut la ramener parmi les siens.

— Non, elle est recouverte d'odeurs parasites. Une fourmi de son propre nid ne la reconnaîtrait pas. Elle la tuerait. Il n'y a que nous qui puissions agir.

— Il faudrait des bistouris microscopiques, des pinces...

— Si ce n'est que cela, alors dépêchons-nous ! cria Juliette Ramirez. Fonçons à la maison, tout n'est peut-être pas perdu. Vous avez une autre boîte d'allumettes ?

De nouveau, Laetitia installa 103e avec mille précautions, s'obligeant à croire que ce morceau de mouchoir dont elle avait tapissé le fond n'était pas un linceul mais un drap, qu'elle ne transportait pas un cercueil mais une ambulance.

103e émet de faibles appels du bout de l'antenne, comme si elle se savait à bout de forces et qu'elle voulût lancer un ultime adieu.

Ils remontèrent à la surface, courant et en même temps s'efforçant de ne pas trop secouer la boîte et sa blessée.

Dehors, de rage, Laetitia jeta ses chaussures dans le caniveau.

Ils hélèrent un taxi, l'exhortèrent à rouler le plus vite possible tout en évitant les cahots.

Le chauffeur reconnut ses passagers. C'étaient les mêmes qui, la dernière fois, avaient exigé qu'il ne dépasse pas le 0,1 km/h. On tombe toujours sur les mêmes enquiquineurs. Ou ils ne sont pas assez pressés ou ils le sont trop !

Il fonça quand même à l'adresse des Ramirez.

208. PHÉROMONE

Phéromone : Zoologie
Thème : Les Doigts
Saliveuse : 103 683e
Date : an 100 000 667

CARAPACE : Les Doigts ont la peau molle. Pour la protéger, ils la recouvrent soit de morceaux de végétaux tressés, soit de morceaux de métal qu'ils nomment « voitures ».

TRANSACTION : Les Doigts sont nuls en matière de rapports commerciaux. Ils sont si naïfs qu'ils échangent de pleines pelletées de nourriture contre un seul morceau de papier colorié non comestible.

COULEUR : Si on prive d'air un humain pendant plus de trois minutes, il change de couleur.

PARADE AMOUREUSE : Les Doigts se livrent à une parade amoureuse complexe. Pour ce faire, ils se retrouvent le plus souvent dans des lieux spéciaux dénommés « boîtes de nuit ». Là, ils se trémoussent face à face des heures durant, mimant ainsi l'acte copulatoire. Si chacun est satisfait de la prestation de l'autre, ils se rendent ensuite dans une chambre pour se reproduire.

NOMS : Les Doigts se nomment entre eux : Humains. Et ils nous nomment, nous, les Terriens : Fourmis.

RAPPORTS AVEC L'ENTOURAGE : Le Doigt ne se préoccupe que de sa propre personne. De par sa nature, le Doigt ressent une très forte envie de tuer tous les autres Doigts. Les « lois », un code social rigide établi artificiellement, servent à modérer ses pulsions de mort.

SALIVE : Les Doigts ne savent pas se laver avec leur salive. Pour se laver ils ont besoin d'une machine qui se nomme « baignoire ».

COSMOGONIE : Les Doigts se figurent que la Terre est ronde et qu'elle tourne autour du soleil !

ANIMAUX : Les Doigts connaissent très mal la nature qui les entoure. Ils croient être les seuls animaux intelligents.

209. OPÉRATION DERNIÈRE CHANCE

— Bistouri !

Chaque requête d'Arthur était instantanément exécutée

— Bistouri.

— Pince à épiler numéro un !

— Pince à épiler numéro un.

— Scalpel !

— Scalpel.

— Suture !

— Suture.

— Pince à épiler numéro huit !

— Pince à épiler numéro huit.

Arthur Ramirez opérait. Quand les trois autres étaient rentrés, ramenant 103e agonisante, il était réveillé et remis de son évanouissement. Il avait immédiatement compris ce que ses compagnons attendaient de lui et retroussa ses manches. Désireux de conserver intacte toute l'acuité de ses sens pour la délicate opération, il avait refusé le cocktail d'analgésiques que son épouse lui proposait.

Maintenant, Jacques Méliès, Laetitia Wells et Juliette Ramirez étaient autour de lui, penchés au-dessus de la minuscule table de chirurgie improvisée par le maître des lutins à partir d'une lamelle de microscope. Ce dernier était quant à lui branché sur une caméra vidéo. Tous pouvaient suivre l'opération sur un téléviseur.

Beaucoup de fourmis-robots à réparer avaient déjà défilé sur cette lamelle, mais c'était la première fois qu'une fourmi de chitine et de sang y était en mauvaise posture.

— Sang !

— Sang.

— Plus de sang encore !

Pour sauver 103e, il avait fallu écraser quatre vraies fourmis pour recueillir le sang nécessaire aux transfusions. Ils n'avaient pas hésité. 103e était unique et méritait le sacrifice de quelques spécimens de son espèce.

Pour ces mini-transfusions, Arthur avait aiguisé une aiguille microscopique et l'avait enfoncée dans la zone tendre de l'articulation de la patte postérieure gauche.

Le chirurgien improvisé ignorait si la fourmi souffrait de ses manipulations mais, vu son état de fragilité, il avait préféré ne pas tenter d'anesthésie.

Arthur commença par remboîter la patte médiane à la manière d'un rebouteux. Pour la patte antérieure gauche, ce fut tout aussi facile. A force de travailler sur ses fourmis-robots, il avait acquis une grande dextérité digitale.

Le thorax était aplati. Avec une fine pince, il lui redonna forme comme on le ferait pour une aile de voiture emboutie, puis il reboucha avec de la colle l'endroit où la chitine avait été crevée. Cette même colle servit à ressouder l'abdomen transpercé, au préalable regonflé de sang à l'aide d'une minuscule pipette.

— Heureusement que la tête et les antennes sont intactes ! s'exclama-t-il. La pointe de votre talon était si étroite qu'elle n'a écrasé que le thorax et l'abdomen.

Sous la lumière de la lampe du microscope, 103e retrouve de l'énergie. Elle tend un peu la tête et suçote lentement la goutte de miel qu'un Doigt a disposée devant ses mandibules.

Arthur se releva, essuya la sueur qui mouillait son front et soupira :

— Je crois qu'elle est tirée d'affaire. Il lui faudra cependant plusieurs jours de repos pour récupérer. Installez-la dans une zone sombre, chaude et humide.

210. ENCYCLOPÉDIE

Quel est le chemin ? Il faut penser à l'homme de l'an 100 millions. (Celui qui a autant d'expérience que les fourmis actuelles.)
Cet homme doit avoir une conscience cent mille fois plus développée que la nôtre. Il faut l'aider, lui notre petit petit petit puissance 100 000 petit enfant. Pour cela il faut tracer le sentier d'or. Le chemin qui permettra de perdre le moins de temps en formalisme inutile. Le chemin qui empêchera les retours en arrière sous la pression de tous les réactionnaires, tous les barbares, tous les tyrans. Il nous faut trouver le Tao, la voie qui mène à la conscience plus élevée. Cette voie sera tracée à partir de la multiplicité de nos expériences. Pour mieux repérer ce sentier il faut changer nos points de vue, ne pas s'ankyloser sur une manière de penser. Quelle qu'elle soit. A fortiori si elle est bonne. Les fourmis nous montrent un exercice spirituel. Se mettre à leur place. Mais mettons-nous aussi à place des arbres, à la place des poissons, à la place des vagues, à la place des nuages, à la place des pierres.
L'homme de l'an 100 millions devra savoir parler aux montagnes pour puiser dans leur mémoire. Sinon tout n'aura servi à rien.

Edmond Wells,
Encyclopédie du savoir relatif et absolu, tome II.

211. LE TROU

Trois jours de convalescence et 103e était complètement remise de ses contusions. Elle mangeait de manière presque normale (même des morceaux de viande de sauterelle et de la bouillie de céréales). Elle agitait normalement ses deux antennes. Elle léchait en permanence ses plaies pour ôter la colle et aussi les désinfecter avec sa salive.

Arthur Ramirez avait fait déambuler sa patiente dans une caisse de carton bourrée de coton hydrophile pour éviter tout choc. Il notait tous les jours les progrès effectués. La patte brisée ne fonctionnait pas très bien, mais 103ᵉ compensait en se déhanchant.

— Elle a besoin de rééducation pour remuscler ses cinq pattes, remarqua Jacques Méliès.

Il avait raison. Arthur déposa 103ᵉ sur un mini-tapis roulant et à tour de rôle, chacun la fit marcher pour lui reconstruire les cuissots.

La soldate avait maintenant retrouvé suffisamment de forces pour reprendre les discussions.

Dix jours après l'accident, ils décidèrent donc qu'il était temps d'organiser l'expédition en vue du sauvetage de Jonathan Wells et de ses compagnons.

Jacques Méliès réquisitionna Emile Cahuzacq et trois policiers subalternes. Laetitia Wells et Juliette Ramirez étaient de la partie. Arthur, trop affaibli par la maladie et les soucis de ces derniers jours, préféra attendre leur retour confortablement lové dans un fauteuil.

Ils s'étaient munis de pelles et de pioches. 103ᵉ était là pour les guider. En avant pour la forêt de Fontainebleau !

Les Doigts de Laetitia posèrent la fourmi dans l'herbe. Pour s'assurer de ne plus la perdre, elle avait noué un fil de nylon autour de l'articulation abdominale de l'éclaireuse. Une laisse, en quelque sorte.

103ᵉ hume les effluves environnants et pointe de l'antenne la direction à prendre.

Bel-o-kan, c'est par là.

Pour aller plus vite, des Doigts la soulevèrent et la transportèrent plus loin. Il suffisait qu'elle agite ses appendices sensoriels pour qu'ils comprennent qu'elle avait besoin de nouveaux repères. Alors, ils la reposaient par terre et, de nouveau, elle montrait le chemin.

Au bout d'une heure de marche, ils traversèrent un ruisseau à gué puis s'enfoncèrent dans une zone de broussailles. Ils étaient obligés d'avancer lentement afin que 103e puisse bien suivre les rails olfactifs adéquats.

Trois heures encore et ils aperçurent loin devant eux une grande motte de brindilles.

La fourmi signala qu'on était arrivés.

— C'est donc ça, Bel-o-kan ? s'étonna Méliès qui, en d'autres circonstances, n'aurait jamais remarqué pareil monticule.

Ils accélérèrent le pas.

— Et maintenant, chef ? demanda un policier.

— Maintenant, on creuse.

— Mais sans abîmer la ville, surtout sans abîmer la ville, insista Laetitia, pointant un Doigt menaçant. N'oubliez pas, nous avons promis à 103e de ne pas nuire à sa cité.

L'inspecteur Cahuzacq médita le problème.

— Bon, il suffit de creuser juste à côté. Si c'est grand, on tombera forcément sur le souterrain et si on ne tombe pas dessus, on avancera en biais par en dessous pour contourner le nid.

— D'accord ! dit Laetitia.

Ils creusèrent tels des flibustiers à la recherche d'un trésor enterré dans une île. Les policiers furent vite recouverts de terre et de boue, mais toujours pas de roche au bout de leurs pelles.

Le commissaire les encouragea à continuer.

Dix mètres, douze mètres et toujours rien. Des fourmis, sans doute des soldates de Bel-o-kan, vinrent aux nouvelles, soucieuses de savoir ce qui provoquait ces terribles vibrations aux alentours de la Cité, au point d'ébranler les couloirs périphériques.

Emile Cahuzacq leur offrit du miel pour les rassurer.

Les policiers commencèrent à se lasser d'utiliser leurs pelles. Ils finissaient par avoir l'impression de creuser leurs propres tombes, mais le chef paraissait déterminé à aller jusqu'au bout et eux n'avaient pas le choix.

Les Belokaniennes étaient de plus en plus nombreuses à les observer.

Ce sont des Doigts, émit une ouvrière qui avait refusé ce miel, peut-être empoisonné.

Des Doigts venus se venger sur nous de la croisade !

Juliette Ramirez comprit ce qui agitait toutes ces petites créatures.

— Vite ! Attrapons-les toutes avant qu'elles n'aient eu le temps de donner l'alerte.

Avec Laetitia et Méliès, elle les jeta, mêlées à des poignées de terre et d'herbes, dans des boîtes-prisons sur lesquelles elle pulvérisa une phéromone *Calmez-vous, tout va bien*. Apparemment, la manœuvre fonctionna. On ne perçut aucun remue-ménage dans les boîtes.

— Il faut quand même nous dépêcher, sinon nous aurons bientôt toutes les armées de la Fédération sur le dos, dit la championne de « Piège à réflexion ». Tous les vaporisateurs du monde ne suffiraient pas à les contenir éternellement.

— Cessez de vous inquiéter, vous aussi, fit l'un des policiers. Ça y est. Ça sonne creux. On doit être au-dessus de la grotte.

Il héla :

— Hé, il y a quelqu'un en bas ?

Aucune réponse. Ils éclairèrent avec une torche.

— On dirait une église, constata Cahuzacq. Et je ne vois personne.

Un policier se munit d'une corde, l'arrima à un tronc d'arbre et descendit avec la torche. Cahuzacq le suivit. Une à une, il parcourut les pièces avant de crier à l'intention des autres, en haut :

— Ça y est. Je les ai trouvés. Ils ont l'air tout à fait vivants mais ils dorment.

— Avec tout le boucan qu'on a fait, ce n'est pas possible. Si nous ne les avons pas réveillés, c'est qu'ils sont morts.

Jacques Méliès s'en fut se rendre compte par lui-même. Il éclaira la salle et y découvrit, surpris, une fontaine, du matériel informatique, de ronronnantes machines électriques. Il avança vers le dortoir, voulut secouer un des hommes couchés là et recula avec l'impression d'avoir effleuré un squelette tant le bras qu'il avait saisi était décharné.

— Ils sont morts, répéta-t-il.

— Non...

Méliès sursauta.

— Qui a parlé ?

— Moi, murmura une faible voix.

Il se retourna. Derrière lui, un être émacié se tenait debout, s'appuyant à un mur.

— Non, nous ne sommes pas morts, articula Jonathan Wells en se calant sur un bras. Nous ne vous attendions plus, messieurs.

Ils s'observèrent mutuellement. Jonathan Wells ne cillait pas.

— Vous ne nous avez pas entendus creuser ? demanda Jacques Méliès.

— Si, mais nous préférions dormir jusqu'au dernier moment, émit le Pr Daniel Rosenfeld.

Ils se levèrent tous. Ils étaient maigres et calmes.

Les policiers étaient très impressionnés. Ces gens-là ne ressemblaient plus à des hommes.

— Vous devez avoir terriblement faim !

— Non, ne nous nourrissez pas tout de suite, cela pourrait nous tuer. Nous nous sommes peu à peu habitués à vivre ainsi, avec peu de chose.

Emile Cahuzacq n'en croyait pas ses sens.

— Eh bien dites donc !

Les hommes du sous-sol s'habillèrent posément et s'avancèrent. Ils reculèrent lorsqu'ils perçurent la lumière du jour. Elle était trop violente pour eux.

Jonathan Wells réunit quelques-uns de ses compagnons de vie souterraine. Ils firent cercle et Jason Bragel formula la question que tous se posaient déjà :

— On part ou on reste ?

212. ENCYCLOPÉDIE

***Vitriol** : « Vitriol » est une dénomination de l'acide sulfurique. On a longtemps cru que « vitriol »* *signifiait « ce qui rend vitreux ». Son sens est plus hermétique, cependant. Le mot « vitriol » a été constitué à partir des premières lettres d'une formule de base datant de l'Antiquité. V.I.T.R.I.O.L. :* Visita Interiora Terrae *(visite l'intérieur de la Terre)* Rectificando Occultem Lapidem *(et en te rectifiant tu trouveras la pierre cachée).*

Edmond Wells,
Encyclopédie du savoir relatif et absolu, tome II.

213. PRÉPARATIFS

Le cadavre de Chli-pou-ni trône dans la salle des morts, là où les déistes l'ont installé.

Sans reine pondeuse, Bel-o-kan est menacée de disparaître. Il faut impérativement une reine aux fourmis rousses. Une seule reine, mais une reine.

Toutes le savent, ce n'est pas d'être déiste ou non déiste qui sauvera maintenant la Cité. Il importe de lancer, même si la saison en est passée, une Fête de la Renaissance.

On réunit les princesses attardées qui n'ont pas pris leur envol en juillet. On traque les mâles débiles qui n'ont pas su sortir de la Cité les jours de vols nuptiaux. On les prépare.

Un accouplement est indispensable pour sauver la ville.

Que les Doigts soient des dieux ou non, si les fourmis ne se dotent pas d'une reine fécondée d'ici trois jours, toutes les Belokaniennes mourront.

On gave donc les princesses de miellat sucré afin de les dynamiser en vue de l'acte amoureux. On explique patiemment aux mâles déficients le déroulement du vol nuptial.

Dans la lourde chaleur de midi, la foule se masse sur le dôme de la Cité. Depuis des millénaires déjà, la Fête de la Renaissance provoque la même liesse mais, cette année, c'est la survie de la communautécité qui est en jeu. Jamais vol nuptial n'a été autant attendu !

Il faut qu'une reine vivante réatterrisse à Bel-o-kan.

Vacarme olfactif. Les princesses sont là, dans leur robe de mariée qui ne compte que deux ailes transparentes. Les artilleuses sont en place pour défendre la Cité au cas où des oiseaux voudraient s'approcher.

214. PHÉROMONE ZOOLOGIQUE

Phéromone : Zoologie
Thème : Les Doigts
Saliveuse : 103 683e
Date : an 100 000 667

COMMUNICATION : Les Doigts communiquent entre eux en émettant par la bouche des vibrations sonores. Celles-ci sont captées par une membrane libre, placée au fond des trous latéraux de la tête. Cette membrane reçoit les sons, les transforme en impulsions électriques. Le cerveau donne ensuite un sens à ces sons.

REPRODUCTION : Les femelles Doigts sont incapables de choisir le sexe, la caste, ou même la forme de leur couvain. Chaque naissance est une surprise.

ODEUR : Les Doigts sentent l'huile de marronnier.

NOURRITURE : Parfois, les Doigts mangent non pas parce qu'ils ont faim mais parce qu'ils s'ennuient.

ASEXUÉ : Il n'existe pas d'asexués chez les Doigts, il n'y a chez eux que des mâles et des femelles. Ils n'ont pas non plus de reine pondeuse.

HUMOUR : Les Doigts ont une émotion qui nous est complètement étrangère, ils nomment cela l'« humour ». Je suis incapable de comprendre de quoi il s'agit. Cela semble pourtant intéressant.

NOMBRE : Les Doigts sont plus nombreux qu'on ne le croit généralement. Ils ont bâti de par le monde une dizaine de cités d'au moins mille Doigts. Selon mes estimations, il doit bien y avoir dix mille Doigts sur terre.

TEMPÉRATURE : Les Doigts sont équipés d'un système de régulation thermique interne qui leur permet de conserver un corps tiède même si la température du monde extérieur est froide. Ce système leur permet de rester actifs la nuit et l'hiver.

YEUX : Les Doigts ont des yeux mobiles par rapport au reste du crâne.

MARCHE : Les Doigts marchent en équilibre sur deux pattes. Ils ne contrôlent pas encore parfaitement cette position, relativement récente dans leur évolution physiologique.

VACHES : Les Doigts traient les vaches (gros animaux à leur taille), de la même façon que nous trayons nos pucerons.

215. RENAISSANCE

Ils décidèrent de sortir. Ils étaient très dignes. Ils n'étaient ni mourants ni malades. Ils étaient seulement affaiblis. Très affaiblis.

— Ils pourraient au moins nous remercier, grogna Cahuzacq in petto.

Son collègue Alain Bilsheim l'entendit :

— L'année dernière encore, nous vous aurions baisé les pieds. Maintenant, c'est trop tôt ou c'est trop tard.

— Mais nous vous avons sauvés quand même !

— Sauvés de quoi ?

Cahuzacq fulmina.

— De ma vie, je n'ai vu autant d'ingratitude ! A vous dégoûter de venir en aide à votre prochain...

Il cracha sur le sol du temple souterrain.

Un à un, les dix-sept captifs sortirent par l'échelle de corde. Le soleil les aveuglait. Ils réclamèrent des bandeaux dont ils protégèrent leurs yeux. Ils s'assirent à même la terre.

— Racontez ! s'écria Laetitia. Parle-moi, Jonathan ! Je suis ta cousine Laetitia Wells, la fille d'Edmond. Dis-moi comment vous avez pu tenir là-dessous si longtemps.

Jonathan Wells se fit le porte-parole de sa communauté :

— Nous avons simplement pris la décision de vivre et de vivre ensemble, c'est tout. Nous préférons ne pas trop parler, pardonne-nous.

La vieille Augusta Wells se jucha sur une pierre. Elle adressa des signes de dénégation aux policiers.

— Pas d'eau, pas de nourriture. Donnez-nous seulement des couvertures car nous avons froid dehors et, ajouta-t-elle avec un petit rire, il ne nous reste guère de graisse pour nous protéger.

Laetitia Wells, Jacques Méliès et Juliette Ramirez s'étaient attendus à secourir des agonisants. A présent, ils ne savaient trop comment se comporter face à ces squelettes tranquilles qui s'adressaient à eux avec des allures hautaines.

Ils les installèrent dans leurs voitures, les conduisirent à l'hôpital pour des examens complets et constatèrent que leur état de santé était meilleur qu'ils ne l'avaient craint. Tous présentaient certes une multitude de carences en vitamines et protéines, mais ils ne souffraient ni de lésions, internes ou externes, ni de dégradation des cellules.

Tel un message télépathique, une phrase traversa le cerveau de Juliette Ramirez :

Et ils surgiront des entrailles de la terre nourricière comme d'étranges bébés, porteurs d'une nouvelle humanité.

Quelques heures plus tard, Laetitia Wells s'entretint avec le psychothérapeute qui avait examiné les rescapés.

— Je ne sais pas ce qui se passe, dit-il. Ils ne parlent pratiquement pas. Ils me sourient tous comme s'ils me prenaient pour un imbécile, ce qui est toujours irritant, je dois le reconnaître. Mais le plus étonnant, c'est ce phénomène bizarre, qui m'a mis mal à l'aise. Dès qu'on en touche un, tous ressentent votre geste, comme s'ils appartenaient à un même organisme. Et ce n'est pas tout !

— Quoi encore ?

— Ils chantent.

— Ils chantent ? s'effara Méliès. Vous avez dû mal entendre, c'est peut-être parce qu'ils ont du mal à se réhabituer à la parole ou...

— Non. Ils chantent, c'est-à-dire qu'ils émettent des sons différents pour se retrouver tous sur la même note et la tenir longtemps. Cette note unique fait vibrer l'hôpital tout entier et, apparemment, leur apporte du réconfort.

— Ils sont devenus déments ! s'exclama le commissaire.

— Cette note, c'est peut-être un son de ralliement, comme les chants grégoriens, suggéra Laetitia. Mon père s'y intéressait beaucoup.

— Un son de ralliement pour humains, comme l'odeur est signe de ralliement pour une fourmilière, compléta Juliette Ramirez.

Le commissaire Jacques Méliès parut soucieux.

— Surtout, ne parlez de tout ça à personne et mettez-moi tout ce joli monde en quarantaine jusqu'à nouvel ordre.

216. TOTEMS ÉTABLIS

Se promenant un jour en forêt de Fontainebleau, un pêcheur à la ligne surprit un spectacle déconcertant. Sur un îlot situé entre les deux bras d'un ruisseau, il aperçut des petites statuettes de glaise. Sans doute avaient-elles été façonnées avec de minuscules outils car elles étaient marquées de multiples et microscopiques coups de spatule.

Ces statuettes, il y en avait des centaines, toutes exactement semblables. On aurait presque dit des salières miniatures.

En plus de la pêche à la ligne, le promeneur avait une autre passion : l'archéologie.

Ces totems disposés en tous sens lui firent aussitôt penser aux statues de l'île de Pâques.

Peut-être, songea-t-il, se trouvait-il sur l'île de Pâques d'un peuple de Lilliputiens qui avait autrefois vécu dans cette forêt ? Peut-être était-il confronté aux ultimes traces d'une antique civilisation dont les individus ne devaient pas dépasser la taille d'un oiseau-mouche ? Des gnomes ? Des lutins ?

Le pêcheur-archéologue n'explora pas assez scrupuleusement l'île. Sinon, il aurait aussi remarqué des petits amas d'insectes de toutes espèces, affairés à se toucher les antennes pour se communiquer toutes sortes d'histoires.

Et il aurait compris quels étaient les authentiques bâtisseurs de ces statuettes de glaise.

217. CANCER

103e avait tenu sa première promesse : les gens sous sa cité étaient sauvés. Juliette Ramirez la conjura de tenir maintenant sa seconde : révéler le secret du cancer.

La fourmi reprend place dans la cloche de « Pierre de Rosette » et émet un long discours odorant.

Phéromone biologique à l'usage des Doigts
Saliveuse : 103e
Thème : « Ce que vous nommez " cancer " »

Si vous, humains, ne parvenez pas à éradiquer le cancer, c'est que votre science est dépassée. En ce qui concerne le cancer, votre manière d'analyser vous aveugle. Vous ne voyez le monde que d'une seule manière : la vôtre. Parce que vous êtes prisonniers de votre passé. A force d'expérimentations, vous êtes parvenus à guérir certaines maladies. Vous en avez conclu que seule l'expérimentation pouvait venir à bout de toutes les maladies. Je l'ai vu dans vos documentaires scientifiques, à la télévision. Pour comprendre un phénomène, vous le mesurez, vous le rangez dans une case, vous le répertoriez et vous le découpez en morceaux de plus en plus petits. Vous avez l'impression que plus vous hachez menu, plus vous vous approchez de la vérité.

Pourtant, ce n'est pas en découpant une cigale en

morceaux que vous découvrirez pourquoi elle chante. Ce n'est pas en examinant dans vos loupes les cellules d'un pétale d'orchidée que vous comprendrez pourquoi cette fleur est si belle.

Pour comprendre les éléments qui nous entourent, il faut se mettre à leur place, dans leur globalité. Et de préférence tandis qu'ils sont encore vivants. Si vous voulez comprendre la cigale, tâchez de ressentir pendant dix minutes ce que peut voir et vivre une cigale.

Si vous voulez comprendre l'orchidée, essayez de vous sentir fleur. Mettez-vous à la place des autres, plutôt que de les couper en morceaux et de les observer depuis vos citadelles de connaissances.

Aucune de vos grandes inventions n'a été découverte par de conventionnels savants en blouse blanche. J'ai vu, à la télévision, un documentaire sur vos grandes inventions. Ce n'étaient qu'accidents de manipulation, casseroles dont la vapeur soulevait un couvercle, enfants mordus par des chiens, pommes tombant d'un arbre, produits mélangés par hasard.

Pour résoudre votre problème de cancer, vous auriez dû engager des poètes, des philosophes, des écrivains, des peintres. Bref, des créateurs dotés d'intuition et d'inspiration. Pas des gens qui ont appris par cœur toutes les expériences de leurs prédécesseurs.

Votre science classique est dépassée.

Votre passé vous empêche de voir votre présent. Vos réussites d'antan vous empêchent de réussir maintenant. Vos gloires anciennes sont vos pires adversaires. J'ai vu vos scientifiques à la télévision. Ils ne font que répéter des dogmes et vos écoles ne font que brider les imaginations avec des protocoles d'expérimentation à jamais figés. Ensuite, vous faites passer des examens à vos étudiants pour vous assurer qu'ils ne s'aventureront pas à les modifier.

Voilà pourquoi vous ne savez pas guérir le cancer. Pour vous, tout est du pareil au même. Puisqu'on est parvenu à vaincre le choléra d'une certaine manière, on parviendra à vaincre le cancer en usant des mêmes procédés.

Pourtant, le cancer mérite qu'on s'y intéresse en tant que tel. C'est une entité à part entière.

Je vais vous fournir la solution. Je vais vous apprendre comment nous, fourmis que vous écrasez si aisément, nous avons résolu le problème du cancer.

Nous avons remarqué qu'il y avait parmi nous quelques rares individus atteints du cancer et qui n'en mouraient pas. Alors, au lieu d'étudier la multitude de ceux qui en mouraient, nous avons commencé par étudier ceux-là, les rares qui étaient touchés et, soudain, guérissaient sans raison. Nous avons recherché quel était entre eux le plus petit dénominateur commun. Nous avons cherché longtemps, très longtemps. Et nous avons découvert ce qu'avaient de commun la plupart de ces « miraculés » : des capacités à communiquer avec leur entourage plus fortes que celles de la moyenne des fourmis.

D'où une intuition : et si le cancer était un problème de communication ? De communication avec qui, me direz-vous ? Eh bien, de communication avec d'autres entités.

Nous avons cherché dans le corps des malades : il n'y avait aucune entité palpable. Pas de spore, pas de microbe, pas de ver. Une fourmi eut alors une idée géniale : analyser le rythme de propagation de la maladie. Et nous nous sommes aperçues que ce rythme était un langage ! La maladie évoluait selon une onde qu'on pouvait analyser comme une forme de langage.

Nous disposions donc du langage mais pas de son émetteur. Ce n'était pas important. Nous avons décrypté le langage. En gros, il signifiait : « Qui êtes-vous, où suis je ? »

Nous avons compris. Les individus frappés par le cancer sont en fait des réceptacles involontaires d'entités extraterrestres non palpables. Des extraterrestres qui ne seraient en fait qu'une onde communicante... En arrivant sur terre, cette onde n'aurait eu qu'une seule idée pour parler : reproduire ce qui l'entourait. Et comme elle avait atterri dans des corps vivants, l'onde extraterrestre reproduisait les cellules qui l'environnaient afin d'émettre des messages du type « Bonjour, qui êtes-vous, nos intentions ne sont pas hostiles, comment se nomme votre planète ? ».

C'est ça qui nous tuait : des phrases de bienvenue, des questions de touristes égarés.

Et c'est aussi ça qui vous tue.

Pour sauver Arthur Ramirez, il vous faut fabriquer une machine « Pierre de Rosette » semblable à celle qui vous permet de communiquer avec les fourmis mais destinée, cette fois, à traduire le langage du cancer. Etudiez ses rythmes, son onde, reproduisez-les, manipulez-les, pour émettre à votre tour une réponse. Evidemment, vous n'êtes pas obligé de croire cette version. Mais vous ne perdrez rien à essayer cette méthode.

Jacques Méliès, Laetitia Wells et les Ramirez furent déconcertés par cette étrange proposition. Dialoguer avec le cancer ?... Cependant, Arthur, le maître des lutins, était condamné à ne plus vivre que quelques jours et dans d'affreuses conditions. Certes, tout en eux leur disait : c'est une absurdité. Cette fourmi n'a aucune prérogative pour nous donner des leçons de médecine. Ce raisonnement est de toute façon hors de propos. Mais Arthur allait mourir. Alors pourquoi ne pas tenter d'exploiter cette voie a priori complètement absurde ? Ils verraient bien où elle les conduirait !

218. CONTACTS

Mardi, 14 h 30. Conformément au rendez-vous pris longtemps à l'avance, le commissaire Jacques Méliès est reçu par M. Raphaël Hisaud, ministre de la Recherche scientifique. Il lui présente Mme Juliette Ramirez, Mlle Laetitia Wells et une bouteille où s'agite une fourmi. L'entretien était prévu pour durer vingt minutes, il se prolongera huit heures et demie. Et huit heures encore, le lendemain.

Jeudi, 19 h 23. Le président de la République française, M. Régis Malrout, reçoit dans son salon M. Raphaël Hisaud, ministre de la Recherche scientifique. Au menu, jus d'orange, croissants, œufs brouillés et communication d'un message que le ministre de la Recherche estime capital.

Le président se penche au-dessus des croissants :

— Vous me demandez quoi ? De discuter avec une fourmi ? Non, non et mille fois non ! Même si, comme vous le prétendez, elle a sauvé dix-sept personnes enfermées sous une fourmilière. Vous rendez-vous bien compte de vos propos ? Cette affaire Wells vous monte à la tête ! Allons, je consens à oublier la teneur de cet entretien et vous, ne me reparlez plus jamais, mais plus jamais, de votre fourmi !

— Ce n'est pas n'importe quelle fourmi. C'est 103e. Une fourmi qui a déjà parlé avec des humains. C'est aussi la représentante de la plus grande fédération myrmécéenne de la région. Une fédération forte de cent quatre-vingts millions d'individus !

— Cent quatre-vingts millions de quoi ? Vous êtes fou, ma parole ! De fourmis ! D'insectes. Ces bestioles qu'on écrase avec les Doigts... Ne soyez donc pas dupe de quelques tours de passe-passe montés par des farceurs, Hisaud. Personne ne croira jamais à votre histoire. Les électeurs penseront que nous cherchons à les endormir avec des contes à dormir debout pour mieux les berner avec de nouvelles taxes. Sans parler des réactions de l'opposition... J'entends déjà les risées !

— On connaît très peu de choses des fourmis ! objecta le ministre Hisaud. Si nous nous adressions à elle comme à des êtres intelligents, nous constaterions sûrement qu'elles ont beaucoup à nous apprendre.

— Vous voulez parler de ces théories loufoques sur le cancer ? J'ai lu ça dans les journaux à sensation. Vous n'allez quand même pas me faire croire que vous prenez cela au sérieux, Hisaud ?

— Les fourmis sont les animaux les plus répandus sur terre, ce sont sûrement parmi les plus anciens et les plus évolués. Durant cent millions d'années, elles ont eu le temps d'apprendre beaucoup de choses que nous ignorons. Nous les hommes, ne sommes sur terre que depuis trois millions d'années. Et notre civilisation moderne n'a tout au plus que cinq mille ans. Nous avons sûrement à apprendre d'une société aussi expérimentée. Elles nous permettent déjà d'imaginer notre société dans cent millions d'années.

— J'ai déjà entendu ça mais c'est stupide. Ce sont des... fourmis ! Vous m'auriez dit des chiens, à la limite je comprendrais. Un tiers de nos électeurs ont des chiens, mais des fourmis !

— Nous n'avons qu'à...

— Cela suffit. Mettez-vous bien ça dans le crâne, mon vieux ! Je ne serai pas le premier président de la République du monde à parler avec une fourmi. Je ne tiens pas à ce que toute la planète se tienne les côtes à mon propos. Ni mon gouvernement ni moi-même ne nous ridiculiserons avec ces bestioles. Je ne veux plus entendre parler de ces fourmis.

Le président s'empare violemment d'une fourchettée d'œufs brouillés et l'engloutit.

Le ministre de la Recherche reste impassible.

— Non, je vous en parlerai encore et encore. Jusqu'à ce que vous changiez d'avis. Des gens sont venus me voir. Ils m'ont tout expliqué avec des mots simples et je les ai compris. La chance nous est aujourd'hui donnée de sauter par-dessus les siècles, de faire un grand bond vers le futur. Je ne la laisserai pas passer.

— Balivernes !

— Ecoutez, je mourrai un jour, vous mourrez aussi. Alors, puisque nous sommes voués à disparaître, pourquoi ne pas laisser une trace originale, différente, de notre passage sur cette Terre ? Pourquoi ne pas passer des accords économiques, culturels et même... militaires avec les fourmis ? Après tout, c'est la seconde plus forte espèce terrienne.

Le président Malrout avale un toast de travers et tousse.

— Et pourquoi pas inaugurer une ambassade de France dans une fourmilière, pendant que vous y êtes !

Le ministre ne sourit pas.

— Oui, j'y ai pensé.

— Incroyable, vous êtes incroyable ! s'exclame le président en levant les bras au ciel.

— Oubliez qu'il s'agit de fourmis. Pensez à elles comme à des extraterrestres. Ce ne sont pas des extraterrestres mais des intraterrestres. Leur seul tort est d'être minuscules et d'occuper cette planète depuis toujours. Alors nous ne nous apercevons plus de ce qu'elles ont de merveilleux.

Le président Malrout le fixe droit dans les yeux :

— Que me proposez-vous ?

— De rencontrer officiellement 103e, répond Hisaud sans aucune hésitation.

— Qui est-ce ?

— Une fourmi qui nous connaît bien et qui pourra servir d'interprète, le cas échéant. Vous l'invitez à l'Elysée, pour un déjeuner informel par exemple — elle mange une goutte de miel tout au plus. Peu importe ce que vous lui direz, ce qui compte, c'est que le chef suprême de notre nation s'adresse à elle. Mme Ramirez vous fournira le traducteur phéromonal. Vous n'aurez donc aucun problème technique.

Le président arpente la pièce, contemple longuement les jardins. Il semble peser le pour et le contre.

— Non. Décidément, non ! Je préfère manquer l'occasion de marquer mon époque plutôt que de m'exposer au ridicule. Un président qui parle aux fourmis... Que de gorges chaudes en perspective !

— Mais...

— C'est fini. Vous avez assez abusé de ma patience avec vos histoires de fourmis. La réponse est non, définitivement non. Au revoir, Hisaud !

219. ÉPILOGUE

Le soleil est à son zénith. Une vaste clarté s'étire sur la forêt de Fontainebleau. Les toiles d'araignées barbares se transforment en napperons de lumière. Il fait chaud.

Des petits êtres insignifiants frémissent sous les

ramures. L'horizon est cramoisi. Les fougères s'endorment. La lumière frappe tout et tous. Ce rayonnement intense et pur sèche la scène où s'est déroulée une aventure parmi tant d'autres.

Et, bien au-delà des étoiles, au fin fond du firmament, la galaxie tourne lentement, indifférente à ce qui se passe dans sa poudrée de planètes.

Pourtant, dans un petit village myrmécéen de la Terre, c'est la dernière Fête de la Renaissance de la saison. Quatre-vingt-une princesses de Bel-o-kan décollent pour sauver la dynastie.

Deux humains qui passent par là les aperçoivent.

— Oh, Maman, t'as vu toutes ces mouches !

— Ce ne sont pas des mouches. Ce sont des reines fourmis. Rappelle-toi le documentaire que tu as vu à la télé. C'est leur vol nuptial, elles vont se faire rejoindre en vol par les mâles. Et ensuite, certaines partiront peut-être au loin créer des empires.

Les princesses montent haut dans le ciel. Haut, toujours plus haut, pour échapper aux mésanges. Les mâles les rejoignent. Ensemble, ils montent, montent, montent. Cette clarté les absorbe et, peu à peu, ils se fondent dans les rayons ardents de l'astre solaire. Chaleur, clarté, lumière. Tout devient blanc, d'un blanc éblouissant.

Blanc.

FIN

GLOSSAIRE

Abeille : voisins volants. Les abeilles communiquent par la danse tourbillonnante en suspension ou par la danse sur cire.

Acacia cornigera : arbre qui est en fait une fourmilière vivante.

Acide formique : arme de jet des fourmis rousses. L'acide formique le plus corrosif est désormais concentré à 60 pour cent.

Age : une fourmi rousse asexuée vit en moyenne 3 ans.

Bataille du « Petit nuage gris : en l'an 100 000 667 du calendrier fédéral, premier choc entre les troupes fourmis rousses et les habitantes de la cité d'or.

Bel-o-kan : cité centrale de la fédération rousse.

Belo-kiu-kiuni : mère de la reine Chli-pou-ni. Première reine à avoir entretenu un dialogue avec les Doigts.

Bibliothèque chimique : invention récente. Lieu de stockage de phéromone mémoire.

Chli-pou-ni : Reine de Bel-o-kan. Initiatrice du mouvement évolutionnaire fédéral.

Cicindèle : prédateur caché dans le sol. Danger. Il faut bien regarder où l'on met les pattes.

Communication Absolue (CA) : échange total de pensée par contact antennaire.

Courtilière (ou taupe-grillon) : mode de transport rapide subterrestre.
Dieu : concept récent en cours d'interprétation.
Docteur Livingstone : appellation doigtesque de leur sonde émettrice.
Doigts : phénomène récent en cours d'interprétation.
Douve du foie du mouton : parasite rendant les fourmis somnambules.
Dytique : coléoptère aquatique capable de nager sous l'eau en emprisonnant une bulle d'air.
Feu : l'usage du feu est interdit par une convention passée entre la plupart des insectes.
Glande de Dufour : glande produisant les phéromones pistes.
Grande Corne : vieux scarabée apprivoisé par 103e.
Humains : nom que les Doigts se donnent à eux-mêmes.
Mandibule : arme coupante.
Méliès Jacques : Doigt mâle. Poils ras.
Moxiluxun : jeune termitière située au bord du fleuve « Mange tout ».
Nœud de Hartman : zone riche en ions positifs. Les fourmis s'y sentent bien, en revanche il donne des migraines aux Doigts.
Oiseau : danger aérien.
Organe de Johnston : organe fourmi permettant de repérer les champs magnétiques terrestres.
Papillon : comestible.
Pas : nouvelle mesure des distances pour la fédération de Bel-o-kan. Un pas correspond à peu près à 1 cm.
Phéromone : hormone volatile émise par les antennes fourmis pour transporter des informations ou des émotions.
Pluie : calamité.
Puceron : petit coléoptère qu'on peut traire pour obtenir du miellat.
Punaise : la punaise est probablement l'animal à la sexualité la plus originale.
Rebelles : mouvement récent. En 100 000 667 (calen-

drier fédéral), les rebelles agirent pour sauver les Doigts.

Soleil : boule d'énergie amie des fourmis.

Scarabée : vaisseau de guerre volant.

Segment antennaire : une antenne a onze segments. Chacun fournit un type d'information différent.

Cestodes : parasites rendant les fourmis blanches et débiles.

Télévision : mode de communication humain.

Termites : voisins gênants. Habiles architectes et navigateurs.

Têtard : danger aquatique.

Wells Laetitia : Doigt femelle. Poils longs.

Wells Edmond : premier Doigt à avoir compris ce que sont les fourmis.

103e : soldate exploratrice.

23e : soldate rebelle déiste.

24e : soldate rebelle fondatrice de la communauté libre du Cornigera.

Remerciements à :

Gérard et Daniel Amzallag, David Bauchard, Fabrice Coget, Hervé Desinge, Dr Michel Dezerald, Patrick Filipini, Luc Gomel, Joël Hersant, Irina Henry, Christine Josset, Frédéric Lenorman, Marie Lag, Eric Nataf, Professeur Passerat, Olivier Ranson, Gilles Rapoport, Reine Silbert, Irit et Dotan Slomka.

N.B. : Une pensée aussi à tous les arbres qui ont fourni la pâte à papier nécessaire à la fabrication des livres *Les Fourmis* et *Le Jour des fourmis*. Sans eux rien n'aurait été possible.

Table

Bernard Werber dans Le Livre de Poche

Les Fourmis n° 9615

Le temps que vous lisiez ces lignes, sept cents millions de fourmis seront nées sur la planète-Sept cents millions d'individus dans une communauté estimée à un milliard de milliards, et qui a ses villes, sa hiérarchie, ses colonies, son langage, sa production industrielle, ses esclaves, ses mercenaires... Ses armes aussi. Terriblement destructrices. Lorsqu'il entre dans la cave de la maison léguée par un vieil oncle entomologiste, Jonathan Wells est loin de se douter qu'il va à leur rencontre. A sa suite, nous allons découvrir le monde fabuleusement riche, monstrueux et fascinant de ces « infraterrestres », au fil d'un thriller unique en son genre, où le suspense et l'horreur reposent à chaque page sur les données scientifiques les plus rigoureuses. Voici pour la première fois un roman dont les héros sont des... fourmis.

Le Livre du voyage n° 15018

Ah, enfin tu me prends dans tes mains ! Ah enfin tu lis ma quatrième de couverture ! Tu ne peux pas savoir comme j'attendais cet instant. J'avais si peur que tu passes sans me voir. J'avais si peur que tu rates cette expérience que nous ne pouvons vivre qu'ensemble. Toi lecteur, humain, vivant. Et moi le livre, objet, inerte, mais qui peux te faire décoller pour le grand, le plus simple, le plus extraordinaire des voyages.

Le Père de nos pères n° 14847

D'où venons-nous ? Après l'infiniment petit (trilogie des *Fourmis*), après le mystère de la mort (*Les Thanatonautes*), Bernard Werber s'intéresse à une nouvelle frontière de notre savoir : les origines de l'humanité. Pourquoi y a-t-il des hommes sur Terre ? Pourquoi sont-ils intelligents ? Pourquoi sont-ils conscients ? Nous nous retrouvons ainsi plongés il y a 3 millions d'années dans la savane africaine à suivre au jour le jour les aventures du premier humain, le fameux chaînon manquant, Adam, le Père de nos pères. En parallèle, de nos jours, tous ceux qui ont découvert la véritable nature de cet être primordial ont de sérieux problèmes. Quel est ce secret que personne ne veut voir en face ? Lucrèce Nemrod, reporter aussi tenace qu'espiègle, accompagnée de son complice Isidore Katzenberg, ancien journaliste scientifique désabusé, se lance intrépidement dans l'enquête. De Paris à la Tanzanie commence une course poursuite haletante où l'on rencontre un club de savants passionnés, une charcuterie industrielle, une star du X et quelques primates qui se posent de drôles de questions. Suspense, humour, science, aventure... la révélation qui nous attend au terme de ce thriller paléontologique pourrait bien changer notre vision du monde.

La Révolution des fourmis n° 14445

Que peuvent nous envier les fourmis ? L'humour, l'amour, l'art. Que peuvent leur envier les hommes ? L'harmonie avec la nature, l'absence de peur, la communication absolue. Après des millénaires d'ignorance, les deux civilisations les plus évoluées de la planète vont-elles enfin pouvoir se rencontrer et se comprendre ? Sans se connaître, Julie Pinson, une étudiante rebelle, et 103e, une fourmi exploratrice, vont essayer de faire la révolution dans leur monde respectif pour le faire évoluer. *Les Fourmis* était le livre du contact. *Le Jour des fourmis* le livre de la confrontation. *La Révolution des fourmis* est le livre de la compréhension. Mais au-delà du thème des fourmis, c'est une révolution d'humains, une révolution non violente, une révolution faite de petites touches discrètes et d'idées nouvelles que nous propose Bernard Werber. A la fois roman d'aventures et livre initiatique, ce couronnement de l'épopée myrmécéenne nous convie à entrer dans un avenir qui n'est peut-être pas seulement de la science-fiction.

Les Thanatonautes n° 13922

L'homme a tout exploré : le monde de l'espace, le monde sous-marin, le monde souterrain ; pourtant il lui manque la connaissance d'un monde : le continent des morts. Voilà la prochaine frontière. Michael Pinson et son ami Raoul Razorbak, deux jeunes chercheurs sans complexes, veulent relever ce défi et, utilisant les techniques de médecine mais aussi d'astronautique les plus modernes, partent à la découverte du paradis. Leur dénomination ? Les thanatonautes. Du grec *Thanatos* (divinité de la mort) et *nautès* (navigateur). Leur guide ? Le Livre des morts tibétain, le Livre des morts égyptien mais aussi les grandes mythologies et les textes sacrés de pratiquement toutes les religions qui semblent depuis toujours avoir su ce qu'étaient le dernier voyage et le « véritable » paradis. Peu à peu les thanatonautes dressent la carte géographique de ce monde inconnu et en découvrent les décors immenses et mirifiques. Le mot terra incognita recule en même temps que, jour après jour, on apprend ce qui nous arrive après avoir lâché notre dernier soupir.

Composition réalisée par JOUVE

Imprimé en France sur Presse Offset par

BRODARD & TAUPIN

GROUPE CPI

La Flèche (Sarthe).
N° d'imprimeur : 10873 – Dépôt légal Édit. 18862-01/2002
LIBRAIRIE GÉNÉRALE FRANÇAISE - 43, quai de Grenelle - 75015 Paris.
ISBN : 2 - 253 - 13724 - 3